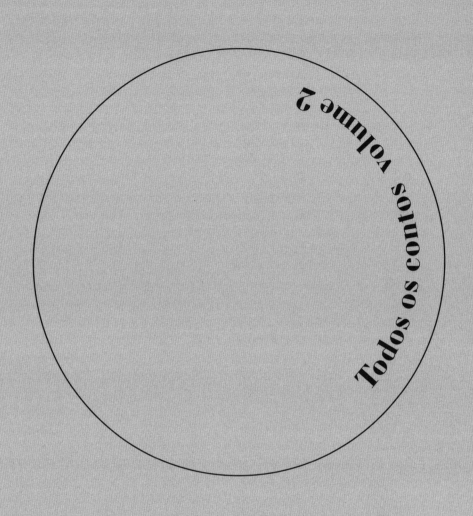

Todos os contos volume 2

Todos os contos – volume 2

1969–1982

Tradução Josely Vianna Baptista

Julio Cortázar

COMPANHIA DAS LETRAS

Copyright © 1969, 1974, 1977, 1979, 1980, 1983 by Julio Cortázar
e herdeiros de Julio Cortázar
Copyright "Conto: introdução" © 1994 by Jaime Alazraki

Grafia atualizada segundo o Acordo Ortográfico da Língua
Portuguesa de 1990, que entrou em vigor no Brasil em 2009.

Título original Cuentos completos 2 (1969–1983)
Capa e projeto gráfico Elaine Ramos (com Laura Haffner e Julia Paccola)
Foto da caixa Ulf Andersen
Foto de capa e da p. 557 Ulf Andersen
Foto da p. 556 Acervo da família
Preparação Silvia Massimini Felix
Revisão Jane Pessoa e Luciane H. Gomide

Dados Internacionais de Catalogação na Publicação (CIP)
(Câmara Brasileira do Livro, SP, Brasil)

Cortázar, Julio, 1914-1984
 Todos os contos volume 2 / Julio Cortázar ; tradução
Josely Vianna Baptista. — 1ª ed. — São Paulo : Companhia
das Letras, 2021.

 Título original: Cuentos completos 2 (1969-1983)
 ISBN 978-65-5921-070-1

 1. Contos argentinos I. Título.

21-60878   CDD-Ar863

Índice para catálogo sistemático:
1. Contos : Literatura Ar863

Alice Graziele Benitez – Bibliotecária – CRB-1/3129

2ª reimpressão

Todos os direitos desta edição reservados à
EDITORA SCHWARCZ S.A.
Rua Bandeira Paulista, 702, cj. 32
04532-002 — São Paulo — SP
Telefone: (11) 3707-3500
www.companhiadasletras.com.br
www.blogdacompanhia.com.br
facebook.com/companhiadasletras
instagram.com/companhiadasletras
twitter.com/cialetras

Sumário

ÚLTIMO ROUND (1969)

Silvia, 11

A viagem, 19

Sestas, 27

OCTAEDRO (1974)

Liliana chorando, 41

Os passos nos rastros, 48

Manuscrito encontrado num bolso, 62

Verão, 71

Ali, mas onde, como?, 78

Lugar chamado Kindberg, 85

As fases de Severo, 94

Pescoço de gatinho preto, 101

ALGUÉM QUE ANDA POR AÍ (1977)

Troca de luzes, 115

Ventos alísios, 122

Segunda vez, 128

Você se deitou ao teu lado, 134

Em nome de Boby, 142

Apocalipse de Solentiname, 148

A barca ou Nova visita a Veneza, 153

Reunião com um círculo vermelho, 182

As faces da medalha, 188

Alguém que anda por aí, 198

A noite de Mantequilla, 203

UM TAL LUCAS (1979)

I.

Lucas, suas lutas com a hidra, 217
Lucas, suas compras, 218
Lucas, seu patriotismo, 220
Lucas, seu patrioteirismo, 221
Lucas, seu patiotismo, 222
Lucas, suas comunicações, 222
Lucas, suas intrapolações, 223
Lucas, seus desconcertos, 224
Lucas, suas críticas da realidade, 225
Lucas, suas aulas de espanhol, 226
Lucas, suas meditações ecológicas, 227
Lucas, seus solilóquios, 228
Lucas, sua nova arte de fazer conferências, 230
Lucas, seus hospitais (I), 232

II.

Destino das explicações, 235
O copiloto silencioso, 235
Poderia acontecer com a gente, pode crer, 238
Laços de família, 239
Como se passa ao lado, 239
Um pequeno paraíso, 241
Vida de artistos, 243
Texturologias, 246
O que é um polígrafo?, 248
Observações ferroviárias, 249
Nadando na piscina de *gofio*, 250
Famílias, 252
Now shut up, you distasteful Adbekunkus, 253
Amor 77, 254
Novidades nos serviços públicos, 254
Brincando, brincando, já são seis a menos, 258
Diálogo de ruptura, 259
Caçador de crepúsculos, 260
Maneiras de estar preso, 261
A direção do olhar, 263

III.

Lucas, suas canções errantes, 265
Lucas, seus pudores, 266
Lucas, seus estudos sobre a sociedade de consumo, 268
Lucas, seus amigos, 268
Lucas, suas engraxadas 1940, 272
Lucas, seus presentes de aniversário, 273
Lucas, seus métodos de trabalho, 274
Lucas, suas discussões partidárias, 274
Lucas, suas traumatoterapias, 278
Lucas, seus sonetos, 279
Lucas, seus sonhos, 283
Lucas, seus hospitais (II), 283
Lucas, seus pianistas, 287
Lucas, suas longas caminhadas, 288

UM TAL LUCAS (INESPERADO)

Hospital Blues, 291
Lucas, as cartas que recebe, 298
Lucas, suas descobertas ao azar, 298
Lucas, suas erratas, 299
Lucas, suas experiências cabalísticas, 301
Lucas, suas hipnofobias, 302
Lucas, seus furacões, 304
Lucas, suas palavras moribundas, 305
Lucas, seus poemas escritos na Unesco, 306
Lucas, suas habilidades sociais, 306
Lucas, seus papeizinhos soltos, 307

AMAMOS TANTO A GLENDA (1980)

I.

Orientação dos gatos, 311
Amamos tanto a Glenda, 314
História com aranhas-caranguejeiras, 319

II.

Texto numa caderneta, 329
Recortes de jornal, 340
Tango da volta, 350

III.

Clone, 361
Graffiti, 374
Histórias que me conto, 377
Anel de Moebius, 385

FORA DE HORA (1982)

Garrafa ao mar, 399
Fim de etapa, 403
Segunda viagem, 410
Satarsa, 420
A escola de noite, 431
Fora de hora, 446
Pesadelos, 457
Diário para um conto, 464

HISTÓRIAS (INESPERADAS)

Teoria do caranguejo, 489
Ciao, Verona, 490
Potássio em diminuição, 505
Peripécias da água, 508
Em Matilde, 509
A fé no Terceiro Mundo, 510
Sequências, 510

TEXTOS COMPLEMENTARES

Alguns aspectos do conto — Julio Cortázar, 513
Do conto breve e seus arredores — Julio Cortázar, 527
Conto: introdução — Jaime Alazraki, 535

Sobre o autor, 553

1969

Silvia

Sabe-se lá que fim teria uma coisa que nem começo teve, que se fez pela metade e terminou sem contorno definido, esfumando-se à beira de outra névoa; em todo caso, é preciso começar dizendo que muitos argentinos passam parte do verão nos vales do Luberon e que nós, os veteranos da região, ouvimos com frequência suas vozes sonoras que parecem trazer consigo um espaço mais aberto, e junto com os pais vêm as crianças e isso também é Silvia, os canteiros pisoteados, almoços com bifes nos garfos e nas bochechas, choros terríveis seguidos de reconciliações de pronunciado estilo italiano, o que chamam de férias em família. Comigo não se metem porque uma justa fama de mal-educado me protege; o filtro só se abre para dar passagem a Raúl e a Nora Mayer e, naturalmente, a seus amigos Javier e Magda, o que inclui as crianças e Silvia, o churrasco na casa de Raúl há uns quinze dias, uma coisa que nem chegou a ter um começo e mesmo assim é, sobretudo, Silvia, essa ausência que agora povoa minha casa de homem sozinho, roça meu travesseiro com sua medusa de ouro, me obriga a escrever o que escrevo com uma absurda esperança de conjuro, de doce golem de palavras. De qualquer modo, é preciso incluir também Jean Borel, que ensina a literatura de nossas terras numa universidade occitana, sua mulher Liliane e o minúsculo Renaud, em quem dois anos de vida se amontoam em tumulto. Quanta gente para um churrasquinho no jardim da casa de Raúl e Nora, sob um vasto pé de tília que não parecia servir de calmante na hora das pugnas infantis e das discussões literárias. Cheguei com garrafas de vinho e um sol que se deitava nas colinas, Raúl e Nora tinham me convidado porque Jean Borel queria me conhecer e sozinho não se animava; naqueles dias Javier e Magda também estavam hospedados na casa, o jardim era um campo de batalha metade sioux, metade gaulês, guerreiros emplumados se batiam sem trégua com vozes de soprano e bolas de barro, Graciela e Lolita aliadas contra Álvaro, e em meio ao fragor o pobre Renaud cambaleando com suas calçolas cheias de algodão maternal e uma tendência a passar o tempo todo de um bando para outro, traidor inocente e execrado do qual só Silvia se ocuparia. Sei que estou amontoando nomes, mas a ordem e as genealogias também demoraram a me alcançar, lembro que saí do carro com as garrafas debaixo do braço e poucos metros depois vi surgir entre os arbustos a bandana de Bisão Invencível, sua careta desconfiada diante do novo Cara-Pálida; a batalha pelo forte e pelos reféns se travava em torno de uma pequena barraca de campanha verde que parecia o quartel-general do Bisão Invencível. Negligenciando culposamente uma ofensiva que talvez fosse capital, Graciela largou suas munições pegajosas e terminou de limpar as mãos em meu pescoço; depois se sentou indelevelmente em minhas pernas e me explicou que Raúl e Nora estavam lá em cima com os outros adultos e que já viriam, detalhes sem importância ao lado da rude batalha do jardim.

Graciela sempre se sentiu na obrigação de me explicar tudo, partindo do princípio de que me considera um boboca. Por exemplo, que nessa tarde o menininho dos Borel não fazia nenhuma diferença, você não vê que o Renaud só tem dois anos, ele ainda faz cocô na calça, acabou de fazer, e eu já ia avisar a mamãe porque o Renaud estava chorando, mas a Silvia levou ele até o banheiro, lavou o bumbum e trocou a roupa dele, a Liliane nem ficou sabendo porque, sabe como é, ela tem muito nojo e acaba dando umas palmadas no Renaud e daí ele começa a chorar de novo, chateia o tempo todo e não deixa a gente brincar.

— E os outros dois, os maiores?

— São os filhos do Javier e da Magda, não sabia, seu bobo? O Álvaro é o Bisão Invencível, tem sete anos, é dois meses mais velho que eu e é o maior de todos. A Lolita tem seis mas já brinca, ela é a prisioneira do Bisão Invencível. Eu sou a Rainha do Bosque e a Lolita é minha amiga, então eu preciso salvar ela, mas vamos continuar amanhã, porque já chamaram a gente pra tomar banho. O Álvaro cortou o pé e a Silvia fez o curativo. Me solte que eu preciso ir.

Ninguém a segurava, mas Graciela sempre tende a afirmar sua liberdade. Eu me levantei para cumprimentar os Borel, que desciam da casa com Raúl e Nora. Alguém, acho que Javier, servia o primeiro *pastis*; a conversa começou ao cair da noite, a batalha mudou de natureza e de idade, virou um estudo sorridente de homens que acabam de se conhecer; as crianças estavam no banho, não havia gauleses nem sioux no jardim, Borel queria saber por que eu não voltava para meu país, Raúl e Javier sorriam com sorrisos compatriotas. As três mulheres estavam ocupadas com a mesa; eram curiosamente parecidas, Nora e Magda unidas pelo sotaque portenho enquanto o espanhol de Liliane vinha do outro lado dos Pireneus. Nós as chamamos para beber o *pastis*, descobri que Liliane era mais morena que Nora e Magda, mas a semelhança persistia, uma espécie de ritmo comum. Agora se falava da poesia concreta, do grupo da revista *Invenção*; entre mim e Borel surgia um terreno comum, Eric Dolphy, a segunda dose iluminava os sorrisos entre Javier e Magda, os outros dois casais já viviam essa época em que a conversa em grupo libera antagonismos, ventila diferenças que a intimidade cala. Já era quase noite quando as crianças começaram a aparecer, limpas e aborrecidas, primeiro as de Javier discutindo sobre umas moedas, Álvaro obstinado e Lolita petulante, depois Graciela de mãos dadas com Renaud, que já estava com o rosto sujo outra vez. Reuniram-se perto da pequena barraca de campanha verde; nós discutíamos Jean-Pierre Faye e Phillipe Sollers, a noite inventou o fogo do churrasco até então pouco visível entre as árvores, manchou-se com os reflexos dourados e cambiantes que tingiam o tronco das árvores e afastavam os limites do jardim; acho que foi nesse momento que vi Silvia pela primeira vez, eu estava sentado entre Borel e Raúl, e em volta da mesa redonda sob o pé de tília se sucediam Javier, Magda e Liliane; Nora ia e vinha com talheres e pratos. Era estranho eles não terem me apresentado a Silvia, mas ela era muito jovem e talvez quisesse se manter à margem, entendi o silêncio de Raúl ou de Nora, evidentemente Silvia estava naquela idade difícil, se recusava a entrar no jogo dos adultos, preferia impor sua autoridade ou prestígio entre as crianças agrupadas junto da barraca verde. Eu não conseguia ver Silvia direito, o fogo iluminava violentamente um dos lados da barraca e ela estava lá agachada ao lado de Renaud, limpando o rosto dele com um lenço ou um pedaço de pano; vi suas coxas luzidias, umas coxas leves e definidas ao mesmo tempo, como o estilo de Francis Ponge do qual Borel estava me falando, as panturrilhas estavam na sombra, como o torso e o rosto, mas o cabelo de repente brilhava com o esvoaçar das chamas, um cabelo também de ouro velho, Silvia inteira parecia matizada com tons de fogo, de bronze espesso; a minissaia revelava até o alto das coxas, e Francis Ponge tinha sido culposamente ignorado pelos jovens poetas franceses até que agora, com as experiências do grupo *TelQuel*, foi reconhecido como um mestre; impossível perguntar quem era Silvia, porque ela não estava entre nós, e além disso o fogo engana, talvez seu corpo estivesse adiantado em relação a sua idade e os sioux ainda fossem seu território natural. Raúl se interessava pela poesia de Jean Tardieu, e tivemos de explicar para Javier quem ele era e o que escrevia; quando Nora me trouxe o terceiro *pastis* não pude lhe perguntar de Silvia, a discussão estava por demais animada e Borel bebia minhas palavras como se fossem muito valiosas. Vi uma mesinha baixa ser levada para perto da barraca, os preparativos para que as crianças jantassem à parte; Silvia não estava mais lá, mas a sombra riscava a barraca e talvez ela tivesse ido sentar-se mais longe ou estivesse passeando entre as árvores. Obrigado a ventilar opiniões sobre o alcance das experiências de Jacques Roubaud, quase não me surpreendeu esse meu interesse por Silvia, o fato de que o brusco desaparecimento de Silvia ambiguamente me deixasse inquieto; quando eu estava terminando de dizer a Raúl o que pensava de Roubaud, o fogo foi outra vez fugazmente Silvia, eu a vi passar junto da tenda de mãos dadas com Lolita e Álvaro; atrás deles vinham Graciela e Renaud pulando e dançando num último avatar sioux; Renaud, é claro, caiu de boca no chão e

Último round 13

seu primeiro grito assustou Liliane e Borel. A voz de Graciela se elevou lá do grupo: "Não foi nada, já passou!", e os pais retomaram a conversa com a desenvoltura que dá a monotonia cotidiana das bordoadas dos sioux; agora se tratava de encontrar um sentido para as experiências aleatórias de Xenakis, pelas quais Javier demonstrava um interesse que a Borel parecia excessivo. Entre os ombros de Magda e de Nora eu via, ao longe, a silhueta de Silvia, mais uma vez agachada ao lado de Renaud, mostrando algum brinquedo para consolá-lo; o fogo desnudava suas pernas e seu perfil, adivinhei um nariz fino e ansioso, os lábios de estátua arcaica (mas Borel não tinha acabado de me perguntar algo sobre uma estatueta das Cíclades pela qual me responsabilizava, e a referência de Javier a Xenakis não tinha desviado o assunto para algo mais valioso?). Percebi que se havia algo que eu queria saber nesse momento era Silvia, sabê-la de perto e sem os prestígios do fogo, devolvê-la a uma provável mediocridade de mocinha tímida ou confirmar aquela silhueta bonita e viva demais para que permanecesse como mero espetáculo; quis dizer isso a Nora, com quem tinha uma velha familiaridade, mas Nora estava arrumando a mesa e pondo guardanapos de papel, não sem exigir de Raúl a compra imediata de algum disco de Xenakis. Do território de Silvia, outra vez invisível, veio Graciela, a gazelinha, a sabe-tudo; estendi-lhe o velho gancho do sorriso, as mãos que a ajudaram a se instalar em meus joelhos; aproveitei suas apaixonantes notícias sobre um escaravelho peludo para me desligar da conversa sem que Borel me considerasse descortês, e assim que pude lhe perguntei em voz baixa se Renaud tinha se machucado.

— Claro que não, seu bobo, não foi nada. Ele sempre cai, só tem dois anos, você sabe. A Silvia já pôs água no galo.

— Quem é Silvia, Graciela?

Ela me olhou meio surpresa.

— Uma amiga nossa.

— Mas é filha de algum desses senhores?

— Você está louco — disse razoavelmente Graciela.— A Silvia é nossa amiga. Não é verdade, mamãe, que a Silvia é nossa amiga?

Nora suspirou, pondo o último guardanapo ao lado de meu prato.

— Por que você não vai lá com as crianças de novo e deixa o Fernando em paz? Se ela começa a te falar da Silvia, a coisa vai longe.

— Por quê, Nora?

— Porque desde que a inventaram eles têm nos atordoado com sua Silvia — disse Javier.

— Nós não inventamos — disse Graciela, segurando meu rosto com as duas mãos para me arrancar dos adultos. — Pode perguntar pra Lolita e pro Álvaro, e vai ver.

14   *Silvia*

— Mas quem é Silvia? — repeti.

Nora já estava longe para escutar, e Borel discutia de novo com Javier e Raúl. Os olhos de Graciela estavam fixos nos meus, a boca fazia uma espécie de beicinho, com uma expressão meio zombeteira, meio sabichona.

— Já falei, seu bobo, ela é nossa amiga. Ela brinca com a gente quando quer, mas com os índios não, porque não gosta. Ela é bem grande, entende, por isso cuida tanto do Renaud, que só tem dois anos e faz cocô na calça.

— Ela veio com o sr. Borel? — perguntei em voz baixa. — Ou com o Javier e a Magda?

— Ela não veio com ninguém — disse Graciela. — Pergunte pra Lolita e pro Álvaro, e vai ver. Pro Renaud não pergunte nada porque ele é pequenininho e não entende. Deixa eu ir agora.

Raúl, que sempre parece estar ligado a um radar, interrompeu uma reflexão sobre o letrismo para me fazer um gesto compassivo.

— A Nora avisou, se você der corda, eles vão enlouquecê-lo com sua Silvia.

— Foi o Álvaro — disse Magda. — Meu filho é mitomaníaco e contagia todo mundo.

Raúl e Magda continuavam me olhando, houve uma fração de segundo em que eu poderia ter dito: "Não entendo", para forçar as explicações, ou diretamente: "Mas a Silvia está ali, acabei de vê-la". Não acredito, agora que tenho bastante tempo para pensar no assunto, que a intervenção distraída de Borel me impediu de dizê-lo. Borel tinha acabado de me perguntar alguma coisa sobre *La casa verde*; comecei a falar sem saber o que estava dizendo, mas em todo caso já não me dirigia a Raúl e a Magda. Vi Liliane se aproximar da mesa das crianças e fazer com que sentassem em tamboretes e gavetas velhas; o fogo as iluminava como nas gravuras dos romances de Héctor Malot ou de Dickens, os galhos da tília se cruzavam às vezes entre um rosto e um braço levantado, ouviam-se risadas e protestos. Eu falava de Fushía com Borel, me deixava levar correnteza abaixo nessa balsa da memória onde Fushía estava tão terrivelmente vivo. Quando Nora me trouxe um prato de carne, murmurei em seu ouvido: "Não entendi direito essa história das crianças".

— Pronto, você também caiu nessa — disse Nora, lançando um olhar compassivo para os outros. — Ainda bem que depois elas vão dormir, porque você é uma vítima nata, Fernando.

— Não dê bola pra elas — atravessou Raúl. — Dá pra ver que você não tem prática, leva a gurizada a sério demais. É preciso ouvi-los como quem ouve a chuva, meu chapa, ou vira loucura.

Talvez nesse momento eu tenha perdido o possível acesso ao mundo de Silvia, jamais vou saber por que aceitei a fácil hipótese de uma brincadeira,

Último round   15

de que os amigos estavam me pregando uma peça (Borel não, Borel seguia seu caminho, que agora levava a Macondo); eu via outra vez Silvia, que acabava de surgir da sombra e se inclinava entre Graciela e Álvaro como se fosse ajudá-los a cortar a carne ou, talvez, comer um bocado; a sombra de Liliane que vinha sentar-se com a gente se interpôs, alguém me ofereceu vinho; quando olhei de novo, o perfil de Silvia parecia estar aceso pelas brasas, o cabelo lhe caía sobre um ombro, deslizava se fundindo na sombra da cintura. Era tão bonita que aquela brincadeira de mau gosto me ofendeu, e comecei a comer de cara para o prato, escutando de viés Borel, que me convidava para uns colóquios universitários; se eu lhe disse que não iria foi por culpa de Silvia, por sua involuntária cumplicidade na diversão trocista de meus amigos. Naquela noite não voltei a ver Silvia; quando Nora se aproximou da mesa das crianças com queijo e frutas, ela e Lolita tentaram dar comida a Renaud, que já estava quase dormindo. Começamos a falar de Onetti e de Felisberto, bebemos tanto vinho em homenagem a eles que um segundo vento belicoso de sioux e de charruas envolveu o pé de tília; trouxeram as crianças para que nos dessem boa-noite, Renaud no colo de Liliane.

— Minha maçã veio bichada — Graciela me disse com enorme satisfação. — Boa noite, Fernando, você é muito malvado.

— Por quê, meu amor?

— Porque não foi nenhuma vez na nossa mesa.

— É verdade, me desculpe. Mas vocês tinham a Silvia, não é mesmo?

— Claro, mas mesmo assim.

— Esse aí vai atrás dela — disse Raúl me olhando com um ar que devia ser de piedade. — Vai lhe custar caro, espere só eles pegarem você, bem acordados, com sua famosa Silvia, você vai se arrepender, meu irmão.

Graciela umedeceu meu queixo com um beijo que recendia fortemente a iogurte e maçã. Bem mais tarde, no final de uma conversa na qual o sono começava a substituir as opiniões, convidei-os para jantar em minha casa. Vieram no sábado passado por volta das sete, em dois carros; Álvaro e Lolita traziam uma pipa e com o pretexto de fazê-la voar logo acabaram com meus crisântemos. Deixei que as mulheres cuidassem das bebidas, compreendi que ninguém impediria Raúl de tomar a frente do churrasco; levei os Borel e Magda para conhecer a casa, instalei-os na sala diante de meu óleo de Julio Silva e bebi um pouco com eles, fingindo estar ali e escutar o que diziam; pela janela se via a pipa ao vento, ouviam-se os gritos de Lolita e de Álvaro. Quando Graciela apareceu com um ramo de amores-perfeitos, provavelmente fabricado à custa de meu melhor canteiro, fui para o jardim anoitecido e ajudei a pipa a subir mais. A sombra banhava as colinas no fundo do vale

16 *Silvia*

e se adiantava entre as cerejeiras e os álamos, mas sem Silvia, Álvaro não precisou de Silvia para empinar a pipa.

— Está rabeando bonito — falei, experimentando-a, fazendo-a ir e vir.

— É, mas tenha cuidado, às vezes ela mergulha de cabeça e esses álamos são muito altos — preveniu-me Álvaro.

— Comigo ela nunca cai — disse Lolita, com ciúme, talvez, de minha presença. — Você puxa demais a linha, não sabe fazer.

— Sabe mais que você — disse Álvaro, em rápida aliança masculina. — Por que você não vai brincar com a Graciela, não vê que está atrapalhando?

Ficamos sozinhos, dando linha para a pipa. Esperei o momento em que Álvaro me aceitasse, em que soubesse que eu era tão capaz quanto ele de comandar o voo verde e vermelho que se esfumava cada vez mais na penumbra.

— Por que não trouxeram a Silvia? — perguntei, puxando um pouco a linha.

Ele me olhou de esguelha, com um ar meio surpreso, meio zombeteiro, e puxou a linha das minhas mãos, me destituindo sutilmente.

— A Silvia vem quando quer —disse, recolhendo a linha.

— Bom, então hoje ela não veio.

— O que você sabe? Ela vem quando quer, já disse.

— Ah. E por que sua mãe falou que você inventou a Silvia?

— Olhe só como está rabeando — disse Álvaro. — Tchê, que pipa incrível, é a melhor de todas.

— Por que você não responde, Álvaro?

— A mãe pensa que é invenção minha — disse Álvaro. — E por que você não acredita nisso, hein?

Bruscamente, vi Graciela e Lolita a meu lado. Tinham escutado as últimas frases, estavam ali me olhando fixo; Graciela revirava devagar um amor-perfeito violeta entre os dedos.

— Porque não sou como eles — falei. — Eu a vi, sabem?

Lolita e Álvaro cruzaram um olhar demorado, e Graciela se aproximou e pôs o amor-perfeito em minha mão. A linha da pipa tensionou de repente. Álvaro deu mais linha, e a vimos sumir na sombra.

— Eles não acreditam porque são bobos — disse Graciela. — Me mostre onde fica o banheiro, me leve pra fazer xixi.

Levei-a até a escada externa, mostrei-lhe o banheiro e perguntei se não se perderia ao descer. Na porta do banheiro, com uma expressão em que havia uma espécie de reconhecimento, Graciela sorriu para mim.

— Não, pode ir, a Silvia vai comigo.

— Ah, bom — falei, lutando contra sabe-se lá o quê, o absurdo ou o pesadelo ou o retardo mental. — Então ela veio, afinal.

— Mas claro, seu bobo — disse Graciela. — Não está vendo ela ali?

A porta de meu quarto estava aberta, as pernas nuas de Silvia se desenhavam sobre a colcha vermelha da cama. Graciela entrou no banheiro e eu a ouvi fechar o trinco. Fui até o quarto, vi Silvia dormindo em minha cama, o cabelo feito uma medusa de ouro sobre o travesseiro. Encostei a porta atrás de mim, não sei como me aproximei, aqui há vazios e látegos, uma água que escorre pelo rosto cegando e mordendo, um som como de profundezas fragosas, um instante sem tempo, insuportavelmente belo. Não sei se Silvia estava nua, para mim era como um álamo de bronze e de sonho, acho que a vi nua, mas depois não, devo tê-la imaginado por baixo da roupa, a linha das panturrilhas e das coxas a desenhava de lado sobre a colcha vermelha, segui a curva suave da anca abandonada no avanço de uma perna, a sombra da cintura sinuosa, os pequenos seios imperiosos e loiros. "Silvia", pensei, incapaz de qualquer palavra, "Silvia, Silvia, mas então..." A voz de Graciela estalou através de duas portas como se gritasse em meu ouvido: "Silvia, vem me buscar!". Silvia abriu os olhos, sentou-se na beirada da cama; estava com a mesma minissaia da primeira noite, uma blusa decotada, sandália preta. Passou a meu lado sem me olhar e abriu a porta. Quando saí, Graciela descia a escada correndo e Liliane, com Renaud no colo, cruzava com ela a caminho do banheiro e do mercurocromo para o machucado das sete e meia. Ajudei-a a consolá-lo e a fazer o curativo, Borel subia inquieto com os berros do filho, me deu uma bronca sorridente por minha ausência, descemos até a sala para mais um drinque, todo mundo falava da pintura de Graham Sutherland, fantasmas desse tipo, teorias e entusiasmos que se perdiam no ar com a fumaça do tabaco. Magda e Nora reuniam as crianças para que comessem estrategicamente à parte; Borel me deu seu endereço, insistindo para que lhe enviasse a prometida colaboração para uma revista de Poitiers, disse que partiriam na manhã seguinte e que iam levar Javier e Magda para visitar a região. "Silvia irá com eles", pensei obscuramente, e fui buscar uma caixa de frutas cristalizadas, o pretexto para me aproximar da mesa das crianças, ficar ali por um momento. Não era fácil lhes perguntar, comiam como lobos e me arrebataram os doces na melhor tradição dos sioux e dos tehuelches. Não sei por que fiz a pergunta a Lolita, limpando, de passagem, sua boca com o guardanapo.

— Sei lá — disse Lolita. — Pergunte pro Álvaro.

— E eu é que sei? — disse Álvaro, hesitante entre uma pera e um figo. — Ela faz o que quer, então talvez vá com eles.

— Mas com quem ela veio?

— Com ninguém — disse Graciela, dando-me um de seus melhores pontapés por debaixo da mesa. — Ela veio aqui e agora quem sabe, o Álvaro e a Lolita vão voltar pra Argentina e com o Renaud você pode imaginar que ela não vai ficar porque ele é muito pequeno, hoje de tarde ele engoliu uma vespa morta, que nojo.

— Ela faz o que quer, como nós — disse Lolita.

Voltei para minha mesa, vi a noitada terminar numa névoa de conhaque e de fumaça. Javier e Magda iam voltar para Buenos Aires (Álvaro e Lolita iam voltar para Buenos Aires) e os Borel iriam, no próximo ano, para a Itália (Renaud iria, no próximo ano, para a Itália).

— Nós, os mais velhos, ficamos aqui — disse Raúl. (Então Graciela ia ficar, mas Silvia era os quatro, Silvia era quando os quatro estavam juntos e eu sabia que nunca mais eles se encontrariam.)

Raúl e Nora continuam aqui, em nosso vale do Luberon, ontem à noite fui visitá-los e conversamos de novo sob o pé de tília; Graciela me deu de presente uma toalhinha que tinha acabado de bordar em ponto-cruz, eu soube dos cumprimentos que Javier, Magda e os Borel tinham deixado para mim. Comemos no jardim, Graciela se negou a ir cedo para a cama, brincou comigo de adivinhação. Houve um momento em que ficamos sozinhos, Graciela procurava a resposta à adivinha sobre a lua, não a encontrava e seu orgulho sofria.

— E a Silvia? — perguntei, acariciando seu cabelo.

— Mas como você é bobo — disse Graciela. — Você achava que ela ia vir esta noite só por minha causa?

— Ainda bem — disse Nora, saindo da sombra. — Ainda bem que ela não vai vir só por sua causa, porque já estávamos por aqui com essa história.

— É a lua — disse Graciela. — Mas que adivinha mais boba, tchê.

A viagem

Pode acontecer em La Rioja, numa província que se chame La Rioja, em todo caso acontece de tarde, quase no começo da noite, embora tenha começado antes no pátio de uma fazenda quando o homem disse que a viagem é complicada mas que no fim irá descansar, que afinal ele vai fazer isso porque o aconselharam, que vai para passar quinze dias tranquilos em Mercedes. Sua mulher o acompanha até a cidade onde tem de comprar as passagens, também lhe disseram que é melhor que compre as passagens na estação da cidade e aproveite para conferir se os horários não mudaram. Na fazenda, com a vida que eles levam, tem-se a impressão de que os horários e tantas outras coisas na cidade devem mudar com frequência, e muitas vezes isso é verdade. É melhor pegar o carro e descer até a cidade, ainda que esteja meio em cima da hora para chegar a tempo de pegar o primeiro trem em Chaves.

São mais de cinco horas quando chegam à estação e deixam o carro na praça poeirenta, entre charretes e carroças carregadas de fardos ou galões; não conversaram muito no carro, embora o homem tenha perguntado por umas camisas e sua mulher tenha dito que a mala está pronta e que só falta botar os papéis e algum livro na pasta.

— O Juárez sabia os horários — disse o homem. — Ele me explicou o que eu tenho que fazer para viajar a Mercedes, disse que é melhor pegar as passagens na cidade e confirmar as conexões dos trens.

— Sim, você já me contou — disse a mulher.

— Acho que da fazenda até Chaves tem pelo menos sessenta quilômetros de carro. Parece que o trem que vai para Peúlco passa por Chaves às nove e pouco.

— E você vai deixar o carro com o chefe da estação — disse a mulher, meio perguntando, meio decidindo.

— Sim. O trem de Chaves chega depois da meia-noite a Peúlco, mas parece que no hotel sempre tem quartos com banheiro. O chato é que não dá para descansar por muito tempo porque o outro trem sai por volta das cinco da manhã, temos que perguntar agora. Depois ainda tem muito chão pela frente até chegar a Mercedes.

— Fica longe, sim.

Não há muita gente na estação, só alguns moradores do campo que compram cigarros na banca ou esperam na plataforma. A bilheteria fica no final da plataforma, quase no limite do pátio ferroviário. É uma sala com um balcão sujo, paredes cheias de cartazes e mapas, e nos fundos duas escrivaninhas e o cofre de ferro. Um homem em mangas de camisa atende no balcão, uma moça maneja um aparelho telegráfico numa das escrivaninhas. Já é quase noite mas não acenderam a luz, aproveitam até o fim a claridade marrom que passa lentamente pela janela do fundo.

— Temos que voltar logo para a fazenda — diz o homem. — Falta pôr a bagagem no carro e não sei se tenho gasolina suficiente.

— Compre as passagens e vamos embora — diz a mulher, que ficou um pouco para trás.

— Sim. Me deixe pensar. Então eu vou primeiro até Peúlco. Não, quer dizer, tenho que comprar uma passagem de onde o Juárez falou, não lembro direito.

— Não lembra — diz a mulher, com aquele jeito de fazer uma pergunta que nunca é totalmente uma pergunta.

— É sempre a mesma coisa com os nomes — diz ele com um sorriso

20   *A viagem*

aborrecido. — Somem da cabeça justo na hora de dizê-los. E depois outra passagem de Peúlco até Mercedes.

— Mas por que duas passagens diferentes — diz a mulher.

— O Juárez me explicou que são duas companhias, por isso preciso de duas passagens, mas em qualquer estação vendem as duas, então dá na mesma. Uma dessas coisas dos ingleses.

— Já não são mais ingleses — diz a mulher.

Um rapaz moreno entrou na bilheteria e está averiguando alguma coisa. A mulher se aproxima e apoia um cotovelo no balcão, e ela é loira e tem um rosto cansado e bonito meio perdido num estojo de cabelo dourado que ilumina vagamente seu contorno. O bilheteiro a olha por um momento, mas ela não diz nada, como que à espera de que o marido se aproxime para comprar as passagens. Ninguém se cumprimenta na bilheteria, está tão escuro que não parece necessário.

— Aqui neste mapa deve dar para ver — diz o homem, indo em direção à parede da esquerda. — Olhe, deve ser isso. Nós estamos...

Sua mulher se aproxima e observa o dedo que hesita sobre o mapa vertical, buscando um local onde pousar.

— Esta é a província — diz o homem — e nós estamos mais ou menos aqui. Espere, é aqui. Não, deve ser mais ao sul. Eu tenho que ir para lá, a direção é essa, veja. E agora estamos aqui, acho.

Dá um passo para trás e olha o mapa inteiro, olha-o demoradamente.

— É a província, não é?

— Parece — diz a mulher. — E você diz que estamos aqui.

— Aqui, claro. O caminho deve ser esse. Sessenta quilômetros até essa estação, como disse o Juárez, o trem deve sair de lá. Não vejo alternativa.

— Bom, então compre as passagens — diz a mulher.

O homem olha mais um pouco para o mapa e se aproxima do bilheteiro. Sua mulher o segue, apoia de novo o cotovelo no balcão como quem se prepara para esperar muito tempo. O rapaz termina de falar com o bilheteiro e vai consultar os horários na parede. Uma luz azul se acende na mesa da telegrafista. O homem apanhou sua carteira de dinheiro e escolhe algumas notas.

— Tenho que ir para...

Vira-se para a mulher, que está olhando um desenho no balcão, algo parecido com um antebraço mal desenhado com tinta vermelha.

— Qual era a cidade para onde tenho que ir? O nome me fugiu. Não a outra, estou falando da primeira. Eu vou de carro até a primeira.

A mulher ergue os olhos na direção do mapa. O homem faz um gesto de impaciência porque o mapa está longe demais para que tenha alguma serventia. O bilheteiro se acotovelou no balcão e espera sem dizer nada.

Seus óculos são verdes e pelo colarinho aberto da camisa brota um jorro de pelos acobreados.

— Você falou Allende, acho — diz a mulher.

— Não, Allende não, sem chance.

— Eu não estava lá quando o Juárez lhe explicou a viagem.

— O Juárez me explicou os horários e as conexões, mas eu repeti os nomes no carro para você.

— Não tem nenhuma estação chamada Allende — diz o bilheteiro.

— Claro que não tem — diz o homem. — Lá, para onde eu vou, é...

A mulher está olhando novamente o desenho do antebraço vermelho, que não é um antebraço, agora tem certeza.

— Olhe, quero uma passagem de primeira para... Eu sei que preciso ir de carro, fica ao norte da fazenda. Então você não se lembra?

— Vocês têm tempo — diz o bilheteiro. — Pensem com calma.

— Não tenho tanto tempo — diz o homem. — Preciso ir agora mesmo de carro até... Preciso justamente de uma passagem de lá para a outra estação, onde há uma baldeação para seguir até Allende. Agora o senhor me diz que não é Allende. E você, como é que não se lembra?

Aproxima-se da mulher, faz a pergunta fitando-a com uma surpresa quase escandalizada. Por um instante, faz menção de voltar ao mapa e procurar, mas desiste e espera, um pouco inclinado sobre a mulher que passa e repassa um dedo sobre o balcão.

— Vocês têm tempo — repete o bilheteiro.

— Então... — diz o homem. — Então você...

— Era alguma coisa parecida com Moragua — diz a mulher como se perguntasse.

O homem olha para o mapa, mas vê que o bilheteiro move a cabeça negativamente.

— Não é isso — diz o homem. — Não é possível que a gente não se lembre, pois justo quando vínhamos...

— Acontece sempre — diz o bilheteiro. — A melhor coisa é se distrair e mudar de assunto, e de repente, zás, o nome cai feito um passarinho, hoje mesmo eu estava dizendo isso para um senhor que ia viajar para Ramallo.

— Ramallo — repete o homem. — Não, não é Ramallo. Mas quem sabe se eu olhar a lista de estações...

— Estão ali — diz o bilheteiro, mostrando o horário colado na parede. — Só que tem uma coisa, são umas trezentas. Tem muitas paradas, tem estações de carga, mas cada uma tem seu próprio nome, né?

O homem se aproxima do horário e apoia o dedo no início da primeira coluna. O bilheteiro espera, tira um cigarro de detrás da orelha e lambe a

22 *A viagem*

ponta antes de acendê-lo, olhando para a mulher que continua apoiada no balcão. Na penumbra, tem a impressão de que a mulher sorri, mas não dá para ver direito.

— Acenda um pouco a luz, Juana — diz o bilheteiro, e a telegrafista estica o braço até o interruptor da parede e uma lâmpada se acende no teto amarelado. O homem chegou à metade da segunda coluna, seu dedo se detém, volta para cima, desce outra vez, se afasta. Agora a mulher sorri francamente, o bilheteiro a viu à luz da lâmpada e tem certeza, ele também sorri sem saber por quê, até que o homem se vira bruscamente e volta para o balcão. O rapaz moreno sentou-se num banco ao lado da porta e é mais um ali, outro par de olhos passeando de um rosto para outro.

— Vou me atrasar — diz o homem. — Se pelo menos você se lembrasse, os nomes me fogem da cabeça, sabe como estou.

— O Juárez tinha explicado tudo para você — diz a mulher.

— Esqueça o Juárez, estou perguntando a você.

— Você precisava pegar dois trens — diz a mulher. — Primeiro você ia de carro até uma estação, lembro que disse que ia deixar o carro com o chefe.

— Isso não tem nada a ver.

— Todas as estações têm chefe — diz o bilheteiro.

O homem olha para ele, talvez sem escutá-lo. Está esperando que sua mulher se lembre, de repente parece que tudo depende dela, de que ela se lembre. Ele já não tem muito tempo, precisa voltar para a fazenda, apanhar a bagagem e partir para o norte. De repente o cansaço é como esse nome que não recorda, um vazio que pesa cada vez mais. Não viu a mulher sorrir, só o bilheteiro viu. Ainda espera que ela se lembre, ajuda-a com sua própria imobilidade, apoia as mãos no balcão, bem perto do dedo da mulher que continua brincando com o desenho do antebraço vermelho e o percorre suavemente agora que sabe que não é um antebraço.

— Tem razão — diz, olhando para o bilheteiro. — Quando a gente pensa demais, as coisas somem da cabeça. Mas quem sabe você...

A mulher arredonda os lábios como se quisesse sorver alguma coisa.

— Quem sabe eu me lembro — diz. — No carro nós falamos que você ia primeiro para... Não era Allende, né? Então era algo parecido com Allende. Dê uma olhada de novo no *a* ou no *h*. Se quiser, eu vou ver.

— Não, não era isso. O Juárez me explicou qual era a melhor conexão... Porque tem outro jeito de ir, mas então precisaria mudar de trem três vezes.

— É demais — diz o bilheteiro. — Duas mudanças e basta, com aquela poeira toda que entra no vagão, sem contar o calor.

O homem faz um gesto de impaciência e dá as costas ao bilheteiro, interpondo-se entre ele e a mulher. Vê meio de través o rapaz que olha para eles lá do banco, e se vira mais um pouco para não ver nem o bilheteiro nem o rapaz, para ficar completamente sozinho diante da mulher, que levantou o dedo do desenho e olha para a unha esmaltada.

— Não me lembro — diz o homem em voz muito baixa. — Não me lembro de nada, você sabe. Mas você sim, dê uma pensada. Vai acabar se lembrando, tenho certeza.

A mulher arredonda os lábios de novo. Pisca duas, três vezes. A mão do homem segura e aperta seu pulso. Ela olha para ele, agora sem piscar.

— Las Lomas — diz. — Acho que era Las Lomas.

— Não — diz o homem. — Não é possível que você não se lembre.

— Ramallo, então. Não, já falei isso antes. Se não é Allende, deve ser Las Lomas. Se quiser, vou ver ali no mapa.

A mão solta o pulso, a mulher esfrega a marca na pele e assopra de leve. O homem baixou a cabeça e respira com dificuldade.

— Também não existe uma estação Las Lomas — diz o bilheteiro.

A mulher olha para ele por sobre a cabeça do homem que se dobrou ainda mais contra o balcão. Sem se apressar, como que tateando, o bilheteiro apenas sorri.

— Peúlco — diz bruscamente o homem. — Agora me lembrei. Era Peúlco, né?

— Pode ser — diz a mulher. — Talvez seja Peúlco, mas não me lembro bem.

— Se você vai de carro até Peúlco, tem um bom chão pela frente — diz o bilheteiro.

— Você não acha que era Peúlco? — insiste o homem.

— Não sei — diz a mulher. — Você se lembrava agora há pouco, eu não prestei muita atenção. Talvez seja Peúlco.

— O Juárez disse Peúlco, tenho certeza. Da fazenda até a estação são uns sessenta quilômetros.

— Muito mais que isso — diz o bilheteiro. — Não compensa ir de carro até Peúlco. E quando estiver lá, vai para onde?

— Como assim, vou para onde?

— Estou dizendo isso porque Peúlco é só um entroncamento. Três casas extraviadas e o hotel da estação. As pessoas vão até Peúlco só pra mudar de trem. Agora, se o senhor tem algum negócio pra fazer lá, aí é diferente.

— Não pode ficar tão longe — diz a mulher. — O Juárez disse sessenta quilômetros, então não pode ser Peúlco.

O homem demora a responder, a mão encostada na orelha como se estivesse se ouvindo por dentro. O bilheteiro não desviou os olhos da mulher e espera. Não tem certeza de que ela sorriu para ele ao falar.

24   *A viagem*

— Sim, deve ser Peúlco — diz o homem. — Se fica tão longe é porque é a segunda estação. Preciso comprar uma passagem até Peúlco e esperar o outro trem. O senhor disse que era um entroncamento e que havia um hotel. Então é Peúlco.

— Mas não fica a sessenta quilômetros — diz o bilheteiro.

— Claro que não — diz a mulher, endireitando-se e levantando um pouco a voz. — Peúlco seria a segunda estação, mas o que meu marido não lembra é da primeira, e essa sim, fica a sessenta quilômetros. O Juárez disse isso para você, acho.

— Ah — diz o bilheteiro. — Bem, nesse caso o senhor teria que ir primeiro até Chaves e de lá pegar o trem para Peúlco.

— Chaves — diz o homem. — Pode ser Chaves, claro.

— Daí de Chaves vai até Peúlco — diz a mulher, quase perguntando.

— É a única maneira de chegar lá saindo desta região — diz o bilheteiro.

— Está vendo — diz a mulher. — Se você tem certeza de que a segunda estação é Peúlco...

— Você não se lembra? — diz o homem. — Agora tenho quase certeza, mas quando você falou Las Lomas também pensei que podia ser essa.

— Eu não disse Las Lomas, eu disse Allende.

— Allende não é — diz o homem. — Você não disse Las Lomas?

— Pode ser, acho que no carro você falou Las Lomas.

— Não existe nenhuma estação Las Lomas — diz o bilheteiro.

— Então devo ter dito Allende, mas não tenho certeza. Deve ser Chaves e Peúlco, como o senhor acha que é. Veja uma passagem de Chaves até Peúlco, então.

— Claro — diz o bilheteiro, abrindo uma gaveta. — Mas de Peúlco... Porque eu já disse que é só um entroncamento.

O homem mexe na carteira com um movimento rápido, mas as últimas palavras detêm sua mão no ar. O bilheteiro se apoia na borda da gaveta aberta e espera de novo.

— De Peúlco quero uma passagem para Moragua — diz o homem, com uma voz que vai ficando para trás, que se parece com sua mão estendida no ar com o dinheiro.

— Não tem nenhuma estação chamada Moragua — diz o bilheteiro.

— Era parecido com isso — diz o homem. — Você não se lembra?

— Sim, era parecido com isso, Moragua — diz a mulher.

— Há uma porção de estações com eme — diz o bilheteiro. — Quer dizer, saindo de Peúlco. Lembra quanto durava a viagem, mais ou menos?

— A manhã toda — diz o homem. — Umas seis horas, talvez menos.

O bilheteiro olha um mapa preso por um vidro no extremo do balcão.

— Pode ser Malumbá, ou Mercedes, quem sabe — diz. — A essa distância só vejo essas duas, talvez Amorimba. Amorimba tem dois emes, quem sabe seja essa.

— Não — diz o homem. — Não é nenhuma dessas.

— Amorimba é um povoado pequeno, mas Mercedes e Malumbá são cidades. Com eme não vejo nenhuma outra na região. Tem que ser uma dessas, se o senhor for pegar o trem em Peúlco.

O homem olha para a mulher, amassando lentamente as notas na mão ainda estendida, e a mulher arredonda os lábios e dá de ombros.

— Não sei, querido — diz. — Quem sabe seja Malumbá, não acha.

— Malumbá — repete o homem. — Então você acha que é Malumbá.

— Não é que eu ache isso. O moço disse que de Peúlco não tem outra além dessa e de Mercedes. Talvez seja Mercedes, mas...

— Saindo de Peúlco só pode ser Mercedes ou Malumbá — diz o bilheteiro.

— Está vendo — diz a mulher.

— É Mercedes — diz o homem. — Malumbá não me diz nada, mas Mercedes... Eu vou para o Hotel Mundial, talvez o senhor possa me dizer se fica em Mercedes.

— Fica sim — diz o rapaz sentado no banco. — O Mundial fica a duas quadras da estação.

A mulher olha para ele, e o bilheteiro espera um momento antes de aproximar os dedos da gaveta onde as passagens estão enfileiradas. O homem se curva sobre o balcão para lhe entregar o dinheiro com mais facilidade, e ao mesmo tempo vira a cabeça e olha para o rapaz.

— Obrigado — diz. — Muito obrigado, moço.

— É uma cadeia de hotéis — diz o bilheteiro. — Desculpe, mas em Malumbá também tem um Mundial, se for o caso, e na certa em Amorimba também, mas aí não tenho certeza.

— Então... — diz o homem.

— Arrisque ir, afinal, se não for Mercedes, o senhor ainda pode pegar outro trem até Malumbá.

— Para mim parece que é mais Mercedes — diz o homem. — Não sei por que tenho essa impressão. Você também não tem?

— Eu também, principalmente no começo.

— Como assim, no começo?

— Quando o moço lhe falou aquilo do hotel. Mas se em Malumbá também tem um Hotel Mundial...

— É Mercedes — diz o homem. — Tenho certeza de que é Mercedes.

— Então compre as passagens — diz a mulher, dando de ombros.

— De Chaves até Peúlco, e de Peúlco até Mercedes — diz o bilheteiro.

A viagem

O cabelo esconde o perfil da mulher, que está olhando de novo o desenho vermelho no balcão, e o bilheteiro não pode ver sua boca. Com a mão de unhas pintadas, ela esfrega lentamente o pulso.

— Sim — diz o homem depois de uma breve hesitação. — De Chaves até Peúlco e de lá até Mercedes.

— Vai ter que se apressar — diz o bilheteiro, escolhendo um cartãozinho azul e outro verde. — São mais de sessenta quilômetros até Chaves e o trem passa às nove e cinco.

O homem põe o dinheiro em cima do balcão e o bilheteiro começa a dar o troco, olhando a mulher esfregar lentamente o pulso. Não pode saber se ela está sorrindo, e pouco lhe importa, mas mesmo assim gostaria de saber se está sorrindo por trás de todo aquele cabelo dourado que lhe cai sobre a boca.

— Ontem à noite choveu pesado lá nas bandas de Chaves — diz o rapaz. — Melhor se apressar, senhor, as estradas devem estar enlameadas.

O homem guarda o troco e põe as passagens no bolso do paletó. A mulher joga o cabelo para trás com dois dedos e olha para o bilheteiro. Tem os lábios unidos como se sorvesse alguma coisa. O bilheteiro sorri para ela.

— Vamos — diz o homem. — Está em cima da hora.

— Se sair já, vai chegar a tempo — diz o rapaz. — Por via das dúvidas, leve as correntes, deve estar ruim antes de Chaves.

O homem assente e acena vagamente na direção do bilheteiro. Quando sai, a mulher começa a caminhar para a porta que se fecha sozinha.

— Vai ser uma pena se no fim ele estiver enganado, né? — diz o bilheteiro, como se falasse com o rapaz.

Quase na porta a mulher vira a cabeça e olha para ele, mas a luz mal a alcança e agora é difícil saber se ainda ri, se a batida da porta ao se fechar foi ela quem deu ou se foi o vento que quase sempre se levanta ao cair da noite.

Sestas

Algum dia, num tempo sem horizonte, iria se lembrar de tia Adela ouvindo quase toda tarde aquele disco com as vozes e os coros, da tristeza quando as vozes começavam a sair, uma mulher, um homem e depois muitos juntos cantando uma coisa que não dava para entender, a etiqueta verde com explicações para os adultos, *Te lucis ante terminum, Nunc dimittis*, tia Lorenza dizia que era latim e que falava de Deus e coisas assim, então Wanda se cansava de não entender, de ficar triste como quando em sua casa Teresita punha o disco de Billie Holiday e o ouviam fumando porque a mãe de Teresita estava trabalhando e o pai estava fora cuidando dos negócios ou fazendo a sesta e então podiam fumar sossegadas, mas ouvir Billie Holiday era uma tristeza bonita que dava vontade de deitar e chorar de felicidade, era tão bom ficar no quarto de Teresita com a janela fechada, com a fumaça, ouvindo Billie Holiday. Em sua casa foi proibida de cantar essas canções porque Billie Holiday era negra e tinha morrido de tanto usar drogas, tia María a obrigava a passar mais uma hora no piano estudando arpejos, tia Ernestina vinha com o discurso sobre a juventude de agora, *Te lucis ante terminum* ressoava na sala onde tia Adela costurava iluminada por uma esfera de vidro cheia de água que guardava (era bonito) toda a luz da lâmpada de costura. Ainda bem que de noite Wanda dormia na mesma cama que tia Lorenza e que ali não havia latim nem conferências sobre o tabaco e os degenerados da rua, tia Lorenza apagava a luz depois de rezar e por um momento falavam de qualquer coisa, quase sempre do cachorro Grock, e quando Wanda ia dormir era tomada por um sentimento de reconciliação, de estar um pouco mais protegida da tristeza da casa com o calor de tia Lorenza, que ressonava suavemente, quase como Grock, quente e meio enovelada e ressonando satisfeita como Grock no tapete da sala de jantar.

— Tia Lorenza, não me deixe mais sonhar com o homem da mão artificial — suplicara Wanda na noite do pesadelo. — Por favor, tia Lorenza, por favor.

Depois falou disso com Teresita e Teresita riu, mas não tinha graça e tia Lorenza também não riu enquanto lhe enxugava as lágrimas, dava um copo d'água para ela beber e a acalmava pouco a pouco, ajudando-a a afastar as imagens, a mistura de lembranças do outro verão e do pesadelo, o homem que era tão parecido com os do álbum do pai de Teresita, ou o beco sem saída onde ao anoitecer o homem de preto a encurralara, aproximando-se lentamente até parar e olhá-la com toda a lua cheia no rosto, os óculos de aro metálico, a sombra do chapéu-coco ocultando sua testa, e então o movimento do braço direito se levantando na direção dela, a boca de lábios finos, o grito ou a corrida que a salvara do final, o copo d'água e as carícias de tia Lorenza antes de um lento regresso amedrontado a um sonho que duraria até tarde, o purgante de tia Ernestina, a sopa leve e os conselhos, outra vez a casa e *Nunc dimittis*, mas no fim a permissão para ir brincar com Teresita, embora essa garota não fosse de confiança, com a educação que a mãe lhe dava, é capaz que até lhe ensinasse alguma coisa mas, enfim, pior era ver aquela cara macilenta e um pouco de diversão não lhe faria mal, antes as meninas bordavam na hora da sesta ou estudavam solfejo, mas essa juventude de agora.

— Não são só loucas, são idiotas, também — disse Teresita, passando-lhe um dos cigarros que roubava do pai. — Mas que tias as suas, menina. Então elas te deram um purgante? Você já foi ou não? Tome, olhe o que a Chola me emprestou, tem toda a moda do outono, mas antes veja as fotos do Ringo, me diga se não é um amor, olhe só ele com essa camisa aberta. Tem pelinhos, repare.

Depois quis saber mais, mas era difícil para Wanda continuar falando disso agora que subitamente lhe voltava uma visão de fuga, de corrida enlouquecida pelo beco, e isso não era o pesadelo mas devia ser quase o final do pesadelo que esquecera ao acordar gritando. Talvez antes, no fim do outro verão, pudesse ter falado com Teresita mas ficou quieta com medo de que ela fosse fofocar com tia Ernestina, naquela época Teresita ainda ia a sua casa e as tias lhe arrancavam coisas com torradas e doce de leite até que brigaram com a mãe dela e não queriam mais receber Teresita embora às vezes a deixassem ir à casa dela de tarde quando tinham visitas e queriam sossego. Agora poderia ter contado tudo a Teresita mas já não valia a pena porque o pesadelo era também como a outra coisa, essa coisa que talvez tenha sido parte do pesadelo, tudo era tão parecido com o álbum do pai de Teresita e nada parecia acabar de verdade, era como aquelas ruas no álbum que se perdiam ao longe como nos pesadelos.

— Teresita, abra um pouco a janela, está quente demais com tudo fechado.

— Não seja boba, depois minha mãe vai perceber que andamos fumando. Tem um olfato de tigre, a Sardenta, nesta casa a gente tem que tomar cuidado.

— Ah, tá, como se eles fossem te matar a pauladas.

— Claro, você volta pra sua casa e não tá nem aí. Continua a mesma criancinha.

Mas Wanda não era mais uma criancinha embora Teresita ainda esfregasse isso na cara dela porém cada vez menos desde a tarde em que também fazia calor e elas falaram de certas coisas e depois Teresita lhe mostrou aquilo e tudo ficou diferente mas Teresita ainda a chamava de criancinha quando se irritava.

— Não sou nenhuma criancinha — disse Wanda, soltando fumaça pelo nariz.

— Tá bom, tá bom, não fique assim. Você tem razão, está fazendo um calor dos diabos. É melhor a gente tirar a roupa e preparar um vinho com gelo. Vou dizer uma coisa, você sonhou aquilo por causa do álbum do meu pai, e olhe que lá não tem nenhuma mão artificial, mas os sonhos, sabe como é. Olhe como estão crescendo.

Não se notava grande coisa sob a blusa, mas nus eles ganhavam importância e a tornavam mulher, mudavam sua cara. Wanda ficou com vergonha de tirar o vestido e mostrar o peito onde mal despontavam. Um dos sapatos de Teresita voou até a cama, outro se perdeu debaixo do sofá. Mas claro que era como os homens do álbum do pai de Teresita, os homens de preto que se repetiam em quase todas as lâminas, Teresita lhe mostrou o álbum numa tarde de sesta em que seu pai saiu e a casa ficou tão sozinha e calada quanto as salas e as casas do álbum. Rindo e se empurrando de puro nervosismo elas foram para o andar de cima onde às vezes os pais de Teresita as chamavam para tomar chá na biblioteca como gente grande, e nesses dias não dava para fumar nem beber vinho no quarto de Teresita porque a Sardenta logo percebia, por isso aproveitaram que a casa tinha ficado só para elas e subiram gritando e se empurrando, como agora que Teresita empurrava Wanda até fazê-la cair sentada no sofá azul e quase com o mesmo gesto se agachava para tirar a calcinha e ficar nua diante de Wanda, as duas se olhando com uma risada um pouco curta e esquisita até que Teresita soltou uma gargalhada e perguntou se ela era boba e não sabia que ali cresciam pelinhos como no peito do Ringo. "Mas eu também tenho", disse Wanda, "apareceram no verão passado." Igual ao álbum, em que todas as mulheres tinham, e muitos, em quase todas as lâminas elas iam e vinham ou ficavam sentadas ou deitadas na grama e nas salas de espera das estações ("são loucas", opinava Teresita), e também como agora se entreolhando com uns olhos enormes e sempre a lua cheia embora não se visse na lâmina, tudo se passava em lugares onde havia lua cheia e as mulheres andavam nuas pelas ruas e estações e se cruzavam como se não se vissem e estivessem terrivelmente sós, e onde às vezes os senhores de terno preto ou guarda-pó cinza as observavam ir e vir ou estudavam pedras esquisitas com um microscópio e sem tirar o chapéu.

— Você tem razão — disse Wanda —, ele era muito parecido com os homens do álbum, e também usava chapéu-coco e óculos, era como eles, mas com a mão artificial, e olhe que da outra vez quando...

— Chega de mão artificial — disse Teresita. — Você vai ficar assim a tarde inteira? Primeiro reclama do calor e depois eu que fico nua.

— Preciso ir ao banheiro.

— O purgante! Não, suas tias são mesmo um caso sério. Vá rápido, e na volta traga mais gelo, olhe como o Ringo está me espiando, anjo querido. Você gosta desta barriguinha, amoreco? Olhe bem pra ela, se esfregue assim, assim, a Chola vai me matar quando eu devolver a foto toda amassada.

30   *Sestas*

No banheiro, Wanda esperou quanto pôde para não ter de voltar, estava dolorida e com raiva por causa do purgante e depois também a Teresita no sofá azul olhando para ela como se fosse uma menininha, caçoando como da outra vez que lhe mostrou aquilo e Wanda não pôde impedir que seu rosto ficasse afogueado, aquelas tardes em que tudo era diferente, primeiro tia Adela permitindo que ela ficasse até mais tarde na casa de Teresita, afinal ela fica aqui do lado e eu preciso receber a diretora e a secretária da escola da María, com essa casa tão pequena é melhor você ir brincar com sua amiga, mas cuidado na volta, venha direto e nada de ficar batendo perna pelas ruas com a Teresita, ela gosta de sair por aí, eu a conheço, e depois fumar uns cigarros novos que o pai de Teresita tinha esquecido numa gaveta da escrivaninha, com filtro dourado e um cheiro estranho, e no fim Teresita lhe mostrou aquilo, era difícil lembrar como foi que aconteceu, estavam falando do álbum, ou talvez essa história do álbum tenha sido no começo do verão, naquela tarde estavam mais agasalhadas e Wanda usava o pulôver amarelo, então ainda não era verão, no fim não sabiam o que dizer, olhavam-se e riam, quase sem dizer nada elas saíram para dar uma volta pelas bandas da estação, evitando a esquina da casa de Wanda porque tia Ernestina ficava de olho nelas mesmo quando estava com a diretora e a secretária. Passearam um pouco pela plataforma da estação como se estivessem esperando o trem, vendo passarem as máquinas que estremeciam as plataformas e enchiam o céu de fumaça preta. Então, ou talvez quando já estavam de volta e era hora de se separarem, Teresita lhe disse meio de passagem que tivesse cuidado com isso, olha lá, e Wanda, que tentava esquecer, ficou vermelha e Teresita riu e disse que ninguém podia saber do lance dessa tarde, mas que as tias dela eram como a Sardenta e que se ela se descuidasse qualquer dia a pegavam e então já viu. Riram outra vez mas era verdade, tinha mesmo de ser tia Ernestina a surpreendê-la no final da sesta, embora Wanda tivesse certeza de que ninguém entraria em seu quarto àquela hora, todo mundo tinha ido dormir e no pátio se ouvia a corrente do Grock e o zumbido das vespas furiosas de sol e de calor, ela mal teve tempo de puxar o lençol até o pescoço e fingir que estava dormindo, mas era tarde, porque tia Ernestina estava ao pé da cama e arrancara o lençol de uma só vez sem dizer palavra, só olhando a calça do pijama enrolada nas panturrilhas. Na casa de Teresita elas passavam a chave na porta e olhe que a Sardenta proibia isso, mas tia María e tia Ernestina falavam de incêndios e de crianças trancadas morrendo nas chamas, só que agora não era disso que falavam tia Ernestina e tia Adela, primeiro tinham se aproximado sem dizer nada e Wanda tentou fingir que não estava entendendo nada até que tia Adela segurou sua mão e a torceu, e tia Ernestina lhe deu o primeiro tapa, depois outro e mais outro, Wanda se defendia chorando, a cara no travesseiro, gritando que não tinha feito nada de errado, que só estava com coceira e que então, mas tia Adela tirou a chinela e começou a lhe bater nas nádegas enquanto segurava suas pernas, e falavam de depravada e na certa de Teresita e da juventude e da ingratidão e das doenças e do piano e da reclusão, mas sobretudo da depravação e das doenças, até que tia Lorenza se levantou assustada com os gritos e os choros e de repente se fez a calma, só restou tia Lorenza olhando-a aflita, sem acalmá-la nem acariciá-la, mas sempre tia Lorenza como agora que lhe dava um copo d'água e a protegia do homem de preto, repetindo em seu ouvido que ia dormir bem, que não ia ter aquele pesadelo de novo.

— Você comeu puchero demais, eu reparei. Puchero de noite é muito pesado, que nem laranja. Vamos, já passou, agora durma, estou aqui, você não vai mais sonhar.

— O que você está esperando pra tirar a roupa? Tem que ir ao banheiro de novo? Você vai virar pelo avesso como uma luva, suas tias são loucas.

— Não está tão quente assim pra gente tirar a roupa — disse Wanda naquela tarde, tirando o vestido.

— Foi você que começou com essa história de calor. Me dê o gelo e traga os copos, ainda tem vinho doce mas ontem a Sardenta ficou olhando a garrafa e fez uma cara... Ah, se eu conheço aquela cara. Ela não fala nada mas faz aquela cara e sabe que eu sei. Ainda bem que o meu velho só pensa nos negócios e está sempre picando a mula. É verdade, você já tem pelos, mas poucos, ainda parece uma menina. Vou te mostrar uma coisa na biblioteca se você jurar que...

Teresita tinha descoberto o álbum por acaso, a estante com fechadura, seu pai guarda os livros científicos que não são coisa boa para sua idade, que idiotas, tinha ficado só encostada e havia dicionários e um livro com a lombada oculta, justamente para não ser notada, e também outros com lâminas anatômicas que não eram como as do colégio, essas estavam completamente terminadas, mas assim que pegou o álbum as pranchas de anatomia deixaram de lhe interessar porque o álbum era como uma fotonovela, mas tão estranha, as legendas, que pena, em francês, e mal dava para entender algumas palavras soltas, *la sérenité est sur le point de basculer*, *sérenité* quer dizer serenidade mas *basculer* vá saber, era uma palavra estranha, *bas* quer dizer meia, *les bas Dior* da Sardenta, mas *culer*, a meia do culer não quer dizer nada, e as mulheres das lâminas estavam sempre nuas ou com saias e túnicas mas sem meias, talvez *culer* fosse outra coisa e Wanda também pensou o mesmo quando Teresita lhe mostrou o álbum e riram feito loucas, isso é que era bom com a Wanda nas tardes de sesta quando as deixavam sozinhas em casa.

— Não está tão quente assim pra gente tirar a roupa — disse Wanda. — Por que você é tão exagerada? Eu falei, é verdade, mas não queria dizer isso.

— Então você não gosta de ficar como as mulheres das lâminas? — brincou Teresita, esticando-se no sofá. — Olhe bem pra mim e diga se não estou idêntica àquela onde tudo parece de vidro e ao longe se vê um homem pequenininho vindo pela rua. Tire a calcinha, sua tonta, não vê que está estragando o efeito?

— Não me lembro dessa lâmina — disse Wanda, apoiando indecisa os dedos no elástico da calcinha. — Ah, é, acho que lembro, tinha uma lâmpada no teto e no fundo um quadro azul com a lua cheia. É mesmo, era tudo azul.

Vá saber por que na tarde do álbum elas se detiveram muito tempo nessa lâmina embora houvesse outras mais excitantes e estranhas, por exemplo, a de Orphée, que no dicionário queria dizer Orfeu, o pai da música que desceu até os infernos, só que na lâmina não havia nenhum inferno, apenas uma rua com casas de tijolos vermelhos, um pouco como no começo do pesadelo, embora depois tudo tenha mudado e fosse outra vez o beco com o homem da mão artificial, e por aquela rua com casas de tijolos vermelhos Orfeu vinha nu, Teresita logo lhe mostrou, mas à primeira vista Wanda pensou que fosse mais uma mulher nua até que Teresita caiu na risada e pôs o dedo bem ali e Wanda viu que era um homem muito jovem, mas um homem, e ficaram olhando e estudando Orfeu e se perguntando quem seria a mulher de costas no jardim e por que estaria de costas com o zíper da saia meio aberto como se aquilo fosse jeito de passear pelo jardim.

— É um enfeite, não um zíper — descobriu Wanda. — Dá a impressão, mas se você olhar bem percebe que é um tipo de bainha que parece um fecho. O que não dá pra entender é por que Orfeu está vindo pela rua e está pelado e a mulher fica de costas no jardim atrás da parede, é estranhíssimo. Orfeu parece uma mulher com essa pele tão branca e esses quadris. Se não fosse por aquilo ali, é claro.

— Vamos procurar outra onde dê pra gente ver mais de perto — disse Teresita. — Você já viu algum homem?

— Não, de que jeito? — disse Wanda. — Eu sei como é, mas como é que você queria que eu tivesse visto? É como o dos bebês, mas maior, né? Como o Grock, mas ele é um cachorro, não é a mesma coisa.

— A Chola diz que quando estão apaixonados ele cresce o triplo e é aí que acontece a fecundação.

— Pra ter filhos? Mas fecundação é isso ou?

— Você é boba, menininha. Veja esta outra aqui, até parece a outra rua, mas tem duas mulheres nuas. Por que esse infeliz pinta tantas mulheres?

Último round   33

Veja, até parece que elas passam uma pela outra mas nem se conhecem e vai cada uma pro seu lado, estão completamente loucas, peladas em plena rua e nenhum guarda pra repreender as duas, isso não acontece em lugar nenhum. Veja esta outra, aqui tem um homem mas ele está vestido e se escondendo numa casa, só dá pra ver o rosto e a mão dele. E essa mulher vestida de ramos e folhas, vou te contar, são loucas mesmo.

— Você não vai mais sonhar — prometeu tia Lorenza, acariciando-a. — Agora durma, vai ver que não vai mais sonhar.

— É verdade, você já tem pelos, mas poucos — disse Teresita. — É estranho, ainda parece uma menina. Acenda meu cigarro. Venha.

— Não, não — disse Wanda, querendo se soltar. — O que está fazendo? Não quero, me largue.

— Como você é boba. Olhe, venha ver, eu te mostro. Mas eu não fiz nada, fique quieta e já vai ver.

De noite a mandaram para a cama sem deixar que as beijasse, o jantar tinha sido como nas lâminas onde tudo era silêncio, só tia Lorenza a olhava de vez em quando e lhe servia o jantar, de tarde ouvira de longe o disco de tia Adela e as vozes chegavam até ela como se a estivessem acusando, *Te lucis ante terminum*, já decidira se suicidar e lhe fazia bem chorar pensando em tia Lorenza quando a encontrasse morta e todas se arrependessem, ela se suicidaria pulando lá do alto do terraço no jardim, ou abrindo as veias com a gilete da tia Ernestina, mas ainda não porque antes precisava escrever uma carta de despedida para Teresita dizendo que a perdoava e outra para a professora de geografia que lhe dera o atlas encadernado de presente, e ainda bem que tia Ernestina e tia Adela não sabiam que Teresita e ela tinham ido à estação para ver os trens passarem e que de tarde fumavam e bebiam vinho, e principalmente que daquela vez ao cair da tarde quando voltando da casa de Teresita em vez de atravessar a rua como elas mandavam Wanda deu uma volta no quarteirão e o homem de preto se aproximou para lhe perguntar as horas como no pesadelo, talvez fosse só o pesadelo, ah, sim, meu Deus amado, bem ali na entrada do beco que terminava no muro coberto de hera, e ela ainda também não tinha percebido (mas talvez fosse apenas o pesadelo) que o homem escondia a mão no bolso do terno preto até que começou a tirá-la devagarinho enquanto lhe perguntava as horas e aquela mão parecia de cera cor-de-rosa com os dedos duros e entrecerrados, que se enganchava no bolso do paletó e ia saindo pouco a pouco e aos trancos, e então Wanda correu se afastando da entrada do beco mas quase não se lembrava mais de ter corrido e de ter escapado do homem que queria encurralá-la no fundo do beco, havia uma espécie de vazio porque o terror da mão artificial e da boca de lábios finos fixava esse momento e não

Sestas

havia antes nem depois como quando tia Lorenza lhe deu um copo d'água para beber, no pesadelo não havia nem antes nem depois e para piorar ela não podia contar para tia Lorenza que não era apenas um sonho pois já não estava certa e tinha tanto medo de que soubessem e tudo se misturava e Teresita e a única certeza era que tia Lorenza estava lá junto dela na cama, abrigando-a nos braços e prometendo um sono tranquilo, acariciando seu cabelo e prometendo.

— Não é verdade que você gosta? — disse Teresita. — Também dá pra fazer assim, veja.

— Não, não, por favor — disse Wanda.

— Claro que sim, assim é melhor ainda, dá pra sentir em dobro, a Chola faz assim e eu também, tá vendo como você gosta, não minta, se quiser se deite aqui e faça você mesma, agora que já sabe.

— Durma, querida — tia Lorenza tinha dito —, você vai ver que não vai mais sonhar.

Mas era Teresita quem se reclinava com os olhos semicerrados, como se de repente estivesse muito cansada depois de ensinar a Wanda, e se parecia com a mulher loira do sofá azul só que mais jovem e morena, e Wanda pensava na outra mulher da lâmina que contemplava uma vela acesa embora no aposento envidraçado houvesse uma lâmpada no teto, e a rua com os postes de luz e o homem ao longe pareciam entrar no quarto, fazer parte do quarto como quase sempre nessas lâminas, embora não tivessem achado nenhuma delas tão estranha como a que se chamava damiselas de Tongres, porque *demoiselles* em francês quer dizer damiselas e quando Wanda via Teresita com a respiração ofegante como se estivesse muito cansada era como se visse de novo a lâmina com as damiselas de Tongres, que devia ser um lugar porque estava com maiúscula, se abraçando envoltas em túnicas azuis e vermelhas mas nuas por debaixo das túnicas, e uma estava com os seios de fora e acariciava a outra e as duas tinham boinas pretas e o cabelo loiro e comprido, acariciava a outra passando os dedos embaixo das costas como Teresita tinha feito, e o homem careca de guarda-pó cinza era como o dr. Fontana quando tia Ernestina a levou lá e o doutor depois de falar em segredo com tia Ernestina falou para ela tirar a roupa e ela tinha treze anos e já começava a se desenvolver e por isso tia Ernestina a levava, mas talvez não fosse só por isso porque o dr. Fontana começou a rir e Wanda ouviu quando ele disse para tia Ernestina que essas coisas não tinham tanta importância assim e que não era preciso exagerar, e depois a auscultou e examinou seus olhos e estava usando um guarda-pó que parecia o da lâmina só que era branco, e falou para ela se deitar na maca e a apalpou lá embaixo e tia Ernestina estava lá mas tinha ido olhar pela janela embora não desse para ver a rua porque a janela tinha umas cortininhas brancas, até que o dr. Fontana a chamou e disse para não se preocupar e Wanda se vestiu enquanto o doutor escrevia uma receita com um tônico e um xarope para os brônquios, e na noite do pesadelo tinha sido um pouco assim porque no começo o homem de preto era afável e sorridente como o dr. Fontana e só queria saber as horas, mas depois vinha o beco como na tarde em que ela deu a volta no quarteirão, e no fim não lhe restava outra saída a não ser se suicidar com a gilete ou se jogando do terraço depois de escrever para a professora e para Teresita.

— Você é idiota — disse Teresita. — Primeiro deixa a porta aberta feito uma sonsa, depois não consegue nem disfarçar. Estou avisando, se suas tias vierem com essa história pra Sardenta, porque com certeza vão botar a culpa em mim, eu vou direto pro colégio interno, meu pai já me avisou.

— Beba mais um pouco — disse tia Lorenza. — Agora você vai dormir até amanhã sem sonhar nada.

O pior era isso, não poder contar para tia Lorenza, explicar por que tinha fugido de casa na tarde de tia Ernestina e tia Adela e caminhara por ruas e mais ruas sem saber o que fazer, pensando que devia se suicidar logo, se jogar debaixo de um trem, e olhando para todo lado pois talvez o homem estivesse ali novamente e quando chegasse a um lugar solitário ele se aproximaria para perguntar as horas, talvez as mulheres das lâminas andassem nuas por essas ruas porque também haviam fugido de casa e tinham medo desses homens de guarda-pó cinza ou de terno preto como o homem do beco, mas nas lâminas havia muitas mulheres e ela, por sua vez, agora andava sozinha pelas ruas, mas pelo menos não estava nua como as outras e nenhuma delas vinha abraçá-la com uma túnica vermelha nem lhe dizer para se deitar como tinham feito Teresita e o dr. Fontana.

— A Billie Holiday era negra e morreu de tanto usar drogas — disse Teresita. — Tinha alucinações e essas coisas.

— O que é isso, alucinações?

— Não sei, uma coisa horrível, gritam e se contorcem. Sabe que você tem razão? Está fazendo um calor dos diabos. Melhor a gente tirar a roupa.

— Não está tão quente assim pra gente tirar a roupa — disse Wanda.

— Você comeu puchero demais — disse tia Lorenza. — Puchero de noite é pesado, que nem laranja.

— Também dá pra fazer assim, veja — disse Teresita.

Vá saber por que a lâmina de que ela mais se lembrava era a da rua estreita com árvores de um lado e uma porta em primeiro plano na calçada defronte, e ainda por cima no meio da rua a mesinha com uma lâmpada acesa, e olhe que era pleno dia. "Chega dessa história de mão artificial", disse Teresita, "você vai ficar assim a tarde toda? Primeiro reclama do calor, e depois eu que fico nua." Na lâmina, ela se afastava arrastando pelo chão uma túnica escura, e na porta em primeiro plano estava Teresita olhando para a mesa com a lâmpada, sem perceber que no fundo o homem de preto esperava Wanda, imóvel de um dos lados da rua. "Mas não somos nós", pensou Wanda, "são mulheres adultas que andam peladas pela rua, não somos nós, é como o pesadelo, a gente pensa que está lá mas não está, e a tia Lorenza não vai me deixar mais sonhar." Se pudesse pedir à tia Lorenza que a salvasse das ruas, que não a deixasse se jogar debaixo de um trem, nem que o homem de preto que na lâmina esperava no fundo da rua aparecesse ali de novo, agora que estava dando a volta no quarteirão ("venha direto e nada de ficar batendo perna pelas ruas", dissera tia Adela) e o homem de preto se aproximava para lhe perguntar as horas e a encurralava lentamente no beco sem janelas, cada vez mais encostada no muro de hera, incapaz de gritar ou de suplicar ou de se defender como no pesadelo, mas no pesadelo havia um vazio final porque tia Lorenza estava lá acalmando-a e tudo se apagava com o sabor da água fresca e das carícias, e a tarde do beco também terminava num vazio quando Wanda saiu correndo sem olhar para trás até se enfiar em casa e trancar a porta e chamar Grock para cuidar da entrada já que não podia contar a verdade para tia Adela. Agora tudo era como antes de novo, mas no beco não havia mais esse vazio, não dava para fugir nem para acordar, o homem de preto a encurralava contra o muro e tia Lorenza não ia acalmá-la, estava sozinha nesse anoitecer com o homem de preto que lhe perguntara as horas, que se aproximava do muro e começava a tirar a mão do bolso, cada vez mais perto de Wanda encostada na hera, e o homem de preto não perguntava mais as horas, a mão de cera buscava algo nela, debaixo de sua saia, e a voz do homem lhe dizia no ouvido fique quieta e não chore, que vamos fazer o que a Teresita te ensinou.

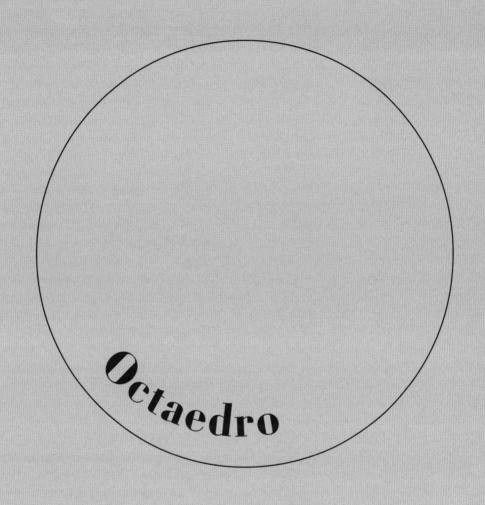

1974

Liliana chorando

Ainda bem que é o Ramos e não um outro médico, com ele sempre existiu um pacto, eu sabia que quando chegasse a hora ele ia me falar ou, mesmo sem falar tudo, pelo menos ia me dar a entender. Foi difícil pra ele, coitado, quinze anos de amizade e noitadas de pôquer e fins de semana no campo, o problema de sempre; mas é assim mesmo, na hora da verdade, entre homens, isso vale mais que as mentiras de consultório, coloridas como os comprimidos ou o líquido rosado que, gota a gota, vai entrando em minhas veias.

Três ou quatro dias e ele não me diz nada, sei que vai cuidar para que não aconteça aquilo que chamam de agonia, deixar o cachorro morrer lentamente, para quê... posso confiar no Ramos, os últimos comprimidos também serão verdes ou vermelhos, mas dentro deles vai ter outra coisa, o grande sono que desde já lhe agradeço, enquanto ele fica aos pés da cama me olhando, um pouco perdido porque a verdade o esgotou, pobre amigo. Não diga nada à Liliana, para que fazê-la chorar antes da hora, não é mesmo? Para o Alfredo sim, para o Alfredo pode contar, para que ele arranje uma brecha no trabalho e tome conta da Liliana e da mamãe. Ei, e diga para a enfermeira não me chatear quando eu estiver escrevendo, é a única coisa que me faz esquecer a dor, além da sua eminente farmacopeia, claro. Ah, e que me tragam café quando eu pedir, esta clínica leva as coisas muito a sério.

É verdade que escrever às vezes me acalma, deve ser por isso que existe tanta correspondência de condenados à morte, quem sabe... Eu até me divirto imaginando por escrito umas coisas que de repente, só de pensar, dão um nó na garganta, sem falar no canal lacrimal; nas palavras eu me vejo como se fosse outra pessoa, consigo pensar em qualquer coisa, desde que a escreva imediatamente, deformação profissional ou começo de amolecimento do miolo. Só paro quando a Liliana chega, com os outros sou menos simpático, como não querem que eu fale muito, deixo que eles contem se está fazendo frio ou se o Nixon vai ganhar do McGovern, de lápis na mão eu deixo que eles falem e até o Alfredo percebe isso e diz para eu continuar, para fazer de conta que ele não está ali, trouxe um jornal e vai ficar mais um tempinho. Mas minha mulher não merece isso, ela eu escuto e lhe sorrio e minha dor diminui, aceito aquele beijo um pouquinho úmido que volta várias vezes, embora a cada dia eu me canse mais que façam minha barba e devo machucar sua boca, pobrezinha. Devo dizer que a coragem da Liliana é meu maior consolo, se eu já me visse morto nos seus olhos eu perderia o resto dessa força que me permite conversar com ela, devolver alguns de seus beijos, continuar escrevendo assim que ela vai embora e começa a rotina de injeções e palavrinhas simpáticas. Ninguém ousa se meter com meu caderno, sei que posso guardá-lo debaixo do travesseiro ou na mesa de cabeceira, é um capricho meu, deixem ele, porque o dr. Ramos, claro, tem que deixar, coitadinho, assim ele se distrai.

Enfim, na segunda ou na terça-feira, e o cantinho no jazigo na quarta ou na quinta. Em pleno verão, o cemitério da Chacarita vai estar um forno e os rapazes vão penar, já estou vendo o Pincho com um daqueles paletós cruzados com as ombreiras que tanto divertem o Acosta, que, por sua vez, mesmo a contragosto terá que vestir um terno, o rei da jaqueta usando paletó e gravata no meu cortejo, isso vai ser demais. E o Fernandito, o trio completo, e o Ramos também, claro, até o fim, e o Alfredo levando a Liliana e a mamãe pelo braço, chorando com elas. E será de verdade, sei como gostam de mim, como vão sentir minha falta; não irão lá como quando fomos ao enterro do gordo Tresa, o dever partidário e algumas férias compartilhadas, dar logo os pêsames à família e se mandar de volta à vida e ao esquecimento. Claro que vão estar com uma fome danada, principalmente o Acosta, o mais comilão de todos; embora seja doloroso e eles amaldiçoem esse absurdo que é morrer jovem e em plena carreira, tem aquela reação que nós todos conhecemos, o prazer de entrar de novo no metrô ou no carro, de tomar um banho e de comer com fome e vergonha ao mesmo tempo, pois como negar a fome que vem depois da noite em claro, do cheiro das flores do velório, dos cigarros intermináveis, das caminhadas pela calçada?, uma espécie de desforra que sempre se sente nessas horas e à qual eu nunca me neguei, pois seria um hipócrita. Gosto de pensar que o Fernandito, o Pincho e o Acosta irão juntos a uma churrascaria, com certeza irão juntos, pois também fizemos isso na vez do gordo Tresa, os amigos precisam ficar juntos mais um pouco, beber um litro de vinho e detonar uns miúdos; gente, parece que estou vendo, o Fernandito vai ser o primeiro a contar uma piada e ela vai entalar na garganta dele junto com metade de um chouriço, ele já arrependido, tarde demais, porém, e o Acosta olhando atravessado para ele, mas o Pincho logo vai cair na risada, ele não consegue se segurar, e então o Acosta, que é um anjo de pessoa, vai dizer que não tem por que servir de exemplo para os rapazes e também vai rir, antes de acender um cigarro. E vão ter longas conversas sobre mim, cada um vai se lembrar de tanta coisa, da vida que foi juntando nós quatro, ainda que, como sempre, cheia de buracos, dos momentos que nem todos compartilhamos e que virão à lembrança do Acosta e do Pincho, dos tantos anos e farras e paqueras, da turma. Vai ser difícil para eles se separarem depois do almoço, pois aí, na hora de irem para casa, é que vai voltar o outro, o último, o enterro

42 *Liliana chorando*

definitivo. Para o Alfredo vai ser diferente, e não por ele não ser da turma, ao contrário, mas o Alfredo vai ficar cuidando da Liliana e da mamãe e isso nem o Acosta nem os outros podem fazer, a vida vai criando vínculos especiais entre os amigos, todos eles sempre foram lá em casa, mas o Alfredo é outro lance, aquela proximidade que sempre me fez bem, seu prazer de ficar um bom tempo conversando com a mamãe sobre plantas e remédios, sua satisfação em levar o Pocho ao zoológico ou ao circo, o solteirão disponível, um pacotinho de petit-four e um sete e meio quando a mamãe não estava bem, sua confiança tímida e clara com a Liliana, o amigo dos amigos que agora vai ter que passar esses dois dias engolindo as lágrimas, talvez levando o Pocho até sua chácara e voltando logo para ficar com a mamãe e a Liliana até o final. No fim das contas, ele vai ter que ser o homem da casa e arcar com todas as complicações, a começar pela funerária, isso tinha que acontecer logo agora que o meu velho anda lá pelo México ou pelo Panamá, vá saber se ele chega a tempo de aguentar o sol das onze no Chacarita, coitadinho, de maneira que é o Alfredo que vai levar a Liliana, pois acho que não vão deixar a mamãe ir, de braço dado com a Liliana, sentindo-a tremer junto do seu próprio tremor, murmurando para ela tudo o que eu devo ter murmurado para a mulher do gordo Tresa, a inútil necessária retórica que não é consolo, nem mentira, nem mesmo frases coerentes, mas um simples estar ali, o que já é muito.

Pra eles o pior também vai ser a volta, antes tem a cerimônia e as flores, tem ainda o contato com aquela coisa inconcebível cheia de alças e dourados, a parada diante do jazigo, a operação limpamente executada pelos homens do ofício, mas depois vem o carro com chofer e, principalmente, a casa, entrar de novo em casa sabendo que o dia vai se estancar sem telefone nem clínica, sem a voz do Ramos prolongando a esperança da Liliana, o Alfredo vai fazer café e lhe dizer que o Pocho está contente lá na chácara, que ele gosta dos cavalinhos e brinca com os peõezinhos, vai ter que cuidar da mamãe e da Liliana, mas o Alfredo conhece bem cada canto da casa e na certa vai ficar em vigília no sofá do meu escritório, bem ali onde um dia deitamos o Fernandito, vítima de um pôquer no qual não tinha dado uma dentro, sem contar os cinco conhaques compensatórios. Faz tantas semanas que a Liliana dorme sozinha que talvez seja vencida pelo cansaço, o Alfredo não vai se esquecer de dar sedativos para a Liliana e para a mamãe, a tia Zulema vai estar lá servindo camomila e tília, a Liliana pouco a pouco vai se render ao sono em meio ao silêncio da casa que o Alfredo vai ter fechado meticulosamente, antes de se jogar no sofá e acender mais um daqueles charutos que ele não se atreve a fumar na frente da mamãe, por causa da fumaça que a faz tossir.

Enfim, tem isso de bom, a Liliana e a mamãe não vão ficar tão sozinhas ou naquela solidão ainda pior que é a parentada distante invadindo a casa de luto; a tia Zulema, que sempre morou no andar de cima, vai estar lá, e também o Alfredo, que esteve entre nós como se não estivesse, o amigo com chave própria; nas primeiras horas talvez seja menos difícil sentir a ausência incontornável que suportar um tropel de abraços e de coroas de flores verbais, o Alfredo vai tratar de impor distâncias, o Ramos vai dar uma passada para ver a mamãe e a Liliana, vai ajudá-las a dormir e deixar uns comprimidos para a tia Zulema. Em algum momento só haverá o silêncio da casa às escuras, só o relógio da igreja, uma buzina distante, pois o bairro é tranquilo. É bom pensar que vai ser assim, que, rendendo-se pouco a pouco a uma letargia sem imagens, a Liliana vai se espreguiçar com aqueles seus gestos lentos de gata, uma das mãos perdida no travesseiro úmido de lágrimas e água-de-colônia, a outra na boca, num retorno à infância antes do sono. Imaginá-la assim faz tão bem, a Liliana dormindo, a Liliana no fim do túnel negro, sentindo confusamente que o hoje está cessando para se tornar ontem, que aquela luz nas cortininhas não vai mais ser a mesma que batia em cheio no peito, enquanto a tia Zulema abria as caixas de onde o preto ia saindo em forma de roupa e de véus se misturando sobre a cama com um pranto exasperado, um último protesto, inútil, contra o que ainda estava por vir. Agora a luz da janela ia chegar antes de todo mundo, antes das lembranças dissolvidas no sono e que só abririam caminho, confusamente, na última modorra. Sozinha, sabendo estar de fato sozinha naquela cama e naquele quarto, naquele dia que começava em outra direção, a Liliana poderia chorar abraçada ao travesseiro sem que viessem acalmá-la, deixando-a esgotar o pranto até o final, e só muito depois, com uma sonolência ardilosa segurando-a no novelo dos lençóis, o vazio do dia começaria a se encher de café, de cortinas abertas, da tia Zulema, da voz do Pocho telefonando lá da chácara com notícias sobre os girassóis e os cavalos, um bagre pescado depois de uma luta feroz, uma farpa na mão, mas nada sério, já tinham passado o remédio do seu Contreras, que era o melhor para esse tipo de coisa. E o Alfredo esperando na sala com o jornal na mão, dizendo a ela que a mamãe tinha dormido bem e que o Ramos viria ao meio-dia, sugerindo que fossem ver o Pocho de tarde, com aquele sol valia a pena dar um pulo lá na chácara, e numa dessas podiam até levar a mamãe, o ar do campo lhe faria bem, quem sabe passar o fim de semana na chácara, e por que não todos?, junto com o Pocho, que ficaria muito contente de tê-los lá. Aceitar ou não dava na mesma, todos sabiam disso e esperavam as respostas que as coisas e o correr da manhã iam dando, entrar passivamente no almoço ou num comentário sobre as greves dos operários têxteis, pedir mais café e

44 *Liliana chorando*

atender o telefone, que em algum momento tiveram que ligar, o telegrama do sogro no exterior, um acidente estrondoso na esquina, gritos e buzinadas, a cidade lá fora, duas e meia da tarde, ir com a mamãe e o Alfredo até a chácara pois, de repente, aquela farpa na mão, com crianças nunca se sabe, o Alfredo ao volante tranquilizando-as, para esse tipo de coisa o seu Contreras era mais garantido do que um médico, as ruas de Ramos Mejía e o sol como um xarope fervendo até o refúgio nos grandes quartos caiados, o mate das cinco e o Pocho com seu bagre que começava a feder, mas tão bonito, tão grande, e que luta pra tirá-lo do riacho, mamãe, quase que ele corta a linha, juro, olha que dentes. Como estar folheando um álbum ou vendo um filme, as imagens e as palavras, uma atrás da outra, preenchendo o vazio, você vai ver o que é a costela de tira na brasa da Carmen, sim, senhora, tão leve e tão gostosa, uma salada de alface e pronto, não precisa de mais nada, com esse calor é melhor comer pouco, e traga o repelente porque a essa hora os mosquitos. E o Alfredo ali calado, mas o Pocho, sua mão dando uns tapinhas no Pocho, você, meu chapa, é o campeão da pesca, vamos juntos amanhã cedinho e numa dessas, quem sabe?, me contaram que um caboclo aí pescou um de dois quilos. Aqui debaixo do alpendre a gente fica bem, a mamãe pode dormir um pouco na cadeira de balanço, se quiser, o seu Contreras tinha razão, você não tem mais nada na mão, mostre como é que você monta o cavalinho malhado, olha, mamãe, veja eu galopando, por que não vem com a gente pescar amanhã?, eu ensino, você vai ver, a sexta-feira com um sol vermelho e os bagrinhos, a corrida entre o Pocho e o menino do seu Contreras, o puchero ao meio-dia e a mamãe ajudando a debulhar devagarinho as espigas de milho, dando conselhos sobre a filha da Carmen, que estava com uma tosse rebelde, a sesta nos quartos nus com cheiro de verão, a escuridão nos lençóis um pouco ásperos, o entardecer sob o alpendre e a fogueira contra os mosquitos, a proximidade nunca manifesta do Alfredo, aquele jeito de estar lá e tomar conta do Pocho, de cuidar que tudo fosse confortável, até o silêncio que sua voz sempre rompia a tempo, sua mão oferecendo um copo de refresco, um lenço, ligando o rádio para ouvir o noticiário, as greves e o Nixon, era de esperar, que país...

O fim de semana e na mão do Pocho apenas um vestígio da farpa, voltaram para Buenos Aires na segunda bem cedo para fugir do calor, o Alfredo os deixou em casa pra ir buscar o sogro no aeroporto, o Ramos também estava lá no Ezeiza, e o Fernandito, que ajudou naquelas horas do encontro porque era bom que houvesse outros amigos na casa, o Acosta às nove com sua filha, que podia brincar com o Pocho no andar da tia Zulema, tudo ia ficando mais amortecido, voltar atrás, mas de outra forma, com a Liliana se obrigando a pensar mais nos velhos do que nela, se controlando, e o Alfredo entre eles com o Acosta e o Fernandito desviando os tiros livres diretos, se revezando para ajudar a Liliana, para convencer o velho a descansar depois de uma viagem daquelas, indo embora um por um até que, ali, só o Alfredo e a tia Zulema, a casa quieta, a Liliana aceitando um comprimido, deixando-se levar para a cama sem ter baqueado uma única vez, dormindo quase no ato, como depois que se cumpre um dever até o fim. De manhã era a correria do Pocho pela sala, o arrastar das pantufas do velho, o primeiro telefonema, quase sempre a Clotilde ou o Ramos, a mamãe se queixando do calor ou da umidade, falando do almoço com a tia Zulema, às seis o Alfredo, às vezes o Pincho com a irmã ou o Acosta, para que o Pocho brincasse com sua filha, os colegas do laboratório que pediam a presença da Liliana, ela precisava voltar ao trabalho e não continuar trancada em casa, que fizesse isso por eles, estavam com falta de químicos e a Liliana era necessária, que viesse pelo menos meio expediente, até se sentir mais animada; o Alfredo a levou da primeira vez, a Liliana não estava com vontade de dirigir, depois não quis mais incomodar e pegou o carro, às vezes saía de tarde com o Pocho e o levava ao zoológico ou ao cinema, no laboratório agradeciam que ela desse uma mão com as novas vacinas, um surto epidêmico no litoral, ficar trabalhando até tarde, tomando gosto pelo trabalho, uma corrida em equipe contra o relógio, vinte caixas de ampolas para Rosario, tem que ser feito, Liliana, menina, você foi demais. Ver o verão ir embora em plena atividade, o Pocho no colégio e o Alfredo reclamando, ensinam aritmética de outro jeito para essas crianças, ele me faz cada pergunta que eu fico pasmo, e os velhos com o dominó, na nossa época tudo era diferente, Alfredo, nos ensinavam caligrafia, e olhe a letra desse menino, onde é que vamos parar. A recompensa silenciosa de ver a Liliana perdida num sofá, um simples olhar por cima do jornal e vê-la sorrir, cúmplice sem palavras, dando razão aos velhos, sorrindo de longe para ele como uma menininha, quase. Mas pela primeira vez um sorriso de verdade, vindo de dentro, como quando foram ao circo com o Pocho, ele tinha ido melhor no colégio e então o levaram para tomar sorvete, para passear no porto. Estavam chegando os dias mais frios, o Alfredo passava menos seguido por lá porque havia uns problemas sindicais e ele tinha que viajar para as províncias, às vezes o Acosta vinha com sua filha, e aos domingos o Pincho ou o Fernandito, não importava mais, todo mundo tinha tanta coisa para fazer e os dias eram curtos, a Liliana voltava tarde do laboratório e dava uma mão para o Pocho, perdido nos decimais e na bacia do Amazonas, e no fim, e sempre, o Alfredo, os presentinhos para os velhos, aquela tranquilidade nunca manifestada de se sentar com ele perto do fogo, já tarde, e falar em voz baixa dos problemas do país, da saúde da mamãe, a mão do Alfredo apoiada no braço da Liliana, você se cansa demais, não está

46   *Liliana chorando*

com a cara boa, o sorriso agradecido negando, um dia vamos até a chácara, esse frio não pode durar a vida toda, nada pode durar a vida toda, embora a Liliana retirasse lentamente o braço e procurasse os cigarros na mesinha, as palavras quase sem sentido, os olhos se encontrando de outra maneira até que de novo a mão deslizando pelo braço, as cabeças se juntando e o longo silêncio, o beijo no rosto.

Não havia nada a dizer, foi assim que aconteceu e não havia nada a dizer. Inclinando-se para acender o cigarro que tremia entre seus dedos, simplesmente esperando sem falar, talvez sabendo que não haveria palavras, que a Liliana faria um esforço para tragar a fumaça e a soltaria com um gemido, que cairia num choro sufocado desde outros tempos, sem afastar o rosto do rosto do Alfredo, sem negar nada e chorando, calada, agora só para ele, desde todo o passado que ele compreenderia. Inútil murmurar coisas tão sabidas, a Liliana chorando era o final, a borda de onde começaria a viver de outra forma. Se acalmá-la, se devolvê-la à tranquilidade fosse tão simples quanto escrever, com as palavras se alinhando num caderno feito segundos congelados, pequenos desenhos do tempo para ajudar a tarde interminável a passar, se fosse só isso, mas vem a noite, e também o Ramos, a cara inacreditável do Ramos olhando os exames recém-chegados, procurando meu pulso, de repente outro, incapaz de disfarçar, arrancando os lençóis pra me ver nu, apalpando-me o flanco, com uma ordem incompreensível para a enfermeira, um lento, incrédulo reconhecimento que assisto como se estivesse longe, quase achando graça, sabendo que não pode ser, que o Ramos está enganado e que não é verdade, que só era verdade o de antes, o prazo que ele não escondeu de mim, e a risada do Ramos, sua forma de me apalpar como se não pudesse admitir aquilo, sua esperança absurda, ninguém vai acreditar em mim, camarada, e eu me esforçando para reconhecer que talvez seja isso mesmo, que numa dessas, quem sabe, olhando para o Ramos que se endireita e ri novamente e dá ordens com uma voz que eu nunca tinha ouvido nessa penumbra, nesse torpor, tendo que me convencer aos poucos de que sim, que então vou ter que pedir isso a ele, assim que a enfermeira sair vou ter que pedir que ele espere um pouco, que espere que pelo menos seja dia antes de contar para a Liliana, antes de arrancá-la desse sono em que pela primeira vez ela não está mais sozinha, desses braços que a estreitam enquanto ela dorme.

Os passos nos rastros

Crônica um pouco maçante, mais estilo de exercício que exercício de estilo de um, digamos, Henry James que tivesse tomado mate em qualquer pátio portenho ou platense dos anos vinte.

Jorge Fraga tinha acabado de fazer quarenta anos quando resolveu estudar a vida e a obra do poeta Claudio Romero.

A coisa nasceu de uma conversa num café, na qual Fraga e seus amigos tiveram de admitir mais uma vez a incerteza que cercava a pessoa de Romero. Autor de três livros apaixonadamente lidos e invejados, que lhe deram uma fama efêmera nos anos posteriores ao Centenário, a imagem de Romero se confundia com suas invenções, sofria com a falta de uma crítica sistemática e até de uma iconografia satisfatória. Além de artigos parcimoniosamente laudatórios nas revistas da época, e do livro cometido por um entusiasmado professor de Santa Fe para quem o lirismo supria as ideias, não se tentara o menor questionamento sobre a vida ou a obra do poeta. Alguns causos, umas fotos desbotadas; o resto era lenda para tertúlias e panegíricos em antologias de editores preguiçosos. Mas chamara a atenção de Fraga o fato de muita gente continuar lendo os versos de Romero com o mesmo entusiasmo com que lia os de Carriego ou os de Alfonsina Storni. Ele mesmo os descobrira na época do ginásio, e apesar do tom rasteiro e das imagens desgastadas pelos epígonos, os poemas do *vate platense* tinham sido uma das experiências decisivas de sua juventude, como Almafuerte ou Carlos de la Púa. Só mais tarde, quando já era conhecido como crítico e ensaísta, ocorreu-lhe pensar seriamente na obra de Romero, e não demorou a perceber que não se sabia quase nada de seu sentido mais pessoal e, talvez, mais profundo. Diante de versos de outros bons poetas do início do século, os de Claudio Romero se distinguiam por uma qualidade especial, uma ressonância menos enfática que logo ganhava a confiança dos jovens, fartos de tropos altissonantes e evocações supérfluas. Quando falava dos poemas dele com alunos ou amigos, Fraga chegava a se perguntar se, no fundo, não era o mistério que dava prestígio àquela poesia de chaves obscuras, de intenções evasivas. Acabou se irritando com a facilidade com que a ignorância favorece a admiração; afinal, a poesia de Claudio Romero era elevada demais para que um melhor conhecimento de sua gênese a rebaixasse. Ao sair de uma dessas reuniões num café, em que se falara de Romero com a habitual vagueza admirativa, ele se sentiu meio que obrigado a dar início a um trabalho sério sobre o poeta. Também sentiu que não deveria se ater a um mero ensaio com propósitos filológicos ou estilísticos, como quase todos os que havia escrito. A ideia de uma biografia, no sentido mais elevado, se impôs a ele desde o princípio: o homem, a terra e a obra deviam surgir de uma só vivência, embora a tarefa parecesse impossível em tanta névoa do tempo. Finda a etapa do fichamento, seria preciso alcançar a síntese, provocar o inconcebível encontro do poeta e seu perseguidor; apenas esse contato devolveria à obra de Romero seu sentido mais profundo.

Quando decidiu empreender o estudo, Fraga estava entrando num momento crítico da vida. Certo prestígio acadêmico lhe valera um cargo de professor adjunto na universidade e o respeito de um pequeno grupo de leitores e alunos. Ao mesmo tempo, uma tentativa recente de conseguir um apoio oficial que lhe permitisse trabalhar em algumas bibliotecas da Europa havia fracassado por questões de política burocrática. Suas publicações não eram das que abrem, sem bater, as portas dos ministérios. O romancista da moda, o crítico da coluna literária podiam se permitir mais que ele. Fraga não escondeu de ninguém que, se seu livro sobre Romero fizesse sucesso, os problemas mais mesquinhos se resolveriam por si mesmos. Não era ambicioso, mas ficava irritado ao se ver preterido pelos escribas do momento. Claudio Romero, em sua época, também reclamou altivamente que o versejador de salões elegantes tivesse merecido o cargo diplomático a ele negado.

Durante dois anos e meio reuniu material para o livro. A tarefa não era difícil, mas prolixa e às vezes maçante. Incluiu viagens a Pergamino, Santa Cruz e Mendoza, correspondência com bibliotecários e arquivistas, exame de coleções de periódicos e revistas, cotejo de textos, estudos paralelos das correntes literárias da época. No final de 1954, os elementos centrais do livro estavam coligidos e avaliados, embora Fraga ainda não tivesse escrito uma única palavra do texto.

Numa noite de setembro, enquanto inseria uma nova ficha na caixa de papelão preto, ele se perguntou se estaria em condições de empreender a tarefa. Não eram os obstáculos que o preocupavam; era, antes, o contrário disso, a facilidade de se lançar a um campo suficientemente conhecido. Os dados estavam lá, e nada de importante ainda sairia das gavetas ou das memórias dos argentinos de sua época. Coligira notícias e fatos aparentemente desconhecidos, que aperfeiçoariam a imagem de Claudio Romero e de sua poesia. O único problema era não confundir o enfoque central, as linhas de fuga e a composição do conjunto.

"Mas essa imagem, ela é clara o bastante para mim?", perguntou-se Fraga, fitando a brasa do cigarro. "As afinidades entre mim e Romero, nossa preferência comum por certos valores estéticos e poéticos, isso que torna fatal a escolha do tema pelo biógrafo, não me fará incorrer novamente numa autobiografia disfarçada?"

Podia responder que não lhe fora dada nenhuma capacidade criadora, que não era poeta, só um apreciador de poesia, e que suas faculdades se afirmavam na crítica, na fruição que acompanha o conhecimento. Manter uma atitude alerta, encarar a vigília ao mergulhar na obra do poeta, isso bastaria para evitar toda transfusão indevida. Não tinha por que desconfiar de sua simpatia por Claudio Romero e do fascínio por seus poemas. Como nos bons equipamentos fotográficos, era preciso fazer a correção necessária para que o sujeito ficasse perfeitamente enquadrado, sem que a sombra do fotógrafo lhe pisasse os pés.

Agora que a primeira página em branco o esperava, como uma porta que, de uma hora para outra, seria preciso começar a abrir, perguntou-se de novo se seria capaz de escrever o livro tal como o havia imaginado. A biografia e a crítica podiam derivar perigosamente para a facilidade ao serem dirigidas para esse tipo de leitor que espera que um livro seja o equivalente ao cinema ou a André Maurois. O problema consistia em não sacrificar à satisfação erudita de um punhado de colegas aquele consumidor anônimo e multitudinário que seus amigos socialistas chamavam de "povo". Encontrar o ângulo que permitisse escrever um livro de leitura apaixonante sem cair em receitas de best-seller; ganhar simultaneamente o respeito do mundo acadêmico e o entusiasmo do homem do povo que quer se entreter numa poltrona no sábado à noite.

Era um pouco a hora de Fausto, o momento do pacto. Quase ao amanhecer, o cigarro consumido, a taça de vinho na mão indecisa. *O vinho, como uma luva de tempo*, tinha escrito Romero em algum lugar.

"Por que não?", disse Fraga para si, acendendo outro cigarro. "Com tudo o que sei sobre ele agora, seria tolice ficar num mero ensaio, numa edição de trezentos exemplares. Juárez ou Riccardi podem fazer isso tão bem quanto eu. Mas ninguém sabe nada sobre Susana Márquez."

Uma alusão do juiz de paz de Bragado, irmão caçula de um finado amigo de Claudio Romero, lhe dera a pista. Alguém que trabalhava no registro civil de La Plata lhe forneceu, depois de não poucas buscas, um endereço em Pilar. A filha de Susana Márquez era uma mulher de cerca de trinta anos, pequena e afável. No começo se negou a falar, com o pretexto de que tinha de cuidar do negócio (uma quitanda); depois concordou em que Fraga entrasse na sala, sentasse numa cadeira empoeirada e lhe fizesse perguntas. No começo, olhava para ele sem responder; depois chorou um pouco, levou o lenço aos olhos e falou da coitada da mãe. Era difícil para Fraga lhe dar a entender que já sabia alguma coisa da relação entre Claudio Romero e Susana, mas no fim disse para si que o amor de um poeta bem vale uma certidão de casamento, e insinuou isso com a devida delicadeza. Depois de alguns minutos jogando confetes no caminho ele a viu se aproximar, totalmente convencida e até emocionada. Logo depois tinha nas mãos uma extraordinária foto de Romero, jamais publicada, e outra menor e amarelada, onde ao lado do poeta se via uma mulher tão miúda e de ar tão afável quanto a filha.

— Tenho umas cartas guardadas, também — disse Raquel Márquez. — Se forem úteis, já que o senhor disse que vai escrever sobre ele...

Buscou por um bom tempo num monte de papéis que havia tirado de um armário de música, e por fim separou e lhe entregou três cartas, que Fraga guardou sem ler, depois de confirmar serem escritas de próprio punho por Romero. A essa altura da conversa já estava certo de que Raquel não era filha do poeta, porque à primeira insinuação viu que ela baixou a cabeça e ficou um momento calada, pensativa. Depois explicou que mais tarde sua mãe se casou com um militar de Balcarce ("a cidade de Fangio", disse, quase como se fosse uma prova), e que ambos tinham morrido quando ela contava apenas oito anos. Ela se lembrava muito bem da mãe, mas não muito do pai. Era um homem severo, isso era.

Quando Fraga voltou para Buenos Aires e leu as três cartas de Claudio Romero a Susana, os fragmentos finais do mosaico pareceram se encaixar abruptamente no lugar, revelando uma composição total inesperada, o drama que a ignorância e a beatice da geração do poeta não tinham sequer intuído. Em 1917, Romero publicou a série de poemas dedicados a Irene Paz, entre os quais figurava a célebre "Ode a seu nome duplo", que a crítica proclamara como o mais belo poema de amor jamais escrito na Argentina. Porém, um ano antes do lançamento do livro, outra mulher recebera essas três cartas, onde imperava o tom que definia o melhor da poesia de Romero, misto de exaltação e desprendimento, como de alguém que fosse ao mesmo tempo motor e sujeito da ação, protagonista e coro. Antes de ler as cartas, Fraga imaginara ali a usual correspondência amorosa, os espelhos face a face isolando e petrificando seu reflexo, importante apenas para eles. Contudo, descobria em cada parágrafo a reiteração do mundo de Romero, a riqueza de uma visão totalizante do amor. Não só sua paixão por Susana

Octaedro   51

Márquez não o recortava do mundo, como em cada linha sentia-se pulsar uma realidade que agigantava a amada, justificação e exigência de uma poesia batalhando em plena vida.

A história, em si, era simples. Romero conhecera Susana num salão literário decadente de La Plata, e o início de sua relação coincidiu com um eclipse quase total do poeta, que seus tacanhos biógrafos não entendiam ou atribuíam aos primeiros sinais da tuberculose que iria matá-lo dois anos mais tarde. As notícias sobre Susana tinham passado despercebidas a todo mundo, como convinha à sua imagem esmaecida, aos grandes olhos assustados que olhavam fixamente da fotografia antiga. Professora normalista sem cargo, filha única de pais velhos e pobres, sem amigos que pudessem se interessar por ela, seu simultâneo eclipse das tertúlias platenses coincidira com o período mais dramático da guerra europeia, outros interesses públicos, novas vozes literárias. Fraga podia se considerar sortudo por ter ouvido aquela alusão indiferente de um juiz de paz provinciano; com esse fio entre os dedos, chegou a localizar a casa lúgubre de Burzaco onde Romero e Susana tinham morado durante quase dois anos; as cartas que Raquel Márquez lhe entregara eram do final desse período. A primeira, datada em La Plata, se referia a uma correspondência anterior na qual se tratara de seu casamento com Susana. O poeta confessava sua angústia por sentir-se doente, e sua resistência a se casar com quem teria de ser mais uma enfermeira que uma esposa. A segunda carta era admirável, a paixão cedia terreno a uma consciência de uma pureza quase insuportável, como se Romero lutasse para despertar em sua amante uma lucidez análoga que tornasse menos penoso o rompimento necessário. Uma frase resumia tudo: "Ninguém tem por que saber da nossa vida, e eu lhe ofereço a liberdade com o silêncio. Livre, você será minha ainda mais, por toda a eternidade. Se nos casássemos, eu me sentiria seu carrasco toda vez que você entrasse no meu quarto com uma flor na mão". E acrescentava, duramente: "Não quero tossir na sua cara, não quero que você enxugue meu suor. Você conheceu outro corpo, eu lhe dei outras rosas. Preciso da noite só para mim, não deixarei que você me veja chorar". A terceira carta era mais serena, como se Susana tivesse começado a aceitar o sacrifício do poeta. Dizia, em algum lugar: "Você insiste em dizer que eu a magnetizo, que a obrigo a fazer minha vontade... Mas minha vontade é seu futuro, deixe que eu semeie estas sementes que irão me consolar de uma morte estúpida".

Na cronologia estabelecida por Fraga, a vida de Claudio Romero entrava, a partir desse momento, numa fase monótona, de reclusão quase contínua na casa de seus pais. Nenhum outro testemunho permitia supor que o poeta e Susana Márquez tivessem se encontrado novamente, embora tampouco se

52 *Os passos nos rastros*

pudesse afirmar o contrário; no entanto, a melhor prova de que a renúncia de Romero se consumara, e de que no fim Susana deve ter preferido a liberdade a se condenar junto com o doente, foi a ascensão do novo e resplandecente planeta no céu da poesia de Romero. Um ano depois dessa correspondência e dessa renúncia, uma revista de Buenos Aires publicava a "Ode a seu nome duplo" dedicada a Irene Paz. A saúde de Romero parecia ter se restabelecido e o poema, que ele mesmo lera em alguns salões, de repente lhe trouxe a glória que sua obra anterior preparara quase em segredo. Como Byron, pôde dizer que certa manhã acordou para se descobrir famoso, e não deixou de dizê-lo. Porém, ao contrário do que se podia esperar, a paixão do poeta por Irene Paz não foi correspondida, e a julgar por uma série de episódios mundanos contraditoriamente narrados ou julgados pelos espirituosos da época, o prestígio pessoal do poeta decaiu bruscamente, obrigando-o a se retrair outra vez na casa dos pais, afastado de amigos e admiradores. Seu último livro de poemas datava dessa época. Uma hemoptise brutal o surpreendeu em plena rua poucos meses depois, e três semanas mais tarde Romero estava morto. Seu enterro reuniu um grupo de escritores, mas pelo tom das orações fúnebres e das crônicas era evidente que o mundo ao qual Irene Paz pertencia não esteve presente nem rendeu a homenagem que caberia esperar nessas circunstâncias.

Não era difícil para Fraga compreender que a paixão de Romero por Irene Paz deve ter agradado e escandalizado, na mesma medida, o mundo aristocrático platense e portenho. Não conseguira ter uma ideia clara de Irene; de sua beleza davam notícia as fotos de seus vinte anos, mas o resto não passava de meras notas em colunas sociais. Herdeira fiel das tradições dos Paz, era possível imaginar sua atitude em relação a Romero; deve tê-lo encontrado em algum sarau que os seus ofereciam de tempos em tempos para ouvir os que eram chamados, marcando as aspas com a voz, de "artistas" e "poetas" do momento. Se a "Ode" a agradou, se a admirável invocação inicial lhe mostrou, feito um relâmpago, a verdade de uma paixão que a reivindicava a despeito de todos os obstáculos, talvez só Romero pôde saber, e mesmo isso não era certo. Àquela altura, porém, Fraga entendia que o problema não era mais esse, e que tinha perdido toda importância. Claudio Romero era lúcido demais para imaginar, por um instante que fosse, que sua paixão seria correspondida. A distância, as barreiras de todo tipo, a inacessibilidade total de Irene, sequestrada na dupla prisão da família e de si mesma, espelho fiel da casta, tornavam-na, desde o início, inatingível. O tom da "Ode" era inequívoco e ia muito além das corriqueiras imagens da poesia amorosa. Romero chamava a si mesmo de "Ícaro de teus pés de mel" — imagem que lhe valera as caçoadas de um aristarco da *Caras y Caretas* —,

Octaedro   53

e o poema não era mais que um salto supremo em busca do ideal impossível e por isso mais belo, a elevação através dos versos num voo desesperado em direção ao sol que ia queimá-lo e precipitá-lo na morte. Até mesmo a reclusão e o silêncio final do poeta se assemelhavam, de forma pungente, às fases de uma queda, de um retorno lamentável à terra que ousara abandonar por um sonho superior a suas forças.

"Sim", pensou Fraga, servindo-se de outra taça de vinho, "tudo coincide, tudo se encaixa; agora só falta escrever."

O sucesso de *Vida de um poeta argentino* superou tudo que o autor e os editores poderiam imaginar. Mal e mal comentado nas primeiras semanas, um inesperado artigo no *La Razón* acordou os portenhos de sua pachorra cautelosa e os incitou a uma tomada de posição que poucos se negaram a assumir. O *Sur*, o *La Nación*, os melhores jornais das províncias, tomaram posse do assunto do momento, que logo invadiu as conversas de café e as sobremesas. Duas polêmicas violentas (uma acerca da influência de Darío em Romero, outra uma questão cronológica) se somaram para interessar o público. A primeira edição de *Vida* se esgotou em dois meses; a segunda, em um mês e meio. Forçado pelas circunstâncias e pelas vantagens que lhe ofereciam, Fraga concordou com uma adaptação teatral e outra radiofônica. Chegou-se àquele momento em que o interesse e a novidade em torno de uma obra alcançam o temível ápice por trás do qual já espreita o desconhecido sucessor; de forma certeira, e como se propusesse a reparar uma injustiça, o Prêmio Nacional abriu caminho até Fraga por meio de dois amigos que se adiantaram aos telefonemas e ao coro estridente dos primeiros parabéns. Rindo, Fraga lembrou que a atribuição do Prêmio Nobel não impedira Gide de ir, na mesma noite, ver um filme de Fernandel; talvez por isso tenha achado divertido se isolar na casa de um amigo e evitar a primeira avalanche de entusiasmo coletivo, com uma tranquilidade que seu próprio cúmplice naquele amistoso sequestro considerou excessiva e quase hipócrita. Mas naqueles dias Fraga andava cismado, sem entender por que parecia nascer nele um desejo de solidão, de ficar à margem de sua figura pública que, por via fotográfica e radiofônica, ganhava os extramuros, ascendia aos círculos provincianos e se tornava presente nos meios estrangeiros. O Prêmio Nacional não era uma surpresa, apenas uma reparação. Agora viria todo o resto, o que no fundo o animara a escrever *Vida*. Não estava enganado: uma semana mais tarde, o ministro das Relações Exteriores o recebia em sua casa ("nós, diplomatas, sabemos que os bons escritores não têm interesse no aparato oficial") e lhe oferecia um cargo de adido cultural na

Europa. Tudo tinha um ar quase onírico, ia de tal modo contra a corrente que Fraga precisava se esforçar para aceitar plenamente a subida na escada das honrarias; degrau após degrau, partindo das primeiras resenhas, do sorriso e dos abraços do editor, dos convites de ateneus e círculos, já chegava ao patamar de onde, inclinando-se um pouco, podia alcançar a totalidade do salão mundano, alegoricamente dominá-lo e esquadrinhá-lo até o último canto, até a última gravata branca e a última chinchila dos protetores da literatura, entre um bocado e outro de foie gras e Dylan Thomas. Mais além — ou mais aquém, dependendo do ponto de vista, do estado de espírito do momento — via também a humilde e mansa multidão dos devoradores de revistas, dos telespectadores e ouvintes de rádio, daquele monte de gente que um belo dia, sem mais nem porquê, se submete ao imperativo de comprar uma lavadora de roupas ou um romance, um objeto de oitenta pés cúbicos ou de trezentas e dezoito páginas, e o compra, compra-o no mesmo instante fazendo o sacrifício que for, e o leva para casa onde a mulher e os filhos esperam ansiosos, porque a vizinha já tem aquilo, porque o comentarista de moda na rádio El Mundo voltou a elogiá-lo em sua audição das onze e cinquenta e cinco. O mais espantoso foi seu livro ter entrado na lista das coisas que se deve comprar e ler, depois de tantos anos em que a vida e a obra de Claudio Romero tinham sido uma mera mania de intelectuais, ou seja, de quase ninguém. Mas quando sentia, de vez em quando, novamente a necessidade de ficar sozinho e pensar no que estava acontecendo (agora era a semana dos contatos com produtores de cinema), o espanto inicial dava lugar a uma expectativa inquieta, não sabia do quê. Nada podia acontecer que não fosse outro degrau da escada de honrarias, salvo o dia inevitável em que, como nas pontes de jardim, ao último degrau ascendente se seguisse o primeiro da descida, o caminho respeitável para a saciedade do público e sua virada em busca de novas emoções. Quando precisou se isolar para preparar o discurso de recepção do Prêmio Nacional, a síntese das vertiginosas experiências dessas semanas se resumia a uma satisfação irônica pelo que sua vitória tinha de desforra, mitigada por aquela inquietação inexplicável que às vezes vinha à tona e tentava projetá-lo num território que seu senso de equilíbrio e de humor recusavam resolutamente. Pensou que a preparação da conferência lhe devolveria o gosto pelo trabalho, e foi escrevê-la na chácara de Ofelia Fernández, onde ficaria tranquilo. Era final de verão, o parque já estava com as cores do outono que ele gostava de olhar da varanda enquanto conversava com Ofelia e acariciava os cães. Seus materiais de trabalho o esperavam num quarto do primeiro andar; quando levantou a tampa do fichário principal, percorrendo-o distraído como um pianista que preludia, Fraga disse para si que estava tudo bem, que apesar da vulgaridade inevitável de todo triunfo literário em grande escala, *Vida* era um ato de justiça, uma homenagem à raça e à pátria. Podia sentar-se para escrever sua conferência, receber o prêmio, preparar a viagem à Europa. Datas e cifras se misturavam em sua memória com cláusulas de contratos e convites para jantar. Logo Ofelia entraria com uma garrafa de xerez, silenciosa e atenta se aproximaria, ficaria olhando-o trabalhar. Sim, estava tudo bem. Era só pegar uma folha de papel, orientar a luz, acender um charuto ouvindo ao longe o alarido de um quero-quero.

Nunca soube direito se a revelação se deu nesse momento ou se foi mais tarde, depois de fazer amor com Ofelia, enquanto fumavam na cama deitados de costas, fitando uma pequena estrela verde no alto do janelão. A invasão, para chamá-la de alguma forma (seu verdadeiro nome ou natureza, porém, não importavam), coincidiu com a primeira frase da conferência, redigida rapidamente até o ponto em que se interrompera de repente, substituída, varrida por uma espécie de vento que de repente lhe tirava todo sentido. O resto tinha sido um longo silêncio, mas talvez tudo já estivesse sabido quando desceu do cômodo, sabido e não formulado, pesando como uma dor de cabeça ou um começo de gripe. Incompreensivelmente, num momento indefinível, o peso confuso, o vento negro terminaram numa certeza: a *Vida* era falsa, a história de Claudio Romero não tinha nada a ver com o que ele havia escrito. Sem motivos, sem provas: tudo falso. Depois de anos de trabalho, coletando dados, seguindo pistas, evitando excessos pessoais: tudo falso. Claudio Romero não se sacrificara por Susana Márquez; não lhe devolvera a liberdade à custa de sua renúncia, não tinha sido o Ícaro dos pés de mel de Irene Paz. Como se nadasse debaixo d'água, incapaz de voltar à superfície, açoitado pelo fragor da corrente em seus ouvidos, conhecia a verdade. E isso não era suficiente como tortura; atrás, mais lá embaixo ainda, numa água que já era barro e lixo, arrastava-se a certeza de que a conhecia desde o primeiro momento. Inútil acender outro cigarro, pensar na neurastenia, beijar os lábios finos que Ofelia lhe ofertava na sombra. Inútil argumentar que a consagração excessiva de seu herói podia provocar aquela alucinação momentânea, aquela rejeição por excesso de entrega. Sentia a mão de Ofelia acariciando seu peito, o calor entrecortado de sua respiração. Inexplicavelmente, adormeceu.

De manhã viu o fichário aberto, os papéis, e lhe foram mais alheios que as sensações da noite. Lá embaixo, Ofelia estava ocupada telefonando para a estação a fim de averiguar a conexão de trens. Ele chegou a Pilar por volta das onze e meia, e foi direto para a quitanda. A filha de Susana o recebeu

Os passos nos rastros

com um curioso ar de ressentimento e adulação simultâneos, como o de um cachorro depois de um pontapé. Fraga pediu que lhe desse cinco minutos, e entrou de novo na sala empoeirada para sentar-se na mesma cadeira com estofado branco. Não precisou falar muito porque a filha de Susana, depois de enxugar algumas lágrimas, começou a aquiescer com a cabeça baixa, inclinando-se cada vez mais para a frente.

— Sim, senhor, isso mesmo. Sim, senhor.

— Por que não me disse da primeira vez?

Era difícil explicar por que não lhe dissera da primeira vez. Sua mãe a fizera jurar que nunca contaria certas coisas, e como depois ela se casou com o suboficial de Balcarce, daí... Chegou a pensar em lhe escrever quando começaram a falar tanto do livro sobre Romero, porque...

Olhava para ele perplexa, e de quando em quando uma lágrima escorria até sua boca.

— E como o senhor soube? — disse depois.

— Não se preocupe com isso — disse Fraga. — Um dia, tudo se sabe.

— Mas o senhor escreveu tão diferente no livro. Eu li, sabe. Tenho ele e tudo.

— A culpa de ele ser tão diferente é sua. Há outras cartas de Romero para sua mãe. Você me entregou as que lhe convinham, as que mostravam um Romero melhor e, de quebra, sua mãe. Preciso das outras, já. Me dê.

— É só uma — disse Raquel Márquez. — Mas a mamãe me fez jurar, senhor.

— Se a guardou sem queimá-la é porque isso não lhe importava tanto. Me dê. Eu a compro.

— Não é por isso que não a dou, sr. Fraga...

— Tome — disse Fraga, com grosseria. — Não vai ser vendendo abóboras que você vai conseguir essa quantia.

Enquanto a via se inclinar sobre o armarinho de música, revirando os papéis, pensou que o que sabia agora já sabia antes (de outra forma, talvez, mas já sabia) no dia de sua primeira visita a Raquel Márquez. A verdade não o pegava completamente de surpresa, e agora podia se julgar em retrospecto e se perguntar, por exemplo, por que abreviara de tal maneira sua primeira entrevista com a filha de Susana, por que aceitara as três cartas de Romero como se fossem as únicas, sem insistir, sem oferecer nada em troca, sem ir até o fundo do que Raquel sabia e calava. "É um absurdo", pensou. "Naquele momento eu não podia saber que Susana chegou a virar prostituta por causa de Romero." Mas então por que tinha abreviado deliberadamente sua conversa com Raquel, dando-se por satisfeito com as fotos e as três cartas? "Ah, é, eu sabia disso, não sei como, mas eu sabia, e escrevi o livro sabendo

Octaedro 57

disso, e talvez os leitores também saibam, e a crítica saiba, e tudo isso seja uma imensa mentira na qual estamos inteiramente metidos..." Mas era fácil vir com generalizações, aceitar apenas uma parcela de culpa. Mentira, também: só havia um culpado, ele.

A leitura da carta foi uma mera sobreimpressão de palavras em algo que Fraga já conhecia de outro ângulo e que a prova epistolar só podia reforçar em caso de polêmica. Caída a máscara, um Claudio Romero quase feroz aparecia nessas frases categóricas, de uma lógica irretorquível. Condenando, de fato, Susana ao trabalho sujo que ela carregaria em seus últimos anos, e ao qual se aludia explicitamente em duas passagens, impunha-lhe para sempre o silêncio, a distância e o ódio, empurrava-a com sarcasmos e ameaças para uma escarpa que ele mesmo deve ter preparado em dois anos de lenta, minuciosa corrupção. O homem que se deleitara em escrever, algumas semanas antes: "Preciso da noite só para mim, não deixarei você me ver chorar", agora arrematava um parágrafo com uma alusão torpe cujo efeito devia prever malignamente, e acrescentava recomendações e conselhos irônicos, ligeiras despedidas interrompidas por ameaças explícitas caso Susana pretendesse vê-lo outra vez. Agora nada mais disso surpreendia Fraga, mas ele ficou um bom tempo encostado na janela do trem, com a carta na mão, como se alguma coisa dentro dele lutasse para acordar de um pesadelo insuportavelmente lento. "E isso explica o resto", ouviu-se pensar. O resto era Irene Paz, a "Ode a seu nome duplo", o fracasso final de Claudio Romero. Sem provas nem motivos, mas com uma certeza muito mais profunda do que a que podia emanar de uma carta ou de um testemunho qualquer, os dois últimos anos da vida de Romero se organizavam dia a dia na memória — para chamá-la de algum nome — de quem, aos olhos dos passageiros do trem de Pilar, devia ser um senhor que bebera um vermute a mais. Quando desceu na estação eram quatro da tarde e começava a chover. A charrete que o levava para a chácara estava fria e com cheiro de couro rançoso. Quanta sensatez habitara sob a fronte altiva de Irene Paz, de que longa experiência aristocrática nascera a recusa de seu mundo. Romero fora capaz de magnetizar uma pobre mulher, mas não tinha as asas de Ícaro que seu poema pretendia. Irene, ou nem ela, sua mãe ou seus irmãos tinham adivinhado no mesmo instante o intento do arrivista, o salto grotesco do rastaquera que começa por negar sua origem, matando-a se preciso (e esse crime se chamava Susana Márquez, uma professora normalista). Para eles teria bastado um sorriso, recusar um convite, ir até a fazenda, as armas afiadas do dinheiro e os criados subservientes. Não se incomodaram sequer em comparecer ao enterro do poeta.

Ofelia esperava na varanda. Fraga lhe disse que tinha de começar a trabalhar. Quando se viu diante da página iniciada na noite anterior, com um cigarro na boca e um cansaço enorme que abatia seus ombros, disse para si que ninguém sabia de nada. Era como antes de escrever *Vida*, e ele continuava sendo dono das chaves. Ele sorriu, apenas, e começou a escrever sua conferência. Bem mais tarde percebeu que em algum momento da viagem ele perdera a carta de Romero.

Qualquer pessoa pode ler nos arquivos dos jornais portenhos os comentários suscitados pela cerimônia de recepção do Prêmio Nacional, na qual Jorge Fraga provocou, deliberadamente, desconcerto e ira nas cabeças bem-pensantes ao apresentar na tribuna uma versão totalmente disparatada da vida do poeta Claudio Romero. Um cronista assinalou que Fraga dera a impressão de estar indisposto (mas era óbvio o eufemismo), entre outras coisas porque várias vezes havia falado como se fosse o próprio Romero, corrigindo-se de imediato, mas recaindo nessa aberração absurda logo depois. Outro cronista fez notar que Fraga tinha umas poucas folhas de papel rabiscadas que mal havia olhado durante sua conferência, dando a impressão de ser seu próprio ouvinte, aprovando ou desaprovando certas frases assim que eram pronunciadas, até causar uma crescente e por fim insuportável irritação no vasto auditório que se reunira com a expressa intenção de aplaudi-lo. Outro redator dava conta da violenta altercação entre Fraga e o dr. Jovellanos no final da conferência, enquanto grande parte do público abandonava a sala entre exclamações de reprovação, e assinalava com pesar que, quando o dr. Jovellanos o intimou no sentido de apresentar provas convincentes das temerárias afirmações que caluniavam a sagrada memória de Claudio Romero, o conferencista dera de ombros, terminando por levar a mão à testa como se as provas requeridas não passassem de sua imaginação, e por fim ficara imóvel, olhando para o ar, tão alheio à retirada tumultuosa do público quanto aos provocativos aplausos e cumprimentos de um grupo de jovenzinhos e humoristas que pareciam achar admirável essa forma especial de receber um Prêmio Nacional.

Quando Fraga chegou à chácara, duas horas depois, Ofelia lhe estendeu em silêncio uma longa lista de telefonemas, de um da Chancelaria até outro de um irmão com quem ele não se dava. Olhou distraído a série de nomes, alguns sublinhados, outros mal escritos. A folha se soltou de sua mão e caiu no tapete. Sem apanhá-la, começou a subir a escada que levava à sua sala de trabalho.

Bem mais tarde, Ofelia o ouviu caminhar pela sala. Deitou-se e tentou não pensar. Os passos de Fraga iam e vinham, interrompendo-se de vez em quando, como se por um momento ele ficasse parado ao pé da escrivaninha,

Octaedro 59

fazendo alguma consulta. Uma hora depois Ofelia o ouviu descer a escada, aproximar-se do quarto. Sem abrir os olhos, sentiu o peso de seu corpo se deixando deslizar de costas junto a ela. Uma mão fria apertou sua mão. No escuro, Ofelia beijou-o no rosto.

— A única coisa que eu não entendo — disse Fraga, como se não estivesse falando com ela — é por que demorei tanto para saber que eu já sabia disso tudo desde sempre. É idiota supor que sou médium, não tenho absolutamente nada a ver com ele. Uma semana atrás eu não tinha nada a ver com ele.

— Se você conseguisse dormir um pouquinho — disse Ofelia.

— Não, é que preciso descobrir. Há duas coisas: isso, que eu não entendo, e o que vai começar amanhã, o que já começou hoje à tarde. Estou liquidado, entende?, jamais vão me perdoar por ter posto o ídolo nos seus braços e agora tê-lo feito voar em pedaços. Perceba que tudo isso é completamente idiota, Romero continua sendo o autor dos melhores poemas dos anos vinte. Mas os ídolos não podem ter pés de barro, e com a mesma empáfia, amanhã meus caros colegas vão me dizer isso.

— Mas se você achou que seu dever era proclamar a verdade...

— Não achei, Ofelia. Só fiz isso. Ou alguém fez isso por mim. De repente, não havia outra saída depois daquela noite. Era a única coisa a ser feita.

— Talvez fosse preferível ter esperado um pouco — disse Ofelia, temerosa. — Assim de repente, na cara do...

Ia dizer: "do ministro", e Fraga ouviu as palavras tão claramente como se as tivesse pronunciado. Sorriu, acariciou sua mão. Pouco a pouco as águas começaram a baixar, alguma coisa ainda obscura tentava se manifestar, se definir. O longo, angustiado silêncio de Ofelia ajudou-o a sentir-se melhor, fitando a escuridão com os olhos bem abertos. Jamais entenderia por que não soubera antes que tudo já era sabido se continuasse negando que ele também era um canalha, tão canalha como o próprio Romero. A ideia de escrever o livro já encerrara o propósito de uma revanche social, de uma vitória fácil, da reivindicação de tudo o que ele merecia e que outros mais oportunistas lhe tiravam. Aparentemente rigorosa, a *Vida* nascera munida de todos os recursos necessários para abrir caminho nas vitrines dos livreiros. Cada etapa da vitória estava à espera, minuciosamente preparada em cada capítulo, em cada frase. Sua irônica, quase desencantada aceitação progressiva dessas etapas, não passava de uma das muitas máscaras da infâmia. Por trás da capa anódina da *Vida* tinham se escondido a rádio, a TV, os filmes, o Prêmio Nacional, o cargo diplomático na Europa, o dinheiro e as homenagens. Mas algo que não estava previsto esperou até o final para disparar sobre a máquina minuciosamente montada e detoná-la. Era inútil querer pensar nessa coisa, inútil ter medo, sentir-se possuído pelo súcubo.

— Não tenho nada a ver com ele — repetiu Fraga, fechando os olhos. — Não sei como isso aconteceu, Ofelia, mas não tenho nada a ver com ele.

Percebeu que ela chorava em silêncio.

— Mas então é pior ainda. Como uma infecção sob a pele por tanto tempo disfarçada que de repente estoura e espirra sangue podre em você. Cada vez que eu tinha que escolher, que decidir sobre a conduta desse homem, eu escolhia o contrário, aquilo em que ele queria que acreditassem enquanto estava vivo. Minhas escolhas eram as dele, quando qualquer um poderia ter decifrado outra verdade na sua vida, nas suas cartas, naquele último ano em que a morte o encurralava e desnudava. Eu não quis perceber, não quis mostrar a verdade porque senão, Ofelia, senão Romero não teria sido o personagem que me faltava, como faltou a ele, para armar a lenda, para...

Calou-se, mas tudo continuava se organizando e se cumprindo. Agora compreendia profundamente sua identidade com Claudio Romero, que não tinha nada a ver com o sobrenatural. Irmãos na farsa, na mentira esperançosa de uma ascensão fulgurante, irmãos na queda brutal que os fulminava e destruía. Fraga sentiu pura e simplesmente que qualquer pessoa como ele seria sempre Claudio Romero, que os Romero de ontem e de amanhã seriam sempre Jorge Fraga. Tal como receara numa distante noite de setembro, havia escrito sua autobiografia disfarçada. Teve vontade de rir, e ao mesmo tempo pensou na pistola que guardava na escrivaninha.

Nunca soube se foi nesse momento ou mais tarde que Ofelia disse: "A única coisa que importa é que hoje você mostrou a verdade para eles". Não lhe ocorrera pensar nisso, evocar de novo a hora quase incrível em que falou diante de rostos que passavam progressivamente do sorriso admirativo ou cortês ao cenho franzido, ao ricto de desprezo, ao braço que se levanta em sinal de protesto. Mas era só isso que importava, a única coisa certa e sólida de toda a história; ninguém podia lhe tirar essa hora em que ele triunfara de verdade, para além dos simulacros e de seus ávidos apoiadores. Quando se inclinou sobre Ofelia para acariciar seu cabelo, teve a impressão de que ela era um pouco Susana Márquez, e que sua carícia a salvava e a segurava perto dele. E ao mesmo tempo o Prêmio Nacional, o cargo na Europa e as honrarias eram Irene Paz, algo que era preciso rejeitar e abolir se não quisesse afundar por completo em Romero, miseravelmente identificado até o fim com um falso herói de imprensa e radioteatro.

Mais tarde — a noite girava devagar com seu céu fervilhando de estrelas —, outras cartas se misturaram ao interminável jogo de paciência da insônia. A manhã traria os telefonemas, os jornais, o escândalo bem armado em duas colunas. Pareceu-lhe insensato ter chegado a pensar, por um momento, que tudo estava perdido, quando bastava um mínimo de habilidade e desenvoltura para ganhar a partida de ponta a ponta. Tudo dependia de algumas poucas horas, de algumas entrevistas. Se quisesse, o cancelamento do prêmio, a recusa da Chancelaria em confirmar sua proposta, podiam se converter em notícias que o lançariam ao mundo internacional das grandes tiragens e das traduções. Mas também podia continuar recostado na cama, recusar-se a ver qualquer pessoa, ficar recluso na chácara meses a fio, refazer e retomar seus antigos estudos filológicos, suas melhores e já apagadas amizades. Em seis meses estaria esquecido, admiravelmente substituído pelo mais estúpido jornalista de plantão no cartaz do sucesso. Os dois caminhos eram igualmente simples, igualmente seguros. Era só questão de decidir. E embora já tivesse decidido, continuou pensando por pensar, fazendo escolhas e apresentando razões para suas escolhas, até que o amanhecer começou a roçar a janela, o cabelo de Ofelia adormecida, e a corticeira do jardim se recortou, imprecisa, como um futuro que se coagula em presente, endurece pouco a pouco, entra em sua forma diurna, aceita-a e a defende e a condena à luz da manhã.

Manuscrito encontrado num bolso

Agora, enquanto escrevo isso, que para os outros poderia ser um jogo de roleta ou uma corrida de cavalos, só que eu não estava atrás de dinheiro, a certa altura comecei a sentir, a decidir que um vidro de janela no metrô podia me trazer a resposta, o encontro com alguma felicidade, justamente aqui onde tudo acontece sob o signo da mais implacável ruptura, no interior de um tempo subterrâneo que o trajeto entre uma estação e outra desenha e delimita, assim, irremediavelmente lá embaixo. Digo ruptura para entender melhor (teria de entender tantas coisas desde que comecei a jogar esse jogo) essa esperança de uma convergência que, talvez, me seria dada pelo reflexo de um vidro da janela. Ultrapassar a ruptura que ninguém parece perceber, ainda que vá saber o que se passa na cabeça dessa gente afobada que sobe e desce dos vagões do metrô, vá saber o que procura, além do transporte, essa gente que sobe antes ou depois para descer depois ou antes, que só se encontra no espaço do vagão onde tudo está decidido de antemão, sem que ninguém possa saber se vamos sair juntos, se eu vou descer antes daquele homem magro com um rolo de papéis, se a velha de verde vai continuar até o final, se aquelas crianças vão descer agora, é claro que vão descer porque já estão juntando seus cadernos e réguas, se aproximam da porta rindo e brincando, enquanto lá no canto há uma garota que se instala para permanecer, para ficar ainda muitas estações no assento finalmente livre, e aquela outra garota é imprevisível, Ana era imprevisível, mantinha-se bem reta no encosto do assento da janela, já estava lá quando subi na estação Étienne Marcel e um negro deixou o assento da frente e ninguém pareceu se interessar por ele e eu consegui, com uma vaga desculpa, me esgueirar entre os joelhos dos dois passageiros sentados nos assentos exteriores e fiquei diante de Ana, e quase de imediato, porque tinha descido ao metrô para jogar mais uma vez o jogo, procurei o perfil de Margrit no reflexo do vidro da janela e pensei que era bonita, que eu gostava de seu cabelo preto com uma espécie de asa breve penteada em diagonal à testa.

Não é verdade que o nome de Margrit ou o de Ana tenha me ocorrido depois ou que isso seja agora uma forma de diferenciá-las na escrita, essas coisas eram decididas instantaneamente pelo jogo, quer dizer, de maneira nenhuma o reflexo no vidro da janela podia se chamar Ana, assim como também não podia se chamar Margrit a garota sentada à minha frente sem me olhar, com os olhos perdidos no tédio desse intervalo em que todo mundo parece consultar um campo de visão que não é o circundante, com exceção das crianças, que olham fixo e direto para as coisas até o dia que lhes ensinam a se situar também nos interstícios, a olhar sem ver, com essa ignorância civil de toda presença vizinha, todo contato sensível, cada um instalado em sua bolha, alinhado entre parênteses, cuidando de manter o mínimo ar livre entre joelhos e cotovelos alheios, refugiando-se no *France-Soir* ou em livros de bolso, ainda que quase sempre como Ana, uns olhos se situando no vazio entre o verdadeiramente observável, naquela distância neutra e estúpida que ia de meu rosto até o do homem concentrado no *Figaro*. Mas aí Margrit, e se tinha uma coisa que eu podia prever era que Margrit em algum momento iria se virar, distraída, para a janela, e aí Margrit iria ver meu reflexo, o cruzamento de olhares nas imagens daquele vidro em que a escuridão do túnel põe seu azougue atenuado, sua pelúcia roxa e movediça que dá aos rostos uma vida em outros planos, retira deles a horrível máscara de giz das luzes municipais do vagão, e sobretudo, ah, Margrit, sim, você não poderia negar, faz com que realmente olhem para aquele outro rosto do vidro, porque durante o tempo instantâneo do olhar duplo não há censura, meu reflexo no vidro não era o homem sentado diante de Ana e que Ana não deveria olhar diretamente num vagão de metrô, além disso quem estava olhando meu reflexo não era mais Ana, era Margrit no momento em que Ana desviou rapidamente os olhos do homem sentado diante dela por-

Octaedro   63

que não ficava bem que o olhasse, e ao se voltar para o vidro da janela vira meu reflexo que esperava esse instante para sorrir de leve, sem insolência nem esperança, quando o olhar de Margrit caísse como um pássaro em seu olhar. Deve ter durado um segundo, talvez um pouco mais, porque senti que Margrit havia notado esse sorriso que Ana reprovava, se mais não fosse apenas pelo gesto de baixar a cabeça, de examinar vagamente o fecho de sua bolsa de couro vermelho; e era quase justo continuar sorrindo, ainda que Margrit já não olhasse para mim, porque de alguma forma o gesto de Ana acusava meu sorriso, continuava a percebê-lo sem que fosse preciso que ela ou Margrit me olhassem, aplicadamente concentradas na meticulosa tarefa de conferir o fecho da bolsa vermelha.

Como antes com Paula (com Ofelia) e com tantas outras que tinham se concentrado na tarefa de verificar um fecho, um botão, o vinco de uma revista, havia outra vez o poço onde a esperança se enredava com o medo numa cãibra mortal de aranhas, onde o tempo começava a bater como um segundo coração no pulso do jogo; desse momento em diante cada estação do metrô era uma trama diferente do futuro, porque o jogo assim o decidira; o olhar de Margrit e meu sorriso, o recuo instantâneo de Ana para contemplar o fecho da bolsa eram a abertura de uma cerimônia que um belo dia, contrário a qualquer razão, eu começara a celebrar, preferindo os piores desencontros aos elos estúpidos de uma causalidade cotidiana. Explicá-lo não é difícil, mas jogá-lo tem muito de combate às cegas, de trêmula suspensão coloidal onde cada itinerário levantava uma árvore de percursos imprevisíveis. Um mapa do metrô de Paris define, com seu esqueleto mondrianesco, seus galhos vermelhos, amarelos, azuis e pretos, uma vasta porém limitada superfície de subtendidos pseudópodes; e essa árvore está viva vinte horas em cada vinte e quatro, uma seiva atormentada a percorre com finalidades precisas, a que desce em Châtelet ou sobe em Vaugirard, a que muda em Odéon para seguir até La Motte-Picquet, as duzentas, trezentas, sabe-se lá quantas possibilidades de conexão para que cada célula codificada e programada ingresse num setor da árvore e aflore em outro, saia das Galeries Lafayette para entregar um pacote de toalhas ou uma lâmpada num terceiro andar da Rue Gay-Lussac.

Minha regra do jogo era maniacamente simples, era bela, estúpida e tirânica, se eu gostasse de uma mulher, se eu gostasse de uma mulher sentada diante de mim, se eu gostasse de uma mulher sentada diante de mim junto à janela, se seu reflexo na janela cruzasse o olhar com meu reflexo da janela, se meu sorriso no reflexo da janela turvasse ou afagasse ou repelisse o reflexo da mulher na janela, se Margrit me visse sorrir e então Ana baixasse a cabeça e começasse a examinar aplicadamente o fecho de sua bolsa vermelha, aí havia jogo, dava exatamente na mesma que o sorriso fosse acatado ou respondido ou ignorado, o primeiro tempo da cerimônia não ia além disso, um sorriso registrado por quem o havia merecido. Então começava o combate no poço, as aranhas no estômago, a espera com seu pêndulo de estação em estação. Lembro-me de como me lembrei desse dia: agora eram Margrit e Ana, mas uma semana antes tinham sido Paula e Ofelia, a moça loira tinha descido numa das piores estações, Montparnasse-Bienvenue, que abre sua hidra malcheirosa às máximas possibilidades de fracasso. Minha conexão era com a linha da Porte de Vanves e quase no ato, no primeiro corredor, compreendi que Paula (que Ofelia) pegaria o corredor que levava à conexão com a Mairie d'Issy. Impossível fazer qualquer coisa, só olhá-la pela última vez no cruzamento dos corredores, vê-la se afastar, descer uma escada. A regra do jogo era essa, um sorriso no vidro da janela e o direito de seguir uma mulher e esperar desesperadamente que sua conexão coincidisse com a decidida por mim antes de cada viagem; e então — sempre, até agora — vê-la pegar outro corredor e não poder segui-la, obrigado a voltar para o mundo lá de cima e entrar num café e continuar vivendo até que, pouco a pouco, horas ou dias ou semanas, outra vez a sede invocando a possibilidade de que um dia tudo coincidisse, mulher e vidro de janela, sorriso aceito ou rejeitado, conexão de trens e aí, finalmente, sim, aí o direito de me aproximar e dizer a primeira palavra, densa de tempo estagnado, de interminável ronda no fundo do poço entre as aranhas da cãibra.

Entrávamos agora na estação Saint-Sulpice, alguém a meu lado se levantava e saía, Ana também ficava sozinha diante de mim, tinha parado de olhar para a bolsa e uma ou duas vezes seus olhos me varreram distraidamente antes de se perderem no anúncio das águas termais que se repetia nos quatro cantos do vagão. Margrit não me olhara de novo na janela, mas isso provava o contato, sua pulsação silenciosa; talvez Ana fosse tímida ou simplesmente achasse absurdo aceitar o reflexo daquele rosto que voltaria a sorrir para Margrit; além do mais, chegar a Saint-Sulpice era importante, pois se ainda faltavam oito estações até o final do trajeto na Porte d'Orléans, só três tinham conexões com outras linhas, e só se Ana descesse numa dessas três eu ainda teria a possibilidade de coincidir com ela; quando o trem começava a frear em Saint-Placide, olhei e olhei para Margrit procurando os olhos que Ana continuava pousando suavemente nas coisas do vagão, como se admitisse que Margrit não me olharia mais, que era inútil esperar que voltasse a olhar para o reflexo que a esperava para lhe sorrir.

Ela não desceu em Saint-Placide, eu soube disso antes que o trem começasse a frear, o passageiro tem seus preparativos, sobretudo as mulheres, que nervosamente verificam embrulhos, fecham o casaco ou olham de lado

Octaedro   65

ao se levantar, evitando joelhos naquele instante em que a perda de velocidade trava e estonteia os corpos. Ana repassava vagamente os anúncios da estação, o rosto de Margrit foi se apagando sob as luzes da plataforma e não consegui saber se ela tinha voltado a me olhar; meu reflexo tampouco teria sido visível naquela maré de neon e anúncios fotográficos, de corpos entrando e saindo. Se Ana descesse em Montparnasse-Bienvenue minhas possibilidades seriam mínimas; como não me lembrar de Paula (de Ofelia) lá onde uma quádrupla conexão possível debilitava qualquer previsão; e no entanto, no dia de Paula (de Ofelia) eu estivera absurdamente certo de que iríamos coincidir, até o último momento tinha andado a três metros daquela mulher lenta e loira, que parecia vestida com folhas secas, e sua bifurcação à direita envolvera meu rosto como uma chicotada. Por isso agora Margrit não, por isso o medo, de novo podia ocorrer, abominavelmente, em Montparnasse-Bienvenue; a lembrança de Paula (de Ofelia), as aranhas no poço contra a miúda confiança de que Ana (de que Margrit)... Mas quem pode com essa ingenuidade que vai nos deixando viver?, e quase de imediato me disse que talvez Ana (que talvez Margrit) não descesse em Montparnasse-Bienvenue, mas talvez numa das outras estações possíveis, que talvez não descesse nas intermediárias, onde eu não poderia segui-la; que Ana (que Margrit) não desceria em Montparnasse-Bienvenue (não desceu), que não desceria em Vavin, e não desceu, que talvez descesse em Raspail, que era a primeira das duas últimas possíveis; e quando não desceu e soube que só restava uma estação na qual poderia segui-la, contra as três finais em que tudo dava na mesma, procurei de novo os olhos de Margrit no vidro da janela, chamei-a, do fundo de um silêncio e de uma imobilidade que talvez lhe chegassem como um apelo, como um marulho, sorri com o sorriso que Ana não podia mais ignorar, que Margrit tinha de admitir embora não olhasse meu reflexo fustigado pelas meias-luzes do túnel ao desembocar em Denfert-Rochereau. Talvez o primeiro tranco dos freios tenha estremecido a bolsa vermelha sobre as coxas de Ana, talvez só o tédio a levasse a mover a mão até a mecha de cabelo preto que lhe cruzava a testa; naqueles três, quatro segundos em que o trem ficava parado na plataforma, as aranhas cravaram suas unhas na pele do poço para mais uma vez me vencerem, de dentro; quando Ana se levantou com uma única e limpa flexão de corpo, quando a vi de costas entre dois passageiros, acho que ainda procurei, insensatamente, o rosto de Margrit no ofuscante vidro de luzes e movimentos. Saí meio que sem querer, sombra passiva daquele corpo que descia na plataforma, até despertar para o que estava por vir, para a dupla escolha final se cumprindo irrevogavelmente.

Acho que está claro, Ana (Margrit) ia pegar um caminho cotidiano ou circunstancial, ao passo que eu, antes de subir naquele trem, já tinha decidido

66   *Manuscrito encontrado num bolso*

que se alguém entrasse no jogo e descesse em Denfert-Rochereau, minha conexão seria a linha Nation-Étoile, da mesma forma que se Ana (que se Margrit) tivesse descido em Châtelet, eu só teria podido segui-la caso pegasse a conexão Vincennes-Neuilly. No último tempo da cerimônia o jogo estaria perdido se Ana (se Margrit) tomasse a conexão da Ligne de Sceaux ou fosse direto para a rua; imediatamente, mesmo porque naquela estação não havia os intermináveis corredores de outras vezes e as escadas levavam rapidamente ao destino, a isso que nos meios de transporte também se chamava de destino. Eu a via mover-se entre as pessoas, sua bolsa vermelha como um pêndulo de brinquedo, levantando a cabeça em busca dos letreiros indicadores, hesitando um instante até se orientar para a esquerda; mas a esquerda era a saída que levava à rua.

Não sei como dizer, as aranhas mordiam demais, num primeiro momento eu não fui desonesto, simplesmente a segui para depois, talvez, aceitar, deixar que ela tomasse um dos rumos possíveis lá em cima; no meio da escada compreendi que não, que talvez a única maneira de matá-las fosse negar por uma vez a lei, o código. A cãibra que me crispara naquele segundo em que Ana (em que Margrit) começava a subir a escada proibida de repente dava lugar a uma lassidão sonolenta, a um golem de lentos degraus; recusei-me a pensar, bastava saber que continuava a vê-la, que a bolsa vermelha subia para a rua, que a cada passo o cabelo preto estremecia em seus ombros. Já era noite e o ar estava gelado, com alguns flocos de neve entre rajadas e chuvisqueiros; sei que Ana (que Margrit) não teve medo quando me postei a seu lado e falei: "Não é possível que nos separemos assim, antes mesmo de termos nos encontrado".

No café, mais tarde, agora só Ana, enquanto o reflexo de Margrit dava lugar a uma realidade de cinzano e de palavras, ela me disse que não estava entendendo nada, que se chamava Marie-Claude, que meu sorriso no reflexo a incomodara, que por um momento tinha pensado em se levantar e mudar de lugar, que não me vira segui-la e que na rua não sentira medo, contraditoriamente, me olhando nos olhos, bebendo seu cinzano, sorrindo sem se envergonhar de sorrir, de ter aceitado quase de imediato minha abordagem em plena rua. Naquele momento, de uma felicidade como quando a gente boia sobre as ondas ou se abandona a um deslizar cheio de álamos, não podia lhe dizer o que ela teria entendido como loucura ou mania, o que de fato era, mas de outro modo, de outras margens da vida; falei da mecha de seu cabelo, de sua bolsa vermelha, de seu jeito de olhar o anúncio das termas, que eu não tinha sorrido para ela nem por dom-juanismo nem por tédio mas sim para lhe dar uma flor que eu não possuía, um sinal de que gostava dela, de que me fazia bem, de que viajar diante dela, de que

Octaedro   67

mais um cigarro e outro cinzano. Em nenhum momento fomos enfáticos, conversamos como de algo já conhecido e aceito, olhando-nos sem nos machucar, acho que Marie-Claude me deixava vir e estar em seu presente talvez como Margrit tivesse respondido a meu sorriso no vidro se não houvesse de permeio tanta norma prévia, tanto não deve responder se falarem com você na rua ou se lhe oferecerem balas e quiserem levá-la ao cinema, até que Marie-Claude, já liberta de meu sorriso para Margrit, Marie-Claude na rua e no café pensou que era um sorriso bom, que o desconhecido lá de baixo não tinha sorrido para Margrit a fim de sondar outro terreno, e que minha maneira absurda de abordá-la tinha sido a única compreensível, a única razão para dizer que sim, que podíamos tomar um drinque e conversar num café.

Não lembro o que pude lhe contar de mim, talvez tudo fora o jogo, mas aí, tão pouco, em algum momento rimos, alguém fez a primeira piada, descobrimos que gostávamos do mesmo cigarro e de Catherine Deneuve, ela deixou que a acompanhasse até a porta de sua casa, me estendeu a mão com naturalidade e concordou com o mesmo café na mesma hora de terça-feira. Peguei um táxi para voltar ao meu bairro, pela primeira vez em mim mesmo como num incrível país estrangeiro, repetindo que sim, que Marie-Claude, que Denfert-Rochereau, apertando as pálpebras para guardar melhor seu cabelo preto, aquele jeito de inclinar a cabeça antes de falar, de sorrir. Fomos pontuais e falamos sobre filmes, sobre trabalho, verificamos diferenças ideológicas parciais, ela continuava me aceitando como se maravilhosamente lhe bastasse aquele presente sem razões, sem interrogação; não parecia nem mesmo perceber que qualquer imbecil a teria considerado fácil ou boba; acatando até que eu não tentasse compartilhar o mesmo banco no café, que no trecho da Rue Froidevaux não passasse o braço por seu ombro no primeiro gesto de intimidade, que, sabendo que ela era quase sozinha — uma irmã mais moça, muitas vezes ausente do apartamento no quarto andar —, não lhe pedisse para subir. Se havia algo que não podia imaginar eram as aranhas, tínhamos nos encontrado três ou quatro vezes sem que elas mordessem, imóveis no poço e esperando até o dia em que eu soube, como se não soubesse o tempo todo, mas terça-feira, chegar ao café, imaginar que Marie-Claude já estaria lá ou vê-la entrar com seus passos ágeis, sua morena recorrência que lutara inocentemente contra as aranhas outra vez despertas, contra a transgressão do jogo que só ela tinha podido defender apenas me estendendo uma breve, calorosa mão, apenas com aquela mecha de cabelo que passeava por sua testa. Em algum momento ela deve ter percebido, ficou me olhando calada, esperando; já me era impossível não delatar o esforço para fazer durar a trégua, para não admitir que voltavam pouco a pouco, apesar de Marie-Claude, contra Marie-Claude,

Manuscrito encontrado num bolso

que não podia entender, que ficava me olhando calada, esperando; beber e fumar e falar com ela, defendendo até o fim o doce interregno sem aranhas, saber de sua vida simples e com horários e irmã estudante e alergias, desejar tanto aquela mecha negra que penteava sua testa, desejá-la como um término, como realmente a última estação do último metrô da vida, e então o poço, a distância de minha cadeira até aquele banco em que teríamos nos beijado, em que minha boca teria bebido o primeiro perfume de Marie-Claude antes de levá-la abraçada até sua casa, subir aquela escada e nos despir, por fim, de tanta roupa e tanta espera.

Então eu lhe disse, recordo o paredão do cemitério e que Marie-Claude se apoiou nele e me deixou falar com o rosto perdido no musgo quente de seu casaco, não sei se minha voz chegou a ela com todas as suas palavras, se ela conseguiu entender; eu lhe disse tudo, cada detalhe do jogo, as improbabilidades confirmadas desde tantas Paulas (desde tantas Ofelias) perdidas no final de um corredor, as aranhas em cada final. Chorava, eu a sentia tremer junto a mim, embora continuasse me abrigando, sustentando-me com todo o seu corpo apoiado na parede dos mortos; não me perguntou nada, não quis saber por que nem desde quando, não lhe ocorreu lutar contra uma máquina montada por toda uma vida a contrapelo de si mesma, da cidade e de seus códigos, apenas aquele choro ali como um animalzinho ferido, resistindo sem forças ao triunfo do jogo, à dança exasperada das aranhas no poço.

Na porta de sua casa eu lhe disse que nem tudo estava perdido, que dependia de nós dois tentarmos um encontro legítimo; agora ela conhecia as regras do jogo, talvez nos fossem favoráveis, já que não faríamos outra coisa além de procurar um ao outro. Ela falou que poderia pedir quinze dias de licença, viajar levando um livro para que o tempo fosse menos úmido e hostil no mundo de baixo, passar de uma conexão a outra, me esperar lendo, olhando os anúncios. Não quisemos pensar na improbabilidade, em que talvez nos encontrássemos num trem mas que isso não bastava, pois dessa vez não se poderia faltar ao preestabelecido; pedi a ela que não pensasse, que deixasse correr o metrô, que jamais chorasse nessas duas semanas em que eu a procurava; sem palavras, combinamos que se o prazo se encerrasse sem que voltássemos a nos ver ou só nos vendo até que dois corredores diferentes nos afastassem, já não teria sentido voltar ao café, à porta de sua casa. Ao pé daquela escada de bairro que uma luz alaranjada estendia docemente para o alto, para a imagem de Marie-Claude em seu apartamento, entre seus móveis, nua e adormecida, beijei seus cabelos, acariciei suas mãos; ela não buscou minha boca, foi se afastando e a vi de costas, subindo outra das tantas escadas que a levavam sem que eu pudesse segui-la; voltei

Octaedro   69

a pé para casa, sem aranhas, vazio e lavado para a nova espera; agora não podiam me fazer nada, o jogo ia recomeçar como tantas outras vezes, mas somente com Marie-Claude, segunda-feira descendo na estação Couronnes pela manhã, saindo na Max Dormoy em plena noite, na terça-feira entrando na Crimée, na quarta na Philippe Auguste, a exata regra do jogo, quinze estações nas quais quatro tinham conexões, e então na primeira das quatro, sabendo que eu teria de seguir para a linha Sèvres-Montreuil, como na segunda teria de pegar a conexão Clichy-Porte Dauphine, cada itinerário escolhido sem nenhuma razão especial, pois não podia haver nenhuma razão, Marie-Claude talvez tivesse subido perto de sua casa, na Denfert-Rochereau ou na Corvisart, talvez estivesse mudando na Pasteur para seguir até a Falguière, a árvore mondrianesca com todos os seus galhos secos, o acaso das tentações vermelhas, azuis, brancas, pontilhadas; a quinta, a sexta, o sábado. De qualquer plataforma, ver os trens entrarem, os sete ou oito vagões, permitindo-me olhar enquanto passavam cada vez mais lentos, correr até o final e subir num vagão sem Marie-Claude, descer na estação seguinte e esperar outro trem, seguir até a primeira estação para buscar outra linha, ver os vagões chegarem sem Marie-Claude, deixar passar um trem ou dois, subir no terceiro, seguir até o terminal, voltar a uma estação onde podia passar para outra linha, decidir que só pegaria o quarto trem, deixar a busca de lado e subir para comer, voltar pouco depois com um cigarro amargo e me sentar num banco até o segundo, até o quinto trem. A segunda, a terça, a quarta, a quinta, sem aranhas porque ainda estava esperando, porque ainda espero neste banco da estação Chemin Vert, com esta caderneta na qual a mão escreve para inventar um tempo que não seja apenas essa rajada interminável que me lança para o sábado em que talvez tudo já tenha terminado, em que voltarei sozinho e sentirei que elas acordam e mordem, suas pinças raivosas me exigindo um novo jogo, outras Marie-Claudes, outras Paulas, a reiteração depois de cada fracasso, o recomeço canceroso. Mas é quinta-feira, é a estação Chemin Vert, lá fora a noite cai, ainda dá para imaginar qualquer coisa, pode até não parecer tão inacreditável que no segundo trem, que no quarto vagão, que Marie-Claude num assento do lado da janela, que ela tenha me visto e se levante com um grito que ninguém a não ser eu pôde ouvir, assim em plena cara, em plena corrida para pular no vagão lotado, empurrando os passageiros indignados, sussurrando desculpas que ninguém espera nem aceita, ficando de pé contra o duplo assento ocupado por pernas e guarda-chuvas e pacotes, por Marie-Claude com seu casaco cinza contra a janela, a mecha preta que o arranque brusco do trem agita de leve como suas mãos trêmulas sobre as coxas num apelo que não tem nome, que é só isso que vai acontecer agora. Não há necessidade de

Manuscrito encontrado num bolso

falar, não se poderia dizer nada sobre esse muro impassível e desconfiado de rostos e guarda-chuvas entre mim e Marie-Claude; restam três estações que fazem conexão com outras linhas, Marie-Claude deverá escolher uma delas, percorrer a plataforma, seguir por um dos corredores ou procurar a escada de saída, indiferente a minha escolha, que desta vez não transgredirei. O trem entra na estação Bastille e Marie-Claude continua lá, as pessoas descem e sobem, alguém deixa livre o assento a seu lado, mas não me aproximo, não posso me sentar ali, não posso tremer junto dela como ela deve estar tremendo. Agora vêm a Ledru-Rollin e a Froidherbe-Chaligny, nessas estações sem conexão Marie-Claude sabe que não posso segui-la e não se move, o jogo tem de ser jogado na Reuilly-Diderot ou na Daumesnil; enquanto o trem entra na Reuilly-Diderot afasto os olhos, não quero que saiba, não quero que possa entender que não é ali. Quando o trem arranca vejo que ela não se moveu, que nos resta uma última esperança, em Daumesnil há apenas uma conexão e a saída para a rua, vermelho ou preto, sim ou não. Então nos olhamos, Marie-Claude ergueu o rosto para me olhar diretamente, agarrado à barra do assento sou aquilo que ela olha, algo tão pálido como o que estou olhando, o rosto sem sangue de Marie-Claude, que aperta a bolsa vermelha, que vai fazer o primeiro gesto para se levantar enquanto o trem entra na estação Daumesnil.

Verão

Ao entardecer, Florencio desceu com a menina até a cabana, seguindo o caminho cheio de buracos e pedras soltas que só Mariano e Zulma se animavam a atravessar com o jipe. Zulma abriu a porta para eles, e Florencio achou que os olhos dela pareciam os de alguém que tinha andado descascando cebolas. Mariano veio do outro quarto, disse que entrassem, mas Florencio só queria pedir que cuidassem da menina até a manhã seguinte, porque precisava ir até o litoral resolver um assunto urgente, e na cidade não havia ninguém a quem pedir esse favor. Claro, disse Zulma, pode deixar, vamos arrumar uma cama para ela aqui embaixo. Entre e tome alguma coisa, insistiu Mariano, só cinco minutos, mas Florencio tinha deixado o carro na praça da cidade e precisava seguir viagem imediatamente; agradeceu, deu um beijo na filhinha, que já descobrira a pilha de revistas na bancada; quando a porta se fechou, Zulma e Mariano trocaram um olhar quase interrogativo, como se tudo tivesse acontecido rápido demais.

Mariano deu de ombros e voltou para sua oficina, onde estava colando uma poltrona velha; Zulma perguntou à menina se ela estava com fome, sugeriu que brincasse com as revistas, na despensa havia uma bola e uma rede de caçar borboletas; a menina agradeceu e começou a olhar as revistas; Zulma a observou por um momento, enquanto preparava alcachofras para a noite, e achou que podia deixá-la brincando sozinha.

Agora entardecia cedo no Sul, não lhes restava mais que um mês antes de voltar para a capital, de entrar na outra vida do inverno que, no fim das contas, era uma só sobrevivência, ficar juntos à distância, amavelmente amigos, respeitando e executando as múltiplas triviais delicadas cerimônias habituais do casal, como agora que Mariano precisava de uma das bocas do fogão para aquecer a lata de cola e Zulma tirava do fogo a panela de batatas dizendo que terminaria de cozinhá-las depois, e Mariano agradecia porque a poltrona já estava quase pronta e era melhor aplicar a cola de uma vez só, mas claro, pode aquecê-la. A menina folheava as revistas no fundo do grande cômodo que servia de cozinha e copa, Mariano foi buscar umas balas para ela na despensa; já era hora de ir para o jardim tomar um drinque, olhando a noite cair sobre as colinas; nunca havia ninguém no caminho, a primeira casa da cidade mal se delineava na parte mais alta; diante deles o sopé da montanha continuava descendo até o fundo do vale já em penumbras. Pode servir, eu já volto, disse Zulma. Tudo se cumpria ciclicamente, cada coisa em sua hora e uma hora para cada coisa, com exceção da menina, que de repente desajustava de leve o esquema; um banquinho e um copo de leite para ela, uma carícia no cabelo e elogios por se portar tão bem. Os cigarros, as andorinhas se aglomerando sobre a cabana; tudo ia se repetindo, se encaixando, a poltrona logo estaria seca, colada como esse novo dia que nada tinha de novo. As insignificantes diferenças eram a menina, naquela tarde, e às vezes, ao meio-dia, o carteiro que os tirava da solidão por um momento, com uma carta para Mariano ou para Zulma, que o destinatário recebia e guardava sem dizer uma só palavra. Mais um mês de repetições previsíveis, parecendo ensaiadas, e o jipe carregado até o topo os levaria de volta ao apartamento da capital, à vida que só era outra nas formas, o grupo de Zulma ou os amigos artistas de Mariano, as tardes de lojas para ela e as noites nos cafés para Mariano, um ir e vir separadamente, embora sempre se encontrassem para o cumprimento das cerimônias conectoras, o beijo matinal e os programas neutros em comum, como agora que Mariano oferecia outra bebida e Zulma a aceitava, com os olhos perdidos nas colinas mais distantes, já tingidas de um violeta profundo.

O que você gostaria de jantar, pequena? O que a senhora quiser. Talvez ela não goste de alcachofra, disse Mariano. Gosto sim, disse a menina, com azeite e vinagre mas com pouco sal, porque queima. Riram, fariam um vinagrete especial para ela. E ovos quentes, que tal? Com colherinha, disse a menina. E pouco sal, porque queima, brincou Mariano. O sal queima demais, disse a menina, dou purê sem sal pra minha boneca, hoje eu não trouxe ela porque o papai estava com pressa e não deixou. Vai ser uma linda noite, pensou Zulma em voz alta, olhe como o ar está transparente lá ao norte. É, não vai fazer muito calor, disse Mariano, levando as poltronas para a sala de baixo, acendendo as luzes junto do janelão que dava para o vale. Maquinalmente, ligou também o rádio, o Nixon vai viajar pra Pequim, o que me diz disso?, disse Mariano. Não existe mais religião, disse Zulma, e soltaram uma gargalhada ao mesmo tempo. A menina estava dedicada às revistas e tinha marcado as páginas das tirinhas como se planejasse lê-las duas vezes.

A noite chegou entre o inseticida com que Mariano pulverizava o quarto de cima e o aroma de uma cebola que Zulma cortava, cantarolando um ritmo pop do rádio. No meio do jantar, a menina começou a cochilar sobre seu ovo quente; caçoaram dela, animaram-na a terminar; Mariano já tinha preparado a cama com um colchão de ar no canto mais afastado da cozinha, de forma a não incomodá-la caso ficassem mais um pouco na sala de baixo, ouvindo discos ou lendo. A menina comeu seu pêssego e admitiu que estava com sono. Vá se deitar, meu amor, disse Zulma, já sabe que se quiser fazer xixi é só subir, vamos deixar a luz da escada acesa. A menina beijou-os no rosto, já caindo de sono, mas antes de se deitar escolheu uma revista e a pôs debaixo do travesseiro. São incríveis, disse Mariano, que mundo inatingível, e pensar que já foi o nosso, o de todos. Talvez não seja tão diferente, disse Zulma, tirando a mesa, você também tem suas manias, o frasco de água-de-colônia à esquerda e a gilete à direita, e eu, bem, melhor nem falar. Mas não eram manias, pensou Mariano, eram mais uma resposta à morte e ao nada, fixar as coisas e os tempos, estabelecer ritos e passagens contra a desordem cheia de buracos e de manchas. Só que já não dizia isso em voz alta, cada vez mais parecia ter menos necessidade de falar com Zulma, e Zulma tampouco dizia qualquer coisa que pedisse uma troca de ideias. Leve a cafeteira, já deixei as xícaras na bancada da lareira. Veja se ainda tem açúcar no açucareiro, há um pacote novo na despensa. Não estou achando o saca-rolhas, essa garrafa de aguardente parece boa, não acha? Sim, linda cor. Já que você vai subir, traga o cigarro que deixei na cômoda. Essa garrafa de aguardente é boa mesmo. Mas que calor, né? É, está abafado, melhor não abrir as janelas, senão vai encher de mariposas e mosquitos.

Quando Zulma ouviu o primeiro barulho, Mariano estava procurando nas pilhas de discos uma sonata de Beethoven que ainda não ouvira naquele verão. Ficou com a mão no ar, olhou para Zulma. Parecia um barulho na escada de pedra do jardim, mas ninguém vinha à cabana a essa hora, nunca vinha ninguém de noite. Da cozinha, acendeu a lâmpada que iluminava a parte mais próxima do jardim, não viu nada e a apagou. Um cachorro atrás de alguma coisa pra comer, disse Zulma. Era um som estranho, como se alguém bufasse, disse Mariano. Uma enorme mancha branca açoitou o janelão, Zulma deu um grito abafado, Mariano, de costas, se virou tarde demais, o vidro só refletia os quadros e os móveis da sala. Não teve tempo de perguntar, o bufido ressoou perto da parede que dava para o norte, um relincho sufocado como o grito de Zulma, que estava com as mãos na boca, colada à parede do fundo, olhando fixo para o janelão. É um cavalo, disse Mariano, incrédulo, soa como um cavalo, ouvi os cascos, está galopando no jardim. As crinas, os beiços que pareciam estar sangrando, uma enorme cabeça branca roçava o janelão, o cavalo mal olhou para eles, a mancha branca se apagou à direita, ouviram os cascos mais uma vez, um silêncio brusco do lado da escada de pedra, o relincho, a corrida. Mas não há cavalos por aqui, disse Mariano, que sem perceber tinha agarrado a garrafa de aguardente pelo gargalo, pondo-a de novo sobre a bancada. Ele quer entrar, disse Zulma, colada à parede do fundo. Mas não, que bobagem, deve ter fugido de alguma chácara do vale e veio até a luz. Estou dizendo que ele quer entrar, está com raiva e quer entrar. Cavalos não têm raiva, que eu saiba, disse Mariano, acho que ele já foi embora, vou olhar da janela lá de cima. Não, não, fique aqui, ainda posso ouvi-lo, está na escada do terraço, está pisoteando as plantas, vai voltar, e se ele quebra o vidro e entra? Não seja boba, como ele ia quebrar o vidro?, disse, baixinho, Mariano, quem sabe se apagarmos as luzes ele se mande. Não sei, não sei, disse Zulma, escorregando até se sentar na bancada, escute o relincho dele, está lá em cima. Ouviram os cascos descendo a escada, o resfolegar irritado junto à porta, Mariano teve a impressão de sentir a porta sendo pressionada, repetidamente tocada, e Zulma correu até ele gritando, histérica. Afastou-a sem violência, estendeu a mão para o interruptor; na penumbra (a luz da cozinha, onde a menina dormia, ainda estava acesa) o relincho e os cascos ficaram mais fortes, mas o cavalo já não estava diante da porta, dava para ouvi-lo indo e vindo no jardim. Mariano foi correndo apagar a luz da cozinha, sem sequer olhar para o canto onde tinham acomodado a menina; voltou para abraçar Zulma, que soluçava, acariciou seu cabelo e seu rosto, pedindo que ficasse quieta para poder ouvir melhor. No janelão, a cabeça do cavalo se esfregou no grande vidro, sem muita força, a mancha branca parecia transparente na escuridão; sentiram que o cavalo olhava para dentro como se procurasse alguma coisa, mas mesmo sem poder vê-los ele continuava lá, relinchando e resfolegando, com sacudidas bruscas de um lado para outro. O corpo de Zulma escorregou

74　*Verão*

dos braços de Mariano, que a ajudou a sentar-se novamente na bancada, apoiando-a na parede. Não se mexa, não diga nada, agora ele vai embora, você vai ver. Ele quer entrar, disse Zulma, baixinho, sei que ele quer entrar, e se quebrar a janela... o que vai acontecer se ele a quebrar dando coices? Psit, disse Mariano, fique quieta, por favor. Ele vai entrar, murmurou Zulma. E não tenho nem uma espingarda, disse Mariano, senão lhe meteria cinco balas na cabeça, filho da puta. Ele não está mais ali, disse Zulma se levantando bruscamente, posso ouvi-lo lá em cima, se ele vir a porta do terraço é capaz de entrar. Ela está bem fechada, não tenha medo, pense que nessa escuridão ele não vai entrar numa casa onde não poderia nem se mover, ele não é tão idiota. Ah, é, disse Zulma, ele quer entrar, vai nos esmagar nas paredes, sei que ele quer entrar. Psit, repetiu Mariano, que também achava isso, que não podia fazer outra coisa senão esperar, com as costas encharcadas de suor. Mais uma vez os cascos ressoaram nos ladrilhos da escada, e de repente o silêncio, os grilos ao longe, um pássaro na nogueira do alto.

Sem acender a luz, agora que o janelão deixava entrar a vaga claridade da noite, Mariano encheu um copo de aguardente e o segurou nos lábios de Zulma, obrigando-a a beber ainda que os dentes batessem no copo e o álcool derramasse na blusa; depois, no gargalo, bebeu um trago largo e foi até a cozinha olhar a menina. Com as mãos debaixo do travesseiro como se estivesse segurando a preciosa revista, ela inacreditavelmente dormia, não tinha escutado nada, nem parecia estar ali, enquanto lá na sala o choro de Zulma se entrecortava, vez por outra, num soluço abafado, quase um grito. Já passou, já passou, disse Mariano, sentando-se junto dela e sacudindo-a suavemente, foi só um susto. Ele vai voltar, disse Zulma com os olhos pregados no janelão. Não, já deve estar longe, na certa ele se extraviou de alguma tropa lá de baixo. Nenhum cavalo faz isso, disse Zulma, nenhum cavalo quer entrar assim numa casa. Admito que é estranho, disse Mariano, é melhor irmos dar uma olhada lá fora, estou com a lanterna aqui. Mas Zulma tinha grudado na parede só de pensar em abrir a porta, de ir em direção à sombra branca que podia estar próxima, esperando sob as árvores, pronta para atacar. Olhe, se não tivermos certeza de que ele foi embora, ninguém dorme esta noite, disse Mariano. Vamos lhe dar mais um tempinho, enquanto isso você vai se deitar e eu lhe dou seu calmante; uma dose extra, coitadinha, que você bem que merece.

Zulma acabou por aceitar, passivamente; sem acender as luzes, foram até a escada e Mariano mostrou com a mão a menina adormecida, mas Zulma mal olhou para ela, subia a escada tropeçando, Mariano teve de segurá-la ao entrar no quarto porque ela quase foi de encontro ao batente. Da janela que dava para o alpendre olharam a escada de pedra, o terraço mais alto do jardim. Ele foi embora, está vendo?, disse Mariano ajeitando o travesseiro de Zulma, vendo-a tirar a roupa com gestos mecânicos, o olhar fixo na janela. Fez com que bebesse as gotas, passou água-de-colônia em seu pescoço e nas mãos, levantou o lençol suavemente até os ombros de Zulma, que tinha fechado os olhos e tremia. Enxugou sua face, esperou um pouco e desceu para pegar a lanterna; encostou a porta da sala devagarinho e foi até o terraço de baixo, de onde podia ver todo o lado da casa que dava para o leste; a noite era idêntica a tantas outras do verão, os grilos cricrilavam ao longe, uma rã deixava cair duas gotas alternadas de som. Sem necessidade da lanterna, Mariano viu a moita de lilases pisoteada, as pegadas enormes no canteiro de amores-perfeitos, o vaso derrubado ao pé da escada; então não tinha sido uma alucinação, e, naturalmente, era melhor que não fosse; de manhã ele iria com Florencio dar uma sondada nas chácaras do vale, não dava para deixar ficar por isso mesmo assim tão fácil. Antes de entrar levantou o vaso, foi até as primeiras árvores e escutou demoradamente os grilos e a rã; quando olhou para a casa, Zulma estava na janela do quarto, nua, imóvel.

A menina não tinha se mexido, Mariano subiu sem fazer barulho e começou a fumar ao lado de Zulma. Está vendo, ele já foi embora, podemos dormir tranquilos; amanhã a gente vê isso. Levou-a devagarinho até a cama, tirou a roupa, deitou-se de costas, sempre fumando. Durma, está tudo bem, foi só um susto absurdo. Passou a mão por seu cabelo, os dedos deslizaram até o ombro, tocaram seus seios. Zulma se virou de lado, dando-lhe as costas, sem falar nada; isso também era igual a tantas outras noites do verão.

Devia ser difícil dormir, mas Mariano adormeceu bruscamente assim que apagou o cigarro; a janela continuava aberta e com certeza os mosquitos entrariam, mas o sono veio antes, sem imagens, o nada total do qual saiu, em certo momento, acionada por um pânico indizível, a pressão dos dedos de Zulma no ombro, o ofego. Antes de entender direito já estava escutando a noite, o silêncio perfeito pontuado pelos grilos. Durma, Zulma, não foi nada, você deve ter sonhado. Insistindo para que ela concordasse, para que se deitasse de novo de costas para ele, agora que tinha retirado a mão de repente e estava sentada, rígida, olhando para a porta fechada. Levantou-se ao mesmo tempo que Zulma, incapaz de impedir que ela abrisse a porta e fosse até o começo da escada, grudado nela e se perguntando vagamente se não seria melhor dar-lhe um tapa, trazê-la para a cama à força, dominar, por fim, tanta distância petrificada. Zulma parou no meio da escada, segurando o corrimão. Você sabe por que a menina está aqui? Com uma voz que ainda devia pertencer ao pesadelo. A menina? Mais dois degraus, já quase no canto que se abria sobre a cozinha. Zulma, por favor. E a voz quebrada,

76 *Verão*

quase em falsete, ela está aqui pra deixá-lo entrar, estou dizendo que vai deixá-lo entrar. Zulma, não me obrigue a fazer uma besteira. E a voz meio triunfante, subindo ainda mais de tom, veja, olhe só, se não acredita em mim, a cama vazia, a revista no chão. Com um impulso, Mariano se adiantou a Zulma, deu um pulo até o interruptor. A menina olhou para eles, seu pijama cor-de-rosa contra a porta que dava para a sala, a cara de sono. O que está fazendo de pé a essa hora?, disse Mariano, enrolando um pano de prato na cintura. A menina olhava Zulma nua, meio sonolenta e envergonhada ela a olhava, como se quisesse voltar para a cama, quase chorando. Me levantei pra fazer xixi, disse. E saiu para o jardim, quando nós dissemos que subisse até o banheiro. A menina começou a fazer beicinho, as mãos comicamente perdidas nos bolsos do pijama. Não é nada, volte pra cama, disse Mariano, acariciando seu cabelo. Cobriu-a, pôs a revista sob o travesseiro; a menina se virou para a parede, um dedo na boca como que para se consolar. Suba, disse Mariano, está vendo que não aconteceu nada, não fique aí feito uma sonâmbula. Viu-a dar dois passos rumo à porta da sala, atravessou seu caminho, já estava bem assim, que diabos. Mas você não percebe que ela abriu a porta pra ele? Deixe de bobagem, Zulma. Vá lá ver se não é verdade, ou me deixe ir. A mão de Mariano se fechou no antebraço que tremia. Suba já, empurrando-a até levá-la ao pé da escada, olhando, ao passar, para a menina, que não tinha se mexido, que já devia estar dormindo. No primeiro degrau Zulma gritou e quis fugir, mas a escada era estreita e Mariano a empurrava com todo o corpo, o pano de prato se soltou e caiu ao pé da escada, segurando-a pelos ombros e puxando-a para cima levou-a até o patamar, atirou-a no quarto, fechando a porta atrás de si. Ela vai deixá-lo entrar, repetia Zulma, a porta está aberta e ele vai entrar. Vá se deitar, disse Mariano. Estou dizendo que a porta está aberta. Não importa, disse Mariano, ele que entre se quiser, não me importa lhufas que ele entre ou não entre. Segurou as mãos de Zulma, que tentavam repeli-lo, empurrou-a de costas na cama, caíram juntos, Zulma soluçando e implorando, impossibilitada de se mover sob o peso de um corpo que a cercava cada vez mais, que a dobrava a uma vontade murmurada boca a boca, com raiva, entre lágrimas e obscenidades. Não quero, não quero, não quero nunca mais, não quero, mas já era tarde, sua força e seu orgulho cedendo àquele peso arrasador que a devolvia ao passado impossível, aos verões sem cartas e sem cavalos. Em algum momento — começava a clarear — Mariano se vestiu em silêncio, desceu até a cozinha; a menina dormia com o dedo na boca, a porta da sala estava aberta. Zulma tinha razão, a menina abrira a porta, mas o cavalo não tinha entrado na casa. A menos que sim, pensou, acendendo o primeiro cigarro e fitando o gume azul das colinas, a menos que também nisso Zulma estivesse com a razão

Octaedro 77

e que o cavalo tivesse entrado na casa, mas como saber, se não ouviram nada, se tudo estava em ordem, se o relógio continuaria medindo a manhã e depois que Florencio viesse buscar a menina, talvez lá pelo meio-dia, o carteiro viria assoviando lá de longe, deixando sobre a mesa do jardim as cartas que ele ou Zulma apanhariam sem dizer nada, um momento antes de decidir, de comum acordo, o que convinha preparar para o almoço.

Ali, mas onde, como?

> *Um quadro de René Magritte representa um cachimbo, que ocupa o centro da tela. Ao pé da pintura, seu título:*
> *Isto não é um cachimbo.*
> *Para Paco, que gostava de meus relatos.*
>
> (Dedicatória de *Bestiário*, 1951)

Não depende da vontade

é ele, bruscamente: agora (antes de começar a escrever; o motivo de ter começado a escrever) ou ontem, amanhã, não há nenhuma indicação prévia, ele está ou não está; não posso nem dizer que vem, não há chegada nem partida; ele é como um puro presente que se manifesta ou não nesse presente sujo, cheio de ecos de passado e de obrigações de futuro

Já não aconteceu, com você que me lê, aquilo que começa num sonho e volta em muitos sonhos mas não é isso, não é só um sonho? Uma coisa que está ali, mas onde, como?; uma coisa que acontece sonhando, claro, puro sonho, mas depois também ali, de outra maneira, porque mole e cheio de buracos, mas aí, enquanto você escova os dentes, no fundo da pia você continua a vê-lo enquanto cospe a pasta de dentes ou mete a cara na água fria, e já enfraquecendo, mas ainda preso ao pijama, à raiz da língua enquanto você esquenta o café, ali, mas onde, como?, colado à manhã, com seu silêncio no qual já entram os ruídos do dia, o noticiário no rádio que ligamos porque estamos despertos e de pé e o mundo continua girando. Puta merda, como é que pode, o que é aquilo que foi, que fomos num sonho, mas é outra coisa, volta de vez em quando e está ali, mas onde, como está ali e onde é ali? Por que Paco de novo esta noite, agora que escrevo neste mesmo quarto, ao lado da mesma cama onde os lençóis marcam o vazio do meu corpo? Com você também não acontece isso que me acontece com alguém que morreu há trinta anos, que enterramos num meio-dia ensolarado na Chacarita, levando o caixão nos ombros com os amigos do bar, com os irmãos do Paco?

> seu rosto pequeno e pálido, seu corpo compacto de jogador de pelota basca, seus olhos de água, seu cabelo loiro penteado com brilhantina, dividido de lado, seu terno cinza, seus mocassins pretos, quase sempre uma gravata azul, mas às vezes em mangas de camisa ou com um roupão de toalha branco (quando me espera em seu quarto da rua Rivadavia, levantando-se com esforço para que eu não note que está tão doente, sentando-se na beirada da cama envolto no roupão branco, me pedindo o cigarro que lhe proibiram)

Já sei que não é possível escrever isto que estou escrevendo, na certa é outra das formas que o dia tem para acabar com as frágeis operações do sonho; agora vou trabalhar, vou me encontrar com tradutores e revisores na conferência de Genebra, onde fico por quatro semanas, vou ler as notícias do Chile, esse outro pesadelo que nenhuma pasta de dentes remove da boca; então por que pular da cama para a máquina, da casa da rua Rivadavia em Buenos Aires, onde acabo de estar com Paco, para esta máquina que não vai me servir de nada agora que estou acordado e sei que se passaram trinta e um anos desde aquela manhã de outubro, daquele nicho num columbário, das pobres flores que quase ninguém levou, pois, cacete, quem ia se importar com flores quando estávamos enterrando Paco? Vou lhe contar, esses trinta e um anos nem importam tanto, muito pior é essa passagem do sonho às palavras, o buraco entre o que ainda continua aqui, mas vai se entregando cada vez mais aos gumes nítidos das coisas deste lado, à lâmina das palavras que continuo escrevendo e que já não são isso que continua ali, mas onde, como? E se continuo é porque não aguento mais, eu soube tantas vezes que Paco está vivo ou que vai morrer, que ele está vivo de outra forma que não a nossa de estarmos vivos ou de morrermos, que escrevendo pelo menos luto contra o inapreensível, passo os dedos das palavras pelos buracos dessa trama finíssima que ainda me amarrava lá no banheiro, na torradeira, no primeiro cigarro, que ainda está ali, mas onde, como?; repetir, reiterar, fórmulas de encantamento, certo, talvez você que me lê também tente, às vezes, fixar com algum cântico o que está lhe escapando, talvez repita estupidamente um verso infantil, aranhita visita, aranhita visita, fechando os olhos para centrar a cena capital do sonho esfiapado, renunciando aranhita, dando de ombros visita, o jornaleiro bate à porta, sua mulher olha para você sorrindo e diz, Pedrito,

Octaedro   79

as aranhas ficaram em seus olhos, e tem tanta razão, você pensa, aranhita visita, claro que as teias de aranha.

quando sonho com Alfredo, com outros mortos, pode ser qualquer uma de suas tantas imagens, das opções do tempo e da vida; vejo Alfredo dirigindo seu Ford preto, jogando pôquer, casando com Zulema, saindo comigo da Escola Normal Mariano Acosta para ir tomar um vermute no La Perla do Once; depois, no fim, antes, qualquer dia ao longo de qualquer ano, mas Paco não, Paco é somente o quarto despido e frio de sua casa, a cama de ferro, o roupão de toalha branco, e se nos encontramos no café e ele está com seu terno cinza e a gravata azul, o rosto é o mesmo, a terrosa máscara final, os silêncios de um cansaço irrefreável

Não vou perder mais tempo; se estou escrevendo é porque sei, ainda que não possa explicar o que é isso que sei e mal consiga separar o grosso disso, pôr de um lado os sonhos, do outro Paco, mas vai ser preciso fazer isso se um dia, se agora mesmo, a qualquer momento, eu conseguir sondar mais longe. Sei que sonho com Paco porque, é lógico, mortos não andam pela rua e há um oceano de água e de tempo entre este hotel de Genebra e sua casa na rua Rivadavia, entre sua casa na rua Rivadavia e ele morto há trinta e um anos. Então é óbvio que Paco está vivo (de que forma inútil, horrível, terei de dizer isso também para me aproximar, para ganhar um pouco de terreno) enquanto durmo; é isso que se chama sonhar. De tempos em tempos, podem se passar semanas e mesmo anos, volto a saber enquanto durmo que ele está vivo e que vai morrer; não há nada de extraordinário em sonhar com ele e vê-lo vivo, acontece com tantos outros nos sonhos de todo mundo, às vezes também encontro minha avó viva em meus sonhos, ou Alfredo vivo em meus sonhos, Alfredo, que foi um dos amigos de Paco e morreu antes dele. Qualquer um sonha com seus mortos e os vê vivos, não é por isso que escrevo; se escrevo é porque sei, embora não consiga explicar o que sei. Veja, quando sonho com Alfredo, a pasta de dentes cumpre muito bem sua tarefa; resta a melancolia, a recorrência de lembranças envelhecidas, depois o dia começa sem Alfredo. Mas com Paco é como se ele também acordasse comigo, pode se dar ao luxo de dissipar quase de imediato as sequências vívidas da noite e continuar presente e fora do sonho, desmentindo-o com uma força que nem Alfredo nem ninguém tem assim em pleno dia, depois do banho e do jornal. Que lhe importa que eu me lembre apenas do momento em que seu irmão Claudio veio me procurar para me dizer que Paco estava muito doente, e que as cenas sucessivas, já esgarçadas, mas ainda rigorosas e coerentes no esquecimento, um pouco como o oco de meu corpo ainda marcado nos lençóis, se diluam como todos os sonhos. O que sei, então, é

Ali, mas onde, como?

que ter sonhado não é mais que uma parte de algo diferente, uma espécie de superposição, uma zona outra, embora a expressão seja incorreta, mas também é preciso superpor ou violar as palavras se quero me aproximar, se espero, um dia, estar ali. Grosseiramente, como o estou sentindo agora, Paco está vivo, embora vá morrer, e se tem uma coisa que eu sei é que não há nada de sobrenatural nisso; tenho lá minhas ideias sobre fantasmas, mas Paco não é um fantasma, Paco é um homem, o homem que ele foi até trinta e um anos atrás, meu colega de estudos, meu melhor amigo. Não foi preciso que voltasse para meu lado várias vezes, bastou o primeiro sonho para que eu soubesse que ele estava vivo além ou aquém do sonho, para que outra vez a tristeza me tomasse, como nas noites da rua Rivadavia quando eu o via ceder terreno diante de uma doença que estava comendo suas entranhas, consumindo-o sem pressa, na mais perfeita tortura. Toda noite que voltei a sonhar com ele foi a mesma coisa, variações do mesmo tema; não é a recorrência que poderia me enganar, o que sei agora já era sabido da primeira vez, acho que na Paris dos anos cinquenta, quinze anos depois de sua morte em Buenos Aires. É verdade, naquela época tentei ser saudável, escovar melhor os dentes; rejeitei você, Paco, embora alguma coisa em mim soubesse que você não estava ali como Alfredo, como meus outros mortos; também diante dos sonhos se pode ser um canalha, um covarde, e talvez você tenha voltado por isso, não por vingança, mas para me provar que era inútil, que você estava vivo e tão doente, que ia morrer, que numa noite qualquer Claudio viria me procurar em sonhos para chorar no meu ombro, para me dizer o Paco está mal, o que podemos fazer?, o Paco está muito mal.

> seu rosto terroso e sem sol, sem nem mesmo a lua dos cafés do Once, a vida noctívaga dos estudantes, um rosto triangular sem sangue, a água azul-celeste dos olhos, os lábios crestados pela febre, o cheiro adocicado dos nefríticos, seu sorriso delicado, a voz reduzida ao mínimo, tendo de respirar a cada frase, substituindo as palavras por um gesto ou um esgar de ironia

Veja, o que eu sei é isso, não é muito, mas muda tudo. Fico aborrecido com as hipóteses espaçotemporais, as *n* dimensões, sem falar do jargão ocultista, da vida astral e de Gustav Meyrink. Não vou sair por aí procurando pois sei que sou incapaz de me iludir, ou talvez, na melhor das hipóteses, eu não tenha capacidade para entrar em territórios diferentes. Simplesmente estou aqui, e disposto, Paco, escrevendo o que mais uma vez vivemos juntos enquanto eu dormia; se há uma coisa em que posso ajudá-lo é saber que você não é apenas meu sonho que ali, mas onde, como?, que você está ali vivo e sofrendo. Desse ali não posso dizer nada, a não ser que me aparece

Octaedro 81

sonhando e acordado, que é um ali inapreensível; porque quando vejo você estou dormindo e não sei pensar, e quando penso estou acordado, mas só consigo pensar; imagem ou ideia são sempre esse ali, mas onde?, esse ali, mas como?

reler isto é baixar a cabeça, xingar de cara para um novo cigarro, questionar o sentido de estar batendo nas teclas desta máquina, e para quem, pode me dizer?, para quem, que não vá dar de ombros e catalogar rápido e pôr a etiqueta e passar para outra coisa, para outro conto?

Além do mais, Paco, por quê? Vou deixar para o fim, porém o mais difícil é essa revolta, essa aversão pelo que está lhe acontecendo. Você deve imaginar que não acredito que você esteja no inferno, iríamos nos divertir muito se pudéssemos conversar sobre isso. Mas tem de haver um porquê, não é verdade?, você mesmo deve se perguntar por que está vivo aí onde está se vai morrer de novo, se Claudio terá de vir me procurar de novo, se, como um momento atrás, vou subir a escada da rua Rivadavia para encontrá-lo em seu quarto de enfermo, com esse rosto sem sangue e os olhos meio aguados, sorrindo para mim com os lábios descorados e ressequidos, me estendendo a mão que parece um papelzinho. E sua voz, Paco, essa voz que conheci no final, articulando precariamente as poucas palavras de um cumprimento ou de uma anedota. Claro que você não está na casa da rua Rivadavia, e que eu em Genebra não subi a escada de sua casa em Buenos Aires, essa é a parafernália do sonho, e como sempre, ao acordar, as imagens se desenleiam e só você permanece deste lado, você que não é um sonho, que esteve me esperando em tantos sonhos, mas como quem marca um encontro num lugar neutro, uma estação ou um café, a outra parafernália que esquecemos assim que começamos a andar.

como dizer isso, como continuar, estilhaçar a razão repetindo que não é só um sonho, que se eu o vejo em sonhos como vejo qualquer um de meus mortos, ele é outra coisa, está lá, dentro e fora, vivo, ainda que

o que vejo dele, o que ouço dele: a doença o cerca, fixa-o nessa última aparência que é minha lembrança dele há trinta e um anos; está assim agora, é assim

Por que você vive se ficou doente outra vez, se vai morrer outra vez? E quando morrer, Paco, o que vai acontecer entre nós dois? Vou saber que você morreu, vou sonhar, já que o sonho é a única região onde posso vê-lo, que o enterramos de novo? E depois disso, vou parar de sonhar, saberei que você está realmente morto? Porque já faz muitos anos, Paco, que você está vivo ali onde nos encontramos, mas com uma vida inútil e murcha, dessa vez sua doença dura interminavelmente mais que da outra, passam-se semanas ou meses, passa Paris ou Quito ou Genebra e então vem o Claudio e me abraça, Claudio tão jovem, um gurizinho, chorando em silêncio no meu ombro, me avisando que você está mal, que eu vá vê-lo, às vezes no café, mas quase sempre é preciso subir a escada estreita daquela casa que já demoliram, há um ano olhei do táxi aquela quadra da Rivadavia na altura do Once e soube que a casa não estava mais lá ou que a haviam reformado, que estão faltando a porta e a escada estreita que levava ao primeiro andar, aos quartos de pé-direito alto e de gessos amarelos, passam-se semanas ou meses e de novo sei que tenho de ir ver você, ou simplesmente o encontro em qualquer lugar ou sei que você está em qualquer lugar, mesmo que eu não o enxergue, e nada termina, nada começa nem termina enquanto durmo, ou depois no escritório ou aqui escrevendo, você vivo para quê, você vivo por quê, Paco, ali mas onde, meu amigo, onde e até quando?

apresentar provas de ar, montinhos de cinza como provas, seguros de buraco; com palavras, para piorar, palavras incapazes de vertigem, etiquetas prévias à leitura, essa outra etiqueta final

noção de território contíguo, de quarto do lado; tempo do lado, e ao mesmo tempo nada disso, fácil demais se refugiar no binário; como se tudo dependesse de mim, de uma simples chave que um gesto ou um salto me dariam, e saber que não, que minha vida me encerra no que sou, bem no limite, mas

tentar dizer isso de outra maneira, insistir: por esperança, procurando o laboratório da meia-noite, uma alquimia impensável, uma transmutação

Não sirvo para ir mais longe, para tentar qualquer um dos caminhos que os outros seguem em busca de seus mortos, a fé, ou os cogumelos, ou as metafísicas. Sei que você não está morto, que as mesas de três pés são inúteis; não vou consultar videntes porque eles também têm seus códigos, iam me achar um louco. Só posso acreditar no que sei, seguir por minha trilha como você pela sua, definhado e doente aí onde está, sem me incomodar, sem me pedir nada mas se apoiando, de alguma forma, em mim, que sei que você está vivo, nesse elo que o enlaça com essa zona à qual você não pertence, mas que o sustenta, não se sabe por quê, não se sabe para quê. E por isso, acho que há momentos em que lhe faço falta, e é então que Claudio chega, ou quando de repente o encontro no café onde jogávamos

Octaedro   83

bilhar ou no quarto de cima onde púnhamos discos de Ravel e líamos Federico e Rilke, e a alegria deslumbrada que me dá saber que você está vivo é mais forte que a palidez de seu rosto e a fria debilidade de sua mão; porque em pleno sonho não me engano, como me engana às vezes ver Alfredo, ou Juan Carlos, a alegria não é essa terrível decepção de quem acorda e compreende que sonhou, eu acordo com você e nada muda, a não ser que deixo de vê-lo, sei que está vivo aí onde está, numa terra que é esta terra e não uma esfera astral ou um limbo abominável; e a alegria perdura e está aqui enquanto escrevo, e não contradiz a tristeza de tê-lo visto mais uma vez tão mal, ainda é a esperança, Paco, se escrevo é porque espero, mesmo que toda vez seja a mesma coisa, a escada que leva ao seu quarto, o café onde, entre duas carambolas, você me dirá que esteve doente mas que já está passando, mentindo para mim com um pobre sorriso; a esperança de que um dia seja diferente, de que Claudio não precise vir me procurar nem chorar abraçado a mim, pedindo-me que vá vê-lo.

nem que seja para estar perto dele outra vez quando ele morrer, como naquela noite de outubro, os quatro amigos, a lâmpada fria suspensa do teto, a última injeção de coramina, o peito nu e gelado, os olhos abertos que um de nós fechou chorando

E você que me lê vai pensar que estou inventando; pouco importa, faz muito tempo que as pessoas põem na conta de minha imaginação o que vivi de verdade, ou vice-versa. Olhe, eu nunca encontrei Paco na cidade que mencionei uma vez, uma cidade com a qual sonho de quando em quando, e que é como o recinto de uma morte infinitamente adiada, de buscas turvas e encontros impossíveis. Nada seria mais natural que vê-lo lá, mas lá eu nunca o encontrei e acho que nunca encontrarei. Ele tem seu próprio território, gato em seu mundo recortado e preciso, a casa da rua Rivadavia, o café do bilhar, alguma esquina do Once. Se eu o tivesse encontrado na cidade dos arcos e do canal do norte, talvez o tivesse somado à maquinaria das buscas, aos intermináveis quartos do hotel, aos elevadores que se deslocam horizontalmente, ao pesadelo elástico que volta de tempos em tempos; teria sido mais fácil explicar sua presença, imaginá-la parte desse cenário que a teria empobrecido limando-a, incorporando-a a seus jogos torpes. Mas Paco está na dele, gato solitário surgindo de sua própria zona, sem misturas; os que vêm me procurar são só gente de sua família, é Claudio ou seu pai, vez por outra seu irmão mais velho. Quando acordo, depois de tê-lo encontrado em sua casa ou no café, vendo a morte em seus olhos meio aguados, o resto se perde no fragor da vigília, só ele permanece comigo enquanto escovo os dentes e escuto o noticiário antes de sair; não mais sua imagem percebida

Ali, mas onde, como?

com a cruel precisão lenticular do sonho (o terno cinza, a gravata azul, os mocassins pretos), e sim a incerteza de que, inconcebivelmente, ele continua lá e sofre.

nem mesmo esperança no absurdo, sabê-lo outra vez feliz, vê-lo num torneio de pelota, apaixonado pelas garotas com as quais dançava no clube

pequena larva cinza, *animula vagula blandula*, macaquinho tremendo de frio sob as cobertas, estendendo-me uma das mãos de manequim, para quê, por quê?

Não pude fazê-lo viver isso, mas mesmo assim escrevo para você que me lê porque é uma forma de furar o cerco, de pedir que verifique se em si mesmo também não há um desses gatos, desses mortos que você amou e que estão naquele ali que já me exaspera nomear com palavras de papel. Faço isso por Paco, para o caso de que isso ou qualquer outra coisa possa adiantar de alguma coisa, ajude-o a sarar ou a morrer, a fazer com que Claudio não volte a me procurar, ou apenas a sentir, finalmente, que foi tudo um engano, que eu só sonho com Paco e que ele, sabe-se lá por quê, se agarra um pouco mais aos meus tornozelos do que Alfredo, do que meus outros mortos. É isso que você deve estar pensando, o que mais poderia pensar?, a menos que isso também tenha lhe acontecido com alguém, mas nunca ninguém me falou coisas desse tipo, e tampouco espero isso de você, eu simplesmente tinha de dizer isso e esperar, dizer isso e me deitar de novo e viver como qualquer um, fazendo o possível para esquecer que Paco continua ali, que nada termina porque amanhã ou no ano que vem vou acordar sabendo, como agora, que Paco continua vivo, que me chamou porque esperava alguma coisa de mim, e que não posso ajudá-lo porque está doente, porque está morrendo.

Lugar chamado Kindberg

Chamado Kindberg, para se traduzir ingenuamente por montanha das crianças ou então para ser visto como a montanha gentil, a montanha amável, de qualquer forma uma aldeia à qual chegam de noite, do fundo de uma chuva que lava furiosamente essa cara contra o para-brisa, um velho hotel com galerias profundas onde tudo está pronto para que se esqueça o que continua lá fora batendo e arranhando, o lugar, enfim, poder trocar de roupa, saber que se está tão bem, tão abrigado; e a sopa na grande sopeira de prata, o vinho branco, partir o pão e dar o primeiro pedaço para Lina, que o recebe na palma da mão como se fosse uma homenagem, e é, e então sopra em cima dele, sabe-se lá por quê, mas é tão bonito ver que a franja de Lina se levanta um pouco e treme, como se o sopro devolvido pela mão e pelo pão fosse levantar a cortina de um minúsculo teatro, quase como se a partir desse momento Marcelo pudesse ver entrar em cena os pensamentos de Lina, as imagens e as lembranças de Lina, que sorve sua sopa saborosa soprando, sempre sorrindo.

Mas não, sua testa lisa e infantil não se altera, a princípio é só a voz que vai deixando cair pedaços de pessoa, compondo uma primeira aproximação a Lina: chilena, por exemplo, e um tema cantarolado de Archie Shepp, as unhas um pouco roídas mas muito limpas, em contraste com uma roupa suja de pegar carona e de dormir em granjas ou em albergues da juventude. A juventude, e Lina ri, sorvendo a sopa como uma ursinha, você com certeza não pode imaginá-la: fósseis, veja bem, cadáveres vagando como naquele filme de terror do Romero.

Marcelo está para lhe perguntar que Romero é esse, primeira notícia do tal Romero, mas é melhor deixá-la falar, ele se diverte assistindo a essa felicidade de comida quente, como antes seu contentamento no quarto com a lareira à espera, crepitante, a bolha burguesa protetora de uma carteira de dinheiro de viajante sem problemas, a chuva batendo lá fora na bolha como naquela tarde no rosto branquíssimo de Lina à beira da estrada, na saída do bosque no crepúsculo, que lugar para pegar carona, mas agora, pronto, mais um pouco de sopa, ursinha, coma que você precisa se livrar de uma angina, o cabelo ainda úmido mas a lareira já crepitando à espera lá no quarto com a grande cama habsburgo, espelhos até o chão e mesinhas e lustre de pingentes e cortinas e por favor, me diga, o que é que você estava fazendo lá debaixo d'água, sua mãe ia lhe dar umas boas palmadas.

Cadáveres, repete Lina, melhor andar sozinha, é claro que quando chove, mas tudo bem, o casaco é impermeável mesmo, só um pouco do cabelo e das pernas, uma aspirina para prevenir, e pronto. E entre a cesta de pão vazia e a nova cheinha que a ursinha já está saqueando, mas que manteiga mais gostosa, e você, faz o quê, por que está viajando nesse carrão?, e você, por quê?, ah, e você, é argentino? Dupla constatação de que o acaso faz as coisas direito, a previsível lembrança de que, se oito quilômetros antes Marcelo não tivesse parado para beber alguma coisa, a ursinha agora metida em outro carro ou ainda no bosque, eu sou representante de materiais pré-fabricados, é uma coisa que me obriga a viajar muito, mas dessa vez estou passeando, entre dois compromissos. Ursinha atenta e quase séria, o

86 *Lugar chamado Kindberg*

que é isso de pré-fabricados?, mas esse assunto é chato, claro, fazer o quê, não pode lhe dizer que é domador de feras ou diretor de cinema ou Paul McCartney: o sal. Esse jeito brusco de inseto ou de pássaro ainda que ursinha franja dançante, o refrão recorrente de Archie Shepp, você tem os discos, como assim?, ah bom. Percebendo, pensa Marcelo com ironia, que o normal seria que ele não tivesse os discos de Archie Shepp, que idiotice, pois na verdade ele os tem, é claro, e às vezes os ouve com Marlene em Bruxelas e só não sabe vivê-los como Lina, que sem aviso cantarola um trecho entre dois mordiscos, seu sorriso soma de free jazz e bocado de gulache e ursinha molhada de pedir carona, nunca tive tanta sorte, você foi bom. Bom e consequente, trauteia Marcelo em contra-ataque bandoneon, mas a bola sai do campo, é outra geração, é uma ursinha Shepp, não é mais tango, meu chapa.

Claro que ainda resta aquela coceira, quase uma cãibra agridoce, daquele lance na chegada a Kindberg, o estacionamento do hotel no enorme hangar vetusto, a velha iluminando o caminho com uma lanterna de época, Marcelo mala e portfólio, Lina mochila e respingos, o convite para jantar aceito antes de Kindberg, assim a gente conversa um pouco, a noite e a saraivada da chuva, seguir em frente é má ideia, melhor pararmos em Kindberg e eu a convido pra jantar, ah, sim, obrigada, que bacana, assim você seca a roupa, é melhor ficar aqui até amanhã, vem chuva, vem chuva, a velha está na gruta, ah, claro, disse Lina, e então o estacionamento, as retumbantes arcadas góticas até a recepção, que quentinho esse hotel, que sorte, uma gota d'água, a última na ponta da franja, a mochila pendurada ursinha girl-scout com tiozinho, vou pedir os quartos assim você se enxuga um pouco antes do jantar. E a coceira, quase uma cãibra, lá embaixo, Lina olhando para ele toda franja, quartos?, que bobagem, peça só um. E ele sem olhá-la mas a coceira agradesagradável, então é uma piranha, então é uma delícia, então ursinha sopa lareira, então mais uma e que sorte, cara, ela é bem bonita. Mas depois, vendo-a tirar da mochila o outro par de blue-jeans e o pulôver preto, dando-lhe as costas falando que lareira, recende, fogo perfumado, procurando aspirinas para ela no fundo da mala entre vitaminas e desodorantes e after-shave e até onde você está pensando em ir, não sei, tenho uma carta pra uns hippies de Copenhague, uns desenhos que a Cecilia me deu lá em Santiago, me disse que são uns caras incríveis, o biombo de cetim e Lina pendurando a roupa molhada, virando, indescritível, a mochila sobre a mesa francisco-josé dourada e arabescos James Baldwin kleenex botões óculos escuros caixas de papelão Pablo Neruda pacotinhos higiênicos mapa da Alemanha, estou com fome, Marcelo, gosto do seu nome soa bem e estou com fome, então vamos comer, que de chuveiro você já teve o bastante, depois acaba de arrumar essa mochila, Lina levantando a cabeça bruscamente,

Octaedro   87

olhando para ele: eu nunca arrumo nada, pra quê?, a mochila é como eu e esta viagem e a política, tudo misturado, tanto faz. Fedelha, pensou Marcelo cãibra, quase coceira (dar aspirinas para ela na hora do café, efeito mais rápido), mas ela se incomodava com essas distâncias verbais, tipo você tão jovem e como é que pode viajar assim sozinha, na metade da sopa, riu: a juventude, fósseis, veja bem, cadáveres vagando como naquele filme do Romero. E o gulache, e pouco a pouco, com o calor e a ursinha contente de novo e o vinho, a coceira no estômago cedendo a uma espécie de alegria, de paz, que falasse bobagens, que continuasse explicando sua visão de mundo, talvez um dia essa visão também tivesse sido a sua, embora já não estivesse a fim de se lembrar, que o olhasse lá do teatro de sua franja, de repente séria e preocupada e depois bruscamente Shepp, dizendo tão bom estar assim, sentir-se seca e dentro da bolha e uma vez em Avignon cinco horas esperando uma carona com um vento que arrancava as telhas, vi um pássaro se chocar contra uma árvore, caiu como um lenço, veja só: a pimenta, por favor.

Então (levavam embora a travessa vazia) você está pensando em continuar assim desse jeito até a Dinamarca, mas tem um pouco de dinheiro, ou como é? Claro que vou continuar, não vai comer a alface?, então passe pra mim, ainda estou com fome, um jeito de dobrar as folhas com o garfo e mastigá-las devagar cantarolando Shepp com, vez por outra, uma bolhinha prateada plop nos lábios úmidos, boca bonita recortada terminando bem onde devia, aqueles desenhos do Renascimento, Florença no outono com Marlene, aquelas bocas que pederastas geniais tanto amaram, sinuosamente sensuais sutis etc., o Riesling sessenta e quatro está subindo à sua cabeça, ouvindo-a entre mordidelas e cantarolares não sei como terminei filosofia em Santiago, queria ler muita coisa, é agora que preciso começar a ler. Previsível, pobre ursinha tão contente com sua alface e seu plano de devorar Espinosa em seis meses misturado com Allen Ginsberg e de novo Shepp: quanto lugar-comum desfiaria até o café? (não esquecer de lhe dar a aspirina, se me começa a espirrar vai ser um problema, fedelha com o cabelo molhado a cara toda franja grudada a chuva a estapeá-la à beira do caminho), mas em paralelo entre Shepp e o fim do gulache tudo parecia estar girando pouco a pouco, mudando, eram as mesmas frases e Espinosa ou Copenhague e ao mesmo tempo diferentes, Lina ali na frente partindo o pão bebendo o vinho olhando-o contente, longe e perto ao mesmo tempo, mudando com o giro da noite, embora longe e perto não fosse uma explicação, outra coisa, algo assim como uma demonstração, Lina lhe mostrando uma coisa que não era ela mesma, mas então o quê, quer me dizer? E duas fatias finas do gruyère, por que não come, Marcelo, é uma delícia, você não comeu nada, bobo, um senhor como você, porque é um senhor, não?, e ali fumando mando mando

Lugar chamado Kindberg

mando sem comer nada, escute, e mais um pouquinho de vinho, você vai querer, né?, porque este queijo, pense, precisa de uma ajudinha pra descer, vai, coma um pouco: mais pão, é incrível o que eu como de pão, sempre me vaticinaram gordura, isso que você ouviu, é verdade que já tenho uma certa barriguinha, não parece, mas é, juro, Shepp.

Inútil esperar que falasse qualquer coisa sensata, e por que esperar (por que você é um senhor, né?), ursinha entre as flores da sobremesa olhando deslumbrada e ao mesmo tempo com olhos calculistas o carrinho de rodas cheio de tortas compotas suspiros, sim, tinham lhe vaticinado gordura, sic, este com mais creme, e por que não gosta de Copenhague, Marcelo? Mas Marcelo não tinha dito que não gostava de Copenhague, só é meio absurdo isso de viajar em plena chuva e semanas e mochila para, o mais provável, descobrir que os hippies já estavam lá na Califórnia, mas não percebe que isso não importa, já disse que não os conheço, só estou levando pra eles uns desenhos que a Cecilia e o Marcos me deram lá em Santiago e um disquinho do Mothers of Invention, será que não tem um toca-discos aqui pra eu mostrar pra você?, provavelmente tarde demais e Kindberg, veja, ainda se fossem violinos gitanos, mas essas mães, cara, só a ideia, e Lina rindo com muito creme e barriguinha sob o pulôver preto, os dois rindo ao pensar nas mães uivando em Kindberg, a cara do hoteleiro e aquele calor que havia algum tempo substituía a coceira no estômago, perguntando-se se ela não daria uma de difícil, se no final a espada lendária na cama, em todo caso o rolo do travesseiro e um de cada lado barreira moral espada moderna, Shepp, pronto, começou a espirrar, tome a aspirina que já vão trazer o café, vou pedir um conhaque, que ativa o salicílico, sei disso de uma boa fonte. E na verdade ele não tinha dito que não gostava de Copenhague, mas a ursinha parecia entender mais o tom de sua voz que as palavras, como ele com aquela professora pela qual se apaixonou aos doze anos, que importavam as palavras diante daquele arrulho, daquilo que nascia da voz como um desejo de calor, de que o aconchegassem, e carícias no cabelo, tantos anos depois a psicanálise: angústia, bah, nostalgia do útero primordial, tudo, no fim das contas, desde o "vamos!" flutuava sobre as águas, leia a Bíblia, cinquenta mil pesos para se curar das vertigens e agora essa fedelha que parecia estar tirando pedaços dele mesmo, Shepp, mas claro, se você engole a seco como é que ela não vai entalar na sua garganta, boboca. E ela mexendo o café, de repente levantando uns olhos aplicados e olhando-o com um respeito novo, claro que se começasse a caçoar dele ia pagar em dobro, mas não, é verdade, Marcelo, gosto quando você fica tão doutor e papai, não fique brabo, sempre digo o que não devia, não fique brabo, mas eu não estou brabo, bobona, sim, você ficou meio brabo porque eu o chamei de doutor e de papai, não era nesse sentido, mas justamente, você parece tão legal quando me fala da aspirina, e veja que se lembrou de procurá-la e de trazê-la, eu teria esquecido, Shepp, veja como me fazia falta, e você é um pouco engraçado porque me olha tão doutor, não fique brabo, Marcelo, que ótimo esse conhaque com o café, que bom pra dormir, você sabe que. E sim, na estrada desde as sete da manhã, três carros e um caminhão, muito bom, no conjunto, tirando a tempestade no final, mas então Marcelo e Kindberg e o conhaque Shepp. E deixar a mão bem quieta, palma para cima sobre a toalha cheia de migalhinhas quando ele a acariciou de leve para lhe dizer que não, que não estava brabo, porque agora sabia que era verdade, que ela ficara mesmo comovida com esse mínimo cuidado, o comprimido que ele tinha tirado do bolso com instruções detalhadas, muita água para não entalar na garganta, café e conhaque; de repente amigos, mas de verdade, e o fogo devia estar aquecendo ainda mais o quarto, a camareira já devia ter dobrado os lençóis, como sem dúvida sempre em Kindberg, uma espécie de cerimônia antiga, de boas-vindas ao viajante cansado, às ursinhas bobas que queriam se molhar até Copenhague, e depois, mas o que importa depois, Marcelo?, já disse que não quero me amarrar, nãoqueronãoquero, Copenhague é como um homem que a gente encontra e larga (ah), um dia que passa, não acredito no futuro, na minha família só falam do futuro, me enchem o saco com o futuro, e ele também o tio Roberto transformado no tirano carinhoso para cuidar do Marcelito órfão de pai e tão pequeninho ainda o coitado, é preciso pensar no amanhã, meu filho, a aposentadoria ridícula do tio Roberto, que falta faz um governo forte, a juventude de hoje só pensa em se divertir, caramba, já na minha época, e a ursinha deixando a mão sobre a toalha e por que essa sugação idiota, essa volta a uma Buenos Aires dos anos trinta ou quarenta, melhor Copenhague, cara, melhor Copenhague e os hippies e a chuva à beira do caminho, mas ele nunca tinha pedido carona, praticamente nunca, uma ou duas vezes antes de entrar na universidade, depois já dava para se virar, pro alfaiate, mas poderia ter pedido daquela vez que os rapazes planejavam pegar juntos um veleiro que demorava três meses para ir até Rotterdam, carga e escalas e uns seiscentos pesos no total, por aí, ajudando um pouco a tripulação, se divertindo, claro que vamos, no Café Rubí do Once, claro que vamos, Monito, é preciso juntar os seiscentos mangos, não era fácil, o ordenado todo vai em cigarros e alguma mina, um dia não se viram mais, não se falava mais no veleiro, é preciso pensar no dia de amanhã, meu filho, Shepp. Ah, outra vez; venha, você precisa descansar, Lina. Sim, doutor, só mais um minutinho, veja que ainda tenho um fundo de conhaque, tão morno, prove, sim, veja como está morno. E alguma coisa que ele devia ter dito sem querer ao lembrar o Rubí, porque de novo a Lina com aquele jeito de adivinhar sua voz, o

Lugar chamado Kindberg

que sua voz realmente dizia, mais do que o que estava dizendo, que era sempre idiota e aspirina e você tem que descansar ou pra que ir a Copenhague, por exemplo, quando agora, com aquela mãozinha branca e quente sob a sua, tudo podia se chamar Copenhague, tudo poderia ter se chamado veleiro se seiscentos pesos, se tesão, se poesia. E Lina olhando para ele e depois baixando rápido os olhos como se tudo isso estivesse ali sobre a mesa, entre as migalhas, agora lixo do tempo, como se ele tivesse falado de tudo isso em vez de ficar repetindo, venha, vamos dormir, e Lina vibrava e se lembrava de uns cavalos (ou eram vacas, ele mal ouvia o final da frase), uns cavalos atravessando o campo como se alguma coisa os tivesse subitamente assustado: dois cavalos brancos e um alazão, no sítio dos meus tios, você não sabe o que era galopar de tarde contra o vento, voltar tarde e cansada e, claro, as broncas, sua moleca, já vai, espere que eu logo termino esse golinho e já vou, agora mesmo, olhando para ele com toda a franja ao vento como se a cavalo no sítio, soprando no nariz porque o conhaque tão forte, precisava ser idiota para arranjar problemas quando tinha sido ela no grande corredor negro, ela pingando e contente e dois quartos, que bobagem, peça só um, assumindo, claro, todo o sentido dessa economia, sabendo e quem sabe acostumada e esperando isso no fim de cada etapa, mas e se no fim não fosse assim, já que não parecia assim, se no fim surpresas, a espada no meio da cama, se no fim bruscamente no sofá do canto, claro que então ele, um cavalheiro, não esqueça o cachecol, nunca vi uma escada tão larga, com certeza foi um palácio, havia condes que davam festas com candelabros e coisas assim, e as portas, veja só essa porta, mas é a nossa, pintada com cervos e pastores, não pode ser... E o fogo, as rubras salamandras fugidias e a cama aberta branquíssima, enorme, e as cortinas sufocando as janelas, ah, que delícia, que bom, Marcelo!, como vamos dormir?, espere pelo menos eu mostrar o disco, tem uma capa linda, eles vão gostar, está aqui no fundo com as cartas e os mapas, acho que não perdi, Shepp. Amanhã você me mostra, está se resfriando de verdade, tire a roupa rápido, melhor eu apagar a luz, assim vemos o fogo, ah, é mesmo, Marcelo, que brasas!, todos os gatos juntos, olhe as chispas, está bom aqui no escuro, dá até pena de dormir, e ele largando o paletó no encosto de uma poltrona, aproximando-se da ursinha acocorada contra a lareira, tirando os sapatos junto dela, se agachando para sentar-se diante do fogo, vendo o lume e as sombras correrem por seus cabelos soltos, ajudando-a a tirar a blusa, procurando o fecho do sutiã, sua boca já sobre o ombro nu, as mãos indo à caça entre as chispas, baixinha ranhenta, ursinha boboca, em algum momento já nus de pé diante do fogo se beijando, fria a cama e branca e de repente mais nada, um fogo total correndo pela pele, a boca de Lina em seu cabelo, em seu peito, as mãos pelas costas, os corpos se deixando

Octaedro 91

levar e conhecer e só um gemido, uma respiração ofegante e ter de lhe dizer porque isso ele tinha mesmo de dizer, antes do fogo e do sonho tinha de dizer, Lina, você não está fazendo isso por agradecimento, né?, e as mãos perdidas em suas costas subindo como açoites em seu rosto, em sua garganta, apertando-o furiosas, inofensivas, dulcíssimas e furiosas, pequeninas e raivosamente fincadas, quase um soluço, um gemido de protesto e negação, uma raiva também na voz, como você pode, como você pode, Marcelo?, e agora assim, então sim, tudo bem assim, desculpe meu amor me desculpe eu tinha que dizer me desculpe docinho me desculpe, as bocas, o outro fogo, as carícias de bordas rosadas, a bolha que treme nos lábios, fases do conhecimento, silêncios em que tudo é pele ou escorrer lento de cabelos, rajada de pálpebra, negação e demanda, garrafa de água mineral bebida no gargalo, que vai passando por uma mesma sede de uma boca a outra, terminando nos dedos que tenteiam na mesinha de cabeceira, que acendem, há aquele gesto de cobrir o abajur com uma cueca, com qualquer coisa, de dourar o ar para começar a olhar Lina de costas, a ursinha de lado, a ursinha de bruços, a pele suave da Lina que lhe pede um cigarro, sentada nos travesseiros, você é ossudo e peludíssimo, Shepp, espere que vou cobri-lo um pouco se encontrar um cobertor, olhe ele ali nos pés da cama, parece que as beiradas ficaram chamuscadas, como não percebemos, Shepp?

Depois o fogo lento e baixo na lareira, neles, diminuindo e se dourando, a água já bebida, os cigarros, os cursos universitários eram um nojo, eu me entediava tanto, o melhor de tudo eu fui aprendendo nos cafés, lendo antes do cinema, falando com Cecilia e Pirucho, e ele a ouvindo, o Rubí, tão parecido com o Rubí de vinte anos atrás, Arlt e Rilke e Eliot e Borges, só que Lina sim, ela sim em seu veleiro de carona, em suas singraduras de Renault ou de Volkswagen, a ursinha entre folhas secas e chuva na franja, mas por que outra vez tanto veleiro e tanto Rubí, ela que não os conhecia, que nem tinha nascido ainda, chileninha fedelha vagabunda Copenhague, por que desde o começo, desde a sopa e o vinho branco esse ir jogando na cara sem saber tanta coisa passada e perdida, tanto cachorro enterrado, tanto veleiro por seiscentos pesos, Lina olhando-o meio dormindo, deslizando nos travesseiros com um suspiro de bicho satisfeito, procurando seu rosto com as mãos, gosto de você, ossudo, você já leu todos os livros, Shepp, quer dizer, com você a gente se sente bem, você está por dentro, tem essas mãos grandes e fortes, tem vida por trás, você não é velho. De maneira que a ursinha o sentia vivo apesar de, mais vivo que os de sua idade, os cadáveres do filme de Romero e quem seria esse debaixo da franja onde o pequeno teatro agora deslizava úmido para o sono, os olhos semicerrados olhando para ele, tomá-la docemente mais uma vez, sentindo-a e deixando-a ao mesmo tempo, ouvir seu ronronar meio de protesto, estou com sono, Marcelo, assim não, sim meu amor, sim, seu corpo leve e duro, as coxas rijas, o ataque devolvido duplicado sem trégua, não mais Marlene em Bruxelas, as mulheres pausadas e seguras como ele, com todos os livros já lidos, ela, a ursinha, seu jeito de receber sua força e de responder a ela, mas depois, ainda à beira desse vento cheio de chuva e gritos, deslizando, por sua vez, para a sonolência, perceber que isso também era veleiro e Copenhague, sua cara afundada entre os seios de Lina era a cara do Rubí, as primeiras noites adolescentes com Mabel ou Nélida no apartamento emprestado do Monito, as rajadas furiosas e elásticas e, quase em seguida, por que não vamos dar uma volta no centro?, me passe os bombons, se a mamãe fica sabendo. Então nem mesmo assim, nem mesmo no amor se abolia aquele espelho voltado para trás, o velho retrato de si mesmo jovem que Lina punha à sua frente acariciando-o e Shepp e vamos dormir agora e mais um pouquinho de água, por favor; como ter sido ela, a partir dela, em cada coisa, insuportavelmente absurdo irreversível e no fim o sono entre as últimas carícias murmuradas e todo o cabelo da ursinha varrendo-lhe o rosto como se algo nela soubesse, como se quisesse apagá-lo para que acordasse outra vez Marcelo, como acordou às nove e Lina no sofá se penteava cantarolando, já vestida para outra estrada e outra chuva. Não conversaram muito, foi um café da manhã rápido e havia sol, a muitos quilômetros de Kindberg pararam para tomar outro café, Lina quatro torrões de açúcar e a cara lavada, meio ausente, uma espécie de felicidade abstrata, e então, sabe, não fique brabo, me diga que não vai ficar brabo, mas claro que não, pode falar o que quiser, se precisar de alguma coisa, parando bem no limite do lugar-comum porque a palavra estivera ali como as notas de dinheiro em sua carteira esperando que as usassem, e já prestes a dizê-la quando a mão de Lina tímida na sua, a franja cobrindo seus olhos e por fim perguntar se podia continuar com ele mais um pouco, embora o itinerário já não fosse o mesmo, e daí?, continuar mais um pouco com ele porque se sentia tão bem, que durasse um pouquinho mais com esse sol, podemos dormir num bosque, vou lhe mostrar o disco e os desenhos, só até de noite, se você quiser, e sentir que sim, que queria, que não tinha nenhum motivo para não querer, e afastar lentamente a mão e dizer que não, melhor não, sabe, aqui você vai conseguir fácil, é um grande cruzamento, e a ursinha acatando como se tivesse levado um tranco, distante, comendo de cabeça baixa os torrões de açúcar, vendo-o pagar e se levantar e lhe trazer a mochila e dar-lhe um beijo no cabelo e dar-lhe as costas e sumir numa furiosa mudança de velocidades, cinquenta, oitenta, cento e dez, a rota aberta para os representantes de materiais pré-fabricados, a rota sem Copenhague e cheia apenas de veleiros apodrecidos nos acostamentos, de empregos cada vez mais bem pagos, do burburinho portenho do Rubí, da

Octaedro 93

sombra do plátano solitário na curva, do tronco onde se incrustou a cento e sessenta, com a cabeça enfiada no volante como Lina tinha abaixado a cabeça porque as ursinhas a abaixam desse jeito para comer açúcar.

As fases de Severo

A Remedios Varo, in memoriam

Tudo parecia estar quieto, de algum modo congelado em seu próprio movimento, seu cheiro e sua forma seguiam e mudavam com a fumaça e a conversa em voz baixa entre cigarros e drinques. O Bebe Pessoa já dera três palpites para San Isidro, a irmã de Severo costurava as quatro moedas nas pontas do lenço para quando coubesse a Severo o momento do sono. Não éramos muitos, mas de repente uma casa fica pequena, entre duas frases se arma o cubo transparente de dois ou três segundos de suspensão, e nessas horas alguns deviam sentir, como eu, que tudo isso, por mais inevitável que fosse, nos doía por causa de Severo, da mulher de Severo, dos amigos de tantos anos.

Chegamos por volta das onze da noite, eu, Ignacio, o Bebe Pessoa e meu irmão Carlos. Éramos meio que da família, principalmente Ignacio, que trabalhava no mesmo escritório que Severo, e entramos sem que reparassem muito em nós. O filho mais velho de Severo nos pediu que entrássemos no quarto, mas Ignacio disse que ficaríamos um pouco ali na copa; havia gente por toda parte da casa, amigos ou parentes que também não queriam incomodar e iam se sentando nos cantos ou se reuniam ao lado de uma mesa ou de um aparador para conversar ou se olhar. De tempos em tempos os filhos ou a irmã traziam café e copos de aguardente, e quase sempre nesses momentos tudo se aquietava como se congelasse em seu próprio movimento, e na lembrança começava a esvoaçar aquela frase idiota: "Passou um anjo", mas embora depois eu comentasse uma dobradinha do Negro Acosta em Palermo, ou Ignacio acariciasse o cabelo crespo do filho caçula de Severo, todos nós sentíamos, no fundo, que a imobilidade perdurava, que parecíamos estar esperando coisas já acontecidas ou que tudo o que podia acontecer talvez fosse outra coisa, ou nada, como nos sonhos, embora estivéssemos acordados e de vez em quando, sem querer escutar, ouvíssemos o choro da mulher de Severo, quase tímido, num canto da sala onde os parentes mais próximos deviam estar lhe fazendo companhia.

A gente vai se esquecendo da hora nessas situações, ou, como disse rindo o Bebe Pessoa, acontece o contrário, e é a hora que se esquece da gente, mas logo o irmão de Severo veio dizer que ia começar o suadouro, e esmagamos as pontas dos cigarros e fomos entrando um por um no quarto, onde cabíamos quase todos porque a família tinha tirado os móveis e só restavam ali a cama e uma mesinha de cabeceira. Severo estava sentado na cama, apoiado nos travesseiros, e a seus pés se via uma coberta de sarja azul e uma toalha azul-clara. Não havia nenhuma necessidade de ficar calado, e os irmãos de Severo nos convidavam com gestos cordiais (todos são tão boa gente) a nos aproximar da cama, a rodear Severo, que estava com as mãos cruzadas sobre os joelhos. Até o filho caçula, tão pequeno, agora estava ao lado da cama olhando para o pai com cara de sono.

A fase do suor era desagradável porque no final era preciso trocar os lençóis e o pijama, até os travesseiros iam ficando ensopados e pesavam como enormes lágrimas. Ao contrário de outros que, segundo Ignacio, tendiam a ficar impacientes, Severo ficava imóvel, nem olhava para nós, e quase no mesmo instante o suor já estava cobrindo seu rosto e suas mãos. Seus joelhos se recortavam como duas manchas escuras, e embora sua irmã lhe enxugasse o tempo todo o suor do rosto, a transpiração brotava de novo e caía sobre o lençol.

— E olhe que, no fundo, está indo muito bem — insistiu Ignacio, que tinha ficado perto da porta. — Seria pior se ele se mexesse, os lençóis grudam que dá medo.

— Papai é um homem tranquilo — disse o filho mais velho de Severo. — Não é dos que dão trabalho.

— Já vai acabar — disse a mulher de Severo, que tinha entrado no final e trazia um pijama limpo e um jogo de lençóis. Acho que todos nós, sem exceção, a admiramos como nunca nesse momento, porque sabíamos que um pouco antes estivera chorando e agora era capaz de cuidar do marido com o semblante tranquilo e sossegado, até enérgico. Imagino que alguns parentes disseram frases animadoras a Severo, eu já estava no saguão e a filha caçula me oferecia uma xícara de café. Gostaria de ter puxado conversa com ela para distraí-la, mas os outros já estavam entrando e Manuelita é um pouco tímida, pode pensar que estou interessado nela, então prefiro me manter neutro. Já o Bebe Pessoa é daqueles que vão e vêm pela casa e entre as pessoas como se nada estivesse acontecendo, e ele, Ignacio e o irmão de Severo já tinham formado um grupo com algumas primas e suas amigas, falando em fazer um mate amargo que àquela hora cairia bem a um punhado de gente pois ajuda o churrasco a descer. No fim, não foi possível, num daqueles momentos em que todos nós estávamos imóveis (insisto em

Octaedro 95

que nada mudava, continuávamos falando ou gesticulando, mas era assim e é preciso dizer isso de alguma forma e lhe dar uma razão ou um nome) o irmão de Severo chegou com um lampião a gás e da porta nos preveniu que ia começar a fase dos saltos. Ignacio bebeu o café de um gole só e disse que naquela noite tudo parecia estar indo mais depressa; foi um dos que ficaram perto da cama, com a mulher de Severo e o filho caçula, que ria porque a mão direita de Severo oscilava como um metrônomo. Sua mulher o vestira com um pijama branco e a cama estava outra vez impecável; sentimos o cheiro da água-de-colônia e o Bebe fez um gesto de admiração para Manuelita, que devia ter pensado naquilo. Severo deu o primeiro salto e ficou sentado na beirada da cama olhando para a irmã, que o animava com um sorriso um pouco idiota e protocolar. Qual a necessidade daquilo, pensei eu, que prefiro as coisas limpas; e que podia importar a Severo que sua irmã o animasse ou não? Os saltos se sucediam ritmadamente: sentado na beirada da cama, sentado contra a cabeceira, sentado na beirada oposta, de pé no meio da cama, de pé no chão entre Ignacio e o Bebe, de cócoras no chão entre sua mulher e o irmão, sentado no canto da porta, de pé no meio do quarto, sempre entre dois amigos ou parentes, caindo justamente nos vazios, enquanto ninguém se movia e apenas os olhos o iam seguindo, sentado na beirada da cama, de pé contra a cabeceira, de cócoras no meio da cama, ajoelhado na beirada da cama, de pé entre Ignacio e Manuelita, de joelhos entre mim e o filho caçula, sentado ao pé da cama. Quando a mulher de Severo anunciou o fim da fase, todos começaram a falar ao mesmo tempo e a cumprimentar Severo, que parecia alheio; não lembro quem o acompanhou de volta à cama porque saímos ao mesmo tempo comentando a fase e atrás de alguma coisa para acalmar a sede, e fui com o Bebe até o pátio para respirarmos o ar da noite e bebermos duas cervejas no gargalo.

Na fase seguinte houve uma mudança, eu me lembro, porque segundo Ignacio tinha de ser a dos relógios só que em vez disso ouvimos mais uma vez a mulher de Severo chorando na sala e quase no ato veio o filho mais velho nos dizer que as aleluias já estavam entrando. Entreolhamo-nos um pouco admirados com o Bebe e Ignacio, mas não estava descartado que pudesse haver mudanças e o Bebe disse o de sempre sobre a ordem dos fatores e coisas do gênero; acho que ninguém estava gostando da mudança, mas disfarçávamos ao entrar de novo formando um círculo ao redor da cama de Severo, que a família havia colocado, como cabia, no centro do quarto.

O irmão de Severo chegou por último com o lampião a gás, apagou o lustre do teto e empurrou a mesinha de cabeceira até os pés da cama; quando pôs o lampião na mesinha, ficamos calados e imóveis, olhando para Severo, que tinha se erguido um pouco sobre os travesseiros e não parecia estar cansado demais pelas fases anteriores. As aleluias começaram a entrar pela porta, e as que já estavam nas paredes ou no teto se somaram às outras e começaram a revolutear em torno do lampião. Com os olhos bem abertos, Severo seguia o torvelinho acinzentado que aumentava cada vez mais, e parecia concentrar todas as suas forças nessa contemplação sem pestanejos. Uma das aleluias (era muito grande, acho que na verdade era uma falena, mas nessa fase só se falava em aleluias e ninguém ali iria discutir seu nome) se soltou das outras e voou para o rosto de Severo; vimos que ela grudava em sua bochecha direita e que Severo fechava os olhos por um instante. Uma atrás da outra, as traças abandonaram a lâmpada e voaram em torno de Severo, grudando em seu cabelo, na boca e na testa até transformá-lo numa enorme máscara trêmula em que apenas os olhos continuavam sendo os dele, fitando obstinados o lampião a gás onde uma aleluia teimava em girar procurando a entrada. Senti os dedos de Ignacio se cravando em meu antebraço, e só então percebi que eu também tremia e estava com a mão afundada no ombro do Bebe. Alguém gemeu, uma mulher, provavelmente Manuelita, que não sabia se controlar como os demais, e nesse exato momento a última traça voou até o rosto de Severo e se perdeu na massa cinza. Todos gritamos ao mesmo tempo, abraçando-nos e batendo palmas, enquanto o irmão de Severo corria a acender o lustre do teto; uma nuvem de aleluias buscava desajeitadamente a saída, e Severo, outra vez a cara de Severo, continuava olhando a lâmpada, inútil agora, movendo cautelosamente a boca como se temesse se envenenar com a poeira de prata que lhe cobria os lábios.

Não fiquei ali porque tinham de lavar Severo e alguém já estava falando de uma garrafa de grapa na cozinha, além do que nesses casos sempre surpreende como as bruscas recaídas na normalidade, por assim dizer, distraem e até enganam. Segui Ignacio, que conhecia todos os cantos, e entornamos a grapa com o Bebe e o filho mais velho de Severo. Meu irmão Carlos tinha se jogado num banco e fumava com a cabeça baixa, respirando forte; levei-lhe um copo e ele o bebeu de um trago. O Bebe Pessoa insistia para que Manuelita tomasse um trago, e até lhe falava de cinema e de corridas; eu mandava uma grapa atrás da outra sem querer pensar em nada, até que não aguentei mais e procurei Ignacio, que parecia me esperar de braços cruzados.

— Se a última aleluia tivesse escolhido... — comecei.

Ignacio fez um lento sinal negativo com a cabeça. Naturalmente, não era preciso perguntar; pelo menos nesse momento não era preciso perguntar; não sei se entendi direito, mas tive a sensação de um grande vazio, algo como uma cripta vazia que em alguma parte da memória latejava lentamente com um gotejar de infiltrações. Na negação de Ignacio (e de longe me pareceu que o Bebe Pessoa também negava com a cabeça, e que Manuelita nos olhava ansiosa, tímida demais para também negar) parecia haver uma suspensão do juízo, um não querer seguir em frente; as coisas eram assim em seu presente absoluto, conforme iam ocorrendo. Então podíamos continuar, e quando a mulher de Severo entrou na cozinha para avisar que Severo ia dizer os números, deixamos os copos pela metade e nos apressamos, Manuelita entre mim e o Bebe, Ignacio atrás com meu irmão Carlos, que sempre chega atrasado em toda parte.

Os parentes já estavam amontoados no quarto e não restava muito espaço onde ficar. Eu tinha acabado de entrar (agora o lampião a gás ardia no chão, ao lado da cama, mas o lustre continuava aceso) quando Severo se levantou, pôs as mãos nos bolsos do pijama, e olhando para seu filho mais velho disse: "6", olhando para sua mulher disse: "20", olhando para Ignacio disse: "23", com uma voz tranquila e vinda de baixo, sem se apressar. Para sua irmã disse 16, para o filho caçula, 28, para outros parentes foi dizendo números quase sempre altos, até que disse 2 para mim e percebi que o Bebe me olhava de soslaio e apertava os lábios, esperando sua vez. Mas Severo começou a dizer números para outros parentes e amigos, quase sempre acima de 5 e sem repeti-los nenhuma vez. Quase no final, disse 14 para o Bebe, e o Bebe abriu a boca e estremeceu como se uma ventania passasse entre suas sobrancelhas, esfregou as mãos e depois sentiu vergonha e as escondeu nos bolsos da calça justo quando Severo dizia 1 para uma mulher de faces muito coradas, provavelmente uma parente distante que viera sozinha e que não tinha falado com quase ninguém naquela noite, e de repente Ignacio e o Bebe se olharam e Manuelita se encostou no batente da porta, e me pareceu que tremia, que se continha para não gritar. Os demais já não prestavam atenção em seus números, Severo os dizia da mesma forma mas eles começavam a conversar, inclusive Manuelita quando se recompôs e deu dois passos à frente e lhe coube o 9, ninguém mais se preocupava e os números terminaram num oco 24 e num 12 que couberam a um parente e a meu irmão Carlos; o próprio Severo parecia menos concentrado e com o último número se jogou para trás e deixou que a mulher o cobrisse, fechando os olhos como quem se desinteressa ou esquece.

— Claro que é uma questão de tempo — Ignacio me disse quando saímos do quarto. — Os números, por si só, não querem dizer nada, cara.

— Você acha? — perguntei, virando o copo que o Bebe tinha trazido para mim.

— Mas claro, tchê — disse Ignacio. — Veja que do 1 ao 2 podem se passar anos, uns dez ou vinte, numa dessas até mais.

98   *As fases de Severo*

— Com certeza — apoiou o Bebe. — Se eu fosse você, não ficaria aflito.

Fiquei pensando que ele tinha me trazido o copo sem que ninguém pedisse, incomodando-se em ir até a cozinha com toda aquela gente. E a ele coubera o 14, e a Ignacio o 23.

— Sem contar que tem o assunto dos relógios — disse meu irmão Carlos, que se pusera a meu lado e apoiava a mão em meu ombro. — Não dá pra entender isso direito, mas deve ter sua importância. Se cabe a você atrasar...

— Vantagem adicional — disse o Bebe, pegando o copo vazio da minha mão como se tivesse medo de que caísse no chão.

Estávamos no saguão ao lado do quarto, e por isso fomos os primeiros a entrar quando o filho mais velho de Severo veio justamente nos dizer que a fase dos relógios estava começando. Tive a impressão de que o rosto de Severo emagrecera de repente, mas sua mulher tinha acabado de penteá-lo e ele recendia de novo a água-de-colônia, o que sempre dá mais confiança. Meu irmão, Ignacio e o Bebe me rodeavam, como se quisessem levantar meu moral, mas em compensação ninguém cuidava da parente que tinha tirado o 1 e que estava aos pés da cama com o rosto mais vermelho que nunca, a boca e as pálpebras trêmulas. Sem sequer olhar para ela, Severo disse ao filho caçula que adiantasse, o guri não entendeu e começou a rir, até que sua mãe o pegou pelo braço e tirou seu relógio de pulso. Sabíamos que era um gesto simbólico, bastava simplesmente adiantar ou atrasar os ponteiros sem atentar para o número de horas ou minutos, já que ao sair do quarto voltaríamos a acertar os relógios. Vários ali já deviam adiantar ou atrasar, Severo dava as indicações quase automaticamente, sem interesse; quando chegou minha vez de atrasar, meu irmão voltou a cravar os dedos em meu ombro; dessa vez lhe agradeci, pensando, como o Bebe, que podia ser uma vantagem adicional embora ninguém pudesse ter certeza disso; também era a vez da parente de faces coradas atrasar, e a coitada enxugava umas lágrimas de gratidão, talvez completamente inúteis, afinal, e ia para o pátio ter um ataque de nervos entre os vasos; depois ouvimos alguma coisa, lá da cozinha, entre novos copos de grapa e os cumprimentos de Ignacio e de meu irmão.

— Em breve vai ser o sono — disse-nos Manuelita —, mamãe manda dizer que se preparem.

Não havia muito o que preparar, voltamos para o quarto devagar, arrastando o cansaço da noite; ia amanhecer logo, e era dia útil, havia um emprego esperando por quase todos nós às nove ou às nove e meia; de repente começava a fazer mais frio, a brisa gelada do pátio penetrando pelo saguão, mas no quarto as luzes e as pessoas aqueciam o ar, quase não se falava e bastava que se olhassem para ir conseguindo um lugar, postando-se ao redor

Octaedro   99

da cama depois de apagar os cigarros. A mulher de Severo estava sentada na cama, ajeitando os travesseiros, mas se levantou e foi até a cabeceira; Severo olhava para cima, ignorando-nos, olhava para o lustre aceso sem piscar, com as mãos apoiadas no ventre, imóvel e indiferente olhava sem piscar para o lustre aceso e então Manuelita se aproximou da beirada da cama e todos nós vimos na mão dela o lenço com as moedas amarradas nas quatro pontas. Só restava esperar, quase suando naquele ar confinado e quente, sentindo agradecidos o aroma da água-de-colônia e pensando no momento em que por fim poderíamos sair da casa e fumar conversando na rua, discutindo ou não sobre aquela noite, provavelmente não mas fumando até nos perdermos pelas esquinas. Quando as pálpebras de Severo começaram a baixar lentamente, apagando-lhe pouco a pouco a imagem do lustre aceso, senti perto da orelha a respiração sufocada do Bebe Pessoa. Houve uma mudança brusca, um relaxamento, senti isso como se não passássemos de um único corpo com incontáveis pernas e mãos e cabeças relaxando de repente, compreendendo que era o fim, o sono de Severo que começava, e o gesto de Manuelita ao se inclinar sobre o pai e cobrir seu rosto com um lenço, dispondo as quatro pontas de maneira que o sustentassem naturalmente, sem rugas nem espaços descobertos, era a mesma coisa que aquele suspiro contido que envolvia todos nós, cobria todos nós com o mesmo lenço.

— Agora ele vai dormir — disse a mulher de Severo. — Já está dormindo, vejam.

Os irmãos de Severo tinham levado um dedo aos lábios, mas não era preciso, ninguém diria nada, começávamos a nos mover na ponta dos pés, apoiando-nos uns nos outros para sair sem fazer barulho. Alguns ainda olhavam para trás, para o lenço no rosto de Severo, como se quisessem ter certeza de que Severo estava adormecido. Senti um cabelo crespo e duro na mão direita, era o filho caçula de Severo que um parente deixara perto dele para que não falasse nem se mexesse, e que agora tinha vindo se encostar em mim, brincando de andar na ponta dos pés e me olhando de baixo com olhos interrogantes e cansados. Acariciei seu queixo, as faces, levando-o junto a mim saí em direção ao saguão e ao pátio, entre Ignacio e o Bebe, que já apanhavam os maços de cigarro; o cinza do amanhecer com um galo ao fundo devolvia cada um à sua própria vida, ao futuro já instalado nesse cinza e nesse frio, terrivelmente belo. Pensei que a mulher de Severo e Manuelita (talvez os irmãos e o filho mais velho) continuavam lá dentro velando o sono de Severo, mas nós já estávamos a caminho da rua, já deixávamos para trás a cozinha e o pátio.

— Não vão mais brincar? — perguntou-me o filho de Severo, caindo de sono mas com a obstinação de todos os garotos.

As fases de Severo

— Não, já é hora de dormir — disse-lhe. — Sua mãe vai pôr você na cama, ande, vá pra dentro que está frio.

— Era uma brincadeira, né, Julio?

— Sim, meu chapa, era uma brincadeira. Agora vá dormir.

Ignacio, o Bebe, meu irmão e eu chegamos à primeira esquina, acendemos outro cigarro sem falar muito. Os outros já estavam longe, alguns continuavam em pé na porta da casa, consultando-se sobre bondes ou táxis; nós conhecíamos bem o bairro, podíamos seguir juntos os primeiros quarteirões, depois o Bebe e meu irmão virariam à esquerda, Ignacio seguiria mais uns quarteirões, e eu subiria ao meu quarto e poria a chaleira do mate para esquentar, pois nem valia a pena deitar por tão pouco tempo, melhor pôr a pantufa e fumar e tomar mate, essas coisas que ajudam.

Pescoço de gatinho preto

Não era a primeira vez, aliás, que isso acontecia com ele, mas de qualquer modo era sempre Lucho quem tomava a iniciativa, encostando a mão meio que por descuido para roçar a de uma loira ou a de uma ruiva de seu agrado, aproveitando os vaivéns nas curvas do metrô, e então por aí havia uma resposta, havia gancho, um dedinho ficava preso um pouco antes da cara de aborrecimento ou indignação, tudo dependia de tanta coisa, às vezes dava certo, fluía, o resto entrava no jogo como iam entrando as estações nas janelas do vagão, mas naquela tarde estava acontecendo de outra maneira, primeiro que Lucho estava gelado e com o cabelo cheio de neve que derretera na estação e gotas frias escorriam por dentro de seu cachecol, tinha subido no metrô na estação da Rue du Bac sem pensar em nada, um corpo colado a tantos outros esperando que em algum momento chegasse o aquecedor, o copo de conhaque, a leitura do jornal antes de começar a estudar alemão entre as sete e meia e as nove, o de sempre a não ser por aquela luvinha preta agarrada na barra de apoio, entre montes de mãos e cotovelos e casacos uma luvinha preta agarrada na barra metálica e ele com sua luva marrom molhada firme na barra para não cair em cima da senhora dos pacotes e da menina chorona, de repente a consciência de que um dedo pequenino parecia estar montando a cavalo por sua luva, que aquilo surgia de uma manga de pele de coelho meio gasta, a mulata parecia bem jovem e olhava para baixo meio alheada, só mais um balanço entre o balanço de tantos corpos apinhados; para Lucho aquilo parecera um desvio da regra bem divertido, deixou a mão solta, sem responder, imaginando que a garota estava distraída, que não percebia aquela leve cavalgada no cavalo molhado e quieto. Gostaria de ter espaço suficiente para poder tirar o jornal do bolso e ler as manchetes onde se falava de Biafra, de Israel e do Estudiantes de la Plata, mas o jornal estava no bolso direito e para pegá-lo teria de soltar a mão da barra, perdendo o apoio necessário nas curvas, de maneira que era melhor se manter firme, abrindo um pequeno espaço precário entre sobretudos e pacotes para que a menina ficasse menos triste e sua mãe não continuasse falando com ela naquele tom de cobrador de impostos.

Quase não tinha olhado para a garota mulata. Então imaginou a vasta cabeleira crespa sob o capuz do casaco e pensou criticamente que com o calor do vagão ela podia muito bem ter jogado o capuz para trás, justo quando o dedo acariciava de novo sua luva, primeiro um dedo e depois dois subindo no cavalo úmido. A curva antes da Montparnasse-Bienvenue jogou a menina em cima de Lucho, sua mão escorregou do cavalo para se segurar na barra, tão pequena e tonta ao lado do grande cavalo que naturalmente agora tentava lhe fazer cócegas com um focinho de dois dedos, sem forçar, divertido e ainda distante e úmido. A moça pareceu perceber de repente (mas sua distração, antes, também tivera algo de repentino e brusco) e afastou um pouco mais a mão, olhando para Lucho do vão escuro formado pelo capuz, observando depois sua própria mão, como se não concordasse ou estudasse as distâncias da boa educação. Muita gente tinha descido na Montparnasse-Bienvenue e Lucho agora podia pegar o jornal, só que em vez de pegá-lo ficou estudando o comportamento da mãozinha enluvada com uma atenção um pouco zombeteira, sem olhar para a garota, que estava novamente com os olhos postos nos sapatos, agora bem visíveis no piso sujo onde de repente faltavam a menina chorona e tanta gente que estava descendo na estação Falguière. O tranco do arranque obrigou as duas luvas a se crisparem na barra, separadas e agindo por conta própria, mas o trem estava parado na estação Pasteur quando os dedos de Lucho procuraram a luva preta, que não se retirou como da primeira vez e pareceu ao invés disso se afrouxar na barra, tornar-se ainda menor e macia sob a pressão de dois, de três dedos, da mão inteira que subia numa lenta posse delicada, sem encostar muito, pegando e soltando ao mesmo tempo, e no vagão quase vazio agora que se abriam as portas na estação Volontaires, a moça girando pouco a pouco sobre um pé enfrentou Lucho sem levantar o rosto, como se o olhasse ali da luvinha coberta pela mão inteira de Lucho, e quando finalmente o olhou, os dois sacudidos por um solavanço entre a Volontaires e a Vaugirard, seus grandes olhos metidos na sombra do capuz pareciam estar ali esperando, fixos e sérios, sem o menor sorriso nem reprovação, sem mais nada além de uma espera interminável que vagamente fez mal a Lucho.

— É sempre assim — disse a moça. — Não se pode com elas.

— Ah — disse Lucho, aceitando o jogo mas se perguntando por que não era divertido, por que não o sentia como um jogo, embora não pudesse ser outra coisa, embora não houvesse nenhuma razão para imaginar que fosse outra coisa.

— Não dá pra fazer nada — repetiu a garota. — Não entendem ou não querem, vá saber, mas não dá pra fazer nada contra.

Estava falando com a luva, olhando para Lucho sem vê-lo ela estava falando com a luvinha preta quase invisível sob a grande luva marrom.

— Comigo acontece a mesma coisa — disse Lucho. — São incorrigíveis, é verdade.

— Não é a mesma coisa — disse a garota.

— Ah, é sim, você viu.

— Não vale a pena falar nisso — disse ela, baixando a cabeça. — Desculpe, foi culpa minha.

Era o jogo, claro, mas por que não era divertido, por que não o sentia como um jogo, embora não pudesse ser outra coisa, embora não houvesse nenhuma razão para imaginar que fosse outra coisa?

— Digamos que a culpa foi delas — disse Lucho, afastando a mão para marcar o plural, para denunciar as culpadas na barra, as enluvadas silenciosas distantes quietas na barra.

— É diferente — disse a garota. — Pra você parece a mesma coisa, mas é bem diferente.

— Bem, sempre tem uma que começa.

— É, sempre tem uma.

Era o jogo, não era mais preciso seguir as regras sem imaginar que houvesse outra coisa, uma espécie de verdade ou de desespero. Por que se fazer de bobo em vez de seguir a correnteza, se ela levava a isso?

— Tem razão — disse Lucho. — Alguma coisa tinha que ser feita, e não deixar que elas...

— Não adianta nada — disse a garota.

— É verdade, é só a gente se distrair, e pronto.

— É — disse ela. — Embora você esteja falando isso só de brincadeira.

— Ah, não, falo tão sério como você. Olhe só pra elas.

A luva marrom brincava de roçar a luvinha preta imóvel, passava um dedo por sua cintura, soltava-a, ia até o extremo da barra e ficava olhando para ela, esperando. A garota abaixou ainda mais a cabeça e Lucho se per-

Octaedro 103

guntou mais uma vez por que tudo aquilo não era divertido agora que não restava outra coisa a não ser continuar jogando.

— Se fosse sério — disse a garota, mas não estava falando com ele, não estava falando com ninguém no vagão quase vazio. — Se fosse sério, aí quem sabe.

— É sério — disse Lucho — e realmente não dá pra fazer nada.

Agora ela o olhou de frente, como se acordasse; o metrô entrava na estação Convention.

— As pessoas não conseguem entender — disse a garota. — E quando é um homem, claro, logo imagina que...

Vulgar, naturalmente, e também tinha de se apressar porque só faltavam três estações.

— Pior ainda se for uma mulher — estava dizendo a garota. — Já aconteceu comigo, e isso porque fico de olho nelas desde que subo, o tempo todo, mas sabe como é.

— Sem dúvida — concordou Lucho. — Chega um momento em que a gente se distrai, é natural, e então elas aproveitam.

— Não fale por você — disse a garota. — Não é a mesma coisa. Desculpe, a culpa foi minha, vou descer na Corentin Celton.

— Claro que teve culpa — caçoou Lucho. — Eu deveria ter descido na Vaugirard, e veja, você me fez passar duas estações.

A curva os jogou contra a porta, as mãos escorregaram até se juntar no extremo da barra. A garota continuava dizendo alguma coisa, desculpando-se tolamente; Lucho sentiu outra vez os dedos da luva preta subindo em sua mão, envolvendo-a. Quando ela a soltou bruscamente, murmurando uma despedida confusa, só havia uma coisa a fazer, segui-la na plataforma da estação, ficar a seu lado e buscar sua mão, que parecia perdida de cabeça para baixo no final da manga, balançando a esmo.

— Não — disse a garota. — Por favor, não. Me deixe continuar sozinha.

— Claro — disse Lucho, sem soltar sua mão. — Mas não gosto que você vá embora assim, agora. Se tivéssemos tido mais tempo no metrô...

— Para quê? De que adiantaria ter mais tempo?

— Quem sabe a gente acabasse encontrando alguma coisa juntos. Quer dizer, alguma coisa a fazer.

— Mas você não entende — disse ela. — Você pensa que...

— Sei lá o que eu penso — disse Lucho com dignidade. — Sei lá se no café da esquina o café é bom, nem se tem um café na esquina, pois quase não conheço esse bairro.

— Tem um café — disse ela —, mas é ruim.

— Não negue que você sorriu.

104   *Pescoço de gatinho preto*

— Não nego, mas o café é ruim.

— De qualquer forma, tem um café na esquina.

— Sim — disse ela, e dessa vez sorriu, olhando para ele. — Tem um café, mas o café é ruim, e você acha que eu...

— Eu não acho nada — disse ele, e era uma maldita verdade.

— Obrigada — disse inacreditavelmente a garota. Respirava como se a escada a cansasse, e Lucho teve a impressão de que tremia, mas de novo a luva preta pequenina pendendo morna inofensiva ausente, outra vez a sentia viver entre seus dedos, retorcer-se, apertar-se enroscar-se bulir estar bem estar quente estar contente acariciante preta luva pequenina dedos dois três quatro cinco um, dedos procurando dedos e luva em luva, preto em marrom, dedo entre dedo, um entre um e três, dois entre dois e quatro. Isso acontecia, balançava ali perto de seus joelhos, não dava para fazer nada, era agradável e não dava para fazer nada, ou era desagradável mas não dava para fazer nada da mesma forma, isso acontecia ali e não era Lucho quem estava brincando com a mão que enfiava seus dedos entre os dele e se enroscava e bulia, e também não era, de certa forma, a garota que ofegava ao alcançar o alto da escada e erguia o rosto para a garoa como se quisesse lavá-lo do ar parado e quente das galerias do metrô.

— Eu moro ali — disse a garota, mostrando uma janela alta entre tantas janelas de tantos imóveis altos e iguais na calçada oposta. — Podíamos fazer um nescafé, acho que é melhor que ir a um bar.

— Ah, é — disse Lucho, e agora eram seus dedos que iam se fechando lentamente sobre a luva como quem aperta o pescoço de um gatinho preto. O cômodo era bem grande e muito quente, com uma azaleia e uma luminária de piso e discos de Nina Simone e uma cama bagunçada que a garota, com vergonha e se desculpando, ajeitou com alguns puxões. Lucho a ajudou a pôr xícaras e colheres na mesa perto da janela, fizeram um nescafé forte e açucarado, ela se chamava Dina e ele Lucho. Contente, parecendo aliviada, Dina falava da Martinica, de Nina Simone, às vezes parecia quase núbil dentro daquele vestido liso cor de lacre, a minissaia lhe caía bem, trabalhava num cartório, as fraturas de tornozelo eram dolorosas mas esquiar em fevereiro na Haute Savoie, ah. Duas vezes ficou olhando para ele, começou a dizer alguma coisa no mesmo tom da barra do metrô, mas Lucho fez uma brincadeira, já decidido a dar um basta, a outra coisa, inútil insistir, e ao mesmo tempo admitindo que Dina sofria, que talvez a prejudicasse se renunciasse tão rápido à comédia, como se agora isso tivesse alguma importância. E na terceira vez, quando Dina se inclinou para pôr água quente em sua xícara, murmurando de novo que não era culpa sua, que isso só acontecia de vez em quando, que ele já podia ver como tudo era diferente

Octaedro 105

agora, a água e a colherinha, a obediência de cada gesto, então Lucho entendeu, e era diferente, era do outro lado, a barra valia, o jogo não tinha sido um jogo, as fraturas de tornozelo e o esqui podiam ir para o inferno agora que Dina falava de novo sem que ele a interrompesse ou a fizesse se desviar, deixando-a, sentindo-a, quase esperando por ela, acreditando porque era absurdo, a menos que fosse só porque Dina com sua carinha triste, seus seios miúdos que desmentiam o trópico, simplesmente porque Dina. Talvez fosse preciso me internar, dissera Dina sem exagero, como um mero ponto de vista. Não dá pra viver assim, entenda, isso acontece a qualquer momento, você é você, mas outras vezes. Outras vezes o quê? Outras vezes palavrões, tapas na bunda, ir logo pra cama, menina, pra que perder tempo. Mas aí. Aí o quê? Mas aí, Dina.

— Pensei que você tivesse entendido — disse Dina, de cara amarrada. — Quando eu falo que talvez fosse preciso me internar.

— Bobagem. Mas eu, no começo...

— Eu sei. Como não pensaria isso, no começo? É bem isso, no começo todo mundo se engana, é tão lógico. Tão lógico, tão lógico. E me internar também seria lógico.

— Não, Dina.

— Claro que sim, porra. Me desculpe. Mas sim. Seria melhor que a outra coisa, que tantas vezes. Ninfo não sei das quantas. Putinha, sapatão. No fim das contas, seria bem melhor. Ou eu mesma devia cortá-las com uma machadinha de picar carne. Mas eu não tenho machadinha — disse Dina, sorrindo como para que a perdoasse mais uma vez, tão absurda ali reclinada na poltrona, escorregando cansada, perdida, com a minissaia cada vez mais para cima, esquecida de si mesma, olhando-as só pegar uma xícara, pôr o nescafé, obedientes hipócritas atarefadas sapatões putinhas ninfo não sei das quantas.

— Não diga bobagem — repetiu Lucho, perdido em algo que agora fazia qualquer jogo, o do desejo, o da desconfiança, o da proteção. — Já sei que não é normal, seria preciso encontrar as causas, seria preciso que. Em todo caso, pra que ir tão longe? Estou falando da internação ou da machadinha.

— Quem sabe — disse ela. — Talvez seja preciso ir bem longe, até o fim. Talvez seja a única maneira de sair dessa.

— O que quer dizer longe? — perguntou Lucho, cansado. — E qual é o fim?

— Não sei, não sei de nada. Só tenho medo. Eu também ficaria impaciente se alguém falasse assim comigo, mas tem dias que. Sim, dias. E noites.

— Ah — disse Lucho, aproximando o fósforo do cigarro. — Porque de noite também, claro.

106 *Pescoço de gatinho preto*

— Sim.

— Mas não quando está sozinha.

— Também quando estou sozinha.

— Também quando está sozinha. Ah.

— Entenda, o que eu quero dizer é...

— Tudo bem — disse Lucho, tomando o café. — Está ótimo, bem quente. Era disso que a gente precisava num dia como este.

— Obrigada — disse ela, simplesmente, e Lucho a fitou porque não tinha pensado em agradecer nada, simplesmente sentia a recompensa daquele momento de repouso, de que a barra tivesse por fim terminado.

— E olhe que não foi ruim nem desagradável — disse Dina, como se adivinhasse. — Não ligo que você não acredite, mas pra mim não foi ruim nem desagradável, pela primeira vez.

— Pela primeira vez o quê?

— Isso, não ter sido ruim nem desagradável.

— Que começassem a...?

— Sim, que começassem de novo, e que isso não fosse ruim nem desagradável.

— Alguma vez a levaram presa por isso? — perguntou Lucho, baixando a xícara até o pires com um movimento lento e deliberado, guiando sua mão para que a xícara aterrissasse bem no centro do pires. É contagioso, tchê...

— Não, nunca, mas em compensação... Há outras coisas. Já disse, há os que pensam que é de propósito, e eles também começam, como você. Ou se enfurecem, como as mulheres, e aí preciso descer na primeira estação ou sair correndo da loja ou do café.

— Não chore — disse Lucho. — Não vamos ganhar nada se você começar a chorar.

— Não quero chorar — disse Dina. — Mas nunca tinha conseguido falar com ninguém assim, depois de... Ninguém acredita em mim, ninguém consegue acreditar em mim, você mesmo não acredita, só é gente boa e não quer me magoar.

— Agora eu acredito em você — disse Lucho. — Há dois minutos eu era como os outros. Talvez você devesse rir, em vez de chorar.

— Entenda — disse Dina, fechando os olhos. — Entenda que é inútil. Você também não, mesmo que diga isso, mesmo que acredite. É idiota demais.

— Já foi ver alguém?

— Sim, sabe como é, calmantes e mudança de ares. A gente se engana por uns dias, pensa que...

— Sim — disse Lucho, passando os cigarros para ela. — Espere. Assim. Vamos ver o que ela vai fazer.

Octaedro   107

A mão de Dina pegou o cigarro com o polegar e o indicador, e ao mesmo tempo o anular e o mindinho tentaram se enroscar nos dedos de Lucho, que mantinha o braço estendido, olhando fixo. Livre do cigarro, seus cinco dedos desceram até cobrir a pequena mão morena, envolveram-na de leve, começando uma lenta carícia que escorregou até deixá-la livre, tremendo no ar; o cigarro caiu dentro da xícara. Bruscamente as mãos subiram até o rosto de Dina, dobrada sobre a mesa, quebrando-se numa espécie de soluço de vômito.

— Por favor — disse Lucho, levantando a xícara. — Por favor, não. Não chore assim, isso tudo é tão absurdo.

— Não quero chorar — disse Dina. — Não devia chorar, pelo contrário, mas entenda.

— Tome, vai lhe fazer bem, está quente; vou fazer outro pra mim, espere eu lavar a xícara.

— Não, deixa que eu lavo.

Levantaram-se ao mesmo tempo e se esbarraram na borda da mesa. Lucho deixou novamente a xícara suja sobre a toalha; as mãos pendiam bambas contra os corpos; apenas os lábios se tocaram, Lucho olhando-a de frente e Dina com os olhos fechados, as lágrimas.

— Talvez — murmurou Lucho —, talvez seja isso que devemos fazer, a única coisa que podemos fazer, e então.

— Não, não, por favor — disse Dina, imóvel e sem abrir os olhos. — Você não sabe o que... Não, melhor não, melhor não.

Lucho abraçara seus ombros, apertava-a devagar contra si, sentia a respiração dela em sua boca, um hálito quente com cheiro de café e de pele morena. Beijou-a bem na boca, afundando nela, buscando seus dentes, sua língua; o corpo de Dina amolecia em seus braços, quarenta minutos antes sua mão tinha acariciado a dele na barra de um assento de metrô, quarenta minutos antes uma luva preta pequenina sobre uma luva marrom. Quase não a sentia resistir, repetir a negativa na qual parece ter havido o princípio de uma prevenção, mas tudo nela cedia, nos dois, agora os dedos de Dina subiam lentamente pelas costas de Lucho, seu cabelo entrava em seus olhos, seu cheiro era um cheiro sem palavras nem prevenções, a colcha azul em seus corpos, os dedos obedientes procurando os fechos, espalhando roupas, cumprindo as ordens, as suas e as de Dina sobre a pele, entre as coxas, as mãos como as bocas e os joelhos e agora os ventres e as cinturas, uma súplica murmurada, uma pressão resistida, um jogar-se para trás, um movimento instantâneo para transferir da boca para os dedos e dos dedos para os sexos aquela espuma quente que nivelava tudo, que num só movimento unia seus corpos e os lançava no jogo. Quando acenderam cigarros

Pescoço de gatinho preto

na escuridão (Lucho tinha tentado apagar a lâmpada e a lâmpada caiu no chão com um barulho de vidros quebrados, Dina se levantou meio horrorizada, negando-se à escuridão, falou de acender pelo menos uma vela e de descer para comprar outra lâmpada, mas ele a abraçou de novo na sombra e agora fumavam e se entreviam cada vez que tragavam a fumaça, e se beijavam de novo), lá fora chovia sem parar, o quarto bem aquecido os mantinha nus e lânguidos, tocando-se com mãos e cinturas e cabelos se deixavam estar, trocavam carícias intermináveis, viam-se com um tato repetido e úmido, cheiravam-se na sombra murmurando um deleite de monossílabos e diástoles. Em algum momento as perguntas voltariam, as afugentadas que a escuridão guardava nos cantos ou debaixo da cama, mas quando Lucho quis saber, ela se atirou sobre ele com sua pele molhada e lhe calou a boca com beijos e mordidinhas suaves, e só bem mais tarde, com outros cigarros entre os dedos, contou a ele que morava sozinha, que ninguém durava muito com ela, que era inútil, que era preciso acender uma luz, que do trabalho para casa, que nunca tinha sido amada, que havia essa doença, tudo como se no fundo aquilo não importasse ou fosse importante demais para que as palavras adiantassem alguma coisa, ou talvez como se tudo aquilo não fosse passar daquela noite e pudesse prescindir de explicações, uma coisa que mal tinha começado na barra de um metrô, uma coisa sobre a qual era preciso, antes de mais nada, acender uma luz.

— Tem uma vela em algum lugar — insistira monotonamente, rejeitando suas carícias. — Já é tarde pra descer e comprar uma lâmpada. Deixe eu procurar, deve estar em alguma gaveta. Me dê os fósforos. Não precisamos ficar no escuro. Me dê os fósforos.

— Não a acenda, ainda — disse Lucho. — Está tão bom assim, sem nos vermos.

— Não quero. Estamos bem assim, mas sabe como é, sabe como é. Às vezes.

— Por favor — disse Lucho, apalpando o chão em busca do cigarro —, tínhamos esquecido, por um momento... Por que você começou de novo? Estávamos bem, assim.

— Me deixe procurar a vela — repetiu Dina.

— Vá procurá-la, tanto faz — disse Lucho, passando-lhe os fósforos. A chama flutuou no ar parado do quarto, desenhando o corpo um pouco menos negro que a escuridão, um brilho de olhos e de unhas, outra vez trevas, o riscar de outro fósforo, escuridão, o riscar de outro fósforo, o movimento brusco da chama se apagando no fundo do quarto, uma corrida breve meio sufocada, o peso do corpo nu caindo atravessado sobre o seu, machucando suas costelas, sua respiração ofegante. Abraçou-a com força, beijando-a sem saber de que nem por que devia acalmá-la, murmurou-lhe palavras de conforto, estendeu-a junto dele, debaixo dele, possuiu-a docemente e quase sem desejo a partir de um longo cansaço, penetrou-a e a remontou sentindo-a crispar-se e ceder e se abrir e agora, agora, isso, agora, assim, isso, e a ressaca devolvendo-os a um descanso recostados olhando para o nada, ouvindo a noite pulsar com um sangue de chuva lá fora, grande ventre interminável da noite protegendo-os dos medos, de barras de metrô e lâmpadas quebradas e fósforos que a mão de Dina não quis segurar, que dobrou para baixo a fim de se queimar e de queimá-la, quase como um acidente, porque no escuro o espaço e as posições mudam e a gente fica desajeitado feito criança, mas depois o segundo fósforo esmagado entre dois dedos, caranguejo raivoso queimando-se desde que se destrua a luz, então Dina tratou de acender um último fósforo com a outra mão e foi pior, não podia nem dizer para Lucho que a ouvia com um medo vago, um cigarro sujo. Você não está vendo que elas não querem, de novo isso. De novo o quê? Isso. De novo o quê? Não, nada, precisamos achar a vela. Vou procurar, me dê os fósforos. Caíram ali naquele canto. Fique quieta, espere. Não, não vá, por favor não vá. Me deixe, eu vou achá-los. Vamos juntos, é melhor. Não, deixe, eu vou achá-los, me diga onde pode estar essa maldita vela. Por ali, na prateleira, quem sabe se você acender um fósforo. Não vai dar pra ver nada, me deixe ir. Afastando-a devagar, desatando as mãos que abraçavam sua cintura, levantando-se pouco a pouco. O puxão no sexo o fez gritar mais de surpresa que de dor, buscou como um látego o punho que o amarrava a Dina, deitada de costas e gemendo, abriu seus dedos e a repeliu com violência. Ouvia seu chamado, pedindo que voltasse, que isso não ia acontecer de novo, que era culpa dele por ser tão teimoso. Orientando-se para onde pensava ser o canto, agachou-se junto da coisa que podia ser a mesa e apalpou procurando os fósforos, pensou ter encontrado um mas era comprido demais, talvez um palito de dentes, e a caixa não estava lá, as palmas das mãos percorriam o tapete velho, ele se arrastava de joelhos sob a mesa; achou um fósforo, depois outro, mas não a caixa; contra o assoalho o escuro parecia maior, cheirava a calabouço e a tempo. Sentiu as garras correndo por suas costas, subindo até a nuca e o cabelo, levantou-se de um salto repelindo Dina, que gritava com ele e dizia alguma coisa sobre a luz no descanso da escada, abrir a porta e a luz da escada, mas claro, como não pensaram nisso antes, onde ficava a porta, ali na frente, não podia ser, pois a mesa ficava de lado, sob a janela, estou dizendo que é ali, então vá você que sabe, vamos nós dois, não quero ficar sozinha agora, então me solte, está me machucando, não consigo, estou dizendo que não consigo, me solte ou vou bater em você, não, não, estou dizendo pra me soltar. O empurrão o deixou sozinho diante de um arquejo, de alguma coisa que tremia ali do lado, bem perto; esticando

110 *Pescoço de gatinho preto*

os braços, avançou procurando uma parede, imaginando a porta; tocou em algo quente que se esquivou dele com um grito, sua outra mão se fechou sobre a garganta de Dina como se apertasse uma luva ou o pescoço de um gatinho preto, a queimação rasgou-lhe a face e os lábios, roçou seu olho, ele se jogou para trás para se livrar daquilo que continuava apertando a garganta de Dina, caiu de costas no tapete, arrastou-se de lado sabendo o que ia acontecer, um vento quente sobre ele, o emaranhado de unhas em seu ventre e suas costelas, eu disse, eu disse que era impossível, que era pra você acender a vela, procure já a porta, a porta. Arrastando-se longe da voz suspensa em algum ponto do ar negro, num soluço de asfixia que se repetia e se repetia, encontrou a parede, percorreu-a se levantando até perceber uma moldura, uma cortina, a outra moldura, a maçaneta; um ar gelado se misturou com o sangue que enchia seus lábios, apalpou procurando o interruptor, ouviu atrás de si a corrida e a gritaria de Dina, o choque contra a porta entreaberta, devia ter entrado de testa, de nariz na porta, que se fechava a suas costas justo quando apertava o interruptor. O vizinho que espiava da porta da frente o olhou e com uma exclamação sufocada se mandou para dentro e trancou a porta, Lucho nu no patamar da escada o xingou e passou os dedos no rosto que estava ardendo enquanto todo o resto era o frio do patamar, os passos que subiam correndo do primeiro andar, abra pra mim, abra já, pelo amor de Deus, abra, já tem luz, abra que já tem luz. Lá dentro o silêncio e uma espécie de espera, a velha envolta no penhoar lilás olhando de baixo, um berro, sem-vergonha, a esta hora, depravado, a polícia, são todos iguais, madame Roger, madame Roger! "Não vai abrir pra mim", pensou Lucho, sentando-se no primeiro degrau, tirando o sangue da boca e dos olhos, "desmaiou com o golpe e está lá no chão, não vai abrir, sempre a mesma coisa, que frio, que frio." Começou a bater na porta enquanto ouvia as vozes no apartamento da frente, a correria da velha que descia chamando madame Roger, o edifício que acordava nos andares de baixo, perguntas e rumores, um momento de espera, nu e cheio de sangue, um louco furioso, madame Roger, abra pra mim, Dina, abra pra mim, não importa que sempre tenha sido assim, abra pra mim, nós éramos outra coisa, Dina, podíamos ter encontrado juntos, por que você está aí no chão, o que foi que eu fiz, por que você foi de encontro à porta, madame Roger, se abrisse pra mim encontraríamos a saída, você já viu antes, viu como tudo estava indo tão bem, simplesmente acender a luz e continuar procurando, nós dois, mas você não quer abrir pra mim, fica chorando, miando como um gato machucado, e eu a ouço, eu a ouço, ouço madame Roger, a polícia, e você, seu grande filho da puta, por que fica me espiando aí dessa porta, abra pra mim, Dina, ainda podemos encontrar a vela, vamos nos lavar, estou com frio, Dina, já estão vindo com um cobertor, é típico, um homem pelado é enrolado num cobertor, vou ter que dizer a eles que você está aí jogada, que tragam outro cobertor, que arrombem a porta, que limpem seu rosto, que cuidem de você e a protejam porque eu não estarei mais aqui, logo vão nos separar, você vai ver, vão nos fazer descer separados e nos levar pra longe um do outro, que mão você vai procurar, Dina, que rosto você vai arranhar agora enquanto a levam entre todos eles e madame Roger.

1977

Troca de luzes

Naquelas quintas-feiras à noitinha quando Lemos me chamava depois do ensaio na Rádio Belgrano e entre dois cinzanos os projetos de novas peças, ter de escutá-los com muita vontade de ir para a rua e me esquecer do radioteatro por dois ou três séculos, mas Lemos era o autor da moda e me pagava bem para o pouco que eu tinha de fazer em seus programas, papéis meio secundários e em geral antipáticos. Você tem a voz que convém, dizia amavelmente Lemos, o ouvinte de rádio o ouve e o odeia, não precisa nem trair alguém ou matar a mãe com estricnina, você abre a boca e pronto, meia Argentina já quer consumir sua alma em fogo lento.

Luciana não, bem no dia em que nosso galã Jorge Fuentes no final de *Rosas de ignomínia* recebia duas cestas de cartas de amor e um cordeirinho branco enviado por uma fazendeira romântica lá das bandas de Tandil, o baixote do Mazza me entregou o primeiro envelope lilás da Luciana. Acostumado ao nada em tantas de suas formas, guardei-o no bolso antes de ir para o café (tínhamos uma semana de folga depois do sucesso de *Rosas* e do começo de *Pássaro na tempestade*), e só no segundo martíni com Juárez Celman e Olive me veio à lembrança a cor do envelope e percebi que ainda não tinha lido a carta; não quis ler na frente deles porque os entediados procuram assunto e um envelope lilás é uma mina de ouro, esperei até chegar ao apartamento, onde a gata ao menos não prestava atenção nessas coisas, dei-lhe o leite e sua cota de agradinhos, conheci Luciana.

Não preciso ver uma foto sua, dizia Luciana, não me importa que a *Sintonía* e a *Antena* publiquem fotos de Míguez e de Jorge Fuentes mas nunca de você, não me importa porque tenho sua voz, e também não me importa que digam que você é antipático e vilão, não me importa que seus papéis enganem todo mundo, ao contrário, porque fantasio que sou a única que sabe a verdade: você sofre quando interpreta esses papéis, põe ali seu talento, mas sinto que não está lá de verdade, como Míguez ou Raquelita Bailey, você é muito diferente do príncipe cruel de *Rosas de ignomínia*. Pensando que odeiam o príncipe, odeiam você, as pessoas confundem, e já percebi isso, com minha tia Poli e outras pessoas no ano passado, quando você era Vassilis, o contrabandista assassino. Hoje à tarde me senti um pouco sozinha e tive vontade de lhe dizer isso, talvez eu não tenha sido a única a dizê-lo e de alguma forma é isso que desejo a você, que se saiba acompanhado apesar de tudo, mas ao mesmo tempo gostaria de ser a única que sabe ver o outro lado de seus papéis e de sua voz, que tem certeza de conhecê-lo de verdade e de admirá-lo mais do que aqueles que têm os papéis fáceis. É como com

Shakespeare, nunca falei para ninguém, mas quando você representou o papel, gostei mais de Iago que de Otelo. Não se sinta obrigado a me responder, dou meu endereço para o caso de você realmente querer, mas se não o fizer eu também me sentirei feliz por ter escrito tudo isso.

A noite caía, a letra era ligeira e fluida, a gata tinha adormecido depois de brincar com o envelope lilás no almofadão do sofá. Desde a irreversível ausência de Bruna já não se jantava em meu apartamento, as latas eram suficientes para a gata e para mim, e para mim, especialmente, o conhaque e o cachimbo. Naqueles dias de folga (depois teria de trabalhar o papel de *Pássaro na tempestade*), reli a carta de Luciana sem intenção de respondê-la, porque nesse terreno um ator, ainda que só receba uma carta a cada três anos, cara Luciana, respondo para você antes de ir ao cinema na sexta-feira à noite, suas palavras me comovem, e esta não é uma frase de cortesia. Claro que não era, escrevi como se essa mulher que eu imaginava meio miudinha e triste e de cabelo castanho e olhos claros estivesse sentada ali e eu lhe dissesse que suas palavras me comoviam. O resto ficou mais convencional, pois eu não sabia o que lhe dizer depois da verdade, e foi só encheção de linguiça, duas ou três frases de simpatia e gratidão, seu amigo Tito Balcárcel. Mas havia outra verdade no postscriptum: Eu me alegro que tenha me dado seu endereço, seria triste não poder lhe dizer o que sinto.

Ninguém gosta de confessar, quando a gente não trabalha acaba se entediando um pouco, pelo menos alguém como eu. Quando jovem eu tinha muitas aventuras sentimentais, nas horas vagas podia puxar a linha e quase sempre havia peixe, mas depois veio a Bruna e isso durou quatro anos, aos trinta e cinco a vida em Buenos Aires começa a desbotar e parece minguar, ao menos para alguém que vive sozinho com uma gata e não é grande leitor nem amigo de longas caminhadas. Não que me sinta velho, ao contrário; a impressão é que são os outros, as próprias coisas, que envelhecem e enrugam; talvez por isso eu preferisse passar as tardes no apartamento, ensaiar *Pássaro na tempestade* sozinho com a gata me olhando, me vingar desses papéis ingratos levando-os à perfeição, tornando-os meus e não de Lemos, transformando as frases mais simples num jogo de espelhos que multiplicava o lado perigoso e fascinante do personagem. E assim na hora de ler o papel lá na rádio tudo estava previsto, cada vírgula e cada inflexão de voz, calibrando os caminhos do ódio (de novo era um desses personagens com alguns aspectos perdoáveis mas que pouco a pouco caem na infâmia até um epílogo de perseguição à beira de um precipício e queda final para grande satisfação dos radiouvintes). Ao encontrar entre um mate e outro a carta de Luciana esquecida na estante das revistas e relê-la de puro tédio, aconteceu-me vê-la de novo, sempre fui visual e invento com facilidade qualquer

116 *Troca de luzes*

coisa, no começo supus que Luciana era miudinha e da minha idade, ou por aí, sobretudo com olhos claros e meio transparentes, e de novo a imaginei assim, voltei a vê-la meio pensativa antes de me escrever cada frase, e depois se decidindo. De uma coisa eu estava certo, Luciana não era mulher de rascunhos, com certeza tinha hesitado antes de me escrever, mas depois, me escutando em *Rosas de ignomínia*, as frases foram lhe surgindo, sentia-se que a carta era espontânea e ao mesmo tempo — talvez por causa do papel lilás — me dava a sensação de um licor que dormiu por muito tempo em seu frasco.

Até sua casa imaginei tão somente entrecerrando os olhos, sua casa devia ser dessas com um pátio coberto ou, pelo menos, uma varanda com plantas, toda vez que eu pensava em Luciana eu a via no mesmo lugar, a varanda deslocando finalmente o pátio, uma varanda fechada com claraboias de vidros coloridos e divisórias que deixavam passar a luz, acinzentando-a, Luciana sentada numa poltrona de vime e me escrevendo você é muito diferente do príncipe cruel de *Rosas de ignomínia*, levando a caneta à boca antes de prosseguir, ninguém sabe disso pois você tem tanto talento que as pessoas o odeiam, o cabelo castanho como que envolto por uma luz de fotografia antiga, aquele ar cinzento e ao mesmo tempo nítido da varanda fechada, gostaria de ser a única a saber passar para o outro lado de seus papéis e de sua voz.

Na véspera do primeiro episódio de *Pássaro*, tive de jantar com Lemos e os outros, ensaiamos algumas cenas, dessas que Lemos chamava de chave e nós de chavão, choque de temperamentos e ladainhas dramáticas, Raquelita Bailey muito bem no papel de Josefina, a moça altaneira que lentamente eu envolveria em minha consabida teia de maldades para as quais Lemos não tinha limites. Os outros caíam como uma luva em seus papéis, enfim, uma diferença enorme entre essa e as dezoito radionovelas que já tínhamos feito. Se me lembro do ensaio é porque o baixote do Mazza me trouxe a segunda carta da Luciana e dessa vez tive vontade de lê-la imediatamente e dei um pulo no banheiro enquanto Angelita e Jorge Fuentes trocavam juras de amor eterno num baile do Gimnasia y Esgrima, esses cenários de Lemos que desencadeavam o entusiasmo dos habitués e davam mais força às identificações psicológicas com os personagens, pelo menos segundo Lemos e Freud.

Aceitei seu singelo, lindo convite para conhecê-la numa confeitaria de Almagro. Havia o detalhe monótono do reconhecimento, ela de vermelho e eu levando o jornal dobrado em quatro, não podia ser de outro jeito e o resto era Luciana me escrevendo de novo na varanda coberta, sozinha com sua mãe ou talvez seu pai, desde o começo eu tinha visto um velho com ela numa casa para uma família maior e agora cheia de vazios onde morava a melancolia da mãe por outra filha morta ou ausente, pois talvez não fizesse

Alguém que anda por aí 117

muito tempo que a morte tinha passado pela casa, e se você não quer ou não pode eu vou entender, não me cabe tomar a iniciativa mas também sei — sublinhara isso sem ênfase — que alguém como você está acima de muitas coisas. E acrescentava algo em que eu não havia pensado e adorei, você não me conhece a não ser por aquela outra carta, já eu, faz três anos que vivo sua vida, sinto como você é de verdade em cada novo personagem, eu o tiro do teatro e você é sempre o mesmo para mim quando já não está com a máscara de seu papel. (Essa segunda carta eu perdi, mas as frases eram assim, diziam isso; mas me lembro que a primeira carta eu guardei dentro de um livro do Moravia que estava lendo, decerto ainda está ali na biblioteca.)

Se tivesse contado isso para o Lemos, eu teria dado a ele uma ideia para outra peça, é óbvio que o encontro acontecia depois de alguns vaivéns de suspense, e então o rapaz descobria que Luciana era idêntica ao que havia imaginado, prova de como o amor precede o amor e a visão a visão, teorias que sempre funcionavam bem na Rádio Belgrano. Mas Luciana era uma mulher de mais de trinta anos, sem dúvida muito bem vividos, bem menos miúda que a mulher das cartas na varanda, e com um belo cabelo preto que parecia viver por conta própria quando ela mexia a cabeça. Do rosto de Luciana, afora os olhos claros e a tristeza, eu não fizera uma imagem exata; os que agora me receberam sorrindo eram castanhos e nem um pouco tristes sob aquele cabelo balançante. Achei simpático que gostasse de uísque, pelo lado de Lemos quase todos os encontros românticos começavam com chá (e com Bruna tinha sido café com leite num vagão de trem). Não se desculpou pelo convite, e eu, que às vezes exagero na encenação, porque no fundo não acredito muito em nada do que me acontece, me senti muito à vontade e dessa vez o uísque não era falsificado. Na verdade, ambos nos sentimos muito bem e foi como se tivessem nos apresentado por acaso e sem segundas intenções, como começam as boas relações em que ninguém tem nada a exibir ou dissimular; era lógico que se falasse principalmente de mim, porque eu era o conhecido e ela apenas duas cartas e Luciana, por isso sem parecer vaidoso deixei que ela se lembrasse de mim em tantas novelas radiofônicas, aquela em que me torturavam até a morte, a dos operários soterrados na mina, e em mais alguns papéis. Pouco a pouco eu ia ajustando seu rosto e sua voz, libertando-me com dificuldade das cartas, da varanda fechada e da poltrona de vime; antes de nos despedirmos eu soube que ela morava num apartamento térreo bem pequeno e com sua tia Poli, que lá pelos anos trinta tinha tocado piano em Pergamino. Luciana também fazia seus ajustes, como sempre nessas relações de cabra-cega, quase no final ela disse que tinha me imaginado mais alto, de cabelo crespo e olhos cinzentos; o lance do cabelo crespo me surpreendeu porque em nenhum de meus

Troca de luzes

papéis eu me sentira com cabelo crespo, mas talvez sua ideia fosse uma espécie de soma, um amontoado de todas as canalhices e traições das peças de Lemos. Comentei isso de brincadeira e Luciana disse que não, ela vira os personagens tal como Lemos os pintava mas ao mesmo tempo era capaz de ignorá-los, de ficar perfeitamente só comigo, com minha voz e sabe-se lá por que com uma imagem de alguém mais alto, de alguém de cabelo crespo.

Se Bruna ainda fizesse parte de minha vida, acho que não teria me apaixonado por Luciana; sua ausência ainda era muito presente, um vazio no ar que Luciana começou a preencher sem saber, provavelmente sem esperar por isso. Para ela, ao contrário, tudo foi mais rápido, foi só passar de minha voz para aquele outro Tito Balcárcel de cabelo liso e com uma personalidade menos marcante que os monstros de Lemos; todas essas operações duraram só um mês, deram-se em dois encontros em cafés, um terceiro em meu apartamento, a gata aceitou o perfume e a pele de Luciana, dormiu em sua saia, não pareceu de acordo com um anoitecer em que de repente sentiu que estava sobrando, em que teve de pular no chão miando. Tia Poli foi morar em Pergamino com uma irmã, sua missão estava cumprida e na mesma semana Luciana se mudou para minha casa; quando a ajudei a preparar suas coisas me doeu a falta da varanda coberta, da luz acinzentada, sabia que não iria encontrá-las, e no entanto parecia haver uma espécie de carência, de imperfeição. Na tarde da mudança, tia Poli me contou docemente a modesta saga da família, a infância de Luciana, o namorado tragado para sempre por uma oferta de frigoríficos de Chicago, o casamento com um hoteleiro da praça Primera Junta e o rompimento havia seis anos, coisas que eu já soubera por Luciana, mas de outra maneira, como se ela não tivesse falado verdadeiramente de si mesma agora que parecia começar a viver por conta de outro presente, meu corpo contra o seu, os pires de leite para a gata, o cinema a todo momento, o amor.

Lembro que foi mais ou menos na época de *Sangue nas espigas* que pedi a Luciana que clareasse o cabelo. No começo ela achou que era um capricho de ator, se quiser eu compro uma peruca, disse rindo, aliás você ficaria ótimo com uma de cabelo crespo. Mas quando insisti alguns dias depois, ela disse que tudo bem, que para ela dava na mesma cabelo preto ou castanho, foi quase como se percebesse que em mim essa mudança não tinha nada a ver com minhas manias de ator mas com outras coisas, uma varanda coberta, uma poltrona de vime. Não precisei pedir de novo, gostei que fizesse isso por mim e lhe disse isso muitas vezes, enquanto fazíamos amor, enquanto eu me perdia em seu cabelo e seus seios e me deixava escorregar com ela para outro longo sonho boca a boca. (Talvez na manhã seguinte, ou foi antes de ir às compras, não está muito claro para mim, apanhei seu cabelo com as mãos e o amarrei na nuca, garanti que ficava melhor assim. Ela se olhou no espelho e não disse nada, mas senti que não tinha concordado e que tinha razão, não era mulher de prender o cabelo, impossível negar que ficava melhor quando ela usava cabelo solto antes de clareá-lo, mas não lhe disse nada porque gostava de vê-la assim, vê-la melhor que naquela tarde quando entrou pela primeira vez na confeitaria.)

Nunca gostei de me ouvir atuando, fazia meu trabalho e pronto, os colegas estranhavam essa falta de vaidade, que neles era tão visível; deviam pensar, talvez com razão, que a natureza de meus papéis não me animava muito a recordá-los, e por isso Lemos me olhou levantando as sobrancelhas quando lhe pedi os discos de arquivo de *Rosas de ignomínia*, me perguntou para que os queria e eu respondi qualquer coisa, problemas de dicção que me interessava superar ou algo parecido. Quando cheguei com o álbum de discos, Luciana também se surpreendeu um pouco, porque eu nunca falava com ela de meu trabalho, era ela que vez por outra me contava suas impressões, que me escutava durante a tarde com a gata na saia. Repeti o que tinha dito a Lemos, mas em vez de escutar as gravações em outro quarto, levei o toca-discos para a sala e pedi a Luciana que ficasse um pouco ali comigo, eu mesmo preparei o chá e ajeitei as luzes para que ela ficasse confortável. Por que está mudando a luminária de lugar, disse Luciana, está boa aí. Ficava boa como objeto, mas lançava uma luz crua e quente sobre o sofá onde Luciana se sentava, era melhor que só a penumbra da tarde lhe chegasse pela janela, uma luz um pouco cinzenta que envolvia seu cabelo, suas mãos ocupadas com o chá. Você me mima demais, disse Luciana, tudo pra mim e você aí num canto sem ao menos se sentar.

Claro que pus apenas algumas passagens de *Rosas*, o tempo de duas xícaras de chá, de um cigarro. Me fazia bem olhar para Luciana atenta ao drama, levantando às vezes a cabeça quando reconhecia minha voz e sorrindo como se não se importasse em saber que o miserável cunhado da pobre Carmencita começava suas intrigas para ficar com a fortuna dos Pardo, e que a tarefa sinistra continuaria ao longo de muitos episódios, até o inevitável triunfo do amor e da justiça, segundo Lemos. Ali em meu canto (tinha aceitado uma xícara de chá a seu lado mas depois voltara ao fundo da sala como se de lá desse para ouvir melhor) eu me sentia bem, reencontrava por um momento algo que me estivera faltando; gostaria que tudo aquilo se prolongasse, que a luz do anoitecer continuasse se parecendo com a da varanda coberta. Isso não era possível, claro, e desliguei o toca-discos e fomos juntos até a sacada depois que Luciana devolveu a luminária a seu lugar porque de fato ficava ruim ali onde eu a pusera. Valeu de alguma coisa se ouvir?, perguntou, acariciando minha mão. Sim, muito, falei de problemas de respiração, de

120 *Troca de luzes*

vogais, de qualquer coisa que ela aceitava com respeito; a única coisa que eu não disse foi que naquele momento perfeito só tinha faltado a poltrona de vime e talvez também ela ter ficado triste, como alguém que olha para o vazio antes de continuar o parágrafo de uma carta.

Estávamos chegando ao final de *Sangue nas espigas*, mais três semanas e me dariam férias. Ao voltar da rádio eu encontrava Luciana lendo ou brincando com a gata na poltrona que eu lhe dera de presente de aniversário junto com a mesa de vime com que fazia jogo. Não têm nada a ver com este ambiente, dissera Luciana entre divertida e perplexa, mas se lhe agradam também me agradam, é um jogo lindo e muito confortável. Você vai ficar melhor nela se precisar escrever cartas, disse-lhe. Sim, admitiu Luciana, justamente estou em falta com a tia Poli, coitadinha. Como de tarde havia pouca luz na poltrona (acho que ela não tinha notado que eu trocara o foco da luminária), acabou pondo a mesa e a poltrona perto da janela para fazer tricô ou olhar as revistas, e talvez tenha sido num daqueles dias do outono, ou um pouco depois, que uma tarde passei muito tempo a seu lado, beijei-a longamente e lhe disse que nunca a amara tanto como naquele momento, tal como a estava vendo, como gostaria de vê-la para sempre. Ela não disse nada, suas mãos andavam por meu cabelo me despenteando, sua cabeça se inclinou sobre meu ombro e ela ficou quieta, meio ausente. Por que esperar outra coisa de Luciana, assim à beira do entardecer? Ela era como os envelopes lilás, como as frases simples, quase tímidas de suas cartas. A partir de agora me seria difícil imaginar que a conhecera numa confeitaria, que seu cabelo preto solto ondulara como um chicote no momento de me cumprimentar, de vencer a primeira confusão do encontro. Na memória de meu amor havia a varanda coberta, a silhueta de uma poltrona de vime distanciando-a da imagem mais alta e vital que de manhã andava pela casa ou brincava com a gata, aquela imagem que ao entardecer retornaria uma e outra vez ao que eu amara, ao que me fazia amá-la tanto.

Quem sabe dizer isso para ela. Não tive tempo, acho que hesitei porque preferia guardá-la assim, a plenitude era tão grande que eu não queria pensar em seu silêncio vago, numa distração que ainda não vira nela, numa forma de me olhar, por momentos, como se procurasse alguma coisa, um adejo de olhar logo devolvido ao imediato, à gata ou a um livro. Isso também fazia parte de minha maneira de preferi-la, era o clima melancólico da varanda coberta, dos envelopes lilás. Sei que em algum despertar na noite alta, olhando-a dormir encostada em mim, senti que havia chegado o tempo de lhe dizer isso, de torná-la definitivamente minha por uma aceitação total de minha lenta teia apaixonada. Não fiz isso porque Luciana estava dormindo, porque Luciana estava acordada, porque nessa terça iríamos ao cinema,

Alguém que anda por aí 121

porque estávamos procurando um carro para as férias, porque a vida vinha em flashes antes e depois dos entardeceres em que a luz cinzenta parecia condensar sua perfeição na pausa da poltrona de vime. Que me falasse tão pouco agora, que às vezes me olhasse de novo como quem procura alguma coisa perdida, me faziam adiar aquela obscura necessidade de lhe confiar a verdade, de lhe explicar, por fim, o cabelo castanho, a luz da varanda. Não tive tempo, um acaso de alteração de horários me levou ao centro num fim de semana, eu a vi sair de um hotel, não a reconheci ao reconhecê-la, não compreendi ao compreender que ela saía segurando o braço de um homem mais alto que eu, um homem que se inclinava um pouco para beijá-la na orelha, para esfregar o cabelo crespo no cabelo castanho de Luciana.

Ventos alísios

Vá saber quem teve essa ideia, talvez Vera na noite de seu aniversário quando Mauricio insistia para que abrissem outra garrafa de champanhe e entre uma taça e outra dançavam na sala pegajosa de fumaça de charuto e de meia-noite, ou talvez Mauricio naquele momento em que *Blues in Thirds* lhes trazia de tão longe a lembrança dos primeiros tempos, dos primeiros discos quando os aniversários eram mais que uma cerimônia cadenciosa e recorrente. Como um jogo, falar enquanto dançavam, cúmplices sorridentes na modorra paulatina do álcool e da fumaça, dizer-se e por que não?, pois, no fim das contas, já que podiam fazer isso e lá seria verão, tinham olhado juntos e indiferentes o prospecto da agência de viagens, e de repente a ideia, Mauricio ou Vera, simplesmente telefonar, ir para o aeroporto, experimentar se o jogo valia a pena, essas coisas se fazem de uma vez ou não, no fim das contas o quê?, na pior das hipóteses voltar com a mesma ironia amável que os devolvera ao fim de tantas viagens tediosas, mas agora experimentar de outra forma, jogar o jogo, fazer um balanço, decidir.

Porque dessa vez (e aí estava a novidade, a ideia que ocorrera a Mauricio mas que podia muito bem ter nascido de uma reflexão casual de Vera, vinte anos de vida em comum, a simbiose mental, as frases começadas por um e completadas do outro extremo da mesa ou de outro telefone), dessa vez podia ser diferente, só era preciso codificá-lo, divertir-se com o absurdo total de partir em aviões diferentes e chegar ao hotel como desconhecidos, deixar que o acaso os apresentasse no restaurante ou na praia depois de um ou dois dias, misturar-se com as novas relações do veraneio, tratar-se cortesmente, aludir a profissões e famílias na roda dos coquetéis, entre tantas outras profissões e outras vidas que estariam buscando, como eles, o contato ligeiro das férias. Não ia chamar a atenção de ninguém a coincidência do sobrenome, pois era um sobrenome comum, seria muito divertido graduar o lento conhecimento mútuo, ritmando-o com o dos outros hóspedes, distrair-se com as pessoas, cada um por si, favorecer o acaso dos encontros e de quando em quando se ver a sós e se olhar como agora enquanto dançavam *Blues in Thirds* e por momentos paravam para levantar as taças de champanhe e as tocavam suavemente no ritmo exato da música, corteses e educados e cansados, uma e meia já, entre tanta fumaça e o perfume que Mauricio quisera pôr nesta noite no cabelo de Vera, perguntando-se se não teria se enganado de perfume, se Vera levantaria um pouco o nariz e aprovaria, a difícil e rara aprovação de Vera.

Sempre tinham feito amor no final de seus aniversários, esperando com amável displicência a partida dos últimos amigos, e dessa vez que não havia ninguém, que não tinham convidado ninguém pois estar com as pessoas os entediava mais que ficar sozinhos, dançaram até o fim do disco e continuaram abraçados, olhando-se numa bruma de sonolência, saíram da sala mantendo, ainda, um ritmo imaginário, perdidos e quase felizes e descalços sobre o tapete do quarto, demoraram-se num lento desnudar-se na beirada da cama, ajudando-se e se misturando e beijos e botões e outra vez o encontro com as inevitáveis preferências, o ajuste de cada um na luz do abajur que os condenava à repetição de imagens cansadas, de murmúrios sabidos, o lento afundar na modorra insatisfeita depois da repetição das fórmulas que voltavam às palavras e aos corpos como um dever necessário, quase terno.

No dia seguinte era domingo e chuva, tomaram o café da manhã na cama e decidiram seriamente; agora seria preciso estabelecer as regras, determinar cada fase da viagem para que não se tornasse só mais uma viagem e sobretudo mais um regresso. Fixaram-nas contando nos dedos: iriam separados, um, ficariam em quartos diferentes sem que nada os impedisse de aproveitar o verão, dois, não haveria as censuras e olhares que conheciam bem, três, um encontro sem testemunhas permitiria que trocassem impressões e soubessem se valia a pena, quatro, o resto era rotina, voltariam no mesmo avião pois os outros já não importariam (ou sim, mas isso seria visto conforme o artigo quatro), cinco. O que ia acontecer depois não estava numerado, entrava numa zona ao mesmo tempo decidida e incerta, soma aleatória em que tudo podia acontecer e da qual não se devia falar. Os aviões para Nairóbi saíam às quintas e aos sábados, Mauricio foi no primeiro depois de um almoço no qual comeram salmão por via das dúvidas, trocando brindes e talismãs de presente, não se esqueça da quinina, lembre que você sempre esquece em casa o creme de barbear e as sandálias.

Alguém que anda por aí   123

Divertido chegar a Mombasa, uma hora de táxi, e que a levassem ao Trade Winds, a um bangalô na praia com macacos cabriolando nos coqueiros e sorridentes rostos africanos, ver Mauricio de longe, já se sentindo em casa, jogando na areia com um casal e um velho de costeletas vermelhas. A hora dos coquetéis os aproximou na varanda aberta sobre o mar, falava-se de caracóis e recifes, Mauricio entrou com uma mulher e dois homens jovens, em algum momento quis saber de onde Vera tinha vindo e explicou que ele vinha da França e era geólogo, Vera pareceu gostar que Mauricio fosse geólogo e respondeu às perguntas dos outros turistas, a pediatria que de quando em quando lhe pedia alguns dias de descanso para que não caísse em depressão, o velho das costeletas vermelhas era um diplomata aposentado, sua esposa se vestia como se tivesse vinte anos mas não lhe caía tão mal num lugar onde quase todo mundo parecia um filme colorido, garçons e macacos incluídos e até o nome Trade Winds que lembrava Conrad e Somerset Maugham, os coquetéis servidos em cocos, as camisas soltas, a praia por onde se podia passear depois do jantar sob uma lua tão inclemente que as nuvens projetavam suas sombras moventes sobre a areia para espanto das pessoas esmagadas por céus sujos e brumosos.

Os últimos serão os primeiros, pensou Vera quando Mauricio disse que tinham lhe dado um quarto na parte mais moderna do hotel, confortável mas sem a graça dos bangalôs na praia. De noite se jogava cartas, o dia era um diálogo interminável de sol e sombra, mar e refúgio sob as palmeiras, redescobrir o corpo pálido e cansado a cada chicotada das ondas, ir até os recifes de canoa para mergulhar com máscaras e ver os corais azuis e vermelhos, os peixes inocentemente próximos. Sobre o encontro com duas estrelas-do-mar, uma com pintas vermelhas e a outra cheia de triângulos roxos, muito se falou no segundo dia, ou talvez tenha sido no terceiro, o tempo escorria como o mar morno sobre a pele, Vera nadava com Sandro, que tinha surgido entre dois coquetéis e dizia estar farto de Verona e de carros, o inglês das costeletas vermelhas estava com insolação e o médico viria de Mombasa para vê-lo, as lagostas eram incrivelmente enormes em sua última morada de maionese e rodelas de limão, as férias. De Anna só se vira um sorriso distante e um pouco distanciador, na quarta noite veio beber no bar e levou seu copo à varanda onde os veteranos de três dias a receberam com informações e conselhos, havia ouriços perigosos na zona norte, não podia de maneira nenhuma passear de canoa sem chapéu e sem alguma coisa para cobrir os ombros, o coitado do inglês estava pagando caro por isso e os negros se esqueciam de prevenir os turistas porque para eles, claro, e Anna agradecendo sem ênfase, bebendo devagar seu martíni, quase demonstrando que tinha vindo para ficar sozinha de alguma Copenhague ou Estocolmo necessitada de esquecimento. Quase sem pensar, Vera decidiu que Mauricio e Anna, certamente Mauricio e Anna antes de vinte e quatro horas, estava jogando pingue-pongue com Sandro quando os viu caminhar até o mar e se deitar na areia, Sandro brincava sobre Anna, que não lhe parecia muito comunicativa, as neblinas nórdicas, ganhava facilmente as partidas mas o cavalheiro italiano de vez em quando cedia alguns pontos e Vera percebia e agradecia em silêncio, vinte e um a dezoito, não tinha ido tão mal, fazia progressos, questão de se dedicar.

Em algum momento antes do sono Mauricio pensou que, afinal de contas, estavam indo bem, era quase cômico pensar que Vera estava dormindo a cem metros de seu quarto, no invejável bangalô acariciado por palmeiras, que sorte a sua, menina. Tinham se encontrado numa excursão às ilhas próximas e se divertiram muito nadando e brincando com os demais; Anna estava com os ombros queimados e Vera lhe deu um creme infalível, você sabe que um médico de crianças acaba sabendo tudo sobre cremes, retorno vacilante do inglês, protegido por um roupão azul-celeste, de noite o rádio falando de Yomo Kenyatta e dos problemas tribais, alguém sabia muito sobre os massais e os entreteve ao longo de vários drinques com lendas e leões, Karen Blixen e a autenticidade dos amuletos de pele de elefante, puro náilon, e assim era tudo nesses países. Vera não sabia se era quarta ou quinta-feira, quando Sandro a acompanhou ao bangalô depois de um longo passeio pela praia onde tinham se beijado como essa praia e essa lua pediam, ela o deixou entrar assim que ele apoiou a mão em seu ombro, deixou-se amar a noite toda, ouviu coisas estranhas, aprendeu coisas diferentes, dormiu lentamente, saboreando cada minuto do longo silêncio sob um mosquiteiro quase inconcebível. Para Mauricio foi na hora da sesta, depois de um almoço em que seus joelhos tinham encontrado as coxas de Anna, acompanhá-la até seu andar, murmurar um até logo diante da porta, ver como Anna demorava a mão no trinco, entrar com ela, perder-se num prazer que só os liberou de noite, quando alguns já se perguntavam se não estariam doentes e Vera dava um sorriso dúbio entre dois tragos, queimando a língua com uma mistura de Campari e rum queniano que Sandro batia no bar para espanto de Moto e de Nikuku, esses europeus vão acabar todos loucos.

O código marcava sábado às sete da noite, Vera aproveitou um encontro sem testemunhas na praia e mostrou à distância um palmeiral propício. Abraçaram-se com um velho carinho, rindo como crianças, acatando o artigo quatro, boa gente. Havia uma solidão suave de areias e galhos secos, cigarros e aquele bronzeado do quinto ou sexto dia em que os olhos começam a brilhar como novos, em que falar é uma festa. Estamos indo muito bem, disse Mauricio quase de imediato, e Vera sim, claro que estamos indo bem, dá pra ver isso na sua cara e no seu cabelo, por que no cabelo?, porque está brilhando de outro jeito, é o sal, boba, pode ser, mas o sal costuma emplastrar a pilosidade, a risada não os deixava falar, era bom não falar enquanto riam e se olhavam, um último sol se deitando veloz, o trópico, olhe bem e verá o raio verde lendário, já tentei lá da minha sacada e não vi nada, ah, claro, o senhor tem uma sacada, sim senhora, uma sacada, mas você desfruta de um bangalô pra ukuleles e orgias. Resvalando sem esforço, com outro cigarro, sério, é maravilhoso, tem uma forma que. Assim será, se você diz. E a sua, fale. Não gosto que diga a sua, parece uma distribuição de prêmios. É. Bem, mas assim não, não Anna. Ah, que voz mais açucarada, você diz Anna como se chupasse cada letra. Cada letra não, mas. Porco. E você, então. Em geral não sou eu quem chupa, embora. Já imaginava isso, esses italianos vêm todos do decamerão. Um momento, não estamos em terapia de grupo, Mauricio. Desculpe, não é ciúme, com que direito? Ah, *good boy*. Então sim? Então sim, perfeito, lentamente interminavelmente perfeito. Fico feliz por você, não quero que as coisas não sejam boas pra você como são pra mim. Não sei como você está se saindo, mas o artigo quatro manda que. De acordo, embora não seja fácil transformá-lo em palavras, Anna é uma onda, uma estrela-do-mar. A vermelha ou a roxa? Todas juntas, um rio dourado, os corais cor-de-rosa. Este homem é um poeta escandinavo. E você uma libertina veneziana. Não é de Veneza, de Verona. Tanto faz, sempre se pensa em Shakespeare. Tem razão, não tinha pensado nisso. Enfim, estamos nessa, é verdade. Estamos nessa, Mauricio, e ainda temos cinco dias. Cinco noites, principalmente, aproveite-as bem. Acho que sim, ele me prometeu iniciações que chama de artifícios para se chegar à realidade. Depois você vai me mostrar, espero. Em detalhes, imagine, e você vai me contar do seu rio de ouro e dos corais azuis. Corais cor-de-rosa, minha pequena. Enfim, você viu que não estamos perdendo tempo. Veremos, mas de qualquer modo não perdemos o presente e, por falar nisso, não é bom que a gente fique muito tempo no artigo quatro. Outro mergulho antes do uísque? Do uísque, que grosseria, pra mim dão Carpano misturado com gim e angostura. Ah, desculpe. Não é nada, os refinamentos levam tempo, vamos atrás do raio verde, numa dessas, quem sabe?

Sexta-feira, dia de Robinson, alguém lembrou entre dois tragos, e se falou um pouco de ilhas e naufrágios, houve um breve e violento aguaceiro quente que prateou as palmeiras e trouxe, mais tarde, um novo rumor de pássaros, as migrações, o velho marinheiro e seu albatroz, era gente que sabia viver, cada uísque vinha com sua cota de folclore, de velhas canções das Hébridas ou de Guadalupe, no final do dia Vera e Mauricio pensaram

Ventos alísios

a mesma coisa, o hotel merecia seu nome, era a hora dos ventos alísios para eles, Anna a doadora de vertigens esquecidas, Sandro o fazedor de máquinas sutis, ventos alísios devolvendo-os a outros tempos sem costumes, quando também tinham tido um tempo assim, invenções e deslumbramentos no mar dos lençóis, só que agora, só que agora não mais, e por isso, por isso os alísios que soprariam ainda até terça-feira, exatamente até o final do interregno que era outra vez o passado remoto, uma viagem instantânea às fontes aflorando outra vez, banhando-os de uma delícia presente, mas já conhecida, um dia conhecida antes dos códigos, de *Blues in Thirds*.

Não tocaram no assunto na hora de se encontrar no Boeing de Nairóbi, enquanto acendiam juntos o primeiro cigarro do retorno. Olhar-se como antes os enchia de algo para o qual não havia palavras e que os dois calaram entre tragos e histórias do Trade Winds, de alguma forma era preciso guardar o Trade Winds, os alísios tinham de continuar empurrando-os, a boa e velha querida navegação a vela voltando para destruir as hélices, para acabar com o sujo lento petróleo de cada dia contaminando as taças de champanhe do aniversário, a esperança de cada noite. Ventos alísios de Anna e de Sandro, continuar a bebê-los em plena cara enquanto se olhavam entre duas baforadas de fumaça, por que Mauricio agora se Sandro continuava sempre ali?, sua pele e seu cabelo e sua voz afinando o rosto de Mauricio como o riso rouco de Anna em pleno amor inundava esse sorriso que em Vera valia amavelmente como uma ausência. Não havia artigo seis, mas podiam inventá-lo sem palavras, era muito natural que em algum momento ele convidasse Anna para tomar outro uísque e que ela, aceitando com um carinho na bochecha, dissesse que sim, dissesse sim, Sandro, seria tão bom tomarmos outro uísque para perdermos o medo de altura, brincar assim a viagem toda, já que não havia necessidade de códigos para decidir que Sandro se ofereceria no aeroporto para acompanhar Anna até sua casa, que Anna aceitaria com o singelo acatamento dos deveres cavalheirescos, que já na casa fosse a vez dela de procurar as chaves na bolsa e convidar Sandro a tomar outro drinque, e o fizesse deixar a mala no saguão e lhe mostrasse o caminho da sala, desculpando-se pelas marcas de pó e pelo ar parado, abrindo as cortinas e trazendo gelo enquanto Sandro examinava com um ar apreciativo as pilhas de discos e a gravura de Friedlander. Já passava de onze da noite, beberam as taças da amizade e Anna trouxe uma lata de patê e bolachas, Sandro a ajudou a fazer canapés e nem chegaram a prová-los, as mãos e as bocas se buscavam, jogar-se na cama e desnudar-se já enlaçados, buscar-se entre fitas e panos, arrancar as últimas roupas e descobrir a cama, abaixar as luzes e possuir-se lentamente, buscando e murmurando, sobretudo esperando e murmurando-se a esperança.

Alguém que anda por aí   127

Não se sabe quando voltaram os drinques e os cigarros, os travesseiros para sentar-se na cama e fumar sob a luz do abajur no chão. Quase não se olhavam, as palavras iam até a parede e voltavam num lento jogo de bola para cegos, e ela a primeira a perguntar, como se para si mesma, o que seria de Vera e de Mauricio depois do Trade Winds, o que seria deles depois do regresso.

— Já devem ter percebido — disse ele. — Já devem ter entendido e depois disso não poderão fazer mais nada.

— Sempre se pode fazer alguma coisa — disse ela —, Vera não vai deixar assim, bastava vê-la.

— Mauricio também não — disse ele —, eu mal o conheci, mas era bem evidente. Nenhum dos dois vai deixar assim e é quase fácil imaginar o que vão fazer.

— Sim, é fácil, parece que estou vendo.

— Não devem ter dormido, como nós, e agora devem estar conversando devagar, sem se olhar. Já não terão nada a dizer um ao outro, acho que Mauricio é quem vai abrir a gaveta e pegar o frasco azul. Assim, veja, um frasco azul como este.

— Vera irá contá-las e dividi-las — disse ela. — As coisas práticas sempre cabiam a ela, fará isso muito bem. Dezesseis pra cada um, nem mesmo o problema de um número ímpar.

— Vão tomá-las de duas em duas, com uísque e ao mesmo tempo, sem se apressar.

— Devem ser um pouco amargas — disse ela.

— Mauricio dirá que não, mais para ácidas.

— Sim, pode ser que sejam ácidas. E depois vão apagar a luz, não se sabe por quê.

— Nunca se sabe por quê, mas a verdade é que vão apagar a luz e se abraçar. Isso é certo, sei que vão se abraçar.

— No escuro — disse ela procurando o interruptor. — Assim, não é?

— Assim — disse ele.

Segunda vez

Nós só ficávamos à espera deles, cada um tinha sua data e sua hora, mas claro, sem pressa, fumando devagar, de vez em quando o negro López trazia café e então parávamos de trabalhar e comentávamos as novidades, quase sempre a mesma coisa, a visita do chefe, as mudanças lá de cima, os desempenhos em San Isidro. Eles, claro, não podiam saber que os estávamos esperando, o que se diz esperar, essas coisas tinham de acontecer sem alarde, ajam com tranquilidade, palavras do chefe, de vez em quando repetidas, por via das dúvidas, vão piano piano, enfim, era fácil, se alguma coisa desse errado não iam nos cobrar, os responsáveis estavam lá em cima e o chefe era a lei, fiquem calmos, rapazes, se der algum rolo aqui eu dou a cara pra bater, a única coisa que peço é que não se enganem de pessoa, primeiro a averiguação pra não pisar na bola e depois tudo bem, vão em frente.

Para ser franco, eles não davam trabalho, o chefe tinha escolhido escritórios funcionais para que não ficassem amontoados, e nós os recebíamos um por um, como se deve, com todo o tempo necessário. Que educados que somos, gente, o chefe dizia sem parar, e era verdade, tudo tão sincronizado, que IBM, que nada, aqui se trabalhava com vaselina, necas de pressa nem de passem adiante. Tínhamos tempo para os cafezinhos e para os prognósticos do domingo, e o chefe era o primeiro a vir buscar os palpites, que para isso o magro Bianchetti era propriamente um oráculo. Então todo dia era a mesma coisa, chegávamos com os jornais, o negro López trazia o primeiro café e logo começavam a aparecer para o trâmite. A convocatória dizia isso, trâmite que lhe diz respeito, nós só aqui esperando. Agora, isso sim, ainda que venha em papel amarelo, uma convocatória sempre tem um ar sério; por isso María Elena a olhara muitas vezes em sua casa, o selo verde rodeando a assinatura ilegível e as indicações de data e local. No ônibus, tirou-a novamente da bolsa e deu corda no relógio, por garantia. Convocavam-na para ir a um escritório da rua Maza, era estranho que ali houvesse um ministério, mas sua irmã tinha dito que estavam instalando escritórios em toda parte porque os ministérios já estavam pequenos, e assim que desceu do ônibus ela viu que devia ser verdade, o bairro era qualquer nota, com casas de três ou quatro andares e principalmente com muito comércio varejista, e até algumas das poucas árvores que ainda restavam na região.

"Pelo menos uma bandeira deve ter", pensou María Elena ao se aproximar da quadra na altura do 700, talvez fosse como as embaixadas que ficavam nos bairros residenciais mas se distinguiam de longe pelo pano colorido em alguma sacada. Embora o número estivesse bem clarinho na convocatória, ficou surpresa ao não ver a bandeira nacional, e por um momento permaneceu na esquina (era muito cedo, podia fazer hora), e sem nenhum motivo perguntou na banca de jornais se a Direção ficava naquela quadra.

— Claro que sim — disse o homem —, ali na metade da quadra, mas antes, por que não fica um pouquinho aqui pra me fazer companhia? Olhe como estou sozinho.

— Na volta — sorriu-lhe María Elena e saiu sem pressa, consultando outra vez o papel amarelo. Quase não havia tráfego nem gente, um gato diante de um armazém e uma gorda com uma menininha saindo de um saguão. Os poucos carros estavam estacionados na altura da Direção, quase todos com alguém ao volante lendo o jornal ou fumando. A entrada era estreita como todas naquela quadra, com um saguão de maiólicas e a escada ao fundo; a placa na porta parecia apenas a de um médico ou a de um dentista, suja e com um papel colado na parte de baixo para cobrir algumas inscrições. Era esquisito não ter elevador, um terceiro andar e ter de subir a pé depois daquele papel tão sério com carimbo verde, a assinatura e tudo mais.

A porta do terceiro andar estava fechada e não se via nem campainha nem placa. María Elena tocou na maçaneta e a porta se abriu sem ruído; a fumaça do tabaco a alcançou antes das maiólicas esverdeadas do corredor e dos bancos dos dois lados com as pessoas sentadas. Não eram muitos, mas com aquela fumaça e o corredor tão estreito pareciam tocar-se com os joelhos, as duas senhoras idosas, o senhor calvo e o rapaz da gravata verde. Com certeza tinham estado conversando para matar o tempo, bem quando abriu a porta María Elena pegou um final de frase de uma das senhoras, mas todos, como sempre, ficaram quietos de repente vendo quem chegava por último, e também como sempre e se sentindo uma sonsa María Elena corou e mal lhe saiu a voz para dizer bom dia e ficar parada ao lado da porta, até que o rapaz lhe fez um sinal mostrando o banco vazio a seu lado. Justo quando se sentava, agradecendo-lhe, a porta do outro extremo do corredor se entreabriu para deixar sair um homem de cabelo vermelho que abriu caminho entre os joelhos dos outros sem se incomodar em pedir licença. O empregado manteve a porta aberta com um pé, esperando, até que uma das duas senhoras se levantou com dificuldade e se desculpando passou entre María Elena e o senhor calvo; a porta de saída e a do escritório se fecharam quase ao mesmo tempo, e os que permaneceram ali começaram a conversar de novo, esticando-se um pouco nos bancos que rangiam.

Cada um tinha seu assunto, como sempre, o senhor calvo a lentidão dos trâmites, se isso é assim da primeira vez, o que se pode esperar, me diga, mais de meia hora e, no fim, pra quê?, só umas quatro perguntas e tchau, pelo menos é o que imagino.

— Não é bem assim — disse o rapaz da gravata verde —, é minha segunda vez aqui e eu garanto que não é tão rápido, entre eles copiarem tudo à máquina e de repente a gente não se lembrar bem de uma data, coisas assim, acaba durando bastante.

O senhor calvo e a senhora idosa o ouviam com interesse, porque para eles era evidentemente a primeira vez, bem como para María Elena, embora

130 *Segunda vez*

ela não se sentisse no direito de entrar na conversa. O senhor calvo queria saber quanto tempo se passava entre a primeira e a segunda convocatória, e o rapaz explicou que, no caso dele, tinha sido coisa de três dias. Mas por que duas convocatórias?, quis perguntar María Elena, e outra vez sentiu as cores lhe subindo às faces e esperou que alguém falasse com ela e lhe desse confiança, que a deixasse participar, não ser mais a última. A senhora idosa tinha apanhado um frasquinho que parecia de sais e o cheirava, suspirando. É capaz que tanta fumaça a estivesse deixando indisposta, então o rapaz se ofereceu para apagar o cigarro e o senhor calvo disse que claro, que esse corredor era uma vergonha, melhor que apagassem os cigarros se ela se sentia mal, mas a senhora disse que não, só um pouco de cansaço que logo ia passar, na casa dela o marido e os filhos fumavam o tempo todo, eu quase nem percebo mais. María Elena, que também sentira vontade de pegar um cigarro, viu que os homens apagavam os seus, que o rapaz o esmagava com a sola do sapato, sempre se fuma demais quando é preciso esperar, da outra vez tinha sido pior, porque havia sete ou oito pessoas antes dele, e no final não se via mais nada no corredor, de tanta fumaça.

— A vida é uma sala de espera — disse o senhor calvo, pisando no cigarro com muito cuidado e olhando para as mãos como se não soubesse mais o que fazer com elas, e a senhora idosa suspirou um assentimento de muitos anos e guardou o frasquinho justamente quando a porta do fundo era aberta e a outra senhora saía com aquele ar que todos invejavam, o bom-dia quase compassivo ao chegar à porta de saída. Mas então não demorava tanto, pensou María Elena; três pessoas antes dela, vamos dizer, três quartos de hora, claro que de repente o trâmite podia ser mais demorado com alguns, o rapaz já estivera ali uma primeira vez e tinha dito isso. Mas quando o senhor calvo entrou no escritório, María Elena se animou a perguntar para se sentir mais segura, e o rapaz ficou pensando e depois disse que da primeira vez alguns tinham demorado muito e outros menos, nunca dava pra saber. A senhora idosa observou que a outra senhora havia saído quase na mesma hora, mas o senhor de cabelo vermelho tinha demorado uma eternidade.

— Ainda bem que agora somos poucos — disse María Elena —, esses lugares são deprimentes.

— É preciso levar as coisas com filosofia — disse o rapaz —, não se esqueça que você vai ter que voltar, então é melhor ficar tranquila. Quando eu vim da primeira vez não tinha ninguém pra conversar, éramos um monte de gente mas não sei, não havia simpatia, hoje desde que eu cheguei o tempo está passando depressa porque tem essa troca de ideias.

María Elena gostava de continuar conversando com o rapaz e com a senhora, quase não sentiu o tempo passar até que o senhor calvo saiu e a

Alguém que anda por aí   131

senhora se levantou com uma rapidez que não se esperaria em sua idade, a coitada queria acabar rápido com os trâmites.

— Bem, agora nós — disse o rapaz. — Você se importa se eu der uma pitada? Não aguento mais, mas a senhora parecia tão indisposta...

— Também estou com vontade de fumar.

Aceitou o cigarro que ele lhe oferecia e disseram seus nomes, onde trabalhavam, sentiam-se bem em trocar impressões e esquecer o corredor, o silêncio que por momentos parecia excessivo, como se as ruas e as pessoas tivessem ficado muito longe. María Elena também tinha vivido em Floresta, mas quando era pequena, agora morava lá pelos lados do Constitución. Carlos não gostava desse bairro, preferia o oeste, um ar melhor, as árvores. Seu ideal seria morar em Villa del Parque, quando se casasse talvez alugasse um apartamento por lá, seu futuro sogro prometera ajudá-lo, era um senhor com muitas relações e numa dessas ele conseguia alguma coisa.

— Não sei por quê, mas algo me diz que vou morar a vida toda no Constitución — disse María Elena. — Não é tão ruim, afinal. E se algum dia...

Viu a porta do fundo se abrir e olhou, quase surpresa, o rapaz que sorria para ela ao se levantar, veja só como conversando o tempo passou, a senhora os cumprimentava amavelmente, parecia tão contente de ir embora, todo mundo tinha um ar mais jovem e mais ágil ao sair, como se lhes tivessem tirado um peso dos ombros, o trâmite finalizado, uma diligência a menos e lá fora a rua, os cafés onde talvez entrassem para tomar um trago ou um chá, para sentir-se realmente do outro lado da sala de espera e dos formulários. Agora o tempo ia se tornar mais longo para María Elena, ali sozinha, ainda que, se tudo continuasse assim, Carlos sairia bem rápido, mas numa dessas podia demorar mais que os outros porque era a segunda vez e sabe-se lá que trâmites teria.

Quase não entendeu, de início, quando viu a porta se abrir e o empregado olhou para ela e fez um gesto com a cabeça para que entrasse. Pensou que então era assim, que Carlos teria de ficar mais um pouco preenchendo papéis e que, enquanto isso, se ocupariam dela. Cumprimentou o funcionário e entrou no escritório; mal havia passado pela porta quando outro funcionário lhe mostrou uma cadeira diante de uma escrivaninha preta. Havia vários funcionários no escritório, só homens, mas não viu Carlos. Do outro lado da escrivaninha, um funcionário com cara de doente olhava uma planilha; sem levantar os olhos, estendeu a mão e María Elena demorou a entender que estava lhe pedindo a convocatória, de repente entendeu e a procurou, um pouco perdida, murmurando desculpas, tirou duas ou três coisas da bolsa até encontrar o papel amarelo.

132   *Segunda vez*

— Vá preenchendo isto — disse o funcionário, passando-lhe o formulário. — Em maiúsculas, bem clarinho.

Eram as bobagens de sempre, nome e sobrenome, idade, sexo, domicílio. Entre duas palavras, María Elena teve a sensação de que algo a incomodava, algo que não estava totalmente claro. Não na planilha, onde era fácil preencher as lacunas; algo lá fora, algo que faltava ou não estava no lugar. Parou de escrever e deu uma olhada em redor, nas outras mesas com os funcionários trabalhando ou conversando, nas paredes com cartazes e fotos, nas duas janelas, na porta por onde havia entrado, a única porta do escritório. *Profissão*, e ao lado a linha pontilhada; preencheu a lacuna automaticamente. A única porta do escritório, mas Carlos não estava ali. *Antiguidade no emprego*. Em maiúsculas, bem clarinho.

Quando assinou ao pé da página, o funcionário a fitava como se ela tivesse demorado demais para preencher a planilha. Estudou o papel por um momento, não viu falhas e o guardou numa pasta. O resto foram perguntas, algumas inúteis, porque ela já as respondera na planilha, mas também sobre a família, as mudanças de domicílio nos últimos anos, os seguros, se viajava com frequência e para onde, se tinha tirado passaporte ou pensava em tirar. Ninguém parecia estar muito preocupado com as respostas, de qualquer forma o funcionário não as anotava. De repente, disse a María Elena que ela podia ir embora e que voltasse três dias depois, às onze horas; não precisava de convocatória por escrito, mas que não fosse se esquecer.

— Sim, senhor — disse María Elena se levantando —, então na quinta às onze.

— Passe bem — disse o funcionário, sem olhar para ela.

No corredor não havia ninguém, e percorrê-lo foi como para todos os outros, a mesma pressa, o suspiro de alívio, a vontade de chegar à rua e deixar tudo aquilo para trás. María Elena abriu a porta da saída e quando começou a descer a escada pensou em Carlos novamente, era estranho que Carlos não tivesse saído, como os outros. Era estranho porque o escritório só tinha uma porta, claro que de repente ela não olhou direito porque não era possível uma coisa dessas, o funcionário tinha aberto a porta para ela entrar e Carlos não havia cruzado com ela, não saíra, primeiro, como todos os outros, o homem de cabelo vermelho, as senhoras, todos menos Carlos.

O sol se estilhaçava na calçada, era o ruído e o ar da rua; María Elena deu alguns passos e ficou parada ao lado de uma árvore, num lugar onde não havia carros estacionados. Olhou para a porta da casa, disse a si mesma que ia esperar um pouco para ver Carlos sair. Não era possível que Carlos não saísse, todos tinham saído ao terminar o trâmite. Pensou que talvez ele estivesse demorando por ser o único que viera pela segunda vez; vá saber, talvez seja

Alguém que anda por aí   133

isso. Era muito estranho não tê-lo visto no escritório, mas quem sabe houvesse uma porta disfarçada pelos cartazes, alguma coisa que lhe escapara, mas era estranho mesmo assim, pois todo mundo saíra pelo corredor, como ela, todos os que tinham vindo pela primeira vez haviam saído pelo corredor.

Antes de ir embora (tinha esperado um pouco, mas não podia continuar assim), pensou que na quinta teria de voltar. É capaz que as coisas mudassem, então, e que a fizessem sair pelo outro lado, embora não soubesse por onde nem por quê. Ela não, claro, mas nós sim, nós sabíamos, nós estaríamos esperando por ela e pelos outros, fumando devagarinho e conversando enquanto o negro López preparava mais um dos tantos cafés da manhã.

Você se deitou ao teu lado

A G.H., que me contou isso com uma graça que ele não vai encontrar aqui

Quando foi que o viu nu pela última vez?

Quase não era uma pergunta, você estava saindo da cabine da praia, ajeitando a parte de cima do biquíni enquanto procurava a silhueta de seu filho que a esperava à beira do mar e de repente, em plena distração, a pergunta, mas uma pergunta sem verdadeira vontade de resposta, antes uma carência bruscamente assumida; o corpo infantil de Roberto na ducha, uma massagem no joelho machucado, imagens que não voltavam não se sabe desde quando, em todo caso, meses e meses desde a última vez que o vira nu; mais de um ano, o tempo para que Roberto lutasse contra o rubor cada vez que, ao falar, desafinava, o fim da confiança, do refúgio fácil entre seus braços quando algo doía ou magoava; outro aniversário, quinze anos, sete meses atrás, e então a chave na porta do banheiro, o boa-noite com o pijama vestido sozinho no quarto, só cedendo de quando em quando ao costume de pular no pescoço, de carinho violento e beijos úmidos, mamãe, mamãe querida, Denise querida, mamãe ou Denise conforme o humor e a hora, você o filhote, você Roberto o filhotinho de Denise, deitado na praia olhando as algas que desenhavam o limite da maré, levantando um pouco a cabeça para olhar você vindo dos vestiários, apertando o cigarro entre os lábios como uma afirmação enquanto a olhavas.

Você se deitou ao teu lado e tu te levantaste para pegar o maço de cigarros e o isqueiro.

— Não, obrigado, ainda não — você disse, tirando os óculos de sol da bolsa que estava olhando enquanto ela se trocava.

— Quer que eu vá te buscar um uísque? — perguntaste.

— Melhor depois de nadar. Então, vamos?

— Sim, claro — disseste.

— Dá na mesma, não é? Pra ti dá tudo na mesma nesses dias, Roberto.

— Deixa de ser sonsa, Denise.

— Não estou dando uma bronca, entendo que estejas distraído.

— Ufa — disseste, virando o rosto.

— Por que não veio à praia?

— Quem, a Lilian? Sei lá, ontem à noite não estava se sentindo bem, ela disse.

— Também não estou vendo os pais — você disse, varrendo o horizonte com um olhar lento, um pouco míope. — Tem que ver lá no hotel se alguém está doente.

— Depois eu vou — disseste secamente, encerrando o assunto.

Você se levantou e a seguiste a alguns passos, esperaste que se atirasse na água para entrar aos poucos, nadar longe dela que levantou os braços e acenou para ti, então soltaste o nado borboleta e quando fingiste esbarrar nela você o abraçou rindo, dando-lhe uns tapinhas, sempre o mesmo molecote bruto, até no mar tu pisas nos meus pés. Brincando, escapulindo, acabaram nadando com lentas braçadas mar afora; na praia diminuída a silhueta repentina de Lilian era uma pulguinha vermelha um pouco perdida.

— Que se dane — disseste antes que você levantasse o braço para chamá-la —, se ela chega tarde, pior pra ela, nós continuamos aqui, a água está ótima.

— Ontem à noite a levaste pra caminhar até o costão e voltaste tarde. A Úrsula não ficou zangada com a Lilian?

— Por que ficaria? Não era tão tarde, vá, a Lilian não é nenhum bebê.

— Pra ti, não pra Úrsula, que ainda a vê com um babador, isso sem falar do José Luis, porque esse jamais vai se convencer de que a menininha já tem suas regras no dia certo.

— Ah, tu com tuas grosserias — disseste, lisonjeado e confuso. — Vamos apostar corrida até o espigão, Denise, te dou cinco metros de vantagem.

— Vamos ficar aqui, depois vais apostar corrida com a Lilian, que com certeza vai te vencer. Dormiste com ela ontem à noite?

— O quê? Mas tu...?

— Engoliste água, bobinho — você disse, segurando-o pelo queixo e brincando de jogá-lo de costas. — Era lógico, não? Tu a levaste pra praia de noite, voltaram tarde, e agora a Lilian aparece na última hora, cuidado,

Alguém que anda por aí   135

seu burro, outra vez me bateste no tornozelo, nem mar afora se está seguro contigo.

Te fazendo boiar, o que você imitou sem pressa, ficaste calado, como quem espera, mas você também esperava e o sol ardia em seus olhos.

— Eu quis, mamãe — disseste —, mas ela não, ela...

— Tu quiseste mesmo, ou falas por falar?

— Acho que ela também queria, estávamos perto do costão e ali era fácil porque eu conheço uma gruta que... Mas depois ela não quis, se assustou... Fazer o quê...

Você pensou que quinze anos e meio eram muito poucos anos, pegou a cabeça dele e beijou seus cabelos, enquanto protestavas rindo e agora sim, agora esperavas mesmo que Denise continuasse a falar disso contigo, que inacreditavelmente fosse ela que estivesse falando disso contigo.

— Se achaste que a Lilian queria, o que não fizeram ontem à noite vão fazer hoje ou amanhã. Vocês são dois criançolas e não se amam de verdade, mas isso não tem nada a ver, imagino.

— Eu a amo, mamãe, e ela também, tenho certeza.

— Dois criançolas — você repetiu —, e é justamente por isso que estou te falando, porque se vais pra cama com a Lilian hoje à noite ou amanhã, com certeza vão acabar fazendo as coisas como os estouvados que são.

Olhaste para ela entre duas ondas fraquinhas, você quase riu na cara dele porque era evidente que Roberto não entendia, que agora parecia estar escandalizado, quase com medo de que Denise pretendesse te explicar o abecê, mãe do céu, nada menos que isso.

— Quero dizer que nem tu nem ela vão ter o menor cuidado, bobinho, e que o resultado deste final de veraneio é que numa dessas a Úrsula e o José Luis vão se deparar com a menina grávida. Entendes agora?

Não dissesse nada, mas claro que entendeste, já estava entendendo desde os primeiros beijos com Lilian, já tinhas te perguntado e depois pensado na farmácia e ponto, não passavas disso.

— Talvez eu me engane, mas pela cara da Lilian acho que ela não sabe de nada, a não ser teoricamente, o que dá na mesma. Fico alegre por ti, se queres, mas já que és um pouco mais velho cabe a ti cuidar disso.

Te viu meter a cara na água, esfregá-la com força, ficar olhando para ela como quem acata a contragosto. Nadando de costas, devagar, você esperou que se aproximasse de novo para te falar isso mesmo em que tinhas estado pensando o tempo todo como se estivesses no balcão da farmácia.

— Não é o ideal, eu sei, mas se ela nunca fez isso acho difícil lhe falar da pílula, sem contar que aqui...

— Eu também tinha pensado nisso — disseste com tua voz mais grossa.

Você se deitou ao teu lado

— E então, o que estás esperando? Compra e leva no bolso, e, acima de tudo, não vás perder totalmente a cabeça, usa.

Tu mergulhaste de repente, impeliste-a lá de baixo até fazê-la gritar e rir, envolveste-a num colchão de espuma e de palmadas de onde as palavras te saíam em farrapos, quebradas por espirros e golpes de água, não te animavas, nunca tinhas comprado isso e não te animavas, não saberias fazê-lo, na farmácia estava a velha Delcasse, não havia vendedores homens, percebes, Denise, como vou pedir isso?, não vou conseguir, fico vermelho.

Com sete anos tinhas chegado uma tarde da escola com um ar envergonhado, e você que nunca o apressava nesses casos tinha esperado até que na hora de dormir te enroscaste em seus braços, a anaconda mortal como chamavam aquela brincadeira de se abraçar antes do sono, e bastara uma simples pergunta para saber que num dos recreios tua virilha e o cuzinho começaram a coçar e que tinhas te coçado até arrancar sangue e que tinhas medo e vergonha porque pensavas que talvez fosse sarna, que tinhas te contagiado com os cavalos de d. Melchor. E você, beijando-o entre as lágrimas de medo e confusão que te enchiam o rosto, deitara-o de bruços, separara suas pernas e depois de olhar bem tinha visto as picadas de percevejo ou de pulga, riscos da escola, mas não é sarna não, bobinho, só que tu te coçaste até tirar sangue. Tudo muito simples, álcool e pomada com aqueles dedos que acariciavam e acalmavam, te sentir do outro lado da confissão, feliz e confiante, claro que não é nada, tonto, dorme e amanhã de manhã vamos olhar de novo. Tempos em que as coisas eram assim, imagens voltando de um passado tão próximo, entre duas ondas e dois risos e a brusca distância decidida pela mudança da voz, do pomo de adão, do buço, dos ridículos anjos expulsores do paraíso. Era para rir e você sorriu debaixo d'água, coberta por uma onda como um lençol, era para rir porque no fundo não havia nenhuma diferença entre a vergonha de confessar uma coceira suspeita e a de não se sentir crescido o suficiente para encarar a velha Delcasse. Quando te aproximaste de novo sem olhá-la, nadando como um cãozinho ao redor de seu corpo boiando, você já sabia o que estavas esperando, entre ansioso e humilhado, como antes quando tinhas de te entregar a seus olhos e a suas mãos que te fariam coisas necessárias e era vergonhoso e doce, era Denise te livrando mais uma vez de uma dor de barriga ou de uma cãibra na panturrilha.

— Se é assim, eu mesma irei — você disse. — Parece mentira que possas ser tão bocó, filhote.

— Tu? Tu vais lá?

— Claro, eu, a mãe do neném. Não vais mandar a Lilian, imagino.

— Porra, Denise...

— Estou com frio — disse você quase com dureza —, agora sim eu acei-

Alguém que anda por aí   137

to aquele uísque e antes aposto corrida até o espigão. Sem vantagem, vou ganhar de qualquer jeito.

Era como levantar lentamente um papel-carbono e ver sob ele a cópia exata do dia precedente, o almoço com os pais de Lilian e o sr. Guzzi especialista em caracóis, a sesta longa e quente, o chá contigo, que não aparecias muito mas a essa hora era o ritual, as torradas no terraço, a noite pouco a pouco, você quase sentia pena de te ver assim com o rabo entre as pernas, mas tampouco queria quebrar o ritual, aquele encontro vespertino onde quer que estivessem, o chá antes de ir fazer suas coisas. Era óbvio e patético que não soubesses defender-te, pobre Roberto, que estivesses cachorrinho passando a manteiga e o mel, procurando o próprio rabo cachorrinho torvelinho engolindo torradas entre frases também meio engolidas, chá novamente, novamente cigarro.

Raquete de tênis, bochechas cor de tomate, bronze por todo lado, Lilian te procurando para ir ver aquele filme antes do jantar. Você ficou contente quando foram, estavas realmente perdido e não encontravas teu lugar, era preciso deixar-te vir à tona do lado de Lilian, lançados a esse para você quase incompreensível intercâmbio de monossílabos, gargalhadas e empurrões da nova onda que nenhuma gramática esclareceria e que era a própria vida rindo mais uma vez da gramática. Você se sentia bem assim sozinha, mas de repente uma espécie de tristeza, esse silêncio civilizado, um filme que só eles veriam. Vestiu uma calça e uma blusa que sempre gostava de usar, e desceu pela beira-mar parando nas lojas e na banquinha, comprando uma revista e cigarros. A farmácia da cidade tinha um anúncio de neon que lembrava um pagode tartamudo, e sob aquela incrível coifa verde e vermelha a salinha com cheiro de ervas medicinais, a velha Delcasse e a empregada jovenzinha, que realmente te metia medo, embora só tivesses falado da velha Delcasse. Havia dois clientes enrugados e tagarelas que precisavam de aspirinas e de comprimidos para o estômago, que pagavam mas demoravam a sair, olhando as vitrines e fazendo durar um minuto um pouco menos tedioso que os outros em suas casas. Você lhes deu as costas sabendo que o local era tão pequeno que ninguém perderia uma palavra, e depois de concordar com a velha Delcasse em que o tempo estava uma maravilha, pediu-lhe um frasco de álcool como quem concede um último prazo aos dois clientes que já não tinham mais nada a fazer ali, e quando o frasco chegou e os velhos continuavam contemplando as vitrines com alimentos para crianças, você baixou a voz o mais que pôde, preciso de algo pro meu filho que ele não se anima a comprar, sim, exatamente, não sei se vêm em caixas, mas em todo caso me dê uma porção, depois ele mesmo dá um jeito nisso. Engraçado, não é?

138   *Você se deitou ao teu lado*

Agora que tinha dito isso, você mesma podia responder que sim, que era engraçado, e quase soltar a risada na cara da velha Delcasse, sua voz de papagaio empalhado explicando, sob o diploma amarelo entre as vitrines, vêm em envelopezinhos individuais e também em caixas de doze e de vinte e quatro. Um dos clientes tinha ficado olhando como se não acreditasse, e o outro, uma velha metida numa miopia e numa saia até o chão, retrocedia passo a passo dizendo boa noite, e a balconista mais jovem, divertidíssima, boa noite, sra. de Pardo, a velha Delcasse finalmente engolindo saliva e antes de se virar murmurando enfim, é difícil pra você, por que não me disse pra ir aos fundos da loja, e você te imaginando na mesma situação e tendo pena de ti mesmo porque com certeza não terias te animado a pedir para a velha Delcasse que te levasse aos fundos da loja, um homem e coisas assim. Não, disse ou pensou (nunca soube bem, e dava na mesma), não vejo por que devia fazer segredo ou drama por uma caixa de preservativos, se a tivesse pedido nos fundos da loja teria me traído, teria sido tua cúmplice, talvez daqui a algumas semanas teria de repeti-lo, e isso não, Roberto, uma vez tudo bem, agora cada um na sua, realmente nunca mais vou te ver pelado, filhinho, desta vez foi a última, sim, a caixa de doze, senhora.

— Você os deixou completamente gelados — disse a funcionária jovem, morrendo de rir pensando nos clientes.

— Eu notei — você disse, pegando o dinheiro —, não é coisa que se faça, realmente.

Antes de se vestir para o jantar deixou o pacote sobre tua cama, e quando voltaste do cinema correndo porque já era tarde viste o volume branco sobre o travesseiro e ficaste de todas as cores e o abriste, então Denise, mamãe, me deixa entrar, mamãe, encontrei o que tu. Decotada, muito jovem em sua roupa branca, recebeu-te olhando-te pelo espelho, do fundo de algo distante e diferente.

— Sim, e agora te vira sozinho, neném, não posso fazer mais nada por vocês.

Já fazia muito tempo que haviam combinado que não te chamaria mais de neném, entendeste que cobrava, que te fazia devolver o dinheiro. Não soubeste em que pé parar, foste até a janela, depois te aproximaste de Denise e a pegaste pelos ombros, te colaste às suas costas beijando-a no pescoço, muitas vezes e úmido e neném, enquanto você terminava de arrumar o cabelo e procurava o perfume. Quando sentiu o calor da lágrima na pele, deu um giro completo e te empurrou suavemente para trás, rindo sem que se ouvisse sua voz, um riso lento de cinema mudo.

— Está ficando tarde, bobo, tu sabes que a Úrsula não gosta de esperar na mesa. O filme era bom?

Repelir a ideia embora fosse cada vez mais difícil na hora da sonolência, meia-noite e um mosquito aliado ao súcubo para não deixá-la escorregar no sono. Acendendo o abajur, bebeu um longo gole de água, deitou-se de costas de novo; o calor era insuportável, mas na gruta estaria fresco, quase à beira do sono você a imaginava com sua areia branca, agora realmente súcubo inclinado sobre Lilian de costas com os olhos muito abertos e úmidos enquanto tu lhe beijavas os seios e balbuciavas palavras sem sentido, mas naturalmente não tinhas sido capaz de fazer as coisas direito e quando te desses conta seria tarde, o súcubo gostaria de intervir sem incomodá-los, simplesmente ajudar para que não fizessem bobagem, outra vez o velho hábito, conhecer tão bem teu corpo de bruços, buscando acesso entre gemidos e beijos, voltar a olhar de perto tuas coxas e as costas, repetir as fórmulas diante dos tombos ou da gripe, relaxa o corpo, não vai doer, um menino grande não chora por causa de uma injeção de nada, vamos. E outra vez o abajur, a água, continuar lendo a revista idiota, só dormiria mais tarde, depois que voltasses na ponta dos pés e você te ouvisse no banho, o estrado do colchão rangendo de leve, o murmúrio de alguém que fala em sonhos ou que fala consigo tentando dormir.

A água estava mais fria mas você gostou de sua chicotada amarga, nadou até o espigão sem se deter, de lá viu os que chapinhavam no raso, você fumando ao sol sem muita vontade de entrar. Boiou para descansar, e já de volta cruzou com Lilian, que nadava devagar, concentrada no estilo, e que lhe disse o "oi" que parecia sua máxima concessão à gente grande. Já tu te levantaste de um salto e envolveste Denise na toalha, arrumaste um lugar para ela do lado bom do vento.

— Não vais gostar, está gelada.

— Imaginei, estás todo arrepiado. Espera, esse isqueiro não funciona, tenho outro aqui. Te trago um nescafé quentinho?

De bruços, as abelhas do sol começando a zumbir sobre a pele, a luva sedosa da areia, uma espécie de interregno. Trouxeste o café e lhe perguntaste se voltavam mesmo no domingo ou se preferia ficar mais. Não, pra quê, já começava a refrescar.

— Melhor — disseste, olhando para longe. — Voltamos e fim, a praia é boa por quinze dias, depois chateia.

140 *Você se deitou ao teu lado*

Esperaste, claro, mas não foi assim, só sua mão veio acariciar teus cabelos, apenas.

— Diz alguma coisa, Denise, não fica assim, me...

— Shhh, se alguém tem de dizer algo és tu, não me transforma numa mãe-aranha.

— Não, mamãe, é que...

— Não temos mais nada a dizer, sabes que fiz isso pela Lilian e não por ti. Já que te sentes homem, aprende a te conduzir sozinho agora. Se o neném tiver dor de garganta, já sabe onde estão as pastilhas.

A mão que acariciara teu cabelo deslizou por teu ombro e caiu na areia. Você marcara duramente cada palavra, mas a mão fora a mão invariável de Denise, a pomba que afugentava as dores, dispensadora de cócegas e carícias entre algodões e água oxigenada. Isso também precisava parar, mais cedo ou mais tarde, soubeste disso como um golpe surdo, o limite final tinha de chegar numa noite ou numa manhã qualquer. Tinhas feito os primeiros gestos da distância, trancar-se no banheiro, trocar de roupa sozinho, gastar longas horas na rua, mas era você quem faria chegar o limite final, num momento que talvez fosse agora, essa última carícia em tuas costas. Se o neném tiver dor de garganta, ele já sabe onde estão as pastilhas.

— Não te preocupes, Denise — disseste obscuramente, a boca meio coberta de areia —, não te preocupes com a Lilian. Ela não quis, sabes?, no fim ela não quis. É boba essa menina, o que querias?

Você se levantou, enchendo os olhos de areia com a brusca sacudida. Viste, entre lágrimas, que sua boca tremia.

— Já te disse que chega, estás me ouvindo? Chega, chega!

— Mamãe...

Mas te deu as costas e cobriu o rosto com o chapéu de palha. O íncubo, a insônia, a velha Delcasse, era para rir. O limite final, que limite, que final? Ainda é possível que um dia a porta do banheiro não esteja trancada e que você entre e te surpreenda nu e ensaboado e de repente confuso. Ou ao contrário, que a fiques olhando lá da porta quando você sair do chuveiro, como durante tantos anos tinham se olhado e brincado enquanto se enxugavam e se vestiam. Qual era o limite, qual era realmente o limite?

— Oi — disse Lilian, sentando-se entre os dois.

Em nome de Boby

Completou oito anos ontem, nós lhe fizemos uma linda festa e Boby ficou contente com o trem de corda, a bola de futebol e o bolo com velinhas. Minha irmã teve medo de que bem por esses dias ele chegasse da escola com notas baixas, mas aconteceu o oposto disso, ele foi melhor em aritmética e leitura, e não havia motivo para lhe cortar os brinquedos, ao contrário. Dissemos que convidasse os amigos, e ele trouxe Beto e Juanita; veio também Mario Panzani, mas ficou pouco tempo porque o pai estava doente. Minha irmã deixou que brincassem no pátio até de noite e Boby estreou a bola, embora nós duas tivéssemos medo de que estragassem nossas plantas com seu entusiasmo. Quando chegou a hora da laranjada e do bolo com velinhas cantamos em coro o parabéns e demos muita risada, porque todo mundo estava contente, principalmente Boby e minha irmã; eu, claro, não deixei de vigiar Boby, e olhe que pensei estar perdendo tempo, vigiando o quê?, se não havia o que vigiar; mas mesmo assim vigiando Boby quando ele estava distraído, procurando nele aquele olhar que minha irmã parece não perceber e que me faz tão mal.

Naquele dia, só uma vez ele a olhou assim, justamente quando minha irmã acendia as velinhas, apenas um segundo antes de baixar os olhos e dizer, como o menino bem-educado que é: "Muito bonito o bolo, mamãe", e Juanita também o aprovou, e Mario Panzani. Eu tinha levado a faca comprida para que Boby cortasse o bolo, e principalmente nesse momento eu o vigiei da outra ponta da mesa, mas Boby estava tão contente com o bolo que mal olhou para minha irmã e se concentrou na tarefa de cortar as fatias bem iguaizinhas e reparti-las. "Primeiro pra você, mamãe", disse Boby dando-lhe uma fatia, e depois para Juanita e para mim, porque primeiro as damas. Aí foram até o pátio para continuar brincando, menos Mario Panzani, que estava com o pai doente, mas antes Boby disse de novo para minha irmã que o bolo estava uma delícia, e veio correndo em minha direção e pulou no meu pescoço para me dar um de seus beijos úmidos. "Que trenzinho lindo, tia", e de noite subiu em meus joelhos para me confiar o grande segredo: "Agora tenho oito anos, sabe, tia?".

Fomos nos deitar muito tarde, mas era sábado e Boby podia ficar de papo para o ar como nós até bem entrada a manhã. Fui a última a ir para a cama e antes cuidei de arrumar a copa e pôr as cadeiras no lugar, as crianças tinham brincado de batalha naval e de outros jogos que sempre deixam a casa de pernas para o ar. Guardei a faca comprida e antes de me deitar vi que minha irmã já estava dormindo como um anjo; fui até o quartinho de

Boby e o olhei, estava de bruços, como gostava de ficar desde pequenino, e tinha jogado o lençol no chão e estava com uma perna para fora da cama, mas estava dormindo bem, com a cara enfiada no travesseiro. Se eu tivesse tido um filho também o deixaria dormir assim, mas para que pensar nessas coisas... Fui me deitar e não quis ler, e talvez tenha feito mal porque o sono não vinha e acontecia o que sempre acontece comigo nessa hora em que se perde a vontade e as ideias saltam por toda parte e parecem verdadeiras, de repente tudo o que se pensa é verdadeiro e quase sempre horrível e não há jeito de tirar aquilo de cima da gente nem rezando. Bebi água com açúcar e esperei, contando a partir de trezentos de trás para a frente, que é mais difícil e faz o sono vir; justo quando eu estava quase dormindo fiquei em dúvida, sem saber se tinha guardado a faca ou se ela ainda estava na mesa. Era bobagem, pois tinha arrumado cada coisa e me lembrava de ter posto a faca na última gaveta de madeira do aparador, mas, ainda assim... Levantei-me e, claro, ela estava lá na gaveta misturada aos outros talheres de trinchar. Não sei por que me deu vontade de guardá-la em meu quarto, até a peguei por um momento, mas aí já era demais, me olhei no espelho e fiz uma careta. Na hora, também não gostei muito daquilo, e então me servi um copinho de anis, embora fosse uma imprudência com meu fígado, e o tomei na cama, aos golinhos, para ir em busca do sono; vez por outra ouvia o ronco de minha irmã, e Boby, como sempre, falava ou gemia.

Assim que caí no sono tudo voltou de repente, a primeira vez que Boby tinha perguntado para minha irmã por que ela era má com ele, e minha irmã, que é uma santa, todo mundo diz isso, ficou olhando para ele como se fosse brincadeira e até riu, mas eu, que estava ali preparando o mate, me lembro de que Boby não riu, ao contrário, parecia aflito e queria saber, naquela época já devia ter sete anos e sempre fazia perguntas estranhas, como todas as crianças, lembro do dia em que me perguntou por que as árvores eram diferentes de nós, e daí eu lhe perguntei o porquê e Boby disse: "Mas, tia, elas se agasalham no verão e se desagasalham no inverno", e eu fiquei de boca aberta porque, realmente, aquele menino... todas são assim, mas enfim. E agora minha irmã o olhava com estranhamento, ela que nunca tinha sido má com ele, e lhe disse isso, só severa, às vezes, quando ele se portava mal ou estava doente e era preciso fazer coisas que não o agradavam, a mãe de Juanita ou a de Mario Panzani também eram severas com seus filhos quando necessário, mas Boby continuava olhando tristemente para ela e por fim explicou que não era de dia, que ela era má de noite, quando ele estava dormindo, e nós duas ficamos atônitas e acho que fui eu quem começou a lhe explicar que ninguém tem culpa pelo que acontece nos sonhos, que deve ter sido um pesadelo, só isso, que ele não tinha por que se preocupar. Naquele dia Boby não insistiu, ele sempre aceitava nossas explicações e não era uma criança difícil, mas alguns dias depois amanheceu chorando, aos gritos, e quando fui até sua cama ele me abraçou e não quis falar nada, só chorava sem parar, na certa outro pesadelo, até que na mesa ao meio-dia ele se lembrou de repente e perguntou de novo para minha irmã por que, quando ele estava dormindo, ela era tão má com ele. Dessa vez minha irmã o levou a sério, disse que ele já era bem grandinho para que não distinguisse as coisas e que se continuasse insistindo nisso ia avisar o dr. Kaplan, pois talvez ele estivesse com lombrigas ou apendicite e seria preciso fazer alguma coisa. Senti que Boby ia cair no choro e me apressei a lhe explicar novamente a história dos pesadelos, ele precisava entender que ninguém o amava tanto como sua mãe, nem mesmo eu o amava tanto, e Boby escutava bem sério, enxugando uma lágrima, e disse que claro, que ele sabia, desceu da cadeira para ir beijar minha irmã, que não sabia o que fazer, e depois ficou pensativo olhando para o ar, e de tarde fui procurá-lo no pátio e pedi que contasse tudo para mim, que era sua tia, ele podia contar tudo para mim e também para sua mãe, e se não quisesse dizer para ela que dissesse para mim. Dava para sentir que ele não queria falar, era muito difícil para ele, mas por fim ele disse alguma coisa sobre como de noite tudo era diferente, falou de uns panos pretos, que não conseguia soltar as mãos nem os pés, assim qualquer um tem pesadelos, mas era uma pena que Boby os tivesse justo com minha irmã, que tantos sacrifícios tinha feito por ele, eu lhe disse isso, e repeti, e claro, ele concordava, claro que sim.

Logo depois disso minha irmã teve pleurite e coube a mim cuidar de tudo, Boby não me dava trabalho porque mesmo sendo pequeno ele se virava quase sozinho, lembro que entrava para ver minha irmã e ficava ao lado da cama sem falar, esperando que ela lhe sorrisse ou acariciasse seu cabelo, e depois ia brincar quietinho no pátio ou ler na sala; nem precisei lhe dizer para não tocar piano, o que ele gostava muito de fazer, naqueles dias. A primeira vez que o vi triste contei a ele que sua mãe já estava melhor e que no dia seguinte ia se levantar um pouco para tomar sol. Boby fez um gesto estranho e me olhou de viés; não sei, a ideia me veio de repente e lhe perguntei se estava tendo pesadelos de novo. Ele começou a chorar bem baixinho, escondendo o rosto, depois disse que sim, e perguntou por que sua mãe era assim com ele; dessa vez percebi que ele tinha medo, quando abaixei suas mãos para lhe secar o rosto vi seu medo, e não foi fácil eu me fazer de indiferente e explicar mais uma vez que não passavam de sonhos. "Não diga nada para ela", pedi, "veja, ela ainda está frágil e vai se impressionar." Boby assentiu calado, confiava tanto em mim, só que mais tarde cheguei a pensar que ele tinha tomado aquilo ao pé da letra, pois nem mesmo quando minha

144   *Em nome de Boby*

irmã estava convalescendo lhe falou sobre isso novamente, eu o adivinhava, certas manhãs, quando o via sair de seu quarto com uma expressão perdida, e também porque ficava o tempo todo comigo, me rondando na cozinha. Uma ou duas vezes eu não aguentei e falei com ele no pátio ou quando lhe dava banho, e era sempre a mesma coisa, ele fazendo um esforço para não chorar, engolindo as palavras, por que sua mãe era daquele jeito com ele de noite, mas não conseguia ir além disso, chorava demais. Eu não queria que minha irmã soubesse, pois tinha ficado mal da pleurite e era capaz que isso a afetasse demais, expliquei de novo a Boby que entendia muito bem, já para mim ele podia contar qualquer coisa, logo veria que quando crescesse mais um pouco ia parar de ter esses pesadelos; melhor não comer tanto pão de noite, eu ia perguntar ao dr. Kaplan se não seria conveniente ele tomar algum laxante para dormir sem sonhos ruins. Não perguntei nada, claro, era difícil falar de uma coisa assim com o dr. Kaplan, que tinha tanta clientela e não podia ficar perdendo tempo. Não sei se fiz bem, mas aos poucos Boby deixou de me preocupar tanto, à vezes eu o via, de manhã, com aquele ar um pouco perdido, e dizia para mim mesma que talvez de novo, e então esperava que ele viesse me fazer confidências, mas Boby começava a desenhar ou ia para a escola sem me dizer nada e voltava contente e cada dia mais forte e saudável e com as melhores notas.

A última vez foi quando houve a onda de calor de fevereiro, minha irmã já estava curada e levávamos a vida de sempre. Não sei se ela percebia, mas eu não queria lhe dizer nada, pois a conheço e sei que é muito sensível, principalmente quando se trata de Boby. Lembro bem de quando Boby era pequenininho e minha irmã ainda estava sob o baque do divórcio, coisas assim, de como era difícil para ela suportar o choro de Boby ou alguma travessura dele, e eu tinha de levá-lo ao pátio e esperar que tudo se acalmasse, é para isso que as tias servem. Acho até que minha irmã não percebia que às vezes Boby se levantava como se estivesse voltando de uma longa viagem, com uma expressão perdida que durava até o café com leite, e quando ficávamos sozinhas eu sempre esperava que ela dissesse alguma coisa, mas nada; e não achava bom recordar algo que devia fazê-la sofrer, chegava a imaginar que Boby talvez fosse lhe perguntar de novo por que ela era tão má com ele, mas Boby também devia pensar que não tinha esse direito, ou algo assim, talvez ele se lembrasse de meu pedido e pensasse que nunca mais deveria falar sobre isso com minha irmã. Às vezes me vinha a ideia de que era eu quem estava inventando, com certeza Boby já não sonhava nada de ruim com sua mãe, senão teria contado para mim imediatamente, para se consolar; mas depois eu via aquela carinha dele de algumas manhãs e ficava preocupada de novo. Ainda bem que minha irmã não notava nada, nem mesmo da primeira vez que Boby a olhou assim, eu estava passando roupa e ele, da porta da copa, olhou para minha irmã e, sei lá, como se pode explicar uma coisa dessas?, só que o ferro quase furou minha camisola azul, eu a tirei bem a tempo e Boby ainda estava olhando daquele jeito para minha irmã, que preparava a massa para fazer empanadas. Quando lhe perguntei o que queria, só para dizer alguma coisa, ele teve um sobressalto e respondeu que nada, que estava muito quente lá fora para jogar bola. Não sei em que tom eu lhe fiz a pergunta, mas ele repetiu a explicação como se quisesse me convencer e foi desenhar na sala. Minha irmã disse que Boby estava muito sujo e que ia lhe dar um banho naquela mesma tarde, grande como era e ainda se esquecia de lavar as orelhas e os pés. No fim fui eu quem lhe deu banho, porque minha irmã ainda ficava cansada à tarde, e enquanto eu o ensaboava na banheira e ele brincava com o pato de plástico que nunca quis abandonar, me animei a lhe perguntar se estava dormindo melhor nesses dias.

— Mais ou menos — ele disse, depois de um momento dedicado a fazer o pato nadar.

— Como assim, mais ou menos? Você sonha ou não sonha com coisas feias?

— Na outra noite sim — disse Boby, mergulhando o pato e mantendo-o debaixo d'água.

— E você contou pra mamãe?

— Não, pra ela não. Pra ela...

Não me deu tempo para nada, ensaboado e tudo ele se jogou em cima de mim e me abraçou chorando, tremendo, molhando-me toda enquanto eu tentava afastá-lo e seu corpo escorregava entre meus dedos, até que ele mesmo se deixou cair sentado na banheira e cobriu o rosto com as mãos, chorando aos gritos. Minha irmã veio correndo e pensou que Boby tivesse escorregado e se machucado, mas ele disse que não com a cabeça, parou de chorar com um esforço que enrugava sua cara, levantou-se na banheira para que víssemos que não tinha acontecido nada com ele, negando-se a falar, nu e ensaboado e tão sozinho em seu choro contido que nem minha irmã nem eu conseguimos acalmá-lo, mesmo vindo com toalhas e carícias e promessas.

Depois disso, sempre procurei dar confiança a Boby sem que ele percebesse que eu queria fazê-lo falar, só que as semanas foram passando e ele não quis me dizer nada, mas quando pressentia algo em meu semblante já ia saindo ou me abraçava para me pedir balas ou permissão para ir à esquina com Juanita e Mario Panzani. Para minha irmã ele não pedia nada, era muito atencioso com ela, que no fundo continuava com a saúde bastante

146 *Em nome de Boby*

frágil e não se preocupava muito em cuidar dele, porque eu sempre chegava primeiro e Boby aceitava qualquer coisa de mim, até o mais desagradável, quando necessário, de maneira que minha irmã não conseguia perceber aquilo que eu tinha visto logo de cara, aquele jeito de olhá-la por instantes, de ficar na porta antes de entrar olhando para ela, até que eu percebia e ele baixava rápido a vista ou saía correndo ou dava uma cambalhota. O lance da faca foi por acaso, eu estava trocando o papel do armário da copa e tinha tirado todos os talheres; não percebi que Boby havia entrado até que me virei para cortar outra tira de papel e o vi olhando para a faca mais comprida. Em seguida ele se distraiu ou não quis que eu notasse, mas aquele jeito de olhar eu já conhecia, e sei lá, é bobagem pensar nessas coisas, mas senti uma espécie de frio, quase um vento gelado naquela copa tão quente. Não fui capaz de lhe dizer nada, mas de noite pensei que Boby tinha deixado de perguntar para minha irmã por que ela era má com ele, só olhava às vezes para ela da maneira que olhara para a faca comprida, com aquele olhar diferente. Deve ter sido por acaso, claro, mas não gostei quando, na semana seguinte, novamente o vi com a mesma cara, justo quando eu estava cortando pão com a faca comprida e minha irmã explicava a Boby que já era hora de ele aprender a engraxar os sapatos sozinho. "Sim, mamãe", disse Boby, atento apenas ao que eu estava fazendo com o pão, acompanhando com os olhos cada movimento da faca e se balançando um pouco na cadeira quase como se ele mesmo estivesse cortando o pão; talvez estivesse pensando nos sapatos e se movesse como se os estivesse lustrando, com certeza minha irmã imaginou isso, porque Boby era tão obediente e tão bonzinho.

De noite pensei se não devia falar com minha irmã, mas o que iria lhe dizer, se não estava acontecendo nada e Boby tirava as melhores notas da classe e coisas assim, só que eu não conseguia dormir porque de repente tudo se juntava de novo, era como uma massa que ia crescendo e daí o medo, impossível saber de quê, pois Boby e minha irmã já estavam dormindo e de vez em quando dava para ouvi-los se mexer ou suspirar, dormiam tão bem, muito melhor que eu, ali pensando a noite inteira. E claro, no fim procurei Boby no jardim depois que o vi olhar outra vez daquele jeito para minha irmã, pedi que me ajudasse a transplantar umas mudas e falamos de um monte de coisas e ele me contou que Juanita tinha uma irmã que estava namorando.

— Claro, ela já é grande — eu lhe disse. — Olhe, vá buscar a faca comprida da cozinha pra cortar essas ráfias.

Ele saiu correndo, como sempre, pois ninguém era mais prestativo comigo que ele, e fiquei olhando a casa para vê-lo voltar, pensando que, na verdade, devia ter perguntado dos sonhos antes de pedir a faca, para ter certeza. Quando ele voltou caminhando, bem devagar, vi que tinha escolhido uma das facas menores, embora eu tivesse deixado a maior bem à vista, pois queria ter certeza de que a veria assim que abrisse a gaveta do armário.

— Essa não serve — disse a ele. Eu mal conseguia falar, era uma estupidez com alguém tão pequenino e inocente como Boby, mas nem olhar em seus olhos eu conseguia. Só senti o tranco quando ele se atirou em meus braços soltando a faca e se agarrou em mim, se agarrou com muita força, soluçando. Acho que nesse momento vi algo que deve ter sido seu último pesadelo, não podia lhe perguntar, mas acho que vi o que ele sonhou na última vez, antes de parar de ter os pesadelos e, por outro lado, passar a olhar assim para minha irmã, a olhar assim para a faca comprida.

Apocalipse de Solentiname

*O*s *ticos* são sempre assim, meio caladinhos mas cheios de surpresas, a gente desce em San José da Costa Rica e lá o estão esperando Carmen Naranjo e Samuel Rovinski e Sergio Ramírez (que é da Nicarágua, não um *tico*, mas qual a diferença, se no fundo dá tudo no mesmo, qual a diferença de eu ser argentino, ainda que por gentileza devesse dizer *tino*, e os outros *nicas* ou *ticos*?). Fazia um calor daqueles, e para piorar, tudo começava imediatamente, entrevista à imprensa com o de sempre, por que você não mora na sua pátria, que houve com *Blow-up* que ficou tão diferente do seu conto, acha que o escritor deve ser engajado? A essa altura da situação eu já sei que farão minha última entrevista nas portas do inferno, e com certeza serão as mesmas perguntas, e se por acaso for *chez* San Pedro a coisa não vai mudar, você não acha que lá embaixo escrevia de forma hermética demais para o povo?

Depois o Hotel Europa e aquela ducha que coroa as viagens com um longo monólogo de sabonete e de silêncio. Só que às sete, quando já era hora de caminhar por San José e ver se ela era singela e toda retinha como me haviam dito, uma mão segurou meu paletó e atrás de mim estava Ernesto Cardenal, e que abraço, poeta, que bom que você estava lá depois do encontro em Roma, de tantos encontros sobre o papel ao longo dos anos. Sempre me surpreende, sempre me comove que alguém como Ernesto Cardenal venha me ver e me procurar, você dirá que ardo de falsa modéstia, mas só me diga, tchê, o chacal ladra mas o ônibus passa, serei sempre um amador, alguém que, de baixo, gosta tanto de alguns que um dia acontece de também gostarem dele, são coisas que estão acima de mim, melhor passarmos para a outra linha.

A outra linha era que Ernesto sabia que eu estava chegando à Costa Rica e, pronto, tinha vindo de sua ilha de avião porque o passarinho que leva as notícias para ele o informara de que os *ticos* planejavam uma viagem minha a Solentiname e ele achou irresistível a ideia de vir me buscar, e então, dois dias depois Sergio e Oscar e Ernesto e eu lotávamos a demasiado lotável capacidade de um teco-teco Piper Aztec, cujo nome será sempre um enigma para mim, mas que voava entre soluços e borborigmos funestos que o piloto louro contrabalançava sintonizando uns calipsos e parecendo completamente impassível diante de minha sensação de que o asteca nos levava direto para a pirâmide do sacrifício. Não foi assim, como se vê, descemos em Los Chiles e de lá um jipe igualmente cambaleante nos levou até a chácara do poeta José Coronel Urteche, que faria bem a mais gente ler, e em cuja casa descansamos falando de tantos outros amigos poetas, de Roque Dalton e de Gertrude Stein e de Carlos Martínez Rivas, até que chegou Luis Coronel e fomos para a Nicarágua em seu jipe e sua lancha de sobressaltadas velocidades. Mas antes houve fotos de recordação com uma dessas câmeras que fazem sair na hora um papelzinho azul-celeste que, pouco a pouco e maravilhosamente e polaroide, vai se enchendo de imagens paulatinas, primeiro ectoplasmas inquietantes e pouco a pouco um nariz, um cabelo crespo, o sorriso de Ernesto com sua boina nazarena, d. María e d. José se recortando com a varanda ao fundo. Todos achavam isso muito normal, pois já estavam acostumados a utilizar aquela câmera, mas eu não: para mim, ver sair do nada, do quadradinho azul-celeste do nada, aqueles rostos e aqueles sorrisos de despedida me enchia de assombro e lhes disse isso, lembro-me de ter perguntado a Oscar o que aconteceria se um dia, depois de uma foto de família, o papelzinho azul-celeste do nada começasse a ser preenchido com Napoleão a cavalo, e a gargalhada de d. José Coronel, que estava ouvindo tudo, como sempre, o jipe, vamos logo para o lago.

Chegamos a Solentiname já noite alta, lá nos esperavam Teresa e William e um poeta gringo e os outros rapazes da comunidade; fomos dormir quase em seguida, mas antes vi as pinturas num canto, Ernesto falava com sua gente e tirava de uma sacola as provisões e os presentes que trazia de San José, alguém dormia numa rede, eu vi as pinturas num canto e comecei a olhá-las. Não me lembro quem foi que me explicou que eram trabalhos de camponeses da região, esta aqui o Vicente que pintou, esta é a da Ramona, algumas assinadas e outras não, mas todas bonitas, mais uma vez a visão primeira do mundo, o olhar puro daquele que descreve seu entorno como um canto de louvação: vaquinhas anãs em prados de amapola, a cabana de

Alguém que anda por aí   149

açúcar de onde saem pessoas como formigas, o cavalo de olhos verdes contra um fundo de canaviais, o batismo numa igreja que não acredita na perspectiva e sobe ou cai sobre si mesma, o lago com botezinhos como sapatos e, em último plano, um peixe enorme que ri com lábios turquesa. Então Ernesto veio me explicar que a venda das pinturas ajudava a tocar o barco, de manhã ele me mostraria trabalhos em madeira e pedra dos camponeses e também suas próprias esculturas; estávamos caindo de sono, mas continuei espiando os quadrinhos amontoados num canto, pegando as grandes cartas de tela com as vaquinhas e as flores e aquela mãe com duas crianças nos joelhos, uma de branco e outra de vermelho, sob um céu tão cheio de estrelas que a única nuvem parecia estar humilhada num ângulo, apertando-se junto à moldura do quadro, quase saindo da tela, de puro medo.

No dia seguinte era domingo e missa das onze, a missa de Solentiname na qual os camponeses e Ernesto e os amigos de visita comentam juntos um capítulo do Evangelho que naquele dia era a prisão de Jesus no horto, um tema que a gente de Solentiname tratava como se falasse de si mesma, da ameaça que lhes sobreviria de noite ou em pleno dia, daquela vida de incerteza permanente das ilhas e da terra firme e de toda a Nicarágua, e não só de toda a Nicarágua, mas de quase toda a América Latina, vida cercada de medo e de morte, vida da Guatemala e vida de El Salvador, vida da Argentina e da Bolívia, vida do Chile e de Santo Domingo, vida do Paraguai, vida do Brasil e da Colômbia.

Mais tarde, já tendo de pensar na volta, lembrei-me dos quadros, fui até a sala da comunidade e comecei a olhá-los à luz delirante do meio-dia, as cores mais fortes, os acrílicos ou os óleos confrontando seus cavalinhos e girassóis e gestas nos prados e palmeirais simétricos. Lembrei-me de que havia um filme colorido na máquina e fui para a varanda com uma braçada de quadros; Sergio, que estava chegando, me ajudou a mantê-los de pé na boa luz, e fui fotografando um a um, cuidando para que cada quadro ocupasse inteiramente o visor. Os acasos são assim: restava-me o mesmo número de tomadas e quadros, nenhum ficou de fora, e quando Ernesto chegou para nos dizer que a lancha estava pronta eu contei o que havia feito e ele riu, ladrão de quadros, contrabandista de imagens. Sim, disse a ele, levo todos comigo, lá os projetarei em minha tela e serão maiores e mais brilhantes que estes, dane-se.

Voltei para San José, estive em Havana e andei por aí fazendo umas coisas, de volta a Paris com um cansaço cheio de saudade, Claudine quietinha me esperando em Orly, outra vez a vida de relógio no pulso e *merci monsieur, bonjour madame*, os comitês, o cinema, o vinho tinto e Claudine, os quartetos de Mozart e Claudine. Entre as tantas coisas que os sapos-malas

Apocalipse de Solentiname

tinham cuspido sobre a cama e o tapete, revistas, recortes, lenços e livros de poetas centro-americanos, os tubos de plástico cinza com os rolos de filme, tanta coisa ao longo de dois meses, a sequência da Escola Lênin de Havana, as ruas de Trinidad, os perfis do vulcão Irazú e sua cubeta de água fervente verde onde Samuel e eu e Sarita tínhamos imaginado patos já assados flutuando entre gazes de fumaça de enxofre. Claudine levou os filmes para revelar, e uma tarde, andando pelo bairro latino, me lembrei disso e como estava com a nota no bolso fui pegá-los, e eram oito, logo pensei nos quadrinhos de Solentiname e quando cheguei em casa procurei nas caixas e fui olhando o primeiro diapositivo de cada série, me lembrava de que antes de fotografar os quadrinhos tinha fotografado a missa de Ernesto, umas crianças brincando entre as palmeiras iguaizinhas às pinturas, crianças e palmeiras e vacas sobre um fundo violentamente azul de céu e de lago apenas um pouco mais verde, ou o contrário talvez, não tinha mais certeza. Pus no carrossel a caixa das crianças e da missa, sabia que depois vinham as pinturas, até o final do rolo.

Anoitecia e eu estava sozinho, Claudine viria depois do trabalho para ouvir música e ficar comigo; preparei a tela e um rum com bastante gelo, o projetor com seu carrossel pronto e seu controle remoto; não era necessário fechar as cortinas, a noite serviçal já estava lá acendendo as lâmpadas e o aroma do rum; era gratificante pensar que tudo voltaria a dar-se pouço a pouco, depois dos quadrinhos de Solentiname eu começaria a passar as caixas com as fotos cubanas, mas por que os quadrinhos primeiro, por que a deformação profissional, a arte antes da vida, e por que não?, disse o outro a este em seu eterno inquebrável diálogo fraterno e rancoroso, por que não ver primeiro as pinturas de Solentiname se também são a vida, se é tudo a mesma coisa?

Passaram as fotos da missa, meio ruins por erros de exposição, enquanto as crianças brincavam em plena luz e dentes muito brancos. Eu pressionava sem vontade o botão, poderia ficar muito tempo olhando cada foto pegajosa de lembrança, pequeno mundo frágil de Solentiname, cercado de água e de esbirros como estava cercado o rapaz que olhei sem entender, eu tinha apertado o botão e o rapaz estava lá, num segundo plano claríssimo, um rosto largo e liso, parecendo tomado de incrédula surpresa, enquanto seu corpo se dobrava para a frente, o buraco nítido no meio da testa, a pistola do oficial ainda marcando a trajetória da bala, os outros dos lados com as metralhadoras, um fundo confuso de casas e árvores.

O que quer que se pense, isso sempre chega antes de nós mesmos e nos deixa muito para trás; estupidamente, disse para mim que deviam ter se enganado lá na óptica, que deviam ter me entregado as fotos de outro cliente, mas e a missa, e as crianças brincando no gramado, como pode? Minha mão tampouco obedecia quando apertou o botão e apareceu um salitral interminável ao meio-dia, com dois ou três alpendres de chapas enferrujadas, gente amontoada à esquerda olhando os corpos estendidos de costas, seus braços abertos com um céu nu e cinza ao fundo; era preciso prestar muita atenção para distinguir ao fundo o grupo fardado saindo de costas, o jipe que esperava no alto de uma colina.

Sei que continuei; diante daquilo, que escapava a qualquer lógica, a única coisa possível era continuar apertando o botão, olhando para a esquina da Corrientes com a San Martín, para o carro preto com os quatro sujeitos apontando para a calçada onde alguém corria com uma camisa branca e de tênis, duas mulheres querendo se refugiar atrás de um caminhão estacionado, alguém olhando de frente, uma cara de incredulidade horrorizada, levando a mão ao queixo como que para se tocar e se sentir ainda vivo, e de repente o quarto quase às escuras, uma luz suja caindo da alta claraboia gradeada, a mesa com a moça nua de costas e o cabelo caindo até o chão, a sombra de costas enfiando um cabo entre suas pernas abertas, os dois sujeitos de frente conversando, uma gravata azul e um pulôver verde. Nunca soube se continuei apertando ou não o botão, vi uma clareira na selva, uma cabana com cobertura de palha e árvores em primeiro plano, contra o tronco da mais próxima um rapaz magro olhando para a esquerda, onde um grupo confuso, cinco ou seis muito juntos, apontavam fuzis e pistolas para ele; o rapaz de cara larga e uma mecha caindo pela testa morena olhava para eles, uma das mãos meio levantada, a outra talvez no bolso da calça, era como se estivesse lhes dizendo alguma coisa sem pressa, quase com displicência, e embora a foto estivesse desbotada eu senti e soube que o rapaz era Roque Dalton, e aí sim apertei o botão como se com isso pudesse salvá-lo da infâmia daquela morte, e consegui ver um carro que voava em pedaços em pleno centro de uma cidade que podia ser Buenos Aires ou São Paulo, continuei apertando e apertando entre rajadas de caras ensanguentadas e pedaços de corpos e correrias de mulheres e crianças por uma ladeira boliviana ou guatemalteca, de repente a tela se encheu de mercúrio e de nada e também de Claudine, que entrava silenciosa vertendo sua sombra na tela antes de se inclinar e beijar meu cabelo e perguntar se eram bonitas, se eu estava contente com as fotos, se queria mostrá-las a ela.

Acionei o carrossel e o deixei no zero novamente, a gente não sabe como nem por que faz certas coisas quando ultrapassou um limite que também desconhece. Sem olhar para ela, porque teria compreendido ou simplesmente temido aquilo que devia ser minha cara, sem lhe explicar nada porque tudo era um único nó, da garganta até as unhas dos pés, levantei-me e

152 *Apocalipse de Solentiname*

devagar a sentei em minha poltrona, e devo ter dito alguma coisa sobre ir lhe buscar um drinque, e que ela olhasse, que ela olhasse enquanto eu ia lhe buscar uma bebida. No banheiro, acho que vomitei, ou só chorei e depois vomitei ou não fiz nada e só fiquei sentado na borda da banheira deixando o tempo passar até que consegui ir até a cozinha e preparar para Claudine sua bebida favorita, enchê-la de gelo e então sentir o silêncio, perceber que Claudine não gritava nem vinha correndo me perguntar, o silêncio, apenas, e por instantes o bolero açucarado que se insinuava do apartamento ao lado. Não sei quanto tempo demorei para percorrer o espaço da cozinha à sala, ver a parte de trás da tela justo quando ela chegava ao final e o quarto se enchia com o reflexo do mercúrio instantâneo, e depois a penumbra, Claudine desligando o projetor e se jogando para trás na poltrona para pegar o copo e sorrir devagar para mim, tão feliz e gata e tão contente.

— Como ficaram bonitas, aquela do peixe rindo e da mãe com as duas crianças e as vaquinhas no campo; espere, e aquela outra do batismo na igreja, me diga quem pintou, não aparecem as assinaturas.

Sentado no chão, sem olhá-la, peguei meu copo e o bebi de um trago. Não ia dizer nada, o que poderia dizer agora?, mas lembro que pensei vagamente em lhe perguntar uma idiotice qualquer, perguntar se em algum momento ela não tinha visto uma fotografia de Napoleão a cavalo. Mas não perguntei, é claro.

San José, Havana, abril de 1976

A barca ou Nova visita a Veneza

*D*esde jovem fui tentado pela ideia de reescrever textos literários que me comoveram, mas cuja fatura me parecia inferior a suas possibilidades internas; acho que alguns relatos de Horacio Quiroga levaram essa tentação a um limite que se resolveu, como era preferível, em silêncio e abandono. O que eu tentasse fazer por amor só poderia ser recebido como um insolente pedantismo; conformei-me em lamentar sozinho que certos textos me parecessem inferiores ao que alguma coisa neles e em mim inutilmente havia exigido.

O acaso e um maço de velhos papéis me dão hoje uma abertura análoga a esse desejo não realizado, mas nesse caso a tentação é legítima, já que se trata de um texto meu, um conto longo intitulado "A barca". Na última página do rascunho encontro esta nota: "Que ruim! Escrevi-o em Veneza em 1954; dez anos depois o releio, e me agrada, e é tão ruim".

O texto e a anotação estavam esquecidos; mais doze anos se somaram aos dez primeiros, e agora, ao reler estas páginas, eu concordo com minha nota, só gostaria de saber melhor por que o conto me parecia e me parece ruim, e por que me agradava e me agrada.

O que se segue é uma tentativa de mostrar a mim mesmo que o texto de "A barca" está mal escrito porque é falso, porque passa ao largo de uma verdade que, na época, não fui capaz de apreender, e que agora me é evidente. Reescrevê--lo seria cansativo, e, de alguma forma pouco clara, desleal, quase como se fosse o conto de outro autor e eu incorresse no pedantismo que assinalei no começo. Em compensação, posso deixá-lo tal como nasceu, e ao mesmo tempo mostrar o que consigo ver nele agora. É aí que Dora entra em cena.

Se Dora tivesse pensado em Pirandello, desde o início teria vindo procurar o autor para reprovar-lhe a ignorância ou sua persistente hipocrisia. Mas sou eu quem vai agora até ela para que finalmente ponha as cartas na mesa. Dora não pode saber quem é o autor do conto, e suas críticas se dirigem apenas ao que acontece nele visto de dentro, lá onde ela existe; mas o fato de essa continuação ser um texto e ela um personagem de sua escrita não muda em nada seu direito, igualmente textual, de se rebelar perante uma crônica que considera insuficiente ou insidiosa.

Assim, hoje a voz de Dora interrompe de vez em quando o texto original, que, com exceção das correções de puro detalhe e da eliminação de breves trechos repetitivos, é o mesmo que escrevi à mão na Pensione dei Dogi em 1954. O leitor encontrará nele tudo o que me parece ruim como escritura e a Dora ruim como conteúdo, e que possivelmente seja, mais uma vez, o efeito recíproco de uma mesma causa.

O turismo brinca com seus adeptos, insere-os numa temporalidade enganosa, faz com que na França saiam de um bolso o resto de moedas inglesas, que na Holanda se busque inutilmente um sabor que só Poitiers pode dar. Para Valentina o pequeno bar romano da via Quattro Fontane se reduzia a Adriano, ao sabor de uma taça de martíni pegajoso e à cara de Adriano lhe pedindo desculpas por empurrá-la contra o balcão. Quase não se lembrava se Dora estava com ela naquela manhã, com certeza sim, porque estavam "fazendo" Roma juntas, organizando uma camaradagem iniciada tolamente como tantas outras na Cook e na American Express.

Claro que eu estava. Desde o começo finge que não me vê, me reduz a uma figurante, às vezes conveniente, às vezes inconveniente.

154   *A barca ou Nova visita a Veneza*

Mesmo assim, aquele bar perto da Piazza Barberini era Adriano, outro viajante, outro desocupado circulando como todo turista circula nas cidades, fantasma entre homens que vão e vêm do trabalho, têm famílias, falam a mesma língua e sabem o que está acontecendo naquele momento e não na arqueologia do Guia Azul.

De Adriano, os olhos, o cabelo, a roupa logo se apagavam; só restava sua boca grande e sensível, os lábios que tremiam um pouco depois de ter falado, enquanto escutava. "Ele escuta com a boca", pensou Valentina quando, do primeiro diálogo, surgiu o convite para beber o famoso coquetel do bar, que Adriano recomendava e que Beppo, agitando-o numa fulguração de cromos, proclamava ser a joia de Roma, o Tirreno metido numa taça com todos os seus tritões e hipocampos. Naquele dia, Dora e Valentina acharam Adriano simpático;

Hum.

não parecia turista (ele se considerava um viajante e acentuava, sorrindo, essa diferença) e o diálogo ao meio-dia foi mais um encanto de Roma em abril. Dora logo o esqueceu,

Falso. Distinguir entre savoir-faire e baboseira. Ninguém como eu (ou Valentina, claro) podia esquecer assim, sem mais, alguém como Adriano; mas acontece que sou inteligente e desde o início senti que meu comprimento de onda não era o dele. Falo de amizade, não de outra coisa, porque nesse caso nem era possível falar em ondas. E já que nada era possível, para que perder tempo?

ocupadíssima visitando o Laterano, San Clemente, tudo numa tarde, pois iriam embora em dois dias, Cook tinha acabado de lhes vender um itinerário complicado; Valentina, por sua vez, deu a desculpa de umas compras para voltar na manhã seguinte ao bar do Beppo. Quando viu Adriano, hospedado num hotel vizinho, nenhum dos dois fingiu surpresa. Adriano ia para Florença dali a uma semana e discutiram itinerários, câmbio, hotéis, guias. Valentina acreditava nos *pullmans*, mas Adriano era a favor do trem; foram debater o problema numa trattoria da Suburra, onde se comia peixe num ambiente pitoresco, para os que só iam lá uma vez.

Dos guias, passaram para as informações pessoais, Adriano soube do divórcio de Valentina em Montevidéu e ela de sua vida familiar numa herdade próxima de Osorno. Compararam impressões de Londres, Paris, Nápoles. Valentina olhou várias vezes a boca de Adriano, olhava-a exposta naquele momento em que o garfo leva a comida aos lábios que se abrem para recebê-la, quando não se deve olhar. E ele sabia disso e apertava na boca o pedaço de polvo frito como se fosse uma língua de mulher, como se estivesse beijando Valentina.

> *Falso por omissão: Valentina não olhava assim para Adriano, mas para qualquer pessoa que a atraía; fizera isso comigo assim que nos conhecemos no balcão do American Express, e sei que me perguntei se não seria como eu; aquele jeito de me cravar os olhos, sempre um pouco dilatados...*
> *Soube que não quase no ato, pessoalmente não teria me incomodado de me aproximar dela como parte da no man's land da viagem, mas quando decidimos compartilhar o hotel eu soube que havia outra coisa, que esse olhar vinha, talvez, do medo ou da necessidade de esquecimento. Palavras exageradas a essa altura de simples risadas, xampu e felicidade turística; mas depois... Em todo caso, Adriano deve ter considerado isso uma gentileza que também receberiam um barman amável ou uma vendedora de bolsas. Diga-se de passagem, aí também há um plágio avant la lettre de uma famosa cena de* Tom Jones *no cinema.*

Naquela tarde ele a beijou, em seu hotel da via Nazionale, depois que Valentina telefonou a Dora para lhe dizer que não iria com ela às termas de Caracalla.

> *Desperdiçar assim uma ligação!*

Adriano tinha pedido um vinho gelado, e em seu quarto havia revistas inglesas e um janelão que dava para o céu do oeste. Só acharam a cama desconfortável, por ser estreita demais, mas homens como Adriano quase sempre fazem amor em camas estreitas, e Valentina tinha muitas lembranças ruins do leito matrimonial para não se alegrar com a mudança.
Se Dora desconfiava de alguma coisa, calou-se.

> *Falso: eu já sabia. Exato: que me calei.*

Naquela noite, Valentina lhe disse que tinha se encontrado com Adriano por acaso, e que talvez topassem com ele novamente em Florença; três dias depois, quando o viram sair de Orsanmichele, Dora pareceu a mais contente dos três.

> *Em casos como esse é preciso se fazer de idiota para que não nos tomem por idiota.*

156   *A barca ou Nova visita a Veneza*

Inesperadamente, Adriano achou a separação exasperante. De súbito compreendia que Valentina lhe fazia falta, que não bastara a promessa do reencontro, das horas que passariam juntos. Sentia ciúme de Dora, mal disfarçava isso, enquanto ela — mais feia, mais vulgar — lhe repetia coisas aplicadamente lidas no guia do Touring Club Italiano.

Nunca usei os guias do Touring Club Italiano porque me são incompreensíveis; acho o Michelin em francês mais que suficiente. Passons sur le reste.

Quando se encontraram no hotel de Adriano, ao entardecer, Valentina mediu a diferença entre esse encontro e o primeiro em Roma; as precauções já tinham sido tomadas, a cama era perfeita, e sobre uma mesa curiosamente incrustada esperava por ela uma caixinha envolta em papel azul contendo um admirável camafeu florentino, que ela — bem mais tarde, quando bebiam sentados junto à janela — prendeu no peito com o gesto fácil, quase familiar de quem gira uma chave na fechadura cotidiana.

Não posso saber quais foram os gestos de Valentina naquele momento, mas, em todo caso, jamais poderiam ser fáceis; tudo nela era nó, elo e látego. De noite, eu a via da minha cama dando voltas antes de se deitar, pegando e largando várias vezes um frasco de perfume, um tubo de comprimidos, indo até a janela como se ouvisse ruídos insólitos; ou mais tarde, enquanto dormia, aquela maneira de soluçar no meio de um sonho, acordando-me bruscamente, fazendo-me ir para sua cama e lhe oferecer um copo d'água, acariciar sua testa até que voltasse a dormir, mais calma. E seus desafios naquela primeira noite em Roma, quando veio sentar-se a meu lado, você não me conhece, Dora, não faz ideia do que me vai por dentro, esse vazio cheio de espelhos me mostrando uma rua de Punta del Este, uma criança que chora porque não estou lá. Fáceis, seus gestos? Para mim, pelo menos, mostraram desde o início que não devia esperar nada dela no plano afetivo, além da camaradagem. É difícil para mim imaginar que Adriano, por mais masculinamente cego que estivesse, não suspeitasse que Valentina estava beijando o nada em sua boca, que antes e depois do amor Valentina continuaria chorando em sonhos.

Até então Adriano não tinha se apaixonado por suas amantes; alguma coisa o levava a possuí-las rápido demais para que se pudesse criar a aura, a necessária zona de mistério e desejo, para organizar a caçada mental que um dia poderia se chamar de amor. Com Valentina fora igual, mas nos dias de separação, naqueles últimos entardeceres de Roma e da viagem a Florença, alguma coisa diferente havia se deflagrado em Adriano. Sem surpresa, sem humildade, quase sem assombro, viu-a surgir na penumbra dourada de

Alguém que anda por aí 157

Orsanmichele, brotando do tabernáculo de Orcagna como se uma das inumeráveis figurinhas de pedra se desprendesse do monumento para vir a seu encontro. Talvez só então tenha compreendido que estava se apaixonando por ela. Ou talvez depois, no hotel, quando Valentina chorou abraçada a ele, sem lhe dar motivos, deixando-se levar como uma menina que se abandona a uma necessidade longamente contida e encontra alívio misturado com vergonha, com reprovação.

No imediato e exterior, Valentina chorava pela precariedade do encontro. Adriano seguiria seu caminho alguns dias mais tarde; não voltariam a se encontrar porque o episódio se encaixava num calendário vulgar de férias, numa moldura de hotéis e coquetéis e frases rituais. Só os corpos sairiam saciados, como sempre, por um momento teriam a satisfação do cachorro que termina de mastigar e se deita ao sol com um grunhido de satisfação. Em si o encontro era perfeito, corpos feitos para apertar-se, enlaçar-se, retardar ou provocar o gozo. Mas quando olhava para Adriano sentado à beira da cama (e ele a olhava com sua boca de lábios grossos) Valentina sentia que o rito acabava de se cumprir sem um conteúdo real, que os instrumentos da paixão estavam ocos, que o espírito não os habitava. Ela levara tudo isso com indiferença e até de modo favorável em outros lances do momento, mas dessa vez tentara segurar Adriano, prolongar o momento de se vestir e de sair, esses gestos que de alguma forma já anunciavam uma despedida.

Aqui se quis dizer algo sem dizê-lo, sem entender nada além de um rumor incerto. Valentina também tinha me olhado assim enquanto tomávamos banho e nos vestíamos em Roma, antes de Adriano; eu também tinha sentido que essas rupturas na continuidade lhe faziam mal, lançavam-na para o futuro. Da primeira vez cometi o erro de insinuar isso, de me aproximar e acariciar seu cabelo e lhe propor que pedíssemos bebidas e ficássemos olhando o entardecer da janela. Sua resposta foi seca, não tinha vindo do Uruguai para morar num hotel. Pensei simplesmente que continuava desconfiando de mim, que atribuía um sentido preciso a esse esboço de carícia, assim como eu havia entendido mal seu primeiro olhar na agência de viagens. Valentina olhava, sem saber exatamente por quê; éramos os outros que cedíamos a esse interrogar obscuro que tinha algo de acosso, mas um acosso que não nos dizia respeito.

Dora os esperava num dos cafés da Signoria, tinha acabado de descobrir Donatello e o explicou com demasiada ênfase, como se seu entusiasmo lhe servisse de manta de viagem e a ajudasse a disfarçar alguma irritação.

— Claro que iremos ver as estátuas — disse Valentina —, mas hoje à tarde não podemos entrar nos museus, faz muito sol pra ficar indo a museus.

— Não vão ficar tanto tempo aqui pra sacrificar tudo isso pelo sol.

Adriano fez um gesto vago, esperou as palavras de Valentina. Tinha dificuldade em saber o que Dora representava para Valentina, se a viagem das duas já estava definida e não admitiria mudanças. Dora voltava a Donatello, multiplicava as referências inúteis que se fazem na ausência das obras; Valentina olhava a torre de Signoria, procurava mecanicamente os cigarros.

Acho que aconteceu exatamente assim, e que pela primeira vez Adriano sofreu de verdade, teve medo de que eu representasse a viagem sagrada, a cultura como dever, as reservas de trens e hotéis. Mas se alguém tivesse lhe perguntado sobre outra solução possível, só poderia ter pensado em algo parecido junto a Valentina, sem um termo preciso.

No dia seguinte foram aos Uffizi. Como que se furtando à necessidade de uma decisão, Valentina se aferrava obstinadamente à presença de Dora para não deixar brechas a Adriano. Só num momento fugaz, quando Dora se atrasou olhando um retrato, ele pôde falar com ela de perto.

— Você vem hoje à tarde?

— Sim — disse Valentina sem olhá-lo —, às quatro.

— Eu te amo muito — murmurou Adriano, roçando seus ombros com dedos quase tímidos. — Valentina, eu te amo muito.

Um grupo de turistas norte-americanos entrava, precedido pela voz nasal do guia. Separaram-nos suas caras vaziamente ávidas, falsamente interessadas na pintura que esqueceriam uma hora depois entre spaghetti e vinho dos Castelli Romani. Dora também estava vindo, folheando seu guia, perdida porque os números do catálogo não coincidiam com os quadros pendurados.

De propósito, claro. Deixá-los falar, marcar encontro, fartar-se. Não ele, isso eu já sabia, mas ela. Tampouco se fartar, antes voltar ao perpétuo impulso da fuga que talvez a devolvesse a minha maneira de acompanhá-la sem amolações, de simplesmente esperar a seu lado, embora isso de nada adiantasse.

— Eu te amo muito — Adriano repetia naquela tarde, inclinando-se sobre Valentina, que descansava deitada de costas. — Você sente, não é? Não está nas palavras, não tem nada a ver com dizer isso, com buscar nomes pra isso. Me diga o que sente, o que você não entende mas que sente agora que...

Afundou o rosto entre seus seios, beijando-a demoradamente como se bebesse a febre que latejava na pele de Valentina, que acariciava seu cabelo com um gesto distante, distraído.

Alguém que anda por aí   159

D'Annunzio viveu em Veneza, não? A menos que fossem os dialogistas de Hollywood...

— Sim, você me ama — disse ela. — Mas é como se você também tivesse medo de alguma coisa, não de me amar, mas... Não medo, talvez, está mais pra ansiedade. Você se preocupa com o que vem pela frente.

— Não sei o que vem pela frente, não faço a menor ideia. Como ter medo de tanto vazio? Meu medo é você, é um medo concreto, aqui e agora. Você não me ama como eu a amo, Valentina, ou me ama de outra maneira, limitada ou contida, sei lá por que motivos.

Valentina o escutava fechando os olhos. Devagar, concordando com o que ele acabara de dizer, entrevia algo por trás, algo que a princípio não passava de um oco, de uma inquietação. Sentia-se venturosa demais naquele momento para tolerar que a menor falha se imiscuísse na hora perfeita e pura na qual ambos tinham se amado sem outro pensamento que o de não querer pensar. Mas tampouco dava para impedir as palavras de Adriano. Media de repente a fragilidade dessa situação turística sob um teto emprestado, entre lençóis alheios, ameaçados por guias ferroviários, itinerários que levavam a vidas diferentes, a razões desconhecidas e provavelmente antagônicas, como sempre.

— Você não me ama tanto como eu — repetiu Adriano, rancoroso. — Eu sirvo a você, sirvo como uma faca ou um garçom, só isso.

— Por favor — disse Valentina. — *Je t'en prie.*

Tão difícil perceber por que já não eram felizes há tão poucos instantes de algo que tinha sido como a felicidade.

— Sei muito bem que terei que voltar — disse Valentina, sem retirar os dedos do rosto ansioso de Adriano. — Meu filho, meu trabalho, tantas obrigações. Meu filho é muito pequeno, muito indefeso.

— Eu também tenho que voltar — disse Adriano, desviando os olhos. — Eu também tenho meu trabalho, mil coisas.

— Você está vendo.

— Não, não estou. Como quer que eu veja? Se você me obriga a considerar isso como um episódio de viagem, tira tudo dele e o esmaga como a um inseto. Eu te amo, Valentina. Amar é mais que recordar ou se preparar pra recordar.

— Não é pra mim que você tem que dizer isso. Não, não é pra mim. Tenho medo do tempo, do tempo da morte, do seu disfarce horrível. Você não percebe que nos amamos contra o tempo, que é preciso negar o tempo?

— Sim — disse Adriano, deixando-se cair de costas junto dela —, e acontece que depois de amanhã você vai pra Bolonha, e eu um dia depois pra Lucca.

160   *A barca ou Nova visita a Veneza*

— Cale-se.

— Por quê? Seu tempo é o de Cook, ainda que você queira enchê-lo de metafísica. Já o meu, quem decide é meu capricho, meu prazer, os horários de trem que prefiro ou descarto.

— Está vendo — murmurou Valentina. — Está vendo que temos que nos render às evidências. O que mais resta?

— Vir comigo. Deixe sua famosa excursão, deixe Dora, que fala do que não sabe. Vamos embora juntos.

Alude a meus entusiasmos pictóricos, não vamos discutir se tem razão. Em todo caso, os dois se falam diante de seus respectivos espelhos, um perfeito diálogo de best--seller para encher duas páginas com nada em particular. Que sim, que não, que o tempo... Tudo era tão claro para mim, Valentina piuma al vento, a neura e a deprê e à noite uma dose dupla de valium, o velho, velho quadro de nossa jovem, jovem época. Uma aposta comigo mesma (nesse momento, me lembro bem): de dois males, Valentina escolheria o menor, eu. Comigo nenhum problema (se me escolhesse); no final da viagem adeus querida, foi tão doce e tão bonito, adeus, adeus. Já Adriano... Nós duas tínhamos sentido a mesma coisa: com a boca de Adriano não se brincava. Aqueles lábios... (Pensar que ela lhes permitia que conhecessem cada canto de sua pele; há coisas que me superam, claro que é uma questão de libido, we know we know we know).*

No entanto, era mais fácil beijá-lo, ceder à sua força, deslizar suavemente sob a onda do corpo que a abraçava; era mais fácil se entregar do que negar esse assentimento que ele, outra vez perdido no prazer, já esquecia.

Valentina foi a primeira a se levantar. A água da ducha a fustigou longamente. Pondo um roupão de banho, voltou para o quarto, onde Adriano continuava na cama, meio levantado e lhe sorrindo como se estivesse num sarcófago etrusco, fumando demoradamente.

— Quero ver como anoitece lá da sacada.

Às margens do Arno, o hotel recebia as últimas luzes. Ainda não se haviam acendido as lâmpadas na Ponte Vecchio, e o rio era uma faixa cor de violeta com franjas mais claras, sobrevoado por pequenos morcegos que caçavam insetos invisíveis; mais acima, rangiam as tesouras das andorinhas. Valentina se deitou na cadeira de balanço, respirou um ar já fresco. Um doce cansaço a ganhava, poderia dormir, talvez tenha dormido por alguns instantes. Mas nesse interregno de abandono continuava pensando em Adriano, em Adriano e no tempo, as palavras monótonas voltavam como bordões de uma canção boba, o tempo é a morte, um disfarce da morte, o tempo é a morte. Olhava o céu, as andorinhas que jogavam seus jogos límpidos,

Alguém que anda por aí   161

chilreando brevemente como se esmigalhassem a louça azul profundo do crepúsculo. E Adriano também era a morte.

Curioso. De repente se toca o fundo a partir de tanta premissa falsa. Talvez seja sempre assim (pensar nisso outro dia, em outros contextos). É espantoso que seres tão afastados de sua própria verdade (Valentina mais que Adriano, é verdade) se acertem por momentos; claro que não percebem, e é melhor assim, o que vem depois é prova disso. (Quero dizer que é melhor para mim, pensando bem.)

Levantou-se, rígida. Adriano também era a morte. Ela tinha pensado isso? Adriano também era a morte. Não fazia o menor sentido, tinha misturado palavras como num refrão infantil, e aparecia esse absurdo. Deitou-se novamente, relaxando, e olhou outra vez para as andorinhas. Talvez não fosse tão absurdo; de qualquer forma, ter pensado isso só era válido como uma metáfora, pois renunciar a Adriano acabaria matando algo dentro dela, arrancando-a de uma parte momentânea de si mesma, deixando-a a sós com uma Valentina diferente, Valentina sem Adriano, sem o amor de Adriano, se é que era amor esse balbucio de tão poucos dias, se nela mesma era amor essa entrega furiosa a um corpo que a inundava e a devolvia meio exausta ao abandono do entardecer. Então sim, visto assim, então Adriano era a morte. Tudo o que se possui é a morte porque anuncia o despossuir, organiza o vazio vindouro. Refrões infantis, tiroliro lá, tiroliro cá, mas ela não conseguia renunciar a seu itinerário, ficar com Adriano. Cúmplice da morte, então, o deixaria ir para Lucca só porque isso era inevitável a curto ou a longo prazo, lá ao longe Buenos Aires e seu filho eram como andorinhas sobre o Arno, chilreando fracamente, reclamando no anoitecer que crescia como um vinho negro.

— Vou ficar — murmurou Valentina. — Amo você, amo você. Vou ficar e um dia o levarei comigo.

Sabia bem que não ia ser assim, que Adriano não mudaria sua vida por ela, Osorno por Buenos Aires.

Como podia saber? Tudo aponta na direção contrária; é Valentina que jamais trocará Buenos Aires por Osorno, sua vida estabelecida, suas rotinas rio-platenses. No fundo, não acredito que ela pensasse isso que a fazem pensar; também é verdade que a covardia tende a projetar nos outros a própria responsabilidade etc.

Sentiu-se como que suspensa no ar, quase alheia a seu corpo, apenas medo e uma espécie de angústia. Via um bando de andorinhas aglomerado sobre o centro do rio, voando em grandes círculos. Uma das andorinhas se afastou das outras, perdendo altura, aproximando-se. Quando parecia que ia subir de novo, houve alguma falha na máquina maravilhosa. Como um pedaço de chumbo turvo, girando sobre si mesma, precipitou-se na diagonal e bateu com um golpe seco na sacada, aos pés de Valentina.

Adriano ouviu o grito e veio correndo. Valentina tapava o rosto e tremia horrivelmente, refugiada no outro extremo da sacada. Adriano viu a andorinha morta e a empurrou com o pé. A andorinha caiu na rua.

— Venha, entre — disse ele, segurando Valentina pelos ombros. — Não é nada, já passou. Você se assustou, coitadinha.

Valentina se calava, mas quando ele afastou suas mãos e viu seu rosto, teve medo. Não fazia outra coisa que copiar o medo dela, talvez o medo final da andorinha despencando fulminada num ar que de repente, esquivo e cruel, deixara de sustentá-la.

Dora gostava de conversar antes de dormir, e passou meia hora com notícias sobre Fiésole e o Piazzale Michelangelo. Valentina a escutava meio distante, perdida num rumor interno que não podia confundir com uma meditação. A andorinha estava morta, morrera em pleno voo. Um anúncio, uma intimação. Como se numa sonolência estranhamente lúcida, Adriano e a andorinha começaram a se confundir nela, transformando-se num desejo quase feroz de fuga, de arrebatamento. Não sentia culpa por nada, mas sentia a culpa em si, a andorinha como uma culpa golpeando surdamente a seus pés.

Em poucas palavras, ela disse a Dora que ia mudar de planos, que seguiria diretamente para Veneza.

— Você me encontrará lá, de qualquer forma. Só estarei me adiantando alguns dias, na verdade prefiro ficar sozinha por alguns dias.

Dora não pareceu muito surpresa. Pena que Valentina fosse perder Ravenna, Ferrara. De qualquer forma, entendia que preferisse ir direto e sozinha para Veneza; melhor ver bem uma cidade do que mal duas ou três... Valentina já não a ouvia, perdida em sua fuga mental, na corrida que devia afastá-la do presente, de uma sacada sobre o Arno.

Aqui quase sempre se acerta partindo do erro; é irônico e divertido. Aceito isso de que eu não estava muito surpresa e que observei o lip service *necessário para tranquilizar Valentina. O que não se sabe é que minha falta de surpresa tinha outras fontes, a voz e o rosto de Valentina me contando o episódio da sacada, tão desproporcional, a menos que o sentisse como ela o sentia, um anúncio fora de toda lógica, e por isso irresistível. E também uma deliciosa, cruel suspeita de que Valentina estava confundindo as razões de seu medo, me confundindo com Adriano. Sua distância cortês naquela noite, sua maneira veloz de se assear e se deitar sem me dar a menor oportunidade de compartilhar o espelho do banheiro, os ritos da ducha, le temps d'un sein nu/ entre deux chemises. Adriano, sim, digamos que sim, que Adriano. Mas por que essa maneira de se deitar me dando as costas, tapando o rosto com um braço para me sugerir que apagasse a luz quanto antes, que a deixasse dormir sem mais palavras, sem sequer um beijo leve de boa-noite entre amigas de viagem?*

No trem, pensou melhor no assunto, mas o medo persistia. De que estava fugindo? Não era fácil aceitar as soluções da prudência, elogiar-se por ter rompido o laço a tempo. O enigma do medo permanecia, como se Adriano, o pobre Adriano, fosse o diabo, como se a tentação de se apaixonar de verdade por ele fosse a sacada aberta sobre o vazio, o convite para o salto irrefreável.

Valentina pensou vagamente que estava fugindo mais de si mesma que de Adriano. Até a prontidão com que se entregara a ele em Roma provava sua resistência a toda seriedade, a todo recomeço fundamental. O fundamental tinha ficado do outro lado do mar, feito em pedaços para sempre, e agora era o tempo da aventura sem amarras, como outras antes e durante a viagem, a aceitação de circunstâncias sem análise moral nem lógica, a companhia episódica de Dora como resultado de um balcão na agência de viagens, Adriano em outro balcão, o tempo de um coquetel ou de uma cidade, momentos e prazeres tão esmaecidos como o mobiliário dos quartos de hotel que vão sendo deixados para trás.

Companhia episódica, sim. Mas quero crer que há mais do que isso numa referência que pelo menos me equipara a Adriano como dois lados de um triângulo no qual o terceiro é um balcão.

No entanto, em Florença Adriano avançara sobre ela com as demandas de um possuidor, não mais do amante fugitivo de Roma; pior, exigindo reciprocidade, esperando-a, instando-a. Talvez o medo nascesse disso, não passasse de um medo sujo e mesquinho de complicações mundanas, Buenos Aires/Osorno, as pessoas, os filhos, a realidade se instalando tão diferente no calendário da vida compartilhada. E talvez não: por trás, sempre, outra coisa, inapreensível como uma andorinha no voo. Algo que de repente poderia se precipitar sobre ela, um corpo morto golpeando-a.

Hum. Por que se dava mal com os homens? Enquanto pensa como a fizeram pensar, parece haver a imagem de algo encurralado, sitiado: a verdade profunda, cercada pelas mentiras de um conformismo irrenunciável. Coitadinha, coitadinha.

Os primeiros dias em Veneza foram cinzentos e quase frios, mas no terceiro logo cedo o sol explodiu e o calor veio rápido, derramando-se com os turistas que saíam entusiasmados dos hotéis e enchiam a Piazza San Marco e a Merceria numa alegre desordem de cores e línguas.

Valentina gostou de se deixar levar pela compassada serpente que subia a Merceria rumo ao Rialto. Cada canto, a Ponte dei Baretieri, San Salvatore, o escuro recinto postal da Fondamenta dei Tedeschi a recebiam com aquela calma impessoal que Veneza reserva a seus turistas, tão diferente da expectativa convulsa de Nápoles ou da ampla entrega dos panoramas de Roma. Recolhida, sempre secreta, Veneza brincava mais uma vez de esconder seu verdadeiro rosto, sorrindo impessoalmente à espera de que no dia e na hora propícios sua vontade de se mostrar de verdade para o bom viajante o recompensasse por sua fidelidade. Do Rialto, Valentina olhou os esplendores do Grande Canal, e ficou admirada com a distância inesperada entre ela e aquele luxo de águas e gôndolas. Entrou nas ruelas que de *campo* em *campo* a levavam a igrejas e museus, saiu nos embarcadouros onde se podia ver as fachadas dos grandes palácios corroídos por um tempo plúmbeo e esverdeado. Via tudo, admirava tudo, mas sabendo que suas reações eram convencionais e quase forçadas, como o elogio repetido para as fotos que vão nos mostrando nos álbuns de família. Alguma coisa — sangue, ansiedade ou apenas vontade de viver — parecia ter ficado para trás. Valentina de repente odiou a lembrança de Adriano, repugnou-a a petulância de Adriano, que cometera o erro de se apaixonar por ela. Sua ausência o tornava ainda mais odioso, pois seu erro era daqueles que só se castigam ou se perdoam pessoalmente. Veneza

> *A opção já feita, faz-se Valentina pensar como bem se quer, mas outras opções são possíveis caso se leve em consideração que ela optou por ir sozinha a Veneza. Termos exagerados, como ódio e repugnância, aplicam-se realmente a Adriano? Uma mera mudança de prisma, e não é em Adriano que Valentina pensa enquanto vaga por Veneza. Por isso minha amável infidelidade florentina era necessária, era preciso continuar projetando Adriano no centro de uma ação que talvez assim, talvez até o final da viagem, me devolvesse àquele começo no qual eu havia esperado como ainda era capaz de esperar.*

se dava como um admirável palco sem atores, sem a seiva da participação. Melhor assim, mas também muito pior; andar pelas ruelas, demorar-se nas pequenas pontes que cobrem como uma pálpebra o sono dos canais, começava a parecer um pesadelo. Acordar, acordar de qualquer jeito, mas Valentina sentia que só algo que se parecesse com um chicote poderia acordá-la. Aceitou a oferta de um gondoleiro que lhe propunha levá-la até San Marco pelos canais interiores; sentada no velho assento de coxins vermelhos, sentiu como Veneza começava a se mover com delicadeza, a passar por ela, que a fitava como um olho fixo, cravado obstinadamente em si mesmo.

— Ca d'Oro — disse o gondoleiro, rompendo um longo silêncio, e com a mão lhe mostrou a fachada do palácio. Depois, entrando pelo rio di San Felice, a gôndola sumiu num labirinto escuro e silencioso, com cheiro de mofo. Valentina admirava, como todo turista, a destreza impecável do remador, sua maneira de calcular as curvas e desviar dos obstáculos. Podia senti-lo a suas costas, invisível mas vivo, afundando o remo quase sem ruído, trocando às vezes uma frase breve em dialeto com alguém da margem. Quase não tinha olhado para ele ao subir, pareceu-lhe como a maioria dos gondoleiros, alto e esbelto, a jaqueta vagamente espanhola, o chapéu de palha amarela com uma fita vermelha. De sua voz ela se lembrava melhor, doce, mas não servil, oferecendo: *Gondola, signorina, gondola, gondola*. Ela tinha aceitado o preço e o itinerário, distraída, mas agora, quando o homem chamou sua atenção sobre o Ca d'Oro e ela teve de se virar para vê-lo, notou a força de seus traços, o nariz quase imperioso e os olhos pequenos e sagazes; misto de soberba e de cálculo, também presente no vigor sem exagero do torso e na relativa pequenez da cabeça, com um quê de serpente no entroncamento do pescoço, talvez nos movimentos impostos pelo remar cadenciado.

Olhando outra vez para a proa, Valentina viu uma pequena ponte se aproximando. Antes, já dissera para si que seria uma delícia passar por baixo das pontes, perdendo-se por um momento em sua concavidade ressumante de mofo, imaginando os viajantes no alto, mas agora viu a ponte vindo com uma vaga angústia, como se fosse a tampa gigantesca de um baú que ia se fechar sobre ela. Forçou-se a manter os olhos abertos no breve trânsito, mas sofreu, e quando a estreita fatia de céu brilhante ressurgiu sobre ela, fez um gesto confuso de agradecimento. O gondoleiro estava lhe apontando outro palácio, desses que só se deixam ver nos canais interiores e que os transeuntes não desconfiam de que existe, pois só se veem suas portas de serviço, iguais a tantas outras. Valentina gostaria de comentar, de mostrar interesse pela simples informação que o gondoleiro lhe dava; de repente precisava estar perto de alguém vivo e estranho ao mesmo tempo, misturar-se num diálogo que a afastasse daquela ausência, daquele nada que lhe corrompia o dia e as coisas. Levantando-se, foi sentar-se num travessão estreito situado mais à proa. A gôndola oscilou por um momento

Se a "ausência" era Adriano, não vejo proporção entre a conduta precedente de Valentina e essa angst que arruína um passeio seu de gôndola, por sinal nem um pouco barato. Jamais saberei como foram suas noites venezianas no hotel, o quarto sem palavras ou relatos de jornada; talvez a ausência de Adriano ganhasse peso em Valentina, mas novamente como a máscara de outra distância, de outra carência que ela não queria ou não podia olhar cara a cara. (Wishful thinking, talvez; mas e a celebérrima intuição feminina? Na noite em que pegamos ao mesmo tempo um pote de creme e minha mão encostou na dela, e nos olhamos... Por que não completei a carícia que o acaso iniciava? De alguma forma, tudo ficou meio no ar, suspenso, entre nós, e os passeios de gôndola, como se sabe, são exumadores de devaneios, de nostalgias e de relatos arrependidos.)

                                      mas o remador não pareceu surpreso com a conduta de sua passageira. E quando ela lhe perguntou, sorrindo, o que havia dito, ele repetiu as informações com mais detalhes, satisfeito com o interesse que despertava.

— O que há do outro lado da ilha? — quis saber Valentina em seu italiano elementar.

— Do outro lado, *signorina*? Na Fondamenta Nuove?

— Se é esse seu nome... Quero dizer do outro lado, aonde os turistas não vão.

— Sim, a Fondamenta Nuove — disse o gondoleiro, que agora remava bem devagar. — Bem, é de lá que saem os barcos pra Burano e Torcello.

— Ainda não fui a essas ilhas.

— É muito interessante, *signorina*. As fábricas de renda. Mas esse lado não é tão interessante, porque a Fondamenta Nuove...

— Gosto de conhecer lugares que não sejam turísticos — disse Valentina, repetindo aplicadamente o desejo de todos os turistas. — O que mais há em Fondamenta Nuove?

— Em frente fica o cemitério — disse o gondoleiro. — Não é interessante.

— Numa ilha?

— Sim, em frente à Fondamenta Nuove. Veja, *signorina, ecco Santi Giovanni e Paolo. Bella chiesa, bellissima... Ecco il Colleone, capolavoro del Verrocchio...*

"Turista", pensou Valentina. "Eles e nós, uns pra explicar e outros pra acreditar que entendemos. Enfim, vamos ver sua igreja, vamos ver seu monumento, *molto interessante, vero...*"

Quanto artifício barato, no fim das contas. Faz-se Valentina falar e pensar quando se trata de bobagens; o outro, silêncio ou atribuições quase sempre dirigidas na má direção. Por que não escutamos o que Valentina conseguiu murmurar antes de adormecer, por que não sabemos mais de seu corpo na solidão, de seu olhar ao abrir a janela do hotel toda manhã?

A gôndola atracou na Riva degli Schiavoni, na altura da *piazzetta* lotada de pedestres. Valentina estava com fome e se chateava de antemão pensando que iria comer sozinha. O gondoleiro ajudou-a a desembarcar, recebeu o pagamento e a gorjeta com um sorriso brilhante.

— Se a *signorina* quiser passear de novo, estou sempre lá — apontava para um atracadouro distante, marcado por quatro pértigas com lanternas. — Eu me chamo Dino — acrescentou, tocando a fita do chapéu.

— Obrigada — disse Valentina. Ia se afastar, mergulhar na maré humana entre gritos e fotografias. Então ficaria a suas costas o único ser vivo com quem trocara algumas palavras.

— Dino.

— *Signorina?*

— Dino... onde se pode comer bem?

O gondoleiro abriu um sorriso franco, mas olhava para Valentina como se entendesse ao mesmo tempo que a pergunta não era uma tolice de turista.

— A *signorina* conhece os *ristoranti* sobre o canal? — perguntou um pouco ao acaso, sondando.

— Sim — disse Valentina, que não os conhecia. — O que eu quero dizer é um lugar tranquilo, sem muita gente.

— Sem muita gente... como a *signorina?* — disse brutalmente o homem.

Valentina sorriu, divertida. Pelo menos Dino não era bobo.

— Sem turistas, sim. Um lugar como...

"Lá onde você e seus amigos comem", pensava, mas não disse nada. Sentiu que o homem encostava os dedos em seu cotovelo, sorrindo, e a convidava a subir na gôndola. Deixou-se levar, quase intimidada, mas a sombra da chateação se apagou de repente como que arrastada pelo gesto de Dino ao cravar a pá do remo no fundo da laguna e impulsionar a gôndola com um gesto limpo no qual mal se percebia o esforço.

Impossível lembrar o roteiro. Tinham passado sob a Ponte dei Sospiri, mas depois tudo ficou confuso. Valentina às vezes fechava os olhos e se deixava levar por outras vagas imagens que desfilavam paralelamente ao que ela renunciava a ver. O sol do meio-dia levantava nos canais um vapor malcheiroso, e tudo se repetia, os gritos à distância, os sinais combinados nos cantos. Havia pouca gente nas ruas e nas pontes dessa zona, Veneza já estava almoçando. Dino remava com força e acabou metendo a gôndola num canal estreito e reto, ao fundo do qual se entrevia o cinza esverdeado da laguna. Valentina disse para si que devia estar na Fondamenta Nuove, na margem oposta, no lugar que não era interessante. Ia se virar e perguntar quando sentiu que a barca parava junto a uns degraus musgosos. Dino assoviou longamente, e uma janela no segundo andar se abriu sem ruído.

— É minha irmã — disse. — Nós moramos aqui. Quer almoçar com a gente, *signorina*?

A aceitação de Valentina se adiantou à sua surpresa, à sua quase irritação. A audácia do homem era daquelas que não admitiam meios-termos; Valentina poderia ter recusado com a mesma força com que acabava de aceitar. Dino a ajudou a subir os degraus e a deixou esperando enquanto amarrava a gôndola. Ela o ouvia cantarolar em dialeto, com uma voz um pouco abafada. Sentiu uma presença a suas costas e se virou; uma mulher de idade indefinível, malvestida de rosa antigo, aparecia na porta. Dino lhe disse algumas frases rápidas ininteligíveis.

— A *signorina* é muito gentil — acrescentou em toscano. — Convide-a pra entrar, Rosa.

E ela vai entrar, claro. Qualquer coisa em vez de continuar fugindo, de continuar mentindo para si mesma. Life, lie, *não era um personagem de O'Neill que mostrava como a vida e a mentira estão separadas apenas por uma única e inocente letra?*

Almoçaram num cômodo de teto baixo, o que surpreendeu Valentina, já habituada aos amplos espaços italianos. Na mesa de madeira escura havia lugar para seis pessoas. Dino, que mudara de camisa sem apagar, com isso, o cheiro de suor, sentou-se diante de Valentina. Rosa estava à sua esquerda. À direita o gato favorito, que os ajudou, com sua beleza digna, a quebrar o gelo do primeiro momento. Havia *pasta asciutta*, uma grande garrafa de vinho e peixe. Valentina achou tudo excelente, e estava quase contente com aquilo que sua amortecida reflexão continuava considerando uma loucura.

— A *signorina* tem bom apetite — disse Rosa, que quase não falava. — Coma um pouco de queijo.

— Sim, obrigada.

Dino comia vorazmente, olhando mais para o prato que para Valentina, mas ela teve a impressão de que a observava de alguma forma, sem lhe fazer perguntas; nem sequer perguntara por sua nacionalidade, ao contrário de quase todos os italianos. A longo prazo, pensou Valentina, uma situação tão absurda tem de estourar. Que diriam quando o último bocado fosse consumido? Aquele momento terrível depois de uma refeição entre desconhecidos. Acariciou o gato, deu um pedacinho de queijo para ele provar. Dino ria, agora, seu gato só comia peixe.

Alguém que anda por aí   169

— Faz muito tempo que você é gondoleiro? — perguntou Valentina, buscando uma saída.

— Cinco anos, *signorina*.

— Gosta?

— *Non si sta male*.

— Em todo caso, não me parece um trabalho muito duro.

— Não... esse não.

"Então ele também faz outras coisas", pensou ela. Rosa lhe servia vinho outra vez, e embora se negasse a beber mais, os irmãos insistiram sorrindo e encheram as taças. "O gato não bebe", disse Dino, olhando-a nos olhos pela primeira vez em muito tempo. Os três riram.

Rosa saiu e voltou com um prato de morangos. Depois Dino aceitou um Camel e disse que o tabaco italiano era ruim. Fumava estirado para trás, entrecerrando os olhos; o suor escorria por seu pescoço tenso, bronzeado.

— Meu hotel fica muito longe daqui? — perguntou Valentina. — Não quero incomodá-los mais.

"Na verdade, eu deveria pagar por esse almoço", pensava, debatendo o problema e sem saber como resolvê-lo. Deu o nome de seu hotel, e Dino disse que a levaria. Já fazia um momento que Rosa não estava na copa. O gato, deitado num canto, dormitava no calor da sesta. Tinha cheiro de canal, a casa velha.

— Bem, vocês foram tão amáveis... — disse Valentina, arrastando a cadeira rústica e se levantando. — Pena que não sei dizer isso em bom italiano... De qualquer modo, você me entende.

— Ah, claro — disse Dino sem se mover.

— Gostaria de me despedir da sua irmã, e...

— Ah, Rosa. Já deve ter saído. Sempre sai a esta hora.

Valentina se lembrou do breve diálogo incompreensível, no meio do almoço. Era a única vez que tinham falado em dialeto, e Dino lhe pedira desculpas. Sem saber por quê, pensou que a partida de Rosa nascia desse diálogo, e sentiu um pouco de medo e também de vergonha por sentir medo.

Dino também se levantou. Só então ela viu como ele era alto. Seus olhos pequenos olhavam para a porta, a única porta. A porta dava para um quarto (os irmãos tinham se desculpado por fazê-la passar por ali a caminho da copa). "Ele tem um cabelo bonito", pensou sem palavras. Sentia-se intranquila e ao mesmo tempo segura, ocupada. Era melhor que o vazio amargo de toda aquela manhã; agora havia algo, enfrentava alguém com confiança.

— Sinto muito — disse —, gostaria de ter cumprimentado sua irmã. Obrigada por tudo.

Estendeu a mão, e ele a estreitou sem apertar, soltando-a em seguida. Valentina sentiu que a vaga inquietação se dissipara diante do gesto rústico, cheio de timidez. Avançou até a porta, seguida por Dino. Entrou no quarto, mal distinguindo os móveis na penumbra. A porta de saída para o corredor não ficava à direita? Agora o quarto parecia muito mais escuro. Com um gesto involuntário se virou para esperar que ele fosse na frente. Um bafo de suor a envolveu um segundo antes que os braços de Dino a apertassem com brutalidade. Fechou os olhos, quase sem resistir. Se pudesse o teria matado no ato, batendo até lhe quebrar a cara, destruindo a boca que a beijava no pescoço enquanto a mão corria por seu corpo contraído. Tentou se soltar, e caiu bruscamente para trás, na sombra de uma cama. Dino se deixou escorregar sobre ela, travando suas pernas, beijando-a em plena boca com lábios úmidos de vinho. Valentina fechou os olhos de novo. "Se pelo menos ele tivesse tomado banho", pensou, parando de resistir. Dino a manteve prisioneira ainda por um momento, como se se espantasse com aquele abandono. Depois, murmurando e beijando-a, levantou-se sobre ela e procurou com dedos desajeitados o fecho da blusa.

Perfeito, Valentina. Como ensina a sagesse anglo-saxã que evitou, desse modo, muitas mortes por estrangulamento, a única coisa que cabia nessa circunstância era o inteligente relax and enjoy it.

Às quatro, com o sol ainda alto, a gôndola atracou diante da San Marco. Como da primeira vez, Dino ofereceu o antebraço para que Valentina se apoiasse, e ficou à espera, olhando-a nos olhos.

— *Arrivederci* — disse Valentina, e saiu andando.

— Hoje à noite estarei lá — disse Dino, apontando para o atracadouro. — Às dez.

Valentina foi direto para o hotel e pediu um banho quente. Nada podia ser mais importante que isso, tirar o cheiro de suor de Dino, a contaminação daquele suor, daquela saliva que a manchavam. Com um gemido de prazer deslizou na banheira fumegante, e por um bom tempo foi incapaz de estender a mão para a barra de sabonete verde. Depois, aplicadamente, no ritmo de seu pensamento que voltava pouco a pouco, começou a se lavar.

A lembrança não era penosa. Tudo o que tivera de sórdido como preparação parecia se apagar diante da própria coisa. Tinha sido enganada, atraída para uma armadilha estúpida, mas era inteligente demais para não compreender que ela mesma tecera a rede. Nesse emaranhado confuso de lembranças, sentia repulsa sobretudo por Rosa, a figura evasiva da cúmplice que agora, à luz do ocorrido, era difícil de acreditar que fosse irmã de Dino. Sua escrava, ou melhor, sua amante complacente por necessidade, para mantê-lo ainda mais um pouco.

Alongou-se no banheiro, dolorida. Dino se portara como o que era, exigindo raivosamente seu prazer sem considerações de qualquer espécie. Ele a possuíra como um animal, várias vezes, exigindo-lhe torpezas que não teriam sido como foram se ele tivesse tido o mínimo de gentileza. E Valentina não lamentava isso, nem lamentava o cheiro rançoso da cama desarrumada, o arquejo de cão de Dino, a vaga tentativa de reconciliação posterior (porque Dino tinha medo, já media as possíveis consequências por abusar de uma estrangeira). Na verdade, não lamentava nada que não fosse a falta de graça da aventura. E talvez nem isso lamentasse, a brutalidade estivera lá como o alho nos guisados populares, o requisito indispensável e saboroso.

Achava divertido, meio histericamente,

Mas não, nenhuma histeria. Só eu podia ver aqui a expressão de Valentina na noite em que lhe contei a história de minha condiscípula Nancy no Marrocos, uma situação equivalente mas muito mais degradante, com seu violador islamicamente frustrado ao ver que Nancy estava em pleno período menstrual, e obrigando-a com bofetadas e chicotadas a lhe ceder a outra via. (Não achei o que procurava ao lhe contar isso, mas vi nela uns olhos meio de loba, apenas um instante antes de rejeitar o assunto e de buscar, como sempre, o pretexto do cansaço e do sono.) Talvez se Adriano tivesse procedido como Dino, sem o alho e o suor, hábil e belo. Talvez se eu, em vez de deixá-la cair no sono...

pensar que Dino, enquanto tentava ajudá-la a se vestir com aquelas mãos absurdamente desajeitadas, tivesse pretendido ternuras de amante, grotescas demais para que ele mesmo acreditasse nelas. O convite, por exemplo, ao se despedir dela em San Marco, era ridículo. Imaginar que ela podia voltar à sua casa, entregar-se a ele a sangue-frio... Não lhe causava a menor inquietação, estava segura de que Dino era um sujeito excelente, à sua maneira, que não havia somado o roubo à violação, o que teria sido fácil, e até admitia no episódio um tom mais normal, mais lógico que o de seu encontro com Adriano.

Está vendo, Dora, está vendo, sua estúpida?

O terrível era perceber até que ponto Dino estava longe dela, sem a menor possibilidade de comunicação. Com o último gesto do prazer começava o silêncio, a turvação, a comédia ridícula. Era uma vantagem, afinal, de Dino ela não precisava fugir como de Adriano. Nenhum risco de se apaixonar; nem mesmo ele se apaixonaria, claro. Que liberdade! Com toda sua sujeira, a aventura não a desagradava, principalmente depois de ter se ensaboado.

* * *

Na hora do jantar, Dora chegou de Pádua, fervilhante de notícias sobre Giotto e Altichiero. Achou Valentina muito bem, e disse que Adriano falara vagamente de desistir de sua viagem a Lucca, mas que depois o perdera de vista. "Eu diria que ele se apaixonou por você", soltou ao passar, com seu riso de soslaio. Adorava Veneza, da qual ainda não vira nada, e se gabava de deduzir as maravilhas da cidade só pela conduta dos garçons e dos *facchini*. "Tudo tão fino, tão fino", repetia, saboreando seus camarões.

> Com o perdão da palavra, mas nunca na vida eu disse uma frase parecida. Que tipo de vingança ignorada mora aí? Ou então (sim, estou começando a adivinhar, a acreditar nisso) tudo nasce de um subconsciente que também fez nascer Valentina, que, desconhecendo-a na superfície e se equivocando o tempo todo a respeito de suas atitudes e seus motivos, acerta, sem saber, em águas profundas, lá onde Valentina não se esqueceu de Roma, do balcão da agência, da aceitação de dividir um quarto e uma viagem. Nesses relâmpagos que nascem como peixes abissais para aparecer sobre a água por um segundo, sou deliberadamente distorcida e ofendida, me transformo naquilo que me fazem dizer.

Falou-se de *Venice by night*, mas Dora estava vencida pelas belas-artes e foi para o hotel, depois de dar duas voltas na praça. Valentina cumpriu o ritual de beber um vinho do Porto no Florian, e esperou dar dez horas. Misturada com as pessoas que tomavam sorvete e tiravam fotos com flash, espiou o embarcadouro. Só havia duas gôndolas desse lado, com os lampiões acesos. Dino estava no molhe, junto a uma pértiga. Esperando.

"Ele acredita mesmo que eu vou lá", pensou, quase surpresa. Um casal com ar inglês se aproximava do gondoleiro, Valentina viu-o tirar o chapéu e oferecer a gôndola. Os outros embarcaram quase de imediato; o lampiãozinho tremia na noite da laguna.

Vagamente inquieta, Valentina voltou ao hotel.

A luz da manhã a lavou dos pesadelos, mas não eliminou a sensação de náusea, o aperto na boca do estômago. Dora a esperava no salão para o café da manhã, e Valentina estava se servindo de chá quando um garçom foi até a mesa.

— O gondoleiro da *signorina* está lá fora.

— Gondoleiro? Não pedi nenhuma gôndola.

— O homem descreveu a *signorina*.

Dora a fitava, curiosa, e Valentina se sentiu bruscamente nua. Fez um esforço para beber um gole de chá, e se levantou depois de uma breve hesitação. Achando graça, Dora pensou que seria divertido olhar a cena da janela. Viu o gondoleiro, viu Valentina indo a seu encontro, o cumprimento meio sem jeito mas decidido do homem. Valentina falava com ele quase sem gesticular, mas Dora viu que ela levantava a mão como se implorasse — claro que não podia ser isso — por alguma coisa que o outro se negava a conceder. Depois foi ele quem falou, movendo os braços à italiana. Valentina parecia esperar que ele fosse embora, mas o outro insistia, e Dora ficou ali tempo suficiente para ver como Valentina olhava, por fim, seu relógio de pulso e fazia um gesto de assentimento.

— Tinha me esquecido completamente — explicou ao voltar —, mas um gondoleiro não esquece seus clientes. E você, não vai sair?

— Vou, claro — disse Dora. — Todos eles são bonitões como os que vemos no cinema?

— Todos, claro — disse Valentina sem sorrir. A ousadia de Dino a deixara tão estupefata que lhe era difícil manter o controle. Por um momento ficou inquieta com a ideia de que Dora ia sugerir se somar ao passeio; tão lógico e tão Dora. "Mas essa seria justamente a solução", disse para si. "Por mais bruto que ele seja, não vai se animar a armar um escândalo. Dá pra ver que é histérico, mas não é bobo."

Dora não disse nada, embora lhe sorrisse com uma amabilidade que Valentina achou um pouco repugnante. Sem saber bem por quê, não lhe propôs que pegassem a gôndola juntas. Era extraordinário como nessas semanas ela fazia todas as coisas importantes sem saber por quê.

Tu parles, ma fille. *O que parecia inacreditável se consolidou em simples evidência assim que me deixaram de fora do passeiozinho. Claro que isso não podia ser importante, era só um parêntese de consolo barato e enérgico sem o menor risco futuro. Mas era a recorrência em baixo nível da mesma comprovação: Adriano ou um gondoleiro, e eu outra vez a outsider. Tudo isso valia outra xícara de chá e se perguntar se ainda não havia algo a ser feito para aperfeiçoar a pequena relojoaria que já pusera para funcionar — oh, com toda a inocência — antes de eu ir embora de Florença.*

Dino a levou pelo Grande Canal até depois do Rialto, escolhendo amavelmente o percurso mais extenso. Na altura do Palácio Valmarana, entraram pelo rio dei Santi Apostoli, e Valentina, olhando obstinada para a frente, viu chegarem novamente, uma depois da outra, as pequenas pontes pretas formigantes. Era difícil se convencer de que estava de novo nessa gôndola, com as costas apoiadas na vetusta almofada vermelha. Um fio de água corria por todo o fundo; água do canal, água de Veneza. Os famosos carnavais. O doge se casava com o mar. Os famosos palácios e carnavais de Veneza. *Vim procurá-la porque você não foi me procurar ontem à noite. Quero levá-la*

174 *A barca ou Nova visita a Veneza*

na gôndola. O doge se casava com o mar. Com um frescor perfeito. Frescor. E agora a estava levando na gôndola, soltando de vez em quando um grito meio melancólico, meio ríspido, antes de pegar um canal interior. Ao longe, ainda bem longe, Valentina avistou a franja aberta e verde. Outra vez a Fondamenta Nuove. Era previsível, os quatro degraus mofados, reconhecia o lugar. Agora ele ia assobiar e Rosa apareceria na janela.

Lírico e óbvio. Faltam os papéis de Aspern, o barão Corvo e Tadzio, o belo Tadzio e a peste. Também falta um certo telefonema para um hotel perto do Teatro La Fenice, embora não seja culpa de ninguém (estou falando da ausência do detalhe, não do telefonema).

Mas Dino encostava a gôndola em silêncio e esperava. Valentina se virou pela primeira vez desde que havia embarcado e olhou para ele. Dino lhe dava um belo sorriso. Tinha dentes fantásticos, que com um pouco de dentifrício ficariam perfeitos.

"Estou perdida", pensou Valentina, e saltou no primeiro degrau sem se apoiar no antebraço que ele lhe estendia.

Pensou isso de verdade? Seria preciso ter cuidado com as metáforas, as figuras elocutivas ou como quer que se chamem. Isso também vem de baixo; se eu soubesse disso naquela hora, talvez não tivesse... Mas tampouco a mim era dado entrar no que está além do tempo.

Quando desceu para o jantar, Dora a esperava com a notícia de (embora não tivesse certeza) ter visto Adriano entre os turistas da Piazza.

— Bem de longe, sob um dos arcos, sabe. Acho que era ele, por causa daquele terno claro um pouco justo. Talvez tenha chegado hoje de tarde... Perseguindo você, imagino.

— Ora, vamos.

— Por que não? Este não era o itinerário dele.

— Mas você também não tem certeza de que era ele — disse Valentina com hostilidade. A notícia não a deixara muito abalada, mas punha para andar a maquinaria lamentável das ideias. "Outra vez isso", pensou. "Outra vez." Ia encontrá-lo, com certeza, em Veneza parece que se vive dentro de uma garrafa, todo mundo acaba se reconhecendo na Piazza ou no Rialto. Fugir de novo, mas por quê? Estava farta de fugir do nada, de não saber do que estava fugindo e se realmente estava fugindo ou se fazia o mesmo que as pombas ali ao alcance de seus olhos, as pombas que fingiam se furtar ao assalto envaidecido dos machos, e que no fim consentiam suavemente, num rebuliço plúmbeo de penas.

— Vamos tomar café no Florian — sugeriu Dora. — Talvez a gente o encontre lá, é um rapaz bacana.

Viram-no quase no mesmo instante, estava de costas para a praça sob os arcos da galeria, absorto na contemplação de uns horrorosos cristais de Murano. Quando o cumprimento de Dora o fez virar-se, sua surpresa foi tão mínima, tão civil, que Valentina ficou aliviada. Nada de teatro, pelo menos. Adriano cumprimentou Dora com sua cortesia distante, e apertou a mão de Valentina.

— Nossa, o mundo é pequeno mesmo. Ninguém escapa do Guia Azul, mais dia, menos dia.

— A gente não, pelo menos.

— Nem dos sorvetes de Veneza. Posso convidá-las?

Quase em seguida Dora monopolizou a conversa. Tinha em sua conta duas ou três cidades a mais que eles, e naturalmente tentava atropelá-los com o catálogo de tudo o que tinham perdido. Valentina queria que seus assuntos não tivessem fim ou que Adriano finalmente se decidisse a olhá-la de frente, a lhe fazer a pior das críticas, os olhos que se cravam na cara com algo que sempre é mais que uma acusação ou uma crítica. Mas ele tomava aplicadamente seu sorvete ou fumava com a cabeça um pouco inclinada — sua bela cabeça sul-americana —, atento a cada palavra de Dora. Só Valentina podia medir o leve tremor dos dedos que apertavam o cigarro.

Eu também, minha querida, eu também. E isso não me agradava nem um pouco, porque aquela calma escondia algo que até agora não me parecera muito violento, aquela mola tensa como que à espera do gatilho que o libertaria. Tão diferente de seu tom quase glacial e matter of fact *ao telefone. Por enquanto eu ficava fora do jogo, não podia fazer nada para que as coisas acontecessem como esperava. Prevenir Valentina... Mas era mostrar tudo para ela, voltar à Roma daquelas noites em que ela escorregou, afastando-se, deixando-me livres o chuveiro e o sabonete, deitando-se de costas para mim, murmurando que tinha tanto sono, que já estava meio adormecida.*

A conversa se tornou circular, veio o cortejo de museus e de pequenos infortúnios turísticos, mais sorvetes e tabaco. Falou-se de percorrer juntos a cidade no dia seguinte.

— Talvez — disse Adriano — a gente incomode Valentina, que prefere andar sozinha.

— Por que você me inclui? — riu Dora. — Valentina e eu nos entendemos à força de não nos entender. Ela não divide sua gôndola com ninguém, e eu tenho uns canaizinhos que são só meus. Tente se entender assim com ela.

176 *A barca ou Nova visita a Veneza*

— Sempre se pode tentar — disse Adriano. — Enfim, de qualquer modo vou passar pelo hotel às dez e meia, aí vocês já terão decidido, ou decidirão.

Quando subiam (tinham quartos no mesmo andar), Valentina apoiou a mão no braço de Dora.

Foi a última vez que você me tocou. Assim, como sempre, de leve.

— Quero lhe pedir um favor.

— Claro.

— Me deixe sair sozinha com Adriano amanhã de manhã. Vai ser só dessa vez.

Dora procurava a chave que tinha deixado cair no fundo da bolsa. Demorou para encontrá-la.

— Seria demorado explicar agora — acrescentou Valentina —, mas você vai estar me fazendo um favor.

— Sim, claro — disse Dora, abrindo a porta. — Nem ele você quer dividir.

— Nem ele? Se está pensando...

— Ah, não, é só brincadeira. Durma bem.

Agora não importa mais, mas quando fechei a porta teria cravado as unhas bem na cara. Não, agora não importa mais; mas se Valentina tivesse ligado os pontos... Esse "nem ele" era a ponta do novelo; ela não percebeu o todo, deixou-o escapar na confusão em que estava vivendo. Melhor para mim, claro, mas talvez... Enfim, realmente agora não importa mais; às vezes um valium é suficiente.

Valentina o esperou no lobby e Adriano sequer pensou em questionar a ausência de Dora; como em Florença ou Roma, não parecia muito sensível à presença dela. Caminharam pela rua Orsolo, olhando apenas o lago interior onde as gôndolas dormiam de noite, e pegaram o rumo de Rialto. Valentina ia um pouco à frente, de roupa clara. Não tinham trocado mais que duas ou três frases rituais, mas ao entrar numa ruazinha (já estavam perdidos, nenhum dos dois olhava seu mapa), Adriano se adiantou e segurou seu braço.

— Você é cruel demais, sabia? É meio canalha o que você fez.

— Sim, eu sei. Eu uso palavras piores.

— Ir embora assim, daquele jeito tão mesquinho. Só porque uma andorinha morreu na sacada. De um jeito histérico.

— Você reconhece — disse Valentina — que, se foi esse o motivo, era poético?

— Valentina...

Alguém que anda por aí 177

— Ah, chega — disse ela. — Vamos a um lugar tranquilo conversar de uma vez.

— Vamos pro meu hotel.

— Não, pro seu hotel não.

— A um café, então.

— Estão cheios de turistas, você sabe. Um lugar tranquilo, que não seja interessante... — vacilou porque a frase lhe trazia um nome. — Vamos até a Fondamenta Nuove.

— O que é isso?

— Lá na outra margem, ao norte. Você tem um mapa? Por aqui, é isso. Vamos.

Para lá do Teatro Malibran, ruelas sem comércio, com fileiras de portas sempre fechadas, uma ou outra criança malvestida brincando nas soleiras, chegaram à rua do Fumo e viram já bem próximo o brilho da laguna. Desembocava-se bruscamente, saindo da penumbra cinzenta, numa orla ofuscante de sol, povoada de operários e vendedores ambulantes. Alguns cafés de má aparência grudavam como lapas nas bilheterias flutuantes de onde saíam os *vaporettos* para Burano e para o cemitério. Valentina logo viu o cemitério, lembrava-se da explicação de Dino. A pequena ilha, seu paralelogramo cercado, até onde a vista alcançava, por uma muralha avermelhada. As copas das árvores funerárias despontavam como um festão escuro. Dava para ver claramente o molhe de desembarque, mas naquele momento a ilha não parecia conter nada além dos mortos; nem uma barca, ninguém nos degraus de mármore do molhe. E tudo ardia secamente sob o sol das onze.

Indecisa, Valentina foi andando para a direita. Adriano a seguia rispidamente, quase sem olhar ao redor. Atravessaram uma ponte baixa sob a qual um dos canais interiores se comunicava com a laguna. O calor era palpável, suas moscas invisíveis na cara. Aí veio outra ponte de pedra branca, e Valentina parou no alto do arco, apoiando-se na amurada, olhando para o interior da cidade. Se era preciso conversar em algum lugar, que fosse este, tão neutro, tão pouco interessante, com o cemitério às costas e o canal que adentrava profundamente em Veneza, separando margens sem graça, quase desertas.

— Fui embora — disse Valentina — porque aquilo não fazia sentido. Me deixe falar. Fui embora porque, de um jeito ou de outro, um dos dois tinha que ir, e você está dificultando as coisas, pois sabe de sobra que um dos dois tinha que ir embora. Qual a diferença, se era só questão de tempo? Uma semana antes ou depois...

— Pra você não faz diferença — disse Adriano. — Pra você tanto faz como tanto fez.

— Se eu conseguisse explicar... Mas vamos ficar nas palavras. Por que você me seguiu? Qual o sentido disso tudo?

Se ela fez tais perguntas, pelo menos eu sei que não me imaginou envolvida com a presença de Adriano em Veneza. Por trás, claro, a amargura de sempre: essa tendência a me ignorar, a nem ao menos desconfiar que havia uma terceira mão embaralhando as cartas.

— Eu sei que não faz nenhum sentido — disse Adriano. — Mas é assim, só isso.

— Não devia ter vindo.

— E você não devia ter ido embora daquele jeito, me abandonando como...

— Não use as grandes palavras, por favor. Como você pode chamar de abandono uma coisa que, afinal, era apenas normal? A volta ao normal, se preferir.

— Tudo é tão normal pra você — disse ele com raiva. Seus lábios tremiam, e apertou as mãos na amurada como se quisesse se acalmar ao contato branco e indiferente da pedra.

Valentina olhava o fundo do canal, vendo o avanço de uma gôndola maior que as comuns, ainda imprecisa, à distância. Temia encontrar os olhos de Adriano e seu único desejo era que ele fosse embora, que a cobrisse de insultos, se preciso, e depois partisse. Mas Adriano continuava lá, na perfeita voluptuosidade de seu sofrimento, prolongando o que pensaram que seria uma explicação e não passava de dois monólogos.

— É absurdo — murmurou por fim Valentina, sem parar de olhar para a gôndola que se aproximava pouco a pouco. — Por que eu tenho que ser como você? Não ficou bem claro que eu não queria mais vê-lo?

— No fundo você me ama — disse Adriano, grotescamente. — Não é possível que não me ame.

— Por que não é possível?

— Porque você é diferente de tantas outras. Não se entregou como uma qualquer, como uma histérica que não sabe o que fazer numa viagem.

— Você acha que eu me entreguei, mas eu poderia dizer que foi você que se entregou. As velhas ideias sobre as mulheres, quando...

Etc.

Mas não ganhamos nada com isso, Adriano, tudo é tão inútil. Ou você me deixa sozinha hoje mesmo, agora mesmo, ou vou embora de Veneza.

— Irei atrás de você — disse ele, quase com petulância.

— Vamos cair os dois no ridículo. Não seria melhor que...?

Cada palavra dessa fala sem sentido lhe era penosa até a náusea. Fachada de diálogo, demão de tinta sob a qual se estancava algo inútil e apodrecido como as águas do canal. No meio da pergunta, Valentina começou a notar que a gôndola era diferente das outras. Mais larga, como uma barcaça, com quatro remadores de pé sobre os travessões, onde uma coisa parecia se elevar como um catafalco negro e dourado. Mas *era* um catafalco, e os remadores estavam de preto, sem os alegres chapéus de palha. A barca chegara ao molhe junto do qual se estendia um edifício pesado e mortiço. Havia um embarcadouro diante do que parecia ser uma capela. "O hospital", pensou. "A capela do hospital." Havia gente saindo, um homem levando coroas de flores que atirou distraidamente na barca da morte. Outros já apareciam com o caixão, e teve início a manobra do embarque. O próprio Adriano parecia absorvido pelo claro horror daquilo que estava acontecendo sob o sol da manhã, na Veneza que não era interessante, aonde os turistas não deviam ir. Valentina ouviu-o murmurar alguma coisa, ou talvez fosse um soluço contido, mas não conseguia tirar os olhos da barca, dos quatro remadores que esperavam com os remos cravados para que os outros pudessem enfiar o féretro no nicho de cortinas pretas. Na proa, via-se um volume brilhante em vez do adorno dentado e familiar das gôndolas. Parecia uma enorme coruja de prata, uma carranca com algo de vivo, mas quando a gôndola avançou pelo canal (a família do morto estava no molhe, e dois rapazes apoiavam uma idosa) viu-se que a coruja era uma esfera e uma cruz prateadas, a única coisa clara e brilhante em toda a barca. Avançava na direção deles, ia passar sob a ponte, exatamente sob seus pés. Bastaria um salto para cair sobre a proa, sobre o caixão. A ponte parecia se mover ligeiramente em direção à barca ("Então você não vai vir comigo?"), tão fixo Valentina olhava a gôndola que os remadores moviam lentamente.

— Não, não vou. Me deixe sozinha, me deixe em paz.

Não podia dizer outra coisa, entre tantas que poderia ter dito ou calado, agora que sentia o tremor do braço de Adriano contra o seu, escutava-o repetir a pergunta e respirar com esforço, como se ofegasse. Mas tampouco podia olhar outra coisa senão a barca cada vez mais próxima da ponte. Ia passar debaixo da ponte, quase contra eles, sairia pelo outro lado para a laguna aberta e cruzaria como um lento peixe negro a ilha dos mortos, levando outro caixão, amontoando outro morto na cidade silenciosa por trás das muralhas vermelhas.

Quase não se surpreendeu ao ver que um dos remadores era Dino,

Terá sido verdade, não se está abusando de um acaso gratuito demais? Impossível saber agora, como também impossível saber por que Adriano não reprovava sua aventura barata. Acho que o fez, que esse diálogo de puros nadas que a cena final deixa subentendido não foi real, o que nascia de outros fatos e levava a algo que sem ele parece extremamente inconcebível, por ser horrível. Vá saber, talvez ele tenha se calado sobre o que sabia para não me delatar; sim, mas que importância teria sua delação se quase em seguida...? Valentina, Valentina, Valentina, que delícia que você tivesse me censurado, me insultado, que estivesse lá me injuriando, que fosse você gritando comigo, o consolo de voltar a vê-la, Valentina, de sentir suas bofetadas, sua saliva em meu rosto... (Um comprimido inteiro, dessa vez... Já, já, filhinha.)

o mais alto, na popa, e que Dino a vira e vira Adriano a seu lado, e que tinha parado de remar para olhá-la, erguendo até ela os olhinhos astutos cheios de interrogação e provavelmente ("Não insista, por favor") de raiva ciumenta. A gôndola estava a poucos metros, via-se cada um dos pregos de cabeça prateada, cada flor, e as modestas ferragens do caixão ("Está me machucando, me solte"). Sentiu no cotovelo a pressão insuportável dos dedos de Adriano, e fechou os olhos por um segundo pensando que ele ia lhe bater. A barca pareceu fugir sob seus pés, e a cara de Dino (espantada, sobretudo, era hilário pensar que o pobre coitado também alimentara ilusões) deslizou vertiginosamente, perdeu-se sob a ponte. "Lá vou eu", conseguiu dizer Valentina para si, lá ia ela naquele caixão, além de Dino, além dessa mão que apertava brutalmente seu braço. Sentiu que Adriano fazia um movimento como se quisesse pegar alguma coisa, talvez o cigarro, com o gesto de quem procura ganhar tempo, prolongá-lo a qualquer custo. O cigarro ou o que quer que fosse, que importava isso se ela já estava embarcada na gôndola preta, a caminho de sua ilha sem medo, aceitando por fim a andorinha.

Reunião com um círculo vermelho

A Borges[*]

Imagino, Jacobo, que naquela noite você devia estar com muito frio, e que a chuva persistente de Wiesbaden se somou a isso para que você se decidisse a entrar no Zagreb. Talvez a fome tenha sido o principal motivo, você havia trabalhado o dia todo e já era hora de ir jantar em algum lugar tranquilo e quieto; se faltavam outras qualidades ao Zagreb, pelo menos essas duas ele reunia, e você, acho que dando de ombros como quem não dá muita bola, resolveu jantar lá. Pelo menos havia mesas sobrando na penumbra do salão vagamente balcânico, e foi muito bom poder pendurar o impermeável encharcado no velho cabide e procurar aquele canto onde a vela verde da mesa movia suavemente as sombras e deixava entrever talheres antigos e uma taça muito alta onde a luz se refugiava como um pássaro.

Primeiro foi aquela sensação de sempre num restaurante vazio, algo entre o incômodo e o alívio; por sua aparência, não devia ser ruim, mas a ausência de clientes a essa hora dava o que pensar. Numa cidade estrangeira essas meditações não duram muito, o que é que a gente sabe de seus hábitos e horários?, o que conta é o calor, o cardápio onde se propõem surpresas ou reencontros, a mulher diminuta de olhos grandes e cabelo preto que pareceu chegar do nada, desenhando-se de repente junto da toalha branca, um leve sorriso fixo à espera. Pensou que, na rotina da cidade, talvez já fosse muito tarde, mas quase não teve tempo de levantar um olhar de interrogação turística; uma mão pequena e pálida pousava um guardanapo e punha em ordem o saleiro fora do compasso. Você, é lógico, pediu espetinho de carne com cebola e pimentão vermelho, e um vinho encorpado e com um buquê que não tinha nada de ocidental; como eu em outros tempos, você gostava de fugir das refeições do hotel, onde o medo de ser típico ou exótico demais se resolve em insipidez, e até pediu o pão preto que talvez não combinasse com o espetinho, mas que a mulher trouxe no mesmo instante. Só então, fumando um primeiro cigarro, olhou com alguma atenção o enclave transilvânico que o protegia da chuva e de uma cidade alemã não excessivamente interessante. O silêncio, as ausências e a luz difusa das velas já eram quase seus amigos, de qualquer forma o distanciavam do resto e o deixavam agradavelmente só com seu cigarro e seu cansaço.

---

[*] Este conto foi incluído no catálogo de uma exposição do pintor venezuelano Jacobo Borges.

A mão que vertia o vinho na taça alta estava coberta de pelos, e você levou um sobressaltado segundo para romper a absurda cadeia lógica e compreender que a mulher pálida não estava mais a seu lado e que em seu lugar um garçom bronzeado e silencioso o convidava a provar o vinho com um gesto no qual parecia haver uma espera automática. É raro alguém achar o vinho ruim, e o garçom terminou de encher a taça como se a interrupção não passasse de uma parte mínima da cerimônia. Quase ao mesmo tempo, outro garçom curiosamente parecido com o primeiro (mas os trajes típicos, as costeletas pretas, os uniformizavam) pôs a bandeja fumegante na mesa e retirou com um gesto rápido a carne do espetinho. As poucas palavras necessárias tinham sido trocadas no alemão ruim previsível no comensal e nos que o serviam; mais uma vez era cercado pela calma na penumbra da sala e do cansaço, porém agora se ouvia com mais força o tamborilar da chuva na rua. Isso também cessou logo depois e você, virando-se um pouco, percebeu que a porta de entrada tinha sido aberta para dar passagem a outro comensal, uma mulher que devia ser míope, não só pela grossura das lentes, mas pela segurança insensata com que avançou entre as mesas até sentar-se no canto oposto da sala, mal iluminado por uma ou duas velas que estremeceram à sua passagem e confundiram sua figura incerta com os móveis e as paredes e o espesso cortinado vermelho do fundo, lá onde o restaurante parecia se juntar ao resto de uma casa imprevisível.

Enquanto comia, divertiu-o vagamente que a turista inglesa (não podia ser outra coisa, com aquele impermeável e uma mostra da blusa entre púrpura e tomate) se concentrasse, com toda a sua miopia, num cardápio que devia lhe escapar por completo, e que a mulher dos grandes olhos negros ficasse no terceiro ângulo da sala, onde havia um balcão com espelhos e guirlandas de flores secas, esperando que a turista acabasse de não entender nada para se aproximar. Os garçons tinham se situado atrás do balcão, dos lados da mulher, e também esperavam, com os braços cruzados, tão parecidos entre eles que o reflexo de suas costas no azougue envelhecido tinha algo de falso, como uma quadruplicação difícil e enganosa. Todos eles olhavam para a turista inglesa, que não parecia notar a passagem do tempo e continuava com o rosto colado no cardápio. Ainda houve uma espera enquanto você pegava outro cigarro, e a mulher acabou se aproximando de sua mesa para perguntar se queria alguma sopa, talvez um queijo de ovelha à grega, avançava nas perguntas a cada negativa cortês, os queijos eram muito bons, mas então quem sabe uns doces da região. Você só queria um café à turca porque o prato tinha sido bem servido e você estava começando a ficar com sono. A mulher pareceu indecisa, como se lhe desse a oportunidade de mudar de opinião e decidir pedir a tábua de queijos, e quando você não fez isso repetiu mecanicamente café à turca e você disse sim, café à turca, e a mulher pareceu respirar de modo curto e rápido, levantou a mão para os garçons e foi para a mesa da turista inglesa.

O café demorou a chegar, ao contrário do rápido começo do jantar, e você teve tempo de fumar outro cigarro e de terminar lentamente a garrafa de vinho, enquanto se divertia vendo a turista inglesa passear um olhar de lentes grossas por toda a sala, sem se deter em nada, particularmente. Havia nela algo de desajeitado ou tímido, levou um bom tempo em vagos movimentos até se decidir a tirar o impermeável brilhante de chuva e pendurá-lo no cabide mais próximo; claro que ao sentar-se novamente deve ter molhado o traseiro, mas isso não parecia preocupá-la enquanto terminava sua incerta observação da sala e permanecia bem quieta olhando para a toalha. Os garçons tinham ocupado novamente seus postos atrás do balcão, e a mulher aguardava junto à janelinha da cozinha; os três olhavam para a turista inglesa como se esperassem algo, que ela chamasse para completar um pedido ou talvez mudá-lo ou ir embora, olhavam-na de uma forma que lhe pareceu intensa demais, injustificada, de qualquer modo. De você tinham deixado de se ocupar, os dois garçons estavam outra vez de braços cruzados e a mulher mantinha a cabeça um pouco baixa e o longo cabelo liso cobria seus olhos, mas talvez fosse a que mais fixamente olhasse para a turista, e isso lhe pareceu desagradável e descortês, embora a pobre cegueta míope não pudesse perceber nada, agora que remexia em sua bolsa e tirava alguma coisa que não dava para ver na penumbra, mas que se identificou pelo barulho que a cegueta fez ao se assoar. Um dos garçons lhe levou o prato (parecia gulache) e voltou imediatamente a seu posto de sentinela; a dupla mania de cruzarem os braços assim que terminavam seu trabalho poderia ser divertida, mas de alguma forma não o era, nem tampouco que a mulher se posicionasse no canto mais afastado do balcão e de lá seguisse com uma atenção concentrada a operação de beber o café que você levava a cabo com toda a lentidão exigida por sua boa qualidade e seu aroma. O centro de atenção parecia ter mudado bruscamente, porque os dois garçons também o olhavam beber o café, e antes que o terminasse a mulher se aproximou para lhe perguntar se queria outro, e você aceitou quase perplexo porque nisso tudo, que não era nada, alguma coisa lhe escapava, algo que você gostaria de entender melhor. A turista inglesa, por exemplo, por que de repente os garçons pareciam ter tanta pressa para que a turista terminasse de comer e fosse embora, e para tal lhe tiravam o prato ainda com o último bocado e lhe punham o cardápio aberto diante do rosto e um deles saía com o prato vazio enquanto o outro esperava como se a instasse a se decidir?

Como acontece tantas vezes, você não poderia precisar o momento em que pensou ter entendido; no xadrez e no amor também existem esses momentos em que a névoa se esgarça, e então se completam as jogadas ou os atos que um segundo antes seriam inconcebíveis. Sem sequer uma ideia articulável, farejou o perigo, disse para si que por mais atrasada que a turista inglesa estivesse em seu jantar, era preciso ficar ali fumando e bebendo até que a cegueta indefesa resolvesse se enfronhar em sua bolha de plástico e se mandasse outra vez para a rua. Como você sempre gostou de esporte e do absurdo, achou divertido levar assim algo que, no nível do estômago, estava longe de sê-lo; acenou chamando e pediu outro café e um cálice de barack, que era o aconselhável para o enclave. Ainda tinha três cigarros e achou que bastariam até a turista inglesa se decidir por alguma sobremesa balcânica; claro que não ia tomar café, dava para ver em seus óculos e na blusa; também não ia pedir chá, porque certas coisas não se fazem fora da pátria. Com um pouco de sorte, pagaria a conta e sairia dali a uns quinze minutos.

Serviram-lhe o café mas não o barack, a mulher pôs os olhos para fora da brenha de cabelo para adotar a expressão que convinha à demora; estavam procurando uma garrafa nova na adega, o senhor teria a bondade de esperar uns minutinhos. A voz articulava claramente as palavras, embora estivessem mal pronunciadas, mas você percebeu que a mulher se mantinha atenta à outra mesa, onde um dos garçons apresentava a conta com um gesto de robô, estendendo o braço e permanecendo imóvel dentro de uma perfeita descortesia respeitosa. Como se finalmente entendesse, a turista tinha começado a remexer na bolsa, tudo nela era desajeitado, provavelmente encontrava um pente ou um espelho em vez do dinheiro, que por fim deve ter assomado à superfície porque o garçom se afastou bruscamente da mesa no momento em que a mulher chegava à sua com o cálice de barack. Você também não soube muito bem por que lhe pediu simultaneamente a conta, agora que tinha certeza de que a turista ia sair antes e que podia muito bem se dedicar a saborear o barack e fumar o último cigarro. Talvez a ideia de ficar de novo sozinho na sala, que tinha sido tão agradável quando chegou e agora era diferente, coisas como a imagem dupla dos garçons atrás do balcão e da mulher que parecia hesitar diante do pedido, como se fosse uma insolência se apressar desse jeito, e depois lhe dava as costas e voltava ao balcão até fechar mais uma vez o trio e a espera. Afinal de contas, devia ser deprimente trabalhar num restaurante tão vazio, tão distante da luz e do ar puro; aquela gente começava a definhar, sua palidez e seus gestos mecânicos eram a única resposta possível à repetição de tantas noites intermináveis. E a turista tateava em torno de seu impermeável, voltava até a mesa como se pensasse ter esquecido alguma coisa, olhava debaixo da cadeira, e então você se levantou lentamente, incapaz de permanecer mais um segundo que fosse, e no meio do caminho topou com um dos garçons, que

Alguém que anda por aí 185

lhe estendeu a bandejinha de prata na qual você pôs uma nota sem olhar a conta. O golpe de vento coincidiu com o gesto do garçom procurando troco nos bolsos do colete vermelho, mas você sabia que a turista tinha acabado de abrir a porta e não esperou mais, levantou a mão numa despedida que abarcava o garçom e os que continuavam olhando para ele lá do balcão, e calculando exatamente a distância, ao passar apanhou seu impermeável e foi para a rua, onde já chovia. Só aí respirou de verdade, como se até então e sem perceber estivesse contendo a respiração; só aí sentiu, de verdade, medo e alívio ao mesmo tempo.

A turista estava a poucos metros, andando lentamente na direção de seu hotel, e você a seguiu com o vago receio de que bruscamente se lembrasse de ter esquecido alguma outra coisa e lhe ocorresse voltar ao restaurante. Não se tratava mais de entender nada, tudo era um simples bloco, uma evidência sem razões: ele a salvara e precisava se assegurar de que não voltaria, de que a desajeitada cegueta enfiada em sua bolha úmida chegaria com uma total e feliz inconsciência ao abrigo de seu hotel, a um quarto onde ninguém olharia para ela como a tinham olhado.

Quando dobrou a esquina, mesmo sem ter motivo para se apressar, perguntou-se se não seria melhor segui-la de perto para ter certeza de que ela não daria a volta na quadra com seu errático desajeitamento míope; apressou-a a chegar à esquina e viu a ruazinha mal iluminada e vazia. Os dois longos muros de pedra só mostravam um portão ao longe, aonde a turista não conseguira chegar; só um sapo exaltado pela chuva atravessava, aos pulos, de uma calçada à outra.

Por um momento, foi a raiva, como aquela estúpida podia...? Depois encostou num dos muros e esperou, mas era quase como se estivesse à espera de si mesmo, de algo que devia se abrir e funcionar profundamente para que tudo aquilo fizesse sentido. O sapo tinha achado um buraco ao pé do muro e também esperava, talvez algum inseto aninhado no buraco ou uma passagem para entrar num jardim. Nunca soube quanto tempo permaneceu ali, nem por que voltou para a rua do restaurante. As vitrines estavam escuras, mas a porta estreita continuava entreaberta; quase nem estranhou que a mulher estivesse lá, como se o esperasse sem surpresa.

— Achamos que o senhor ia voltar — disse. — Já viu que não tinha por que ir embora tão depressa.

Abriu um pouco mais a porta e se pôs de lado; agora teria sido fácil lhe dar as costas e ir embora sem sequer responder, mas a rua com os muros e o sapo era uma espécie de desmentido a tudo o que havia imaginado, a tudo o que acreditara ser uma obrigação inexplicável. De alguma forma, para ele tanto fazia entrar como ir embora, ainda que sentisse a crispação que o lançava para trás; entrou antes de conseguir decidir, naquele nível em que nada havia sido decidido naquela noite, e ouviu o atrito da porta e o ferrolho a suas costas. Os dois garçons estavam muito próximos, e só restavam algumas poucas velas acesas na sala.

— Venha — disse, de algum canto, a voz da mulher —, já está tudo pronto.

Sua própria voz lhe soou distante, como se tivesse vindo do outro lado do espelho do balcão.

— Não estou entendendo — conseguiu dizer —, ela estava lá e, de repente...

Um dos garçons riu, apenas um início de riso seco.

— Ah, ela é assim mesmo — disse a mulher, aproximando-se de frente. — Fez o que pôde pra evitá-lo, sempre tenta, a coitada. Mas eles não têm força, só conseguem fazer algumas coisas e sempre as fazem mal, é tão diferente de como a gente os imagina.

Sentiu os dois garçons a seu lado, o roçar de seus coletes no impermeável.

— Chega a dar pena — disse a mulher —, já são duas vezes que ela vem e precisa ir embora porque nada lhe sai bem. Nunca nada lhe saiu bem, basta olhar pra ela.

— Mas ela...

— Jenny — disse a mulher. — É a única coisa que pudemos saber dela quando a conhecemos, conseguiu dizer que se chamava Jenny, a menos que estivesse nomeando outra, depois foram só gritos, é absurdo que gritem tanto.

Você olhou para eles sem falar nada, sabendo que até olhá-los era inútil, e eu tive tanta pena de você, Jacobo, como eu podia saber que você ia pensar o que pensou de mim e que ia tentar me proteger, eu que estava lá para isso mesmo, para conseguir que o deixassem ir embora. A distância era muita, eram muitas as impossibilidades entre mim e você; tínhamos jogado o mesmo jogo mas você ainda estava vivo e não havia maneira de fazê-lo compreender. A partir de agora ia ser diferente se você quisesse, a partir de agora seríamos dois para vir nas noites de chuva, talvez assim se saísse melhor, ou pelo menos seria isso, seríamos dois nas noites de chuva.

Alguém que anda por aí   187

As faces da medalha

Àquela que um dia o lerá, já tarde, como sempre

Os escritórios do CERN davam para um corredor sombrio, e Javier gostava de sair de sua sala para ir e vir fumando um cigarro, imaginando Mireille atrás da porta da esquerda. Era a quarta vez em três anos que ia a Genebra para um trabalho temporário, e a cada regresso Mireille o cumprimentava cordialmente, convidava-o para tomar o chá das cinco com outros dois engenheiros, uma secretária e um datilógrafo poeta e iugoslavo. Gostávamos do pequeno ritual por não ser diário e, portanto, mecânico; a cada três ou quatro dias, quando nos encontrávamos num elevador ou no corredor, Mireille o convidava para se reunir com seus colegas na hora do chá que improvisavam sobre sua escrivaninha. Talvez ela achasse Javier simpático porque ele não disfarçava seu tédio e sua vontade de terminar o contrato e voltar para Londres. Era difícil saber por que o contratavam, de qualquer forma os colegas de Mireille se surpreendiam com seu desprezo pelo trabalho e com a música leve do transistor japonês com que acompanhava seus cálculos e seus desenhos. Nada parecia nos aproximar naquela época, Mireille ficava horas a fio em sua escrivaninha e era inútil que Javier tentasse cabalas absurdas para vê-la sair depois de trinta e três idas e vindas pelo corredor; mas se ela saísse, eles só trocariam um par de frases qualquer sem que Mireille imaginasse que ele zanzava por ali com a esperança de vê-la sair, assim como ele zanzava de brincadeira, para ver se, antes de trinta e três, Mireille ou, mais uma vez, fracasso. A gente quase não se conhecia, no CERN quase ninguém se conhece de verdade, a obrigação de conviver tantas horas por semana fabrica teias de amizade ou inimizade que qualquer vento de férias ou de demissão manda às favas. Brincamos disso durante aquelas duas semanas que a cada ano retornavam, mas para Javier o retorno a Londres era também Eillen e uma degradação lenta e irrefreável de algo que um dia tivera a graça do desejo e do gozo, Eillen gata trepada num barrilete, saltadora com vara sobre o tédio e a rotina. Com ela tinha vivido um safári em plena cidade, Eillen o acompanhara para caçar antílopes em Hampstead Heath, tudo se acelerara como nos filmes mudos até uma última corrida de amor na Dinamarca, ou tinha sido na Romênia, de repente as diferenças sempre conhecidas e negadas, as cartas que mudam de posição no baralho e modificam as sortes, Eillen preferindo o cinema aos concertos ou vice-versa, Javier indo procurar discos sozinho porque Eillen tinha de lavar o cabelo, ela que só o lavava quando realmente não tinha mais nada para fazer, protestando contra a higiene e por favor enxágue meu rosto que estou com xampu nos olhos. O primeiro contrato do CERN chegara quando já não havia mais nada a dizer, salvo que o apartamento de Earl's Court continuava lá com suas rotinas matinais, o amor como a sopa ou o *Times*, como tia Rosa e seus aniversários na casa de campo de Bath, as contas de gás. Tudo isso era agora um vazio obscuro, um presente passado de contraditórias recorrências, preenchia o ir e vir de Javier pelo corredor dos escritórios, vinte e cinco, vinte e seis, vinte e sete, talvez antes de trinta a porta e Mireille e oi, Mireille que estava indo fazer xixi ou averiguar um dado com o estatístico inglês de costeletas brancas, Mireille morena e calada, blusa até o pescoço onde algo devia pulsar devagar, um passarinho com uma vida sem muitos altos e baixos, uma mãe distante, algum amor infeliz e sem sequelas, Mireille já meio solteirona, meio funcionária, mas às vezes assobiando um tema de Mahler no elevador, vestida sem capricho, quase sempre em tons escuros ou de terninho, uma idade alinhada demais, uma discrição muito sisuda.

Só um dos dois escreve isso, mas dá na mesma, é como se o escrevêssemos juntos, só que agora nunca mais estaremos juntos, Mireille vai continuar em sua casinha nos arrabaldes genebrinos, Javier vai viajar pelo mundo e voltar para seu apartamento em Londres com a obstinação da mosca que pousa cem vezes num braço, em Eillen. Nós o escrevemos como uma medalha é ao mesmo tempo seu anverso e seu reverso, que não se encontrarão jamais, que só se viram alguma vez no duplo jogo de espelhos da vida. Nunca poderemos saber de verdade qual dos dois é mais sensível a essa maneira de não estar que tem o outro para ambos. Cada um por seu turno, Mireille às vezes chora enquanto ouve determinado quinteto de Brahms, sozinha ao entardecer em sua sala de vigas escuras e móveis rústicos, aonde por instantes chega o perfume das rosas do jardim. Javier não sabe chorar, suas lágrimas preferem se condensar em pesadelos que o acordam brutalmente junto de Eillen, dos quais ele se livra bebendo conhaque e escrevendo textos que não contêm forçosamente os pesadelos mas às vezes sim, às vezes ele os entorna em palavras inúteis e por um momento é o senhor, o que decide o que será dito ou o que irá escorregar pouco a pouco no falso esquecimento de um novo dia.

À nossa maneira, nós dois sabemos que houve um erro, um equívoco estancável mas que nenhum de nós foi capaz de estancar. Estamos certos de nunca termos nos julgado, de simplesmente termos aceitado que as coisas aconteciam assim e que não era possível fazer mais do que fizemos. Não sei se pensamos, na ocasião, em forças como o orgulho, a renúncia, a decepção, se só Mireille ou só Javier pensaram nelas, enquanto o outro as

Alguém que anda por aí   189

aceitava como algo fatal, submetendo-se a um sistema que os abarcava e os submetia; agora é muito fácil falar que tudo pode ter dependido de uma rebeldia instantânea, de acender o abajur ao lado da cama quando Mireille se negava, de guardar Javier a seu lado a noite toda quando ele já estava procurando as roupas para se vestir novamente; é muito fácil jogar a culpa na delicadeza, na impossibilidade de ser brutal ou obstinado ou generoso. Isso não teria acontecido assim entre seres mais simples ou mais ignorantes, talvez uma bofetada ou um insulto tivessem contido a benevolência e o caminho justo que o decoro cortesmente nos vetou. Nosso respeito vinha de uma maneira de viver que nos aproximou como as faces da medalha; nós aceitamos isso, cada qual por seu lado, Mireille num silêncio de distância e renúncia, Javier murmurando para ela sua esperança, já ridícula, calando-se, por fim, no meio de uma frase, no meio de uma última carta. E no fim das contas só nos restava, só nos resta a tarefa lúgubre de continuar sendo dignos, de continuar vivendo com a vã esperança de que o esquecimento jamais nos esqueça.

Certa vez nos encontramos, ao meio-dia, na casa de Mireille, ela o convidara para almoçar com outros colegas quase por obrigação, não podia deixá-lo de lado quando Gabriela e Tom já tinham aludido ao almoço enquanto tomavam chá no escritório, e Javier pensou que era triste que Mireille o convidasse por uma simples pressão social, mas havia comprado uma garrafa de Jack Daniel's e conhecido a cabana nos arrabaldes de Genebra, o pequeno roseiral e a churrasqueira onde Tom oficiava entre coquetéis e um disco dos Beatles, que não era de Mireille mas que Gabriela pusera para tocar porque para ela e para Tom e para meio CERN o ar era irrespirável sem essa música. Não conversamos muito, uma hora Mireille o levou pelo roseiral e ele lhe perguntou se ela gostava de Genebra e ela respondeu só com um olhar e um dar de ombros, ele a viu atarefada com pratos e copos, ouviu-a dizer um palavrão por causa de uma fagulha na mão, os fragmentos iam se reunindo e foi aí que ele a desejou pela primeira vez, a mecha de cabelo caindo por sua testa morena, os jeans marcando sua cintura, a voz um pouco grave que devia saber cantar lieder, dizer coisas importantes como um simples murmúrio musgoso. Voltou a Londres no fim de semana e Eillen estava em Helsinque, um papel em cima da mesa o informava de um trabalho bem remunerado, três semanas, deixava um frango na geladeira, beijos.

Na vez seguinte o CERN ardia numa conferência de alto nível, Javier teve que trabalhar de verdade, e Mireille pareceu sentir pena quando ele lhe disse isso lugubremente entre o quinto andar e a rua; sugeriu que fossem a um concerto de piano, foram, concordaram sobre Schubert, não sobre Bartók, foram beber num cafezinho quase deserto, ela tinha um velho carro inglês e o deixou no hotel, ele havia trazido para ela um disco de madrigais e foi bom saber que não o conhecia, que não seria necessário trocá-lo. Domingo e campo, a transparência de uma tarde quase suíça demais, e deixamos o carro numa aldeia e andamos pelos trigais, em algum momento Javier lhe contou de Eillen, falou por falar, sem necessidade concreta, e Mireille o ouviu calada, poupou-lhe a compaixão e os comentários, que ele, no entanto, teria desejado de alguma forma, porque esperava dela algo que começasse a se parecer ao que sentia, seu desejo de beijá-la suavemente, de encostá-la no tronco de uma árvore e conhecer seus lábios, toda a sua boca. Quase não falamos de nós na volta, nos deixávamos ir pelas trilhas que propunham seus temas a cada curva, as cercas vivas, as vacas, um céu com nuvens prateadas, o cartão-postal do bom domingo. Mas quando descemos correndo uma encosta entre paliçadas, Javier sentiu a mão de Mireille perto da sua e a apertou e continuaram correndo como se se impulsionassem mutuamente, e já no carro Mireille o convidou para tomar chá em sua cabana, gostava de chamá-la de cabana porque não era uma cabana mas tinha tanto de cabana, e ouvir uns discos. Foi uma parada no tempo, uma linha que cessa de repente no ritmo do desenho antes de recomeçar em outro lugar, buscando uma nova direção.

Naquela tarde fizemos um balanço muito claro: Mahler sim, Brahms sim, a Idade Média em conjunto sim, jazz não (Mireille), jazz sim (Javier). Não falamos do resto, ainda ficavam por explorar o Renascimento, o Barroco, Pierre Boulez, John Cage (mas Mireille não Cage, isso com certeza, embora não tivessem falado dele, e provavelmente Boulez músico não, mas regente sim, essas nuances importantes). Três dias depois fomos a um concerto, jantamos na cidade velha, havia um postal de Eillen e uma carta da mãe de Mireille mas não falamos delas, tudo ainda era Brahms e um vinho branco do qual Brahms teria gostado, porque tínhamos certeza de que o vinho branco agradaria a Brahms. Mireille o deixou no hotel e se beijaram no rosto, talvez não tão rápido como quando no rosto, porém no rosto. Naquela noite Javier respondeu ao postal de Eillen, e Mireille regou suas rosas sob o luar, não por romantismo pois de romântica ela não tinha nada, mas porque o sono estava demorando a chegar.

Faltava a política, a não ser por alguns comentários isolados que mostravam pouco a pouco nossas diferenças parciais. Talvez não tivéssemos querido enfrentá-la, covardemente talvez; o chá no escritório desatou a coisa, o datilógrafo poeta bateu pesado nos israelenses, Gabriela os achou maravilhosos, Mireille só disse que estavam em seu direito, que diabos, Javier lhe sorriu sem ironia e observou que dava para dizer exatamente a mesma coisa dos palestinos, Tom tendia a um acordo internacional com os boinas azuis e o restante da farândola, o mais foi chá e previsões sobre a semana de trabalho. Um dia iríamos falar disso tudo a sério, agora só queríamos nos olhar e nos sentir bem, dizer um para o outro que logo mais teríamos uma soirée Beethoven no Victoria Hall; falamos dela na cabana, Javier levara um conhaque e um brinquedo absurdo que, segundo ele, Mireille iria adorar, mas que ela achou extremamente bobo, embora o tenha posto na estante mesmo assim, depois de lhe dar corda e contemplar amavelmente suas contorções. Naquela tarde foi Bach, foi o violoncelo de Rostropovich e uma luz que descia pouco a pouco como o conhaque nas borbulhas das taças. Nada podia ser mais nosso que esse acordo de silêncio, nunca precisamos levantar um dedo ou calar um comentário; só depois, com o gesto de mudar de disco, entravam as primeiras palavras. Javier as disse olhando para o chão, simplesmente perguntou se algum dia lhe seria dado saber o que ela já sabia dele, de sua Londres e de sua Eillen.

Sim, claro que podia saber, mas em todo caso não agora. Um dia, quando jovem, nada a contar a não ser que, bem, havia dias em que tudo pesava tanto. Na penumbra, Javier sentiu que as palavras pareciam lhe chegar molhadas, um ceder instantâneo, mas já enxugando os olhos com o avesso da manga sem lhe dar tempo de perguntar mais nada ou de lhe pedir desculpas. Meio confuso, rodeou-a com o braço, procurou seu rosto, que não o rejeitava mas que parecia estar em outro lugar, em outro tempo. Quis beijá-la e ela se esquivou de lado, murmurando uma desculpa branda, mais um pouco de conhaque, não devia se importar, não devia insistir.

Pouco a pouco tudo se confunde, não nos lembraríamos com detalhes do antes ou do depois daquelas semanas, da ordem dos passeios ou dos concertos, dos encontros marcados nos museus. Talvez Mireille pudesse ter organizado melhor as sequências, Javier não fazia nada além de mostrar suas cartas, a volta a Londres que se aproximava, Eillen, os concertos, descobrir por uma simples frase a religião de Mireille, sua fé e seus valores exatos, aquilo que nele não passava de esperança de um presente quase sempre abolido. Num café, depois que brigamos, rindo, para saber quem pagaria a conta, nos olhamos como velhos amigos, abruptamente camaradas, trocamos palavrões sem sentido, garras de ursos brincando. Quando voltamos a ouvir música na cabana, havia entre nós outra maneira de falar, outra familiaridade da mão que empurrava uma cintura para abrir a porta, o direito de Javier ir buscar um copo por conta própria ou de pedir que Telemann não,

192   *As faces da medalha*

que primeiro Lotte Lehmann e muito, muito gelo no uísque. Tudo parecia estar sutilmente revirado, Javier sentia isso, e alguma coisa o perturbou sem saber o quê, um ter chegado antes de chegar, um direito de cidade que ninguém lhe dera. Nunca nos olhávamos na hora da música, bastava estar ali no velho sofá de couro e que anoitecesse e Lotte Lehmann. Quando ele procurou sua boca e seus dedos roçaram-lhe a curva dos seios, Mireille permaneceu imóvel e se deixou beijar e respondeu a seu beijo e por um segundo lhe cedeu sua língua e sua saliva, mas sempre sem se mover, sem responder a seu gesto de levantá-la da poltrona, calando-se enquanto ele balbuciava o pedido, enquanto a chamava para tudo o que estava esperando no primeiro degrau da escada, na noite inteira para eles.

Ele também esperou, pensando que entendia, pediu-lhe desculpas, mas antes, ainda com a boca bem perto de seu rosto, perguntou por quê, perguntou se era virgem, e Mireille negou abaixando a cabeça, sorrindo-lhe um pouco como se perguntar isso fosse uma bobagem, fosse inútil. Ouviram outro disco comendo biscoitos e bebendo, a noite tinha se fechado e ele teria de ir embora. Nos levantamos ao mesmo tempo, Mireille se deixou abraçar como se tivesse perdido as forças, não disse nada quando ele murmurou novamente seu desejo; subiram a escada estreita e se separaram no patamar, houve aquela pausa em que se abrem portas e se acendem luzes, um pedido de espera e um desaparecimento que se prolongou enquanto no quarto Javier parecia se sentir fora de si, incapaz de pensar que não devia ter permitido isso, que isso não podia ser assim, o intervalo da espera, as prováveis precauções, a rotina quase aviltante. Viu-a voltar envolta num roupão branco atoalhado, se aproximar da cama e estender a mão até o abajur. "Não apague a luz", pediu-lhe, mas Mireille negou com a cabeça e apagou, deixou-o tirar a roupa na escuridão total, procurar às cegas a beirada da cama, resvalar na sombra contra seu corpo imóvel.

Não fizemos amor. Estivemos a um passo disso depois que Javier conheceu com as mãos e os lábios o corpo silencioso que o esperava na treva. Era outro seu desejo, vê-la à luz da lâmpada, seus seios e seu ventre, acariciar as costas definidas, olhar as mãos de Mireille em seu próprio corpo, detalhar em mil fragmentos o gozo que precede o gozo. No silêncio e na escuridão totais, na distância e na timidez que de Mireille, invisível e muda, caíam sobre ele, tudo cedia a uma irrealidade de devaneio, e ao mesmo tempo ele era incapaz de confrontá-la, de pular da cama e acender a luz e voltar a impor uma vontade necessária e bela. Meio confuso, pensou que depois, quando ela já o conhecesse, quando a verdadeira intimidade começasse, mas o silêncio e a sombra e o tique-taque do relógio na cômoda podiam mais. Balbuciou uma desculpa que ela acalmou com um beijo de amiga,

Alguém que anda por aí   193

apertou-se contra seu corpo, sentiu-se insuportavelmente cansado, talvez tenha dormido por um momento.

Talvez tenhamos dormido, sim, talvez àquela hora tenhamos nos abandonado a nós mesmos e nos perdemos. Mireille se levantou primeiro e acendeu a luz, envolta em seu roupão voltou ao banheiro enquanto Javier se vestia mecanicamente, incapaz de pensar, com um gosto ruim na boca e a ressaca do conhaque mordendo-lhe o estômago. Mal conversaram, mal se olharam, Mireille disse que não era nada, que sempre havia táxis na esquina, acompanhou-o até lá embaixo. Ele não foi capaz de romper a rígida cadeia de causas e consequências, a rotina forçada que desde bem antes deles mesmos exigia que ele baixasse a cabeça e saísse da cabana em plena noite; só pensou que no dia seguinte conversariam com mais calma, que tentaria fazê-la entender, mas entender o quê? E é verdade que conversaram no café de sempre e que Mireille disse novamente que não era nada, que não tinha importância, da outra vez talvez fosse melhor, não devia pensar mais nisso. Ele voltaria a Londres dali a três dias, quando pediu que o deixasse acompanhá-la até a cabana ela disse que não, melhor não. Não soubemos fazer nem dizer outra coisa, não soubemos sequer nos calar, nos abraçar numa esquina qualquer, nos encontrar em algum olhar. Era como se Mireille esperasse de Javier algo que ele esperava de Mireille, uma questão de iniciativas ou prioridades, de gestos de homem e acatamentos de mulher, da imutabilidade das sequências decididas por outros, recebidas de fora; tínhamos avançado por um caminho no qual nenhum de nós quisera forçar o passo, romper a harmoniosa paridade; nem mesmo agora, depois de saber que tínhamos errado esse caminho, éramos capazes de um grito, de um tapa no abajur, do impulso acima das cerimônias inúteis, dos roupões de banho e não é nada, não se preocupe com isso, da outra vez vai ser melhor. Teria sido preferível repetir juntos: por delicadeza/perdemos nossa vida; o poeta teria perdoado que falássemos também por nós.

Deixamos de nos ver durante meses. Javier escreveu, claro, e pontualmente lhe chegaram umas poucas frases de Mireille, cordiais e distantes. Então ele começou a telefonar para ela de noite, quase sempre aos sábados, quando a imaginava sozinha na cabana, pedindo desculpas se interrompia um quarteto ou uma sonata, mas Mireille sempre respondia que estava lendo ou cuidando do jardim, que era uma boa hora para ele telefonar. Quando ela viajou a Londres seis meses mais tarde para visitar uma tia adoentada, Javier lhe reservou um hotel, encontraram-se na estação e foram visitar os museus, King's Road, divertiram-se com um filme de Milos Forman. Hou-

194   *As faces da medalha*

ve aquele momento como os de antigamente, num pequeno restaurante de Whitechapel as mãos se encontraram com uma confiança que abolia a lembrança, e Javier se sentiu melhor e lhe disse isso, disse que a desejava mais que nunca, mas que não tocaria mais no assunto, que tudo dependia dela, do dia em que decidisse voltar ao primeiro degrau da primeira noite e simplesmente lhe abrisse os braços. Ela assentiu sem olhá-lo, sem aquiescência nem negativa, só achou absurdo que ele continuasse recusando os contratos que lhe propunham em Genebra. Javier a acompanhou até o hotel e Mireille se despediu no lobby, não lhe pediu para subir mas sorriu ao beijá-lo levemente no rosto, murmurando um até logo.

Sabemos tantas coisas, que a aritmética é falsa, que um mais um nem sempre dá um, mas dois ou nenhum, temos tempo de sobra para folhear o álbum de vazios, de janelas fechadas, de cartas sem voz e sem perfume. O escritório cotidiano, Eillen convencida de esbanjar felicidade, as semanas e os meses. Outra vez Genebra no verão, o primeiro passeio à beira do lago, um concerto de Isaac Stern. Em Londres permanecia agora a sombra miúda de María Elena, que Javier tinha encontrado num coquetel e que lhe dera três semanas de jogos amenos, o prazer pelo prazer ali onde o resto era um amável vazio diurno com María Elena voltando-se incansável ao tênis e aos Rolling Stones, um adeus sem melancolia depois de um último weekend desfrutado como esse, como um adeus sem melancolia. Disse isso para Mireille, e sem precisar perguntar soube que ela não, que ela o escritório e as amigas, que ela sempre a cabana e os discos. Agradeceu sem palavras a Mireille por escutá-lo com seu grave, atento silêncio compreensivo, deixando-lhe a mão na mão enquanto viam anoitecer sobre o lago e decidiam onde iriam jantar.

Depois foi o trabalho, uma semana de encontros isolados, a noite no restaurante romeno, a ternura. Nunca tinham falado disso que mais uma vez estava ali, no gesto de verter o vinho ou de se olhar lentamente no final de um diálogo. Fiel à sua palavra, Javier esperava por uma hora que não acreditava ter direito a esperar. Mas a ternura, então, alguma coisa ali presente entre tantas outras coisas, um gesto de Mireille ao baixar a cabeça e passar a mão pelos olhos, a simples frase para lhe dizer que o acompanharia ao hotel. No carro se beijaram novamente como na noite da cabana, ele apertou seu corpo e sentiu suas coxas se abrindo para a mão que subia e acariciava. Quando entraram no quarto, Javier não conseguiu esperar e a abraçou de pé, perdendo-se em sua boca e seu cabelo, levando-a passo a passo para a cama. Ouviu-a murmurar um não sufocado, pedir que esperasse um pouco,

Alguém que anda por aí 195

sentiu-a separar-se dele e procurar a porta do banheiro, fechá-la e tempo, silêncio e água enquanto ele arrancava o cobertor e deixava apenas uma luz num canto, tirava os sapatos e a camisa, hesitando entre se desnudar completamente ou esperar, porque seu roupão estava no banheiro e se a luz acesa, se Mireille ao voltar o visse nu e de pé, grotescamente ereto ou lhe dando as costas ainda mais grotescamente para que ela não o visse assim como de fato deveria vê-lo agora que entrava com uma toalha de banho envolvendo-a, aproximava-se da cama com o olhar baixo e ele estava de calça, tinha de tirá-la e tirar a cueca e aí sim abraçá-la, arrancar-lhe a toalha e deitá-la na cama e vê-la dourada e morena e outra vez beijá-la até o mais fundo e acariciá-la com dedos que talvez a machucassem, porque gemeu, jogou-se para trás deitando no lugar mais afastado da cama e piscando contra a luz mais uma vez lhe pedindo uma escuridão que ele não lhe daria porque nada lhe daria, seu sexo repentinamente inútil procurando uma passagem que ela lhe oferecia e que não seria franqueada, as mãos exasperadas procurando excitá-la e se excitar, a mecânica de gestos e palavras que Mireille rejeitaria pouco a pouco, rígida e distante, compreendendo que tampouco agora, que para ela nunca, que a ternura e isso tinham se tornado inconciliáveis, que sua aceitação e seu desejo só tinham servido para deixá-la novamente junto a um corpo que parava de lutar, que se colava a ela sem se mover, que nem sequer tentava recomeçar.

Talvez tenhamos dormido, estávamos muito distantes e sozinhos e sujos, a repetição se cumprira como num espelho, só que agora era Mireille que se vestia para ir embora e ele a acompanhava até o carro, ele a sentia despedir-se sem olhar para ele e o beijo leve no rosto, o carro que arrancava no silêncio da noite alta, o regresso ao hotel e nem sequer saber chorar, nem sequer saber se matar, só o sofá e o álcool e o tique-taque da noite e da alvorada, o escritório às nove, o cartão de Eillen e o telefone esperando, aquele número interno que em algum momento deveria discar porque em algum momento teria de dizer alguma coisa. Mas claro, não se preocupe, está bem, no café às sete. Mas lhe dizer isso, dizer não se preocupe, no café às sete, vinha depois daquela viagem interminável até a cabana, deitar-se numa cama gelada e tomar um sonífero inútil, voltar a cada cena daquela progressão para o nada, repetir entre náuseas o instante em que tinham se levantado no restaurante e ela dissera que o acompanharia até o hotel, as rápidas operações no banheiro, a toalha para amarrar na cintura, a força quente dos braços que a levavam e a deitavam, a sombra murmurante se estendendo sobre ela, as carícias e aquela sensação fulgurante de uma dureza contra seu ventre, entre as coxas, o protesto inútil pela luz acesa e de repente a ausência, as mãos resvalando perdidas, a voz murmurando delon-

196 *As faces da medalha*

gas, a espera inútil, o sopor, tudo de novo, tudo por quê, a ternura por quê, a aquiescência por quê, o hotel por quê, e o sonífero inócuo, o escritório às nove, sessão extraordinária do conselho, impossível faltar, tudo impossível, exceto o impossível.

Nunca vamos falar nisso, a imaginação hoje nos reúne tão inutilmente como, então, a realidade. Nunca vamos procurar juntos a culpa ou a responsabilidade ou o talvez não inimaginável recomeço. Só há em Javier um sentimento de castigo, mas o que quer dizer castigo quando se ama e se deseja, que atavismo grotesco se desencadeia lá onde a felicidade estava esperando, por que antes e depois este presente Eillen ou María Elena ou Doris no qual um passado Mireille cravará até o fim sua faca de silêncio e de desprezo? De silêncio, apenas, embora ele pense em desprezo a cada náusea de lembrança, porque não há desprezo em Mireille, silêncio sim, e tristeza, dizer-se que ela ou ele mas também ela e ele, dizer-se que nem todo homem se completa na hora do amor e nem toda mulher sabe encontrar nele um homem. Restam as mediações, os últimos recursos, o convite de Javier para viajarem juntos, passarem duas semanas em qualquer canto distante para quebrar o feitiço, variar a fórmula, se encontrarem, por fim, de outra maneira, sem toalhas nem esperas nem compromissos. Mireille disse que sim, que mais adiante, que ele lhe telefonasse de Londres, talvez pudesse pedir duas semanas de licença. Estavam se despedindo na estação ferroviária, ela voltou de trem para a cabana porque o carro estava enguiçado. Javier não podia mais beijá-la na boca, mas lhe deu um abraço apertado, pediu novamente que aceitasse fazer a viagem, olhou-a até incomodá-la, até que ela baixou os olhos e repetiu que sim, que ia dar tudo certo, que ele fosse tranquilo para Londres, que ia acabar dando tudo certo. Com as crianças também falamos assim antes de levá-las ao médico ou de lhes fazer coisas que doem, Mireille, de sua face da medalha já não esperaria nada, não acreditaria em mais nada, simplesmente voltaria para a cabana e para os discos, sem sequer imaginar outra maneira de correr em direção ao que não tinham alcançado. Quando ele lhe telefonou de Londres sugerindo a costa dálmata, dando datas e indicações com uma minúcia que mal escondia o medo de uma negativa, Mireille respondeu que lhe escreveria. De sua face da medalha Javier só pôde dizer que sim, que ficaria esperando, como se de alguma forma já soubesse que a carta seria breve e gentil e não, inútil recomeçar algo perdido, melhor sermos apenas amigos; em somente oito linhas um abraço de Mireille. Cada qual em sua face, incapazes de derrubar a medalha com um empurrão, Javier escreveu uma carta que pretendera mostrar o único caminho que lhes restava por

Alguém que anda por aí 197

inventar juntos, o único que não estivesse já traçado por outros, pelo uso e pelos acatamentos, que não passasse forçosamente por uma escada ou por um elevador para chegar a um quarto ou a um hotel, que não exigisse que ele tirasse a roupa no mesmo momento em que ela tirava a roupa; mas sua carta não passava de um lenço molhado, não conseguiu nem terminá-la e a assinou no meio de uma frase, enterrou-a no envelope sem ao menos lê-la. De Mireille não houve resposta, as ofertas de trabalho em Genebra foram gentilmente recusadas, a medalha está ali entre nós, vivemos longe um do outro e nunca mais nos escreveremos, Mireille em sua casinha nos arredores, Javier viajando pelo mundo e voltando para seu apartamento com a obstinação da mosca que pousa cem vezes num braço. Em algum entardecer, Mireille chorou enquanto ouvia determinado quinteto de Brahms, mas Javier não sabe chorar, só tem pesadelos, dos quais se livra escrevendo textos que tentam ser como os pesadelos, ali onde ninguém tem seu nome verdadeiro mas talvez sua verdade, ali onde não há medalhas de lado com verso e reverso nem degraus consagrados que é preciso galgar; mas, claro, são apenas textos.

Alguém que anda por aí

A Esperanza Machado, pianista cubana

Desembarcaram Jiménez assim que a noite caiu e aceitando todos os riscos de que a enseada estivesse tão perto do porto. Usaram a lancha elétrica, claro, capaz de deslizar silenciosa como uma arraia e se perder novamente na distância enquanto Jiménez permanecia um momento no matagal esperando que seus olhos se acostumassem, que cada sentido voltasse a se ajustar ao ar quente e aos rumores de terra adentro. Dois dias antes tinha sido a peste do asfalto quente e das frituras cidadãs, o desinfetante mal disfarçado no lobby do Atlantic, os remendos quase patéticos do bourbon com que todos eles tentavam tapar a lembrança do rum; agora, embora crispado e em guarda e mal se permitindo pensar, invadia-o um cheiro de Oriente, o solitário e inconfundível pio da ave noturna que talvez lhe desse as boas-vindas, melhor pensar naquilo como um conjuro.

No começo York achou uma insensatez que Jiménez desembarcasse tão perto de Santiago, era contra todos os princípios; por isso mesmo, e porque Jiménez conhecia o terreno como ninguém, York aceitou o risco e arrumou a lancha elétrica. A questão era não sujar os sapatos, chegar ao hotel com a aparência do turista provinciano que percorre seu país; uma vez lá, Alfonso se encarregaria de instalá-lo, o resto era coisa de poucas horas, a carga de plástico no local combinado e o regresso à costa onde a lancha e Alonso estariam à espera; o controle remoto estava a bordo e uma vez em alto-mar o reverberar da explosão e as primeiras labaredas na fábrica os despediria com todas as honras. Por enquanto era preciso subir até o motel pela velha trilha, abandonada desde que tinham construído a nova estrada mais ao norte, descansando um pouco antes do último trecho para que ninguém percebesse o peso da mala quando Jiménez se encontrasse com Alfonso e este a pegasse com o gesto do amigo, evitando o carregador solícito e levando Jiménez até um dos quartos bem localizados do motel. Era a parte mais perigosa do negócio, mas o único acesso possível era pelos jardins do motel; com sorte, com Alfonso, podia dar tudo certo.

Naturalmente, não havia ninguém na trilha invadida pelo mato e pelo desuso, apenas o cheiro de Oriente e o lamento do pássaro que por um momento irritou Jiménez, como se seus nervos precisassem de um pretexto para relaxar um pouco, para que ele aceitasse a contragosto que estava lá indefeso, sem uma pistola no bolso porque York fora categórico em relação a isso, ou a missão se cumpria ou fracassava mas nos dois casos uma pistola era inútil e, ao contrário, podia até estragar tudo. York tinha sua ideia do caráter dos cubanos e Jiménez a conhecia e o xingava por dentro enquanto subia pela trilha e as luzes das poucas casas e do motel iam se abrindo como olhos amarelos entre as últimas moitas. Mas não valia a pena xingar, tudo seguia *according to schedule*, como diria o bicha do York, e Alfonso no jardim do motel gritando porra, cara, onde você deixou o carro, os dois empregados olhando e escutando, estou esperando você há quinze minutos, sim, mas nos atrasamos e o carro prosseguiu com uma companheira que está indo pra casa da família, me deixou lá na curva, ora, você sempre tão cavalheiro, não encha, Alfonso, é agradável caminhar por aqui, a mala mudando de mão com uma leveza perfeita, os músculos tensos mas o gesto como de pluma, ande, vamos buscar sua chave e depois beber alguma coisa, como estão a Choli e as crianças?, meio tristes, velho, queriam vir, mas sabe como é, a escola e o trabalho, dessa vez não deu, azar.

A ducha rápida, verificar se a porta fechava direito, a mala aberta sobre a outra cama e o embrulho verde na gaveta da cômoda, entre camisas e jornais. No balcão, Alfonso já tinha pedido extrassecos com muito gelo, fumaram falando de Camagüey e da última luta de Stevenson, o piano parecia vir de longe embora a pianista estivesse logo ali no final do balcão, tocando com muita suavidade uma habanera e depois algo de Chopin, passando por um *danzón* e uma velha balada de cinema, algo que nos bons tempos Irene

Alguém que anda por aí   199

Dunne havia cantado. Tomaram outro rum e Alfonso disse que voltaria de manhã para levá-lo para um giro e lhe mostrar os bairros novos, tinha tanta coisa para ver em Santiago, trabalhava-se duro para cumprir os planos e superá-los, as microbrigadas eram do caralho, Almeida viria inaugurar duas fábricas, numa dessas até Fidel aparecia por lá, os companheiros estavam se dando uma mão daquelas, de dar gosto.

— O pessoal de Santiago não dorme — disse o barman, e eles riram aprovando, restava pouca gente no salão e já haviam reservado uma mesa perto da janela para Jiménez. Alfonso se despediu depois de repetir o lance do encontro pela manhã; esticando bem as pernas, Jiménez começou a estudar o cardápio. Um cansaço que não era apenas do corpo o obrigava a vigiar cada movimento seu. Tudo ali era calmo e cordial e plácido e Chopin, que agora voltava naquele prelúdio que a pianista tocava muito lentamente, mas Jiménez sentia a ameaça como uma emboscada, a menor falha e aquelas caras sorridentes se tornariam máscaras de ódio. Conhecia essas sensações e sabia como controlá-las; pediu um *mojito* para ganhar tempo e deixou que o aconselhassem sobre a comida, naquela noite era melhor peixe que carne. O salão estava quase vazio, no balcão um casal jovem e um pouco adiante um homem que parecia estrangeiro e que bebia sem olhar para o copo, os olhos perdidos na pianista que repetia o tema de Irene Dunne, agora Jiménez reconhecia "Smoke Gets in Your Eyes", a Havana daquela época, o piano voltava a Chopin, um dos estudos que Jiménez também tinha tocado quando estudava piano, ainda jovem, antes do grande pânico, um estudo lento e melancólico que o fez lembrar da sala de casa, da avó falecida, e quase forçosamente da imagem de seu irmão que tinha ficado lá apesar da maldição paterna, Robertico morto como um imbecil em Girón em vez de ajudar na reconquista da verdadeira liberdade.

Quase surpreso, comeu com vontade, saboreando o que sua memória não havia esquecido, admitindo ironicamente que era a única coisa boa em comparação com a comida esponjosa que engoliam do outro lado. Não estava com sono e gostava da música, a pianista era uma mulher ainda jovem e bonita, parecia tocar para si mesma sem jamais olhar para o balcão onde o homem com um ar de estrangeiro seguia o jogo de suas mãos e mandava outro rum e outro cigarro. Depois do café, Jiménez pensou que seria duro esperar a hora no quarto, e se aproximou do balcão para tomar mais um trago. O barman estava com vontade de conversar, mas fazia isso respeitando a pianista, quase um murmúrio, como se entendesse que o estrangeiro e Jiménez gostavam daquela música, agora era uma das valsas, a melodia simples em que Chopin pusera uma espécie de chuva lenta, de talco ou flores secas num álbum. O barman não ligava para o estrangeiro, talvez ele não falasse bem espanhol ou fosse um homem de silêncio, agora o salão estava se apagando e era preciso ir dormir, mas a pianista continuava tocando uma melodia cubana que Jiménez foi deixando para trás enquanto acendia outro cigarro e com um boa-noite circular ia até a porta e entrava no que o esperava mais além, às quatro em ponto sincronizadas em seu relógio e no da lancha.

Antes de entrar no quarto acostumou os olhos à penumbra do jardim, para ter certeza do que Alfonso lhe explicara, a picada a uns cem metros, a bifurcação para a estrada nova, atravessá-la com cuidado e seguir para o oeste. Do motel ele só via a zona sombria onde a picada começava, mas era útil detectar as luzes no fundo e duas ou três à esquerda, para ter uma noção das distâncias. A zona da fábrica começava a setecentos metros a oeste, ao lado do terceiro poste de cimento encontraria o buraco por onde franquear o alambrado. Era estranho, em princípio, que as sentinelas estivessem daquele lado, faziam uma ronda a cada quinze minutos mas depois preferiam ficar conversando do outro lado, onde havia luz e café; em todo caso, não importava mais sujar a roupa, era preciso se arrastar entre os arbustos até o lugar que Alfonso lhe descrevera em detalhes. A volta ia ser fácil sem o embrulho verde, sem todas aquelas caras que o haviam rodeado até agora.

Deitou-se na cama quase de imediato e apagou a luz para fumar tranquilo; ia até dormir um pouco para relaxar o corpo, tinha o hábito de acordar a tempo. Mas antes se assegurou de que a porta fechava bem por dentro e de que suas coisas estavam como as deixara. Cantarolou a valsinha que se cravara em sua memória, misturando o passado e o presente, fez um esforço para deixá-la ir embora, trocá-la por "Smoke Gets in Your Eyes", mas a valsinha voltava, ou o prelúdio, e foi adormecendo sem conseguir se livrar deles, ainda vendo as mãos tão brancas da pianista, sua cabeça inclinada como a atenta ouvinte de si mesma. A ave noturna cantava outra vez em alguma brenha ou no palmeiral do norte.

Foi acordado por algo que era mais escuro que a escuridão do quarto, mais escuro e pesado, vagamente aos pés da cama. Estivera sonhando com Phyllis e com o festival de música pop, com luzes e sons tão intensos que abrir os olhos foi como cair num puro espaço sem barreiras, num poço cheio de nada, e ao mesmo tempo seu estômago lhe disse que não era assim, que uma parte disso era diferente, tinha outra consistência e outro negror. Buscou o interruptor com um tapa; o estrangeiro do balcão estava sentado ao pé da cama olhando para ele sem pressa, como se até aquele momento estivesse velando seu sono.

Fazer alguma coisa, pensar alguma coisa era igualmente inconcebível. Vísceras, o horror puro, um silêncio interminável e talvez instantâneo, a

Alguém que anda por aí   201

ponte dupla dos olhos. A pistola, o primeiro pensamento inútil; se ao menos a pistola. Um ofego voltando a fazer o tempo entrar, rechaço da última possibilidade de que isso ainda fosse o sonho em que Phyllis, em que a música e as luzes e os drinques.

— Sim, é assim — disse o estrangeiro, e Jiménez pareceu sentir na pele o sotaque carregado, a prova de que não era dali, como, antes, alguma coisa na cabeça e nos ombros quando o vira pela primeira vez no balcão.

Levantando-se alguns centímetros, buscando pelo menos alguma igualdade de altura, desvantagem total de posição, a única coisa possível era a surpresa, mas também isso seria pura perda, derrotado por antecipação; seus músculos não responderiam, faltaria a alavanca das pernas para a investida desesperada, e o outro sabia disso, estava quieto e parecia relaxado ao pé da cama. Quando Jiménez o viu pegar um charuto e desperdiçar a outra mão afundando-a no bolso da calça para procurar os fósforos, soube que seria perda de tempo se lançar sobre ele; havia desprezo demais em sua maneira de não lhe fazer caso, de não estar na defensiva. E uma coisa ainda pior, suas próprias precauções, a porta fechada à chave, o ferrolho corrido.

— Quem é você? — ouviu-se perguntar de forma absurda, num estado que não podia ser nem o sono nem a vigília.

— Que importa? — disse o estrangeiro.

— Mas Alfonso...

Viu-se observado por algo que parecia ter um tempo à parte, uma distância oca. A chama do fósforo se refletiu numas pupilas dilatadas, cor de avelã. O estrangeiro apagou o fósforo e olhou as mãos por um momento.

— Pobre Alfonso — disse. — Pobre, pobre Alfonso.

Não havia pena em suas palavras, só uma espécie de comprovação desinteressada.

— Mas quem diabos é você? — gritou Jiménez, sabendo que isso era a histeria, a perda do último controle.

— Ah, alguém que anda por aí — disse o estrangeiro. — Sempre me aproximo quando tocam minha música, principalmente aqui, sabe? Gosto de ouvi-la quando a tocam aqui, nesses pianinhos pobres. No meu tempo era diferente, sempre tive que ouvi-la longe da minha terra. Por isso gosto de me aproximar, é como uma reconciliação, uma justiça.

Cerrando os dentes, para assim dominar o tremor que o ganhava de cima abaixo, Jiménez conseguiu pensar que a única coisa de bom senso era decidir que o homem estava louco. Não importava mais como ele tinha entrado, como sabia, porque é claro que ele sabia, mas estava louco e essa era a única vantagem possível. Ganhar tempo, então, dar-lhe corda, perguntar-lhe pelo piano, pela música.

202 *Alguém que anda por aí*

— Toca bem — disse o estrangeiro —, mas claro, só o que você ouviu, as coisas fáceis. Hoje à noite gostaria que tivesse tocado o que chamam de revolucionário, gostaria muito mesmo. Mas ela não consegue, coitadinha, não tem dedos pra isso. Pra isso fazem falta dedos como estes.

As mãos levantadas na altura dos ombros, mostrou a Jiménez os dedos separados, longos e tensos. Jiménez conseguiu vê-los por um segundo antes de somente senti-los na garganta.

Cuba, 1976

A noite de Mantequilla

Eram essas as ideias que ocorriam a Peralta, ele não dava maiores explicações a ninguém, mas dessa vez se abriu um pouco mais e disse que era como a história da carta roubada, de início Estévez não entendeu e ficou olhando para ele à espera de mais; Peralta deu de ombros como quem renuncia a alguma coisa e lhe entregou o ingresso para a luta, Estévez viu um número 3 bem grande, em vermelho sobre fundo amarelo, e embaixo 235; mas já antes, como não vê-lo com aquelas letras que saltavam à vista, MONZÓN VS. NÁPOLES? O outro ingresso vai ser entregue pro Walter, disse Peralta. Você deve estar lá antes do início das lutas (nunca repetia instruções, e Estévez ouviu, gravando cada frase) e o Walter deve chegar no meio da primeira preliminar, o lugar dele é à sua direita. Cuidado com os espertinhos de última hora que buscam um lugar melhor, diga-lhe alguma coisa em espanhol pra ter certeza. Ele vai com uma dessas bolsas usadas por hippies, e vai colocá-la entre os dois se for uma tábua, ou no chão se forem cadeiras. Só converse com ele sobre as lutas, e preste bem atenção ao redor, na certa haverá mexicanos ou argentinos, marque bem todos eles pra hora em que você for pôr o pacote na bolsa. O Walter sabe que a bolsa tem que estar aberta?, perguntou Estévez. Sim, disse Peralta como se espantasse uma mosca da lapela, só espere até o final, quando ninguém mais se distrai. Com o Monzón é difícil se distrair, disse Estévez. Com o Mantequilla também não, disse Peralta. Nada de conversa, lembre-se. O Walter vai sair primeiro, e você deixe as pessoas irem saindo e vá pela outra porta.

Voltou a pensar naquilo tudo como uma revisão final enquanto o metrô o levava até La Défense entre passageiros que pela pinta também iam ver a luta, homens em grupos de três ou quatro, franceses marcados pela surra dupla de Monzón em Bouttier, em busca de uma revanche vicária ou, quem sabe, secretamente já conquistados. Que genial a ideia de Peralta, dar-lhe essa missão, que por vir dele devia ser crítica, e ao mesmo tempo deixá-lo ver de cima uma luta que parecia para milionários. Já entendera a alusão à carta roubada, quem pensaria que ele e Walter poderiam se encontrar no boxe, na verdade não era uma questão de encontro, porque isso podia ter acontecido em mil cantos de Paris, mas da responsabilidade de Peralta, que media devagar cada coisa. Para os que porventura seguissem Walter ou o seguissem, um cinema ou um café ou uma casa eram lugares possíveis para um encontro, mas essa luta valia como uma obrigação para qualquer um que tivesse dinheiro suficiente, e se os seguissem até lá iam ter uma baita de uma decepção diante do toldo de circo montado por Alain Delon; ali ninguém podia entrar sem o papelzinho amarelo, e os ingressos estavam esgotados já havia uma semana, todos os jornais diziam isso. Mas, ainda a favor de Peralta, se o estavam seguindo até lá ou seguindo Walter, impossível vê-los juntos nem na entrada nem na saída, dois torcedores entre os milhares e milhares que surgiam como baforadas de fumaça do metrô e dos ônibus, apertando-se à medida que o caminho se tornava um só e a hora se aproximava.

Vivo, o Alain Delon: um toldo de circo montado num terreno baldio ao qual se chegava depois de cruzar uma passarela e seguir uns caminhos improvisados com tábuas. Tinha chovido na noite anterior e as pessoas não se afastavam das tábuas, já desde a saída do metrô se orientando pelas setas enormes que indicavam o caminho certo e MONZÓN-NÁPOLES em cores vivas. Vivo, o Alain Delon, capaz de meter suas próprias setas no território sagrado do metrô, embora lhe custasse dinheiro. Estévez não gostava do sujeito, daquela maneira prepotente de organizar o campeonato mundial por conta própria, montar um toldo e toca a cobrar adiantado sabe-se lá quanta grana, mas era preciso reconhecer, ele dava alguma coisa em troca, não estamos falando só de Monzón e de Mantequilla, mas também das setas coloridas no metrô, daquela maneira de receber como um senhor, indicando o caminho para a torcida que poderia armar uma confusão nas saídas e nos terrenos baldios cheios de poças.

Estévez chegou como devia, com o toldo com metade da lotação, e antes de mostrar o ingresso ficou olhando por um momento os caminhões da polícia e os trailers enormes, iluminados por fora mas com cortinas escuras nas janelas, que se comunicavam com o toldo por galerias cobertas como se levassem a um jato. Os boxeadores estão lá, pensou Estévez, o trailer branco e mais novo com certeza é o do Carlitos, esse eles não misturam com os outros. Nápoles devia ter seu trailer do outro lado do toldo, a coisa era científica e ao mesmo tempo pura improvisação, muita lona e trailers

204 *A noite de Mantequilla*

em cima de um terreno baldio. É assim que se faz grana, pensou Estévez, precisa ter a ideia e ter colhões, tchê.

A fila dele, a quinta a partir da área do *ringside*, era um tabuão com os números marcados em tamanho grande, ali a cortesia de Alain Delon parecia ter acabado, porque afora as cadeiras do *ringside* o resto era de circo e de circo ruim, meras tábuas, ainda que, é verdade, com umas recepcionistas de minissaia que já de cara apagavam qualquer reclamação. Estévez verificou por conta própria o 235, embora a garota sorrisse lhe mostrando o número como se ele não soubesse ler, e se sentou para folhear o jornal que depois lhe serviria de almofada. Walter ficaria à sua direita, e por isso Estévez levava o pacote com o dinheiro e os papéis no bolso esquerdo do paletó; quando chegasse a hora poderia pegá-lo com a mão direita, e levando-o imediatamente até os joelhos ele o faria escorregar até a bolsa aberta a seu lado.

A espera lhe parecia longa, dava tempo de pensar em Marisa e no guri, que deviam estar acabando de jantar, o guri já meio dormindo e Marisa vendo TV. Talvez estivesse passando a luta e ela assistisse, mas ele não ia lhe contar que tinha estado lá, pelo menos agora não podia, quem sabe um dia, quando as coisas estivessem mais calmas. Abriu o jornal sem vontade (Marisa vendo a luta, era hilário pensar que não poderia lhe dizer nada, apesar da vontade que tinha de lhe contar, sobretudo se ela fizesse algum comentário sobre Monzón ou Nápoles), entre as notícias do Vietnã e as notícias policiais o toldo ia se enchendo, atrás dele um grupo de franceses discutia as chances de Nápoles, à sua esquerda acabava de se instalar um sujeito janota que primeiro observou longamente e com uma espécie de horror o tabuão onde iam se macular suas perfeitas calças azuis. Um pouco abaixo havia casais e grupos de amigos, entre eles três que falavam com um sotaque que podia ser mexicano; embora Estévez não fosse um especialista em sotaques, os fãs de Mantequilla deviam abundar nesta noite em que o desafiante almejava, nada mais nada menos, a coroa de Monzón. Além do assento de Walter ainda havia algumas clareiras, mas as pessoas se aglomeravam nas entradas do circo e as garotas tinham de se desdobrar para instalar todo mundo. Estévez achava a iluminação do ringue forte demais e a música pop demais, mas agora que estava começando a primeira preliminar o público não perdia tempo com críticas e seguia com vontade uma luta ruim, só de golpes às cegas e no corpo a corpo; quando Walter se sentou a seu lado, Estévez chegava à conclusão de que esse não era um autêntico público de boxe, pelo menos não em volta dele; engoliam qualquer coisa por esnobismo, só para ver Monzón ou Nápoles.

— Com licença — disse Walter, se acomodando entre Estévez e uma gorda que seguia a luta semiabraçada a seu marido também gordo e com um ar de entendido.

— Se acomode — disse Estévez. — Não é fácil, esses franceses calculam sempre pra gente magra.

Walter riu enquanto Estévez suavemente abria espaço à esquerda para não ofender o homem das calças azuis; no fim sobrou espaço para que Walter passasse a bolsa de pano azul dos joelhos para a tábua. Já estavam na segunda preliminar, que também era ruim, as pessoas se divertiam principalmente com o que acontecia fora do ringue, a chegada de um compacto grupo de mexicanos com chapéus de *charro*, mas vestidos de acordo com o que deviam ser, uns bacanas capazes de fretar um avião para vir do México torcer por Mantequilla, sujeitos baixotes e largos, de traseiros salientes e caras à la Pancho Villa, quase típicos demais, enquanto lançavam os chapéus ao ar como se Nápoles já estivesse no ringue, gritando e discutindo antes de se incrustar nos assentos do *ringside*. Alain Delon devia ter previsto tudo, porque os alto-falantes cuspiram só ali uma espécie de corrido que os mexicanos não deram a impressão de conhecer bem. Estévez e Walter se olharam, irônicos, e nesse mesmo momento, pela entrada mais distante, desembocou um monte de gente liderada por cinco ou seis mulheres mais largas que altas, com pulôveres brancos e gritos de "Argentina, Argentina!", enquanto os de trás levantavam uma enorme bandeira nacional e o grupo abria caminho em meio a recepcionistas e poltronas, decidido a avançar até a beira do ringue onde certamente não estavam seus lugares. Entre gritos delirantes, acabaram formando uma fila que as recepcionistas levaram, com a ajuda de alguns gorilas sorridentes e muitas explicações, para os tabuões semivazios, e Estévez viu que as mulheres exibiam um MONZÓN preto nas costas do pulôver. Tudo isso alegrava consideravelmente um público a quem pouco importava a nacionalidade dos pugilistas, já que não eram franceses, e agora a terceira luta transcorria dura e parelha, embora Alain Delon não parecesse ter gastado muito dinheiro com bagrinhos quando os dois tubarões deviam estar prontos em seus trailers e eram a única coisa que importava àquelas pessoas.

Houve uma espécie de mudança instantânea no ar, alguma coisa subiu à garganta de Estévez; dos alto-falantes vinha um tango tocado por uma orquestra que bem podia ser a de Pugliese. Só então Walter o olhou em cheio e com simpatia, e Estévez se perguntou se seria um compatriota. Quase não tinham trocado palavras, além de um ou outro comentário ligado a alguma ação no ringue, talvez uruguaio ou chileno, mas nada de perguntas, Peralta tinha sido bem claro, gente que se encontra no boxe e quer o acaso que os dois falem espanhol, pare de contar.

— Bem, agora sim — disse Estévez. Todo mundo se levantava, apesar dos protestos e dos assovios, à esquerda um bulício clamoroso e os chapéus de

206 *A noite de Mantequilla*

charro voando entre ovações, Mantequilla subia no ringue, que de repente parecia se iluminar ainda mais, as pessoas agora olhavam para a direita, onde não acontecia nada, os aplausos cediam a um murmúrio de expectativa e de seus assentos Walter e Estévez não conseguiam ver o acesso ao outro lado do ringue, o quase silêncio e de repente o clamor como único sinal, o roupão branco bruscamente se recortando contra as cordas, Monzón de costas falando com os seus, Nápoles indo em sua direção; um quase aceno entre flashes e o árbitro esperando que baixassem o microfone, as pessoas que voltavam a se sentar um pouco, um último chapéu de *charro* indo parar bem longe, devolvido em outra direção só de sacanagem, bumerangue tardio na indiferença porque agora as apresentações e os cumprimentos, Georges Carpentier, Nino Benvenuti, um campeão francês, Jean-Claude Bouttier, fotos e aplausos e o ringue se esvaziando aos poucos, o hino mexicano com mais chapéus e por fim a bandeira argentina se desfraldando para esperar o hino, Estévez e Walter sem se levantar, embora Estévez sentisse, mas não dava para estragar tudo a essa altura, em todo caso isso lhe servia para saber que não tinha compatriotas perto demais, o grupo da bandeira cantava o final do hino e o pano azul e branco se agitava de uma forma que obrigou os gorilas a correr para aquele lado, por garantia, a voz anunciando os nomes e os pesos, assistentes para fora.

— Qual é seu palpite? — perguntou Estévez. Estava nervoso, infantilmente emocionado agora que as luvas se tocavam no cumprimento inicial e Monzón, de frente, armava aquela guarda que não parecia uma defesa, os braços longos e magros, a silhueta quase frágil diante de Mantequilla, mais baixo e parrudo, já dando dois golpes de advertência.

— Sempre gostei dos desafiantes — disse Walter, e atrás um francês explicando que Monzón ia se beneficiar com a diferença de estatura, golpes estudados, Monzón entrando e saindo sem esforço, round quase obrigatoriamente parelho. Pois então ele gostava dos desafiantes, então não era argentino, pois então; mas o sotaque, um uruguaio escarrado, ia perguntar ao Peralta, que com certeza não responderia. Em todo caso não devia estar havia muito tempo na França pois o gordo abraçado a sua mulher comentava algo com ele e Walter respondia de forma tão incompreensível que o gordo fazia um gesto de desânimo e começava a falar com alguém que estava mais abaixo. Nápoles pega pesado, pensou Estévez inquieto, tinha visto Monzón se jogar para trás duas vezes e a réplica chegava um pouco tarde, talvez tivesse sentido os golpes. Era como se Mantequilla compreendesse que sua única chance estava na pegada, boxear Monzón não lhe serviria como sempre lhe servira, sua maravilhosa velocidade encontrava uma espécie de vazio, um torso que girava e lhe escapava enquanto o cam-

Alguém que anda por aí   207

peão chegava uma, duas vezes à cara e o francês de trás repetia ansioso está vendo, está vendo como os braços o ajudam?, talvez o segundo round fosse de Nápoles, as pessoas estavam caladas, cada grito nascia isolado e parecia ser mal recebido, no terceiro round Mantequilla saiu com tudo e então o previsto, pensou Estévez, agora vão ver a que veio, Monzón contra as cordas, um salgueiro se vergando, o um-dois de açoite, o clinch fulminante para sair das cordas, um pega mão a mão até o final do round, os mexicanos trepados nos assentos e os de trás vociferando protestos ou se levantando, por sua vez, para ver.

— Linda luta, tchê — disse Estévez —, assim vale a pena.

— Aham.

Pegaram cigarros ao mesmo tempo, trocaram-nos sorrindo, o isqueiro de Walter chegou antes. Estévez olhou seu perfil por um instante, depois o viu de frente, não era o caso de olhar muito, Walter tinha o cabelo grisalho mas parecia bem jovem, de jeans e polo marrom. Estudante, engenheiro? Fugindo de lá como tantos outros, entrando na luta, com amigos mortos em Montevidéu ou Buenos Aires, quem sabe Santiago, teria de perguntar a Peralta, ainda que, no fim das contas, certamente não voltaria a ver Walter, cada um por seu lado se lembraria de um dia em que tinham se encontrado na noite de Mantequilla que estava mandando ver no quinto round, agora com o público de pé e delirante, os argentinos e os mexicanos varridos por uma enorme onda francesa que via a luta mais que os lutadores, que espiava as reações, o jogo de pernas, no fim Estévez percebia que quase todos entendiam muito bem da coisa, só um ou outro comemorando idiotamente um golpe chamativo e sem efeito, enquanto se perdia o que estava acontecendo de fato naquele ringue onde Monzón entrava e saía aproveitando uma velocidade que a partir daquele momento deixava cada vez mais distante a de Mantequilla, cansado, zonzo, batendo-se com tudo diante do salgueiro de braços longos que outra vez se balançava nas cordas para entrar de novo em cima e embaixo, seco e preciso. Quando o gongo soou, Estévez olhou para Walter, que apanhava mais uma vez os cigarros.

— Bem, é isso — disse Walter, lhe estendendo o maço. — Se não dá, não dá.

Era difícil conversar em meio à gritaria, o público sabia que o próximo round podia ser decisivo, os torcedores de Nápoles o animavam quase como se o despedissem, pensou Estévez, com uma simpatia que já não era contra sua vontade, agora que Monzón buscava a luta e a encontrava e ao longo de vinte intermináveis segundos batendo na cara e no corpo enquanto Mantequilla tentava o clinch como quem se atira na água, fechando os olhos. Não vai aguentar mais, pensou Estévez, e com esforço tirou a vista do ringue

208   *A noite de Mantequilla*

para olhar a bolsa de pano no tabuão, teria de fazer o lance bem na hora do descanso, quando todos se sentassem, exatamente naquele momento, porque depois iriam se levantar e de novo a bolsa sozinha no tabuão, duas esquerdas seguidas na cara de Nápoles, que buscava o clinch mais uma vez, Monzón fora de alcance, só esperando para voltar com um gancho exatíssimo em plena cara, agora as pernas, era preciso mirar sobretudo as pernas, Estévez especialista nisso via Mantequilla pesado, jogando-se para a frente sem aquele ajuste tão dele, enquanto os pés de Monzón escorregavam de lado ou para trás, a cadência perfeita para que essa última direita acertasse com tudo em pleno estômago, muitos não ouviram o gongo em meio àquele alarido histérico, mas Walter e Estévez sim, Walter se sentou primeiro, levantando a bolsa sem olhar para ela, e Estévez, seguindo-o mais devagar, fez o pacote deslizar numa fração de segundos e levantou novamente a mão vazia para gesticular seu entusiasmo nas fuças do sujeito de calças azuis, que não parecia estar muito por dentro do que estava acontecendo.

— Isso é que é um campeão — disse-lhe Estévez sem forçar a voz, porque de qualquer forma o outro não o escutaria em meio ao alarido. — Carlitos, porra.

Olhou para Walter, que fumava tranquilo, o homem começava a se conformar, que se há de fazer, se não dá, não dá. Todo mundo de pé à espera do sino do sétimo round, um brusco silêncio incrédulo e depois o alarido unânime ao ver a toalha na lona, Nápoles sempre no seu canto e Monzón avançando com as luvas no alto, mais campeão que nunca, acenando antes de se perder no turbilhão dos abraços e dos flashes. Era um final sem beleza, mas indiscutível, Mantequilla desistia para não ser a *punching-ball* de Monzón, toda esperança perdida agora que se levantava para se aproximar do vencedor e levantar as luvas até seu rosto, quase uma carícia, enquanto Monzón punha as suas nos ombros e outra vez se afastavam, agora sim para sempre, pensou Estévez, agora para nunca mais se encontrarem num ringue.

— Foi uma bela luta — disse para Walter, que pendurava a bolsa no ombro e movia os pés como se estivesse com cãibra.

— Podia ter durado mais — disse Walter —, com certeza os segundos de Nápoles não o deixaram sair.

— Pra quê? Você viu como ele estava acabado, tchê, ele é muito bom boxeador pra não perceber isso.

— Sim, mas quando se é como ele, é preciso se jogar inteiro, enfim, nunca se sabe.

— Com Monzón sim — disse Estévez, e se lembrou das ordens de Peralta, estendeu a mão cordialmente. — Bem, foi um prazer.

— Igualmente. Até logo.

— Tchau.

Viu-o sair por seu lado, seguindo o gordo que discutia com a mulher, aos gritos, e ficou atrás do sujeito das calças azuis, que não tinha pressa; pouco a pouco foram derivando para a esquerda para sair do meio das tábuas. Os franceses de trás discutiam sobre técnicas, mas Estévez achou divertido ver que uma das mulheres abraçava seu amigo ou seu marido, gritando sabe-se lá o que em seu ouvido, abraçava-o e o beijava na boca e no pescoço. A menos que o sujeito seja um idiota, pensou Estévez, ele tem de perceber que ela está beijando Monzón. O pacote já não pesava no bolso do paletó, era como se pudesse respirar melhor, se interessar pelo que estava acontecendo, a moça agarrada ao sujeito, os mexicanos saindo com os chapéus que de repente pareciam menores, a bandeira argentina meio arriada mas ainda se agitando, os dois italianos gordos se olhando com um ar de entendidos, e um deles dizendo quase solene, *gliel'a messo in culo*, e o outro concordando com uma síntese tão perfeita, as portas abarrotadas, uma saída lenta e cansativa e os caminhos de tábuas até a passarela na noite fria e chuviscando, no fim a passarela rangendo sob um peso crítico, Peralta e Chaves fumando apoiados na grade, sem fazer nenhum gesto porque sabiam que Estévez ia vê-los e que disfarçaria sua surpresa, que se aproximaria como se aproximou, pegando ele também um cigarro.

— Acabou com ele — informou Estévez.

— Eu sei — disse Peralta —, eu estava lá.

Estévez o olhou surpreso, mas eles se viraram ao mesmo tempo e desceram a passarela entre as pessoas que já começavam a se dispersar. Soube que devia segui-los e os viu sair da avenida que levava ao metrô e entrar numa rua mais escura, Chaves se virou apenas uma vez, para se assegurar de que não os perdera de vista, depois foram direto para o carro de Chaves e entraram sem pressa, mas sem perder tempo. Estévez entrou atrás com Peralta, o carro arrancou em direção ao sul.

— Então você estava lá — disse Estévez. — Não sabia que gostava de boxe.

— Não dou a mínima — disse Peralta —, embora o Monzón valha a grana que custa. Fui pra olhar você de longe, por via das dúvidas, não era o caso de você estar sozinho, pois, numa dessas.

— Bem, você viu. Sabe, o coitado do Walter estava torcendo pro Nápoles.

— Não era o Walter — disse Peralta.

O carro seguia para o sul, Estévez sentiu confusamente que por esse caminho não chegariam à zona da Bastilha, sentiu isso como se já tivesse ficado para trás, pois o resto era uma explosão em plena cara, Monzón batendo nele e não em Mantequilla. Não conseguiu nem abrir a boca, ficou olhando Peralta e esperando.

210 *A noite de Mantequilla*

— Era tarde demais para preveni-lo — disse Peralta. — Pena que você saiu de casa tão cedo, quando ligamos a Marisa nos disse que você já tinha saído e que não ia voltar.

— Estava com vontade de caminhar um pouco antes de pegar o metrô — disse Estévez. — Mas e aí, me conte.

— Foi tudo por água abaixo — disse Peralta. — O Walter telefonou quando chegou a Orly hoje de manhã, dissemos o que ele tinha que fazer, ele nos confirmou que tinha recebido o ingresso pra luta, estava tudo nos conformes. Combinamos que ele me ligaria do esconderijo do Lucho antes de sair, só por segurança. Às sete e meia ele ainda não tinha ligado, telefonamos pra Geneviève e ela ligou de volta pra avisar que o Walter não tinha chegado até o Lucho.

— Estavam esperando ele na saída do Orly — disse a voz de Chaves.

— Mas então quem era aquele que...? — começou Estévez, e deixou a frase no ar, de repente entendia e era o suor gelado lhe brotando do pescoço, deslizando por debaixo da camisa, aquele aperto no estômago.

— Tiveram sete horas pra tirar informações dele — disse Peralta. — A prova, o sujeito conhecia cada detalhe do que devia fazer com você. Já sabe como eles trabalham, nem o Walter conseguiu aguentar.

— Amanhã ou depois de amanhã vão encontrá-lo em algum terreno baldio — disse, quase com tédio, a voz de Chaves.

— Que lhe importa isso agora? — disse Peralta. — Antes de vir pra luta dei um jeito pra que se mandassem dos esconderijos. Sabe, eu ainda tinha alguma esperança quando entrei naquele circo de merda, mas ele já tinha chegado e não havia mais nada a fazer.

— Mas então — disse Estévez —, quando ele foi embora com a grana...

— Eu o segui, claro.

— Mas antes, se você já sabia...

— Nada a fazer — repetiu Peralta. — Perdido por perdido, o sujeito teria nos enfrentado ali mesmo e teriam levado todos nós em cana, você sabe que eles têm as costas quentes.

— E o que aconteceu?

— Outros três o esperavam lá fora, um deles tinha um passe ou algo parecido, e num piscar de olhos já estavam num carro do estacionamento pra turma do Delon e o pessoal da grana, com tiras por todo lado. Então eu voltei pra passarela onde o Chaves estava nos esperando, e foi isso. Anotei a placa do carro, claro, mas não vai servir pra porra nenhuma.

— Estamos saindo de Paris — disse Estévez.

— Sim, vamos para um lugar tranquilo. Agora, já deve ter percebido, o problema é você.

— Por que eu?

— Porque agora o sujeito conhece você e vão acabar por encontrá-lo. Não há mais esconderijos depois do lance com o Walter.

— Preciso ir, então — disse Estévez. Pensou em Marisa e no guri, como levá-los, como deixá-los sozinhos, tudo se misturava com as árvores de um começo de bosque, o zumbido nos ouvidos como se a multidão ainda estivesse gritando o nome de Monzón, aquele instante em que houve uma espécie de pausa de incredulidade e a toalha caindo no meio do ringue, a noite de Mantequilla, pobre velho. E o sujeito estivera a favor de Mantequilla, agora que pensava nisso era estranho que tivesse ficado do lado do perdedor, devia ter ficado com Monzón, levar a grana como Monzón, como alguém que dá as costas e vai embora com tudo, e pra piorar caçoando do vencido, do pobre sujeito com a cara quebrada ou com a mão estendida dizendo-lhe bem, foi um prazer. O carro freava entre as árvores e Chaves desligou o motor. No escuro, ardeu o fósforo de outro cigarro, Peralta.

— Preciso ir, então — repetiu Estévez. — Pra Bélgica, se concordar, está lá aquele que você sabe.

— Você ficaria seguro se chegasse lá — disse Peralta —, mas já viu o que houve com o Walter, eles têm muita gente em toda parte e muita influência.

— Eu eles não pegam.

— Como o Walter, quem iria pegá-lo e fazê-lo abrir o bico? Você sabe mais coisas do que o Walter sabia, isso é ruim.

— Eu eles não pegam — repetiu Estévez. — Olhe, só tenho que pensar na Marisa e no guri, agora que tudo se lascou não posso deixá-los aqui, vão se vingar nela. Num dia eu ajeito tudo e levo eles comigo pra Bélgica, vejo aquele que você sabe quem e sigo sozinho pra outro canto.

— Um dia é tempo demais — disse Chavez, virando-se no assento. Os olhos se acostumavam com a escuridão, Estévez viu sua silhueta e o rosto de Peralta ao levar o cigarro à boca e tragar.

— Está bem, irei quanto antes — disse Estévez.

— Agora mesmo — disse Peralta, sacando o revólver.

1979

Propos de mes Parents:
— Pauvre Léopold!
Maman:
— Coeur trop impressionnable...
Tout petit, Léopold était déjà singulier.
Ses jeux n'étaient pas naturels.
À la mort du voisin Jacquelin, tombé d'un prunier,
il a fallu prendre des précautions. Léopold grimpait
dans les branches les plus mignonnes de l'arbre fatal...
À douze années, il circulait imprudemment sur
les terrasses et donnait tout son bien.
Il recueillait les insectes morts dans le jardin
et les alignait dans des boîtes de coquillages
ornées de glaces intérieures.
Il écrivait sur des papiers:
Petit scarabée — mort.
Mante religieuse — morte.
Papillon — mort.
Mouche — morte...
Il accrochait des banderoles aux arbres du jardin.
Et l'on voyait les papiers blancs se balancer
au moindre souffle du vent sur les parterres de fleurs.
Papa disait:
— Étudiant inégal...
Coeur aventureux, tumultueux et faible.
Incompris de ses principaux camarades
et de Messieurs les Maîtres. Marqué du destin.
..
Papa et Maman:
— Pauvre Léopold!

MAURICE FOURRÉ
La Nuit du Rose-Hôtel

I.

Lucas, suas lutas com a hidra

Agora que está ficando velho, descobre que não é fácil matá-la.

Ser uma hidra é fácil, matá-la não, pois, ainda que para matar a hidra se deva cortar suas numerosas cabeças (de sete a nove, conforme os autores ou bestiários consultáveis), é preciso deixar pelo menos uma, já que a hidra é o próprio Lucas e o que ele quer é sair da hidra mas ficar em Lucas, passar do poli ao unicéfalo. Aí que eu quero ver, diz Lucas invejando Hércules, que nunca teve tais problemas com a hidra e que depois de lhe desferir um golpe limpo de espada a deixou como uma vistosa fonte da qual brotavam sete ou nove jogos de sangue. Uma coisa é matar a hidra, outra ser essa hidra que um dia foi apenas Lucas e quer voltar a ser assim. Por exemplo, você dá uma cortada na cabeça que coleciona discos, outra na que invariavelmente põe o cachimbo do lado esquerdo da escrivaninha e o copo com os marca-textos à direita e um pouco atrás. E então tratamos de avaliar os resultados.

Hum, algum ganho houve, duas cabeças a menos deixam um tanto em crise as restantes, que ficam pensando, e pensando, agitadas, em face do funesto acontecimento. Ou seja: pelo menos por um momento deixa de ser obsessiva aquela necessidade urgente de completar a série de madrigais de Gesualdo, príncipe de Venosa (faltam a Lucas dois discos da série, parece que estão esgotados e não serão reeditados, e isso macula a presença dos outros discos. Que morra com um corte certeiro a cabeça que assim pensa e deseja e remói). E também é inquietantemente inusitado descobrir, ao buscar o cachimbo, que ele não está no lugar. Vamos aproveitar essa vontade de desordem e tascar um corte nessa cabeça amiga do confinamento, da poltrona de leitura ao lado da lâmpada, do scotch às seis e meia com dois cubinhos de gelo e pouca soda, dos livros e revistas empilhados por ordem de prioridade.

Mas é muito difícil matar a hidra e voltar a Lucas, ele já sente isso na metade da cruenta batalha. Para começar, ele a descreve numa folha de papel que pegou na segunda gaveta da direita da escrivaninha, quando na verdade tem papel à vista por toda parte, mas não senhor, o ritual é esse e não vamos nem falar da luminária extensível italiana quatro posições cem watts colocada como um guindaste sobre uma obra em construção e delicadissimamente equilibrada para que o feixe de luz etc. Corte fulgurante nessa cabeça escriba egípcio sentado. Uma a menos, ufa... Lucas está se aproximando de si mesmo, a coisa está ficando boa.

Nunca saberá quantas cabeças falta cortar porque o telefone toca e é Claudine falando em ir cor-ren-do ao cinema onde está passando um filme de Woody Allen. Pelo visto Lucas não cortou as cabeças na ordem ontológica adequada, pois sua primeira reação é não, de jeito nenhum, Claudine ferve feito um caranguejinho lá do outro lado, Woody Allen Woody Allen, e Lucas, calma, menina, devagar com o andor, não pense que eu posso descer assim dessa pugna esguichante de plasma e fator Rh só porque você tem um acesso de Woody Woody, entenda que há valores e valores. Quando, do outro lado da linha, largam no gancho o Annapurna em forma de fone, Lucas compreende que teria sido melhor se tivesse matado primeiro a cabeça que ordena, acata e hierarquiza o tempo, quem sabe assim tudo se distendesse de repente e então cachimbo Claudine marca-textos Gesualdo em sequências diferentes, e Woody Allen, claro. Agora é tarde, não mais Claudine, nem sequer mais palavras para continuar contando a batalha, pois não há batalha, que cabeça cortar se sempre restará uma mais autoritária, é hora de pôr em dia a correspondência atrasada, daqui a dez minutos o scotch com seus gelinhos e sua sodinha, é tão evidente que elas cresceram de novo, que de nada adiantou cortá-las. No espelho do banheiro Lucas vê a hidra completa com suas bocas de sorrisos brilhantes, todos os dentes à mostra. Sete cabeças, uma para cada década; como se não bastasse, a suspeita de que ainda podem lhe crescer mais duas para satisfazer certas autoridades em matéria hídrica, isso se tiver saúde.

Lucas, suas compras

Como a Tota lhe pediu para descer e comprar uma caixa de fósforos, Lucas sai de pijama porque a canícula impera na metrópole, e aparece no café do gordo Muzzio onde antes de comprar os fósforos resolve tomar um aperitivo com soda. Está na metade desse nobre digestivo quando entra seu amigo Juárez, também de pijama, e ao vê-lo desata a contar que sua irmã está com otite aguda e o farmacêutico não quer lhe vender as gotas sedativas porque a receita não apareceu e as gotas são uma espécie de alucinógeno que já eletrocutou mais de quatro hippies do bairro. Você ele conhece bem e vai lhe vender, venha logo, a Rosita está se contorcendo tanto de dor que eu não consigo nem olhar pra ela.

Lucas paga, esquece de comprar os fósforos e vai com Juárez até a farmácia onde o velho Olivetti diz que de jeito nenhum, nada disso, que vão noutro lugar, e nesse momento sua senhora sai lá dos fundos com uma kodak na mão e você, sr. Lucas, com certeza sabe como pôr o filme, é o aniversário da menina e imagine que bem agora esse rolo resolveu acabar, acabar. É que eu preciso levar fósforos pra Tota, diz Lucas antes que Juárez pise no seu pé e então Lucas se apressa a carregar a kodak ao sacar que o velho Olivetti vai lhe retribuir com as gotas ominosas, Juárez se desmancha em agradecimentos e sai aos palavrões enquanto a senhora agarra Lucas e o mete toda contente na festa de aniversário, você não vai embora sem provar o bolo de manteiga que a dona Luisa fez, feliz aniversário, diz Lucas para a menina que lhe responde com um borborigmo através da quinta fatia de bolo. Todos cantam o rap verde tuiú e mais um brinde com laranjada, mas a senhora tem uma cervejinha bem gelada para o sr. Lucas que além do mais vai tirar as fotos porque lá ninguém tem muita prática, e Lucas olha o passarinho, esta com flash e esta no pátio porque a menina quer que o pintassilgo também apareça, ela quer.

— Bem — diz Lucas —, preciso ir embora porque acontece que a Tota...

Frase eternamente inconclusa, pois na farmácia já prorrompem gritos e todo tipo de instruções e de contraordens, Lucas corre para ver e aproveitar para dar no pé, e topa com o setor masculino da família Salinsky e no meio o velho Salinsky que caiu da cadeira e o trouxeram porque moram ali do lado e não é o caso de incomodar o doutor se ele não tiver fraturado o cóccix ou coisa pior. O baixote Salinsky, que é muito chegado a Lucas, o segura pelo pijama e diz que o velho é duro mas que o cimento do pátio é pior, razão pela qual não daria pra excluir uma fratura fatal, ainda mais que o velho ficou verde e não consegue nem coçar o traseiro, como é seu costume. Esse detalhe contraditório não escapou ao velho Olivetti, que põe sua senhora ao telefone e em menos de quatro minutos há uma ambulância e dois maqueiros, Lucas ajuda a levantar o velho que não se sabe por que passou os braços em volta de seu pescoço ignorando completamente seus filhos, e quando Lucas vai sair da ambulância os maqueiros fecham a porta na cara dele porque estão discutindo o Boca vs. River do domingo e não é o caso de se distrair com parentescos, e o fato é que Lucas vai parar no chão com o arranque supersônico e o velho Salinsky lá da maca foda-se, pirralho, agora você vai saber como dói.

No hospital que fica na outra ponta do novelo Lucas tem de explicar o que aconteceu, mas isso é algo que leva tempo num nosocômio e o senhor é da família, não, na verdade não, mas então o quê, espere que vou lhe explicar o que aconteceu, tudo bem, mas mostre seus documentos, é que estou de pijama, doutor, seu pijama tem dois bolsos, certo, mas acontece que a Tota, não vá me dizer que esse velho se chama Tota, o que eu quero dizer é que eu tinha que comprar uma caixa de fósforos pra Tota e nisso aparece o Juárez e. Está bem, suspira o médico, abaixe a cueca do velho, Morgada, o senhor pode ir. Vou ficar até que a família chegue e me dê dinheiro para um táxi, diz Lucas, não posso pegar o ônibus desse jeito. Depende, diz o médico, agora usam indumentárias de alta fantasia, a moda é tão versátil, tire uma chapa dele em decúbito dorsal, Morgada.

Quando os Salinsky desembocam de um táxi, Lucas lhes dá as notícias e o baixinho lhe entrega a grana exata mas lhe agradece durante cinco minutos pela solidariedade e pelo companheirismo, de repente não há mais táxi em nenhum lugar e Lucas que não aguenta mais sai andando rua abaixo, mas é estranho andar de pijama fora do bairro, nunca tinha pensado que é como andar pelado, e ainda por cima nem um miserável de um ônibus até que finalmente aparece o 128 e Lucas de pé entre duas moças que olham para ele estupefatas, depois uma velha que de seu assento vai subindo os olhos pelas listras de seu pijama como se medisse o grau de decência dessa vestimenta que mal disfarça as protuberâncias, a parada na Santa Fe com a Canning não chega nunca e com razão, porque Lucas pegou o ônibus que vai para Saavedra, então é descer e esperar numa espécie de pastinho com duas arvorezinhas e um pente quebrado, a Tota deve estar feito uma pantera numa máquina de lavar, uma hora e meia minha mãe do céu e quando é que essa porra de ônibus vai chegar.

Talvez não chegue nunca, diz Lucas para si, com uma espécie de sinistra iluminação, talvez isso seja algo como o afastamento de Almotásim, pensa Lucas culto. Quase não vê chegar a velhinha desdentada que se aproxima um pouco para perguntar se ele por acaso não tem um fósforo.

Lucas, seu patriotismo

D o meu passaporte gosto das páginas das renovações e dos carimbos de vistos redondos / triangulares / verdes / quadrados / pretos / ovais / vermelhos; da minha imagem de Buenos Aires a balsa sobre o Riachuelo, a praça Irlanda, os jardins da Agronomia, alguns cafés que talvez não existam mais, uma cama num apartamento na Maipú quase esquina com a Córdoba, o cheiro e o silêncio do porto à meia-noite no verão, as árvores da praça Lavalle.

Do país guardo o cheiro dos canais de irrigação mendocinos, os álamos de Uspallata, o violeta profundo da serra de Velasco em La Rioja, as estrelas chaquenhas em Pampa de Guanacos indo de Salta a Misiones num trem de 1942, um cavalo que montei em Saladillo, o gosto do cinzano com gim Gordon no Boston da *calle* Florida, o cheiro levemente alérgico das poltronas do Colón, a plateia alta do Luna Park com Carlos Beulchi e Mario Díaz, algumas leiterias da madrugada, a feiura da praça Once, a leitura de *Sur* nos anos docemente ingênuos, as edições de *Claridad* a cinquenta centavos, com Roberto Arlt e Castelnuovo, e também alguns pátios, claro, e sombras que eu calo, e mortos.

Lucas, seu patrioteirismo

N ão é pelo lado das efemérides, não é bem assim, nem Fangio nem Monzón ou coisas do gênero. Quando ele era menino, claro, Firpo contava mais que San Martín, e Justo Suárez mais que Sarmiento, mas depois a vida foi baixando a crista da história militar e desportiva, veio um tempo de dessacralização e autocrítica, só aqui e ali restaram pedacinhos de insígnias e "Febo asoma".

Acha engraçado cada vez que pega alguns, que pega a si mesmo todo ufano e argentino até a morte, porque sua argentinidade é, por sorte, outra coisa, mas dentro dessa outra coisa às vezes boiam pedacinhos de louros ("que sejam eternos os") e então Lucas em plena King's Road ou no quebra-mar de Havana ouve sua voz entre vozes de amigos dizendo coisas tais como ninguém sabe o que é carne se não conhece a costela de ripa argentina, nem doce que supere o doce de leite nem coquetel que se compare ao Demaría que servem no La Fragata (ainda, leitor?) ou no Saint James (ainda, Susana?).

Naturalmente, seus amigos reagem venezuelana ou guatemaltecamente indignados, e nos minutos seguintes há um superpatrioteirismo gastronômico ou botânico ou agropecuário ou ciclístico que vou te contar. Nessas ocasiões Lucas age como um cachorro pequeno e deixa que os grandes se engalfinhem, enquanto ele se repreende mentalmente, mas não muito, afinal me diga de onde vêm as melhores bolsas de crocodilo e os melhores sapatos de couro de cobra.

Um tal Lucas 221

Lucas, seu patiotismo

O centro da imagem devem ser os gerânios, mas também há as glicínias, o verão, o chimarrão às cinco e meia, a máquina de costura, as pantufas e as conversas demoradas sobre doenças e dissabores familiares, de repente um frango deixando sua assinatura entre duas cadeiras ou o gato atrás de um pombo que zomba dele, esquivo. Tudo isso cheira a roupa no varal, a goma azulada e a água sanitária, cheira a aposentadoria, a biscoitos sortidos ou tortas fritas, quase sempre a uma rádio vizinha com tangos e os anúncios de Geniol, do óleo Cocinero que é de todos o primeiro, e a garotos chutando uma bola de pano no terreno baldio dos fundos, Beto fez um gol de bate-pronto.

Tudo tão convencional, tudo tão batido que Lucas, por puro pudor, procura outras saídas, no meio das lembranças decide recordar como a essa hora ele se trancava para ler Homero e Dickson Carr em seu quartinho vagabundo para não ter de ouvir novamente a operação do apêndice de tia Pepa com todos os detalhes funestos e a representação ao vivo das náuseas horríveis da anestesia, ou a história da hipoteca da rua Bulnes em que tio Alejandro ia afundando de chimarrão em chimarrão até a apoteose dos suspiros coletivos e tudo vai de mal a pior, Josefina, aqui está faltando um governo forte, porra. Por sorte, Flora está aí para mostrar a foto de Clark Gable na rotogravura de *La Prensa* e rememurmurar os momentos estelares de *E o vento levou*. Às vezes a avó se lembrava de Francesca Bertini, e tio Alejandro, de Bárbara La Marr, aquela maravilha bárbara, você e as vampiresas, ah, os homens, Lucas compreende que não há nada a fazer, que já está no pátio de novo, que o cartão-postal continua pregado para sempre na beira do espelho do tempo, pintado à mão com sua faixa de pombinhos, com sua leve borda preta.

Lucas, suas comunicações

Como não escreve somente, mas gosta de passar para o outro lado e ler o que os outros escrevem, Lucas às vezes se surpreende com a dificuldade que tem para entender certas coisas. Não que sejam questões particularmente abstrusas (palavra horrorosa, pensa Lucas, que tende a sopesá-las na palma da mão e se familiarizar ou rejeitá-las segundo a cor, o perfume ou o tato), mas de repente parece haver um vidro sujo entre ele e o que está lendo, e daí só impaciência, releitura forçada, chateação pintando e por fim o grande voo da revista ou do livro até a parede mais próxima, com subsequente queda e úmido plof.

Quando as leituras terminam assim, Lucas se pergunta que diabos pode ter acontecido na passagem aparentemente óbvia do comunicante ao comunicado. Perguntar isso não é nada fácil para ele, pois no seu caso essa questão nunca aparece, e por mais rarefeito que esteja o ar de sua escrita, por mais que algumas coisas só possam vir e passar no fim de transcursos difíceis, Lucas nunca deixa de verificar se a vinda é válida e se a passagem se dá sem maiores obstáculos. Pouco lhe importa a situação individual dos leitores, porque ele acredita numa medida misteriosamente multiforme que na maioria dos casos cai como um terno bem cortado, e por isso não é necessário ceder terreno nem na vinda nem na ida: entre ele e os outros haverá uma ponte sempre que a escritura nascer de semente e não de enxerto. Em suas invenções mais delirantes às vezes há algo ao mesmo tempo tão simples, tão passarinho e escopa de 15. Não se trata de escrever para os outros, mas para si mesmo, mas o si mesmo tem de ser também os outros; tão elementary, my dear Watson, que dá até para desconfiar, para perguntar se não haverá uma demagogia inconsciente nessa corroboração entre remetente, mensagem e destinatário. Lucas olha para a palavra destinatário na palma de sua mão, acaricia de leve sua pelagem, devolve-a a seu limbo incerto; está se lixando para o destinatário, pois o tem aí ao alcance da mão, escrevendo o que ele lê e lendo o que ele escreve, porra.

Lucas, suas intrapolações

U m documentário iugoslavo mostra como o instinto do polvo fêmea entra em ação para proteger seus ovos por todos os meios, e entre outras medidas de defesa organiza sua própria camuflagem amontoando algas e se disfarçando atrás delas para não ser atacado pelas moreias durante os dois meses que dura a incubação.

Como todo mundo, Lucas contempla antropomorficamente as imagens: o polvo *decide* se proteger, *procura* as algas, *ajeita*-as diante de seu refúgio, se *esconde*. Mas tudo isso (que numa primeira tentativa de explicação igualmente antropomórfica foi chamado de instinto, na falta de coisa melhor) se passa fora de qualquer consciência, de qualquer conhecimento, por mais rudimentar que seja. Se Lucas, por sua vez, também faz um esforço para assistir como que de fora, o que lhe resta? Um *mecanismo*, tão alheio às possibilidades de sua empatia como o movimento dos pistões nos êmbolos ou o escorrer de um líquido por um plano inclinado.

Consideravelmente deprimido, Lucas diz para si que a essa altura a única coisa que tem cabimento é uma espécie de intrapolação: e isso também, o que ele está pensando nesse momento, é um mecanismo que sua consciência pensa entender e controlar, isso também é um antropomorfismo ingenuamente aplicado ao homem.

"Não somos nada", pensa Lucas por ele e pelo polvo.

Lucas, seus desconcertos

Em tempos que já vão longe, Lucas ia muito a concertos e dá-lhe Chopin, Zoltán Kodály, Pucciverdi, sem contar Brahms e Beethoven e até Ottorino Respighi em temporadas fracas.

Agora ele não vai mais e se vira com os discos e o rádio ou assobiando lembranças, Menuhin e Friedrich Gulda e Marian Anderson, coisas um pouco paleolíticas nestes tempos acelerados, mas a verdade é que nos concertos as coisas iam de mal a pior até que houve um acordo de cavalheiros entre Lucas, que parou de ir, e os lanterninhas e parte do público, que pararam de expulsá-lo a pontapés. A que se devia tão espasmódica discordância? Se você lhe perguntar, Lucas se lembra de algumas coisas, por exemplo, daquela noite no Colón quando um pianista na hora do bis se lançou com as mãos armadas de Khatchaturian sobre um teclado completamente indefeso, ocasião que o público aproveitou para se permitir uma crise de histeria cuja magnitude correspondia exatamente ao estrondo obtido pelo artista nos paroxismos finais, e lá está Lucas procurando alguma coisa no chão entre as fileiras e apalpando por todo canto.

— Perdeu alguma coisa, senhor? — inquiriu a senhora entre cujos tornozelos proliferavam os dedos de Lucas.

— A música, senhora — disse Lucas, apenas um segundo antes que o senador Poliyatti lhe mandasse o primeiro pontapé na bunda.

Também houve o sarau de lieder em que uma dama aproveitava delicadamente os pianíssimos de Lotte Lehmann para emitir uma tosse digna das trombetas de um templo tibetano, razão pela qual em algum momento se ouviu a voz de Lucas, dizendo: "Se as vacas tossissem, tossiriam como esta senhora", diagnóstico que determinou a intervenção patriótica do dr. Chucho Beláustegui e Lucas levado de arrasto com a cara no chão até sua libertação final no meio-fio da calçada da rua Libertad.

É difícil tomar gosto por concertos quando acontecem coisas assim, melhor ficar at home.

Lucas, suas críticas da realidade

Jekyll sabe muito bem quem é Hyde, mas o conhecimento não é recíproco. Lucas acha que quase todo mundo compartilha a ignorância de Hyde, o que ajuda a cidade do homem a manter sua ordem. Ele mesmo opta habitualmente por uma versão unívoca, apenas Lucas, mas só por motivos de higiene pragmática. Esta planta é esta planta, Dorita = Dorita, e assim por diante. Só que ele não se ilude e sabe-se lá o que esta planta é em outro contexto, e de Dorita nem se fala, porque...

Nos jogos eróticos Lucas logo encontrou um dos primeiros refratantes, obliterantes ou polarizadores do suposto princípio de identidade. Ali de repente A não é A, ou A é não A. Regiões de extrema delícia às nove e quarenta serão de desagrado às dez e meia, sabores que exaltam o delírio incitariam ao vômito se fossem propostos em cima de uma toalha de mesa. Isto (já) não é isto, porque eu (já) não sou eu (o outro eu).

Quem muda ali, numa cama ou no cosmos: o perfume ou quem o sente? A relação objetiva-subjetiva não interessa a Lucas; tanto num caso como no outro, termos definidos escapam à sua definição, Dorita A não é Dorita A, ou Lucas B não é Lucas B. E partindo de uma instantânea relação A = B, ou B = A, a fissão da crosta do real se dá em cadeia. Talvez quando as papilas de A roçam prazerosamente as mucosas de B, *tudo* está deslizando para outra coisa e joga outro jogo e calcina os dicionários. O tempo de um gemido, claro, mas Hyde e Jekyll se olham cara a cara numa relação A → B / B → A. Não era de se jogar fora aquela canção de jazz dos anos quarenta, *Doctor Hekyll and Mister Jyde*...

Lucas, suas aulas de espanhol

N a Berlitz onde o contratam meio que de pena, o diretor que é de Astorga lhe adverte que nada de argentinismos nem de galicismos, aqui se ensina o idioma vernáculo, porra, no primeiro tchê que eu pegar você já pode ir se mandando. É só ensiná-los a falar com fluência e nada de culteranismos, pois o que os franceses vêm aprender aqui é a não fazer papelão na fronteira e nas tabernas. Vernáculo e prático, meta isso em seus, digamos, miolos.

Lucas, perplexo, vai procurar sem demora textos que correspondam a tão ilustre critério, e quando inaugura sua aula diante de uma dúzia de parisienses ávidos de olé e de uma *tortilla* de seis ovos, por favor, entrega-lhes umas folhinhas onde reproduziu um trecho de um artigo do *El País* de 17 de setembro de 1978, veja que moderno, e que a seu ver deve ser a quintessência do vernáculo e do prático porque trata de touradas e os franceses não pensam em outra coisa a não ser em correr para as arenas assim que estiverem com o diploma no bolso, razão pela qual este vocabulário lhes será extremamente útil na hora do primeiro terço, das bandarilhas e tudo o mais. O texto diz o seguinte, a saber:

> *O belo galache, de porte médio, mas garboso, muito bem equipado e astifino, casteado, que era nobre, continuava entregue aos voos da muleta, que o mestre salmantino manejava com desenvoltura e autoridade. Relaxada a figura, trançava a muleta em volteios e cada um deles era o domínio absoluto pelo qual o touro tinha de seguir um semicírculo em torno do destro, e o remate, limpo e preciso, para deixar a fera à distância adequada. Houve passes naturais insuperáveis e passes de peito grandiosos, e ajudados por cima e por baixo a duas mãos, e passes com assinatura, mas não sairá da retina o passe natural ligado com o de peito, e o desenho deste, com saída pelo ombro contrário, talvez os volteios de capa mais perfeitos que El Viti já fez.* *

---

* No original: "*El galache, precioso, terciado, mas con trapío, muy bien armado y astifino, encastado, que era noble, seguía entregado a los vuelos de la muleta, que el maestro salmantino manejaba con soltura y mando. Relajada la figura, trenzaba los muletazos, y cada uno de ellos era el dominio absoluto por el que tenía que seguir el toro un semicírculo en torno al diestro, y el remate, limpio y preciso, para dejar a la fiera en la distancia adecuada. Hubo naturales inmejorables y de pecho grandiosos, y ayudados por alto y por bajo a dos manos, y pases de la firma, pero no se nos irá de la retina un natural ligado con el de pecho, y el dibujo de éste, con salida por el hombro contrario, quizá los más acabados muletazos que haya dado nunca El Viti*". (N. T.)

Como é natural, os estudantes se lançam imediatamente a seus dicionários para traduzir o trecho, tarefa que em três minutos é sucedida por um crescente desconcerto, intercâmbio de dicionários, esfregação de olhos e perguntas a Lucas, que não responde nada porque decidiu aplicar o método da autoaprendizagem e nesses casos o professor deve ficar olhando pela janela enquanto os exercícios são feitos. Quando o diretor apareceu para inspecionar a performance de Lucas, todo mundo já tinha ido embora, depois de declarar em francês o que pensam do espanhol e principalmente dos dicionários que lhes custaram uns bons francos. Só permanece lá um jovem com ar erudito, que está perguntando a Lucas se a referência ao "mestre salmantino" não seria uma alusão a frei Luis de León, ao que Lucas responde que poderia muito bem ser, mas que o mais certo é que, quem sabe. O diretor espera o aluno sair e diz a Lucas que não é preciso começar pela poesia clássica, Frei Luis, claro, e tudo o mais, é só ver se consegue alguma coisa mais simples, porra, alguma coisa típica, digamos, como a visita dos turistas a uma mercearia ou a uma arena de touros, você vai ver como eles se interessam e aprendem num piscar de olhos.

Lucas, suas meditações ecológicas

N esta época de retorno descabelado e turístico à Natureza, em que os cidadãos veem a vida no campo como Rousseau via o bom selvagem, eu me solidarizo como nunca com: a) Max Jacob, que, respondendo a um convite para passar o fim de semana no campo, disse entre estupefato e apavorado: "O campo, aquele lugar onde os frangos passeiam crus?"; b) o dr. Johnson, que, no meio de uma excursão ao parque de Greenwich, expressou energicamente sua preferência por Fleet Street; c) Baudelaire, que levou o amor pelo artificial à própria noção de paraíso.

Uma paisagem, um passeio no bosque, um mergulho numa cachoeira, uma trilha entre as pedras só podem nos preencher esteticamente se o regresso a casa ou ao hotel estiver garantido, e o banho lustral, o jantar e o vinho, a conversa depois do jantar, o livro ou os papéis, o erotismo que tudo resume e recomeça. Desconfio dos admiradores da natureza que vez por outra descem do carro para contemplar o panorama e dar cinco ou seis saltos entre os penhascos; quanto aos outros, esses *boy-scouts* vitalícios que costumam vagamundear sob enormes mochilas e barbas desmedidas, suas reações são principalmente monossilábicas ou exclamativas; tudo parece consistir em ficar várias vezes abobalhados diante de uma colina ou de um pôr do sol, que são as coisas mais repetitivas que se pode imaginar.

Os civilizados mentem quando caem em arroubos bucólicos; se faltar o *scotch on the rocks* às sete e meia da noite vão amaldiçoar o minuto em que deixaram sua casa para vir padecer mutucas, insolações e espinhos; quanto aos mais próximos da natureza, são tão estúpidos quanto ela. Um livro, uma comédia, uma sonata não necessitam de regresso nem de banho; é aí que atingimos nosso ponto mais alto, que somos o máximo que podemos ser. O que o intelectual ou o artista que se refugia no campo procura é tranquilidade, alface fresca e ar puro; cercado por todos os lados de natureza, ele lê ou pinta ou escreve na luz perfeita de um quarto bem orientado; se sai para passear ou dá uma espiada nos animais ou nas nuvens é porque se cansou de seu trabalho ou de seu ócio. Não acredite, tchê, na contemplação absorta de uma tulipa se o contemplador é um intelectual. O que há ali é tulipa + distração, ou tulipa + meditação (quase nunca sobre a tulipa). Nunca vai encontrar um cenário natural que resista por mais de cinco minutos a uma contemplação obstinada, em compensação sentirá o tempo ser abolido na leitura de Teócrito ou de Keats, sobretudo nos trechos onde aparecem cenários naturais. Sim, Max Jacob tinha razão: frangos, melhor cozidos.

Lucas, seus solilóquios

Tchê, tudo bem que seus irmãos já me azucrinaram até não-mais--poder, mas agora que eu estava te esperando com tanta vontade de dar uma volta você chega pingando e com essa cara meio de chumbo, meio de guarda-chuva virado que eu já conheço bem. Assim não dá pra gente se entender, você sabe. Que tipo de passeio vai ser esse se basta eu te olhar pra saber que com você eu vou me encharcar até a alma, que vou ficar com água pelo pescoço e que os cafés vão ter cheiro de umidade e que quase com certeza vai haver uma mosca no copo de vinho?

Parece até que marcar um encontro com você não adianta nada, e olhe que eu preparei isso bem devagar, primeiro pondo de escanteio seus irmãos, que como sempre fazem o possível pra me chatear, pra ir minando minha vontade de que você apareça e me traga um pouco de ar fresco, um momento de esquinas ensolaradas e parques com crianças e piões. Um por um, sem contemplações, fui ignorando-os para que não viessem jogar tudo nas minhas costas como é do estilo deles, abusar do telefone, das cartas urgentes, da mania que eles têm de aparecer às oito da manhã e se plantar ali pra todo o sempre. Nunca fui grosseiro com eles, até me controlei para tratá-los com gentileza, simplesmente fingindo que não percebia suas pressões, a extorsão permanente que me infligem de todos os ângulos, como se te invejassem, quisessem te depreciar de antemão pra acabar com minha vontade de te ver chegar, de sair com você. Já sabemos, a família, mas agora acontece que em vez de ficar do meu lado, você também se dobra a eles e não me dá tempo pra nada, nem pra me resignar e contemporizar, aparece assim, esguichando água, uma água cinzenta de tempestade e de frio, uma esmagadora negação do que eu tanto esperava enquanto me safava pouco a pouco dos seus irmãos e tentava guardar forças e alegria, ter os bolsos cheios de moedas, planejar itinerários, batata frita naquele restaurante debaixo das árvores onde é tão gostoso almoçar entre pássaros e meninas e o velho Clemente que recomenda o melhor provolone e às vezes toca acordeom e canta.

Desculpe se eu te jogo na cara que você é um nojo, agora preciso me convencer de que isso é coisa de família, de que você não é diferente, mas sempre achei que você fosse a exceção, aquele momento em que tudo o que oprime se detém pra entrada do leve, da espuma da conversa e da virada das esquinas; veja só, acaba que é pior, você aparece como o avesso da minha esperança, cinicamente bate à minha janela e fica ali esperando que eu calce as galochas, que pegue a capa e o guarda-chuva. Você é cúmplice dos outros, eu que tantas vezes achei que você era diferente e te amei por isso, e lá vão três ou quatro vezes que você me apronta a mesma coisa, de que adianta vez por outra corresponder ao meu desejo se no fim é isso, ver você aí com mechas sobre os olhos, os dedos jorrando uma água cinzenta, olhando pra mim sem dizer nada. No fim é quase melhor com teus irmãos, pelo menos lutar contra eles me faz passar o tempo, tudo anda melhor quando se defende a liberdade e a esperança; mas você, você não me dá nada além desse vazio de ficar em casa, de saber que tudo transpira hostilidade, que a noite vai chegar como um trem atrasado numa plataforma cheia de vento, que só vai chegar depois de muitos chimarrões, de muitos noticiários, com teu irmão segunda-feira esperando atrás da porta a hora em que o despertador vai me deixar de novo cara a cara com ele, que é o pior, grudado em você mas você novamente tão longe dele, atrás da terça-feira e da quarta etc.

Lucas, sua nova arte de fazer conferências

Senhoras, senhoritas etc. Para mim é uma honra etc. Neste recinto ilustrado por etc. Permitam que neste momento eu etc. Não posso entrar no assunto sem antes etc.

Antes de mais nada, gostaria de definir com a maior exatidão possível o sentido e o alcance do tema. Há algo de temerário em toda referência ao futuro quando a mera noção de presente se apresenta como incerta e flutuante, quando o contínuo espaço-tempo no qual somos fenômenos de um instante que regressa ao nada no próprio ato de concebê-lo é mais uma hipótese de trabalho que uma certeza verificável. Mas sem cair num regressionalismo que põe em questão as mais elementares operações do espírito, façamos um esforço para admitir a realidade de um presente e até mesmo de uma história que nos situa coletivamente com garantias suficientes para projetar seus elementos estáveis e sobretudo seus fatores dinâmicos buscando uma visão do futuro de Honduras no concerto das democracias latino-americanas. No imenso cenário continental (*gesto da mão abarcando toda a sala*), um pequeno país como Honduras (*gesto da mão abarcando a superfície da mesa*) representa apenas uma das tésseras multicoloridas que compõem o grande mosaico. Este fragmento (*apalpando a mesa com mais atenção e olhando-a com a expressão de quem vê uma coisa pela primeira vez*) é estranhamente concreto e evasivo ao mesmo tempo, como todas as expressões da matéria. O que é isso que estou tocando? Madeira, claro, e em seu conjunto um objeto volumoso situado entre mim e os senhores, algo que de algum modo nos separa com seu seco e maldito corte de mogno. Uma mesa! Mas o que é isso? Nota-se claramente que aqui embaixo, entre esses quatro pés, há uma zona hostil e ainda mais insidiosa que as partes sólidas; um paralelepípedo de ar, como um aquário de medusas transparentes que conspiram contra nós, enquanto aqui em cima (*passa a mão como se quisesse se convencer*) tudo continua plano e escorregadio e absolutamente espião japonês. Como vamos nos entender, separados por tantos obstáculos? Se essa senhora sonolenta extraordinariamente parecida com uma toupeira com indigestão quisesse se enfiar debaixo da mesa e nos explicar o resultado de suas explorações, talvez pudéssemos anular a barreira que me força a dirigir-me aos senhores como se estivesse me afastando do cais de Southampton a bordo do *Queen Mary*, navio no qual sempre tive esperança de viajar, e com um lenço ensopado de lágrimas e lavanda Yardley agitasse a única mensagem ainda possível para as plateias lugubremente amontoadas no cais. Hiato mais detestável que qualquer outro, por que a comissão diretora interpôs aqui esta mesa, que parece um obsceno cachalote? É inútil, senhor, que se ofereça para retirá-la, pois um problema não resolvido volta pela via do inconsciente, como tão bem demonstrou Marie Bonaparte em sua análise do caso de madame Lefèvre, que assassinou a nora a bordo de um automóvel. Agradeço sua boa vontade e seus músculos dispostos à ação, mas acho imprescindível que nos adentremos na natureza desse dromedário indescritível, e não vejo outra solução a não ser nos pegarmos corpo a corpo, vocês do seu lado e eu do meu, com essa censura lígnea que se retorce lentamente em seu abominável cenotáfio. Fora, objeto obscuran- tista! Ele não sai, evidentemente. Um machado, um machado! Não se abala minimamente, tem o agitado ar de imobilidade das piores maquinações do negativismo que se insere sorrateiro nas fábricas da imaginação para não deixar que ela ascenda sem um lastro de mortalidade em direção às nuvens, que seriam sua verdadeira pátria se a gravidade, essa mesa onímoda e ubí- qua, não pesasse tanto nos coletes de todos vocês, e na fivela de meu cinto e até nos cílios dessa belezura que da quinta fileira não faz outra coisa senão me implorar que a introduza, sem mais delongas, em Honduras. Percebo sinais de impaciência, os funcionários estão furiosos, haverá renúncias na comissão diretora, desde já prevejo um corte no orçamento para atividades culturais; entramos na entropia, a palavra é como uma andorinha caindo numa sopeira de tapioca, ninguém mais sabe o que está acontecendo e é justamente isso que pretende essa mesa filha da puta, ficar sozinha numa sala vazia enquanto todos nós choramos ou nos pegamos a tapas nas esca- das de saída. Você vencerá, basilisco repugnante? Que ninguém finja igno- rar essa presença que tinge de irrealidade qualquer comunicação, qualquer semântica. Observem-na pregada entre nós, entre nós de cada lado dessa horrenda muralha com o ar que impera num asilo de idiotas quando um diretor progressista pretende apresentar a música de Stockhausen. Ah, pen- sávamos ser livres, em algum lugar a presidenta do ateneu deixou pronto um buquê de rosas que me seria entregue pela filha caçula do secretário enquanto vocês restabeleceriam com aplausos fragorosos a congelada cir- culação de seus traseiros. Mas nada disso vai acontecer por culpa dessa concreção abominável que ignorávamos, que ao entrar víamos como uma coisa muito óbvia até que um toque casual de minha mão a revelou brus- camente em sua agressiva hostilidade, ali de tocaia. Como pudemos imagi- nar uma liberdade inexistente, sentar-nos aqui quando nada era concebível, nada era possível sem antes nos livrarmos desta mesa? Molécula viscosa de um gigantesco enigma, aglutinante testemunha das piores servidões! A simples ideia de Honduras soa como um balão estourado no auge de uma festa infantil. Quem agora pode conceber Honduras, será que essa palavra tem algum sentido enquanto estivermos de um lado e do outro deste rio de fogo negro? E eu ia fazer uma conferência! E vocês se dispunham a ouvi-la! Não, é demais, ao menos tenhamos a coragem de acordar ou no mínimo de admitir que queremos acordar e que a única coisa que pode nos salvar é a quase insuportável coragem de passar a mão sobre essa indiferente obscenidade geométrica, enquanto dizemos todos juntos: Tem um metro e vinte de largura por dois e quarenta de comprimento, mais ou menos, é de carvalho maciço, ou de mogno, ou de pinho envernizado. Mas algum dia iremos concluir, saberemos o que é isso? Não acredito, será inútil.

Aqui, por exemplo, algo que parece um nó da madeira... A senhora acredita que é um nó da madeira? E aqui, o que chamávamos de pé, o que significa essa precipitação em ângulo reto, esse vômito fossilizado em direção ao chão? E o chão, essa segurança sob nossos passos, o que esconde debaixo do parquê encerado?

(Em geral, a conferência termina — é terminada — muito antes, e a mesa fica sozinha na sala vazia. Ninguém, é claro, irá vê-la levantar um pé, como as mesas sempre fazem quando ficam sozinhas.)

Lucas, seus hospitais (I)

Como a clínica onde meu amigo Lucas se internou é uma clínica cinco estrelas, os-doentes-sempre-têm-razão, e dizer não quando eles pedem coisas absurdas é um problema sério para as enfermeiras, uma mais fofa que a outra, e quase sempre dizendo sim, pelos motivos precedentes.

Não é possível, naturalmente, atender ao pedido do gordo do quarto 12, que em plena cirrose hepática pede a cada três horas uma garrafa de gim, mas em compensação com que prazer, com que satisfação as meninas dizem sim, como não, claro, quando Lucas, que foi para o corredor enquanto arejavam seu quarto e descobriu um buquê de margaridas na sala de espera, pede quase tímido que o deixem levar uma margarida para seu quarto a fim de alegrar o ambiente.

Depois de pousar a flor na mesinha de cabeceira, Lucas toca a campainha e pede um copo com água para dar a sua margarida uma postura mais adequada. Assim que trazem o copo e instalam a flor, Lucas observa que a mesinha de cabeceira está abarrotada de frascos, revistas, cigarros e cartões-postais, de modo que talvez pudesse ser instalada outra mesinha ao pé da cama, localização que lhe permitiria desfrutar da presença da margarida sem ter de deslocar o pescoço para distingui-la entre os diferentes objetos que proliferam na mesinha de cabeceira.

A enfermeira logo traz o solicitado e põe o copo com a margarida no ângulo visual mais favorável, o que Lucas agradece, fazendo-a notar, de passagem, que como muitos amigos vêm visitá-lo e as cadeiras são muito poucas, nada melhor que aproveitar a presença da mesa para acrescentar duas ou três poltroninhas confortáveis e criar um ambiente mais propício à conversação.

Assim que as enfermeiras aparecem com as poltronas, Lucas lhes diz que se sente imensamente grato aos amigos que lhe fazem tanta companhia nesse momento complicado, motivo pelo qual a mesa serviria perfeitamente, depois da colocação de uma toalhinha, para apoiar duas ou três garrafas de uísque e meia dúzia de copos, se possível daqueles de cristal bisotado, sem contar uma térmica com gelo e umas garrafas de soda.

As meninas se dispersam em busca desses utensílios e os dispõem artisticamente sobre a mesa, ocasião em que Lucas se permite assinalar que a presença de copos e garrafas desvirtua consideravelmente a eficácia estética da margarida, bastante perdida no conjunto, mas que a solução é muito simples, pois o que de fato está faltando nesse quarto é um armário para acomodar a roupa e os sapatos, toscamente amontoados num móvel no corredor, e então bastará pôr o copo com a margarida no alto do armário para que a flor domine o ambiente e lhe dê esse encanto um pouco secreto que é a chave de toda boa convalescença.

Atribuladas com os acontecimentos mas fiéis às normas da clínica, as meninas empurram com dificuldade um armário enorme sobre o qual acaba de se pousar a margarida, como um olho ligeiramente estupefato mas repleto de dourada benevolência. As enfermeiras sobem no armário para acrescentar um pouco de água fresca ao copo, e então Lucas fecha os olhos e diz que agora tudo está perfeito e que vai tentar dormir um pouco. Assim que elas fecham a porta ele se levanta, tira a margarida do copo e a joga pela janela, pois não é uma flor que lhe agrade particularmente.

II.

*[...] papéis com desenhos de desembarques
em países não situados no tempo nem no espaço,
como um desfile de banda militar chinesa
situado entre a eternidade e o nada.*

JOSÉ LEZAMA LIMA, *Paradiso*

Destino das explicações

Em algum lugar deve existir um depósito de lixo onde estão amontoadas as explicações.

Só uma coisa é inquietante nesse preciso panorama: o que vai acontecer no dia em que alguém conseguir explicar também o depósito de lixo.

O copiloto silencioso

Curiosa conexão entre uma história e uma hipótese separadas por muitos anos e uma remota distância; algo que agora pode ser um fato exato, mas que não tomou forma até o acaso de uma conversa em Paris vinte anos *antes*, numa estrada solitária da província de Córdoba, na Argentina.

A história foi contada por Aldo Franceschini, a hipótese foi proposta por mim, e as duas ocorreram num ateliê de pintura da rua Paul Valéry entre goles de vinho, tabaco, e aquele prazer de falar sobre coisas da nossa terra sem os meritórios suspiros folclóricos de tantos outros argentinos que andam por aí sem que se saiba bem por quê. Acho que começou com os irmãos Gálvez e os álamos de Uspallata; em todo caso, mencionei Mendoza, e Aldo que é de lá se achegou com tudo e quando vimos ele já estava vindo de carro de Mendoza para Buenos Aires, cruzava Córdoba em plena noite e de repente ficava no meio da estrada sem gasolina ou sem água para o radiador. Sua história pode caber nestas palavras:

— Era uma noite muito escura num lugar completamente deserto, e não dava pra fazer nada a não ser esperar que algum carro passasse e nos tirasse do apuro. Naquela época, era raro que em trechos tão longos não se levassem latas com gasolina e água de reposição; na pior das hipóteses quem passasse poderia nos levar, minha mulher e eu, até o hotel da primeira cidade que tivesse um hotel. Ficamos na escuridão, com o carro bem estacionado no acostamento, fumando e esperando. Lá pela uma da manhã vimos um carro que descia para Buenos Aires se aproximar, e comecei a fazer sinais com a lanterna no meio da estrada.

"Há coisas que não dá pra entender nem confirmar no momento, mas antes que o carro parasse eu senti que o motorista não queria parar, que naquele carro que vinha a toda a velocidade parecia haver um desejo de seguir em frente mesmo se me vissem caído na estrada com a cabeça quebrada. Tive que sair pro lado no último instante porque a má vontade da freada o levou quarenta metros à frente; corri para alcançá-lo e me aproximei da janela do lado do volante. Apaguei a lanterna porque o reflexo do painel era suficiente para recortar o rosto do homem que estava dirigindo. Expliquei rapidamente o que estava acontecendo e pedi ajuda, e aí já estava sentindo um aperto no estômago, pois a verdade é que comecei a ficar com medo enquanto me aproximava do carro, um medo sem motivo, considerando que, naquela escuridão e naquele lugar, o motorista é que devia estar mais inquieto. Enquanto explicava a situação, eu olhava para dentro do carro, atrás não tinha ninguém, mas no outro banco dianteiro havia algo sentado. Digo algo por falta de palavra melhor e porque tudo começou e acabou com tal rapidez que a única coisa realmente definida era um medo como eu nunca tinha sentido. Juro que quando o motorista acelerou bruscamente o motor, enquanto dizia 'Não temos gasolina', e arrancou ao mesmo tempo, senti uma espécie de alívio. Voltei pro meu carro; não ia conseguir explicar pra minha mulher o que tinha acontecido, mas mesmo assim expliquei e ela entendeu aquele absurdo como se o que nos ameaçava lá naquele carro também a tivesse atingido a tanta distância e sem ver o que eu tinha visto.

"Agora você vai me perguntar o que é que eu vi, e eu também não sei. Ao lado de quem dirigia havia algo sentado, como já disse, uma forma preta que não fazia o menor movimento nem virava o rosto para mim. No fim das contas, não havia nada que me impedisse de acender a lanterna para iluminar os dois passageiros, mas me diga, por que meu braço foi incapaz desse gesto, por que tudo durou apenas alguns segundos, por que quase dei graças a Deus quando o carro arrancou pra sumir na distância, e principalmente, por que diabos eu não lamentei passar a noite em pleno campo até que ao amanhecer um caminhoneiro nos deu uma mão e até uns goles de grapa?

"O que eu nunca vou entender é aquilo tudo que antecedeu o que consegui ver, que, aliás, não foi quase nada. É como se eu já estivesse com medo quando percebi que os ocupantes do carro não queriam parar, que faziam isso forçados, só pra não me atropelar; mas isso não explica nada, pois afinal ninguém gosta de ser parado no meio da noite e naquela solidão. Até me convenci de que a coisa só começou quando eu estava falando com o motorista, mas é possível que algo já tivesse me atingido por outra via, enquanto eu me aproximava do carro, uma atmosfera, se quiser chamar assim. Não consigo entender de outra forma o fato de ter ficado gelado enquanto trocava essas palavras com o homem do volante, e que o vislumbre *do outro*, no qual meu espanto se concentrou no mesmo instante, fosse a verdadeira razão daquilo tudo. Mas daí a entender... Era um monstro, um aleijão horripilante que levavam no meio da noite para que ninguém visse? Um doente com a cara deformada ou cheia de pústulas, um anormal que irradiava uma força maligna, uma aura insuportável? Não sei, não sei. Mas nunca na minha vida eu tive tanto medo, meu irmão."

Como eu trouxe comigo trinta e oito anos de lembranças argentinas bem empilhadas, a história de Aldo deu um clique em algum lugar e a IBM se agitou por um instante e no fim me caiu a ficha com a hipótese, talvez com a explicação. Lembrei até que tinham me falado daquilo num café portenho, um medo puramente mental como estar no cinema vendo *Vampyr*; tantos anos depois esse medo se entendia com o de Aldo, e como sempre esse entendimento dava toda a sua força à hipótese.

— O que estava do lado do motorista naquela noite era um morto — falei. — É curioso que você nunca tenha ouvido falar do negócio de transporte de cadáveres nos anos trinta e quarenta, em especial de tuberculosos que morriam nos sanatórios de Córdoba e que a família queria enterrar em Buenos Aires. Uma questão de taxas federais ou algo do gênero tornava caríssimo o traslado do cadáver; então surgiu a ideia de maquiar um pouco o morto, sentá-lo ao lado do motorista de um carro, e fazer o trecho de Córdoba a Buenos Aires em plena noite para chegar à capital antes do amanhecer. Quando me falaram desse assunto senti quase a mesma coisa que você; depois tentei imaginar a falta de imaginação dos sujeitos que ganhavam a vida desse jeito, e não consegui. Você pode se imaginar num carro com um morto colado no seu ombro, correndo a cento e vinte na plena solidão dos pampas? Cinco ou seis horas em que podia acontecer tanta coisa, porque um cadáver não é um ente tão rígido como se imagina, e um vivo não pode ser tão paquiderme como também somos tentados a pensar.

Corolário mais amável enquanto tomamos outro vinhozinho: pelo menos dois dos que estavam nesse negócio depois viraram ases do volante nesses ralis em estradas. Pensando bem, é curioso que essa conversa tenha começado com os irmãos Gálvez, não creio que tenham feito esse trabalho, mas disputaram corridas com outros que fizeram. Também é verdade que nessas corridas de loucos sempre se andava com um morto bem colado no corpo.

Poderia acontecer com a gente, pode crer

O *verba volant* lhes parece mais ou menos aceitável, o que não podem mesmo tolerar é o *scripta manent*, e lá se vão milhares de anos, então calcule. Por isso aquele mandachuva recebeu com entusiasmo a notícia de que um sábio bastante desconhecido tinha inventado o puxão do barbantinho e o vendia quase de graça porque no final de sua vida se tornara misantropo. Recebeu-o no mesmo dia e lhe ofereceu chá com torradas, que é o que convém oferecer aos sábios.

— Serei conciso — disse o convidado. — Para o senhor a literatura, os poemas, essas coisas, não é?

— Isso, doutor — disse o mandachuva. — E os panfletos, os jornais da oposição, essa merda toda.

— Perfeito, mas o senhor deve entender que meu invento não faz distinções, quer dizer, sua própria imprensa, seus escrevinhadores.

— Paciência, de qualquer jeito eu saio ganhando se for verdade que.

— Nesse caso — disse o sábio, apanhando um aparelhinho no colete. — A coisa é facílima. O que é uma palavra senão uma série de letras, e o que é uma letra senão uma linha que forma determinado desenho? Agora que estamos de acordo eu aperto esse botãozinho de nácar e o aparelho desencadeia o puxão que age em cada letra e a deixa aplanada e lisa, um barbantinho horizontal de tinta. Faço isso?

— Faça, porra — bramou o mandachuva.

O diário oficial, em cima da mesa, mudou vistosamente de aspecto; páginas e páginas de colunas cheias de risquinhos como um morse idiota que só dissesse - - - - -.

— Dê uma olhada na enciclopédia Espasa — disse o sábio, que não desconhecia a sempiterna presença desse artefato nos ambientes governamentais. Mas não foi necessário, porque o telefone já estava tocando, o ministro da Cultura entrou aos pulos, a praça cheia de gente, nessa noite em todo o planeta nem um único livro impresso, nem uma única letra perdida no fundo de uma gaveta de tipografia.

Eu consegui escrever isso porque sou o sábio, e também porque não há regra sem exceção.

Laços de família

O deiam tanto a tia Angustias que aproveitam até as férias para lhe demonstrar isso. Mal a família sai rumo a diversos destinos turísticos, e um dilúvio de cartões-postais em Agfacolor, em Kodachrome, até em branco e preto se não houver outros à mão, mas todos, sem exceção, recobertos de insultos. De Rosario, de San Andrés de Giles, de Chivilcoy, da esquina da Chacabuco com a Moreno, os carteiros cinco ou seis vezes por dia praguejando, tia Angustias feliz. Ela nunca sai de casa, gosta de ficar no pátio, passa os dias recebendo os cartões-postais e está adorando.

Modelos de cartões: "Saúde, asquerosa, que um raio te parta, Gustavo". "Cuspo no teu tricô, Josefina." "Que o gato seque teus gerânios com mijo, tua irmãzinha." E assim por diante.

Tia Angustias se levanta cedo para receber os carteiros e dar as gorjetas. Lê os cartões, admira as fotografias e lê os cumprimentos de novo. De noite, apanha seu álbum de recordações e ali vai pondo, cuidadosamente, a colheita do dia, de modo que se possa ver as vistas mas também os cumprimentos. "Meus anjos, coitadinhos, quantos postais me mandam", pensa tia Angustias, "este com a vaquinha, este com a igreja, aqui o lago Traful, aqui o buquê de flores", olhando um a um enternecida e espetando alfinetes em cada postal, que eles não me inventem de cair do álbum, mas, aí sim, espetando-os sempre nas assinaturas, vá saber por quê.

Como se passa ao lado

A s descobertas importantes são feitas nas circunstâncias e nos lugares mais insólitos. A maçã de Newton, veja se não é um espanto. Comigo aconteceu que, no meio de uma reunião de negócios, não sei por que comecei a pensar em gatos — que não tinham nada a ver com a ordem do dia — e de repente descobri que os gatos são telefones. Assim do nada, como sempre com as coisas geniais.

Claro que uma descoberta como essa causa uma certa surpresa, pois ninguém está acostumado com telefones que andam para lá e para cá e muito menos que bebam leite e adorem peixe. Leva um tempo compreender que se trata de telefones especiais, como os walkie-talkies que não têm fio, e além disso que nós também somos especiais, no sentido de que até agora não tínhamos compreendido que os gatos são telefones e, portanto, nunca pensamos em utilizá-los.

Dado que essa negligência remonta à mais alta antiguidade, pouco se pode esperar das comunicações que conseguirmos estabelecer a partir de minha descoberta, pois é evidente que falta um código que nos permita compreender as mensagens, sua procedência e a índole de quem as envia. Não se trata, como já devem ter notado, de tirar do gancho um fone inexistente para discar um número que não tem nada a ver com nossos números, muito menos de entender o que possam estar nos dizendo lá do outro lado com alguma motivação igualmente confusa. Que o telefone funciona, todo gato pode provar com uma honradez mal retribuída pelos assinantes bípedes; ninguém pode negar que seu telefone preto, branco, listrado ou angorá sempre chega com um ar decidido, para aos pés do assinante e produz uma mensagem que nossa literatura primária e patética translitera estupidamente em forma de *miau* e outros fonemas parecidos. Verbos sedosos, adjetivos felpudos, orações simples e compostas mas sempre ensaboadas e glicerinadas formam um discurso que em algumas ocasiões tem relação com a fome, e nesse caso o telefone não passa de um gato, mas outras vezes se expressa com absoluta prescindência de sua pessoa, o que prova que um gato é um telefone.

Lerdos e pretensiosos, deixamos passar milênios sem responder às ligações, sem nos perguntar de onde vinham, quem estava do outro lado daquela linha que um rabo trêmulo cansou de nos mostrar em qualquer casa do mundo. De que me serve e nos serve minha descoberta? Todo gato é um telefone, mas todo homem é um pobre homem. Sabe-se lá o que continuam nos dizendo, os caminhos que nos mostram; de minha parte, só fui capaz de discar em meu telefone comum o número da universidade para a qual trabalho e anunciar, quase envergonhado, minha descoberta. Parece inútil mencionar o silêncio de tapioca congelada com que a receberam os sábios que atendem a esse tipo de telefonema.

Como se passa ao lado

Um pequeno paraíso

As formas da felicidade são muito variadas, e não se deve estranhar que os habitantes do país governado pelo general Orangu se considerem felizes a partir do dia em que têm o sangue cheio de peixinhos de ouro.

Os peixinhos não são realmente de ouro, são apenas dourados, mas basta vê-los para que seus saltos resplandecentes se traduzam no mesmo instante numa urgente ansiedade de posse. O governo sabia disso muito bem quando um naturalista capturou os primeiros exemplares, que se reproduziram velozmente num cultivo favorável. Tecnicamente conhecido como Z-8, o peixinho de ouro é extremamente pequeno, a tal ponto que se fosse possível imaginar uma galinha do tamanho de uma mosca, o peixinho de ouro teria o tamanho dessa galinha. Por isso é muito simples incorporá-lo à corrente sanguínea dos habitantes na época em que completam dezoito anos; a lei estabelece essa idade e o procedimento técnico correspondente.

É, pois, com ansiedade que cada jovem do país aguarda o dia em que terá permissão para ingressar num dos centros de implantação, e sua família o cerca com a alegria que sempre acompanha as grandes cerimônias. Uma veia do braço é conectada a um tubo que desce de um frasco transparente cheio de soro fisiológico, no qual, no momento certo, são introduzidos vinte peixinhos de ouro. A família e o beneficiário podem admirar demoradamente as cintilações e as evoluções dos peixinhos de ouro no frasco de vidro, até que eles são, um atrás do outro, absorvidos pelo tubo, descem imóveis e talvez um pouco atordoados como outras tantas gotas de luz, e desaparecem na veia. Meia hora mais tarde o cidadão já possui seu número completo de peixinhos de ouro e se retira para comemorar demoradamente seu acesso à felicidade.

Pensando bem, os habitantes são felizes mais por imaginação que por contato direto com a realidade. Embora já não possam vê-los, cada um deles sabe que os peixinhos de ouro percorrem a grande árvore de suas artérias e suas veias, e antes de dormir eles têm a impressão de assistir na concavidade de suas pálpebras ao ir e vir das centelhas reluzentes, mais douradas que nunca contra o fundo vermelho dos rios e dos arroios por onde deslizam. O que mais os fascina é saber que os vinte peixinhos de ouro não demoram a se multiplicar, e assim os imaginam inumeráveis e radiantes por toda parte, deslizando sob a testa, chegando às extremidades dos dedos, concentrando-se nas grandes artérias femorais, na jugular, ou escorregando agilíssimos por zonas mais estreitas e secretas. A passagem periódica pelo coração é a imagem mais deliciosa dessa visão interior, pois lá os peixinhos de ouro encontram tobogãs, lagos e cascatas para seus jogos e assembleias, e certamente é nesse grande porto rumoroso que se reconhecem, que se escolhem e acasalam. Quando os moços e moças se apaixonam, estão convencidos de que também em seus corações algum peixinho de ouro encontrou seu par. Até mesmo certas comichões incitantes são imediatamente atribuídas ao acoplamento dos peixinhos de ouro nas áreas em questão. Os ritmos essenciais da vida se correspondem, assim, por fora e por dentro; seria difícil imaginar uma felicidade mais harmoniosa.

O único obstáculo a esse quadro é que periodicamente morre um ou outro peixinho de ouro. Longevos, chega porém o dia em que um deles perece e seu corpo, arrastado pelo fluxo sanguíneo, acaba obstruindo a passagem de uma artéria para uma veia ou de uma veia para um vaso. Os habitantes conhecem os sintomas, aliás muito simples: a respiração se torna difícil e às vezes sentem vertigens. Nesse caso, utilizam uma das ampolas injetáveis que todos armazenam em casa. Em poucos minutos o produto desintegra o corpo do peixinho morto e a respiração volta ao normal. Conforme as previsões do governo, cada habitante deve utilizar duas ou três ampolas por mês, porque os peixinhos de ouro se reproduziram enormemente e seu índice de mortalidade tende a aumentar com o tempo.

O governo do general Orangu fixou o preço de cada ampola num valor equivalente a vinte dólares, o que supõe um aporte anual de vários milhões; se para os observadores estrangeiros isso equivale a um imposto pesado, os habitantes nunca entenderam dessa forma, pois cada ampola traz de volta a felicidade e é justo que paguem por ela. Quando se trata de famílias sem recursos, o que é muito comum, o governo fornece as ampolas a prestação, cobrando, logicamente, o dobro do preço à vista. Se mesmo assim há quem careça de ampolas, resta o expediente de recorrer a um próspero mercado negro que o governo, compreensivo e bondoso, deixa florescer para maior felicidade de seu povo e de alguns coronéis. Que importa a miséria, afinal, quando se sabe que cada um tem seus peixinhos de ouro, e que logo chegará o dia em que uma nova geração também os receberá e haverá festas e haverá cantos e haverá danças?

Vida de artistos

Quando as crianças se iniciam na língua espanhola, o princípio geral das desinências em "o" e "a" lhes parece tão lógico que o aplicam sem hesitar e com muitíssima razão às exceções, e assim, enquanto a Beba é idiota, o Toto é idioto, uma águia e uma gaivota formam seu lar com um águio e um gaivoto, e quase não há galeoto que não tenha sido agrilhoado ao remo por causa de uma galeota. Acho isso tão justo que continuo convencido de que atividades como as de turista, artista, contratista, passadista e escapista deveriam formar sua desinência conforme o sexo de seus praticantes. Em uma civilização decididamente androcrática como a da América Latina, cabe falar de artistos em geral, e de artistos e artistas em particular. Quanto às vidas a seguir, são modestas mas exemplares, e ficarei furioso com quem afirmar o contrário.

KITTEN ON THE KEYS

Ensinaram um gato a tocar piano, e o animal, sentado num tamborete, tocava e tocava o repertório existente para piano, bem como cinco composições suas dedicadas a diversos cães.

No mais, o gato era de uma estupidez perfeita, e nos intervalos dos concertos compunha novas peças com uma obstinação que deixava todo mundo estupefato. Assim ele chegou ao opus oitenta e nove, ocasião em que foi vítima de um tijolo que alguém atirou com implacável fúria. Dorme hoje seu último sono no foyer do Gran Rex, Corrientes, 640.

DA HARMONIA NATURAL OU DE COMO NÃO SE PODE VIOLÁ-LA

Um menino tinha treze dedos em cada mão, e suas tias imediatamente o puseram para tocar harpa, a fim de aproveitar esse excedente e concluir o professorado na metade do tempo dos pobres pentadígitos.

Então o menino chegou a tocar de tal forma que não havia partitura que lhe bastasse. Quando começou a produzir concertos, era tão extraordinária a quantidade de música que concentrava no tempo e no espaço com seus vinte e seis dedos que os ouvintes não conseguiam acompanhar e acabavam sempre atrasados, de modo que, quando o jovem artisto liquidava "A fonte de Aretusa" (transcrição), os coitados ainda estavam no "Tambourin Chinois" (arranjo). Isso criava, naturalmente, confusões horrendas, mas todos reconheciam que o menino tocava-como-um-anjo.

E então aconteceu de os ouvintes fiéis, bem como os assinantes de camarotes e os críticos dos jornais, continuarem a ir aos concertos do menino, tentando, com toda boa vontade, não ficar para trás no desenrolar do programa. Escutavam tanto que em vários deles começaram a crescer orelhas no rosto, e a cada nova orelha que crescia se aproximavam um pouco mais da música dos vinte e seis dedos na harpa. O inconveniente era que na saída da Wagneriana ocorriam desmaios às dúzias quando se via os ouvintes aparecerem com o semblante recoberto de orelhas, e então o prefeito cortou o mal pela raiz, e mandaram o menino para Impostos Internos, na seção de datilografia, onde ele trabalhava tão rápido que era um prazer para seus chefes e a morte para seus colegas. Quanto à música, da sala no ângulo escuro, talvez esquecida pelo dono, silenciosa e coberta de pó via-se a harpa.

COSTUMES NA SINFÔNICA "A MOSCA"

O diretor da Sinfônica "A Mosca", maestro Tabaré Piscitelli, era o autor do lema da orquestra: "Criação em liberdade". Por isso autorizava o uso do colarinho aberto, do anarquismo, da benzedrina, e dava pessoalmente um alto exemplo de independência. Pois ele por acaso não foi visto, no meio de uma sinfonia de Mahler, passando a batuta para um dos violinos (que levou o maior susto de sua vida) para ir ler o jornal *La Razón* numa poltrona vaga?

Os violoncelistas da Sinfônica "A Mosca" amavam em bloco a harpista, a senhora viúva de Pérez Sangiácomo. Esse amor se traduzia numa notável tendência a romper a ordem da orquestra e rodear com uma espécie de biombo de violoncelos a atordoada executante, cujas mãos sobressaíam como sinais de socorro durante todo o programa. Além do mais, nunca um assinante dos concertos ouviu um único arpejo da harpa, pois os zumbidos veementes dos violoncelos cobriam suas delicadas efusões.

Intimada pela comissão diretora, a senhora de Pérez Sangiácomo manifestou a preferência de seu coração pelo violoncelista Remo Persutti, que foi autorizado a manter seu instrumento ao lado da harpa, enquanto os outros voltavam, triste procissão de escaravelhos, para o lugar que a tradição reserva a suas carapaças pensativas.

244   *Vida de artistos*

Nessa orquestra, um dos fagotistas não podia tocar seu instrumento sem que lhe ocorresse o estranho fenômeno de ser absorvido e instantaneamente expelido pelo outro extremo, com tal rapidez que o estupefato músico de repente se descobria do outro lado do fagote e tinha de dar a volta a toda a velocidade e continuar tocando, não sem que o maestro o desacreditasse com horrorosas referências pessoais.

Uma noite em que executavam a *Sinfonia da boneca*, de Alberto Williams, o fagotista atacado de absorção de repente se viu do outro lado do instrumento, dessa vez com o grave inconveniente de que aquele ponto do espaço estava ocupado pelo clarinetista Perkins Virasoro, que em decorrência da colisão foi projetado sobre os contrabaixos e se levantou visivelmente furioso e pronunciando palavras que ninguém jamais ouviu na boca de uma boneca; pelo menos essa foi a opinião das senhoras assinantes e do bombeiro de plantão na sala, pai de várias crianças.

Tendo faltado o violoncelista Remo Persutti, o pessoal dessa corda se mudou corporativamente para o lado da harpista, a senhora viúva de Pérez Sangiácomo, de onde não saiu a noite toda. O pessoal do teatro pôs um tapete e vasos com samambaias para preencher o sensível vazio produzido.

O timbaleiro Alcides Radaelli aproveitava os poemas sinfônicos de Richard Strauss para enviar mensagens em morse para sua noiva, assinante da plateia alta, esquerda oito.

Um telegrafista do exército, presente ao concerto porque cancelaram o boxe no Luna Park devido ao luto familiar de um dos lutadores, decifrou com grande estupefação a seguinte frase que brotava no meio de *Assim falou Zaratustra*: "Melhorou da urticária, Cuca?".

QUINTESSÊNCIAS

O tenor Américo Scravellini, do elenco do Teatro Marconi, cantava com tanta doçura que seus admiradores o chamavam de "o anjo".

Então ninguém ficou muito surpreso quando, no meio de um concerto, viram descer pelo ar quatro belos serafins que, com um sussurro inefável de asas de ouro e de carmim, acompanhavam a voz do grande cantor. Se uma parte do público deu compreensíveis sinais de assombro, o resto, fascinado pela perfeição vocal do tenor Scravellini, acatou a presença dos anjos como um milagre quase necessário, ou melhor, como se não fosse um milagre. O próprio cantor, entregue à sua efusão, se limitava a erguer os olhos para os anjos e continuava cantando com aquela meia-voz impalpável que o tornara célebre em todos os teatros subvencionados.

Docemente os anjos o rodearam, e segurando-o com infinita ternura e gentileza, ascenderam pelo palco enquanto os espectadores tremiam de emoção e maravilhamento, e o cantor continuava sua melodia que, no ar, se tornava cada vez mais etérea.

Assim os anjos o foram afastando do público, que finalmente compreendia que o tenor Scravellini não era deste mundo. O grupo celestial chegou ao ponto mais alto do teatro; a voz do cantor era cada vez mais extraterrena. Quando nascia em sua garganta a nota final e perfeitíssima da ária, os anjos o soltaram.

Texturologias

Dos seis trabalhos críticos citados, dá-se apenas uma breve síntese dos respectivos enfoques.

Xarope de pato, poemas de José Lobizon (*Horizontes*, La Paz, Bolívia, 1974). Resenha crítica de Michel Pardal no *Bulletin Sémantique*, Universidade de Marselha, 1975 (traduzido do francês):

Poucas vezes nos foi dado ler um produto tão paupérrimo da poesia latino-americana. Confundindo tradição com criação, o autor acumula um triste rosário de lugares-comuns que a versificação só consegue tornar ainda mais ocos.

Artigo de Nancy Douglas em *The Phenomenological Review*, Nebraska University, 1975 (traduzido do inglês):

É óbvio que Michel Pardal lida de modo equivocado com os conceitos de criação e tradição, na medida em que esta última é a suma decantada de uma criação pretérita, e não pode ser contraposta, de maneira nenhuma, à criação contemporânea.

Artigo de Boris Romanski em *Sovietskaya Biéli*, União de Escritores da Mongólia, 1975 (traduzido do russo):

Com uma frivolidade que não dissimula suas verdadeiras intenções ideológicas, Nancy Douglas mergulha fundo no lado mais conservador e reacionário da crítica, pretendendo frear o avanço da literatura contemporânea em nome de uma suposta "fecundidade do passado". O que tantas vezes foi injustamente criticado nas letras soviéticas agora se torna um dogma no campo capitalista. Não é justo, então, falar de frivolidade?

Artigo de Philip Murray em *The Nonsense Tabloid*, Londres, 1976 (traduzido do inglês):

A linguagem do professor Boris Romanski merece a condescendente qualificação de jargão vulgar. Como é possível enfrentar a proposta crítica em termos perceptivelmente historicistas? Será que o professor Romanski ainda viaja de caleça, fecha suas cartas com lacre e cura o resfriado com xarope de marmota? Na perspectiva atual da crítica, já não é tempo de substituir as noções de tradição e de criação por galáxias simbióticas tais como "entropia histórico-cultural" e "coeficiente antropodinâmico"?

Artigo de Gérard Depardiable em *Quel Sel*, Paris, 1976 (traduzido do francês):

Álbion, Álbion, fiel a ti mesma! Parece incrível que do outro lado de um canal que pode ser atravessado a nado ainda ocorra e persista a involução rumo à ucronia mais irreversível do espaço crítico. É óbvio: Philip Murray não leu Saussure, e suas propostas, aparentemente polissêmicas, definitivamente são tão obsoletas quanto as que critica. Para nós, a dicotomia ínsita no contínuo aparencial do decurso escriturante se projeta como significado a termo e como significante em implosão virtual (demoticamente, passado e presente).

Artigo de Benito Almazán em *Ida Singular*, México, 1977:

Admirável o trabalho heurístico de Gérard Depardiable, que bem cabe qualificar de estruturológico por sua dupla riqueza *ur*-semiótica e seu rigor conjuntural num campo tão propício ao mero epifonema. Deixarei que um poeta resuma premonitoriamente essas conquistas textológicas que já anunciam a parametainfracrítica do futuro. Em seu magistral livro *Xarope de pato*, José Lobizón diz, no final de um longo poema:

Uma coisa é ser o pato por causa das penas,
coisa outra ser as penas a partir do pato.

O que se pode acrescentar a essa deslumbrante absolutização do contingente?

O que é um polígrafo?

Meu xará Casares nunca vai deixar de me assombrar. Em vista do que segue, eu me dispunha a dar a este capítulo o título de "Poligrafia", mas uma espécie de instinto canino me levou à página 840 do pterodáctilo ideológico, e então zás: por um lado um polígrafo é, na segunda acepção, "o escritor que trata de matérias diferentes", mas em compensação a poligrafia é exclusivamente a arte de escrever de modo que só possa decifrar o escrito quem conhecer previamente o código, e também a arte de decifrar escritos desse tipo. De modo que "poligrafia" não pode ser o título de meu capítulo, que trata nada menos que do dr. Samuel Johnson.

Em 1756, aos quarenta e sete anos e segundo informações do obstinado Boswell, o dr. Johnson começou a colaborar em *The Literary Magazine, or Universal Review*. Ao longo de quinze números mensais, foram publicados os seguintes ensaios dele: "Introdução à situação política da Grã-Bretanha", "Observações sobre a lei das milícias", "Observações sobre os tratados de Sua Majestade Britânica com a imperatriz da Rússia e o landgrave de Hesse Cassel", "Observações sobre a situação atual" e "Memórias de Frederico III, rei da Prússia". Nesse mesmo ano e nos primeiros meses de 1757, Johnson resenhou os seguintes livros:

História da Royal Society, de Birch.
Diário da Gray's-Inn, de Murphy.
Ensaio sobre as obras e o gênio de Pope, de Warton.
Tradução de Políbio, de Hampton.
Memórias da corte de Augusto, de Blackwell.
História natural de Aleppo, de Russel.
Argumentos de Sir Isaac Newton para provar a existência da divindade.
História das ilhas de Scilly, de Borlase.
Os experimentos de branqueamento de Holmes.
Moral cristã, de Browne.
Destilação da água do mar, ventiladores nos barcos e correção do gosto ruim do leite, de Hales.
Ensaio sobre as águas, de Lucas.
Catálogo dos bispos escoceses, de Keith.
História da Jamaica, de Browne.
Atas de filosofia, volume XLIX.
Tradução das memórias de Sully, de Mrs. Lennox.
Miscelâneas, de Elizabeth Harrison.

Mapa e relatório sobre as colônias da América, de Evans.

Carta sobre o caso do almirante Byng.

Chamamento ao povo a propósito do almirante Byng.

Viagem de oito dias, e ensaio sobre o chá, de Hanway.

O cadete, tratado militar.

Outros detalhes relativos ao caso do almirante Byng, por um cavalheiro de Oxford.

Conduta do Ministério em relação à guerra atual, imparcialmente analisada.

Livre exame da natureza e a origem do mal.

Em pouco mais de um ano, cinco ensaios e vinte e cinco resenhas de um homem cujo principal defeito, segundo ele mesmo e seus críticos, era a indolência... O célebre *Dicionário* de Johnson foi concluído em três anos, e há provas de que o autor trabalhou praticamente sozinho nessa tarefa gigantesca. Garrick, o ator, celebra num poema que Johnson "tenha vencido quarenta franceses", alusão aos integrantes da Academia Francesa que trabalhavam corporativamente no dicionário de sua língua.

Tenho grande simpatia pelos polígrafos que agitam a vara de pescar em todas as direções, alegando ao mesmo tempo estar meio sonolentos como o dr. Johnson, e que descobrem como fazer um trabalho extenuante sobre temas como o chá, a correção do gosto ruim do leite e a corte de Augusto, para não falar dos bispos escoceses. No fim das contas, é o que estou fazendo neste livro, mas a indolência do dr. Johnson me parece uma fúria de trabalho tão inconcebível que meus melhores esforços não passam de vagos espreguiçamentos de sesta numa rede paraguaia. Quando penso que há romancistas argentinos que produzem um livro a cada dez anos, e no intervalo convencem jornalistas e senhoras de que estão esgotados por seu trabalho interior...

Observações ferroviárias

O despertar da sra. de Cinamomo não é alegre, pois ao enfiar os pés nas pantufas descobre que elas estão cheias de caracóis. Munida de um martelo, a sra. de Cinamomo começa a esmagar os caracóis, depois do que se vê obrigada a jogar as pantufas no lixo. Com essa intenção, desce para a cozinha e começa a conversar com a empregada.

— A casa vai ficar tão vazia agora que a Ñata foi embora.

— É sim, senhora — diz a empregada.

— Como tinha gente na estação ontem à noite. Todas as plataformas cheias de gente. E a Ñata tão emocionada.

— Saem muitos trens — diz a empregada.

— Isso mesmo, minha filha. A ferrovia chega a toda parte.

— É o progresso — diz a empregada.

— Os horários tão exatos. O trem saía às oito e um, e saiu mesmo, e olhe que já estava cheio.

— Assim é bom.

— Que bonita a cabine que a Ñata pegou, precisava ver. Toda com barras douradas.

— Devia ser na primeira classe — diz a empregada.

— Uma parte parecia uma sacada e era de um material plástico transparente.

— Que coisa — diz a empregada.

— Só tinha três pessoas, todas com lugar marcado, uns cartõezinhos divinos. A Ñata ficou na janela, do lado das barras douradas.

— Não diga — diz a empregada.

— Estava tão contente, podia despontar na sacada e regar as plantas.

— Tinha plantas? — diz a empregada.

— As que crescem entre os trilhos. Você pede um copo d'água e rega. A Ñata logo pediu um.

— E trouxeram? — diz a empregada.

— Não — diz com tristeza a sra. de Cinamomo, jogando no lixo as pantufas cheias de caracóis mortos.

Nadando na piscina de *gofio*

O professor José Migueletes inventou em 1964 a piscina de *gofio*[*] apoiou no começo o notável aperfeiçoamento técnico que o professor Migueletes trazia para a arte natatória. No entanto, os resul-

---

[*] que, para quem não sabe, é farinha de grão-de-bico moída bem fina, e que misturada com açúcar fazia as delícias das crianças argentinas do meu tempo. Há quem sustente que o *gofio* era feito com farinha de milho, mas só o dicionário da academia espanhola proclama isso, e nesses casos, sabe como é. O *gofio* é um pó pardacento e vem nuns saquinhos de papel que as crianças levam à boca com resultados que tendem a culminar em sufocação.

tados não demoraram a aparecer no campo esportivo quando, nos Jogos Ecológicos de Bagdá, o campeão japonês Akiro Teshuma bateu o recorde mundial ao nadar os cinco metros em um minuto e quatro segundos.

Entrevistado por jornalistas entusiasmados, Teshuma afirmou que a natação em *gofio* superava de longe a tradicional em H_2O. Para começar, não se percebe a ação da gravidade, e é preciso fazer um esforço para afundar o corpo no suave colchão farinhento; assim, o mergulho inicial consiste principalmente em deslizar sobre o *gofio*, e quem souber fazer isso ganhará logo de saída vários centímetros em relação a seus esforçados adversários. A partir dessa fase, os movimentos natatórios se baseiam na técnica tradicional da colher na polenta, enquanto os pés aplicam uma rotação tipo ciclista, ou melhor, no estilo dos veneráveis barcos de rodas que ainda circulam em alguns cinemas. O problema que exige uma nítida superação é, como qualquer um pode desconfiar, o respiratório. Com a constatação de que o nado de costas não facilita o avanço no *gofio*, é preciso nadar de bruços ou ligeiramente de lado, de modo que os olhos, o nariz, as orelhas e a boca se enterram imediatamente numa camada mais que volátil que só alguns clubes endinheirados perfumam com açúcar em pó. O remédio para esse inconveniente passageiro não exige maiores complicações: lentes de contato devidamente impregnadas de silicatos contrabalançam as tendências aderentes do *gofio*, duas bolotas de borracha resolvem a coisa em relação às orelhas, o nariz é provido de um sistema de válvulas de segurança, e quanto à boca, ela se vira sozinha, já que os cálculos do Tokyo Medical Research Center estimam que ao longo de uma corrida de dez metros só se engolem uns quatrocentos gramas de *gofio*, o que multiplica a descarga de adrenalina, a vivacidade metabólica e o tônus muscular, mais do que nunca essencial nessas competições.

Indagado sobre os motivos pelos quais muitos atletas internacionais mostram uma tendência cada vez maior pela natação em *gofio*, Teshuma se limitou a responder que depois de alguns milênios se constatou uma certa monotonia no fato de se jogar na água e sair completamente molhado, sem que nada mude muito no esporte. Deu a entender que, aos poucos, a imaginação vai tomando o poder, e que já é hora de aplicar formas revolucionárias aos velhos esportes cujo único incentivo é quebrar os recordes

---

Quando eu cursava o quarto ano em Banfield (Ferrocarril del Sud), comíamos tanto *gofio* nos recreios que, de trinta alunos, só vinte e dois chegaram ao fim do curso. As professoras, apavoradas, nos aconselhavam a respirar antes de ingerir o *gofio*, mas as crianças, juro, que luta. Finda essa explicação dos méritos e deméritos de tão nutritiva substância, o leitor deverá subir à parte superior da página para se inteirar de que ninguém

por frações de segundo, isso quando se pode, e se pode muito pouco. Modestamente, declarou-se incapaz de sugerir descobertas equivalentes para o futebol e o tênis, mas mencionou obliquamente um novo enfoque do esporte, falou de uma bola de vidro que teria sido utilizada num torneio de basquete em Naga, e cuja ruptura acidental mas possibilíssima levou a equipe culpada a cometer haraquiri. Pode-se esperar qualquer coisa da cultura nipônica, sobretudo se ela começa a imitar a mexicana, mas para não sairmos do Ocidente e do *gofio*, este último começou a atingir preços elevados, para especial deleite dos países produtores, todos eles do Terceiro Mundo. A morte por asfixia de sete crianças australianas que pretendiam praticar saltos ornamentais na nova piscina de Camberra mostra, porém, os limites desse interessante produto, cujo emprego não deveria ser exagerado quando se trata de amadores.

Famílias

O que eu gosto é de tocar nos meus pés — diz a sra. de Bracamonte.

A sra. de Cinamomo exprime seu escândalo. Quando a Ñata era pequena, vivia se tocando aqui e ali. Tratamento: tapa vai, tapa vem, a letra com sangue entra.

— Por falar em sangue, é preciso dizer que a menina tinha a quem puxar — confidencia a sra. de Cinamomo. — Não é pra falar, mas a avó paterna dela de dia era só no vinho, mas de noite começava com a vodca e outras porcarias comunistas.

— Os estragos do álcool — empalidece a sra. de Bracamonte.

— Vou dizer uma coisa, com a educação que eu dei a ela, não ficou nem sombra disso, acredite. E eu que agora vou dar vinho pra essa...

— A Ñata é uma graça — diz a sra. de Bracamonte.

— Agora ela está em Tandil — diz a sra. de Cinamomo.

Now shut up, you distasteful Adbekunkus

Talvez os moluscos não sejam neuróticos, mas daí para cima basta olhar direito; de minha parte, vi galinhas neuróticas, minhocas neuróticas, cães incalculavelmente neuróticos; há árvores e flores que a psiquiatria do futuro tratará psicossomaticamente porque já hoje suas formas e cores nos parecem francamente mórbidas. Ninguém há de estranhar, então, minha indiferença quando fui tomar uma ducha e me ouvi dizer mentalmente com visível prazer vindicativo: *Now shut up, distasteful Adbekunkus.*

Enquanto me ensaboava, a advertência se repetiu ritmadamente e sem a menor análise consciente de minha parte, quase como se fizesse parte da espuma do banho. Só no final, entre a água-de-colônia e a roupa de baixo, é que me interessei por mim mesmo e daí por Adbekunkus, a quem eu tinha ordenado calar a boca com tanta insistência ao longo de meia hora. Restou-me uma boa noite de insônia para me interrogar sobre essa leve manifestação neurótica, esse surto inofensivo mas insistente que continuava como uma resistência ao sono; comecei a me perguntar onde podia estar falando sem parar esse Adbekunkus para que alguma coisa em mim que o ouvia exigisse peremptoriamente e em inglês que ele se calasse.

Descartei a hipótese fantástica, fácil demais: não havia nada nem ninguém chamado Adbekunkus, dotado de facilidade elocutória e enfadonha. Em nenhum momento duvidei que se tratasse de um nome próprio; às vezes, a gente vê até a maiúscula de certos sons compostos. Sei que sou bastante dotado para a invenção de palavras que parecem desprovidas de sentido ou que realmente o são até que eu o infundo à minha maneira, mas acho que nunca suscitei um nome tão desagradável, tão grotesco e tão abominável como o de Adbekunkus. Nome de demônio inferior, de triste subalterno, um dos tantos que os grimórios invocam; nome desagradável como seu dono: *distasteful Adbekunkus*. Mas ficar no mero sentimento não levava a nenhum lugar; tampouco, é verdade, a análise analógica, os ecos mnemônicos, todos os recursos associativos. Acabei aceitando que Adbekunkus não estava ligado a nenhum elemento consciente; o lance neurótico parecia estar justamente na imposição do silêncio a algo, a alguém que era um perfeito vazio. Quantas vezes um nome surgido de uma distração qualquer acaba suscitando uma imagem animal ou humana; dessa vez não, agora era necessário que Adbekunkus se calasse, mas ele jamais se calaria, porque jamais tinha falado ou gritado. Como lutar contra essa concreção de vazio? Adormeci um pouco como ele, oco e ausente.

Amor 77

E depois de fazer tudo o que fazem, eles se levantam, tomam banho, passam talco, se perfumam, se penteiam, se vestem, e assim vão voltando progressivamente a ser o que não são.

Novidades nos serviços públicos

In a Swiftian mood

P essoas dignas de crédito advertiram que o autor destas informações conhece de forma quase doentia o sistema de transportes subterrâneos da cidade de Paris, e que sua tendência a voltar ao assunto revela recônditos no mínimo inquietantes. Porém, como calar as notícias sobre o restaurante que circula no metrô e provoca comentários contraditórios nos mais diversos meios? Nenhuma publicidade frenética o divulgou entre a possível clientela; as autoridades guardam um silêncio talvez incômodo, e só a lenta mancha de óleo da vox populi abre passagem a tantos metros de profundidade. Não é possível que uma inovação como essa se limite ao perímetro privilegiado de uma urbe que pensa que tudo é permitido; é justo e até mesmo necessário que o México, a Suécia, a Uganda e a Argentina se inteirem *inter alia* de uma experiência que vai muito além da gastronomia.

A ideia deve ter partido do Maxim's, já que esse templo da comida ganhou a concessão do vagão-restaurante, inaugurado quase silenciosamente em meados do ano em curso. A decoração e o equipamento parecem ter repetido sem imaginação especial a atmosfera de qualquer restaurante ferroviário, só que neste se come infinitamente melhor, ainda que a um preço também infinitamente, detalhes que por si só bastam para selecionar a clientela. Não falta quem pergunte com perplexidade qual a razão de promover um empreendimento tão refinado no contexto de um meio de transporte tão cafona como o metrô; outros, dentre os quais se conta este autor, guardam o silêncio consternado que tal questão merece, pois a resposta está obviamente contida na pergunta. Nesses cumes da civilização ocidental, pouco interessa agora a passagem monótona de um Rolls-Royce para um restaurante de luxo, entre galões e reverências, porém é fácil imaginar a arrepiante delícia que é descer as escadas sujas do metrô e pôr o bilhete na ranhura do mecanismo que permite o acesso às plataformas invadidas pelo número, o suor e o cansaço das multidões que saem de fábricas e escritórios para voltar a suas casas, e esperar entre boinas, gorros e casaquinhos de qualidade duvidosa a chegada do trem no qual apareça um vagão que os viajantes vulgares só poderão contemplar no breve instante em que ele parar. O deleite, por sinal, vai muito além dessa primeira e insólita experiência, como se explicará em seguida.

A ideia motriz de tão brilhante iniciativa tem antecedentes ao longo da história, das expedições de Messalina a Suburra até os passeios hipócritas de Harun al-Raschid pelas ruelas de Bagdá, sem falar do gosto inato, em toda aristocracia autêntica, por contatos clandestinos com a pior ralé e a canção norte-americana "Let's Go Slumming". Forçada por sua condição a circular em automóveis particulares, aviões e trens de luxo, a grande burguesia parisiense por fim descobre algo que até agora consistia em escadas que se perdem nas profundezas e que só se enfrentam em raras ocasiões e com acentuada repugnância. Numa época em que os operários franceses tendem a renunciar às reivindicações que tanta fama lhes deram na história de nosso século, desde que possam pôr as mãos no volante de um carro próprio e se plantar diante de uma tela de TV em suas escassas horas de folga, quem é que vai se escandalizar com uma burguesia endinheirada que vira as costas para coisas que ameaçam se tornar comuns e procura, com uma ironia que seus intelectuais não deixarão de apontar, um terreno que aparentemente proporciona a máxima proximidade com o proletariado e que ao mesmo tempo o distancia muito mais que na vulgar superfície urbana? É inútil dizer que os concessionários do restaurante e a própria clientela seriam os primeiros a rejeitar, indignados, um propósito que de algum modo poderia parecer irônico; afinal de contas, basta reunir o dinheiro necessário para entrar no restaurante e ser servido como qualquer cliente, e sabe-se muito bem que muitos dos mendigos que dormem nos bancos do metrô têm imensas fortunas, bem como os ciganos e os dirigentes de esquerda.

A administração do restaurante concorda, naturalmente, com tais retificações, mas nem por isso deixou de tomar as medidas que sua refinada clientela tacitamente exige, já que o dinheiro não é a única senha de acesso a um lugar baseado na decência, nos bons modos e no uso imprescindível de desodorantes. Podemos até afirmar que essa forçosa seleção acabou sendo o principal problema dos responsáveis pelo restaurante, e que não foi nada simples encontrar uma solução ao mesmo tempo natural e estrita. Já se sabe que as plataformas do metrô são comuns a todos, e que entre os vagões da segunda e o da primeira classe não existe discriminação importante, tanto que os fiscais costumam descuidar de suas verificações e nas horas de movimento o vagão da primeira classe fica lotado sem que ninguém pense em discutir se os passageiros têm ou não direito de ocupá-lo. Por conseguinte, encaminhar os clientes do restaurante de modo a lhes permitir um fácil acesso apresenta dificuldades que até agora parecem ter sido superadas, embora os responsáveis quase nunca disfarcem a inquietação que os invade no momento em que o trem para em cada estação. O método, em linhas gerais, consiste em manter as portas fechadas enquanto o público entra e sai dos vagões comuns, e abri-las quando faltam apenas alguns segundos para a partida; para tal fim, o vagão-restaurante possui um anúncio sonoro especial que indica o momento de abrir a porta para que entrem ou saiam comensais. Essa operação deve ser realizada sem obstruções de qualquer espécie, razão pela qual os guardas do restaurante agem em sincronia com os da estação, formando em poucos instantes uma fila dupla que enquadra os clientes e ao mesmo tempo impede que algum intruso, um turista inocente ou um malvado provocador político consiga se imiscuir no vagão-restaurante.

Naturalmente, graças à publicidade privada do estabelecimento, os clientes são informados de que devem esperar o trem em determinado setor da plataforma, setor que muda a cada quinze dias para despistar os passageiros comuns, e que tem como código secreto um dos cartazes de propaganda de queijo, detergente ou água mineral fixados nas paredes da plataforma. Embora o sistema seja caro, a administração preferiu informar essas alterações por meio de um boletim confidencial em vez de pôr uma seta ou outra indicação precisa no lugar necessário, já que muitos jovens desocupados ou os vagabundos que usam o metrô como hotel não demorariam a se concentrar ali, nem que fosse só para admirar de perto a brilhante cenografia do vagão-restaurante que, sem dúvida, despertaria seus mais baixos apetites.

O boletim informativo contém outras indicações igualmente necessárias para a clientela; de fato, é preciso que ela conheça a linha pela qual o restaurante circulará nas horas do almoço e do jantar, e que essa linha mude cotidianamente a fim de multiplicar as experiências agradáveis dos comensais. Existe, assim, um calendário definido, que acompanha a indicação das especialidades que o cozinheiro-chefe oferece em cada quinzena, e embora a mudança diária multiplique as dificuldades da administração em matéria de embarque e desembarque, ela evita que a atenção dos passageiros comuns se concentre, talvez perigosamente, nos dois períodos gastronômicos da jornada. Ninguém que não tenha recebido o boletim pode saber se o restaurante percorrerá as estações que vão da Mairie de Montreuil à Porte de Sèvres, ou se o fará na linha que une o Château de Vincennes à Porte de Neuilly; ao prazer que representa para a clientela visitar diversos trechos

256 *Novidades nos serviços públicos*

da rede do metrô e apreciar as diferenças nem sempre inexistentes entre as estações, soma-se um importante elemento de segurança diante das imprevisíveis reações que poderia causar uma reiteração diária do vagão-restaurante em estações onde se dá uma reiteração parecida de passageiros.

Aqueles que comeram ao longo de qualquer dos itinerários coincidem em afirmar que ao prazer de uma mesa refinada se soma uma agradável e às vezes útil experiência sociológica. Instalados de maneira a desfrutar de uma vista direta pelas janelas que dão para a plataforma, os clientes têm a oportunidade de presenciar em múltiplas formas, densidades e ritmos o espetáculo de um povo laborioso que se encaminha para suas ocupações ou que no fim da jornada se prepara para um bem merecido descanso, muitas vezes dormindo em pé e antecipadamente nas plataformas. Para favorecer a espontaneidade dessas observações, os boletins da administração recomendam à clientela não concentrar excessivamente o olhar nas plataformas, pois é preferível que só o façam entre um bocado e outro ou nos intervalos de suas conversas; é evidente que um excesso de curiosidade científica poderia provocar alguma reação intempestiva e decerto injusta por parte de pessoas pouco versadas culturalmente para compreender a invejável latitude mental das democracias modernas. Convém evitar particularmente um exame ocular prolongado quando predominam na plataforma grupos de operários ou de estudantes; a observação pode se dar sem riscos no caso de pessoas que por sua idade ou sua vestimenta mostram um grau mais elevado de relação possível com os comensais, e chegam até a cumprimentá-los e a mostrar que sua presença no trem é um motivo de orgulho nacional ou um sintoma positivo de progresso.

Nas últimas semanas, em que o conhecimento público desse novo serviço chegou a quase todos os setores urbanos, nota-se um emprego maior de forças policiais nas estações visitadas pelo vagão-restaurante, o que prova o interesse dos órgãos oficiais pela manutenção de tão interessante inovação. A polícia se mostra particularmente ativa no momento do desembarque dos comensais, sobretudo quando se trata de pessoas isoladas ou de casais; nesse caso, uma vez transposta a dupla linha de orientação traçada pelos funcionários do metrô e do restaurante, um número variável de policiais armados acompanha gentilmente os clientes até a saída do metrô, onde em geral seu automóvel os espera, pois a clientela tem o bom cuidado de organizar em detalhes suas agradáveis incursões gastronômicas. Essas precauções são totalmente compreensíveis; em tempos em que a violência mais irresponsável e injustificada transforma o metrô de Nova York, e às vezes o de Paris, numa selva, a prudente precaução das autoridades merece todos os elogios não só dos clientes do restaurante, mas dos passageiros em geral, que, sem dúvida, agradecerão por não serem arrastados por manobras suspeitas de provocadores ou de doentes mentais, quase sempre socialistas ou comunistas, quando não anarquistas, e a lista continua e é mais longa que esperança de pobre.

Brincando, brincando, já são seis a menos

Depois dos cinquenta anos começamos a morrer pouco a pouco em outras mortes. Os grandes magos, os xamãs da juventude partem sucessivamente. Às vezes já nem pensávamos tanto neles, tinham ficado para trás na história; *other voices, other rooms* nos chamavam. De alguma forma estavam sempre lá, mas como os quadros que não se olham mais como no começo, os poemas que só perfumam vagamente a memória.

Então — cada um deve ter suas sombras queridas, seus grandes intercessores — chega o dia em que o primeiro deles invade horrivelmente os jornais e o rádio. Talvez demoremos a perceber que nossa morte também começou nesse dia; eu soube disso na noite em que, no meio de um jantar, alguém comentou com indiferença uma notícia da televisão, Jean Cocteau tinha acabado de morrer em Milly-la-Fôret, e um pedaço de mim também caía morto sobre a toalha de mesa, entre as frases convencionais.

Os outros foram na sequência, sempre da mesma forma, o rádio ou os jornais, Louis Armstrong, Pablo Picasso, Stravinsky, Duke Ellington, e ontem à noite, enquanto eu tossia num hospital de Havana, ontem à noite na voz de um amigo que me trazia até a cama o rumor do mundo lá de fora, Charles Chaplin. Vou sair deste hospital. Vou sair curado, isso é certo, mas pela sexta vez um pouco menos vivo.

Diálogo de ruptura

Para ler a duas vozes,
o que é impossível, claro.

— Não é tanto que a gente não saiba mais
  — Sim, principalmente isso, não encontrar
   — Mas quem sabe a gente tenha procurado isso
   desde o dia em que
— Talvez não, e no entanto toda manhã em que
— Pura ilusão, chega a hora em que a gente se olha como
— Quem sabe, eu ainda
— Não basta querer, se ainda por cima nem existe prova de
— Está vendo, de nada vale essa certeza que
— Certo, agora cada um exige uma evidência diante da
— Como se beijar fosse passar um atestado, como se olhar
— Debaixo da roupa já não espera essa pele que
— Isso não é o pior, penso às vezes; tem outra coisa, as palavras quando
— Ou o silêncio, que então valia como
— A gente mal sabia abrir a janela
— E aquele jeito de virar o travesseiro procurando
— Como uma linguagem de perfumes úmidos que
— Você gritava sem parar enquanto eu
— Caíamos na mesma avalanche cega até
— Eu esperava ouvir aquilo que sempre
— E brincar de dormir entre os lençóis emaranhados e às vezes
— Daí xingamos entre carícias o despertador que
— Mas era doce levantar e disputar a
— E o primeiro, ensopado, dono da toalha seca
— O café e as torradas, a lista de compras, e aquilo
— Exatamente igual, só que em vez
— Como querer contar um sonho que depois de
— Passar o lápis sobre uma silhueta, repetir de memória algo tão
— Sabendo ao mesmo tempo como
— Ah, sim, mas esperando quase um encontro com
— Um pouco mais de geleia e de
— Obrigado, não tenho

Caçador de crepúsculos

S e eu fosse cineasta, iria me dedicar a caçar crepúsculos. Já pensei em tudo, menos no capital necessário para o safári, porque um crepúsculo não se deixa caçar assim sem mais, quer dizer, às vezes no começo é uma coisinha de nada, e assim que a gente o abandona ele revela todas as suas plumas, ou ao contrário, é um esbanjamento cromático e de repente nos parece um papagaio ensaboado, e nos dois casos se supõe uma câmera com um bom filme colorido, despesas de viagem e pernoites adiantados, vigilância do céu e escolha do horizonte mais propício, coisas nada baratas. Em todo caso, acho que se eu fosse cineasta daria um jeito de caçar crepúsculos, na verdade um único crepúsculo, mas para chegar ao crepúsculo definitivo precisaria filmar quarenta ou cinquenta, porque se fosse cineasta teria as mesmas exigências que tenho com a palavra, as mulheres ou a geopolítica.

Só que não sou e me consolo imaginando o crepúsculo já caçado, dormindo em sua longuíssima espiral enlatada. Meu plano: não apenas a caça, mas também a restituição do crepúsculo a meus semelhantes que pouco sabem dele, quer dizer, a gente da cidade que vê o sol se pôr, quando vê, por detrás do edifício dos correios, dos apartamentos em frente ou num sub-horizonte de antenas de TV e postes de luz. O filme seria mudo, ou com uma banda sonora que registrasse apenas os sons contemporâneos do crepúsculo filmado, provavelmente algum latido de cachorro ou zumbidos de moscas, com sorte um sininho de ovelha ou uma onda se quebrando, caso o crepúsculo fosse marinho.

Por experiência e relógio de pulso, sei que um bom crepúsculo não dura mais de vinte minutos entre o clímax e o anticlímax, duas coisas que eu eliminaria para deixar apenas seu lento jogo interno, seu caleidoscópio de mutações imperceptíveis; teríamos um desses filmes que chamam de documentário e que passam antes da Brigitte Bardot enquanto a gente vai se acomodando e olha para a tela como se ainda estivesse no ônibus ou no metrô. Meu filme teria uma legenda impressa (talvez uma voz em off) mais ou menos assim: "O que se verá é o crepúsculo do dia 7 de junho de 1976, filmado em X com filme M e com câmera fixa, sem interrupção durante Z minutos. Informamos aos espectadores que além do crepúsculo não acontece absolutamente nada, por isso recomendamos que ajam como se estivessem em casa e façam o que lhes der na veneta; por exemplo, olhar o crepúsculo, dar-lhe as costas, falar com os outros, passear etc. Lamentamos não poder sugerir que fumem, o que é sempre muito bom na hora do crepúsculo, mas as condições medievais das salas de cinema exigem, como se sabe, a proibição desse excelente hábito. Em compensação, não é proibido tomar um bom gole da garrafinha de bolso que o distribuidor do filme vende no foyer".

Impossível prever o destino de meu filme; as pessoas vão ao cinema para esquecer de si mesmas, e um crepúsculo sugere justamente o contrário, talvez essa seja a hora em que nos vemos um pouco mais nus, pelo menos comigo isso acontece, e é penoso e útil; talvez os outros também aproveitem, nunca se sabe.

Maneiras de estar preso

Foi só começar e, pronto. Primeira linha que leio deste texto e já quebro a cara porque não posso aceitar que o Gago esteja apaixonado pela Lil; de fato, eu só soube disso várias linhas adiante, mas aqui o tempo é outro, você por exemplo que começa a ler esta página fica sabendo que não estou de acordo e assim descobre de antemão que o Gago se apaixonou pela Lil, mas as coisas não são bem assim: você ainda não estava aqui (e o texto também não) quando o Gago já era meu amante; eu também não estou aqui porque por enquanto o assunto do texto não é esse e eu não tenho nada a ver com o que vai acontecer quando o Gago for ao cine Libertad para ver um filme do Bergman e entre dois flashes de publicidade barata descobrir as pernas da Lil entre as suas e exatamente como o Stendhal descreve começar uma fulgurante cristalização (o Stendhal pensa que é progressiva, mas o Gago). Em outras palavras, eu rejeito este texto onde alguém escreve que eu rejeito este texto; sinto-me capturado, vexado, traído porque nem sequer sou eu quem diz isso, e sim alguém que me manipula e me regula e me coagula, e eu diria que ainda por cima zomba de mim, está escrito com todas as letras: eu diria que ainda por cima zomba de mim.

Também zomba de você (que começa a ler esta página, como está escrito lá em cima) e, como se não bastasse, da Lil, que ignora não só que o Gago é meu amante, mas também que o Gago não entende nada de mulheres ainda que no cine Libertad etc. Como posso aceitar que na saída já estejam falando do Bergman e da Liv Ullmann (os dois leram as memórias da Liv e claro, assunto para uísque e grande fraternização estético-libidinosa, o drama da atriz mãe que quer ser mãe sem deixar de ser atriz com o Bergman por trás na maioria das vezes grande filho da puta no plano paternal e marital): tudo isso vai até as oito e quinze quando a Lil diz vou pra casa, mamãe está meio doente, o Gago eu te levo, meu carro está estacionado na praça Lavalle, e a Lil tudo bem, o senhor me fez beber demais, o Gago com licença, a Lil é claro, a firmeza morna do antebraço nu (diz assim, dois adjetivos, dois substantivos tal e qual) e eu tenho que aceitar que entrem no Ford que tem, entre outras qualidades, a de ser meu, que o Gago leve a Lil até San Isidro gastando minha gasolina, com o preço que está, que a Lil lhe apresente a mãe artrítica mas versada no Francis Bacon, uísque de novo e agora é uma pena que tenha que fazer todo o caminho de volta até o centro, a Lil, vou pensar em você e a viagem vai ser curta, o Gago, vou anotar aqui o telefone, a Lil, ah, obrigada, Gago.

É óbvio que eu não posso concordar de jeito nenhum com coisas que pretendem modificar a realidade profunda; ainda acredito que o Gago não foi ao cinema nem conheceu a Lil, embora o texto tente me convencer e, portanto, me desesperar. Tenho que aceitar um texto simplesmente porque ele diz que tenho que aceitar um texto? Posso, por outro lado, me inclinar diante do que uma parte de mim mesmo considera de uma pérfida ambiguidade (porque talvez sim; talvez o cinema), mas pelo menos as frases seguintes levam o Gago ao centro onde deixa o carro mal estacionado como sempre, sobe até meu apartamento sabendo que estou à sua espera no final deste parágrafo já longo demais como toda espera do Gago, e depois de tomar banho e vestir o roupão laranja que lhe dei de aniversário vem se recostar no divã onde estou lendo com alívio e amor que o Gago vem se recostar no divã onde estou lendo com alívio e amor, perfumado e insidioso é o Chivas Regal e o tabaco loiro da meia-noite, seu cabelo cacheado onde afundo suavemente a mão para provocar um primeiro gemido sonolento, sem a Lil nem o Bergman (que delícia ler exatamente isto, sem a Lil nem o Bergman) até o momento em que começarei devagarinho a afrouxar o cinto do roupão laranja, minha mão descerá pelo peito liso e morno de Gago, andará na espessura do seu ventre procurando o primeiro espasmo, já enlaçados derivaremos para o quarto e cairemos juntos na cama, procurarei sua garganta onde tão docemente gosto de mordiscá-lo e ele murmurará só um instante, murmurará espere um instante que preciso telefonar. Para a Lil, of course, cheguei bem, obrigado, silêncio, então nos vemos amanhã às onze, silêncio, às onze e meia, combinado, silêncio, claro pra almoçar bobinha, silêncio, disse bobinha, silêncio, por que isso de senhor, silêncio, não sei mas é como se nos conhecêssemos há muito tempo, silêncio, você é um tesouro, silêncio, e eu visto o roupão de novo e volto pra sala e pro Chivas Regal, pelo menos me resta isso, o texto diz que pelo menos me resta isso, que eu visto o roupão de novo e volto pra sala e pro Chivas Regal enquanto o Gago continua no telefone com a Lil, inútil reler pra ter certeza, diz bem

262 *Maneiras de estar preso*

isso, que eu volto pra sala e pro Chivas Regal enquanto o Gago continua no telefone com a Lil.

A direção do olhar

Para John Barth

Em vagamente Ílion, talvez em campinas toscanas nos confins de guelfos e gibelinos e por que não em terras de dinamarqueses ou naquela região de Brabante molhada por tantos sangues: cenário móvel como a luz que escorre sobre a batalha entre duas nuvens negras, desnudando e cobrindo regimentos e retaguardas, encontros cara a cara com punhais ou alabardas, visão anamórfica que só é dada para aquele que aceite o delírio e busque no perfil da jornada seu ângulo mais agudo, seu coágulo entre fumaças e debandadas e auriflamas.

Uma batalha, então, o costumeiro desperdício que derrama sentidos e crônicas vindouras. Quantos viram o herói em sua hora mais alta, rodeado de inimigos carmesim? Máquina eficaz do aedo ou do bardo: lentamente, escolher e narrar. Também quem escuta ou quem lê: tentando apenas desmultiplicar a vertigem. Então talvez sim, como quem arrebata da multidão esse rosto que cifrará sua vida, a opção de Charlotte Corday diante do corpo nu de Marat, um peito, um ventre, uma garganta. Assim agora entre fogueiras e contraordens, no turbilhão de estandartes fugidios ou de infantes aqueus concentrando o avanço contra o fundo obsedante das muralhas ainda invictas: o olho roleta cravando a bola no número que afundará no nada trinta e cinco esperanças para exaltar uma única sorte vermelha ou preta.

Inscrito num cenário instantâneo, o herói em câmera lenta retira a espada de um corpo ainda sustentado no ar, olhando-o desdenhoso em seu descenso ensanguentado. Protegendo-se dos que o atacam, seu escudo lança em seus rostos uma rajada de luz onde a vibração da mão estremece as imagens do bronze. Irão atacá-lo, isso é certo, mas não poderão deixar de ver o que ele lhes mostra num derradeiro desafio. Deslumbrados (o escudo, espelho ardente, abrasa-os numa fogueira de imagens exasperadas pelo reflexo do crepúsculo e dos incêndios), mal conseguem separar os relevos do bronze dos efêmeros fantasmas da batalha.

Na massa dourada, o próprio ferreiro procurou se representar em sua forja, batendo o metal e vibrando com o jogo concêntrico de forjar um escudo que levanta sua arqueada pálpebra para mostrar entre tantas figuras (está mostrando agora para os que morrem ou matam na absurda contradição da batalha) o corpo nu do herói numa clareira de floresta, abraçado a uma mulher que afunda a mão em seus cabelos como quem acaricia ou repele. Justapostos os corpos na luta que a cena envolve com uma lenta respiração de frondes (um cervo entre duas árvores, um pássaro tremendo sobre as cabeças), as linhas de força parecem concentrar-se no espelho que guarda a outra mão da mulher e no qual seus olhos, talvez não querendo ver quem assim a deflora entre freixos e samambaias, vão procurar desesperados a imagem que um leve movimento orienta e define.

Ajoelhado junto a um manancial, o adolescente tirou o capacete e seus cachos sombrios lhe caem sobre os ombros. Já bebeu e tem os lábios úmidos, gotas de um buço de água; a lança jaz ao lado, descansando de uma longa marcha. Novo Narciso, o adolescente se olha na trêmula claridade a seus pés, mas parece que só consegue ver sua memória apaixonada, a inalcançável imagem de uma mulher perdida em remota contemplação.

É ela outra vez, não mais seu corpo de leite entrelaçado com aquele que a abre e a penetra, mas graciosamente exposto à luz de uma janela do anoitecer, virado quase de perfil para uma pintura de cavalete que o último sol lambe em laranja e âmbar. Parece que seus olhos só conseguem ver o primeiro plano dessa pintura na qual o artista representou a si mesmo, secreto e indiferente. Nem ele nem ela olham para o fundo da paisagem onde junto a uma fonte se entreveem corpos estendidos, o herói morto na batalha sob o escudo que sua mão empunha num derradeiro desafio, e o adolescente que uma flecha no espaço parece designar multiplicando ao infinito a perspectiva que se resolve na distância numa confusão de homens em retirada e de estandartes quebrados.

O escudo já não reflete o sol; sua lâmina apagada, que não parece de bronze, contém a imagem do ferreiro que termina a descrição de uma batalha, parece assiná-la em seu ponto mais intenso com a figura do herói rodeado de inimigos, passando a espada pelo peito do mais próximo e erguendo, para se defender, o escudo ensanguentado no qual pouco se consegue ver entre o fogo e a cólera e a vertigem, a menos que essa imagem nua seja a da mulher, que seja seu corpo o que se rende sem esforço à lenta carícia do adolescente que pousou sua lança à beira de um manancial.

264 *A direção do olhar*

III.

*"No, no. No crime", said Sherlock Holmes,
laughing. "Only one of those whimsical little
incidents which will happen when you have four
million human beings all jostling each other within
the space of a few square miles."*
SIR ARTHUR CONAN DOYLE, *The Blue Carbuncle*

Lucas, suas canções errantes

Quando era menino, ele a ouviu num disco crepitante cuja sofrida baquelita não aguentava mais o peso dos pickups com diafragma de mica e uma tremenda agulha de aço, a voz de Sir Harry Lauder parecia vir de muito longe e era bem isso, tinha entrado no disco pelas brumas da Escócia e agora saía no verão ofuscante do pampa argentino. A canção era mecânica e rotineira, uma mãe se despedia do filho que partia para longe e Sir Harry era uma mãe pouco sentimental embora sua voz metálica (quase todas eram assim depois do processo de gravação) ainda destilasse uma melancolia que já na época o menino Lucas começava a frequentar em demasia.

Vinte anos depois, o rádio lhe trouxe um pedaço da canção na voz da grande Ethel Waters. A dura, irresistível mão do passado o empurrou para a rua, meteu-o na Casa Iriberri, e nessa noite ele ouviu o disco e acho que chorou por muitas coisas, sozinho em seu quarto e bêbado de autopiedade e de grapa de Catamarca, que é sabidamente lacrimogênea. Chorou sem saber muito bem por que chorava, que obscuro apelo o chamava nessa balada que agora, agora sim, adquiria todo o seu sentido, sua beleza brega. Na mesma voz de quem havia tomado Buenos Aires de assalto com sua versão de "Stormy Weather", a velha canção voltava a uma provável origem sulina, resgatada da trivialidade music hall com que Sir Harry a cantara. No fim, vá saber se essa balada era da Escócia ou do Mississippi, em todo caso agora ela se enchia de negritude desde as primeiras palavras:

So you're going to leave the old home, Jim,
To-day you're going away,
You're going among the city folks to dwell...

Ethel Waters se despedia do filho com uma premonitória visão de desgraça, só resgatável por um regresso à la Peer Gynt, quebradas as asas e todo o orgulho bebido. O oráculo procurava se esconder atrás de alguns *if* que não tinham nada a ver com os de Kipling, uns *if* cheios de convicta realização:

If sickness overtakes you,
If old companions shakes you,
And through this world you wander all alone,
If friends you've got not any,
In yours pockets not a penny...

If tudo isso, sempre restava a Jim a chave da última porta:

There's a mother always waiting
For you at home, old sweet home.

Claro, dr. Freud, a aranha e tudo o mais. Mas a música é uma terra de ninguém onde pouco importa que Turandot seja frígida ou Sigfried ariano puro, os complexos e os mitos se resolvem em melodia, e daí só conta uma voz murmurando as palavras da tribo, a recorrência do que somos, do que vamos ser:

And if you get in trouble, Jim,
Just write and let me know...

Tão fácil, tão belo, tão Ethel Waters. *Just write*, claro. O problema é o envelope. Que nome, que endereço pôr no envelope, Jim?

Lucas, seus pudores

Nos apartamentos de hoje, como se sabe, o convidado vai ao banheiro e os outros continuam falando de Biafra e de Michel Foucault, mas alguma coisa paira no ar como se todo mundo quisesse esquecer que tem ouvidos e ao mesmo tempo as orelhas se orientassem para o lugar sagrado que naturalmente em nossa sociedade encolhida fica apenas a três metros do lugar onde se desenrolam essas conversas de alto nível, e é certo que apesar do esforço do convidado para não manifestar suas atividades, e o dos interlocutores para ativar o volume do diálogo, em algum momento irá reverberar um desses sons surdos que se deixam ouvir nas circunstâncias menos indicadas, ou, na melhor das hipóteses, o som patético de um papel higiênico de qualidade ordinária quando se rasga um pedaço do rolo rosa ou verde.

Se o convidado que vai ao banheiro é Lucas, seu horror só é comparável à intensidade da cólica que o obrigou a se trancar no ominoso reduto. Nesse horror não há neuroses nem complexos, mas a certeza de um comportamento intestinal recorrente, ou seja, de que tudo começará muito bem, suave e silenciosamente, mas já perto do final, guardando a mesma relação da pólvora com os perdigotos num cartucho de caça, uma detonação daquelas horrorosas fará tremer as escovas de dentes em seus suportes e agitará a cortina de plástico do chuveiro.

Lucas não pode fazer nada para evitar; já tentou todos os métodos, tais como se inclinar até tocar o chão com a cabeça, jogar-se para trás a ponto de os pés tocarem a parede em frente, ficar de lado e até mesmo, recurso supremo, segurar as nádegas e separá-las o máximo possível para aumentar o diâmetro do conduto tempestuoso. É inútil a multiplicação de silenciadores tais como jogar sobre as coxas todas as toalhas ao alcance e até os roupões de banho dos donos da casa; quase sempre, no final do que poderia ter sido uma agradável transferência, o peido final prorrompe tumultuoso.

Quando é a vez de outra pessoa ir ao banheiro, Lucas treme por ele, pois tem certeza de que de um segundo para outro irá ressoar o primeiro halali da ignomínia; espanta-o um pouco que ninguém pareça se preocupar muito com essas coisas, embora seja óbvio que ninguém está desatento ao que está acontecendo, e até tentam disfarçar com batidas de colherinhas nas xícaras e arrastamentos de poltronas totalmente imotivados. Quando não acontece nada, Lucas fica feliz e pede imediatamente outro conhaque, de modo que acaba se traindo e todo mundo percebe que ele esteve tenso e angustiado enquanto a sra. de Broggi satisfazia suas necessidades. Que diferente, pensa Lucas, da simplicidade das crianças que aparecem no auge da reunião e anunciam: Mamãe, quero fazer cocô. Que bem-aventurado, pensa Lucas em seguida, o poeta anônimo que compôs aquela quadrinha onde se proclama que não há prazer mais excelente/ que cagar bem lentamente/ nem prazer mais delicado/ que depois de ter cagado. Para se elevar a tais alturas, esse senhor devia estar livre de qualquer risco de ventosidade intempestiva ou tempestuosa, a menos que o banheiro da casa ficasse no andar de cima ou fosse aquela casinha de chapas de zinco separada do barraco por uma boa distância.

Já instalado no terreno poético, Lucas se lembra de um verso de Dante no qual os condenados *avevan dal cul fatto trombetta*, e com essa remissão mental à mais alta cultura se considera um tanto desculpado pelas meditações que pouco têm a ver com o que o dr. Berenstein está dizendo a propósito da lei de aluguéis.

Lucas, seus estudos sobre a sociedade de consumo

Como o progresso não-conhece-limites, na Espanha se vendem pacotes que contêm trinta e duas caixas de fósforos (leia-se *cerillas*), cada uma delas com a vistosa reprodução de uma peça de um jogo completo de xadrez.

Um senhor astuto rapidamente pôs à venda um jogo de xadrez cujas trinta e duas peças podem servir como xícaras de café; quase de imediato, o Bazar Dois Mundos produziu xícaras de café que proporcionam às senhoras meio flácidas uma grande variedade de sutiãs suficientemente rígidos, depois do que Yves St. Laurent criou um sutiã que permite servir dois ovos quentes de maneira extremamente sugestiva.

Pena que até agora ninguém encontrou uma aplicação diferente para os ovos quentes, o que desanima aqueles que os comem entre grandes suspiros; é assim que se cortam certas correntes de felicidade que ficam só nas correntes, aliás bem caras, diga-se de passagem.

Lucas, seus amigos

A malta é grande e variada, mas sabe-se lá por que ele agora foi pensar especialmente nos Cedrón, e pensar nos Cedrón significa uma tal quantidade de coisas que ele não sabe por onde começar. A única vantagem de Lucas é que ele não conhece todos os Cedrón, só três, mas vá saber se no fim isso é mesmo uma vantagem. Ele ouviu dizer que os irmãos são em modesto número de seis ou nove, em todo caso ele conhece três deles e se prepare que o bicho vai pegar.

Esses três Cedrón são o músico Tata (que na *partida* de nascimento foi registrado como Juan, e aliás que absurdo que em espanhol essa certidão se chame *partida* quando é justamente o contrário), Jorge, o cineasta, e Alberto, o pintor. Lidar com eles em separado já é um caso sério, mas quando eles resolvem se juntar e convidam você pra comer empanadas, então são propriamente a morte em três tomos.

Da chegada, nem te conto, lá da rua já se ouve uma espécie de fragor num dos andares mais altos, e se você cruza com um dos vizinhos parisienses vê na cara deles essa palidez cadavérica de quem assiste a um fenômeno que ultrapassa todos os parâmetros dessa gente estrita e amortecida. Nenhuma necessidade de averiguar em que andar estão os Cedrón, porque o barulho guia a gente pelas escadas até uma das portas que parece menos porta que as outras e que além disso dá a impressão de estar incandescente devido ao que acontece lá dentro, a tal ponto que não convém bater nela muito seguido senão os nós dos dedos acabam virando carvão. Claro que em geral a porta está entreaberta porque os Cedrón entram e saem o tempo todo e também, pra que fechar uma porta quando ela propicia uma ventilação tão boa com a escada.

O que acontece ao entrar torna impossível qualquer descrição coerente, pois assim que se cruza a soleira uma menina segura seus joelhos e enche sua capa de saliva, e ao mesmo tempo um guri que estava em cima da estante de livros do saguão se atira em seu pescoço como um camicase, de modo que se você teve a peregrina ideia de chegar com uma garrafa de vinho tinto, o resultado imediato é uma vistosa poça no tapete. Isso não preocupa ninguém, é claro, porque nesse mesmo instante surgem de diferentes cômodos as mulheres dos Cedrón, e enquanto uma delas tira as crianças de cima de você outras absorvem o malogrado borgonha com uns panos que provavelmente datam do tempo das cruzadas. Nesse meio-tempo, Jorge já lhe contou em detalhes dois ou três romances que pretende levar às telas, Alberto contém outros dois garotos armados de arcos e flechas e, o que é pior, dotados de singular pontaria, e Tata vem da cozinha com um avental que em seus primórdios conheceu o branco e que o envolve majestosamente dos sovacos pra baixo, deixando-o surpreendentemente parecido com Marco Antonio ou com um desses sujeitos que vegetam no Louvre ou trabalham como estátuas nos parques. A grande notícia proclamada em uníssono por dez ou doze vozes é que tem empanada, em cuja elaboração intervêm a mulher de Tata e Tata himself, mas cuja receita foi consideravelmente melhorada por Alberto, o qual opina que deixar Tata e sua mulher sozinhos na cozinha só pode levar à pior das catástrofes. Quanto a Jorge, que não por acaso se recusa a ficar atrás nessa parada, já produziu generosas quantidades de vinho e todo mundo, uma vez resolvidas essas preliminares tumultuadas, se instala na cama, no chão ou onde quer que não tenha uma criança chorando ou fazendo xixi, o que vem a ser o mesmo em alturas diferentes.

Uma noite com os Cedrón e suas abnegadas senhoras (digo abnegadas porque se eu fosse mulher, e ainda por cima mulher de um dos Cedrón, já há muito tempo a faca do pão teria dado um fim voluntário a meus sofrimentos; mas elas não só não sofrem como são ainda piores que os Cedrón, o que me deixa exultante pois é bom que alguém chova no molhado de vez em quando e acho que elas fazem isso o tempo todo), uma noite com os Cedrón é uma espécie de resumo sul-americano que explica e justifica a estupefata admiração com que os europeus veem sua música, sua literatura, sua pintura e seu cinema ou teatro. Agora que penso nisso, lembro de uma coisa que me contaram os Quilapayún, que são uns cronópios tão enlouquecidos como os Cedrón, mas todos músicos, e não dá pra saber se isso é melhor ou pior. Durante uma turnê pela Alemanha (a Oriental, mas acho que nesse caso tanto faz), os Quilas resolveram fazer um churrasco ao ar livre e à moda chilena, mas pra surpresa geral descobriram que naquele país não se pode fazer piquenique no bosque sem permissão das autoridades. A permissão não foi difícil, devo reconhecer, e na polícia levaram isso tão a sério que na hora de acender a fogueira e dispor os animaizinhos em suas respectivas grelhas, apareceu um caminhão do corpo de bombeiros, corpo que se espalhou pelas adjacências do bosque e passou cinco horas cuidando pra que o fogo não fosse se propagar pelos veneráveis abetos wagnerianos e outros vegetais que abundam nos bosques teutônicos. Se não me falha a memória, vários desses bombeiros acabaram se empanturrando, como corresponde ao prestígio da corporação, e naquele dia houve uma confraternização pouco frequente entre fardados e civis. É verdade que a farda dos bombeiros é a menos filha da puta de todas as fardas, e que no dia em que, com a ajuda de milhões de Quilapayún e de Cedrón, jogarmos no lixo todas as fardas sul-americanas, só vão se salvar as dos bombeiros, e até inventaremos modelos mais vistosos pra que os rapazes fiquem contentes enquanto apagam incêndios ou salvam pobres garotas ultrajadas que decidiram se jogar no rio por falta de coisa melhor.

Nesse meio-tempo, as empanadas diminuem numa velocidade digna dos que se olham com um ódio feroz porque este sete e o outro só cinco e de repente termina o vaivém de travessas e algum infeliz sugere um café como se isso fosse alimento. Quem sempre parece ter menos interesse são

Lucas, seus amigos

as crianças, cujo número continuará sendo um enigma pra Lucas, pois mal uma delas desaparece atrás de uma cama ou no corredor, outras duas irrompem de um armário ou escorregam pelo tronco de um fícus até caírem sentadas em plena travessa de empanadas. Esses infantes fingem um certo desprezo por tão nobre produto argentino, com o pretexto de que suas respectivas mães já os alimentaram precavidamente meia hora antes, mas a julgar pela forma como as empanadas desaparecem é preciso admitir que são um elemento importante no metabolismo infantil, e que se Herodes estivesse lá naquela noite as coisas seriam diferentes e em vez de doze empanadas Lucas poderia ter comido dezessete, ainda que com os intervalos necessários pra molhar a goela com um par de litros de vinho que, como se sabe, assenta a proteína.

Por cima, por baixo e entre as empanadas se espalha um clamor de declarações, perguntas, protestos, gargalhadas e demonstrações gerais de alegria e carinho que criam uma atmosfera diante da qual um conselho de guerra dos tehuelches ou dos mapuches pareceria o velório de um professor de direito da avenida Quintana. De vez em quando se ouvem batidas no teto, no chão e nas duas paredes contíguas, e quase sempre é Tata (locatário do apartamento) quem informa que são apenas os vizinhos, razão pela qual não é preciso ter a menor preocupação. Que já seja uma hora da manhã não constitui um agravante, de maneira nenhuma, nem que às duas da manhã a gente desça a escada de quatro em quatro cantando *que te abrás en las paradas/ con cafishos milongueros*. Já houve tempo suficiente pra resolver a maioria dos problemas do planeta, combinamos de sacanear um punhado de gente que merece, e como!, as cadernetinhas se encheram de telefones e endereços e de encontros marcados em cafés e em outros apartamentos, e amanhã os Cedrón vão se dispersar porque Alberto volta pra Roma, Tata sai com seu quarteto pra cantar em Poitiers, e Jorge se manda sabe-se lá pra onde mas sempre com o fotômetro na mão, e tente segurá-lo. Não é inútil acrescentar que Lucas volta pra casa com a sensação de carregar nos ombros uma espécie de abóbora cheia de moscas, Boeings 707 e vários solos superpostos de Max Roach. Mas que importa a ressaca se lá embaixo tem algo quentinho que devem ser as empanadas, e entre embaixo e em cima tem outra coisa ainda mais quentinha, um coração que repete que caras foda, que caras foda, que grandes fodidos, que insubstituíveis fodidos, puta que os pariu.

Lucas, suas engraxadas 1940

Lucas na engraxataria perto da Plaza de Mayo, passe graxa preta no esquerdo e amarela no direito. O quê? Preta aqui e amarela aqui. Mas senhor. Aqui você passa a preta, garoto, e agora chega porque preciso me concentrar nas notícias do turfe.

Coisas assim nunca são fáceis, parece pouco mas é quase como Copérnico e Galileu, essas sacudidas fortes na figueira que deixam todo mundo olhando pro teto. Dessa vez, por exemplo, tem o espertinho da vez que lá do fundo da engraxataria fala para o do lado que os bichas não sabem mais o que inventar, tchê, então Lucas se desliga da possível barbada no quarto páreo (jóquei Paladino) e quase docemente consulta o engraxate: o que você acha, dou o pontapé na bunda com o amarelo ou com o preto?

O engraxate já não sabe a que sapato se dedicar, terminou o preto e não se decide, realmente não se decide a começar o outro. Amarelo, reflete Lucas em voz alta, e isso ao mesmo tempo é uma ordem, melhor com o amarelo que é uma cor dinâmica e ousada, o que está esperando? Sim senhor agora mesmo. O do fundo começou a se levantar para vir investigar esse lance do pontapé, mas o deputado Poliyatti, que não à toa é presidente do clube Unione e Benevolenza, manifesta sua experimentada elocução, senhores, não façam onda, já chega as isóbaras que temos, é incrível o que se sua nesta urbe, o incidente é nímio e gosto não se discute, e considerem que a delegacia fica aí defronte e os tiras andam hiperestésicos depois da última estudantina ou juvenília, como dizemos aqueles que já deixaram para trás as borrascas da primeira etapa da existência. Isso, doutor, aprova um dos lambe-botas do deputado, aqui não se permitem as vias de fato. Ele me insultou, diz o do fundo, eu me referia aos veados em geral. Pior ainda, diz Lucas, em todo caso vou estar lá na esquina nos próximos quinze minutos. Que graça, diz o do fundo, bem na frente da delegacia. Claro, diz Lucas, ou será que além de bicha você pensa que eu sou imbecil. Senhores, proclama o deputado Poliyatti, este episódio já pertence à história, não há lugar para um duelo, por favor não me obriguem a apelar para meus foros e coisas assim. Isso, doutor, diz o lambe-botas.

E assim Lucas vai para a rua e seus sapatos brilham qual girassol à direita e Oscar Peterson à esquerda. Ninguém vem procurá-lo no prazo dos quinze minutos, o que lhe dá um não desprezível alívio, que ele festeja no ato com uma cerveja e um cigarro de tabaco negro, a fim de manter a simetria cromática.

Lucas, seus presentes de aniversário

Seria fácil demais comprar a torta na confeitaria "Los dos Chinos"; até Gladis iria notar, apesar de ela ser um tanto míope, e Lucas pondera que vale a pena passar metade do dia preparando pessoalmente um presente cuja destinatária merece isso e muito mais, mas pelo menos isso. Desde cedo ele já percorre o bairro comprando farinha flor de trigo e açúcar de cana, depois lê atentamente a receita da torta Cinco Estrelas, obra-prima de dona Gertrudis, a mãe de todas as boas mesas, e a cozinha de seu apartamento em pouco tempo se transforma numa espécie de laboratório do dr. Mabuse. Os amigos que passam para vê-lo a fim de discutir os prognósticos hípicos não demoram a ir embora ao sentir os primeiros sintomas de asfixia, pois Lucas peneira, coa, mistura e polvilha os diversos e delicados ingredientes com tanta paixão que o ar tende a se tornar impróprio para suas funções usuais.

Lucas tem experiência no assunto e além disso a torta é para Gladis, o que significa várias camadas de massa folhada (não é fácil fazer uma boa massa folhada), entre as quais vão se dispondo refinadas geleias, amêndoas laminadas da Venezuela, coco ralado mas não só ralado e sim moído até a desintegração atômica num almofariz de obsidiana; a isso se acrescenta a decoração externa, modulada na paleta de Raúl Soldi mas com arabescos consideravelmente inspirados em Jackson Pollock, exceto na parte mais austera, dedicada à inscrição, SOMENTE PARA TI, cujo relevo quase assustador é garantido por cerejas e tangerinas em calda que Lucas compõe em Baskerville corpo catorze, o que dá uma nota quase solene à dedicatória.

Para Lucas, levar a torta Cinco Estrelas numa travessa ou num prato é de uma vulgaridade digna de banquete no Jockey Club, de maneira que a instala com delicadeza numa bandeja de papelão branco cujo tamanho excede um pouco o da torta. Na hora da festa, ele põe seu terno listrado e atravessa o saguão repleto de convidados levando a bandeja com a torta na mão direita, façanha por si só notável, enquanto com a esquerda amavelmente afasta maravilhados parentes e um punhado de penetras que na mesma hora juram preferir morrer como heróis a ter de renunciar à degustação do esplêndido presente. Por isso, atrás de Lucas logo se forma uma espécie de cortejo repleto de gritos, aplausos e borborigmos de saliva propiciatória, e a entrada de todos no salão não fica muito longe de uma versão provincial de *Aída*. Entendendo a gravidade do momento, os pais de Gladis juntam as mãos num gesto muito conhecido mas nem sempre bem-visto, e a homenageada deixa uma conversa repentinamente insignificante para se adiantar com todos os dentes na primeira fila e os olhos fitando o teto. Feliz, satisfeito, sentindo que tantas horas de trabalho culminam em algo que se aproxima da apoteose, Lucas arrisca o gesto final da Grande Obra: sua mão se eleva no ofertório da torta, depois a inclina perigosamente diante da ansiedade pública e a joga na cara de Gladis. Tudo isso só leva mais tempo do que o que Lucas demora para reconhecer a textura do empedrado da rua, envolto em tal chuva de pontapés que deixariam o dilúvio no chinelo.

Lucas, seus métodos de trabalho

Como às vezes não consegue dormir, em vez de contar carneirinhos ele responde mentalmente a correspondência atrasada, porque sua consciência pesada tem tanta insônia quanto ele. As cartas de cortesia, as apaixonadas, as intelectuais, ele vai respondendo uma a uma de olhos fechados e com grandes tiradas de estilo e vistosos desenvolvimentos que o deliciam por sua espontaneidade e eficácia, o que naturalmente multiplica a insônia. Quando adormece, toda a correspondência está em dia.

De manhã, claro, ele está um trapo, e o que é pior é que ele tem de sentar-se para escrever todas as cartas pensadas de noite, cartas que agora lhe saem bem piores, frias ou desajeitadas ou idiotas, o que faz com que nessa noite ele também não consiga dormir devido ao excesso de cansaço, sem contar que nesse meio-tempo lhe chegaram novas cartas de cortesia, apaixonadas ou intelectuais e que Lucas, em vez de contar carneirinhos, começa a responder com tal perfeição e elegância que Mme. de Sevigné o teria minuciosamente detestado.

Lucas, suas discussões partidárias

Começa quase sempre do mesmo jeito, uma notável concordância política em um monte de coisas e grande confiança recíproca, mas em algum momento os militantes não literários irão se dirigir amavelmente aos militantes literários e levantar pela arquienésima vez a questão da mensagem, do conteúdo inteligível para o maior número de leitores (ou auditores ou espectadores, mas sobretudo de leitores, ah, sim).

Nessas ocasiões Lucas tende a ficar calado, pois seus livrinhos falam vistosamente por ele, mas como às vezes o agridem mais ou menos fraternalmente e já se sabe que não há lambada pior que a de um irmão, Lucas faz cara de purgante e se esforça para dizer coisas como as seguintes, a saber:

— Companheiros, a questão jamais será levantada
por escritores que entendam e vivam sua tarefa
como as carrancas de proa, que se adiantam
ao fluxo da nau, recebendo
todo o vento e o sal das espumas. Ponto.

E não será levantada

porque ser escritor $\begin{cases} \text{poeta} \\ \text{romancista} \\ \text{narrador} \end{cases}$

ou seja, ficcionante, imaginante, delirante,
mitopoético, oráculo ou como quer que se chame,
quer dizer em primeiríssimo lugar
que a linguagem é um meio, como sempre,
mas esse meio é mais que meio,
é no mínimo três quartos.

Abreviando dois volumes e um apêndice,
o que vocês pedem

ao escritor $\begin{cases} \text{poeta} \\ \text{narrador} \\ \text{romancista} \end{cases}$

é que abra mão do avanço
e se instale hic et nunc (traduza, López!)
para que sua mensagem não ultrapasse
as esferas semânticas, sintáticas,
cognoscitivas, paramétricas
do homem circundante. Hum...

Em outras palavras, que ele se abstenha
de explorar para além do explorado,
ou que explore explicando o explorado
para que toda exploração se integre
às explorações terminadas.

E direi, em confiança,
que seria mesmo um luxo
se desse pra frear o fluxo
de uma nau enquanto avança. (Isso aqui ficou supimpa.)
Mas há leis científicas que negam
a possibilidade de tão contraditório esforço,
e há outra coisa, simples e grave:
não se conhecem limites para a imaginação
que não sejam os do verbo,
a linguagem e a invenção são inimigas fraternas
e dessa luta nasce a literatura,
o dialético encontro da musa com o escriba,
o indizível buscando sua palavra,
a palavra se negando a dizê-lo
até que lhe torcemos o pescoço
e o escriba e a musa se conciliam
nesse estranho instante que mais tarde
chamaremos de Vallejo ou Maiakóvski.

Segue-se um silêncio meio cavernoso.

— Que seja — diz alguém —, mas, diante da conjuntura histórica, o escritor e o artista que não forem pura Torredemarfim têm o dever, escute bem, o dever de projetar sua mensagem num nível de máxima recepção. — Aplausos.

— Sempre pensei — observa Lucas, com modéstia — que os escritores a que você alude são a grande maioria, razão pela qual me surpreende essa sua obstinação em transformar uma grande maioria em unanimidade. Porra, do que é que vocês têm tanto medo? E quem, a não ser os ressentidos e desconfiados, vai se incomodar com as experiências, digamos, extremas e portanto difíceis (difíceis, *em primeiro lugar*, para o escritor, e só depois para o público, convém sublinhar), quando é óbvio que só alguns poucos as levam adiante? Será, tchê, que para certos níveis tudo o que não é imediatamente claro é culposamente obscuro? Será que não há uma necessidade secreta e às vezes sinistra de uniformizar a escala de valores para poder levantar a cabeça acima da onda? Santo Deus, quantas perguntas.

— Só há uma resposta — diz um dos participantes — e é esta: geralmente é difícil conseguir ser claro, e por isso o difícil costuma ser um estratagema para disfarçar a que ponto é difícil ser fácil. (Ovação retardada.)

Lucas, suas discussões partidárias

— Seguiremos assim anos e anos — geme Lucas —
e ao mesmo ponto sempre voltaremos,
pois esse é um tema, já sabemos,
cheio de desenganos. (Fraca aprovação.)

Porque ninguém pode, só o poeta, e às vezes,
entrar na arena da página em branco
onde se aposta tudo no mistério
de leis ignoradas, se é que são leis,
de estranhas cópulas entre ritmo e sentido,
de últimas Thules no meio da estrofe ou do relato.
Nunca poderemos nos defender
porque nada sabemos desse vago saber,
dessa fatalidade que nos leva
a nadar por sob as coisas, a subir num advérbio
que nos abre um compasso, cem novas ilhas,
bucaneiros de Remington ou de pena
ao assalto de verbos ou de orações simples
ou recebendo em pleno rosto o vento
de um substantivo que contém uma águia.

— Ou seja, para simplificar — conclui Lucas, tão farto como seus companheiros —, eu proponho, digamos, um pacto.

— Nada de negociações — brama o de sempre nesses casos.

— Um pacto, simplesmente. Para vocês, o *primum vivere, deinde filosofare* desemboca no *vivere* histórico, o que é muito bom e talvez seja a única maneira de preparar o terreno para o filosofar e o ficcionar e o poetizar do futuro. Mas eu aspiro a suprimir a divergência que nos aflige, e por isso o pacto consiste em que vocês e nós abandonemos ao mesmo tempo nossas mais extremadas conquistas a fim de que o contato com o próximo atinja seu raio máximo. Se nós renunciarmos à criação verbal em seu nível mais vertiginoso e rarefeito, vocês renunciam à ciência e à tecnologia em suas formas igualmente vertiginosas e rarefeitas, por exemplo, os computadores e os aviões a jato. Se nos vetam nosso avanço poético, por que vão usufruir tranquilamente o avanço científico?

— Está completamente doido — diz um de óculos.

— Claro — admite Lucas —, mas precisa ver como me divirto. Vamos, aceitem. Nós escrevemos mais simples (é um modo de dizer, porque na verdade não vamos conseguir), e vocês suprimem a televisão (coisa que também não vão conseguir). Nós vamos para o que é diretamente comunicável, e vocês abrem mão de carros e tratores e pegam na enxada para plantar batatas. Vocês percebem o que seria essa dupla volta ao simples, ao que todo mundo entende, à comunhão sem intermediários com a natureza?

— Proponho defenestração imediata prévia unanimidade — diz um companheiro que optou por se matar de rir.

— Voto contra — diz Lucas, já passando a mão na cerveja que sempre chega a tempo nessas ocasiões.

Lucas, suas traumatoterapias

Uma vez Lucas foi operado de apendicite e, como o cirurgião era um porco, o corte infeccionou e a coisa ia de mal a pior porque além da supuração em radiante tecnicolor Lucas se sentia mais acabado que um figo seco. Nesse momento entram Dora e Celestino e lhe dizem vamos agora mesmo pra Londres, venha passar uma semana, não posso, geme Lucas, acontece que, bah, eu troco os curativos, diz Dora, no caminho compramos água oxigenada e curativos, e no fim eles pegam o trem e o ferry e Lucas se sente morrer porque embora o corte não doa absolutamente nada, pois não tem nem três centímetros, mesmo assim ele imagina o que está acontecendo debaixo da calça e da cueca, e quando finalmente chegam ao hotel e ele vai olhar acontece que não tem nem mais nem menos supuração que na clínica, e então Celestino diz está vendo, em compensação aqui você vai ter a pintura de Turner, Laurence Olivier e os *steak and kidney pies* que são a alegria da minha vida.

No dia seguinte, depois de caminhar quilômetros Lucas está perfeitamente curado, Dora ainda lhe põe dois ou três curativos pelo puro prazer de lhe puxar os pelos, e desde esse dia Lucas considera que descobriu a traumatoterapia que, como se vê, consiste em fazer exatamente o contrário do que mandam Esculápio, Hipócrates e o dr. Fleming.

Em numerosas ocasiões Lucas, que tem bom coração, pôs seu método em prática, com resultados surpreendentes na família e entre os amigos. Por exemplo, quando sua tia Angustias pegou um resfriado em tamanho natural e passava dias e noites espirrando com o nariz cada vez mais parecido com o de um ornitorrinco, Lucas se fantasiou de Frankenstein e a esperou atrás de uma porta com um sorriso cadavérico. Depois de proferir um grito horripilante, tia Angustias caiu desmaiada sobre as almofadas que Lucas precavidamente preparara, e quando os parentes a acordaram do desmaio a tia estava tão ocupada contando o que tinha acontecido que não se lembrava de espirrar, sem contar que durante várias horas ela e o resto da família só pensavam em correr atrás de Lucas munidos de paus e correntes de bicicleta. Quando o dr. Feta restabeleceu a paz e todos se reuniram para comentar os acontecimentos e tomar uma cerveja, Lucas comentou distraído que a tia estava perfeitamente curada do resfriado, ao que, e com a falta de lógica habitual nesses casos, a tia respondeu que essa não era uma boa razão para que seu sobrinho se portasse como um filho da puta.

Coisas como essa desanimam Lucas, mas vez por outra ele aplica em si mesmo ou testa nos outros seu infalível sistema, e então, quando *don* Crespo anuncia que não está bom do fígado, diagnóstico sempre acompanhado da mão segurando as entranhas e os olhos como a santa Teresa de Bernini, Lucas providencia que sua mãe faça o guisado de repolho com salsichas e banha de porco que don Crespo ama quase mais que jogar na loteca, e na altura do terceiro prato já se vê que o doente volta a se interessar pela vida e seus alegres jogos, e depois disso Lucas o convida para comemorar com a grapa catamarquenha que assenta a gordura. Quando a família se dá conta dessas coisas há uma tentativa de linchamento, mas no fundo começam a respeitar a traumatoterapia, que eles chamam de toterapia ou traumatota, para eles tanto faz.

Lucas, seus sonetos

Com a mesma estufada satisfação de uma galinha, de quando em quando Lucas bota um soneto. Que ninguém estranhe: ovo e soneto se parecem no que têm de rigoroso, de acabado, de terso, de fragilmente duro. Efêmeros, incalculáveis, o tempo e algo como a fatalidade os reiteram, idênticos e monótonos e perfeitos.

Assim, durante boa parte de sua vida Lucas botou algumas dúzias de sonetos, todos excelentes e alguns decididamente geniais. Embora a forma rigorosa e cerrada não deixe muito espaço para inovações, seu estro (na primeira e também na segunda acepção) tentou verter vinho novo em odre velho, apurando as aliterações e os ritmos, sem falar dessa velha maníaca, a rima, que o levou a fazer coisas tão extenuantes como emparelhar Drácula com mácula. Mas já faz tempo que Lucas se cansou de operar internamente no soneto e decidiu enriquecê-lo em sua própria estrutura, coisa aparentemente demencial, dada a inflexibilidade quitinosa desse caranguejo de catorze patas.

Assim nasceu o "Zipper Sonnet", título que revela uma culposa indulgência para com as infiltrações anglo-saxãs em nossa literatura, mas que Lucas esgrimiu depois de considerar que o termo "fecho ecler" era penetrantemente estúpido, e que "fecho-relâmpago" não melhorava a situação. O leitor já deve ter entendido que esse soneto pode e deve ser lido como quem sobe e desce um "zíper", o que já é bom, mas que além disso a leitura de baixo para cima não dá exatamente na mesma que a de cima para baixo, resultado óbvio como intenção, mas difícil como escritura.

Surpreende um pouco Lucas que qualquer uma das duas leituras dá (ou em todo caso lhe dá) uma impressão de naturalidade, de é óbvio, de mas é claro, de elementary my dear Watson, quando, para falar a verdade, a fabricação do soneto lhe tomou um tempão. Como causalidade e temporalidade são onímodas em qualquer discurso quando se quer comunicar um significado complexo, por exemplo, o conteúdo de um quarteto, sua leitura de ponta-cabeça perde toda coerência, ainda que crie imagens ou relações novas, já que falham os nexos sintáticos e as passagens que a lógica do discurso exige até nas associações mais ilógicas. Para fazer pontes e passagens, a inspiração precisou funcionar de maneira pendular, deixando o desenvolvimento do poema ir e vir à razão de dois ou no máximo três versos, testando-os assim que saíam da pena (Lucas bota os sonetos com uma pena, outra semelhança com a galinha) para ver se depois de ter descido a escada era possível subir sem tropeços nefandos. O *hic* é que catorze degraus são muitos degraus, e este "Zipper Sonnet" tem, em todo caso, o mérito de uma perseverança maníaca, cem vezes interrompida por palavrões e desalentos e bolas de papel no cesto pluf.

Mas por fim, hosana, eis aqui o "Zipper Sonnet" que só espera do leitor, além de admiração, que estabeleça mental e respiratoriamente a pontuação, já que se esta figurasse com seus sinais não haveria modo de passar pelos degraus sem tropeçar feio.

ZIPPER SONNET

de arriba abajo o bien de abajo arriba
este camino lleva hacia sí mismo
simulacro de cima ante el abismo
árbol que se levanta o se derriba

quién en la alterna imagen lo conciba
será el poeta de este paroxismo
en un amanecer de cataclismo
náufrago que a la arena al fin arriba

vanamente eludiendo su reflejo
antagonista de la simetría
para llegar hasta el dorado gajo

visionario amarrándose a un espejo
obstinado hacedor de la poesía
de abajo arriba o bien de arriba abajo

E não é que funciona? E não é que é — que são — bonito(s)?

Eram perguntas desse tipo que Lucas se fazia subindo e descendo ao longo dos catorze versos deslizantes e metamorfoseantes quando, mal tinha ele terminado de se estufar satisfeito como toda galinha que botou seu ovo depois de um meritório empurrão retropropulsor, desembarcou proveniente de São Paulo seu amigo, o poeta Haroldo de Campos, a quem toda e qualquer combinatória semântica deixa exaltado em níveis tumultuosos, razão pela qual poucos dias depois Lucas viu com maravilhada estupefação seu soneto vertido para o português e consideravelmente melhorado, como se pode verificar a seguir:

Zipper Sonnet

de cima abaixo ou já de baixo acima
este caminho é o mesmo em seu tropismo
simulacro de cimo frente ao abismo
árvore que ora alteia ora declina

quem na dupla figura assim o imprima
será o poeta deste paroxismo
num desanoitecer de cataclismo
náufrago que na areia ao fim reclina

iludido a eludir o seu reflexo
contraventor da própria simetria
ao ramo de ouro erguendo o alterno braço

visionário a que o espelho empresta um nexo
refator contumaz desta poesia
de baixo acima ou já de cima abaixo

"Como você verá", Haroldo lhe escrevia, "não é realmente uma versão: é antes uma 'contraversão' muito cheia de licenças. Como não consegui uma rima consoante adequada para acima (*arriba*), alterei a convenção legalista do soneto e estabeleci uma rima toante, reforçada pela quase homofonia dos sons nasais *m* e *n* (ac*iMA* e decl*iNA*). Para justificar-me (preparar um álibi) repeti o procedimento infrator nos pontos correspondentes da segunda estrofe (escamoteação viciosa, transtrocada por uma pseudossimetria também perversa)."

A esta altura da carta, Lucas começou a pensar que suas fadigas zipperianas eram pouca coisa ao lado daquelas de quem se impusera a tarefa de refazer lusitanamente uma escada de degraus castelhanos. Turgimão veterano, ele estava em condições de avaliar a montagem operada por Haroldo; um belo jogo poético inicial se potencializava e agora, coisa igualmente bela, Lucas podia saborear seu soneto sem o inevitável desgaste que significa ser o autor e tender, portanto e insensatamente, à modéstia e à autocrítica. Nunca pensaria em publicar seu soneto com notas, mas em compensação adorou reproduzir as de Haroldo, que de alguma forma parafraseavam suas próprias dificuldades na hora de escrevê-lo.

"Nos tercetos", continuava Haroldo, "deixo firmada (confessada e atestada) minha *infelix culpa* dragomânica (N.B.: dragomaníaca). O 'antagonista' de seu soneto é agora explicitamente um 'contraventor'; o '*obstinado hacedor de la poesía*', um *re-fator* contumaz (sem perda da conotação forense...) *desta* poesia (deste poema, do 'Zipper Sonnet'). Último registro do *échec impuni*: braço (*brazo*) rimando imperfeitamente com abaixo (*abajo*) nos versos terminais dos dois tercetos. Há também um adjetivo 'migratório': *alterna*, que salta do primeiro verso de sua segunda estrofe ('*alterna imagen*') para insinuar-se no último de meu segundo terceto, 'alterno braço' (o gesto do tradutor como outridade irredenta e duplicidade irrisória?)."

No balanço final desse sutil trabalho de Aracne, acrescentava Haroldo: "A métrica, a autonomia dos sintagmas, a *zip-leitura* ao contrário, porém, ficaram a salvo sobre as ruínas do vencido (embora não convencido) *traditraduttore*; que assim, 'derridianamente', por não poder ultrapassá-las, difere suas diferenças (*différences*)...".

Lucas também havia diferido suas diferenças, porque se um soneto é em si mesmo uma relojoaria que só excepcionalmente consegue dar a hora exata da poesia, um *zippersonnet* exige, por um lado, o decurso temporal corrente, e por outro, a conta ao contrário, que lançarão respectivamente uma garrafa ao mar e um foguete ao espaço. Agora, com a biópsia operada por Haroldo de Campos em sua carta, podia-se ter uma ideia da máquina; agora se podia publicar o duplo *zipper* argentino-brasileiro sem cair no pedantismo. Animado, otimista, mishkinianamente idiota como sempre, Lucas começou a sonhar com outro *zipper sonnet* cuja dupla leitura fosse uma contradição recíproca e ao mesmo tempo a fundação de uma terceira leitura possível. Talvez consiga escrevê-lo; por enquanto o balanço é uma chuva de bolas de papel, copos vazios e cinzeiros cheios. Mas é de coisas assim que se alimenta a poesia, e um dia desses quem sabe alguém lhe diz, ou diz a um terceiro, que vai retomar essa esperança para novamente deleitar, contentar Violante.

Lucas, seus sonhos

Às vezes suspeita neles uma estratégia concêntrica de leopardos que se aproximassem paulatinamente de um centro, de uma besta trêmula e à espreita, a razão do sonho. Mas acorda antes que os leopardos cheguem a sua presa e só lhe resta o cheiro de selva e de fome e de unhas. Com isso, apenas, ele tem de imaginar a besta, e não é possível. Compreende que a caçada pode durar muitos outros sonhos, mas lhe escapa o motivo dessa sigilosa demora, dessa aproximação sem fim. O sonho não tem um propósito, e a besta não é esse propósito? Qual o sentido de esconder repetidamente seu possível nome: sexo, mãe, altura, incesto, gagueira, sodomia? Por quê, se o sonho é para isso, para finalmente lhe mostrar a besta? Mas não, então o sonho é para que os leopardos continuem sua espiral interminável e só lhe deixem um vislumbre de clareira na selva, uma forma acocorada, um cheiro se estancando. Sua ineficácia é um castigo, talvez uma antecipação do inferno; nunca saberá se a besta vai despedaçar os leopardos, se vai levantar rugindo as agulhas de tricô da tia que lhe fez aquela estranha carícia enquanto lhe lavava as coxas, uma tarde na casa de campo, lá pelos anos vinte.

Lucas, seus hospitais (II)

Uma vertigem, uma brusca irrealidade. É então que a outra, a ignorada, a dissimulada realidade pula como um sapo em plena cara, digamos em plena rua (mas que rua?), certa manhã de agosto em Marselha. Devagar, Lucas, vamos por partes, assim não dá para contar nada coerente. Claro que. *Coerente*. Bom, tudo bem, mas vamos tentar puxar o fio pela ponta do novelo, acontece que normalmente se entra nos hospitais como doente, mas também é possível chegar lá na qualidade de acompanhante, e foi isso que aconteceu com você há três dias, mais precisamente na madrugada de anteontem, quando uma ambulância trouxe Sandra e você com ela, você com a mão dela na sua, você vendo-a em coma e delirando, você com o tempo exato de meter numa bolsa quatro ou cinco coisas todas equivocadas ou inúteis, você só com a roupa do corpo, que é tão pouca em agosto na Provença, calça e camisa e alpargatas, você resolvendo em uma hora o hospital e a ambulância e Sandra se negando e médico com injeção de calmante, de repente os amigos de sua cidadezinha nas colinas ajudando o pessoal da maca a pôr Sandra na ambulância, vagos acertos para amanhã, telefones, votos de melhoras, a dupla porta branca se fechando cápsula ou cripta e Sandra na maca delirando suavemente e você aos solavancos em pé ao lado dela porque a ambulância tem de descer por um caminho de cascalho para chegar à estrada, meia-noite com Sandra e dois enfermeiros e uma luz que já é de hospital, tubos e frascos e cheiro de ambulância perdida em plena noite nas colinas até chegar à autopista, bufar como quem toma impulso e se mandar à toda com o duplo som de sua sirene, o mesmo som tantas vezes ouvido de fora de uma ambulância e sempre com o mesmo aperto no estômago, a mesma repulsa.

Claro que você conhecia o trajeto mas Marselha enorme e o hospital na periferia, duas noites sem dormir não ajudam a entender as curvas nem os acessos, a ambulância caixa branca sem janelas, só Sandra e os enfermeiros e você quase duas horas até uma entrada, papelada, assinaturas, cama, médico residente, cheque para a ambulância, gorjetas, tudo numa névoa quase agradável, um torpor amigo agora que Sandra dorme e você também vai dormir, a enfermeira trouxe uma poltrona extensível, que só de ver já preludia os sonhos que nela se terão, nem horizontais nem verticais, sonhos de trajetória oblíqua, de rins castigados, de pés pendurados no ar. Mas Sandra dorme e então está tudo bem, Lucas fuma outro cigarro e surpreendentemente a poltrona lhe parece quase confortável e já estamos na manhã de anteontem, quarto 303 com uma grande janela que dá para serras distantes e estacionamentos demasiado próximos onde operários de movimentos lentos se deslocam entre tubos e caminhões e lixos, o necessário para levantar o ânimo de Sandra e de Lucas.

Está tudo muito bem porque Sandra acorda aliviada e mais lúcida, brinca com Lucas e vêm os residentes e o professor e as enfermeiras e acontece tudo o que tem de acontecer num hospital de manhã, a esperança de sair dali logo para voltar às colinas e ao descanso, iogurte e água mineral, termômetro no bumbum, pressão arterial, mais papéis para assinar na admi-

284   *Lucas, seus hospitais (II)*

nistração e é aí que Lucas, que desceu para assinar esses papéis e se perde na volta e não encontra os corredores nem o elevador, parece ter a primeira e ainda fraca sensação de sapo em plena cara, não dura nada porque está tudo bem, Sandra não se moveu da cama e lhe pede que vá comprar cigarros (bom sinal) e telefonar para os amigos para que saibam como está tudo bem e como Sandra vai voltar rapidíssimo com Lucas para as colinas e para a calma, e Lucas diz que sim meu amor, como não, mesmo sabendo que esse lance de voltar rápido não vai ser nada rápido, procura o dinheiro que por sorte se lembrou de trazer, anota os telefones e então Sandra lhe diz que estão sem pasta de dentes (bom sinal) e sem toalhas porque nos hospitais franceses você tem de trazer sua toalha e seu sabonete e às vezes seus talheres, então Lucas faz uma lista de compras higiênicas e acrescenta uma muda de camisa para ele e outra cueca e para Sandra uma camisola e uma sandália porque naturalmente levaram Sandra descalça para a ambulância e quem é que vai lembrar de coisas assim à meia-noite quando já estão há dois dias sem dormir.

Dessa vez Lucas acerta na primeira tentativa o caminho até a saída, que não é tão difícil, elevador para o térreo, uma passagem provisória de chapas de compensado e chão de terra (estão modernizando o hospital e é preciso seguir as setas que marcam os corredores embora às vezes não as marquem ou marquem de duas maneiras), depois uma passagem compridíssima mas esta de verdade, digamos a passagem titular com infinitas salas e escritórios a cada lado, consultórios e radiologia, macas com maqueiros e doentes ou só maqueiros ou só doentes, uma curva à esquerda e outra passagem com tudo que já foi descrito e muito mais, um corredor estreito que dá num cruzamento e por fim o corredor final que conduz à saída. São dez horas da manhã e Lucas meio sonâmbulo pergunta para a senhora de Informações onde conseguir os artigos da lista e a senhora lhe diz que ele tem de sair do hospital pela direita ou pela esquerda, tanto faz, no fim chega-se aos centros comerciais e claro, nada fica muito perto porque o hospital é enorme e funciona num bairro excêntrico, qualificação que Lucas acharia perfeita se não estivesse tão sonado, tão atordoado, tão atarantado, tão ainda no outro contexto lá das colinas, de maneira que lá vai Lucas com seus chinelos e sua camisa amarrotada pelos dedos da noite na poltrona de suposto repouso, pega o rumo errado e acaba em outra ala do hospital, retorna pelas ruas internas e finalmente dá com a porta de saída, até aí tudo bem, mesmo que de quando em quando um pouco o sapo em plena cara, mas ele se agarra ao fio mental que o une a Sandra lá em cima naquela ala já invisível e lhe faz bem pensar que Sandra está um pouco melhor, que vai levar uma camisola para ela (se encontrar) e pasta de dentes e sandália. Rua abaixo seguindo o muro cascalhoso do hospital que lembra o de um cemitério, um calor que espantou todo mundo, *não há ninguém*, só os carros tirando uma fina dele ao passar porque a rua é estreita, sem árvores nem sombra, a hora zenital tão louvada pelo poeta e que esmaga Lucas um pouco desanimado e perdido, esperando ver por fim um supermercado ou pelo menos dois ou três bazares, mas nada, mais de meio quilômetro para no fim depois de uma guinada descobrir que Mamon não morreu, posto de gasolina o que já é alguma coisa, loja (fechada) e mais abaixo o supermercado com velhas carregadas de cestas saindo e entrando e carrinhos e estacionamentos cheios de carros. Ali Lucas divaga pelas diferentes seções, encontra sabonete e pasta de dentes mas falta todo o resto, não pode voltar sem a toalha e a camisola de Sandra, pergunta à moça do caixa que o aconselha a pegar a direita e depois a esquerda (não é exatamente a esquerda, mas quase) e a avenida Michelet onde há um grande supermercado com toalhas e coisas do gênero. Tudo parece um pesadelo porque Lucas está caindo de cansaço e faz um calor terrível e não é uma área de táxis e cada nova indicação o afasta mais e mais do hospital. Venceremos, diz Lucas enxugando o rosto, é verdade que tudo é um pesadelo, Sandra minha ursinha, mas venceremos, você vai ver, vai ter sua toalha e a camisola e a sandália, puta que os pariu.

Duas ou três vezes ele para e enxuga o rosto, esse suor não é natural, parece quase medo, um absurdo desamparo no meio (ou no final) de uma populosa urbe, a segunda da França, é como um sapo caindo de repente entre seus olhos, já não sabe onde está realmente (está em Marselha, mas onde, e esse *onde* tampouco é o lugar onde ele está), tudo soa ridículo e absurdo e meio-dia em ponto, então uma senhora lhe diz ah, o supermercado, vá por ali, depois vire à direita e vai dar no bulevar, em frente está Le Corbusier e depois o supermercado, claro que sim, camisolas com certeza, a minha por exemplo, de nada, lembre primeiro por ali e depois vire.

Seus chinelos estão ardendo, a calça toda grudenta, sem falar da cueca, que parece ter se tornado subcutânea, primeiro vá por ali e depois vire e, de golpe, a Cité Radieuse, de golpe e contragolpe está diante de um bulevar arborizado e ali em frente o célebre edifício Le Corbusier que vinte anos antes ele visitou entre duas etapas de uma viagem pelo sul, só que na época não havia nenhum supermercado atrás do edifício radiante e atrás de Lucas não havia vinte anos a mais. Mas nada disso importa de verdade, porque o edifício radiante está tão estropiado e tão pouco radiante como na primeira vez que o viu. Não é isso que importa agora que está passando sob o ventre do imenso animal de concreto para se aproximar das camisolas e das toalhas. Não é isso, mas de qualquer modo é assim que acontece, justo no

Lucas, seus hospitais (II)

único lugar que Lucas conhece nessa periferia marselhesa onde sem saber como, espécie de paraquedista lançado às duas da manhã num território desconhecido, num hospital labirinto, num avanço sem fim ao longo de instruções e de ruas vazias de homens, pedestre solitário entre automóveis feito bólidos indiferentes, e lá debaixo do ventre e das patas de concreto da única coisa que conhece e reconhece no desconhecido, é ali que o sapo lhe cai de verdade em plena cara, uma vertigem, uma brusca irrealidade, e é aí que a outra, a ignorada, a dissimulada realidade se abre por um segundo como um corte no magma que o circunda, Lucas vê dói treme cheira a verdade, estar perdido e suando longe dos pilares, dos apoios, do conhecido, do familiar, da casa nas colinas, das coisas na cozinha, das rotinas deliciosas, longe até de Sandra que está tão perto mas onde porque agora ele terá de perguntar novamente para voltar, jamais vai encontrar um táxi nessa região hostil e Sandra não é Sandra, é um animalzinho dolorido numa cama de hospital mas sim, exatamente, essa é Sandra, esse suor e essa angústia são o suor e a angústia, Sandra é isso ali perto da incerteza e dos vômitos, e a realidade última, o corte na mentira é estar perdido em Marselha com Sandra doente e não a felicidade com Sandra na casa das colinas.

Claro que essa realidade não vai durar, felizmente, claro que Lucas e Sandra vão sair do hospital, que Lucas vai esquecer esse momento em que sozinho e perdido se vê no absurdo de não estar nem sozinho nem perdido e no entanto, e no entanto. Pensa vagamente (sente-se melhor, começa a zombar dessas puerilidades) num conto lido há séculos, a história de uma falsa banda de música num cinema de Buenos Aires. Deve haver algo parecido entre o sujeito que imaginou esse conto e ele, vá saber o quê, em todo caso Lucas dá de ombros (verdade, ele faz isso) e acaba encontrando a camisola e a sandália, pena que não tem alpargatas para ele, coisa insólita e até escandalosa justo no meio-dia de uma cidade do Midi.

Lucas, seus pianistas

Longa é a lista como é longo o teclado, brancas e pretas, marfim e mogno; vida de tons e semitons, de pedais fortes e surdinas. Como o gato sobre o teclado, delícia piegas dos anos trinta, a lembrança pressiona um pouco ao acaso e a música salta daqui e dali, ontens remotos e hojes desta manhã (tão verdadeiro isso, porque Lucas escreve enquanto um pianista toca para ele num disco que chia e borbulha como se tivesse dificuldade em vencer quarenta anos, em saltar no ar ainda não nascido o dia em que gravou *Blues in Thirds*).

Longa é a lista, Jelly Roll Morton e Wilhelm Backhaus, Monique Haas e Arthur Rubinstein, Bud Powell e Dinu Lipati. As mãos enormes de Alexander Brailovsky, as pequeninas de Clara Haskil, aquele jeito de Margarita Fernández escutar a si mesma, a esplêndida irrupção de Friedrich Gulda nos hábitos portenhos dos quarenta, Walter Gieseking, Georges Arvanitas, o desconhecido pianista de um bar de Kampala, don Sebastián Piana e suas milongas, Maurizio Pollini e Marian MacPartland, entre esquecimentos imperdoáveis e razões para encerrar uma nomenclatura que acabaria em cansaço, Schnabel, Ingrid Haebler, as noites de Solomon, o bar de Ronnie Scott em Londres onde alguém que voltava para o piano quase entornou um copo de cerveja no cabelo da mulher de Lucas, e esse alguém era Thelonious, Thelonious Sphere, Thelonious Sphere Monk.

Na hora de sua morte, se tiver tempo e lucidez, Lucas pedirá para ouvir duas coisas, o último quinteto de Mozart e certo solo de piano sobre o tema de "I Ain't Got Nobody". Caso sinta que não vai dar tempo, pedirá apenas o disco de piano. Longa é a lista, mas ele já escolheu. Do fundo do tempo, Earl Hines o acompanhará.

Lucas, suas longas caminhadas

T odo mundo sabe que a Terra está separada dos outros astros por uma quantidade variável de anos-luz. O que poucos sabem (na verdade, só eu) é que Margarita está separada de mim por uma quantidade considerável de anos-caracol.

A princípio pensei que se tratasse de anos-tartaruga, mas tive de abandonar essa unidade de medida demasiado favorável. Por menos que uma tartaruga caminhe, eu acabaria chegando em Margarita, já Osvaldo, meu caracol preferido, não me dá a menor esperança. Sabe-se lá quando iniciou a caminhada que o foi distanciando imperceptivelmente de meu sapato esquerdo, depois que o orientei com extrema precisão para o rumo que o levaria até Margarita. Repleto de alface fresca, cuidado e mimado amorosamente, seu primeiro avanço foi promissor, e pensei, esperançoso, que antes que o pinheiro do pátio ultrapassasse a altura do telhado, os chifres prateados de Osvaldo entrariam no campo visual de Margarita levando minha simpática mensagem; nesse meio-tempo, eu podia ser feliz daqui imaginando sua alegria ao vê-lo chegar, a agitação de suas tranças e de seus braços.

Talvez os anos-luz sejam todos iguais, mas não os anos-caracol, e Osvaldo deixou de merecer minha confiança. Não que ele pare, pois pude verificar por seu rastro argentado que ele prossegue em sua marcha e se mantém no rumo certo, ainda que para ele isso signifique subir e descer incontáveis paredes ou atravessar integralmente uma fábrica de cabelos de anjo. Mas não é fácil comprovar essa meritória exatidão, e já fui detido duas vezes por guardas enfurecidos a quem tive de contar as piores mentiras, já que a verdade teria me valido uma chuva de socos. O triste é que Margarita, sentada em sua poltrona de veludo cor-de-rosa, está à minha espera lá do outro lado da cidade. Se em vez de Osvaldo eu tivesse lançado mão dos anos-luz, já teríamos netos; mas quando se ama longa e docemente, quando se quer chegar no final de uma paulatina esperança, é mais lógico escolher os anos-caracol. É difícil demais decidir, no fim das contas, quais são as vantagens e quais os inconvenientes dessas opções.

Completamos esta
edição de *Um tal Lucas*
com os onze textos que
aparecem na sequência,
publicados no volume
Papeles inesperados
(Alfaguara, 2009). (N. E.)

Um tal lucas (inesperado)

Hospital Blues

A VISITA DOS TÁRTAROS

São como corvos, a gente não consegue nem se internar tranquilo num hospital porque três horas depois lá estão eles perguntando se pode ser, se não estão incomodando, em duas palavras, instalando-se por um bom tempo. Eles vêm juntos, claro, porque Calac sem Polanco é como Polanco sem Calac, e me trazem o jornal da tarde com o ar de quem fez um grande sacrifício.

— É claro que não deve ser contagioso — diz Polanco, dando a impressão de achar exatamente o contrário. — Melhor não te dar a mão, porque a gente vem do âmbito ecológico com germes nocivos de todo tipo, e é preciso pensar na sua situação.

— Mas fumar é conveniente — diz Calac, sentando-se na melhor cadeira —, isso enfraquece o micróbio.

Sou grato a eles, claro, mas estou com febre (de Malta, parece) e cruzo os dedos para que vão embora quanto antes.

— Está com cãibra nas mãos? — diz Calac. — Pode ser um sintoma útil pro doutor.

Descruzo os dedos e vejo meu maço de cigarros entrar num ciclo de diminuição acelerada.

— O hospital tem suas vantagens — afirma Polanco —, você relaxa das tensões da vida, e essas fofinhas que circulam pelo corredor cuidam de você e te dizem que está tudo bem, o que outros não se animariam a dizer, porque numa dessas, vá saber.

— No seu caso, não tem problema — diz Calac, olhando duro para Polanco. — Já fizeram o diagnóstico?

— Mais ou menos — digo. — Parece que tenho um vírus que anda por toda parte, razão pela qual (sublinhado) muita tranquilidade, silêncio (sublinhadíssimo), repouso, sono e ar puro.

— Pra tudo isso não há nada melhor que os amigos — diz Polanco —, levantam seu ânimo e refrescam sua alma, uma vez um cachorro me mordeu e, por via das dúvidas, fiquei dez dias no Instituto Pasteur, e olhe só, o ambiente de lá era tão favorável que a turma do Café Toscano vinha me ver, um dia até trouxeram um violão.

— E permitiam isso? — murmuro, horrorizado.

— No começo sim, mas depois o chefe da ala apareceu e disse que era da opinião que eles também deviam fazer o tratamento antirrábico, e com isso a frequência caiu bastante. As pessoas não entendem a *joie de vivre*, sabe como é.

— Dá pra ver que aqui é diferente — admite Calac —, há mais cultura, veja este lavatório e a prateleirinha debaixo do espelho. São detalhes, mas expressam uma visão de mundo.

"Deve ser a febre", penso.

— E como está indo com as enfermeiras, quer dizer, as nurses? — diz Polanco.

— Nádega demais — respondo —, pois até agora essa é justamente a única parte minha que elas colonizaram pra me crivar de antibióticos.

— Minha mãe do céu — diz Polanco. — Mas você não sabia que os antibióticos são a pior ilusão da nossa época? Você vai ficar sem flora intestinal e sem glóbulos vermelhos, vai se desidratar, arrisca ter descalcificação molar, o ouvido se ressente, há transtornos vegetativos, o metabolismo falha, e no fim...

— O que você achou da goleada do Racing? — diz Calac, rápido, enquanto Polanco esfrega o tornozelo onde evidentemente acabam de lhe desferir um pontapé como prólogo à mudança de assunto.

— Não pude ver o jogo — digo —, TV e rádio são proibidos aqui.

— Nesse caso — diz Calac, me olhando inquieto —, imagino que você passe o tempo escrevendo.

— Sim.

— Ah. Então é melhor a gente ir embora.

— Não seja por isso... — apoia Polanco, já na porta.

— Fiquem mais um pouco — minto, como um vendedor de tapetes.

— É melhor você descansar — dizem os tártaros ao mesmo tempo, e até fecham a porta ao desaparecer. Levo um tempo para superar a estupefação de uma saída de cena dessas, e então entendo. A ideia de saberem que estou escrevendo alguma coisa os deixa fora de si, obriga-os a tomar distância, até que vão perdendo pouco a pouco o medo e recuperam a desenvoltura que, entre outras coisas, os ajudou a ir embora com meus únicos cigarros. Fico triste no crepúsculo do hospital. Afinal, por que eles ficam tão inquietos? Nunca os tratei mal, que eu saiba. Ao contrário, tem muita gente que os estima e se diverte com eles por meu intermédio. Por acaso eu os mostrei, ainda agora, sob uma luz desfavorável? Voltem, tchê, tragam jornal e cigarros. Voltem um dia desses, eu estarei melhor e podemos ficar de papo até a enfermeira expulsá-los. Voltem, rapazes.

LONGAS HORAS DIFERENTES

Se a gente é obrigado a não sair da cama, um quarto de hospital se transforma numa cabine estratosférica: tudo ali responde a um ritmo que pouco tem a ver com o ritmo cotidiano da cidade lá fora, ali do lado. A ordem em que se está é outra, entra-se em outros ciclos, como um astronauta que continuasse vendo as árvores além da janela, a passagem das nuvens, o guindaste alaranjado que vai e vem transportando cimento e tijolos.

Aqui o tempo se contrai e se dilata de uma forma que não tem nada a ver com aquele outro tempo em que ouço os carros passando pela rua do hospital. Na hora em que meus amigos dormem profundamente, a luz de meu quarto se acende e a primeira enfermeira do dia vem tomar meu pulso e medir minha temperatura. Lá do outro lado eu jamais tomei café da manhã tão cedo, e no começo eu adormecia sobre minha modesta cota de pão sem sal e minha xícara de chá; o homem de fora luta com o de dentro, seu corpo não entende essa mutação.

Por isso eu durmo de novo depois do café, enquanto do outro lado as pessoas se levantam, tomam seu café e vão trabalhar; já estamos em plena diferença, que irá se acentuar conforme o dia avança. Aqui, por exemplo, há uma saturação máxima de atividades entre as dez e o meio-dia, que, comparativamente, supera a do outro lado; as enfermeiras preparam o paciente para a visita dos médicos, temos de levantar para que arrumem nossa cama, a água e o sabonete invadem o chão, o médico-chefe chega com seu séquito de residentes e estudantes, discute-se e se diagnostica, põe-se a língua para fora e se mostra a barriga, diz-se trinta e três e se fazem perguntas ansiosas respondidas por sorrisos graduados. Essa convulsiva acumulação de atividades mal terminou e já chega o almoço, exatamente na hora em que meus amigos esticam as pernas e tomam um cafezinho falando de amenidades. E quando eles saírem para almoçar e os restaurantes se encherem de vozes, guardanapos e pucheros à espanhola, aqui já se terá passado ao grande silêncio, ao silêncio um pouco pavoroso da longa tarde que se inicia.

Da uma às seis não acontece nada, e para os insones ou os que não gostam de ler o tempo vira uma espécie de disco de quarenta e cinco rotações tocado a dezesseis, uma lenta borracha escorregadia. Até mesmo as visitas, via de regra muito breves, não conseguem anular esse deserto de tempo, que sentiremos ainda mais quando tiverem ido embora. Enquanto isso o mundo lá de fora alcança nessas horas seu paroxismo de trabalho, de tráfego, os ministros celebram encontros essenciais, o dólar sobe ou desce, as grandes lojas não dão conta do movimento, o céu concentra sua quantidade máxima de aviões, enquanto aqui no hospital enchemos lentamente um copo d'água e o bebemos fazendo com que dure, acendemos um cigarro como um ritual que possa inscrever um conteúdo mínimo, precioso, nesse silêncio dos corredores, nessa duração interminável. Então virá o jantar entre as cinco e meia e as seis, e quando as pessoas de fora, por sua vez, se prepararem para jantar, nós já estaremos dormindo, irremediavelmente apartados do que era nossa remotíssima vida de uma semana atrás.

Imagino que as prisões e os quartéis também respondam a ritmos diferentes do grande ritmo. Às nove da noite o prisioneiro e o soldado devem pensar, como nós, que naquele instante se levantam as cortinas dos teatros e as pessoas entram nos cinemas e restaurantes. Por motivos diferentes, mas análogos, a cidade nos deixa à margem, e isso, de forma mais ou menos clara, é doloroso. Talvez essa dor faça com que alguns de nós demoremos a melhorar, que outros voltem à delinquência, e que outros descubram pouco a pouco um prazer na ideia de matar.

OBSERVAÇÕES INQUIETANTES
A ciência médica faz maravilhas nos hospitais, e está próximo o dia em que terá derrotado definitivamente os variados germes, micróbios e vírus que nos obrigam a nos asilar em suas brancas salas protetoras. A única coisa que a ciência jamais conseguirá vencer são as migalhas de pão.

Eu as chamo de migalhas porque gosto da palavra, mas na verdade as perigosas são as crostinhas ou casquinhas, aquilo que todo pão bem-nascido dissemina em torno de si assim que o pegamos com fins de deglutição. Sem que a gente perceba, parece haver silenciosas explosões na superfície do pão, e quando pensamos que já o comemos acontece de as migalhas terem saltado para os locais menos previsíveis, e lá estão, invencíveis e sigilosas, prontas para o pior.

A gente exaure a imaginação tentando averiguar o que está acontecendo. Depois de almoçar na cama, bem sentado, com as colchas e os lençóis perfeitamente esticados, a bandeja sobre os joelhos como uma proteção suplementar, como é possível que nesse instante em que suspiramos satisfeitos e nos dispomos a acender um cigarro, uma migalha se incruste dolorosamente bem ali onde as costas mudam de nome? Incrédulos, pensamos que é uma reação alérgica, um inseto capaz de burlar a higiene do hospital, qualquer coisa menos uma migalha; mas quando levantamos os lençóis e a região martirizada, toda dúvida se desvanece: a migalha está lá, convicta e confessa, a menos que tenha grudado com todos os seus dentes em nossa pele mais sensível e tenhamos de arrancá-la com as unhas.

294   *Hospital Blues*

Fiz o teste: depois de me levantar indignado, estendi a cama em todo o seu comprimento e procedi a uma minuciosa sucessão de sacudidas e sopros até ter certeza de que o lençol ficou tão impoluto quanto uma banquisa polar. Novamente deitado, chega o agradável momento de abrir o romance que estou lendo e acender o cigarro, que combina tão bem com o crepúsculo. Transcorre um momento de perfeita paz, o hospital começa a dormir como um grande dragão bondoso; então, em plena panturrilha, uma fisgada pequenina, mas não menos devastadora. Pulo da cama com raiva e olho; olho sem necessidade, pois já sei que está ali, microscópica e perversa. Sempre estarão ali, apesar de Pasteur, do dr. Fleming e dos potentes aspiradores que engolem tudo; tudo, claro, menos ela. Ah, se pudéssemos dizer: o pão nosso de cada dia nos dai hoje, mas ficai com as migalhas!

OS DIÁLOGOS IMPOSSÍVEIS

O professor chega às onze com seu séquito de residentes, enfermeiras, estudantes e pessoal do laboratório. Amável e distante, ele entra, pergunta como estou me sentindo, e em vez de escutar minha resposta (ele a escuta, claro, mas sem acusar recebimento) toma meu pulso e olha minha língua. Munido de um profuso prontuário, o residente lhe expõe o resultado dos interrogatórios e dos exames prévios, e o professor até dá uma olhada de esguelha para meu diagrama de temperatura, que me parece abominavelmente semelhante a um desses raios que, depois de fulminar em zigue-zague dezoito eucaliptos, terminam sob as saias de uma inocente pastora e liquidam de passagem todo o rebanho de ovelhas.

O que geralmente acontece é que o professor me faz uma pergunta e no meio da resposta troca uns olhares codificados com o residente, e aí ambos murmuram coisas como brucelose, coagulação acelerada, dosagem de colesterol e outros termos poucas vezes inseridos numa frase compreensível para um leigo. É nesse momento que eu teria muitas coisas a dizer ao professor, coisas que sinto, coisas que acontecem comigo, por exemplo, a diferença entre meu mundo onírico dos tempos de saúde e a espantosa descarga de pesadelos que há um mês se abatem sobre mim. Consigo mencionar um ou outro sintoma que me parece mais significativo; ele ouve com amabilidade, mas em vez de ir por esse caminho, de repente toma umas bifurcações como: "Quer dizer que o senhor começou a se sentir mal na Turquia?". Todo mundo sabe disso no hospital, menos ele, embora ele de fato também saiba, mas de repente a única coisa que ele parece ter interesse em averiguar é se Bodrum é um porto bonito, e até onde viajei com meus amigos antes de voltar para a França. Conta-me que só conhece as ilhas gregas, e entra em detalhes sobre Delos e Mitilene, enquanto o séquito guarda um silêncio respeitoso e o doente se pergunta se a medicina não estará voltando pouco a pouco à magia da qual saiu. Talvez seja simplesmente isto: responder acertadamente a determinada pergunta, por mais absurda que pareça, ou, ao contrário, acertar com uma pergunta que fulmine instantaneamente todos os micróbios em vários metros ao redor.

Ai, quem dera fosse assim; a realidade é mais prosaica e mais triste: simplesmente não há contato entre duas realidades, a realidade de um médico e a de um doente num hospital, que se tocam apenas tangencialmente e uns poucos minutos por dia. Se o doente é ingênuo e inocente, verá no médico o taumaturgo e provavelmente irá se curar pela soma de fé e antibióticos. Mas se o diálogo travado é entre o médico e um doente do mesmo calibre intelectual, este último sentirá quase de imediato a impossibilidade de dizer ao médico o que seria preciso dizer, o que explicaria as razões de tantas coisas que, ditas sem essas razões, se tornam absurdas ou anódinas. A medicina psicossomática de nossos dias leva seu tempo e permite mergulhar no passado de uma patologia; mas esse tempo não existe em torno de uma cama de hospital, no ritmo de trabalho de um professor que vai de doente em doente como o presidente da nação quando cumprimenta os vencedores do campeonato de futebol e se detém um segundo diante de cada um para lhe fazer uma pergunta e dar-lhe um aperto de mão. Então só o que resta é ser razoável e responder no mesmo estilo: "Sim, doutor, as praias turcas são muito bonitas. Sim, excelência, foi uma partida difícil, mas veja que no fim lhes metemos uma senhora goleada".

EPÍLOGO A CARGO DE MEU AMIGO LUCAS
E UMA CLÍNICA DE LUXO[*]

Como a clínica onde meu amigo Lucas se internou é uma clínica cinco estrelas, os-doentes-sempre-têm-razão, e dizer não quando eles pedem coisas absurdas é um problema sério para as enfermeiras, uma mais fofa que a outra, e quase sempre dizendo sim, pelos motivos precedentes.

Não é possível, naturalmente, atender ao pedido do gordo do quarto 12, que em plena cirrose hepática pede a cada três horas uma garrafa de gim, mas em compensação com que prazer, com que satisfação as meninas dizem sim, como não, claro, quando Lucas, que foi para o corredor enquanto arejavam seu quarto e descobriu um buquê de margaridas na sala de espera, pede quase tímido que o deixem levar uma margarida para seu quarto a fim de alegrar o ambiente.

Depois de pousar a flor na mesinha de cabeceira, Lucas toca a campai-

---

[*] Publicado como "Lucas, seus hospitais (I)" em *Um tal Lucas*.

nha e pede um copo com água para dar a sua margarida uma postura mais adequada. Assim que trazem o copo e instalam a flor, Lucas observa que a mesinha de cabeceira está abarrotada de frascos, revistas, cigarros e cartões-postais, de modo que talvez pudesse ser instalada outra mesinha ao pé da cama, localização que lhe permitiria desfrutar da presença da margarida sem ter de deslocar o pescoço para distingui-la entre os diferentes objetos que proliferam na mesinha de cabeceira.

A enfermeira logo traz o solicitado e põe o copo com a margarida no ângulo visual mais favorável, o que Lucas agradece, fazendo-a notar, de passagem, que como muitos amigos vêm visitá-lo e as cadeiras são muito poucas, nada melhor que aproveitar a presença da mesa para acrescentar duas ou três poltroninhas confortáveis e criar um ambiente mais propício à conversação.

Assim que as enfermeiras aparecem com as poltronas, Lucas lhes diz que se sente imensamente grato aos amigos que lhe fazem tanta companhia nesse momento complicado, motivo pelo qual a mesa serviria perfeitamente, depois da colocação de uma toalhinha, para apoiar duas ou três garrafas de uísque e meia dúzia de copos, se possível daqueles de cristal bisotado, sem contar uma térmica com gelo e umas garrafas de soda.

As meninas se dispersam em busca desses utensílios e os dispõem artisticamente sobre a mesa, ocasião em que Lucas se permite assinalar que a presença de copos e garrafas desvirtua consideravelmente a eficácia estética da margarida, bastante perdida no conjunto, mas que a solução é muito simples, pois o que de fato está faltando nesse quarto é um armário para acomodar a roupa e os sapatos, toscamente amontoados num móvel no corredor, e então bastará pôr o copo com a margarida no alto do armário para que a flor domine o ambiente e lhe dê esse encanto um pouco secreto que é a chave de toda boa convalescença.

Atribuladas com os acontecimentos mas fiéis às normas da clínica, as meninas empurram com dificuldade um armário enorme sobre o qual acaba de se pousar a margarida, como um olho ligeiramente estupefato mas repleto de dourada benevolência. As enfermeiras sobem no armário para acrescentar um pouco de água fresca ao copo, e então Lucas fecha os olhos e diz que agora tudo está perfeito e que vai tentar dormir um pouco. Assim que elas fecham a porta ele se levanta, tira a margarida do copo e a joga pela janela, pois não é uma flor que lhe agrade particularmente.

Lucas, as cartas que recebe

Rufino Bustos
Escrivão público

Ilustríssimo senhor:
Tenho a honra de comunicar-lhe que, tendo vencido o prazo para o pagamento do aluguel do apartamento ocupado pelo senhor, e não obstante os sete avisos sucessivos que ficaram sem resposta de sua parte, cabe-me a obrigação de intimar o pagamento do supracitado aluguel mais a multa de 5% fixada por lei, sendo o prazo final a quinta-feira do dia 16 de março de 1977. Em caso de não comparecimento ou comunicação epistolar, ser-me-á necessário apelar para o procedimento de despejo judicial, com as custas a seu encargo.

Atenciosamente,
Rufino Bustos

P.S.: Ontem à noite me cresceu outro dedo em cada pé.

Lucas, suas descobertas ao azar[*]

Hélène Cixous me ensina que *azar* vem de *az-zahr*, dado ou jogo de dados em árabe (século XII). Assim, *Un coup de dés jamais ne abolira le hasard* regressa a si mesmo, os dados não abolirão os dados, o azar nada pode contra o acaso

o acaso é mais forte que si mesmo,

hasarder, ou seja, ousar (por que não, então, *hazar*?): o acaso se torna ativo, move a si mesmo com sua própria e terrível força,

não pode ser impedido, impele-se, *hazar* é ousar por si mesmo e a partir de si mesmo, sem poder se abolir, e como *toute pensée emet un coup de dés*, todo pensar haza, impele o pensado inabolivelmente, fênix.

---

[*] Publicado como "Descubrimientos azarosos" em *Unomásuno*, México, 11 de abril de 1981.

Resumo provisório da dinâmica humana: sou, logo hazo,
e hazo porque sou,
e só sou hazando.

Lucas, suas erratas*

Os textos escritos por Lucas sempre foram esplêndidos, obviamente, por isso desde o começo o apavoraram as erratas que neles se sigilosavam não apenas para macular uma efusão transparente mas também para mudar, na maioria das vezes, seu sentido, de maneira que os motetes de Palestrina se metamorfoseavam em matetes da Palestina e assim por diante.

O horror de Lucas foi motivo de insônia para mais de quatro revisores de provas, sem falar dos palavrões de muitos linotipistas abnegados a quem chegavam originais cheios de *cuidado aqui, atenção, attenti al piatto, aqui onde se diz porra leia-se porra, caralho*, observações neuróticas que às vezes são como um livro paralelo, em geral mais interessante que o contratado por um editor à beira da hidrofobia.

Tudo é inútil (pensamento que Lucas pensou seriamente em transformar no título de um livro) porque as erratas, como se sabe, têm vida própria, e é justamente essa idiossincrasia que levou Lucas a estudá-las de lupa em punho e a se perguntar, numa noite de iluminação, se o mistério de sua sigilosância não consistiria nisso, em não serem palavras como as outras, mas algo que invade certas palavras, um vírus da língua, a CIA do idioma, a transnacional da semântica. Daí à verdade só havia um sapo (um passo) e Lucas riscou sapo porque aquilo não era, de maneira nenhuma, um sapo, e sim uma coisa ainda mais sinistra. Em primeiro lugar, era um equívoco se engalfinhar com as pobres palavras atacadas pelo vírus e, de passagem, contra o nobre tipógrafo que se rendia ao contágio. Como ninguém percebeu que o inimigo, como um cavalo de Troia, morava na própria cidadela do idioma, e que sua guarida era a palavra que, numa brilhante aplicação das teorias do *chevalier* Dupin, passeava sob a vista e a paciência de suas vítimas contextuais? A ficha de Lucas caiu quando ele olhou mais uma vez (porque tinha acabado de escrevê-la com um rancor indizível) a palavra *errata*. De repente ele viu pelo menos duas coisas, e

---

* *Point of Contact*, Nova York, vol. IV, n. 1, outono-inverno de 1994.

olhe que estava cegoderaiva. Viu que na palavra havia uma rata, que a errata era a rata da língua, e que sua manobra mais genial consistia precisamente em ser a primeira errata a partir da qual podia sair em atitude de aberta depredação sem que ninguém notasse. A segunda coisa era a prova de um mecanismo duplo de defesa, e ao mesmo tempo de uma necessidade de confissão dissimulada (outra vez Poe); o que se poderia ler ali era *ergo rata*, conclusão cartesiana + estruturalista de uma intuição profunda: *Escrevo, ergo rata*. Nota dez.

— Taradas — disse Lucas, em síntese brilhante. Daí à ação não havia mais que um sapo. Se erratas eram palavras invadidas por ratas, gruyères disformes onde o roedor passeia impune, só cabia o ataque como melhor defesa, e isso antes de mais nada no manuscrito original onde o inimigo encontrava suas primeiras vitaminas, os aminoácidos, o magnésio e o feldspato necessários para seu metabolismo. Munido de um frasco de DDT, nosso Lucas polvilhou as páginas recém-tiradas da Smith-Corona elétrica, pondo montinhos de pó letal sobre cada pisada de bola (de rata, agora se descobria que o velho lugar-comum era mais uma prova da presença onímoda do adversário).

Como Lucas é um ás, no (essa vírgula pode ser outra errata) cometimento de equívocos na máquina, não lhe sobrou grande coisa do pó, mas em compensação ele pôde desfrutar do vistoso espetáculo de uma mesa recoberta de páginas, sobre as quais havia um monte de vulcõezinhos amarelos que ele deixou ali a noite toda por garantia. De manhã esses vulcõezinhos estavam idênticos, e seu único resultado parecia ser uma pobre traça morta em cima da palavra *elegia*, que se situava entre três vulcõezinhos bem topetudos. Quanto às erratas, nada a fazer: cada uma em seu lugar, e um lagar para cada uma.

Espirrando de raiva e de DDT, nosso Lucas foi até a casa do mané Pedotti, que era uma luz para o artesanato, e lhe encomendou cinquenta armadilhas em miniatura, que o mané fabricou com a ajuda de um joalheiro japonês e que custaram os olhos da cara. Assim que as apanhou, mais ou menos oito meses mais tarde, Lucas pôs suas últimas páginas na mesa e com a ajuda de uma lupa e de uma pinça de sobrancelhas cortou microfatias de queijo tandil e montou as armadilhas ao lado de cada errata. Pode-se dizer que naquela noite ele não dormiu, em parte pelo estado de nervos e também porque passou a noite dançando com uma garota da Martinica num arrasta-pé suburbano, a fim de desanuviar o ambiente caseiro para que o silêncio e as trevas se tornassem coadjuvantes na tarefa lustral. Às nove, depois de agasalhar bem a garota porque ela era propensa a resfriados, voltou para casa e encontrou as cinquenta armadilhas tão abertas como no começo, exceto uma, que tinha se fechado assim do nada.

Desde esse dia Lucas avança numa teoria segundo a qual as ratas não moram nem comem nas erratas, mas se alojam do lado daquele que escreve ou compõe, a partir do qual executam saídas e retiradas fulminantes, o que permite que escolham os melhores bocados, reduzam a pó as pobres palavras preferidas e voltem num pé lá, noutro cá a seu local de origem. Nesse caso, cabe se perguntar se moram nos dez dedos, nos olhos ou, o que é pior, na massa cinzenta do escriba. Claro que essa teoria, por mais alucinante que pareça, deixa Lucas perfeitamente frio, pois ele tem a impressão de que outros já a enunciaram, mudando só o vocabulário, complexos, Édipo, castração, Jung, ato fajuto etc. Anda, vai pôr DDT nessas coisas, depois você me conta.

Lucas, suas experiências cabalísticas*

I sso tudo lhe vem de um amigo que a cada dez palavras se detém bruscamente e fica examinando o que Lucas disse e começa a virar as palavras e as frases como se fossem luvas, atividade repugnante para Lucas, mas fazer o quê, se de repente o outro começa a lhe tirar coisas como coelhos da cartola. Se não é um anagrama é um palíndromo ou uma rima interna ou um duplo sentido, afinal Lucas nem bem diz um bom-dia e lá está o outro se espraiando, e quando a gente percebe é um e o vento levou em três tomos, melhor ficar quieto e deixar, mais um cafezinho e coisas do gênero.

O sujeito não perde uma, e conta a Lucas que para ele as palavras não passam de um começo, da faceta de um poliedro vertiginoso, e se Lucas tenta detê-lo com um dos sorrisos sardônicos que sempre lhe valeram o horror dos interlocutores do Café Rubí, seu amigo se vira e diz olhe, o que é que eu posso fazer contra esses biombos que parecem tão pequenos aí na sala, você está olhando para o biombo com seu desenho de arrozais e um camponês montado num búfalo, pensa que os biombos são como as pálpebras das casas, essas imagens vistosas, e nisso a sra. de Cinamomo se aproxima dele e o desdobra uma vez e duas vezes e depois três vezes, e o biombo se engrandece e os arrozais se apequenam porque agora há um rio, como é que você ia imaginar que nesse biombo havia um rio e de repente uma cidade com pessoas indo e vindo, casinhas com gente tomando chá e gueixas como borboletas, a menos que sejam borboletas de quimono. Isso

---

* *Point of Contact*, Nova York, vol. IV, n. 1, outono-inverno de 1994.

sempre me aconteceu em relação às palavras, desde que eu era um garoto piá guri menino criança (chega, interfere Lucas, já entendi que você está falando da infância), mas isso não é nada, meu chapa, as letras já me tiravam do sério, as siglas ou as iniciais, era só eu olhar para elas e boing, do outro lado, supersonicamente, coisas e coisas e mais coisas enquanto minha tia me beliscava e, porra, como eu lembro bem dela falando: Mas este guri deve ser idiota, no meio da palavra fica aí que nem um tonto, tomando alhos por bugalhos. Minhas iniciais, olhessa, um dia eu as escrevi no caderno de aritmética porque a professora queria ordem e progresso nas lições, e quando eu vejo J. C., paf, o *satori*, vejo Jesus Cristo e em cima dele (ou atrás, por respeito) Jean Cocteau. Não parece nada de mais, mas são coisas que marcam, e como se não bastasse quarenta anos depois lá estou eu em San Francisco de papo com uma amiga entre uma e outra viagem, dessas que a moral condena, e eu lhe conto essa história e ela se cobre com o lençol porque é tomada por uma espécie de arrepio e me pergunta se além das duas iniciais eu não tenho outro nome de batismo e eu digo que sim, que tenho vergonha dele porque é horrível, mas que além de Julio eu me chamo Florencio, e então ela solta uma dessas gargalhadas que acabam com todos os objetos da mesinha de cabeceira e diz:

— *Jesus Fucking Christ!*

É compreensível que, depois disso, Lucas aluda à Cabala com pavoroso respeito.

Lucas, suas hipnofobias[*]

Em tudo que tem a ver com o sono, Lucas se mostra muito prudente. Quando o dr. Feta proclama que para ele não há nada melhor que um cochilo, Lucas aprova educadamente, e quando a garota do seu coração se enrola como uma lagartinha e lhe diz que não seja malvado e a deixe dormir mais um pouco em vez de começar de novo a aula de geografia íntima, ele suspira resignado e a cobre depois de lhe dar uma palmadinha ali onde a garota até que gosta.

O fato é que, no fundo, Lucas desconfia do chamado sono reparador, porque nele o reparo não é grande coisa. Em geral, antes de ir para a cama ele está em forma, nada lhe dói, respira como um puma, e se não fosse por

---

[*] *Cuadernos Hispanoamericanos*, Madri, n. 364-366, outubro-dezembro de 1980.

estar com sono (é esse o contratempo) ficaria a noite toda ouvindo discos ou lendo poesia, que são duas coisas ótimas para a noite. No fim ele vai para a cama, fazer o que se seus olhos estão se fechando com uma fúria implacável, e ele dorme de uma sentada até as oito e meia, hora em que misteriosamente sempre costuma acordar.

Quando junta as primeiras ideias que abrem passagem, penosamente, entre bocejos e grunhidos, Lucas costuma descobrir que alguma coisa começou a doer, ou a coçar, às vezes é um dilúvio de espirros, um soluço de urso ou uma tosse de bomba lacrimogênea. Na melhor das hipóteses ele está cansadíssimo e a ideia de escovar os dentes lhe parece mais angustiante que uma tese sobre Amado Nervo. Percebeu pouco a pouco que o sono é uma coisa terrivelmente cansativa, e no dia em que um homem sábio lhe disse que o organismo perde muitas de suas defesas em prol de Morfeu, nosso Lucas bramou de entusiasmo porque a biologia lhe estava referendando a cinestesia, se é que cabe a perífrase.

Pelo menos nisso Lucas é sério. Ele tem medo de dormir porque tem medo do que vai encontrar ao acordar, e cada vez que se deita é como se estivesse numa plataforma se despedindo de si mesmo. O novo encontro matinal tem a abominável qualidade de quase todos os reencontros: Lucas 1 descobre que Lucas 2 respira mal, ao assoar o nariz sente uma dor terrível e o espelho lhe revela a irrupção noturna de uma espinha enorme. Convenhamos: estava tão bem na noite anterior e agora, aproveitando-se dessa espécie de renúncia de oito horas, sua tomada de ar aparece coroada por esse gloriúnculo que o faz ver o sol *e l'altre stelle*, pois como tem de assoar o nariz o tempo todo *because* esse resfriado matinal, nem te conto como dói.

As anginas, a gripe, as enxaquecas maléficas, a constipação, a diarreia, os eczemas se anunciam com o canto do galo, animal de merda, e agora é tarde para parar sua carruagem, o sono mais uma vez foi sua fábrica e seu cúmplice, agora o dia começa, ou seja, as aspirinas e o bismuto e os anti-histamínicos. Quase que dá vontade de ir dormir de novo, já que muitos poetas decretaram que no sono aguarda o esquecimento, mas Lucas sabe que Hipnos é irmão de Tânatos e então prepara um café bem preto e um bom par de ovos fritos orvalhados com espirros e palavrões, pensando que outro poeta disse que a vida é uma cebola e que é preciso descascá-la chorando.

Lucas, seus furacões*

Para Carol, que no quebra-mar de Havana desconfiava
que o vento do norte não era totalmente inocente

O utro dia instalei uma fábrica de furacões na costa da Flórida, que convém por tantas razões, e aí já pus para funcionar os helicoides turbinantes, os lança-rajadas de nêutrons comprimidos e os turbilhonadores de suspensão coloidal, tudo ao mesmo tempo, para ter uma ideia de conjunto da performance.

Foi fácil acompanhar, pelo rádio e pela TV, o percurso de meu furacão (e o reivindico expressamente porque nunca faltam outros que podem ser qualificados de espontâneos), e o bicho pegou porque meu furacão entrou no Caribe a duzentos quilômetros por hora, destruiu uma dúzia de ilhotas, todas as palmeiras da Jamaica, virou inexplicavelmente para o leste e se perdeu pelas bandas de Trinidad arrebatando os instrumentos de numerosas *steel bands* que participavam de um festival adventista, tudo isso entre outros estragos que me impressiona um pouco detalhar porque eu gosto mesmo é do furacão em si, mas não do preço que ele cobra para ser um furacão de verdade e se posicionar no alto do ranking homologado pelo British Weather Board.

A sra. de Cinamomo, aliás, veio me repreender, pois andara ouvindo as notícias e lá se falava disso com termos tirados do mais baixo sentimentalismo radiofônico, tais como destruição, devastação, pessoas desabrigadas, vacas arremessadas para o alto de coqueiros e outros epifenômenos sem nenhuma gravitação científica. Chamei a atenção da sra. de Cinamomo para o fato de que, em termos relativos, ela era muito mais nociva e devastadora com seu marido e suas filhas que eu com meu belo furacão impessoal e objetivo, ao que ela respondeu me chamando de Átila, patronímico que não me agradou nem um pouco, vá saber por quê, já que na verdade soa bastante bem. Átila, Atilunha, Atilucho, Atilíssimo, Atilão, Atilango, veja todas essas variantes tão bonitas.

Claro que não sou vingativo, mas da próxima vez vou dirigir os helicoides turbinantes para que deem um susto na sra. de Cinamomo. Ela não vai gostar nada que sua dentadura postiça apareça num milharal da Guatemala, ou que sua peruca ruiva vá parar no Capitólio de Washington; claro que esse ato de justiça não poderá se efetivar sem outros deslocamentos irritantes, talvez, mas porra, tudo sempre tem um preço.

---

* *Cuadernos Hispanoamericanos*, Madri, n. 364-366, outubro-dezembro de 1980.

Lucas, suas palavras moribundas*

Toda repatriação, em princípio, é agradável, pois pátria e repatriado combinam naturalmente. Porém, se você for repatriado sem consulta prévia, vai ficar satisfeito? E aqui se abre uma dúvida, pois nem sempre repatriador e repatriado estão de acordo, e uma repatriação forçada poderia, ao provocar um contato brusco com a pátria, criar um sentimento antipatriótico e até mesmo apátrida no repatriado, pois repatriar oficialmente quem estava longe da pátria às vezes suscita uma reação que em outras circunstâncias não se traduziria num antipatriotismo que parece estar nas antípodas dessa relação entre a pátria e o repatriado e que deveria uni-los para sempre sob a forma de patriotismo.

Deve ser por isso, pensa Lucas, que em alguns indivíduos acabe por se manifestar um patriotismo que assume, para surpresa geral, a forma de um sentimento de antirrepatriação, o que perturba esses patriotas que nunca imaginaram ser expatriados, muito menos repatriados. Quando a antirrepatriação chega ao nível ofensivo da contrarrepatriação, o que já ocorreu algumas vezes, a pátria não sabe o que fazer por intermédio de seus patrióticos gestores, e há palidez e angústia em mais de quatro consulados e um triste agitar de passaportes vencidos e de outras notas de compra e venda. Nessas ocasiões, os expatriados bem que gostariam de expor o que consideram ser um ponto de vista genuinamente patriótico, mas os cônsules da pátria, eles mesmos patriotas em alto grau, como lhes é exigido com razão e abundantes decretos, acabam por suspirar, abatidos. O expatriado que tem conflitos com a repatriação faz a mesma coisa, e os escritórios consulares parecem uma praia cheia de focas ofegantes. Nada disso importa, há quem pense que um dia poderemos ir e vir como bem entendermos, e que a palavra repatriação (quer dizer, a palavra expatriação e sua forçosa contraparte) irá murchar no dicionário perto de palavras como paracrese, perucho e ectima.

---

* *Point of Contact*, Nova York, vol. IV, n. 1, outono-inverno de 1994.

Lucas, seus poemas escritos na Unesco

CALCULADORA ELETRÔNICA
Puseram os cartões perfurados
para deduzir coeficientes.
Apertaram botões e baixaram alavancas,
ela fez pfum e depois pss pss,
ronronou murmurou xerocou três minutos
vinte e cinco segundos
e depois
foi tirando uma coisa bem pequena um bracinho
com uma mão pendulante e rosada
na qual docemente se embalava e rolava
uma gota salgada

HISTÓRIA DO PEQUENO ANALFABETO
Quando lhe ensinaram o A
chorou
No B
pôs o dedo no nariz
No C disse merda
No D pensou um pouco

No R
roubou o salário do pai

No T
dormiu com sua irmã

No Z
conseguiu seu diploma.

Lucas, suas habilidades sociais

Lucas não deve ser convidado para nada, mas a sra. de Cinamomo desconhece esse detalhe e grande bufê com convivas seletos na sexta-feira a partir das dezoito horas. Quando Calac vê Lucas chegar, só agarra Polanco pelas lapelas e minha mãe, está vendo isso?, várias senhoras se perguntam por que aqueles dois estão rindo desse jeito, o deputado Poliyatti desconfia que é uma boa piada suja e se incorpora, e há aquele momento idiota mas jamais superado em que oh, sr. Lucas, que prazer, o prazer é meu, senhora, a sobrinha que está de aniversário parabéns pra você, tudo isso no salão de prosápia com uísque e acepipes especialmente preparados na confeitaria La nueva Mao Tsé-Tung.

Demora para contar, mas na real acontece rápido, os hóspedes se sentaram para ouvir a menina que vai tocar piano, só que Lucas. Acomode-se, por favor. Não, diz Lucas, eu não me sento, jamais, numa cadeira Luís xv. Que curioso, diz a sra. de Cinamomo, que gastou rios de dinheiro nessas coisas de quatro pés, e por quê, sr. Lucas? Porque sou argentino e sou deste século, e não vejo por que me sentar numa cadeira francesa e de uma época obsoleta, se me trouxerem o banco da cozinha ou um caixote de querosene, vou ficar muito bem. Para um aniversário com bufê e piano é um tanto desconcertante, mas todos sabem que há artistas que, e coisa e tal, de maneira que um ríctus apropriado e claro, tome esse tamborete que foi do coronel Olazábal. Só tem três pés, mas é muito confortável, acredite.

Nesse meio-tempo, a menina no clarão de lua e Beethoven de mal a pior.

Lucas, seus papeizinhos soltos

O maço de cigarros sobre a escrivaninha, a vasta nuvem potencial da fumaça concentrada em si mesma, obrigada a esperar nesse paralelepípedo cujas arestas e ângulos constrangem uma vontade esférica, uma interminável samambaia de volutas.

Ou o contrário, a névoa matinal se esgarçando nos telhados da cidade, tentando desajeitadamente se concretizar num ideal de rigor imóvel, no maço que dura, que permanece sobre a escrivaninha.

Então olhou demoradamente para sua mão, e quando realmente a viu, apertou-a contra os olhos, ali onde a proximidade era a única possibilidade de um negro esquecimento.

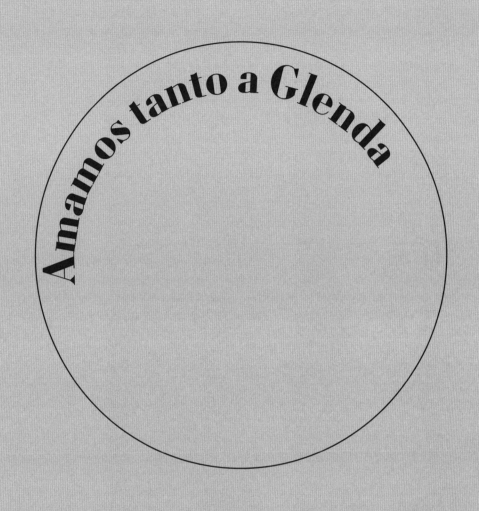

I.

Orientação dos gatos

A Juan Soriano

Q uando Alana e Osíris me olham não posso reclamar do menor fingimento, da menor falsidade. Eles me olham de frente, Alana sua luz azul e Osíris seu raio verde. Também olham assim um para o outro, Alana acariciando o dorso negro de Osíris, que ergue o focinho do pires de leite e mia satisfeito, mulher e gato se conhecendo em planos que me escapam, que minhas carícias não conseguem atravessar. Faz tempo que desisti de qualquer domínio sobre Osíris, somos bons amigos a uma distância intransponível; mas Alana é minha mulher e a distância entre nós é outra, algo que ela não parece sentir, mas que se interpõe em minha felicidade quando Alana me olha, quando me olha de frente como Osíris e sorri para mim ou fala comigo sem a menor reserva, dando-se em cada gesto e em cada coisa como se dá no amor, ali onde todo o seu corpo é como seus olhos, uma entrega absoluta, uma reciprocidade ininterrupta.

É estranho; embora eu tenha desistido de entrar com tudo no reino de Osíris, meu amor por Alana não aceita essa simplicidade de coisa concluída, de casal para sempre, de vida sem segredos. Por trás daqueles olhos azuis há mais, no fundo das palavras e dos gemidos e dos silêncios se anima outro reino, respira outra Alana. Nunca disse isso a ela, amo-a demais para trincar essa superfície de felicidade pela qual já deslizaram tantos dias, tantos anos. Do meu jeito, teimo em compreender, em descobrir; observo-a, mas sem espioná-la; sigo-a, mas sem desconfiança; amo uma maravilhosa estátua mutilada, um texto não terminado, um fragmento de céu inscrito na janela da vida.

Houve um tempo em que a música me pareceu o caminho que me levaria verdadeiramente a Alana; vendo-a ouvir nossos discos de Bartók, de Duke Ellington, de Gal Costa, uma transparência paulatina me afundava nela, a música a desnudava de uma forma diferente, tornava-a cada vez mais Alana, pois Alana não podia ser apenas essa mulher que sempre me olhou de frente sem me esconder nada. Contra Alana, além de Alana eu a procurava para amá-la melhor; e se no começo a música me deixou entrever outras Alanas, chegou o dia em que, diante de uma gravura de Rembrandt, eu a vi mudar ainda mais, como se um jogo de nuvens no céu alterasse bruscamente as luzes e sombras de uma paisagem. Senti que a pintura a levava para além de si mesma, para aquele único espectador que podia medir a metamorfose instantânea nunca repetida, a entrevisão de Alana em Alana. Intermediários involuntários, Keith Jarrett, Beethoven e Aníbal Troilo tinham me ajudado a me aproximar, mas diante de um quadro ou de uma gravura Alana se despojava ainda mais disso que acreditava ser, por um momento entrava num mundo imaginário para, sem saber, sair de si mesma, indo de uma pintura a outra, comentando-as ou se calando, jogo de cartas que cada nova contemplação embaralhava para aquele que, sigiloso e atento, um pouco atrás ou levando-a pelo braço, via se sucederem rainhas e ases, ouros e paus, Alana.

Que se podia fazer com Osíris? Dar-lhe seu leite, deixá-lo em seu novelo negro confortável e ronronante; mas Alana eu podia trazer a essa galeria, como fiz ontem, uma vez mais ir a um teatro de espelho e de câmaras escuras, de imagens tensas na tela diante daquela outra imagem de alegres jeans e blusa vermelha que depois de esmagar o cigarro na entrada ia de quadro em quadro, parando exatamente à distância que seu olhar requeria, virando-se para mim de tanto em tanto para comentar ou comparar. Jamais descobriria que eu não estava ali por causa dos quadros, que um pouco atrás ou de lado meu modo de olhar não tinha nada a ver com o dela. Jamais perceberia que seu passo lento e reflexivo de quadro em quadro a transformava até me forçar a fechar os olhos e lutar para não apertá-la nos braços e levá--la ao delírio, à loucura de sair correndo no meio da rua. Desenvolta, leve em sua naturalidade de prazer e descoberta, suas paradas e suas demoras se inscreviam num tempo diferente do meu, alheio à crispada espera de minha sede.

Até então tudo tinha sido um aviso difuso, Alana na música, Alana diante de Rembrandt. Mas agora minha esperança começava a se cumprir de forma quase insuportável; desde nossa chegada, Alana se entregara às pinturas com uma inocência atroz de camaleão, passando de um estado a outro sem saber que um espectador oculto espreitava, em sua atitude, na inclinação de sua cabeça, no movimento de suas mãos ou de seus lábios, o cromatismo interior que a percorria até mostrá-la outra, ali onde a outra era sempre Alana se somando a Alana, as cartas se amontoando até completar o baralho. A seu lado, avançando pouco a pouco ao longo das paredes da galeria, eu a via se entregar a cada pintura, meus olhos multiplicavam um triângulo fulminante que se estendia dela ao quadro e do quadro a mim mesmo para

312 *Orientação dos gatos*

voltar a ela e apreender a mudança, a auréola diferente que a envolvia um momento para depois ceder a uma aura nova, a uma tonalidade que a expunha à verdadeira, à última nudez. Impossível prever até onde se repetiria essa osmose, quantas novas Alanas me levariam, por fim, à síntese da qual nós dois sairíamos satisfeitos, ela sem saber disso e acendendo mais um cigarro antes de me pedir que a levasse para um drinque, eu sabendo que minha longa busca chegara ao fim e que meu amor abarcaria desde agora o visível e o invisível, aceitaria o olhar límpido de Alana sem incertezas de portas fechadas, de passagens proibidas.

Diante de um barco solitário e de um primeiro plano de rochas negras, eu a vi permanecer imóvel por um longo tempo; um ondular imperceptível das mãos parecia fazê-la nadar no ar, buscar o mar aberto, uma fuga de horizontes. Eu já não conseguia achar estranho que aquela outra pintura em que uma grade de pontas agudas vedava o acesso às árvores limítrofes a fizesse retroceder como se procurasse um ponto de mira, de repente era a repulsa, a recusa de um limite inaceitável. Pássaros, monstros marinhos, janelas se dando ao silêncio ou deixando entrar um simulacro da morte, cada nova pintura deixava Alana arrasada, despojando-a de sua cor anterior, arrancando dela as modulações da liberdade, do voo, dos grandes espaços, afirmando sua negativa diante da noite e do nada, sua ansiedade solar, seu impulso quase terrível de fênix. Permaneci atrás, sabendo que não conseguiria suportar seu olhar, sua surpresa interrogativa quando visse em meu rosto o deslumbramento da confirmação, porque isso também era eu, isso era meu projeto Alana, minha vida Alana, isso tinha sido desejado por mim e refreado por um presente de cidade e parcimônia, isso agora por fim Alana, por fim Alana e eu desde agora, desde agora mesmo. Gostaria de tê-la nua em meus braços, amá-la de tal forma que tudo ficasse claro, tudo ficasse dito para sempre entre nós, e que dessa interminável noite de amor, para nós que já conhecíamos tantas, nascesse a primeira alvorada da vida.

Chegávamos ao fim da galeria, eu me aproximei da porta de saída ainda escondendo o rosto, esperando que o ar e as luzes da rua me fizessem voltar ao que Alana conhecia de mim. Vi-a parar diante de um quadro que outros visitantes me haviam ocultado, ficar longamente imóvel olhando a pintura de uma janela e um gato. Uma última transformação fez dela uma lenta estátua nitidamente separada dos demais, de mim, que me aproximava indeciso procurando seus olhos perdidos na tela. Vi que o gato era idêntico a Osíris, e que olhava ao longe para alguma coisa que a parede da janela não nos deixava ver. Imóvel em sua contemplação, parecia menos imóvel que a imobilidade de Alana. Senti, de alguma forma, que o triângulo se rompera; quando Alana virou a cabeça para mim o triângulo não existia mais, ela tinha ido ao quadro mas não estava de volta, continuava do lado do gato olhando além da janela onde ninguém podia ver o que eles viam, o que só Alana e Osíris viam cada vez que me olhavam de frente.

Amamos tanto a Glenda

Naquela época era difícil saber. A gente vai ao cinema ou ao teatro e vive sua noite sem pensar nos que já cumpriram o mesmo ritual, escolhendo o local e a hora, vestindo-se e telefonando e fila onze ou cinco, o escuro e a música, a terra de ninguém e de todos ali onde todos são ninguém, o homem ou a mulher em sua poltrona, talvez uma palavra para se desculpar por chegar tarde, um comentário à meia-voz que alguém recolhe ou ignora, quase sempre o silêncio, os olhares se derramando na cena ou na tela, fugindo do contíguo, do que está deste lado. Realmente era difícil saber, em que pese a publicidade, as filas intermináveis, os cartazes e as críticas, que éramos tantos os que amávamos a Glenda.

Durou três ou quatro anos, e seria arriscado afirmar que o núcleo se formou a partir de Irazusta ou de Diana Rivero, eles mesmos ignoravam como, em algum momento, bebendo com os amigos depois do cinema, se disseram ou se calaram coisas que de repente haveriam de criar a aliança, o que depois todos nós chamamos de núcleo, e os mais jovens, de clube. De clube ele não tinha nada, nós simplesmente amávamos Glenda Garson e isso bastava para nos destacar dos que só a admiravam. Como eles, nós admirávamos a Glenda e também Anouk, Marilina, Annie, Silvana e, por que não?, Marcello, Yves, Vittorio e Dirk, mas só nós amávamos tanto a Glenda, e o núcleo se definiu por isso e a partir disso, era algo que só nós sabíamos e que confiávamos àqueles que, no decorrer das conversas, foram mostrando, pouco a pouco, que também amavam a Glenda.

A partir de Diana ou de Irazusta o núcleo foi se ampliando lentamente: no ano de *O fogo da neve* devíamos ser só seis ou sete, quando estrearam *O uso da elegância* o núcleo se ampliou e sentimos que crescia de maneira quase insuportável e que estávamos ameaçados de imitação esnobe ou de sentimentalismo sazonal. Os primeiros, Irazusta e Diana, e mais uns dois ou três, decidimos cerrar fileiras, não admitir sem provas, sem o teste disfarçado pelos uísques e os alardes de erudição (tão de Buenos Aires, tão de Londres e do México esses testes de meia-noite). Na hora da estreia de *Os frágeis retornos*, tivemos de admitir, melancolicamente triunfantes, que éramos muitos os que amávamos a Glenda. Os reencontros nos cinemas, os olhares na saída, aquele ar meio perdido das mulheres e o dolorido silêncio dos homens nos identificavam melhor que uma insígnia ou uma senha. Mecânicas não investigáveis nos levaram a um mesmo café do centro, as mesas isoladas começaram a se aproximar, houve o delicado costume de pedir o mesmo coquetel para deixar de lado toda escaramuça inútil e, por fim, nos olhar nos olhos, ali onde ainda se animava a última imagem da Glenda na última cena do último filme.

Vinte, talvez trinta, nunca soubemos quantos chegamos a ser, porque às vezes a Glenda durava meses numa sala ou estava ao mesmo tempo em duas ou em quatro, e também houve aquele momento extraordinário em que ela entrou em cena para representar a jovem assassina de *Os delirantes*, e seu sucesso rompeu os diques e criou entusiasmos momentâneos que jamais aceitamos. E na época já nos conhecíamos, muitos de nós se visitavam para falar da Glenda. Desde o início Irazusta pareceu exercer um mandato tácito que nunca havia pedido, e Diana Rivero jogava o lento xadrez de confirmações e recusas que nos assegurava uma autenticidade total, sem riscos de infiltrados ou de bocós. O que tinha começado como uma associação livre alcançava agora uma estrutura de clã, e às interrogações superficiais do princípio se sucediam as perguntas concretas, a sequência do tropeço em *O uso da elegância*, a réplica final de *O fogo da neve*, a segunda cena erótica de *Os frágeis retornos*. Amávamos tanto a Glenda que não podíamos tolerar os neófitos, as tumultuosas lésbicas, os eruditos da estética. Até mesmo (nunca saberemos como) deu-se por decidido que iríamos ao café às sextas-feiras, quando passassem no centro um filme da Glenda, e que nas reestreias em cinemas de bairro deixaríamos passar uma semana antes de nos reunir, para dar a todos o tempo necessário; como num regulamento rigoroso, as obrigações se definiam sem equívocos, não acatá-las seria provocar o sorriso de desprezo de Irazusta ou aquele olhar amavelmente horrível com que Diana Rivero denunciava a traição e o castigo. Naquela época as reuniões eram somente Glenda, sua deslumbrante ubiquidade em cada um de nós, e não sabíamos de discrepâncias ou reparos. Só pouco a pouco, a princípio com um sentimento de culpa, alguns se atreveram a introduzir críticas parciais, o desconcerto ou a decepção diante de uma sequência menos feliz, as quedas no convencional ou no previsível. Sabíamos que a Glenda não era responsável pelos desfalecimentos que às vezes turvavam a esplêndida cristaleria de *O açoite* ou o final de *Nunca se sabe por quê*. Conhecíamos outros trabalhos de seus diretores, a origem dos enredos e dos roteiros, com eles éramos implacáveis, pois começávamos a sentir que nosso carinho pela Glenda ia além do mero território artístico e que só ela se salvava do que os demais faziam imperfeitamente. Diana foi a primeira a falar em missão, fez isso com seu jeito tangencial de não afirmar o que realmente lhe importava, e vimos nela uma alegria de uísque duplo, de sorriso saciado, quando admitimos com franqueza que era verdade, que não podíamos ficar só naquilo, o cinema e o café e amar tanto a Glenda.

Naquele momento também não foram ditas palavras claras, não nos eram necessárias. Só o que contava era a felicidade da Glenda em cada um de nós, e essa felicidade só podia vir da perfeição. De repente, os erros, as falhas se tornaram insuportáveis; não podíamos aceitar que *Nunca se sabe por quê* terminasse daquela forma ou que *O fogo da neve* incluísse aquela sequência infame da partida de pôquer (na qual a Glenda não atuava, mas que, de algum modo, a manchava como um vômito, aquele gesto de Nancy Phillips e a inadmissível chegada do filho arrependido). Como quase sempre, coube a Irazusta definir com clareza a missão que nos esperava, e naquela noite voltamos para casa como que esmagados pela responsabilidade que tínhamos acabado de reconhecer e de assumir, e entrevendo, ao mesmo tempo, a felicidade de um futuro sem mácula, de Glenda sem erros nem traições.

Instintivamente, o núcleo cerrou fileiras, a tarefa não admitia uma pluralidade desfocada. Irazusta falou do laboratório quando já estava instalado numa quinta de Recife de Lobos. Dividimos equanimemente as tarefas entre os que deveriam procurar todas as cópias de *Os frágeis retornos*, escolhido por sua relativamente escassa imperfeição. Não ocorreu a ninguém pensar em problemas de dinheiro, Irazusta tinha sido sócio de Howard Hughes no negócio das minas de estanho de Pichincha, um mecanismo extremamente simples punha em nossas mãos o poder necessário, os jatos e as alianças e as propinas. Não tivemos sequer um escritório, o computador de Hagar Loss programou as tarefas e as etapas. Dois meses depois da frase de Diana Rivero, o laboratório esteve em condições de substituir em *Os frágeis retornos* a sequência ineficaz dos pássaros por outra que devolvia à Glenda o ritmo perfeito e o sentido exato de sua ação dramática. O filme já tinha alguns anos e sua reposição nos circuitos internacionais não provocou a menor surpresa: a memória joga com seus depositários e os faz aceitar suas próprias permutações e variantes, talvez a própria Glenda não tivesse percebido a mudança e sim, porque isso nós todos percebemos, a maravilha de uma perfeita coincidência com uma lembrança limpa de escórias, exatamente idêntica ao desejo.

A missão se cumpria sem descanso, tão logo assegurada a eficácia do laboratório completamos o resgate de *O fogo da neve* e de *O prisma*; os outros filmes entraram em processo exatamente no ritmo previsto pelo pessoal de Hagar Loss e do laboratório. Tivemos problemas com *O uso da elegân-*

cia, porque gente dos emirados petroleiros guardava cópias para seu prazer pessoal, e foram necessárias manobras e ajudas excepcionais para roubá-las (não temos por que usar outra palavra) e substituí-las sem que os usuários percebessem. O laboratório trabalhava num nível de perfeição que no começo nos pareceu inatingível, embora não nos atrevêssemos a dizer isso para Irazusta; curiosamente, a mais hesitante tinha sido Diana, mas quando Irazusta nos mostrou *Nunca se sabe por quê* e assistimos ao verdadeiro final, vimos que a Glenda, em vez de voltar para a casa de Romano, dirigia seu carro para o penhasco e nos destroçava com sua esplêndida, necessária queda na torrente, soubemos que a perfeição podia ser deste mundo e que agora era da Glenda para sempre, da Glenda para nós para sempre.

O mais difícil era, naturalmente, decidir as mudanças, os cortes, as modificações de montagem e de ritmo, nossas diferentes maneiras de sentir a Glenda provocavam árduos embates que só se aplacavam depois de longas análises e, em alguns casos, por imposição de uma maioria do núcleo. Mas ainda que alguns de nós, derrotados, assistíssemos à nova versão com amargura por não ser totalmente adequada aos nossos sonhos, acho que ninguém se decepcionou com o trabalho realizado; amávamos tanto a Glenda que os resultados eram sempre justificáveis, muitas vezes além do previsto. Houve, além do mais, poucas objeções: a carta de um leitor do inevitável *Times*, espantado porque três sequências de *O fogo da neve* se deram numa ordem que ele acreditava lembrar diferente, e também um artigo do crítico do *La Opinión*, que protestava por um suposto corte em *O prisma*, imaginando razões de puritanismo burocrático. Em todo caso, várias disposições foram tomadas para evitar possíveis sequelas; não deu muito trabalho, as pessoas são frívolas e esquecem ou aceitam ou estão à caça do novo, o mundo do cinema é fugidio como a atualidade histórica, exceto para nós, que amamos tanto a Glenda.

Mais perigosas eram, no fundo, as polêmicas no núcleo, o risco de um cisma ou de uma diáspora. Embora nos sentíssemos mais que nunca unidos pela missão, houve noites em que se levantaram vozes analíticas contagiadas de filosofia política, que em pleno trabalho discutiam questões morais, perguntavam se não estaríamos nos entregando a uma galeria de espelhos onanistas, a esculpir insensatamente uma loucura barroca numa presa de marfim ou num grão de arroz. Não era fácil lhes dar as costas, porque o núcleo só conseguira cumprir sua obra como um coração ou um avião cumprem a sua, ritmando uma coerência perfeita. Não era fácil ouvir uma crítica que nos acusava de escapismo, que suspeitava de um esbanjamento de forças desviadas de uma realidade mais premente, mais necessitada de ajuda nos tempos em que vivíamos. No entanto, não foi preciso esmagar secamente uma heresia mal esboçada, até seus protagonistas se limitavam a um reparo parcial, eles e nós amávamos tanto a Glenda que acima e além das discrepâncias éticas ou históricas imperava o sentimento que sempre nos uniria, a certeza de que o aperfeiçoamento da Glenda nos aperfeiçoava e aperfeiçoava o mundo. Tivemos até mesmo a esplêndida recompensa de que um dos filósofos restabelecesse o equilíbrio depois de superar esse período de escrúpulos fúteis; ouvimos de sua boca que toda obra parcial é também história, que uma coisa tão imensa como a invenção da imprensa tinha nascido do mais individual e parcelado dos desejos, o de repetir e perpetuar um nome de mulher.

Chegamos assim ao dia em que tivemos as provas de que a imagem da Glenda se projetava agora sem a menor fraqueza; as telas do mundo a vertiam tal como ela mesma — tínhamos certeza disso — gostaria de ser vertida, e talvez por isso não ficamos muito espantados ao saber pela imprensa que ela tinha acabado de anunciar que se aposentava do cinema e do teatro. A involuntária, maravilhosa contribuição da Glenda à nossa obra não podia ser coincidência nem milagre, alguma coisa nela simplesmente tinha acatado, sem saber, nosso carinho anônimo, do fundo de seu ser vinha a única resposta que nos podia dar, o ato de amor que nos abrangia numa última entrega, aquela que os profanos só entenderiam como ausência. Vivemos a felicidade do sétimo dia, do descanso depois da criação; agora podíamos ver cada obra da Glenda sem a ameaça espreitante de um amanhã novamente infestado de erros e inabilidades; agora nos reuníamos com uma leveza de anjos ou de pássaros, num presente absoluto que talvez se parecesse com a eternidade.

Sim, mas já dissera um poeta, sob os mesmos céus da Glenda, que a eternidade está apaixonada pelas obras do tempo, e coube a Diana saber disso e nos dar a notícia um ano mais tarde. Comum e humano: a Glenda anunciava seu regresso às telas de cinema, os motivos de sempre, a frustração do profissional de mãos vazias, um personagem sob medida, uma filmagem iminente. Ninguém esqueceria essa noite no café, justo depois de ter visto *O uso da elegância*, que voltava às salas do centro. Quase não foi preciso que Irazusta dissesse o que todos nós vivíamos como uma saliva amarga de injustiça e rebeldia. Amávamos tanto a Glenda que nosso desânimo não a atingia, que culpa tinha ela de ser atriz e de ser a Glenda?, o horror estava na máquina quebrada, na realidade de cifras e prestígios e Oscars entrando como uma fissura disfarçada na esfera de nosso céu tão arduamente conquistado. Quando Diana apoiou a mão no braço de Irazusta e disse: "Sim, é a única coisa que nos resta fazer", ela falava por todos, nem era necessário nos consultar. Nunca o núcleo teve uma força tão terrível, nunca precisou de menos palavras para pô-la em marcha. Separamo-nos destruídos, já vivendo o que iria acontecer numa data que apenas um de nós conheceria de antemão. Estávamos certos de que não voltaríamos a nos encontrar no café, de que cada um esconderia, a partir de agora, a solitária perfeição de nosso reino. Sabíamos que Irazusta faria o que fosse preciso, nada mais simples para alguém como ele. Nem sequer nos despedimos como de costume, com a leve certeza de voltarmos a nos ver depois do cinema, numa das noites de *Os frágeis retornos* ou de *O açoite*. Foi mais um virar as costas, dar a desculpa de que era tarde, que era preciso ir embora; saímos separados, cada um levando seu desejo de esquecer até que tudo estivesse consumado, e sabendo que não seria assim, que ainda precisaríamos abrir, uma manhã qualquer, o jornal e ler a notícia, as estúpidas frases de consternação profissional. Nunca falaríamos disso com ninguém, iríamos nos evitar cortesmente nas salas e na rua; seria a única maneira de o núcleo manter sua fidelidade, guardar no silêncio a obra realizada. Amávamos tanto a Glenda que lhe ofereceríamos uma última perfeição inviolável. Na altura intangível em que a havíamos exaltado, nós a preservaríamos da queda, seus fiéis poderiam continuar adorando-a sem menoscabo; não se desce vivo de uma cruz.

História com aranhas-caranguejeiras

Chegamos às duas da tarde ao bangalô, e meia hora depois, fiel ao combinado por telefone, o jovem gerente aparece com as chaves, liga a geladeira e nos mostra como funcionam a calefação e o ar-condicionado. Está acertado que vamos ficar dez dias, já pagamos adiantado. Abrimos as malas e tiramos o necessário para a praia; vamos nos instalar ao cair da tarde, a vista do Caribe tremeluzindo ao pé da colina é tentadora demais. Descemos a trilha escarpada e descobrimos, até, um atalho entre os arbustos que nos faz encurtar caminho; há apenas cem metros entre os bangalôs da colina e o mar.

Ontem à noite, enquanto guardávamos a roupa e organizávamos as provisões compradas em Saint-Pierre, ouvimos as vozes dos que estão ocupando a outra ala do bangalô. Falam bem baixo, não são aquelas vozes martinicanas cheias de cor e risos. De vez em quando, algumas palavras mais nítidas: inglês norte-americano, turistas, sem dúvida. A primeira impressão é de desagrado, não sabemos por que esperávamos uma solidão total, embora já tivéssemos visto que cada bangalô (há quatro entre canteiros de flores, bananeiras e coqueiros) é duplo. Talvez porque, quando os vimos pela primeira vez, depois de complicadas pesquisas telefônicas feitas lá do hotel de Diamant, tivemos a impressão de que tudo estava vazio e ao mesmo tempo estranhamente habitado. A cabana do restaurante, por exemplo, trinta metros abaixo: abandonada, mas com algumas garrafas no bar, copos e talheres. E em um ou dois dos bangalôs se entreviam, através das persianas, toalhas, frascos de loção ou de shampoo nos banheiros. O jovem gerente nos abriu um inteiramente vazio, e a uma pergunta vaga respondeu, não menos vagamente, que o administrador tinha ido embora e que ele tomava conta dos bangalôs por amizade ao proprietário. Melhor assim, claro, já que procurávamos solidão e praia; mas, naturalmente, outros pensaram da mesma forma e duas vozes femininas e norte-americanas murmuravam na ala contígua do bangalô. Uns tabiques que parecem de papel, mas tudo muito confortável, muito bem instalado. Dormimos interminavelmente, coisa rara. E se havia algo de que precisávamos agora, era isso.

Amizades: uma gata mansa e pidona, outra preta mais selvagem, mas igualmente faminta. Aqui os pássaros nos vêm quase nas mãos e as lagartixas verdes sobem nas mesas à caça de moscas. De longe, rodeia-nos uma grinalda de balidos de cabra, cinco vacas e um terneiro pastam no ponto mais alto da colina e mugem de forma adequada. Também ouvimos os cães das cabanas no fundo do vale; hoje à noite as duas gatas na certa vão se somar ao concerto.

A praia, um deserto, segundo critérios europeus. Uns poucos moços nadam e brincam, corpos negros ou cor de canela dançam na areia. Ao longe uma família — metropolitanos ou alemães, tristemente brancos e loiros — organiza toalhas, óleos de bronzear e bolsas. Deixamos as horas passarem na água ou na areia, incapazes de outra coisa, prolongando os rituais dos cremes e dos cigarros. Ainda não sentimos as lembranças se instalando, aquela necessidade de inventariar o passado que cresce com a solidão e o tédio. É justamente o contrário: bloquear toda referência às semanas precedentes, os encontros em Delft, a noite na granja de Erik. Se isso volta, nós afugentamos como a uma baforada de fumaça, o movimento ligeiro da mão limpando novamente o ar.

Duas moças descem pela trilha da colina e escolhem um local distante, sombra de coqueiros. Deduzimos que são nossas vizinhas de bangalô e as imaginamos em secretarias ou em jardins de infância em Detroit, Ne-

320 *História com aranhas-caranguejeiras*

braska. Vemos as duas entrarem juntas no mar, afastar-se esportivamente, voltar devagar, saboreando a água morna e transparente, beleza que se torna puro clichê quando é descrita, a eterna questão dos cartões-postais. Há dois veleiros no horizonte, de Saint-Pierre sai uma lancha com uma esquiadora náutica que, meritoriamente, se recompõe de cada queda, que são muitas.

Ao anoitecer — voltamos à praia depois da sesta, o dia declina entre grandes nuvens brancas —, dizemo-nos que este Natal corresponderá perfeitamente ao nosso desejo: solidão, certeza de que ninguém conhece nosso paradeiro, estar a salvo de possíveis dificuldades e, ao mesmo tempo, das estúpidas reuniões de fim de ano e das lembranças condicionadas, a agradável liberdade de abrir algumas latas de conserva e preparar um ponche de rum branco, xarope de cana e limões verdes. Jantamos na varanda, separada por um tabique de bambus do terraço simétrico onde, já tarde, ouvimos de novo as vozes apenas murmurantes. Somos uma maravilha recíproca como vizinhos, respeitamo-nos de forma quase exagerada. Se as moças da praia são mesmo hóspedes do bangalô, talvez estejam se perguntando se as duas pessoas que elas viram na areia são as que estão hospedadas na outra ala. A civilização tem suas vantagens, reconhecemos isso entre dois tragos: nem gritos, nem transistores, nem cantorias vulgares. Ah, que fiquem ali os dez dias, em vez de serem substituídas por um casal com crianças. Cristo acaba de nascer de novo; nós, de nossa parte, podemos dormir.

Levantar com o sol, suco de goiaba e café na caneca. A noite foi longa, com rajadas de chuva confessadamente tropical, dilúvios bruscos que se interrompem, bruscamente arrependidos. Os cães latiram de todos os quadrantes, mesmo sem lua; rãs e pássaros, ruídos que o ouvido citadino não consegue definir, mas que talvez expliquem os sonhos que agora recordamos com os primeiros cigarros. *Aegri somnia*. De onde vem a referência? Charles Nodier, ou Nerval, às vezes não conseguimos resistir a esse passado de bibliotecas que outras vocações quase apagaram. Contamo-nos os sonhos em que larvas, ameaças incertas, e não bem-vindas mas previsíveis exumações tecem suas teias de aranha ou nos fazem tecê-las. Nada surpreende depois de Delft (mas resolvemos não evocar as lembranças imediatas, depois teremos tempo, como sempre. Curiosamente, não nos afeta pensar em Michael, no poço da granja de Erik, coisas já encerradas; quase nunca falamos delas ou das precedentes, embora saibamos que podem voltar à palavra sem nos prejudicar, afinal o prazer e a delícia vieram delas, e a noite da granja valeu o preço que estamos pagando, mas ao mesmo tempo sentimos que tudo ainda está próximo demais, os detalhes, Michael nu sob a lua, coisas que gostaríamos de evitar fora dos inevitáveis sonhos; melhor esse bloqueio, então, *other voices*, *other rooms*: a literatura e os aviões, que drogas formidáveis).

O mar das nove da manhã leva as últimas babas da noite, o sol e o sal e a areia banham a pele com um tato quente. Quando vemos as moças descendo pela trilha nos lembramos ao mesmo tempo, nos olhamos. Só tínhamos feito um comentário, quase à beira do sono na noite alta: em algum momento as vozes do outro lado do bangalô tinham passado do sussurro a algumas frases claramente audíveis, embora seu sentido nos escapasse. Mas não foi o sentido que nos atraiu naquela troca de palavras que cessou quase de imediato para voltar ao murmúrio monótono, discreto, e sim o fato de uma das vozes ser de homem.

Na hora da sesta, chega até nós mais uma vez o rumor abafado do diálogo na outra varanda. Sem saber por quê, teimamos em fazer coincidir as duas moças da praia com as vozes do bangalô, e agora que nada faz pensar num homem perto delas, a lembrança da noite passada se esfuma para somar-se aos outros rumores que nos inquietaram, os cães, as bruscas rajadas de vento e chuva, os rangidos no teto. Gente da cidade, gente facilmente impressionável fora dos ruídos próprios, das chuvas bem-educadas.

Ademais, que nos importa o que acontece no bangalô do lado? Se estamos aqui é porque precisamos nos distanciar do outro, dos outros. Não é fácil, claro, deixar de lado hábitos, reflexos condicionados; sem dizer nada, prestamos atenção no que se filtra abafadamente pelo tabique, no diálogo que imaginamos plácido e anódino, mero ronronar rotineiro. Impossível reconhecer palavras, inclusive vozes, com registros tão parecidos que, por momentos, se pensaria num monólogo apenas entrecortado. Elas também devem nos ouvir assim, mas naturalmente não nos ouvem; para isso deveriam se calar, para isso deveriam estar aqui por motivos semelhantes aos nossos, dissimuladamente vigilantes como a gata preta que espreita um lagarto na varanda. Mas elas não têm o menor interesse em nós: melhor para elas. As duas vozes se alternam, cessam, recomeçam. E não há nenhuma voz de homem, mesmo falando bem baixo nós a reconheceríamos.

Como sempre no trópico, a noite cai bruscamente, o bangalô está mal iluminado, mas não nos importamos; quase não cozinhamos, a única coisa quente é o café. Não temos nada a nos dizer, talvez por isso nos distraia ouvir o murmúrio das moças, sem admitir abertamente estamos à espreita da voz do homem, mesmo sabendo que nenhum carro subiu a colina e que os outros bangalôs continuam vazios. Nós nos embalamos nas cadeiras de balanço, fumamos no escuro; não há mosquitos, os murmúrios surgem de

322   *História com aranhas-caranguejeiras*

vazios de silêncio, se calam, regressam. Se elas pudessem nos imaginar, não gostariam de nós: não porque as espiamos, mas porque com certeza nos veriam como duas aranhas-caranguejeiras na escuridão. No fim das contas, não nos desagrada que a outra ala do bangalô esteja ocupada. Estávamos em busca de solidão, mas agora pensamos no que seria a noite aqui se realmente não houvesse ninguém do outro lado; impossível negarmos que a granja, que Michael ainda estão muito perto. Ter de falar, de se olhar, pegar mais uma vez o baralho ou os dados. Melhor assim, nas redes, ouvindo os murmúrios um pouco felinos até a hora de dormir.

Até a hora de dormir, mas aqui as noites não trazem o que esperávamos, terra de ninguém na qual finalmente — ou por um tempo, não dá para querer mais que o possível — estaríamos a salvo de tudo o que começa depois das janelas. Em nosso caso, a bobeira também não é o ponto forte; nunca chegamos a um destino sem prever o próximo ou os próximos. Às vezes poderia parecer que brincamos de nos encurralar, como agora, numa ilha insignificante onde qualquer um é facilmente localizável; mas isso faz parte de um xadrez infinitamente mais complexo, no qual o movimento modesto de um peão oculta jogadas maiores. A célebre história da carta roubada é objetivamente absurda. Objetivamente; por baixo corre a verdade, e os porto-riquenhos que durante anos cultivaram marijuana em suas sacadas nova-iorquinas ou em pleno Central Park sabiam mais sobre isso que muitos policiais. Em todo caso, controlamos as possibilidades imediatas, barcos e aviões: Venezuela e Trinidad estão a um passo, duas opções entre seis ou sete; nossos passaportes são dos que passam sem problemas nos aeroportos. Essa colina inocente, esse bangalô para turistas pequeno-burgueses: belos dados viciados que sempre soubemos utilizar no momento devido. Delft está muito longe, a granja de Erik começa a retroceder na memória, a se apagar, como também irão se apagando o poço e Michael fugindo sob a lua, Michael tão branco e nu sob a lua.

Os cães uivaram de novo de forma intermitente, de algumas cabanas da ribanceira chegaram os gritos de uma mulher, bruscamente sufocados em seu ponto mais alto, o silêncio contíguo deixou passar um murmúrio de alarme confuso numa sonolência de turistas cansadas e alheias demais para realmente se interessarem pelo que as rodeava. Ficamos escutando, longe do sono. Afinal, para que dormir se depois viria o fragor de um aguaceiro no telhado ou o amor lancinante dos gatos, os prelúdios aos pesadelos, o alvorecer no qual por fim as cabeças se amassam nos travesseiros e nada mais as invade até que o sol trepa nas palmeiras e é preciso voltar a viver?

Na praia, depois de nadar longamente mar afora, nos perguntamos de novo pelo abandono dos bangalôs. A cabana do restaurante com seus copos e garrafas obriga a lembrar do mistério de *Mary Celeste* (tão conhecido e tão lido, mas aquele obsessivo retorno do inexplicado, os marinheiros abordando o barco à deriva com todas as velas desfraldadas e ninguém a bordo, as cinzas ainda quentes nos fogões da cozinha, as cabines sem marcas de motim ou de peste. Um suicídio coletivo? Nós nos olhamos com ironia, não é uma ideia que possa abrir caminho em nosso modo de ver as coisas. Não estaríamos aqui se alguma vez a tivéssemos aceitado).

As moças descem tarde à praia, bronzeiam-se longamente antes de nadar. Lá também, notamos isso sem fazer comentários, elas conversam em voz baixa, e se estivéssemos mais perto chegaria até nós o mesmo murmúrio confidencial, o receio bem-educado de interferir na vida dos outros. Se em algum momento se aproximassem para pedir fogo, para saber a hora... Mas o tabique de bambus parece se prolongar até a praia; sabemos que não vão nos incomodar.

A sesta é demorada, não temos vontade de voltar ao mar, nem elas, ouvimos sua conversa no quarto e depois na varanda. Sozinhas, claro. Mas por que claro? A noite pode ser diferente e a esperamos sem dizer nada, fazendo nada, demorando-nos em cadeiras de balanço e cigarros e drinques, deixando na varanda apenas uma luz; as persianas da sala a filtram em finas lâminas que não afastam a sombra do ar, o silêncio da espera. Não esperamos nada, claro. Por que claro, por que mentir se a única coisa que fazemos é esperar, como em Delft, como em tantos outros lugares? Pode-se esperar o nada ou um murmúrio do outro lado do tabique, uma mudança nas vozes. Mais tarde se ouvirá um rangido de cama, começará o silêncio repleto de cães, de folhagens movidas pelas rajadas de vento. Não vai chover esta noite.

Vão embora, às oito da manhã chega um táxi para pegá-las, o chofer negro ri e brinca descendo as malas, as bolsas de praia, grandes chapéus de palha, raquetes de tênis. Da varanda se avista a trilha, o táxi branco; elas não podem nos distinguir entre as plantas, nem sequer olham em nossa direção.

A praia está povoada de filhos de pescadores que jogam bola antes do banho, mas hoje nos parece ainda mais vazia, agora que elas não vão mais descer. Na volta, fazemos um rodeio sem pensar, e passamos diante da outra ala do bangalô, que sempre tínhamos evitado. Agora tudo está realmente abandonado, exceto nossa ala. Sondamos a porta, ela se abre sem ruído, as moças deixaram a chave por dentro, sem dúvida em conformidade com o gerente que, mais tarde, virá ou não virá limpar o bangalô. Já não nos surpreende que as coisas fiquem expostas ao capricho de qualquer um, como os copos e os talheres do restaurante; vemos lençóis amarrotados, toalhas úmidas, frascos vazios, inseticidas, garrafas de coca-cola e copos, revistas em inglês, sabonetinhos. Tudo está tão só, tão largado. Há um cheiro de água-de-colônia, um cheiro jovem. Dormiam ali, na grande cama de lençóis com flores amarelas. As duas. E se falavam, se falavam antes de dormir. Se falavam tanto antes de dormir.

A sesta é pesada, interminável, pois não temos vontade de ir à praia até que o sol baixe. Fazendo café ou lavando os pratos, nos flagramos no mesmo gesto de prestar atenção, o ouvido tenso na direção do tabique. Deveríamos rir, mas não. Agora não, agora que por fim e realmente temos a solidão tão buscada e necessária, agora não rimos.

Preparar o jantar leva tempo, complicamos as coisas mais simples de propósito, para que tudo dure e a noite se feche sobre a colina antes de termos terminado de comer. De quando em quando, nos pegamos olhando de novo para o tabique, esperando o que já está tão longe, um murmúrio que agora deve continuar num avião ou na cabine de um barco. O gerente não veio, sabemos que o bangalô está aberto e vazio, que ainda recende a colônia e a pele jovem. Bruscamente o calor aumenta, o silêncio o acentua, ou a digestão, ou o tédio, porque continuamos imóveis nas cadeiras de balanço, só nos embalando na escuridão, fumando e esperando. Não vamos confessar isso, claro, mas sabemos que estamos esperando. Os sons da noite crescem pouco a pouco, fiéis ao ritmo das coisas e dos astros; como se os próprios pássaros e as próprias rãs noturnas tivessem tomado posição e começado seu canto no mesmo instante. Também o coro de cães (*um horizonte de cães*, impossível não lembrar do poema), e no mato o amor das gatas lacerando o ar. Falta só o murmúrio das duas vozes no bangalô do lado, e isso sim é silêncio, o silêncio. Todo o resto desliza nos ouvidos, que absurdamente se concentram no tabique, como que à espera. Nem mesmo nos falamos, com receio de esconder com nossas vozes o impossível murmúrio. Já é bem tarde, mas não temos sono, o calor continua aumentando na sala, sem que pensemos em abrir as duas portas. Só o que fazemos é fumar e esperar o inesperado; nem sequer nos é dado brincar, como no início, com a ideia de que as moças poderiam nos imaginar como caranguejeiras à espreita; não estão mais lá para atribuirmos a elas nossa própria imaginação, transformá-las em espelhos do que acontece na escuridão, disso que insuportavelmente não acontece.

Porque não podemos nos mentir, cada rangido das cadeiras de balanço substitui um diálogo, mas ao mesmo tempo o mantém vivo. Agora sabemos

Amamos tanto a Glenda   325

que era tudo inútil, a fuga, a viagem, a esperança de ainda encontrar um vazio escuro sem testemunhas, um refúgio propício ao recomeço (porque o arrependimento não condiz com nossa natureza, o que fizemos está feito e iremos recomeçar assim que nos saibamos a salvo de represálias). É como se de repente toda a veteranice do passado cessasse de atuar, nos abandonasse como os deuses abandonam Antonio no poema de Kaváfis. Se ainda pensamos na estratégia que garantiu nossa chegada à ilha, se imaginamos por um momento todos os horários possíveis, os telefones eficazes em outros portos e cidades, fazemos isso com a mesma indiferença abstrata com que frequentemente citamos poemas jogando as infinitas carambolas da associação mental. O pior é que não sabemos por quê, a mudança se operou desde a chegada, desde os primeiros murmúrios do outro lado do tabique que imaginávamos ser uma simples barreira, também abstrata, para a solidão e o repouso. Que outra voz inesperada por um momento se somasse aos sussurros não tinha por que ser nada além de um enigma banal de verão. O mistério do quarto ao lado como o de *Mary Celeste*, alimento frívolo de sestas e caminhadas. Nem sequer lhe damos importância especial, jamais o mencionamos; sabemos apenas que já é impossível deixar de prestar atenção, de orientar para o tabique qualquer atividade, qualquer repouso.

Talvez por isso, na noite alta em que fingimos dormir, não nos surpreende muito a tosse breve, seca, que vem do outro bangalô, seu tom inconfundivelmente masculino. Quase nem é uma tosse, é mais um sinal involuntário, ao mesmo tempo discreto e penetrante como eram os murmúrios das moças, mas agora sim sinal, agora sim uma intimação depois de tanta conversa alheia. Nós nos levantamos sem falar, o silêncio caiu de novo na sala, só um dos cães late ao longe sem parar. Esperamos um tempo sem medida possível; o visitante do bangalô também se cala, talvez também espere ou tenha ido dormir entre as flores amarelas dos lençóis. Não importa, agora há um acordo que não tem nada a ver com a vontade, há um termo que prescinde de forma e de fórmulas; em algum momento vamos nos aproximar sem nos consultar, sem sequer tentar nos olhar no escuro. Não precisamos nos olhar, sabemos que estamos pensando em Michael, em como Michael também voltou à granja de Erik, voltou sem nenhuma razão aparente porque para ele a granja já estava vazia como o bangalô do lado, voltou como o visitante das moças voltou, como Michael e os outros voltando como as moscas, voltando sem saber que são esperados, que dessa vez vêm para um encontro diferente.

Na hora de dormir tínhamos vestido, como sempre, as camisolas; agora as deixamos cair como manchas brancas e gelatinosas no chão, nuas vamos até a porta e saímos para o jardim. Só é preciso bordejar a cerca viva que

326   *História com aranhas-caranguejeiras*

prolonga a divisão das duas alas do bangalô; a porta continua fechada, mas sabemos que não está, que basta tocar na maçaneta. Não há luz lá dentro quando entramos juntas; é a primeira vez em muito tempo que nos apoiamos uma na outra para andar.

II.

Texto numa caderneta

A história do controle de passageiros surgiu — é o caso de dizer — enquanto falávamos da indeterminação e dos resíduos analíticos. Jorge García Bouza fizera algumas alusões ao metrô de Montreal antes de se referir concretamente à rede do Anglo em Buenos Aires. Ele não me disse, mas desconfio que tinha alguma coisa a ver com os estudos técnicos da empresa — se é que a própria empresa fez o controle. Com procedimentos especiais, que minha ignorância define dessa forma embora García Bouza tenha insistido em sua eficaz simplicidade, levantara-se o número exato de passageiros que usavam diariamente o metrô em determinada semana. Como também interessava conhecer a porcentagem de afluência nas diferentes estações da linha, bem como a de viagens de ponta a ponta ou entre as estações intermediárias, o controle foi feito com o máximo rigor em todos os acessos e saídas desde a Primera Junta até a Plaza de Mayo; naquela época, estou falando dos anos quarenta, a linha do Anglo ainda não estava ligada às novas redes subterrâneas, o que facilitava os controles.

Na segunda-feira da semana escolhida, obteve-se um número global básico; na terça, o número foi aproximadamente o mesmo; na quarta, sobre um total análogo, deu-se o inesperado: contra 113 987 pessoas ingressadas, o número das que tinham voltado à superfície foi de 113 983. O bom senso determinou quatro erros de cálculo, e os responsáveis pela operação percorreram os postos de controle em busca de possíveis negligências. O inspetor-chefe Montesano (estou falando, agora, com dados que García Bouza não conhecia e que busquei mais tarde) chegou até a reforçar o pessoal adscrito ao controle. Com um cuidado excessivo, mandou varrer o metrô de ponta a ponta, e os operários e o pessoal dos trens tiveram de mostrar seus carnês na saída. Tudo isso me faz ver agora que o inspetor-chefe Montesano já pressentia vagamente o começo disso que agora nós dois sabemos. Acrescento, desnecessário dizer, que ninguém percebeu o suposto erro que acabava de apontar (e ao mesmo tempo eliminar) quatro passageiros inencontráveis.

Na quinta-feira, tudo funcionou bem; cento e sete mil, trezentos e vinte e oito habitantes de Buenos Aires reapareceram, obedientes, após sua imersão episódica no subsolo. Na sexta (agora, depois das operações precedentes, o controle podia se considerar perfeito), o número dos que voltaram a sair excedeu em um ao dos controlados na entrada. No sábado foram obtidos números iguais, e a empresa considerou terminada sua tarefa. Os resultados anômalos não foram divulgados para o público, e além do inspetor-chefe Montesano e dos técnicos encarregados das máquinas totalizadoras na estação Once, acho que muito pouca gente teve notícia do ocorrido. Acho também que esses poucos (continuo deixando o inspetor-chefe de fora) justificaram a necessidade de esquecer a coisa simplesmente imputando um erro às máquinas ou a seus operadores.

Isso acontecia em 1946 ou no início de 47. Nos meses seguintes, tive de viajar muito no Anglo; seguidamente, pois o trajeto era longo, me voltava à memória aquela conversa com García Bouza, e eu me pegava ironicamente olhando as pessoas que me cercavam nos assentos ou se penduravam nas alças de couro como gado nos ganchos. Duas vezes, na estação José María Moreno, tive a impressão de que, insensatamente, algumas pessoas (um homem, mais tarde duas mulheres velhas) não eram meros passageiros como os demais. Numa quinta-feira à noite, na estação Medrano, depois de ir ao boxe e ver Jacinto Llanes ganhar por pontos, tive a impressão de que a moça quase adormecida no segundo banco da plataforma não estava lá para esperar o trem que sobe. Na verdade, ela subiu comigo no mesmo vagão, mas só para descer na Río de Janeiro e permanecer na plataforma como se tivesse alguma dúvida, como se estivesse muito cansada ou entediada.

Digo tudo isso agora, quando já não me resta mais nada por saber, assim como, depois do roubo, as pessoas se lembram de que uns sujeitos mal-encarados estavam rondando o quarteirão. No entanto, desde o começo, alguma coisa nessas aparentes fantasias que se tecem na distração ia além e parecia deixar um sedimento de suspeita; por isso, na noite em que García Bouza mencionou, como um detalhe curioso, os resultados do controle, as duas coisas se associaram de imediato e senti que algo se definia em estranheza, quase em medo. Talvez, dos de fora, eu tenha sido o primeiro a saber.

Veio então um período confuso, onde se mesclam o desejo crescente de verificar suspeitas, um jantar no El Pescadito que me aproximou de Montesano e de suas lembranças, e um descenso progressivo e cauteloso ao metrô, entendido como outra coisa, como uma lenta respiração diferente, um pulso que de alguma forma quase impensável não pulsava para a cidade, já não era apenas um dos meios de transporte da cidade. Mas antes de começar realmente a descer (não me refiro ao fato trivial de circular no metrô como todo mundo), passou-se um tempo de reflexão e análise. Durante três meses, em que preferi viajar no bonde 86 para evitar verificações ou casualidades enganosas, reteve-me na superfície uma teoria digna de atenção, de Luis M. Baudizzone. Como lhe mencionara — quase de brincadeira — o relatório de García Bouza, ele achou que era possível explicar o fenômeno por uma espécie de desgaste atômico previsível nas grandes multidões. Ninguém jamais contou as pessoas que saem do estádio do River Plate num domingo de clássico, ninguém comparou esse número com o da bilheteria. Uma manada de cinco mil búfalos correndo por um desfiladeiro contém as mesmas unidades ao entrar e ao sair? O atrito das pessoas na *calle* Florida corrói sutilmente as mangas dos casacos, o dorso das luvas. O atrito de 113987 passageiros em trens lotados que os sacodem e os esfregam uns nos outros a cada curva e a cada freada pode ter como resultado (por anulação do individual e ação do desgaste sobre o ente multidão) a anulação de quatro unidades ao fim de vinte horas. Quanto à segunda anomalia, estou falando da sexta-feira em que houve um passageiro a mais, Baudizzone não pôde senão concordar com Montesano e atribuí-la a um erro de cálculo. No final dessas conjecturas, um tanto literárias, eu voltava a me sentir muito sozinho, eu que nem mesmo tinha conjecturas próprias, e sim uma demorada cãibra no estômago toda vez que chegava à boca do metrô. Por isso segui, por minha conta, um caminho em espiral para me aproximar pouco a pouco, por isso viajei tanto tempo de bonde antes de me sentir capaz de voltar ao Anglo, de descer de verdade, e não apenas para pegar o metrô.

Aqui é preciso dizer que não tive a menor ajuda deles, muito pelo contrário; esperar ou procurar por ajuda teria sido insensato. Eles estão aí e nem ao menos sabem que sua história escrita começa neste exato parágrafo. De minha parte, não gostaria de delatá-los, e em todo caso não vou mencionar os poucos nomes de que tomei conhecimento naquelas semanas em que entrei no seu mundo; se fiz tudo isso, se escrevo esse relatório, acho que tive bons motivos, quis ajudar os portenhos sempre afligidos pelos problemas do transporte. Agora nem isso importa mais, agora tenho medo, agora não me animo a descer lá, mas é injusto ter de viajar lenta e desconfortavelmente de bonde quando se está a dois passos do metrô que todo mundo pega porque não tem medo. Sou bastante honesto para reconhecer que se eles forem expulsos — sem escândalo, claro, sem que ninguém se dê conta inteiramente —, vou me sentir mais tranquilo. E não porque minha vida tenha se sentido ameaçada quando eu estava lá embaixo, mas também não me senti seguro um instante sequer enquanto avançava em minha pesquisa de tantas noites (ali tudo acontece de noite, nada mais falso e teatral que os raios de sol que irrompem das claraboias entre duas estações, ou rolam até a metade das escadas de acesso às estações); é bem possível que alguma coisa tenha acabado por me delatar, e que eles já saibam por que passo tantas horas no metrô, assim como eu os distingo imediatamente entre a multidão espremida nas estações. São tão pálidos, agem com uma eficiência tão evidente; são tão pálidos e estão tão tristes, quase todos estão muito tristes.

Amamos tanto a Glenda 331

Curiosamente, o que mais me preocupou desde o começo foi descobrir como viviam, sem que as razões dessa vida me parecessem o mais importante. Deixei de lado, quase de imediato, a ideia de vias mortas ou abrigos abandonados; a existência de todos eles era evidente e coincidia com o ir e vir dos passageiros entre as estações. É verdade que entre a Loria e a praça Once se vislumbra vagamente um Hades cheio de forjas, desvios, depósitos de materiais e bilheterias estranhas com vidros enegrecidos. Essa espécie de Niebeland pode ser entrevista por uns poucos segundos, quando o trem nos sacode quase brutalmente nas curvas de acesso à estação que tanto brilha, por contraste. Mas foi só eu pensar na quantidade de operários e capatazes que compartilham essas galerias sujas para descartá-las como reduto aproveitável; eles não teriam se exposto ali, pelo menos não nas etapas iniciais. Umas tantas viagens de observação foram suficientes para que eu percebesse que em nenhum lugar, fora da própria linha — quer dizer, das estações com suas plataformas, e dos trens em movimento quase permanente —, havia lugar e condições que se prestassem à sua vida. Fui eliminando vias mortas, bifurcações e depósitos até chegar à clara e horrível verdade por resíduo necessário, ali naquele reino crepuscular onde a noção de resíduo voltava várias vezes. Essa existência que estou esboçando (alguns dirão que estou propondo) apareceu-me condicionada pela necessidade mais brutal e implacável; da recusa sucessiva de possibilidades foi surgindo a única possibilidade restante. Eles, e isso estava bem claro agora, não se localizam em nenhum lugar; vivem no metrô, nos trens do metrô, movendo-se continuamente. Sua existência e sua circulação de leucócitos — são tão pálidos! — favorecem o anonimato que até hoje os protege.

Ao chegar a esse ponto, o resto era evidente. Salvo ao amanhecer e de madrugada, os trens do Anglo nunca ficam vazios, porque os portenhos são noctívagos e sempre há uns poucos passageiros que vão e vêm antes do fechamento das grades das estações. Daria para imaginar um último trem já inútil, que corre cumprindo o horário mesmo sem embarcar ninguém, mas nunca me foi dado vê-lo. Ou melhor, sim, consegui vê-lo algumas vezes, mas só para mim ele estava realmente vazio; seus raros passageiros eram uma parte deles, que seguiam sua noite cumprindo instruções inflexíveis. Nunca pude situar a natureza de seu refúgio forçado durante as três horas mortas em que o Anglo fica parado, das duas às cinco da manhã. Ou permanecem num trem que vai para uma via morta (e nesse caso o condutor deve ser um deles) ou se confundem episodicamente com o pessoal da limpeza noturna. Esta última hipótese é a menos provável, por uma questão de indumentária

332   *Texto numa caderneta*

e de relações pessoais, e prefiro suspeitar da utilização do túnel, desconhecido pelos passageiros comuns, que conecta a estação Once com o porto. Além do mais, por que a sala com a advertência *Entrada proibida* na estação José María Moreno está cheia de rolos de papel, sem contar um estranho baú onde é possível guardar coisas? A visível fragilidade dessa porta se presta às piores suspeitas; no entanto, embora talvez seja pouco razoável, penso que eles continuam de algum modo sua existência já descrita, sem sair dos trens ou da plataforma das estações; uma necessidade estética me dá, no fundo, certeza disso, quem sabe razão. Não parece haver resíduos válidos nessa permanente circulação que os leva e os traz entre os dois terminais.

Falei de necessidades estéticas, mas talvez essas razões sejam apenas pragmáticas. O plano exige uma grande simplicidade para que cada um deles possa reagir mecanicamente e sem erros diante dos momentos sucessivos que sua permanente vida sob a terra comporta. Por exemplo, como pude verificar depois de muita paciência, cada um sabe que não pode fazer mais de uma viagem no mesmo vagão, para não chamar a atenção; no entanto, no terminal da Plaza de Mayo eles podem permanecer em seu assento, agora que o congestionamento do transporte faz com que muita gente tome o trem na Florida para pegar um lugar e assim se adiantar aos que esperam no terminal. Na Primera Junta a operação é diferente, basta-lhes descer, andar alguns metros e se misturar aos passageiros que ocupam o trem da linha oposta. Em todo caso, jogam com a vantagem de que a imensa maioria dos passageiros que ocupam o trem faz somente uma viagem parcial. Como só voltarão a pegar o metrô bem depois, entre trinta minutos, caso estejam indo para uma atividade rápida, e oito horas, caso sejam funcionários ou operários, é improvável que consigam reconhecer os que continuam lá embaixo, principalmente mudando sem parar de vagões e de trens. Essa última mudança, que me foi difícil verificar, é muito mais sutil e responde a um esquema inflexível destinado a impedir possíveis aderências visuais nos guarda-trens ou nos passageiros que coincidem (duas vezes em cinco, conforme as horas e a afluência de público) nos mesmos trens. Agora eu sei, por exemplo, que a moça que esperava na Medrano naquela noite tinha descido do trem anterior ao que tomei, e que subiu no seguinte depois de viajar comigo até a Río de Janeiro; como todos eles, tinha indicações precisas até o final da semana.

O costume os ensinou a dormir nos assentos, mas só por períodos de quinze minutos, no máximo. Também nós, que viajamos episodicamente no Anglo, acabamos adquirindo uma memória tátil do itinerário, a entrada nas poucas curvas da linha nos diz infalivelmente se saímos da Congreso rumo à Sáenz Peña ou se voltamos à Loria. Neles o hábito é tal que acordam no momento exato para descer ou mudar de vagão ou de trem. Dormem com dignidade, eretos, a cabeça levemente inclinada sobre o peito. Vinte quartos de hora são suficientes para seu descanso, e além do mais eles têm a seu favor aquelas três horas vedadas ao meu conhecimento em que o Anglo fecha para o público. Quando consegui saber que possuíam pelo menos um trem, o que talvez confirmasse minha hipótese da via morta nas horas de encerramento, disse comigo que sua vida teria um valor de comunidade quase agradável se lhes fosse dado viajar todos juntos naquele trem. Refeições coletivas rápidas, mas gostosas, entre uma estação e outra, sono ininterrupto na viagem de um terminal a outro, até mesmo a alegria do diálogo e dos contatos entre amigos, e por que não?, parentes. Mas consegui comprovar que eles se abstêm rigorosamente de se reunir em seu trem (se é, de fato, apenas um, já que sem dúvida seu número aumenta paulatinamente); sabem de sobra que qualquer identificação lhes seria fatal, e que a memória lembra melhor de três rostos postos juntos a uma só vez, como diz o trava-línguas, do que de simples indivíduos isolados.

Seu trem lhes permite um fugaz conciliábulo quando precisam receber e ir passando a nova tabela semanal que o Primeiro deles prepara em folhinhas de bloco e distribui todo domingo aos chefes de grupo; ali recebem também o dinheiro para a alimentação da semana, e um emissário do Primeiro (sem dúvida o condutor do trem) escuta o que cada um tem a dizer em matéria de roupas, mensagens para o exterior e estado de saúde. O programa consiste numa alternância tal de trens e vagões que um encontro é praticamente impossível e suas vidas voltam a se distanciar até o final da semana. Suponho — consegui entender tudo isso depois de tensas projeções mentais, de me pôr em sua pele e de sofrer ou me alegrar como eles — que esperam por seu domingo como nós lá em cima esperamos pela paz do nosso. Que o Primeiro tenha escolhido esse dia não se deve a um respeito tradicional que me surpreenderia ver neles; ele sabe, simplesmente, que aos domingos há outro tipo de passageiro no metrô, e por isso aí qualquer trem é mais anônimo que numa segunda ou numa sexta.

Juntando delicadamente tantos elementos do mosaico, pude compreender a fase inicial da operação e a tomada do trem. Os quatro primeiros, como provam os números do controle, desceram numa terça-feira. Naquela tarde, na plataforma da Sáenz Peña, estudaram a cara enjaulada dos condutores que iam passando. O Primeiro fez um sinal, e embarcaram num trem. Era preciso esperar a saída da Plaza de Mayo, dispor de treze estações adiante, e que o guarda estivesse em outro vagão. O mais difícil era chegar a um momento em que ficassem sós; foram ajudados por uma disposição cavalhei-

334   *Texto numa caderneta*

resca da Corporação de Transportes da Cidade de Buenos Aires, que destina o primeiro vagão a senhoras e crianças, e por uma modalidade portenha que consiste num sensível desprezo para com esse vagão. Na Peru viajavam duas senhoras falando da liquidação da Casa Lamota (onde se veste Carlota) e um garoto absorto na inadequada leitura de *Rojo y Negro* (a revista, não Stendhal). O guarda estava na metade do trem quando o Primeiro entrou no vagão para senhoras e bateu discretamente à porta da cabine do condutor. Surpreso, ele abriu a porta, mas sem desconfiar de nada, e agora o trem subia para a Piedras. Passaram pela Lima, a Sáenz Peña e a Congreso sem novidades. Na Pasco houve certa demora em sair, mas o guarda estava na outra ponta do trem e não se preocupou. Antes de chegar à Río de Janeiro o Primeiro tinha voltado ao vagão onde os outros três o esperavam. Quarenta e oito horas mais tarde, um condutor à paisana, com a roupa um pouco grande, misturava-se às pessoas que saíam na Medrano, e dava ao inspetor-chefe Montesano o desgosto de aumentar em uma unidade o número da sexta--feira. Agora o Primeiro conduzia seu trem, com os outros três treinando furtivamente para substituí-lo quando chegasse a hora. Deduzo que pouco a pouco fizeram o mesmo com os respectivos guardas dos trens que tomavam.

Donos de mais de um trem, eles dispõem de um território móvel onde podem agir com alguma segurança. Provavelmente nunca saberei por que os condutores do Anglo cederam à extorsão ou ao suborno do Primeiro, nem como ele escapa de uma possível identificação ao topar com outros funcionários, como recebe seu salário ou assina planilhas. Só pude proceder perifericamente, descobrindo um por um os mecanismos imediatos da vida vegetativa, da conduta exterior. Foi difícil admitir que eles se alimentavam quase que exclusivamente com os produtos vendidos nos quiosques das estações, até que me convenci de que o rigor mais extremo preside essa existência sem atrativos. Compram chocolates e alfajores, barras de doce de leite e de coco, torrones e balas nutritivas. Comem com o ar indiferente de quem se oferece uma guloseima, mas quando viajam num de seus trens os casais se atrevem a comprar um alfajor dos grandes, com muito doce de leite e confeitos, e vão comendo recatadamente, aos pedacinhos, com a alegria de uma verdadeira refeição. Nunca puderam resolver em paz o problema da alimentação coletiva; quantas vezes a fome irá assolá-los, e o doce lhes dará enjoo, e a lembrança do sal como um golpe de onda gelada na boca os invadirá com horrível delícia e, com o sal, o gosto do churrasco inatingível, a sopa com aroma de salsinha e aipo. (Nessa época, instalou-se uma churrascaria na estação Once, e às vezes chega à plataforma o cheiro defumado das linguiças e sanduíches de lombinho. Mas eles não podem usá-la porque fica do outro lado das catracas, na plataforma do trem para Moreno.)

Outro duro episódio de suas vidas é a roupa. Calças, saias, anáguas se desgastam. Jaquetas e blusas estragam pouco, mas depois de um tempo têm de ser trocadas, até por motivos de segurança. Certa manhã, em que eu seguia um deles tentando aprender mais sobre seus costumes, descobri as relações que mantêm com a superfície. É assim: eles descem um por um na estação tabulada, no dia e na hora tabulados. Alguém vem da superfície com a roupa de reposição (depois verifiquei que era um serviço completo; roupa íntima lavada em cada oportunidade, e um terno ou um vestido passados de tempos em tempos), e os dois sobem no mesmo trem que segue em frente. Lá podem conversar, o pacote passa de um para o outro e na estação seguinte eles se trocam — é a parte mais penosa — nos banheiros sempre imundos. Uma estação adiante, o mesmo agente está à espera deles na plataforma; viajam juntos até a próxima estação, e o agente volta à superfície com o pacote de roupa usada.

Por um mero acaso, e depois de ter me convencido de que já conhecia quase todas as suas possibilidades nessa área, descobri que além das trocas periódicas de roupas eles têm um depósito onde armazenam precariamente algumas peças e objetos para casos de emergência, talvez para cobrir as primeiras necessidades quando chegam os novos, cujo número não posso estimar, mas imagino que seja grande. Um amigo me apresentou, na rua, a um velho que labuta como *bouquiniste* nos arcos do Cabildo. Eu andava à procura de um velho número da *Sur*; para minha surpresa, e talvez minha admissão do inevitável, o livreiro me mandou descer na estação Peru e virar à esquerda da plataforma onde nasce um corredor muito movimentado e com pouco jeito de metrô. Tinha seu depósito lá, cheio de pilhas confusas de livros e revistas. Não encontrei a *Sur*, mas em compensação havia uma portinha entreaberta que dava para outro cômodo; vi alguém de costas, com aquela nuca branquíssima que agora todos eles têm; a seus pés, consegui entrever um monte de casacos, alguns lenços, um cachecol vermelho. O livreiro pensou que eu fosse um varejista ou um concessionário como ele; deixei que acreditasse nisso e comprei dele *Trilce*, numa bela edição. Mas sobre o lance das roupas, soube de coisas terríveis. Como eles têm dinheiro de sobra e ambicionam gastá-lo (acho que nos cárceres de hábitos polidos acontece a mesma coisa), satisfazem caprichos inofensivos com uma violência que me comove. Eu estava seguindo um rapaz loiro, sempre o via com o mesmo terno marrom; ele só mudava a gravata, duas ou três vezes por dia ele entrava nos banheiros para isso. Certa vez, ao meio-dia, desceu na Lima para comprar uma gravata num quiosque da plataforma; ficou um bom tempo escolhendo, sem se decidir; era sua grande escapada, sua farra dos sábados. Eu via nos bolsos do paletó o volume das outras gravatas, e senti uma coisa que não era menor que o horror.

Elas compram lencinhos, pequenos brinquedos, chaveiros, tudo o que cabe nos quiosques e nas bolsas. Às vezes descem na Lima ou na Peru e ficam olhando as vitrines da plataforma onde se exibem móveis, olham demoradamente os armários e as camas, olham os móveis com um desejo humilde e contido, e quando compram o jornal ou a *Maribel* se demoram, absortas, nos anúncios de liquidação, de perfumes, figurinos e luvas. E também quase esquecem suas instruções de indiferença e desapego quando veem subir as mães que levam os filhos para passear; duas delas, eu as vi com poucos dias de diferença, chegaram a deixar seus assentos e viajar de pé perto das crianças, quase tocando nelas; eu não ficaria muito espantado se lhes acariciassem o cabelo ou lhes dessem uma bala, o que não se faz no metrô de Buenos Aires e provavelmente em nenhum outro metrô.

Durante muito tempo me perguntei por que o Primeiro tinha escolhido justamente um dos dias de controle para descer com os outros três. Conhecendo seu método, mas ele ainda não, pensei que seria um equívoco atribuir isso a uma bravata, à vontade de provocar um escândalo caso fossem publicadas as diferenças de números. Mais de acordo com sua sagacidade reflexiva seria supor que naqueles dias a atenção do pessoal do Anglo estava dirigida, de maneira direta ou inconsciente, às operações de controle. Dessa forma, tomar o trem seria mais factível; até mesmo o retorno à superfície do condutor substituído não podia lhe trazer consequências perigosas. Só três meses depois, um encontro casual, no parque Lezama, do ex-condutor com o inspetor-chefe Montesano, e as taciturnas inferências deste último, puderam aproximá-lo e me aproximar da verdade.

Nessa época — estou falando quase de agora — eles tinham a posse de três trens, e acho, mas não tenho certeza, que um posto nas cabines de coordenação da Primera Junta. Um suicídio abreviou minhas últimas dúvidas. Naquela tarde, eu tinha seguido uma delas e a vi entrar na cabine telefônica da estação José María Moreno. A plataforma estava quase vazia, e apoiei o rosto no tabique lateral, fingindo o cansaço dos que estão voltando do trabalho. Era a primeira vez que via um deles numa cabine telefônica, e não me surpreendi com o ar meio furtivo e assustado da moça, seu instante de hesitação antes de olhar em torno e entrar na cabine. Ouvi poucas coisas, choro, um ruído de bolsa sendo aberta, nariz sendo assoado, e depois, "Mas o canário, você cuida dele, né? Você vai lhe dar o alpiste toda manhã, e o pedacinho de baunilha?". Essa banalidade me espantou, porque a voz não era uma voz que estivesse

Amamos tanto a Glenda   337

transmitindo uma mensagem baseada num código qualquer, as lágrimas molhavam aquela voz, afogavam-na. Subi num vagão antes que ela pudesse me descobrir e fiz toda a volta, continuando a controlar tempos e troca de roupas. Quando entrávamos outra vez na José María Moreno, ela se jogou, depois de fazer o sinal da cruz (dizem); eu a reconheci pelos sapatos vermelhos e a bolsa clara. Tinha uma gentarada lá, e muitos cercavam o condutor e o guarda à espera da polícia. Vi que os dois eram gente deles (são tão pálidos) e pensei que a ocorrência provaria ali mesmo a solidez dos planos do Primeiro, porque uma coisa é substituir alguém nas profundezas, outra é encarar um interrogatório policial. Uma semana se passou, sem novidades, sem a menor sequela de um suicídio banal e quase cotidiano; então comecei a ter medo de descer.

Já sei que ainda me falta saber muitas coisas, inclusive as fundamentais, mas o medo é mais forte que eu. Nesses dias, assim que chego à boca da Lima, que é minha estação, sinto aquele cheiro quente, aquele cheiro de Anglo que sobe até a rua; escuto os trens passarem. Entro num café e me chamo de imbecil, pergunto-me como é possível desistir, já a tão poucos passos da revelação total. Sei tantas coisas, poderia ser útil à sociedade denunciando o que está acontecendo. Sei que nas últimas semanas já tinham oito trens, e que seu número cresce rapidamente. Os novos ainda são irreconhecíveis porque a descoloração de sua pele é muito lenta e, sem dúvida, as precauções são reforçadas; os planos do Primeiro não parecem ter falhas, e me é impossível calcular seu número. Só o instinto me disse, quando ainda me animava a ficar lá embaixo e segui-los, que a maioria dos trens já está cheia deles, que os passageiros comuns acham cada vez mais difícil viajar a toda hora; e não me surpreende que os jornais peçam novas linhas, mais trens, medidas de emergência.

Vi Montesano, disse-lhe algumas coisas e esperei que adivinhasse outras. Tive a impressão de que desconfiava de mim, que seguia, por conta própria, alguma pista, ou melhor, que preferia ignorar com elegância uma coisa que estava além de sua imaginação, sem falar da de seus chefes. Compreendi que era inútil falar com ele de novo, que ele poderia me acusar de complicar sua vida com fantasias, talvez paranoicas, sobretudo quando me disse, batendo em minhas costas: "O senhor está cansado, o senhor deveria viajar".

Mas é no Anglo que eu deveria viajar. Fico um pouco surpreso que Montesano não se decida a tomar medidas, pelo menos contra o Primeiro e os outros três, para cortar pelo alto essa árvore que afunda mais e mais suas raízes no asfalto e na terra. Há esse cheiro de local fechado, ouvem-se os freios de um trem e depois a lufada de pessoas que sobem a escada com o ar bovino dos que viajaram de pé, amontoados em vagões sempre lotados.

338 *Texto numa caderneta*

Eu deveria me aproximar, levar cada um deles para um canto e explicar-lhes; então escuto outro trem entrando e o medo volta. Quando reconheço algum dos agentes que desce ou sobe com o pacote de roupas, escondo-me no café e não me animo a subir por um bom tempo. Penso, entre dois copos de gim, que assim que recobrar a coragem descerei para me certificar de seu número. Acho que agora já possuem todos os trens, a administração de muitas estações e parte das oficinas. Ontem pensei que a vendedora do quiosque de guloseimas da Lima poderia me informar indiretamente sobre o aumento inevitável de suas vendas. Com um esforço apenas superior à cãibra que me apertava o estômago, conseguir descer até a plataforma, repetindo que não se tratava de subir num trem, de me misturar com eles; só duas perguntas e voltar à superfície, estar a salvo novamente. Pus a moeda na catraca e me aproximei do quiosque; ia comprar um Milkibar quando vi que a vendedora estava me olhando fixo. Bonita, mas tão pálida, tão pálida. Corri desesperado para as escadas, subi tropeçando. Agora sei que não poderei mais descer; já me conhecem, no fim, acabaram por me conhecer.

Passei uma hora no café sem me decidir a pisar de novo no primeiro degrau da escada, a ficar ali no meio das pessoas que sobem e descem, ignorando os que me olham de soslaio sem entender por que não me decido a me mover numa zona onde todos se movem. Acho quase impensável ter levado a termo a análise de seus métodos gerais e não ser capaz de dar o passo final que me permitirá a revelação de suas identidades e de seus propósitos. Recuso-me a aceitar que o medo me dê esse aperto no peito; talvez me decida, talvez seja melhor me apoiar no corrimão da escada e gritar o que sei de seu plano, o que penso saber sobre o Primeiro (vou falar, mesmo que Montesano não goste que eu refute sua pesquisa), e principalmente as consequências de tudo isso para a população de Buenos Aires. Até agora continuei escrevendo no café, a tranquilidade de estar na superfície e num lugar neutro me enche de uma calma que eu não tinha quando desci até o quiosque. Sinto que, de algum modo, vou descer de novo, que vou me obrigar, passo após passo, a descer a escada, mas por enquanto será melhor terminar meu relatório para mandá-lo ao prefeito ou ao delegado de polícia, com uma cópia para Montesano, e depois vou pagar o café e com certeza descerei, tenho certeza disso, embora ainda não saiba como vou fazer, de onde vou tirar forças para descer degrau por degrau agora que me conhecem, agora que por fim acabaram por me conhecer, mas não importa mais, antes de descer estarei com o rascunho pronto, vou dizer senhor prefeito ou senhor delegado, há alguém lá embaixo que caminha, alguém que anda pelas plataformas e, quando ninguém percebe, quando só eu consigo saber e escutar, se fecha numa cabine mal iluminada e abre a bolsa. Então chora, primeiro chora um pouco e depois, senhor prefeito, diz: "Mas o canário, você cuida dele, né? Você vai lhe dar o alpiste toda manhã, e o pedacinho de baunilha?".

Recortes de jornal

Embora não ache necessário dizer, o primeiro recorte é real e o segundo imaginário.

O escultor mora na rua Riquet, o que não me parece uma boa ideia, mas em Paris não dá para escolher muito quando se é ao mesmo tempo argentino e escultor, duas maneiras habituais de se morar com dificuldade nesta cidade. Na verdade, nós mal nos conhecemos, só de recortes de tempo que já abrangem vinte anos; quando ele me telefonou para falar de um livro com reproduções de seus trabalhos mais recentes e me pediu um texto que pudesse acompanhá-las, eu lhe disse o que sempre convém dizer nesses casos, ou seja, que ele me mostrasse suas esculturas e depois, veríamos, ou melhor, veríamos, e depois.

De noite fui ao seu apartamento e no começo houve café e dribles amáveis, nós dois sentíamos o que inevitavelmente se sente quando alguém mostra sua obra a outro e chega aquele momento quase sempre temível em que as fogueiras se acenderão ou será preciso admitir, tapando com palavras, que a lenha estava molhada e fazia mais fumaça que calor. Já antes, por telefone, ele tinha comentado comigo seus trabalhos, uma série de pequenas esculturas cujo tema era a violência em todas as latitudes políticas e geográficas, mostrando o homem como lobo do homem. Sabíamos alguma coisa sobre isso, mais uma vez dois argentinos deixando subir a maré das lembranças, a acumulação cotidiana do espanto através de telegramas, cartas, silêncios repentinos. Enquanto conversávamos, ele ia desocupando uma mesa; me acomodou numa poltrona propícia e começou a trazer as esculturas, dispunha-as sob uma luz bem pensada, me deixava olhá-las devagar e depois as girava pouco a pouco; quase não conversávamos agora, elas tinham a palavra e essa palavra continuava sendo a nossa. Uma após a outra, até completar uma dezena ou algo assim, pequenas e filiformes, de argila ou de gesso, nascendo de arames ou de garrafas pacientemente envolvidas pelo trabalho dos dedos e da espátula, crescendo a partir de latas vazias e de objetos que só a confidência do escultor me deixava conhecer por sob corpos e cabeças, braços e mãos. Já era tarde da noite, da rua vinha apenas um barulho de caminhões pesados, uma sirene de ambulância.

Gostei que no trabalho do escultor não houvesse nada de sistemático ou muito explicativo, que cada peça contivesse um pouco de enigma e que às vezes fosse preciso olhar demoradamente para compreender a modalidade que nela assumia a violência; as esculturas me pareceram ingênuas e sutis, em todo caso sem sensacionalismo nem chantagem sentimental. Até a tortura, essa forma última em que a violência se cumpre no horror da imobilidade e do isolamento, não tinha sido mostrada com a duvidosa minúcia de tantos cartazes e textos e filmes que voltavam à minha memória também duvidosa, muito pronta também para guardar imagens e devolvê-las para sabe-se lá que obscura complacência. Pensei que se escrevesse o texto que o escultor me pedira, se eu escrever o texto que você me pediu, disse a ele, vai ser um texto como essas peças, jamais me deixarei levar pela facilidade por demais abundante nesse terreno.

— Isso é com você, Noemí — disse ele. — Eu sei que não é fácil, temos tanto sangue nas lembranças que às vezes a gente se sente culpado de lhe impor limites, de manipulá-lo para que não nos inunde totalmente.

— Diz isso pra mim? Olhe este recorte, eu conheço a mulher que o assina e que estava sabendo de algumas coisas por informações de amigos. Aconteceu há três anos, mas podia ter sido ontem à noite ou pode estar acontecendo bem agora em Buenos Aires ou em Montevidéu. Justamente antes de vir pra sua casa abri a carta de um amigo e encontrei o recorte. Me dê mais um café enquanto o lê, na verdade não é preciso que você o leia depois do que me mostrou, mas sei lá, vou me sentir melhor se você também ler.

O que ele leu era isto:

A que subscreve, Laura Beatriz Bonaparte Bruschtein, domiciliada em Atoyac, número 26, distrito 10, Colonia Cuauhtémoc, México 5, DF, deseja comunicar à opinião pública o seguinte testemunho:

1. Aída Leonora Bruschtein Bonaparte, nascida em 21 de maio de 1951 em Buenos Aires, Argentina, profissão professora de alfabetização.

Fato: Às dez horas da manhã do dia 24 de dezembro de 1975 foi sequestrada por pessoal do Exército argentino (Batalhão 601) em seu local de trabalho, na Favela de Monte Chingolo, próxima da Capital Federal.

No dia anterior esse local havia sido palco de uma batalha que deixara um saldo de mais de cem mortos, inclusive pessoas do lugar. Minha filha, depois de sequestrada, foi levada à guarnição militar Batalhão 601.

Amamos tanto a Glenda   341

Lá foi brutalmente torturada, bem como outras mulheres. As que sobreviveram foram fuziladas naquela mesma noite de Natal. Entre elas estava minha filha.

O sepultamento dos mortos em combate e dos civis sequestrados, como é o caso de minha filha, demorou cerca de cinco dias. Todos os corpos, inclusive o dela, foram trasladados com escavadeiras do batalhão à delegacia de Lanús, e dali ao cemitério de Avellaneda, onde foram enterrados numa vala comum.

Eu continuava olhando a última escultura que tinha ficado sobre a mesa, me negava a fixar os olhos no escultor, que lia em silêncio. Pela primeira vez ouvi um tique-taque de relógio de parede, vinha do vestíbulo e era a única coisa audível naquele momento em que a rua ia ficando cada vez mais deserta; o leve som me chegava como um metrônomo da noite, uma tentativa de manter o tempo vivo dentro desse buraco em que nós dois parecíamos estar metidos, dessa duração que abrangia um cômodo de Paris e um bairro miserável de Buenos Aires, que abolia os calendários e nos deixava cara a cara diante disso, diante do que só podíamos chamar de isso, todas as denominações gastas, todos os gestos do horror cansados e sujos.

— *As que sobreviveram foram fuziladas naquela mesma noite de Natal* — leu em voz alta o escultor. — Talvez tenham dado a elas pão doce e sidra, lembre que em Auschwitz distribuíam balas entre as crianças antes de mandá-las entrar nas câmaras de gás.

Deve ter visto alguma coisa em meu rosto, fez um gesto de desculpa e eu baixei os olhos e peguei outro cigarro.

Soube oficialmente do assassinato de minha filha no juizado número 8 da cidade de La Plata, no dia 8 de janeiro de 1976. Depois fui encaminhada à delegacia de Lanús, onde após três horas de interrogatório foi-me informado o local onde a vala estava situada. De minha filha só me deixaram ver as mãos cortadas de seu corpo e postas num frasco, que leva o número 24. O que restava de seu corpo não podia ser entregue, porque era segredo militar. No dia seguinte fui ao cemitério de Avellaneda, em busca da quadra número 28. O delegado tinha dito que lá eu encontraria "o que restava dela, porque não podiam ser chamados de corpos o que lhes haviam entregado". A vala era um espaço de terra recém-revirada, de cinco metros por cinco, mais ou menos nos fundos do cemitério. Eu sei localizar a vala. Foi terrível saber de que maneira tinham sido assassinadas e sepultadas mais de cem pessoas, dentre as quais estava minha filha.

2. Diante dessa situação ignóbil e de uma crueldade tão indescritível, em janeiro de 1976, eu, domiciliada na rua Lavalle, 730, quinto andar, distrito nove, na Capital Federal, abro contra o Exército argentino um processo por assassinato. Faço isso no mesmo tribunal de La Plata, o de número 8, juizado cível.

— Pois é, tudo isso não adianta nada — disse o escultor, varrendo o ar com um braço estendido. — Não adianta nada, Noemí, eu passo meses aqui fazendo essas merdas, você escreve livros, essa mulher denuncia atrocidades, vamos a congressos e a mesas-redondas pra protestar, chegamos quase a acreditar que as coisas estão mudando, e então bastam dois minutos de leitura pra gente compreender a verdade de novo, pra...

— Psit... eu também penso coisas assim agora — disse, com raiva por ter de dizê-lo. — Mas se as aceitasse seria como mandar a eles um telegrama de adesão, e além do mais você sabe muito bem, amanhã você vai se levantar e logo vai estar modelando outra escultura e vai saber que eu estou diante da minha máquina e vai pensar que somos muitos, embora sejamos tão poucos, e que a disparidade de forças não é nem nunca será uma razão pra gente se calar. Fim do sermão. Acabou de ler? Preciso ir, tchê.

Fez um gesto negativo, mostrou a cafeteira.

Em decorrência desse meu recurso legal, ocorreram os seguintes fatos:

3. Em março de 1976, Adrián Saidón, argentino de vinte e quatro anos, funcionário, noivo de minha filha, foi assassinado numa rua da cidade de Buenos Aires pela polícia, que avisou seu pai.

Seu corpo não foi restituído ao pai, dr. Abraham Saidón, porque era segredo militar.

4. Santiago Bruschtein, argentino, nascido no dia 25 de dezembro de 1918, pai de minha filha assassinada, mencionada em primeiro lugar, profissão doutor em bioquímica, com laboratório na cidade de Morón.

Fato: Em 11 de junho de 1976, ao meio-dia, chega a seu apartamento na rua Lavalle, 730, quinto andar, apartamento 9, um grupo de militares à paisana. Meu marido, cuidado por uma enfermeira, encontrava-se em seu leito quase moribundo, em razão de um infarto, e com um prognóstico de três meses de vida. Os militares lhe perguntaram por mim e por nossos filhos, e acrescentaram: *"Como um judeu filho da puta pode se atrever a processar o Exército argentino por assassinato?"*. Depois o obrigaram a se levantar, e *batendo nele* o puseram num automóvel, sem permitir que levasse seus remédios.

Testemunhas oculares afirmaram que o Exército e a polícia utilizaram cerca de vinte viaturas para a detenção. Nunca mais tivemos nenhuma notícia dele. Por informações não oficiais, ficamos sabendo que ele faleceu subitamente no início da tortura.

— E eu estou aqui, a milhares de quilômetros, discutindo com um editor que tipo de papel usar pras fotos das esculturas, o formato e a capa.

— Bah, querido, e eu agora estou escrevendo um conto que fala, nada

Amamos tanto a Glenda   343

mais nada menos, dos problemas psi-co-ló-gi-cos de uma garota na puberdade. Não comece com a autotortura, já basta a verdadeira, né?

— Eu sei, Noemí, eu sei, porra. Mas é sempre a mesma coisa, sempre temos que reconhecer que tudo isso aconteceu em outro espaço, aconteceu em outro tempo. Nunca estivemos nem estaremos lá, onde talvez...

(Me lembrei de uma coisa que tinha lido quando menina, talvez em Augustin Thierry, um conto de quando um santo, sei lá como se chamava, converteu Clóvis e sua nação ao cristianismo, daquele momento em que estava descrevendo para Clóvis o martírio e a crucificação de Jesus, e o rei se levantou do trono brandindo sua lança e gritando: "Ah, se eu tivesse estado lá com meus francos!", maravilha de um desejo impossível, a mesma raiva impotente do escultor perdido na leitura.)

5. Patricia Villa, argentina, nascida em Buenos Aires em 1952, jornalista, trabalhava na agência Inter Press Service, e é irmã de minha nora.

Fato: Tal como seu noivo, Eduardo Suárez, também jornalista, foram detidos em setembro de 1976 e conduzidos presos à Coordenação Geral da polícia federal de Buenos Aires. Uma semana depois do sequestro, comunicam a sua mãe, que fez as gestões legais pertinentes, que lamentavam, que havia sido um erro. Seus corpos não foram restituídos a seus familiares.

6. Irene Mónica Bruschtein Bonaparte de Ginzberg, de vinte e dois anos, profissão artista plástica, casada com Mario Ginzberg, mestre de obras sênior, de vinte e quatro anos.

Fato: No dia 11 de março de 1977, às seis da manhã, chegaram ao apartamento onde os dois moravam forças conjuntas do Exército e da polícia, levando o casal e deixando seus filhinhos: Victoria, de dois anos e seis meses, e Hugo Roberto, de um ano e seis meses, abandonados na porta do edifício. Imediatamente apresentamos recurso de habeas corpus, eu, no consulado do México, e o pai de Mario, meu consogro, na Capital Federal.

Pedi por minha filha Irene e por Mario, denunciando essa horrenda sequência de fatos a: Nações Unidas, OEA, Anistia Internacional, Parlamento Europeu, Cruz Vermelha etc.

Não obstante, até agora não recebi notícias do local de sua detenção. Tenho uma firme esperança de que ainda estejam vivos.

Como mãe, impossibilitada de voltar à Argentina pela situação de perseguição familiar que descrevi, e como os recursos legais foram anulados, peço às instituições e pessoas que lutam pela defesa dos direitos humanos que se inicie o procedimento necessário para que me restituam minha filha Irene e seu marido Mario, para assim salvaguardar as vidas e a liberdade deles. Assinado, Laura Beatriz Bonaparte Bruschtein. (De *El País*, outubro de 1978, reproduzido em *Denuncia*, dezembro de 1978.)

O escultor me devolveu o recorte, trocamos apenas algumas palavras porque estávamos caindo de sono, senti que estava contente por eu ter aceitado acompanhá-lo em seu livro, e só então percebi que tinha duvidado disso até o final, porque tenho fama de ser muito ocupada, talvez de egoísta, em todo caso, de escritora mergulhada até o pescoço no trabalho. Perguntei se havia um ponto de táxi ali por perto e fui para a rua deserta e fria e larga demais para meu gosto em Paris. Um golpe de vento me obrigou a levantar a gola do sobretudo, ouvia meus passos batendo em seco no silêncio, marcando aquele ritmo no qual o cansaço e as obsessões inserem, tantas vezes, uma melodia que vai e volta, ou a frase de um poema, só me deixaram ver as mãos cortadas de seu corpo e postas num frasco, reagi bruscamente repelindo a maré recorrente, me forçando a respirar fundo, a pensar em meu trabalho do dia seguinte; nunca soube por que atravessei para a calçada defronte, sem nenhuma necessidade, pois a rua desembocava na praça de La Chapelle, onde eu talvez encontrasse algum táxi, dava na mesma seguir por uma calçada ou pela outra, atravessei por atravessar, porque nem sequer me restavam forças para me perguntar por que atravessava.

A menina estava sentada no degrau de um pórtico quase perdido entre os outros pórticos das casas altas e estreitas, quase indistinguíveis naquele quarteirão particularmente escuro. O fato de haver, a essa hora da noite e naquela solidão, uma menina sentada na borda de um degrau não me surpreendeu tanto como sua atitude, uma manchinha esbranquiçada com as pernas apertadas e as mãos cobrindo o rosto, algo que também poderia ser um cão ou uma lata de lixo abandonada na entrada da casa. Olhei vagamente ao redor; um caminhão se afastava com suas frouxas luzes amarelas, na calçada defronte um homem caminhava encurvado, a cabeça afundada na gola levantada do sobretudo e as mãos nos bolsos. Parei, olhei de perto; a menina tinha umas trancinhas ralas, uma saia branca e pulôver cor-de-rosa, e quando afastou as mãos do rosto vi seus olhos e as faces e nem a semiescuridão conseguia apagar suas lágrimas, o brilho descendo até sua boca.

— O que houve? O que você está fazendo aí?

Senti que fungava com força, engolia lágrimas e mucos, um soluço ou um beicinho, vi seu rosto inteiro levantado para mim, o nariz minúsculo e vermelho, a curva de uma boca que tremia. Repeti as perguntas, nem sei o que disse, me agachando até senti-la bem próxima de mim.

— A mamãe — disse a menina, falando entre ofegos. — O papai está fazendo umas coisas com a mamãe.

Talvez fosse falar mais, mas esticou os braços e a senti se agarrar a mim, chorar desesperadamente em meu pescoço; cheirava a sujeira, a calcinha molhada. Tentei pegá-la no colo enquanto me levantava, mas ela se afastou, olhando para a escuridão do corredor. Apontava alguma coisa com o dedo, começou a andar e a segui, vislumbrando apenas um arco de pedra e atrás dela a penumbra, um começo de jardim. Silenciosa, saiu para o ar livre, aquilo não era um jardim, era mais uma horta com cercas de arame baixas que delimitavam áreas semeadas, havia luz bastante para ver os viveiros raquíticos, os bambus que sustentavam trepadeiras, pedaços de pano servindo de espantalho; no centro se divisava um pavilhão baixo remendado com chapas de zinco e latas, uma janelinha da qual saía uma luz esverdeada. Não havia nenhuma lâmpada acesa nas janelas dos imóveis que rodeavam a horta, as paredes negras subiam cinco andares até se confundirem com um céu baixo e nublado.

A menina tinha ido diretamente até a passagem estreita entre dois canteiros que levava à porta do pavilhão; virou-se apenas para se assegurar de que eu a seguia, e entrou no barraco. Sei que eu deveria parar ali e dar meia-volta, dizer a mim mesma que aquela menina tinha tido um pesadelo e estava voltando para a cama, todas as razões da razão que nesse momento me mostravam o absurdo e talvez o risco de me meter a essa hora em casa estranha; talvez ainda estivesse me dizendo isso quando passei pela porta entreaberta e vi a menina me esperando num saguão confuso, cheio de trastes e ferramentas de jardim. Uma réstia de luz se filtrava sob a porta dos fundos, a menina mostrou-a com a mão, atravessou quase correndo o resto do saguão e começou a abrir imperceptivelmente a porta. A seu lado, recebendo em pleno rosto o raio amarelado da brecha que se ampliava pouco a pouco, senti um cheiro de queimado, ouvi algo parecido com um grito abafado que ia e vinha e se interrompia e voltava; minha mão deu um empurrão na porta e vi todo o quarto infecto, as banquetas quebradas e a mesa com garrafas de cerveja e de vinho, os copos e a toalha de jornais velhos, adiante a cama e o corpo nu e amordaçado com uma toalha manchada, as mãos e os pés amarrados na grade de ferro. De costas para mim, sentado num banco, o pai da menina fazia coisas com a mãe; fazia hora, levava lentamente o cigarro à boca, deixava a fumaça sair pouco a pouco pelo nariz, enquanto a brasa do cigarro caía para pousar no seio da mãe, permanecia o tempo que duravam os gritos sufocados pela toalha que envolvia a boca e o rosto, exceto os olhos. Antes de entender, de aceitar fazer parte daquilo, houve tempo para que o pai retirasse o cigarro e o levasse novamente à boca, tempo de avivar a brasa e de saborear o excelente tabaco francês, tempo para que eu visse o corpo queimado do ventre até o pescoço, as manchas roxas ou vermelhas que subiam das coxas e do sexo até os seios onde agora a brasa voltava a pousar, com meticulosa delicadeza, procurando um espaço de pele sem cicatrizes. Os gritos e os movimentos bruscos do corpo na cama que rangeu sob o espasmo se misturaram com coisas e atos que não escolhi e que jamais poderei entender; entre mim e o homem de costas havia uma banqueta desconjuntada, eu a vi se erguer no ar e cair de quina na cabeça do pai; seu corpo e a banqueta rolaram pelo chão quase no mesmo segundo. Tive de me jogar para trás para não cair também, no movimento de levantar a banqueta e atirá-la eu tinha posto todas as minhas forças, que no mesmo instante me abandonavam, me deixando sozinha como um fantoche cambaleante; sei que busquei apoio sem encontrá-lo, que olhei vagamente para trás e vi a porta fechada, a menina não estava mais lá e o homem no chão era uma mancha confusa, um pano amarrotado. O que veio depois eu poderia ter visto num filme ou lido num livro, eu parecia estar lá sem estar, mas estava com uma agilidade e uma intencionalidade que, num tempo brevíssimo, se é que isso acontecia no tempo, me levou a encontrar uma faca em cima da mesa, cortar as cordas que amarravam a mulher, arrancar a toalha de seu rosto e vê-la se levantar em silêncio, agora perfeitamente em silêncio, como se isso fosse necessário e até imprescindível, olhar o corpo no chão que começava a se contrair, numa inconsciência que não ia durar, me olhar sem palavras, ir até o corpo e agarrá-lo pelos braços enquanto eu segurava suas pernas e com um duplo impulso o deitávamos na cama, o amarrávamos com as mesmas cordas apressadamente arrumadas e atadas, o amarrávamos e o amordaçávamos dentro daquele silêncio onde alguma coisa parecia vibrar e tremer num som ultrassônico. O que veio depois eu não sei, vejo a mulher sempre nua, suas mãos arrancando pedaços de roupa, desabotoando uma calça e descendo-a até amarrotá-la nos pés, vejo seus olhos nos meus, só um par de olhos desdobrados e quatro mãos arrancando e rasgando e despindo, jaqueta e camisa e cueca, agora que preciso lembrar e que preciso escrever sobre isso minha maldita condição e minha dura memória me trazem outra coisa indizivelmente vivida, mas não vista, uma passagem de um conto de Jack London no qual um caçador do Norte luta para ganhar uma morte limpa enquanto a seu lado, transformado numa coisa sanguinolenta que ainda guarda um resto de consciência, seu camarada de aventuras uiva e se retorce torturado pelas mulheres da tribo que fazem dele um horroroso prolongamento de vida entre espasmos e gritos, matando-o sem matá-lo, requintadamente refinadas em cada uma das novas variantes jamais descritas, mas ali, como nós ali, jamais descritas e fazendo o que devíamos, o que tínhamos de fazer. Inútil se perguntar agora por que eu estava nisso, qual era meu direito e minha parte nisso que estava acontecendo debaixo de meus olhos, que sem dúvida viram, que sem dúvida recordam, como a imaginação de Jack London deve ter visto e recordado o que sua mão não era capaz de escrever. Só sei que a menina não estava conosco desde que entrei no quarto, e que agora a mãe fazia coisas no pai, mas quem sabe se era só a mãe ou se eram outra vez as rajadas da noite, pedaços de imagens retornando de um recorte de jornal, as mãos cortadas de seu corpo e postas num frasco que leva o número 24, por informantes não oficiais ficamos sabendo que faleceu subitamente no começo da tortura, a toalha na boca, os cigarros acesos, e Victoria, de dois anos e seis meses, e Hugo Roberto, de um ano e seis meses, abandonados na porta do edifício. Como saber quanto durou, como entender que também eu, também eu, embora acreditasse estar do lado bom também eu, como aceitar que também eu ali do outro lado de mãos cortadas e valas comuns, também eu do outro lado das moças torturadas e fuziladas naquela mesma noite de Natal; o resto é um dar as costas, atravessar a horta me batendo na cerca de arame e abrindo o joelho, ir para a rua gelada e deserta e chegar a La Chapelle e encontrar quase de imediato o táxi que me trouxe para um copo atrás do outro de vodca e para um sono do qual acordei ao meio-dia, atravessada na cama e vestida dos pés à cabeça, com o joelho sangrando e aquela dor de cabeça talvez providencial que a vodca pura causa quando passa do gargalo para a garganta.

Trabalhei a tarde toda, parecia-me inevitável e espantoso ser capaz de me concentrar a esse ponto; ao anoitecer liguei para o escultor, que parecia surpreso com meu rápido reaparecimento; contei-lhe o que tinha acontecido comigo, soltei tudo de um jorro, que ele respeitou, ainda que às vezes eu o ouvisse tossir ou tentar um começo de pergunta.

— De maneira que, veja só — disse a ele —, veja que não demorei muito tempo para lhe dar o prometido.

— Não estou entendendo — disse o escultor. — Se está falando do texto sobre...

— Sim, estou falando disso. Acabo de lê-lo pra você, esse é o texto. Vou mandá-lo assim que passar a limpo, não quero mais ficar com ele aqui.

Dois ou três dias mais tarde, vividos numa bruma de comprimidos e drinques e discos, qualquer coisa que fosse uma barricada, saí à rua para comprar provisões, a geladeira estava vazia e Mimosa miava ao pé de minha cama. Encontrei uma carta no escaninho, a grafia robusta do escultor no envelope. Havia uma folha de papel e um recorte de jornal, que comecei a ler enquanto caminhava para o mercado, e só depois reparei que ao abrir o envelope eu havia rasgado e perdido uma parte do recorte. O escultor me agradecia o texto para seu álbum, insólito, mas ao que parece bem meu, fora de todas as regras usuais nos álbuns de arte, embora isso não lhe importasse, como certamente não me importou também. Havia um postscriptum: "Perdeu-se em você uma grande atriz dramática, ainda que, por sorte, tenha se salvado uma excelente escritora. Na outra tarde pensei por um momento que você estava me contando uma coisa que tinha realmente acontecido, depois por acaso li o *France-Soir*, do qual me permito recortar-lhe a fonte de sua notável experiência pessoal. É verdade que um escritor pode argumentar que, se sua inspiração lhe vem da realidade, e até mesmo das notícias policiais, o que ele é capaz de fazer com isso o impulsiona para outra dimensão, dá a ele um valor diferente. De qualquer modo, querida Noemí, somos muito amigos para que você tenha achado necessário me submeter seu texto de antemão e desdobrado seus talentos dramáticos no telefone. Mas vamos deixar assim, você sabe quanto agradeço sua cooperação e me sinto muito feliz de...".

Olhei o recorte e vi que o rasgara inadvertidamente, o envelope e o pedaço colado a ele deviam estar jogados em algum lugar. A notícia era digna do *France-Soir* e de seu estilo: drama atroz num subúrbio de Marselha, descoberta macabra de um crime sádico, ex-encanador amarrado e amordaçado num catre, o cadáver etc., vizinhos furtivamente sabedores de repetidas cenas de violência, filha pequena ausente há dias, vizinhos suspeitando de abandono, polícia procura concubina, o espetáculo horrendo que se ofereceu aos, o recorte se interrompia aí, ao fim e ao cabo ao molhar demais o envelope o escultor fizera o mesmo que Jack London, o mesmo que Jack London e minha memória; mas a foto do pavilhão estava inteira e era o pavilhão na horta, a cerca de arame e as chapas de zinco, as paredes altas cercando-o com seus olhos cegos, vizinhos furtivamente sabedores, vizinhos suspeitando de abandono, tudo ali me batendo na cara entre os pedaços da notícia.

Peguei um táxi e desci na rua Riquet, sabendo que era uma estupidez e fazendo isso porque é assim que se fazem as coisas estúpidas. Em pleno dia isso não tinha nada a ver com minha lembrança, e embora tenha caminhado olhando cada casa e tenha atravessado até a calçada defronte como me lembrava de ter feito, não reconheci nenhum pórtico que se parecesse ao daquela noite, a luz caía sobre as coisas como uma máscara infinita, pórticos mas não como aquele pórtico, nenhum acesso a uma horta interior, simplesmente porque aquela horta ficava nos subúrbios de Marselha. Mas a menina estava lá, sentada no degrau de uma entrada qualquer ela brincava com uma boneca de pano. Quando falei com ela, fugiu correndo até a primeira porta, uma porteira apareceu antes que eu pudesse chamar. Quis saber se eu era uma assistente social, na certa vinha por causa da menina que ela tinha encontrado perdida na rua, naquela manhã haviam ido lá uns senhores para identificá-la, uma assistente social viria buscá-la. Embora eu já soubesse, antes de ir embora perguntei seu sobrenome, depois me enfiei num café e no verso da carta do escritor escrevi o final do texto e fui passá-lo por debaixo de sua porta, era justo que ele conhecesse o final, que o texto ficasse completo para acompanhar suas esculturas.

Tango da volta

> *Le hasard meurtrier se dresse au coin de la première rue. Au retour l'heure-couteau attend.*
> MARCEL BÉLANGER, "Nu et noir"

A gente vai contando as coisas devagarinho, imaginando-as primeiro a partir de Flora ou de uma porta que se abre ou de um menino que grita, e depois dessa necessidade barroca da inteligência que a leva a preencher qualquer vazio até completar sua teia perfeita e passar para alguma coisa nova. Mas como não dizer que talvez, aqui e ali, essa teia mental se ajuste fio por fio à da vida, embora dizer isso resulte de puro medo, porque se não se acreditasse um pouco nisso não seria possível continuar enfrentando a teia de fora. Flora, então, tudo que ela foi me contando, pouco a pouco, quando nos juntamos, claro que já não trabalhava na casa de dona Matilde (sempre a chamou assim, ainda que agora já não tivesse por que continuar usando esse sinal de respeito, de criada para todo o serviço), e eu gostava que me contasse lembranças de seu passado de caboclinha de La Rioja chegando à capital com grandes olhos assustados e uns peitinhos que, no fim, teriam mais valia em sua vida do que tanto espanador e boa conduta. Gosto de escrever só para mim, tenho cadernos e mais cadernos, versos e até um romance, mas o que eu gosto mesmo é de escrever, e quando acabo é como quando a gente vai escorregando de lado depois do gozo, o sono vem e no dia seguinte há outras coisas batendo à janela, escrever é isso, abrir os postigos para que entrem, um caderno depois do outro; eu trabalho numa clínica, não me interessa que leiam o que escrevo, nem Flora nem ninguém; gosto quando acabo um caderno porque é como se tivesse publicado tudo aquilo, mas não penso em publicar, alguma coisa bate na janela e lá vamos nós de novo, seja uma ambulância ou um novo caderno. Por isso Flora me contou tantas coisas de sua vida sem imaginar que depois eu as revia devagarinho entre dois sonhos e as passava para um caderno, Emilio e Matilde passaram para o caderno porque aquilo não podia ficar só num choro de Flora e em pedaços de lembranças; ela nunca me falou de

Emilio e de Matilde sem chorar no final, eu a deixava tranquila por alguns dias, animava-a para outras lembranças e numa dessas lhe tirava de novo aquilo, e Flora se precipitava, como se já tivesse se esquecido de tudo que me dissera, começava de novo e eu deixava porque mais uma vez a memória ia lhe trazendo coisas ainda não ditas, pedacinhos ajustáveis aos outros pedacinhos, e eu, por minha vez, via os pontos de sutura nascendo, a união de tanta coisa solta ou suposta, quebra-cabeça da insônia ou da hora do mate diante do caderno, e chegou o dia em que me seria impossível distinguir entre o que Flora me contava e o que ela e eu mesmo fomos acrescentando, porque nós dois, cada um a seu modo, precisávamos, como todo mundo, que aquilo se completasse, que o último buraco recebesse finalmente a peça, a cor, o final de uma linha vindo de uma perna ou de uma palavra ou de uma escada.

Como sou muito convencional, prefiro começar do princípio, e além do mais, quando escrevo vejo o que estou escrevendo, vejo mesmo, estou vendo Emilio Díaz na manhã em que chegou ao Ezeiza, vindo do México, e desceu num hotel da rua Cangallo, passou dois ou três dias dando voltas por bairros e cafés e amigos de outros tempos, evitando certos encontros, mas também sem se esconder demais, porque naquela época não tinha nada a se censurar. Provavelmente estava estudando devagar o terreno em Villa del Parque, caminhando pelas ruas Melincué e General Artigas, procurando um hotel ou uma pensão baratinhos, se instalando sem pressa, tomando mate no quarto e indo aos boliches ou ao cinema de noite. Não tinha nada de fantasma, mas falava pouco e com poucos, caminhava sobre solas de borracha e se vestia com uma jaqueta preta e calça cor de terra, os olhos rápidos para se esquivar e sair voando, algo que a dona da pensão chamaria de furtividade; não era um fantasma, mas dava para senti-lo distante, a solidão o rodeava como outro silêncio, como o lenço branco no pescoço, a fumaça do cigarro poucas vezes longe daqueles lábios quase finos demais.

Matilde o viu pela primeira vez — nessa nova primeira vez — da janela do quarto do andar de cima. Flora estava fazendo compras e tinha levado Carlitos, para que ele não ficasse choramingando de tédio na hora da sesta, fazia o calor denso de janeiro e Matilde estava na janela em busca de ar, pintando as unhas como Germán gostava, embora Germán andasse por Catamarca e tivesse levado o carro e Matilde se entediasse sem o carro para ir ao centro ou a Belgrano, a ausência de Germán já era costumeira, mas quando ele levava o carro ela ainda ficava chateada. Ele tinha lhe prometido outro quando houvesse a fusão das empresas, ela estava por fora desses lances de negócios, mas pelo visto ainda não houvera nenhuma fusão, de noite iria ao cinema com Perla, pediria um táxi especial, jantariam

Amamos tanto a Glenda   351

no centro, afinal a garagem mandaria a conta da corrida para Germán, Carlitos estava com uma erupção nas pernas e seria preciso levá-lo ao pediatra, só de pensar nisso ficava mais encalorada, Carlitos fazendo cenas, aproveitando que o pai não estava lá para lhe dar umas palmadas, incrível como aquele garoto fazia chantagem quando Germán saía, Flora sozinha com agrados e sorvetes, ela e Perla também iram tomar sorvete depois do cinema. Viu-o do lado de uma árvore, àquela hora as ruas estavam vazias sob a espessa sombra da folhagem reunida no alto; a figura se recortava ao lado de um tronco, um pouco de fumaça subia por seu rosto. Matilde se jogou para trás, batendo as costas numa poltrona, abafando um grito com as mãos que cheiravam a esmalte cor de malva, refugiando-se junto à parede, no fundo do quarto.

"Milo", pensou, se é que aquilo era pensar, aquele vômito instantâneo de tempo e de imagens. "É o Milo." Quando conseguiu aparecer na outra janela não havia mais ninguém na calçada defronte, ao longe vinham dois meninos brincando com um cachorro preto. "Ele me viu", pensou Matilde. Se era Milo, ele a vira, estava ali para vê-la, estava ali e não em outra esquina qualquer, ao lado de outra árvore qualquer. Claro que a vira, porque se estava ali era porque sabia onde a casa ficava. E o fato de ter ido embora assim que foi reconhecido, ao vê-la recuar tapando a boca, era ainda pior, a esquina se enchia de um vazio onde de nada adiantava a dúvida, onde tudo era certeza e ameaça, a árvore sozinha, o ar na folhagem.

Voltou a vê-lo ao cair da tarde, Carlitos brincava com seu trem elétrico e Flora cantarolava umas *bagualas* no andar de baixo, a casa novamente habitada parecia protegê-la, ajudá-la a duvidar, a dizer a si mesma que Milo era mais alto e mais robusto, que talvez a sonolência da sesta, a luz ofuscante. Volta e meia se afastava da TV e, o mais distante possível, olhava pela janela, nunca a mesma, mas sempre no andar de cima, porque no nível da rua ficaria com mais medo. Quando o viu de novo, ele estava quase no mesmo lugar, mas do outro lado do tronco, anoitecia e sua silhueta se esfumava entre outras pessoas que passavam conversando, rindo, Villa del Parque saindo de sua letargia e indo aos cafés e aos cinemas, a noite do bairro começando lentamente. Era ele, não podia negar, aquele corpo sem mudanças, o gesto do braço levando o cigarro à boca, as pontas do lenço branco, era Milo que ela matara havia cinco anos depois de fugir do México, Milo que ela matara em papéis fabricados com propinas e cumplicidades num estúdio de Lomas de Zamora, onde ela tinha um amigo de infância que fazia qualquer coisa por dinheiro, mas talvez também por amizade, Milo que ela matara com um ataque cardíaco no México para Germán, porque Germán não era homem de aceitar outra coisa, Germán e sua carreira, seus colegas e seu clube e seus pais, Germán para casar e formar uma família, o chalé e Carlitos e Flora e o carro e o campo em Manzanares, Germán e tanto dinheiro, a segurança, então se decidir quase sem pensar, cansada de miséria e de espera, no fim do segundo encontro com Germán na casa dos Recanati a viagem a Lomas de Zamora para se entregar ao que primeiro disse não, que era um absurdo, que não podia fazer aquilo, que muita grana, que bom, que em quinze dias, que de acordo, Emilio Díaz morto no México de um ataque cardíaco, quase a verdade, porque ela e Milo tinham vivido como mortos naqueles últimos meses em Coyoacán, até aquele avião que a devolvera a seu mundo em Buenos Aires, a tudo aquilo que também tinha sido de Milo antes de irem juntos para o México e destruírem, pouco a pouco, numa guerra de silêncios e de enganos e de reconciliações estúpidas que de nada adiantavam, as cortinas para o novo ato, para uma nova noite das facas longas.

O cigarro continuava queimando lentamente na boca de Milo apoiado no tronco, olhando sem pressa as janelas da casa. "Como é que ele soube?", pensou Matilde, ainda se agarrando a esse absurdo de pensar numa coisa que estava ali, mas fora ou à frente de qualquer pensamento. Claro que ele acabou sabendo, descobriu que estava morto em Buenos Aires porque em Buenos Aires estava morto no México, saber disso deve tê-lo humilhado e abalado até a primeira lufada de raiva açoitando sua cara, jogando-o num avião de volta, guiando-o por um dédalo de averiguações previsíveis, talvez o Cholo ou Marina, talvez a mãe dos Recanati, os velhos albergues, os cafés da turma, os pressentimentos e então a notícia certa, casou-se com Germán Morales, tchê, mas me diga uma coisa, como é possível?, pois te conto que casou na igreja e tudo, os Morales, sabe como é, a indústria têxtil e a grana, o respeito, tchê, mas me diga como é possível se ela tinha dito, se nós pensávamos que você, não pode ser, meu irmão. Claro que não podia ser, e por isso era mais ainda, era Matilde atrás da cortina espiando-o, o tempo imobilizado num presente que continha tudo, México e Buenos Aires e o calor da sesta e o cigarro que subia várias vezes à boca, em algum momento novamente o nada, a esquina vazia, Flora chamando-a porque Carlitos não queria tomar banho, o telefone com Perla inquieta, esta noite não, Perla, deve ser o estômago, vá sozinha ou com a Negra, está doendo bastante, melhor eu me deitar e amanhã eu ligo pra você, e o tempo todo não, não pode ser assim, como é que ainda não avisaram Germán se já sabiam, não é por causa deles que encontrou a casa, não pode ser por causa deles, a mãe dos Recanati teria ligado imediatamente para Germán, nem que fosse só pelo drama, para ser a primeira a avisar, porque nunca a aceitara como mulher de Germán, veja que horror, bigamia, eu sempre disse que não era de confiança, mas ninguém telefonou para Germán, ou talvez sim, mas para o escritório, e Germán estava longe, viajando, com certeza a mãe dos Recanati esperava por ele para lhe dizer pessoalmente, para não perder nada, ela ou qualquer outro, foi por intermédio de alguém que Milo ficou sabendo onde Germán morava, não podia ter encontrado o chalé por acaso, não podia estar ali fumando apoiado numa árvore por acaso. E se de novo não estava mais ali dava na mesma, e fechar todas as portas com chave dupla dava na mesma, embora Flora se espantasse um pouco, a única coisa certa eram os comprimidos para dormir, para, depois de horas e horas, parar de pensar e se perder numa modorra interrompida por sonhos onde Milo nunca aparecia, mas logo de manhã o grito, ao sentir a mão de Carlitos, que queria lhe fazer uma surpresa, o choro ofendido de Carlitos e Flora levando-o até a rua, feche bem a porta, Flora. Levantar-se e vê-lo de novo, ali, olhando diretamente para as janelas sem o menor gesto, jogar-se para trás e mais tarde espiar lá da cozinha, e nada, começar a perceber que estava trancada na casa e que isso não podia continuar assim, que em algum momento teria de sair para levar Carlitos ao pediatra ou se encontrar com Perla, que telefonava todo dia e ficava impaciente e não entendia. Na tarde alaranjada e asfixiante Milo recostado na árvore, a jaqueta preta com aquele calor, a fumaça subindo e se esgarçando. Ou apenas a árvore mas o mesmo Milo, o mesmo Milo a qualquer hora se apagando só um pouco com os comprimidos e a televisão até o último programa.

No terceiro dia, Perla chegou sem avisar, chá e bolinhos e Carlitos, Flora aproveitando um momento sozinha para dizer a Perla que isso não podia continuar, d. Matilde precisa se distrair, passa os dias trancada, não entendo, srta. Perla, digo isso pra você mesmo que não seja da minha conta, e Perla sorrindo para ela na copa, faz bem, minha filha, eu sei que você gosta muito da Matilde e do Carlitos, e acho que está muito deprimida por causa da ausência do Germán, e Flora nada, baixando a cabeça, a senhora precisa de distração, só estou lhe dizendo, ainda que não seja da minha conta. Um chá e as fofocas de sempre, nada em Perla que pudesse fazê-la desconfiar, mas então como Milo pôde?, impossível imaginar que a mãe dos Recanati ficasse calada por tanto tempo se já sabia, nem mesmo pelo prazer de esperar Germán e lhe dizer, em nome de Cristo ou algo parecido, ela enganou você pra que a levasse ao altar, aquela bruxa diria exatamente isso, e Germán caindo das nuvens, não pode ser, não pode ser. Mas podia ser sim, só que agora não restava a ela nem mesmo essa confirmação de que não tinha sonhado, de que bastava ir até a janela, mas com Perla não, outra xícara de chá, amanhã vamos ao cinema, prometo, venha me pegar de carro, não sei o que está acontecendo comigo esses dias, melhor você vir de carro e vamos ao cinema, a janela do lado da poltrona mas não com Perla ali, esperar Perla ir embora e então Milo na esquina, tranquilo apoiado numa parede como se esperasse o ônibus, a jaqueta preta e o lenço no pescoço e depois nada até outra vez Milo.

No quinto dia, viu-o seguir Flora, que estava indo à mercearia, e tudo se fez futuro, algo como as páginas que faltavam naquele romance abandonado de cabeça para baixo num sofá, algo já escrito e que nem sequer era preciso ler, porque já estava feito antes da leitura, já tinha acontecido antes que acontecesse a leitura. Viu-os voltar conversando, Flora tímida e meio desconfiada, despedindo-se na esquina e atravessando rápido, Perla veio pegá-la de carro, Milo não estava lá e também não estava quando voltou, tarde da noite, mas de manhã o viu esperando Flora, que estava indo ao mercado, agora se aproximava diretamente de Flora e lhe estendia a mão, riam e ele pegava sua cesta e depois a levava com a verdura e a fruta, acompanhava-a até a porta, Matilde deixava de vê-los por causa da saliência da sacada sobre a calçada, mas Flora demorava a entrar, ficavam conversando um pouco diante da porta. No dia seguinte, Flora levou Carlitos às compras e ela viu os três rindo e Milo passando a mão no cabelo de Carlitos, na volta Carlitos trazia um leão de veludo e disse que o namorado de Flora tinha lhe dado de presente. Então você tem namorado, Flora, as duas sozinhas na sala. Não sei, senhora, ele é tão simpático, nos encontramos assim de repente, ele me acompanhou às compras, é tão bom com o Carlitos, a senhora não se incomoda, não é? Dizer-lhe que não, que isso era assunto dela, mas que tivesse cuidado, uma moça tão jovem, e Flora baixando os olhos, e claro, senhora, ele só me acompanha e conversamos, tem um restaurante em Almagro, o nome dele é Simón. E Carlitos com um gibi, o Simón comprou pra mim, ele é namorado da Flora.

Germán telefonou de Salta avisando que voltaria daqui a uns dez dias, saudades, tudo bem. O dicionário dizia bigamia, casamento contraído depois de ter enviuvado, pelo cônjuge sobrevivente. Dizia estado do homem casado com duas mulheres ou da mulher casada com dois homens. Dizia bigamia interpretativa, segundo os canonistas, a adquirida por ter se prostituído ou por ter se anulado seu primeiro casamento. Dizia bígamo, que se casa pela segunda vez sem que o primeiro cônjuge tenha morrido. Tinha aberto o dicionário sem saber por quê, como se isso pudesse mudar alguma coisa, sabia que era impossível qualquer mudança, impossível ir para a rua e conversar com Milo, impossível aparecer na janela e chamá-lo com um gesto, impossível dizer para Flora que Simón não era Simón, impossível tirar de Carlitos o leão de veludo e o gibi, impossível se abrir com Perla, só ficar ali vendo-o, sabendo que o romance jogado no sofá estava escrito até a

Amamos tanto a Glenda   355

palavra fim, que não podia alterar nada, quer o lesse, quer não, ainda que o queimasse ou o metesse no fundo da biblioteca de Germán. Dez dias e então sim, mas o quê?, Germán voltando ao escritório e aos amigos, a mãe dos Recanati ou o Cholo, qualquer um dos amigos de Milo que lhe haviam dado o endereço da casa, preciso falar com você, Germán, é algo muito grave, meu irmão, as coisas iriam acontecendo uma depois da outra, primeiro Flora com as faces afogueadas, a senhora não se incomoda que o Simón venha hoje à tarde tomar um café comigo na cozinha, só um instantinho. Claro que não se incomodava, como iria se incomodar se era em plena luz do dia e só um instantinho, Flora tinha todo o direito de recebê-lo na cozinha e lhe oferecer um café, como Carlitos de descer para brincar com Simón, que tinha trazido para ele um pato de corda que andava e tudo. Ficar lá em cima e ouvir a batida da porta, Carlitos subindo com o pato e o Simón me disse que ele torce pro River, que doidice, mamãe, eu pro San Lorenzo, olha o que ele me deu de presente, olha como ele anda, olha só, mamãe, parece um pato de verdade, ganhei de presente do Simón, que é o namorado da Flora, por que você não desceu pra conhecê-lo?

Agora podia aparecer nas janelas sem aquelas precauções lentas e inúteis, Milo já não ficava parado junto da árvore, chegava todo dia às cinco da tarde e ficava meia hora na cozinha com Flora e quase sempre com Carlitos, às vezes Carlitos subia antes de ele ir embora e Matilde sabia por quê, sabia que nesses poucos minutos que ficavam a sós se preparava o que tinha de acontecer, o que já estava lá como no romance aberto sobre o sofá, preparava-se na cozinha, na casa de alguém que podia ser qualquer um, a mãe dos Recanati ou o Cholo, tinham se passado oito dias e Germán telefonando de Córdoba para confirmar o regresso, anunciar alfajores para Carlitos e uma surpresa para Matilde, tiraria cinco dias de folga para ficar em casa, poderiam sair, ir a restaurantes, andar a cavalo no campo de Manzanares. Naquela noite, ela telefonou para Perla só para ouvi-la falar, ficar pendurada ouvindo sua voz durante uma hora, até não poder mais, pois Perla começava a perceber que tudo aquilo era artificial, que havia alguma coisa acontecendo com Matilde, você devia ver o analista da Graciela, você anda estranha, Matilde, escute o que eu digo. Quando desligou, não conseguiu nem se aproximar da janela, sabia que naquela noite seria inútil, que não veria Milo na esquina já escura. Desceu até a cozinha para ficar com Carlitos enquanto Flora lhe servia o jantar, ouviu-o reclamar da sopa, embora Flora a olhasse esperando que interferisse, que a ajudasse antes de levá-lo para a cama, enquanto Carlitos resistia e teimava em ficar na sala brincando com o pato e vendo TV. Todo o térreo parecia uma zona diferente; nunca entendeu direito por que Germán insistiu em pôr o quarto de Carlitos do lado da sala,

356   *Tango da volta*

tão longe dos de cima, mas Germán não tolerava ruídos de manhã, nem que Flora arrumasse Carlitos para ir à escola e Carlitos gritasse ou cantasse, beijou-o na porta do quarto e voltou para a cozinha, embora já não tivesse nada a fazer ali, olhou a porta que dava para o quarto de Flora, aproximou-se e tocou na maçaneta, abriu-a um pouco e viu a cama de Flora, o armário com as fotos dos roqueiros e de Mercedes Sosa, achou que Flora estava saindo do quarto de Carlitos e fechou a porta de repente, ficou olhando a geladeira. Fiz cogumelos como a senhora gosta, d. Matilde, levo o jantar lá em cima daqui a meia hora, já que não vai sair, fiz também um doce de abóbora que ficou muito bom, como os da minha terra, d. Matilde.

A escada estava mal iluminada, mas os degraus eram poucos e largos, subia-se quase sem olhar, a porta do quarto entreaberta com um feixe de luz irrompendo no patamar encerado. Fazia dias que estava comendo na mesinha do lado da janela, a sala de baixo era tão solene sem Germán, cabia tudo numa bandeja e Flora ágil, quase gostando que d. Matilde comesse lá em cima agora que o patrão estava viajando, ficava com ela e conversavam um pouco e Matilde teria gostado que Flora comesse com ela, mas Carlitos acabaria contando para Germán e Germán com seu discurso sobre as distâncias e o respeito, a própria Flora ficaria com medo, porque Carlitos sempre acabava sabendo de tudo e iria contar para Germán. E agora, sobre o que conversar com Flora, quando a única coisa possível era pegar a garrafa que tinha escondido atrás dos livros e beber meio copo de uísque de uma vez, engasgar e ofegar e se servir de novo e beber, quase ao lado da janela aberta sobre a noite, sobre o nada lá de fora onde nada ia acontecer, nem mesmo a repetição da sombra junto à árvore, da brasa do cigarro subindo e descendo como um sinal indecifrável, perfeitamente claro.

Jogou os cogumelos pela janela enquanto Flora preparava a bandeja com a sobremesa, ouviu-a subir com aquele jeito de cascavel ou de potranca subindo a escada, disse a ela que os cogumelos estavam uma delícia, elogiou a cor do doce de abóbora, pediu um café duplo e forte e que lhe trouxesse outro maço de cigarros lá da sala. Está quente, d. Matilde, esta noite tem que deixar as janelas abertas, vou passar inseticida antes de irmos deitar, já passei no quarto do Carlitos, ele logo dormiu e olhe que a senhora viu como ele estava reclamando, sente falta do pai, coitadinho, e olhe que o Simón contou umas histórias pra ele hoje de tarde. Me diga se precisa de mais alguma coisa, d. Matilde, gostaria de me deitar mais cedo, se a senhora permitir. Claro que ela permitia, ainda que Flora nunca tivesse dito uma coisa assim, terminava o serviço e se fechava no quarto para ouvir rádio ou fazer tricô, olhou-a por um momento e Flora lhe sorria, contente, levantava a bandeja do café e descia para pegar o inseticida, é melhor eu deixar aqui na cômoda, d. Matilde, a senhora mesma passa antes de se deitar, porque, digam o que disserem, o cheiro é ruim, é melhor quando estiver se preparando pra dormir. Fechou a porta, a potranca desceu a escada com leveza, um último ressoar da baixela; a noite começou exatamente nesse segundo em que Matilde ia até a biblioteca para pegar a garrafa e deixá-la ao lado da poltrona.

A luz da lâmpada baixa só chegava até a cama no fundo do quarto, via-se confusamente uma das mesinhas de cabeceira e o sofá onde o romance fora abandonado, mas não estava mais lá, depois de tantos dias Flora resolveu deixá-lo sobre a estante vazia da biblioteca. No segundo uísque, Matilde ouvir bater dez horas em algum campanário distante, pensou que nunca tinha ouvido esse sino antes, contou cada toque e olhou para o telefone, talvez Perla, mas não, Perla a essa hora não, sempre reagia mal ou não estava. Ou Alcira, ligar para Alcira e lhe dizer, só lhe dizer que estava com medo, que era uma bobagem, talvez se o Mario não tivesse saído com o carro, algo assim. Não ouviu a porta da frente ser aberta, mas dava na mesma, era absolutamente certo que a porta da frente estava sendo aberta ou ia ser aberta e não dava para fazer nada, não dava para ir até o patamar da escada iluminando-a com a luz do quarto e olhar para a sala, não dava para tocar a campainha para que Flora viesse, o inseticida estava lá, a água também estava lá para os remédios e a sede, a cama arrumada esperando. Foi até a janela e viu a esquina vazia; se tivesse ido antes talvez visse Milo se aproximando, atravessando a rua e desaparecendo sob a sacada, mas teria sido pior, o que ela poderia gritar para Milo, como detê-lo se ele ia entrar na casa, se Flora ia abrir a porta para recebê-lo em seu quarto, Flora ainda pior que Milo nesse momento, Flora que ficaria sabendo de tudo, que se vingaria de Milo se vingando nela, revirando-a na lama, em Germán, jogando-a no escândalo. Não havia a menor possibilidade de fazer qualquer coisa, mas também não podia ser ela a gritar a verdade, totalmente impossível, ela ainda tinha a esperança absurda de que Milo viesse só por causa de Flora, que um acaso inacreditável lhe tivesse revelado Flora independente do resto, que essa esquina seria como qualquer outra esquina para Milo ao voltar a Buenos Aires, Milo sem saber que essa casa era de Germán, sem saber que estava morto lá no México, Milo sem procurá-la além do corpo de Flora. Cambaleou embriagada até a cama, arrancou a roupa que grudava em sua pele, desabou nua na cama, de lado, e procurou o frasco de comprimidos, o último porto rosa e verde ao alcance da mão. Os comprimidos saíam com dificuldade e Matilde ia juntando todos eles, sem olhá-los, na mesinha de cabeceira, os olhos perdidos na estante onde estava o romance, podia vê-lo muito bem ali virado na única estante vazia onde Flora o pusera, sem

358 *Tango da volta*

fechá-lo, via o punhal malaio que o Cholo dera de presente a Germán, a bola de cristal sobre sua base de veludo vermelho. Tinha certeza de que a porta fora aberta lá embaixo, que Milo havia entrado na casa, no quarto de Flora, que devia estar conversando com Flora ou já teria começado a despi-la, porque para Flora esse seria o único motivo de Milo estar lá, para ter acesso ao seu quarto a fim de despi-la e se despir, beijando-a, me deixe, me deixe acariciá-la assim, e Flora resistindo e hoje não, Simón, tenho medo, me deixe, mas Simón sem pressa, pouco a pouco a deitara atravessada na cama e beijava seu cabelo, procurava seus seios sob a blusa, apoiava uma perna sobre suas coxas e tirava seus sapatos meio brincando, falando em seu ouvido e beijando-a cada vez mais perto da boca, te quero, meu amor, me deixe despi-la, me deixe vê-la, você é tão linda, afastando o abajur para envolvê-la em penumbra e carícias, Flora se entregando com um primeiro choro, receando que se ouvisse algo lá em cima, que d. Matilde ou Carlitos, mas não, fale baixo, me deixe assim agora, a roupa caindo em qualquer canto, as línguas se encontrando, os gemidos, não me faça mal, Simón, por favor não me faça mal, é a primeira vez, fique assim, fique quieta agora, não grite, meu amor, não grite.

Gritou, mas na boca de Simón, que sabia o momento, que tinha sua língua entre os dentes e afundava os dedos em seu cabelo, gritou e depois chorou sob as mãos de Simón que cobriam seu rosto acariciando-o, acalmou-se com um último mamãe, mamãe, um lamento que ia passando a um arquejo e a um choro doce e calado, a um querido, querido, a macia estação dos corpos fundidos, do alento quente da noite. Muito mais tarde, depois de dois cigarros contra um apoio de travesseiros, da toalha entre as coxas cheias de vergonha, das palavras, dos projetos que Flora balbuciava como se sonhasse, da esperança que Simón ouvia sorrindo, beijando seus seios, percorrendo-a com uma lenta aranha de dedos pelo ventre, abandonando-se, sonolento, durma um pouquinho agora, vou ao banheiro e já volto, não preciso de luz, sou como um gato de noite, e sei onde ele fica, e Flora mas não, e se ouvirem, Simón, não seja boba, já disse que sou como um gato e sei onde fica a porta, durma um pouco que eu já volto, assim, bem quietinha.

Fechou a porta como se somasse mais um pouco de silêncio à casa, atravessou, nu, a cozinha e a sala, encarou a escada e pôs o pé no primeiro degrau, tenteando. Madeira boa, boa a casa de Germán Morales. No terceiro degrau, viu a marca da réstia de luz sob a porta do quarto; subiu mais quatro degraus e pôs a mão na maçaneta, abriu a porta de uma vez. A batida na cômoda alcançou Carlitos em seu sono intranquilo, ele se endireitou na cama e gritou, ele gritava muitas vezes de noite e Flora se levantava para acalmá-lo, para lhe dar água antes que Germán acordasse reclamando. Sa-

Amamos tanto a Glenda   359

bia que era preciso fazer Carlitos se calar porque Simón ainda não tinha voltado, tinha de acalmá-lo antes que d. Matilde se inquietasse, enrolou-se no lençol e correu para o quarto de Carlitos, encontrou-o sentado ao pé da cama olhando para o ar, gritando de medo, pegou-o no colo falando com ele, dizendo que não, que ela estava ali, que ia trazer chocolate pra ele, que ia deixar a luz acesa, ouviu o grito incompreensível e foi para a sala com Carlitos nos braços, a escada iluminada pela luz lá de cima, chegou ao pé da escada e os viu na porta, cambaleando, os corpos nus tornados uma só massa que desmoronava lentamente no patamar da escada, que escorregava pelos degraus, que sem se soltar rolava escada abaixo numa maranha confusa até parar imóvel no tapete da sala, o punhal no peito de Simón caído de costas, e Matilde, mas isso a autópsia mostraria depois, com os comprimidos necessários para matá-la duas horas mais tarde, quando eu já estava lá com a ambulância e dava uma injeção em Flora para tirá-la da histeria, dava um sedativo a Carlitos e pedia para a enfermeira ficar ali até que chegassem os parentes ou os amigos.

III.

Clone

Tudo parece girar em torno de Gesualdo, se ele tinha o direito de fazer o que fez ou se ele se vingou em sua mulher de alguma coisa que devia ter vingado em si mesmo. Entre dois ensaios, descendo ao bar do hotel para descansar um pouco, Paola discute com Lucho e Roberto, os outros jogam canastra ou sobem para seus quartos. Ele teve motivo, insiste Roberto, naquela época ou agora é a mesma coisa, a mulher o enganava e ele a matou, um tango a mais, Paolita. Sua trama de macho, diz Paola, os tangos, claro, mas agora há mulheres que também compõem tangos, e já não se canta sempre a mesma coisa. Teria que ir mais fundo nisso, insinua Lucho, o tímido, não é tão fácil saber por que se trai e por que se mata. Lá no Chile pode ser, diz Roberto, vocês são tão refinados, mas pra nós, de La Rioja, é na base do facão. Eles riem, Paola quer um gim-tônica, é fato que seria preciso procurar mais atrás, mais embaixo, Gesualdo pegou a mulher na cama com outro homem e os matou ou mandou matar, essa é a notícia policial ou o flash do meio-dia, o resto (mas certamente no resto se esconde a verdadeira notícia) é preciso pesquisar, e isso não é fácil, depois de quatro séculos. Há muita bibliografia sobre Gesualdo, lembra Lucho, se você tem tanto interesse, averigue isso quando voltarmos a Roma, em março. Boa ideia, concorda Paola, mas o que temos de ver é se vamos voltar a Roma.

Roberto olha para ela sem falar, Lucho abaixa a cabeça e depois chama o garçom para pedir mais drinques. Está falando do Sandro?, diz Roberto, quando vê que Paola se perdeu de novo em Gesualdo ou na mosca que voa perto do teto. Não concretamente, diz Paola, mas você há de convir que as coisas não andam fáceis. Vai passar, diz Lucho, é puro capricho e birra ao mesmo tempo, o Sandro não vai além disso. É, admite Roberto, mas nesse meio-tempo é o grupo quem paga o pato, ensaiamos mal, e pouco, e no final isso vai ser notado. É verdade, diz Lucho, cantamos tensos, temos medo de pisar na bola. Já pisamos na bola em Caracas, diz Paola, ainda bem que lá as pessoas quase não conhecem Gesualdo, acharam que a pa-tinada do Mario foi outra audácia harmônica. Ruim mesmo vai ser se uma coisa dessas nos acontece com um Monteverdi, resmunga Roberto, esse eles conhecem de cor, tchê.

Não deixava de ser muito incomum que o único casal estável do conjunto fosse o de Franca e Mario. De longe, olhando Mario conversar com Sandro diante de uma partitura e duas cervejas, Paola disse a si mesma que as alianças efêmeras, os casais de um fugaz momento feliz, raramente aconteciam dentro do grupo, talvez algum fim de semana de Karen com Lucho (ou de Karen com Lily, pois Karen, já se sabia, e Lily talvez por pura bondade, ou para saber como era aquilo, mas também de Lily com Sandro, latitude generosa de Karen e de Lily, afinal de contas). Sim, era preciso reconhecer que o único casal estável e que merecia esse nome era o de Franca e Mario, com aliança no dedo e tudo o mais. Quanto a ela mesma, um dia se permitira, em Bergamo, um quarto de hotel, ainda por cima cheio de cortinados e de rendas, com Roberto numa cama que parecia um cisne, rápido interlúdio sem manhã, tão amigos como sempre, lances assim entre dois concertos, quase entre dois madrigais, Karen e Lucho, Karen e Lily, Sandro e Lily. E todos muito amigos, porque, de fato, os verdadeiros casais se completavam no final das turnês, em Buenos Aires e Montevidéu, lá os esperavam mulheres e maridos e crianças e casas e cachorros até a nova turnê, uma vida de marinheiros com os inevitáveis parênteses de marinheiros, nada importante, gente moderna. Até que. Pois agora alguma coisa tinha mudado desde. Não consigo pensar, diz Paola, só me saem pedaços soltos de coisas. Estamos todos muito tensos, *damn it*. De repente assim, olhar de outra maneira Mario e Sandro discutindo música, como se no fundo ela imaginasse outra discussão. Mas não, não falavam disso, justamente disso era certo que não falavam. Enfim, restava o fato de que o único casal verdadeiro era o de Mario e Franca, ainda que, naturalmente, não fosse isso que Mario e Sandro estavam discutindo. Mas, quem sabe, no fundo, sempre no fundo.

Os três iriam à praia de Ipanema, de noite o grupo vai cantar no Rio e é preciso aproveitar. Franca gosta de passear com Lucho, têm a mesma forma de ver as coisas, como se mal tocassem nelas com os dedos dos olhos, eles se divertem muito. Roberto se colará a eles no último minuto, uma pena, porque vê tudo de um jeito sério e quer plateia, vão deixá-lo à sombra lendo o *Times* e irão jogar bola na areia, nadar e conversar, enquanto Roberto se perde num devaneio onde Sandro aparece de novo, aquela paulatina perda de contato de Sandro com o grupo, sua sorrateira teimosia que está fazendo tanto mal a todos. Agora Franca vai lançar a bola branca e vermelha, Lucho vai pular para apanhá-la, vão rir como bobos a cada lance, é difícil se concentrar no *Times*, é difícil manter a coesão quando um diretor musical perde contato com o que está acontecendo com Sandro e não por culpa de Franca, claro que não é culpa dela, como também não é culpa de Franca que agora a bola caia entre os copos dos que tomam cerveja sob um guarda-sol e seja preciso ir correndo pedir desculpas. Dobrando o *Times*, Roberto vai se lembrar da conversa que teve com Paola e com Lucho lá no bar; se o Mario não se decide a fazer alguma coisa, se não diz pro Sandro que a Franca jamais vai entrar em outro jogo senão no seu, tudo vai acabar indo por água abaixo, o Sandro não só está dirigindo mal os ensaios como até canta mal, perde aquela concentração que concentrava, por sua vez, o grupo e lhe dava unidade e o colorido tonal tão comentado pelos críticos. Bola na água, corrida dupla, Lucho primeiro, Franca se atirando de cabeça numa onda. Sim, o Mario tem que perceber (é impossível que ainda não tenha percebido), o grupo acabará indo irremediavelmente por água abaixo se o Mario não decidir cortar o mal pela raiz. Mas onde começar a cortar, o que é preciso cortar se nada aconteceu, se ninguém pode dizer que alguma coisa aconteceu?

Começam a desconfiar, eu sei, mas o que vou fazer se isso é como uma doença, se não posso olhá-la, indicar-lhe uma entrada sem que, novamente, essa dor e essa delícia ao mesmo tempo, sem que tudo estremeça e deslize como areia, um vento no cenário, um rio sob meus pés. Ah, se outro de nós dirigisse, se a Karen ou o Roberto dirigissem pra que eu pudesse me diluir no conjunto, simples tenor entre as outras vozes, talvez então, talvez por fim. Ele está sempre assim agora, como você vê, diz Paola, lá está ele sonhando acordado, no meio do mais espinhoso dos Gesualdos, quando é preciso medir no milímetro pra coisa não desandar, bem agora ele parece estar no ar, caralho. Pequena, diz Lucho, as mulheres de bem não falam caralho. Mas com que pretexto fazer a mudança, falar com a Karen ou com o Roberto, sem contar que não é certo que vão aceitar, eu os dirijo já há bastante tempo e isso não se muda assim de repente, técnica à parte. Ontem à noite foi tão difícil, cheguei a pensar que um deles ia me dizer isso no intervalo, dá pra ver que não aguentam mais. No fundo você tem razão de praguejar, diz Lucho. No fundo sim, mas é idiota, diz Paola, o Sandro é o mais músico de todos nós, sem ele não seríamos o que somos. O que fomos, murmura Lucho.

Há noites, agora, em que tudo parece se estender interminavelmente, a antiga festa — um pouco tensa antes de se perder no júbilo de cada melodia — sendo substituída, cada vez mais, pela mera necessidade de ofício de pôr as luvas tremendo, diz Roberto, irritado, de subir no ringue sabendo que vai levar na cabeça. Imagens delicadas, Lucho comenta com Paola. Tem razão, que merda, diz Paola, cantar pra mim era como fazer amor, já agora é uma punhetinha. Lá vem você falar de imagens, ri Roberto, mas é verdade, nós éramos outros, veja, outro dia, lendo ficção científica, achei a palavra justa: éramos um *clone*. Um o quê? (Paola). Entendo você, suspira Lucho, é verdade, o canto e a vida e até os pensamentos eram uma coisa só em oito corpos. Como os três mosqueteiros, pergunta Paola, um por todos, todos por um? Isso, pequena, concorda Roberto, só que agora chamam de *clone*, que é mais maneiro. E nós cantávamos e vivíamos como se fôssemos um só, murmura Lucho, não esse arrastar-se de agora pro ensaio e pro concerto, e os programas que não acabam nunca jamais. Medo interminável, diz Paola, toda hora eu acho que um de nós vai patinar de novo, olho pro Sandro como se ele fosse uma tábua de salvação, e o grande cretino lá, pendurado nos olhos da Franca, que ainda por cima toda vez que pode fica olhando o Mario. Faz bem, diz Lucho, é pra ele que ela tem que olhar. Claro que faz bem, mas é que tudo está indo por água abaixo. Tão aos poucos que é quase pior, um naufrágio em câmara lenta, diz Roberto.

Quase uma mania, Gesualdo. Pois eles o amavam, claro, e cantar seus às vezes quase incantáveis madrigais demandava um esforço que se prolongava no estudo dos textos, procurando a melhor forma de aliar os poemas à melodia, como o príncipe de Venosa fez, à sua maneira obscura e genial. Cada voz, cada tom devia encontrar aquele centro esquivo do qual surgiria a realidade do madrigal, e não uma das tantas versões mecânicas que às vezes escutavam em discos para comparar, para aprender, para ser um pouco Gesualdo, príncipe assassino, senhor da música.

Nessa época estouravam as polêmicas, quase sempre Roberto e Paola, Lucho mais moderado, mas acertando o alvo, cada um com seu jeito de sentir Gesualdo, a dificuldade de se curvar a outra versão, mesmo que só se afastasse minimamente do desejado. Roberto tinha razão, o *clone* ia se desagregando e todo dia apareciam mais os indivíduos com suas discrepâncias, suas resistências, e no fim Sandro, como sempre, decidia a parada, ninguém questionava sua maneira de sentir Gesualdo, a não ser Karen e, às vezes, Mario, nos ensaios eram sempre eles que sugeriam mudanças e encontravam falhas, Karen quase venenosamente contra Sandro (um velho amor fracassado, teoria de Paola) e Mario resplandecente de comparações, exemplos e jurisprudências musicais. Como numa modulação ascendente, os conflitos duravam horas até a negociação ou o acordo momentâneo. Cada madrigal de Gesualdo que acrescentavam ao repertório era um novo confronto, talvez o regresso à noite em que o príncipe desembainhou a adaga olhando os amantes nus e adormecidos.

Lily e Roberto escutando Sandro e Lucho, seus jogos de inteligência depois de dois *scotchs*. Fala-se de Britten e de Webern e, no fim, sempre do príncipe de Venosa, hoje é um acento que devia ser mais marcado em "O voi, troppo felici" (Sandro), ou deixar que a melodia flua em toda a sua ambiguidade gesualdesca (Lucho). Que sim, que não, que nesta sim, pingue--pongue pelo prazer dos lances de efeito, das respostas ferinas. Você vai ver quando formos ensaiar (Sandro), talvez não seja uma boa prova (Lucho), queria saber por quê, e Lucho saturado, abrindo a boca para dizer o que Roberto e Lily também diriam, se Roberto não se metesse, misericordioso, esmagando as palavras de Lucho, propondo outra rodada e Lily sim, os outros claro, com bastante gelo.

Mas isso se transforma numa obsessão, numa espécie de *cantus firmus* em torno do qual gira a vida do grupo. Sandro é o primeiro a sentir, um dia o centro foi a música e em torno dela as luzes de oito vidas, de oito jogos, os pequenos oito planetas do sol Monteverdi, do sol Josquin des Prés, do sol Gesualdo. Daí Franca ascendendo, pouco a pouco, num céu sonoro, seus olhos verdes atentos às entradas, às quase imperceptíveis indicações rítmicas, alterando sem saber, deslocando sem querer a coesão do *clone*, Roberto e Lily pensam nisso em uníssono, enquanto Lucho e Sandro voltam, já mais calmos, ao problema de "O voi, troppo felici", procuram o caminho com a grande inteligência que nunca falha depois do terceiro *scotch* da noitada.

Por que ele a matou? A história de sempre, Roberto diz a Lily, ele a pegou na cama nos braços de outro, como no tango de Rivero, então o príncipe de Venosa os apunhalou pessoalmente, ou talvez tenham sido seus verdugos, antes de fugir da vingança dos irmãos da morta e se encerrar nos castelos onde seriam tecidas, ao longo dos anos, as refinadas teias dos madrigais. Roberto e Lily se divertem fabricando variantes dramáticas e eróticas porque estão fartos do problema do "O voi, troppo felici" que continua seu debate pedante no sofá do lado. Dá para sentir no ar que Sandro entendeu o que Lucho ia lhe dizer; se os ensaios continuarem a ser o que são agora, tudo vai se tornar cada vez mais mecânico, vamos ficar impecavelmente colados à partitura e ao texto, vai ser um Carlo Gesualdo sem amor e sem ciúmes, Carlo Gesualdo sem adaga nem vingança, ao fim e ao cabo um madrigalista aplicado, entre tantos outros.

— Vamos ensaiar com você, Sandro irá sugerir na manhã seguinte. Na verdade, Lucho, seria melhor você começar a dirigir já.

— Não sejam bobos, dirá Roberto.

— Isso mesmo, dirá Lily.

— Sim, vamos ensaiar com você pra ver o que acontece, e se os outros concordarem, você prossegue.

— Não, dirá Lucho, que enrubesceu e se odeia por ter enrubescido.

— O problema não é mudar de direção, dirá Roberto.

— Claro que não, dirá Lily.

— Talvez seja, dirá Sandro, talvez isso seja bom pra todos nós.

— Em todo caso, não eu, dirá Lucho. Eu não me vejo lá, fazer o quê? Tenho minhas ideias, como todo mundo, mas conheço meus limites.

— Este chileno é um amor, dirá Roberto.

— É mesmo, dirá Lily.

— Decidam vocês, dirá Sandro, eu vou dormir.

— Quem sabe o travesseiro seja um bom conselheiro, dirá Roberto.

— É mesmo, dirá Lily.

Procurou-o depois do concerto, não que as coisas tivessem ido mal, mas novamente aquela tensão como uma ameaça latente de perigo, de erro, Karen e Paola cantando sem ânimo, Lily pálida, Franca quase sem olhá-lo, os homens concentrados e ao mesmo tempo meio ausentes; ele mesmo com problemas na voz, dirigindo com frieza, mas se atemorizando à medida que avançavam no programa, um público hondurenho entusiasmado que não bastava para tirar aquele gosto ruim da boca, por isso procurou Lucho depois do concerto e lá no bar do hotel com Karen, Mario, Roberto e Lily, bebendo quase sem conversar, esperando o sono entre histórias maçantes, Karen e Mario logo foram embora, mas Lucho não parecia querer se afastar de Lily e de Roberto, e foi preciso ficar a contragosto, com a saideira se prolongando no silêncio. No fim das contas, é melhor que voltemos a ser de novo os da outra noite, disse Sandro, enfrentando a parada, estava procurando você pra repetir o que já tinha dito. Ah, disse Lucho, mas eu respondo o que já lhe respondi. Roberto e Lily outra vez na defesa, há outras opções, tchê, por que insistir só com Lucho? Como quiserem, pra mim tanto faz, disse Sandro, bebendo o uísque de um trago, conversem entre vocês, quando decidirem me digam. Meu voto é pro Lucho. O meu é pro Mario, disse Lucho. Não se trata de votar agora, que droga (Roberto exasperado e Lily, mas claro). Concordo, temos tempo, o próximo concerto é em Buenos Aires, daqui a duas semanas. Vou dar um pulo em La Rioja pra ver minha velha (Roberto, e Lily, eu preciso comprar uma bolsa). Você me procura pra me dizer isso, disse Lucho, tudo bem, mas uma coisa dessas precisa de explicações, aqui cada um tem sua teoria e você também, claro, está na hora de pô-las sobre a mesa. De qualquer forma, esta noite não, decretou Roberto (e Lily, obviamente, estou caindo de sono, e Sandro pálido, olhando sem ver o copo vazio).

"Dessa vez a confusão está armada", pensou Paola, depois de diálogos erráticos e consultas com Karen, Roberto e algum outro, "não vamos passar do próximo concerto, ainda mais que vai ser em Buenos Aires e, não sei por quê, algo me diz que lá todo mundo vai enfrentar a parada, no fim a família apoia, e, na pior das hipóteses, vou morar com minha mãe e minha irmã enquanto espero outra oportunidade."

"Cada um deve ter sua ideia", pensou Lucho, que, sem falar muito, fizera sondagens por toda parte. "Cada um vai ajeitar as coisas a seu modo se não houver um entendimento *clone*, como diria Roberto, mas meu instinto me diz que de Buenos Aires não passaremos sem que o bicho pegue. Dessa vez foi demais."

Cherchez la femme. La femme? Roberto sabe que mais vale procurar o marido se se trata de encontrar algo sólido e certo, Franca vai se esquivar, como sempre, com gestos de peixe ondulando no aquário, olhares inocentes enormes verdes, afinal não parece ter culpa de nada, e então é procurar Mario e encontrar. Atrás da fumaça do cigarro, Mario quase sorridente, um velho amigo tem todos os direitos, mas claro que é isso, começou em Bruxelas seis meses atrás, Franca me disse em seguida. E você?, Roberto riojano é na base do facão de ponta. Bah, eu, Mario, o sossegado, o sábio apreciador de tabacos tropicais e enormes olhos verdes, eu não posso fazer nada, meu velho, se está envolvido, está envolvido. "Mas ela", queria dizer Roberto, e não disse.

Já Paola, sim, quem iria segurar Paola na hora da verdade? Ela também procurou Mario (tinham chegado a Buenos Aires na véspera, faltava uma semana para o recital, o primeiro ensaio depois do descanso tinha sido pura rotina, sem ânimo, Jannequin e Gesualdo quase a mesma coisa, uma droga). Faça alguma coisa, Mario, sei lá o quê, mas faça alguma coisa. A única coisa possível é não fazer nada, disse Mario, se o Lucho se recusar a dirigir, não sei quem será capaz de substituir o Sandro. Você, porra! Sim, mas não. Então devemos acreditar que você faz isso de propósito, gritou Paola, não só deixa as coisas escaparem diante do seu nariz como deixa todos nós sem ação. Não levante a voz, disse Mario, estou ouvindo muito bem, acredite.

Amamos tanto a Glenda   367

Foi assim como estou lhe contando, gritei isso bem na cara dele, e veja só o que ele me respondeu, aquele grande... Psit, pequena, diz Roberto, cornudo é um palavrão, se você disser isso lá no meu pedaço, vai causar uma hecatombe. Não quis dizer isso, Paola meio que se arrepende, ninguém sabe se eles estão indo pra cama, e afinal o que importa se eles estão dormindo juntos ou se eles se olham como se estivessem na cama em pleno concerto, o assunto é outro. Aí você está sendo injusta, diz Roberto, quem olha, quem cai, quem vai como mariposa pra lâmpada, esse idiota infecto é o Sandro, ninguém pode censurar a Franca por ter lhe devolvido essa espécie de ventosa que ele aplica cada vez que a vê pela frente. Mas o Mario, insiste Paola, como ele aguenta? Imagino que confia nela, diz Roberto, e ele está mesmo apaixonado por ela, sem necessidade de ventosas nem de caras lânguidas. Digamos que sim, aceita Paola, mas por que ele se recusa a nos dirigir quando o Sandro é o primeiro a concordar, quando o próprio Lucho pediu e todos nós lhe pedimos?

Porque se a vingança é uma arte, suas formas irão buscar, necessariamente, as circunvoluções que possam torná-la mais sutilmente bela. "É curioso", pensa Mario, "que alguém capaz de conceber o universo sonoro que surgia dos madrigais se vingasse tão duramente, tão ao modo do valentão ordinário, quando lhe estava dado tecer a teia de aranha perfeita, ver as presas caírem, dessangrá-las pouco a pouco, madrigalizar uma tortura de semanas ou de meses." Olha para Paola, que trabalha e repete uma passagem de "Poichè l'avida sete", sorri amistosamente para ela. Sabe muito bem por que Paola voltou a falar de Gesualdo, porque quase todos olham para ele quando se fala de Gesualdo e olham para baixo e mudam de assunto. *Sete*, diz, não marque tanto *sete*, Paolita, a sede é sentida com mais força se você disser a palavra suavemente. Não se esqueça da época, daquele modo de dizer, calando, tantas coisas, e até de fazê-las.

Viram-nos sair juntos do hotel, Mario levava Franca pelo braço, Lucho e Roberto, lá do bar, podiam seguir os dois lentamente se afastando abraçados, a mão de Franca rodeando a cintura de Mario, que virava um pouco a cabeça para falar com ela. Entraram num táxi, o tráfego do centro os meteu em sua lenta serpente.

— Não estou entendendo, cara — disse Roberto a Lucho —, juro que não estou entendendo nada.

— Diz isso pra mim, camarada?

368　*Clone*

— Nunca foi tão claro como nesta manhã, tudo saltava à vista porque é de vista que se trata, desse disfarce inútil do Sandro, que se lembra tarde demais de disfarçar, o grande imbecil, e ela exatamente o contrário, pela primeira vez cantando pra ele e apenas pra ele.

— A Karen me chamou a atenção pra isso, você tem razão, dessa vez ela olhava pra ele, era ela que o queimava com os olhos, e o que esses olhos podem, quando querem...

— E assim, sabe como é — disse Roberto —, por um lado, o pior desajuste que tivemos desde que começamos, e a seis horas do concerto, e que concerto, aqui eles não perdoam, você sabe. Isso por um lado, que é a própria prova de que a coisa está feita, é uma coisa que você sente com o sangue ou com a próstata, eu sempre soube disso.

— Quase as mesmas palavras da Karen e da Paola, tirando a próstata — disse Lucho. — Eu devo ser menos sexy que vocês, mas dessa vez também é transparente pra mim.

— Por outro lado, você tem o Mario aí, tão contente, indo com ela fazer compras ou tomar uns tragos, o casamento perfeito.

— Não é possível que ele não saiba.

— E que a deixe fazer esses paparicos de putona ordinária.

— Ora, Roberto.

— Mas que droga, chileno, me deixe desabafar, pelo menos.

— Faz bem — disse Lucho —, precisamos disso antes do concerto.

— O concerto — disse Roberto. — Eu me pergunto se...

Eles se olharam e, como era de esperar, deram de ombros e pegaram os cigarros.

Ninguém os verá, mas vão se sentir incomodados do mesmo jeito quando se cruzarem no lobby, Lily irá olhar para Sandro como se quisesse lhe dizer alguma coisa e hesitasse, irá parar ao lado de uma vitrine e Sandro, com um vago aceno de mão, irá se virar para o quiosque de cigarros e pedirá um Camel, sentirá o olhar de Lily na nuca, pagará e sairá andando rumo aos elevadores enquanto Lily desgrudará da vitrine e passará a seu lado como em outros tempos, em outro encontro efêmero que agora revive e lamenta. Sandro irá murmurar um "como vai?", baixará os olhos enquanto abre o maço de cigarros. Da porta do elevador ele a verá parar na entrada do bar e se virar para ele. Acenderá cuidadosamente o cigarro e subirá para se vestir para o concerto, Lily irá ao balcão e pedirá um conhaque, que não é bom a essa hora, como também não é bom fumar dois Camels seguidos quando há quinze madrigais esperando.

Amamos tanto a Glenda   369

Como sempre em Buenos Aires, os amigos estão lá, e não só na plateia, mas atrás deles nos camarins e nas bambolinas, encontros e cumprimentos e tapinhas, por fim de volta, meu irmão, mas como você está linda, Paolita, deixe eu lhe apresentar a mãe do meu namorado, putz, Roberto, você está engordando demais, oi, Sandro, li as críticas do México, formidáveis, o rumor da sala lotada, Mario cumprimentando um velho amigo que pergunta por Franca, deve estar por aí, as pessoas começando a se aquietar na plateia, dez minutos ainda, Sandro fazendo um gesto sem pressa para reuni-los, Lucho se safando de duas chilenas pegajosas com livro de autógrafos, Lily quase correndo, são tão adoráveis, mas não dá pra falar com todos, Lucho ao lado de Roberto, espiando e de repente falando com Roberto, em menos de um segundo Karen e Paola, ao mesmo tempo, onde está a Franca?, o grupo lá no palco mas onde a Franca se meteu?, Roberto para Mario e Mario e eu que sei?, eu a deixei no centro às sete, Paola, onde está a Franca?, e Lily e Karen, Sandro olhando para Mario, mas eu já disse, ela voltaria sozinha, deve estar chegando, cinco minutos, Sandro indo até Mario com Roberto se cruzando calado, você tem que saber o que está acontecendo, e Mario eu já disse que não, pálido olhando para o ar, um empregado falando com Sandro e Lucho, correria nas bambolinas, não está, senhor, não a viram chegar, Paola cobrindo o rosto e se dobrando como se fosse vomitar, Karen segurando-a e Lucho por favor, Paola, se controle, dois minutos, Roberto olhando para Mario calado e pálido como talvez calado e pálido Carlo Gesualdo tenha saído da alcova, cinco de seus madrigais no programa, aplausos impacientes e a cortina sempre fechada, não está, senhor, olhamos em toda parte, não chegou ao teatro, Roberto atravessando-se entre Sandro e Mario, você que fez isso, onde está a Franca?, aos gritos, o murmúrio surpreso do outro lado, o empresário tremendo, indo até a cortina, senhoras e senhores, pedimos por favor um momento de paciência, o grito histérico de Paola, Lucho lutando para detê-la e Karen dando as costas, afastando-se passo a passo, Sandro desabando nos braços de Roberto, que o segura como se fosse um fantoche, que olha para Mario pálido e imóvel, Roberto compreendendo que tinha de ser ali, ali em Buenos Aires, ali Mario, não vai haver concerto, nunca mais haverá concerto, estão cantando o último madrigal para o nada, sem Franca eles o estão cantando para um público que não consegue ouvi-lo, que começa, desconcertado, a ir embora.

NOTA SOBRE O TEMA DE UM REI E A VINGANÇA DE UM PRÍNCIPE
Quando chega a hora, acho natural escrever como se fosse um ditado; por isso, de quando em quando me imponho regras estritas, à maneira de variação de algo que acabaria se tornando monótono. Neste conto, a "trama"

consistiu em ajustar uma narração ainda inexistente ao molde da *Oferenda musical*, de Johann Sebastian Bach.

Sabe-se que o tema dessa série de variações em forma de cânone e fuga foi dada a Bach por Frederico, o Grande, e que, depois de improvisar em sua presença uma fuga baseada nesse tema — ingrato e espinhoso —, o mestre escreveu a *Oferenda musical* em que o tema real é tratado de uma forma mais diversa e complexa. Bach não indicou os instrumentos que deveriam ser utilizados, salvo no *Trio sonata* para flauta, violino e cravo; com o passar do tempo, até a ordem das partes passou a depender da vontade dos músicos encarregados de executar a obra. Nesse caso, vali-me da orquestração de Millicent Silver para oito instrumentos contemporâneos de Bach, que permite acompanhar em todos os detalhes a elaboração de cada passagem, e que foi gravada pelo London Harpsichord Ensemble no disco *Saga XID 5237*.

Escolhida essa versão (ou depois de ser escolhido por ela, pois ao ouvi-la me veio a ideia de um conto que se dobrasse a seu desenvolvimento), deixei o tempo passar; nada pode ser apressado na escrita, e o aparente esquecimento, a distração, os sonhos e os acasos tecem, imperceptivelmente, sua futura tapeçaria. Viajei para uma praia levando a fotocópia da capa do disco no qual Frederick Youens analisa os elementos da *Oferenda musical*; imaginei, vagamente, um conto que logo me pareceu intelectual demais. A regra do jogo era ameaçadora: oito instrumentos deviam ser representados por oito personagens, oito desenhos sonoros respondendo, alternando-se ou se opondo deviam encontrar sua correlação em sentimentos, condutas e relações de oito pessoas. Imaginar um duplo literário do London Harpsichord Ensemble me pareceu uma bobagem, na medida em que um violinista ou um flautista não se dobram, na vida privada, aos temas musicais que executam; mas, ao mesmo tempo, a noção de corpo, de conjunto, tinha de existir, de alguma forma, desde o princípio, uma vez que a pequena extensão de um conto não permitiria a integração eficaz de oito pessoas que não tivessem tido relação ou contato prévios à narração. Uma conversa casual me trouxe a lembrança de Carlo Gesualdo, madrigalista genial e assassino de sua mulher; tudo se condensou num segundo, e os oito instrumentos foram vistos como integrantes de um conjunto vocal; assim, desde a primeira frase existiria a coesão de um grupo, todos eles se conheceriam e se amariam e se odiariam *desde antes*; e além disso, claro, cantariam os madrigais de Gesualdo, *noblesse oblige*. Imaginar uma ação dramática nesse contexto não era difícil; dobrá-la aos sucessivos movimentos da *Oferenda musical* continha o desafio, quer dizer, o prazer que o escritor se propusera, antes de mais nada.

Houve, assim, a imprescindível cozinha literária; a teia de aranha das profundezas devia se mostrar, na hora certa, como acontece quase sempre. Para começar, a distribuição instrumental de Millicent Silver encontrou sua equivalência em oito cantores cujo registro vocal guardava uma relação analógica com os instrumentos. Isso deu:

Flauta: Sandro, tenor.
Violino: Lucho, tenor.
Oboé: Franca, soprano.
Corne-inglês: Karen, mezzo soprano.
Viola: Paola, contralto.
Violoncelo: Roberto, barítono.
Fagote: Mario, baixo.
Cravo: Lily, soprano.

Vi os personagens como latino-americanos, com base principal em Buenos Aires, onde dariam o último recital de uma longa temporada que os levara a diversos países. Eu os vi no começo de uma crise ainda difusa (mais para mim que para eles), em que a única coisa clara era essa fissura que começava a se produzir na coesão própria de um grupo de madrigalistas. Tinha escrito as primeiras passagens tateando — não as modifiquei, acho que nunca modifiquei o começo incerto de tantos contos meus, porque sinto que seria a pior traição à minha escrita — quando compreendi que não era possível ajustar o conto à *Oferenda musical* sem saber em detalhes que instrumentos, quer dizer, que personagens representavam em cada passagem até o final. E então, com um maravilhamento que, por sorte, ainda não me abandonou quando escrevo, vi que o fragmento final deveria incluir todos os personagens, *menos um*. E esse um, desde as primeiras páginas já escritas, tinha sido a causa, ainda incerta, da fissura que estava ocorrendo no conjunto, nisso que outro personagem chamaria de *clone*. Numa fração de segundo, a inevitável ausência de Franca e a história de Carlo Gesualdo, que havia subentendido todo o processo da imaginação, foram a mosca e a aranha na teia. Já podia continuar, tudo estava consumado desde antes.

Sobre a escrita propriamente dita: cada fragmento corresponde à ordem em que se dá a versão da *Oferenda musical* realizada por Millicent Silver; por um lado, o desenvolvimento de cada passagem procura se assemelhar à forma musical (cânone, triosonata, fuga canônica etc.) e contém exclusivamente os personagens que substituem os instrumentos conforme a lista anterior.

Assim, será útil (útil para os curiosos, mas todo curioso costuma ser útil) indicar aqui a sequência tal como Frederick Youens a enumera, com os instrumentos escolhidos pela sra. Silver:

Ricercar a três vozes: violino, viola e violoncelo.
Cânone perpétuo: flauta, viola e fagote.
Cânone em uníssono: violino, oboé e violoncelo.
Cânone em movimento contrário: flauta, violino e viola.
Cânone em aumento e movimento contrário: violino, viola e violoncelo.
Cânone em modulação ascendente: flauta, corne-inglês, fagote, violino, viola e violoncelo.
Triosonata: flauta, violino e contínuo (violoncelo e cravo).

1. Largo
2. Allegro
3. Andante
4. Allegro

Cânone perpétuo: flauta, violino e baixo contínuo.
Cânone "caranguejo": violino e viola.
Cânone "enigma":

a) Fagote e violoncelo
b) Viola e fagote
c) Viola e violoncelo
d) Viola e fagote

Cânone a quatro vozes: violino, oboé, violoncelo e fagote.
Fuga canônica: flauta e cravo.
Ricercar a seis vozes: flauta, corne-inglês, fagote, violino, viola e violoncelo, com baixo contínuo de cravo.

(No fragmento final anunciado como "a seis vozes", o baixo contínuo de cravo acrescenta o sétimo executante.)

Como esta nota já está quase tão extensa quanto o conto, não tenho escrúpulos em estendê-la mais um pouco. Minha ignorância em matéria de conjuntos vocais é total, e os profissionais do gênero encontrarão aqui grande motivo de regozijo. De fato, quase tudo o que conheço sobre música e músicos me vem da capa dos discos, que leio com o máximo cuidado e proveito. Isso vale também para as referências a Gesualdo, cujos madrigais há muito tempo me acompanham. Que ele matou a mulher é certo; o resto, outras possíveis consonâncias com meu texto, seria preciso perguntar para Mario.

Graffiti

A Antoni Tàpies

T antas coisas que começam e talvez acabem como um jogo, imagino que você achou divertido encontrar o desenho ao lado do seu, atribuiu isso ao acaso ou a um capricho, e só na segunda vez você percebeu que era intencional e então olhou para ele devagar, até voltou, mais tarde, para olhá-lo de novo, tomando as precauções de sempre: a rua em seu momento mais solitário, nenhum camburão nas esquinas próximas, aproximar-se com indiferença e nunca olhar os *graffiti* de frente, só da outra calçada ou de viés, fingindo interesse na vitrine do lado, indo embora depressa.

Seu próprio jogo começara por tédio, não era, na verdade, um protesto contra o estado de coisas na cidade, o toque de recolher, a proibição ameaçadora de colar cartazes ou escrever nos muros. Você simplesmente achava divertido fazer desenhos com giz colorido (não gostava do termo *graffiti*, tão de crítico de arte), de quando em quando vir vê-los e até, com um pouco de sorte, observar a chegada do caminhão municipal e os insultos inúteis dos funcionários ao apagar os desenhos. Pouco lhes importava que não fossem desenhos políticos, a proibição abrangia qualquer coisa, se alguma criança tivesse se atrevido a desenhar uma casa ou um cachorro, eles os teriam apagado do mesmo jeito, entre palavrões e ameaças. Na cidade, já não se sabia bem de que lado estava, verdadeiramente, o medo; talvez por isso você achasse divertido dominar o seu e de tempos em tempos escolher o lugar e a hora apropriados para fazer um desenho.

Nunca tinha corrido perigo porque sabia escolher bem, e no tempo que transcorria até os caminhões de limpeza chegarem parecia se abrir para você uma espécie de espaço mais limpo, onde quase cabia a esperança. Olhando seu desenho de longe, você podia ver as pessoas que davam uma olhada nele ao passar, ninguém parava, claro, mas ninguém deixava de olhar o desenho, às vezes uma rápida composição abstrata em duas cores, um perfil de pássaro ou duas figuras enlaçadas. Só uma vez você escreveu uma frase, com giz preto: *Dói também em mim*. Não durou duas horas, e dessa vez a polícia em pessoa sumiu com ela. Depois você continuou a fazer apenas desenhos.

Quando o outro apareceu ao lado do seu você quase teve medo, de repente o perigo era dobrado, alguém se animava, como você, a se divertir à beira da prisão ou coisa pior, e esse alguém, ainda por cima, era uma mulher. Você mesmo não podia prová-lo, havia algo diferente e melhor que as provas mais cabais: um traço, uma predileção por gizes de cores quentes, uma aura. Como você andava só, talvez tenha imaginado isso por compensação; admirou-a, teve medo dela, esperou que fosse a única vez, quase se delatou quando ela voltou a desenhar ao lado de outro desenho seu, uma vontade de rir, de ficar ali na frente como se os policiais fossem cegos ou idiotas.

Começou um tempo diferente, mais sigiloso, mais bonito e ameaçador ao mesmo tempo. Negligenciando seu emprego, você saía a qualquer hora na esperança de surpreendê-la, escolheu para seus desenhos aquelas ruas que você podia percorrer num só itinerário rápido; voltou ao alvorecer, ao anoitecer, às três da manhã. Foi uma época de contradição insuportável, a decepção de encontrar um novo desenho dela junto a algum dos seus e a rua vazia, e a de não encontrar nada e sentir a rua ainda mais vazia. Certa noite, você viu o primeiro desenho dela sozinho; ela o fizera com giz vermelho e azul numa porta de garagem, aproveitando a textura das madeiras carcomidas e das cabeças dos pregos. Era bem ela, mais que nunca, o traço, as cores, mas você também sentiu que aquele desenho valia como um apelo ou uma interrogação, uma forma de chamá-lo. Voltou ao alvorecer, depois que as patrulhas se dispersaram em sua drenagem surda, e no resto da porta você desenhou uma paisagem rápida com velas e quebra-mares; se não se olhasse bem, daria para dizer que era um jogo de linhas ao acaso, mas ela saberia vê-lo. Naquela noite você escapou por pouco de uma dupla de policiais, tinha bebido um gim atrás do outro em seu apartamento e lhe falou, disse tudo o que lhe vinha à boca como outro desenho sonoro, outro porto com velas, imaginou-a morena e silenciosa, escolheu seus lábios e os seios, amou-a um pouco.

Quase em seguida pensou que ela buscaria uma resposta, que voltaria ao seu desenho como agora você voltava aos dela, e embora o perigo fosse cada vez maior depois dos atentados no mercado, você se atreveu a se aproximar da garagem, a rondar a quadra, a tomar cervejas intermináveis no café da esquina. Era absurdo, porque ela não ia parar depois de ver seu desenho, qualquer uma das mulheres que iam e vinham podia ser ela. No amanhecer do segundo dia você escolheu um paredão cinza e desenhou um triângulo branco rodeado de manchas como folhas de carvalho; lá do café da esquina você

Amamos tanto a Glenda   375

podia ver o paredão (já tinham limpado a porta da garagem e uma patrulha ia e vinha, enfurecida), ao anoitecer você se afastou um pouco, mas escolhendo diferentes pontos de mira, deslocando-se de um lugar para outro, comprando pequenas coisas nas lojas para não chamar muito a atenção. Já era noite fechada quando você ouviu a sirene e os faróis varreram seus olhos. Havia uma aglomeração confusa junto do paredão, você correu, indo contra qualquer bom senso, e só foi ajudado pelo acaso de um carro que dobrava a esquina e que freou ao ver o camburão, seu volume o protegeu e você viu a luta, cabelos pretos puxados por mãos enluvadas, pontapés e gritos, a visão entrecortada de umas calças azuis antes que a jogassem no carro e a levassem.

Muito depois (era horrível tremer assim, era horrível pensar que isso estava acontecendo por causa de seu desenho no paredão cinza), você se misturou com outras pessoas e conseguiu ver um esboço em azul, os traços de um laranja que era como seu nome ou sua boca, ela ali naquele desenho truncado que os policiais tinham borrado antes de levá-la; tinha sobrado o suficiente para você entender que ela tentara responder ao seu triângulo com outra figura, um círculo, ou quem sabe uma espiral, uma forma cheia e bela, algo como um sim ou um sempre ou um agora.

Você sabia disso muito bem, teria tempo de sobra para imaginar os detalhes do que devia estar acontecendo no quartel central; na cidade, essas coisas transpiravam pouco a pouco, as pessoas estavam por dentro do destino dos prisioneiros, e se às vezes voltavam a ver um ou outro, teriam preferido não vê-los, e que, tal como a maioria, se perdessem nesse silêncio que ninguém se atrevia a romper. Você sabia disso de sobra, nessa noite o gim não o ajudaria senão a roer as unhas, a pisotear os gizes coloridos antes de se perder na bebedeira e no choro.

Sim, mas os dias passavam e você já não sabia viver de outro jeito. Largou de novo o trabalho para ficar dando voltas pelas ruas, olhando furtivamente as paredes e portas onde ela e você tinham desenhado. Tudo limpo, tudo claro; nada, nem mesmo uma flor desenhada pela inocência de um colegial que rouba um giz na sala de aula e não resiste ao prazer de usá-lo. Você também não pôde resistir, e um mês depois se levantou ao amanhecer e voltou à rua da garagem. Não havia patrulhas, as paredes estavam perfeitamente limpas; cauteloso, um gato o fitou de um pórtico quando você pegou os gizes e, no mesmo lugar, lá onde ela tinha deixado seu desenho, encheu as paredes com um grito verde, uma labareda vermelha de reconhecimento e amor, envolveu seu desenho com um óvalo que era também sua boca e a dela e a esperança. Passos na esquina o lançaram numa corrida abafada até o refúgio de uma pilha de caixotes vazios; um bêbado trôpego se aproximou cantarolando, quis chutar o gato e caiu de bruços aos pés do desenho. Você foi embora devagar, seguro, agora, e com o primeiro sol dormiu como há muito tempo não dormia.

Naquela mesma manhã você olhou de longe: ainda não tinha sido apagado. Voltou ao meio-dia: quase inconcebivelmente, continuava lá. A agitação nos subúrbios (você tinha ouvido o noticiário) afastava as patrulhas urbanas de sua rotina; ao anoitecer, você o viu de novo, como tanta gente o tinha visto no decorrer do dia. Esperou até as três da manhã para voltar, a rua estava vazia e escura. De longe, você descobriu o outro desenho, só você poderia tê-lo distinguido, tão pequeno, no alto e à esquerda do seu. Aproximou-se com um misto de sede e horror, viu o óvalo laranja e as manchas roxas de onde parecia saltar um rosto inchado, um olho pendurado, uma boca esmurrada. Eu sei, eu sei, mas que outra coisa poderia ter desenhado para você? Que mensagem faria sentido agora? Tinha de me despedir de você de alguma forma, e ao mesmo tempo lhe pedir que continuasse. Tinha de lhe deixar alguma coisa antes de voltar para meu refúgio, onde já não há nenhum espelho, só um buraco para me esconder até o fim na mais completa escuridão, lembrando de tanta coisa e às vezes, assim como tinha imaginado sua vida, imaginando que você estava fazendo outros desenhos, que saía de noite para fazer outros desenhos.

Histórias que me conto

Conto histórias para mim mesmo quando durmo sozinho, quando a cama parece maior do que é, e mais fria, mas também as conto quando Niágara está lá e dorme antes de mim, enrola-se como um caracolzinho e dorme entre murmúrios contentes, quase como se ela também estivesse contando uma história para si mesma. Mais de uma vez eu quis acordá-la para saber como é sua história (ela só murmura já adormecida, e isso não é, de maneira nenhuma, uma história), mas Niágara sempre volta do trabalho tão cansada que não seria justo nem gentil acordá-la assim que ela dorme e parece satisfeita, perdida em seu caracolzinho perfumado e murmurante, de maneira que a deixo dormir e conto histórias para mim, como nos dias em que ela trabalha de noite e eu durmo sozinho nessa cama subitamente enorme.

As histórias que me conto são sobre qualquer coisa, mas quase sempre comigo no papel central, uma espécie de Walter Mitty portenho que se imagina em situações anômalas ou estúpidas ou de um intenso dramatismo muito trabalhado, para que aquele que acompanha a história se divirta com o melodrama ou a cafonice ou o humor que deliberadamente lhe dá quem a conta. Porque Walter Mitty também costuma ter seu lado Jekyll e Hyde, naturalmente a literatura anglo-saxã fez estragos em seu inconsciente e suas histórias nascem quase sempre muito livrescas e como que compostas para um prelo igualmente imaginário. De manhã, a mera ideia de escrever as histórias que me conto antes de dormir me parece inconcebível, além do que um homem tem de ter seus luxos secretos, suas discretas extravagâncias, coisas que os outros aproveitariam até a última migalha. E há também a superstição, não é de hoje que me digo que se escrevesse qualquer uma dessas histórias que conto para mim mesmo essa história seria a última, por um motivo que me escapa, mas que talvez tenha a ver com noções de transgressão ou castigo; então não, é impossível me imaginar esperando o sono ao lado de Niágara ou sozinho, mas sem poder me contar uma história, tendo de ficar contando carneirinhos como um bobo, ou pior, tendo de recordar minhas jornadas cotidianas tão pouco memoráveis.

Tudo depende do humor do momento, pois eu nunca pensaria em escolher determinado tipo de história, assim que apago ou apagamos a luz e entro nessa segunda e bela camada de negror que as pálpebras me trazem, a história está ali, um começo quase sempre incitante de história, pode ser uma rua vazia com um carro que vem de muito longe, ou a cara de Marcelo Macías ao saber que foi promovido, coisa até este momento impensável, dada sua incompetência, ou simplesmente uma palavra ou um som que se repetem cinco ou dez vezes e dos quais começa a sair uma primeira imagem da história. Às vezes me espanta que depois de um episódio que eu poderia classificar de burocrático, na noite seguinte a história seja erótica ou esportiva; tenho imaginação, sem dúvida, embora isso só se note antes de eu ir dormir, mas um repertório tão imprevistamente variado e rico não deixa de me surpreender. Dilia, por exemplo, por que Dilia tinha de aparecer nessa história, e justamente nessa história, se Dilia não era uma mulher que se prestasse, de alguma forma, à semelhante história? Por que Dilia?

Mas já faz muito tempo que decidi não me perguntar por que Dilia ou o Transiberiano ou Muhammad Ali ou qualquer um dos cenários onde as histórias que me conto se situam. Se me lembro de Dilia nesse momento já fora da história é por outras coisas que também estiveram e estão fora, por algo que já não é a história, e talvez por isso me obrigue a fazer o que não gostaria ou não poderia fazer com as histórias que me conto. Naquela história (sozinho na cama, Niágara só voltaria do hospital às oito da manhã), desenrolava-se uma paisagem de montanha e uma estrada de dar medo, que obrigavam a dirigir com cuidado, os faróis varrendo as sempre

378 *Histórias que me conto*

possíveis armadilhas visuais de cada curva, sozinho e à meia-noite naquele caminhão enorme difícil de dirigir numa estradinha à beira do precipício. Ser caminhoneiro sempre me pareceu um trabalho invejável, porque o imagino como uma das formas mais simples da liberdade, ir de um lado para outro num caminhão que é ao mesmo tempo uma casa com seu colchão para passar a noite numa estrada arborizada, uma lâmpada para ler e latas de comida e cerveja, um radinho de pilha para ouvir jazz num silêncio perfeito, e além do mais aquele sentimento de se saber ignorado pelo resto do mundo, ninguém tem consciência se pegamos essa estrada e não outra, tantas possibilidades e cidades e aventuras passageiras, até mesmo assaltos e acidentes, nos quais sempre se leva a melhor, como cabe a Walter Mitty.

Já me perguntei por que caminhoneiro e não piloto de avião ou capitão de transatlântico, sabendo, ao mesmo tempo, que isso tem a ver com meu lado simples e rasteiro, que preciso esconder cada vez mais durante o dia; ser caminhoneiro é a gente que fala com os caminhoneiros, os lugares por onde se move um caminhoneiro, de maneira que quando eu me conto uma história de liberdade é frequente que comece com esse caminhão que percorre o pampa ou uma paisagem imaginária como a de agora, os Andes ou as Montanhas Rochosas, em todo caso naquela noite uma estrada difícil, pela qual eu subia quando avistei a frágil silhueta loira de Dilia ao pé das rochas violentamente arrancadas do nada pelo feixe de luz dos faróis, as encostas arroxeadas que tornavam ainda menor e mais abandonada a imagem de Dilia me fazendo o gesto dos que pedem ajuda, depois de tanto andar a pé com uma mochila nas costas.

Se ser caminhoneiro é uma história que já me contei muitas vezes, não era obrigatório encontrar mulheres me pedindo que as levasse, como Dilia estava fazendo, mas é claro que eu também dera um jeito de essas histórias quase sempre culminarem numa fantasia em que a noite, o caminhão e a solidão eram os acessórios perfeitos para uma breve felicidade de fim de etapa. Às vezes não, às vezes era apenas uma avalanche da qual nem sei como conseguia escapar, ou os freios que falhavam na descida para que tudo terminasse num turbilhão de visões cambiantes que me obrigavam a abrir os olhos e me negar a prosseguir, ir atrás do sono ou da cintura quente de Niágara, aliviado por ter escapado do pior. Quando a história punha uma mulher à beira da estrada, essa mulher era sempre uma desconhecida, os caprichos das histórias que optavam por uma ruiva ou uma mulata, vistas, talvez, num filme ou numa foto de revista e esquecidas na superfície do dia até que a história as trazia para mim sem que eu as reconhecesse. Então, ver Dilia foi, mais que uma surpresa, quase um escândalo, porque Dilia não tinha nada a fazer naquela estrada e, de certo modo, estava estragando a

Amamos tanto a Glenda   379

história com seu gesto meio implorador, meio intimidante. Dilia e Alfonso são amigos que eu e Niágara vemos de vez em quando, vivem em órbitas diferentes e só nos aproxima uma fidelidade dos tempos universitários, a estima por assuntos e gostos comuns, jantar de vez em quando na casa deles ou aqui, segui-los de longe em sua vida de casal com um bebê e bastante dinheiro. Mas que diabos Dilia tinha de fazer ali quando a história estava acontecendo de tal forma que qualquer moça imaginária sim, mas não Dilia, porque se uma coisa estava clara na história é que dessa vez eu ia encontrar uma moça na estrada e daí aconteceriam algumas das muitas coisas que podem acontecer quando se chega à planície e se faz uma parada depois da longa tensão da travessia; tudo tão claro desde a primeira imagem, a janta com outros caminhoneiros na taberna da cidade antes da montanha, uma história nem um pouco original, mas sempre grata por suas variantes e suas incógnitas, só que agora a incógnita era diferente, era Dilia, que não fazia nenhum sentido nessa curva do caminho.

Pode ser que, se Niágara estivesse lá murmurando e arfando docemente em seu sono, eu tivesse preferido não levar Dilia, apagar Dilia, o caminhão e a história com só abrir os olhos e dizer a Niágara: "É estranho, quase dormi com uma mulher, e era a Dilia", para que talvez Niágara abrisse, por sua vez, os olhos e me desse um beijo no rosto me chamando de bobo ou pondo Freud na dança ou me perguntando se algum dia eu já sentira desejo por Dilia, para me ouvir dizer a verdade, ou seja, que nunca na vida, mas aí outra vez Freud ou algo parecido. Mas, como me sentia tão só dentro da história, tão só como o que era, um caminhoneiro em plena travessia da serra à meia-noite, não fui capaz de passar ao largo: freei devagar, abri a portinhola e deixei Dilia subir, ela só murmurou um "obrigada" de cansaço e soneira e se estirou no assento com seu saco de viagem aos pés.

As regras do jogo são cumpridas desde o primeiro momento nas histórias que me conto. Dilia era Dilia, mas na história eu era um caminhoneiro e apenas isso para Dilia, jamais pensaria em perguntar a ela o que estava fazendo ali no meio da noite ou em chamá-la pelo nome. Acho que o excepcional nessa história era que aquela moça contivesse a pessoa de Dilia, seu cabelo liso e loiro, os olhos claros e suas pernas que evocavam, quase convencionalmente, as de uma potranquinha, longas demais para sua altura; fora isso, a história a tratava como outra qualquer, sem nome nem relação anterior, um perfeito encontro do acaso. Trocamos duas ou três frases, passei-lhe um cigarro e acendi outro, começamos a descer a encosta como um caminhão pesado deve descê-la, enquanto Dilia se estirava ainda mais, fumando em meio a um abandono e uma sonolência que a restauravam de tantas horas de marcha, e talvez de medo, na montanha.

Pensei que ela logo dormiria e que era agradável imaginá-la assim até a planície lá embaixo, pensei que talvez fosse gentil convidá-la a ir para o fundo do caminhão e se esticar numa cama de verdade, mas jamais, numa história, as coisas me deixaram fazer isso, porque qualquer uma das moças teria me olhado com aquela expressão meio amarga, meio desesperada de quem imagina as intenções imediatas e quase sempre procura o trinco da porta, a fuga necessária. Tanto nas histórias como na suposta realidade de qualquer caminhoneiro as coisas não podiam acontecer desse jeito, era preciso conversar, fumar, fazer amizade, conseguir, com isso tudo, a aceitação quase sempre silenciosa de uma parada num bosque ou num refúgio, a aquiescência para o que viria depois, mas que não era mais amargura nem raiva, simplesmente compartilhar o que já estava sendo compartilhado desde o papo, os cigarros e a primeira garrafa de cerveja bebida no gargalo entre duas curvas.

Deixei que dormisse, a história tinha esse desenrolar que sempre me agradou nas histórias que me conto, a descrição minuciosa de cada coisa e de cada ato, um filme lentíssimo para um gozo que vai progressivamente subindo pelo corpo e pelas palavras e pelos silêncios. Ainda me perguntei por que Dilia nessa noite, mas logo parei de questionar, agora me parecia tão natural que Dilia estivesse ali cochilando a meu lado, aceitando de vez em quando outro cigarro ou murmurando uma explicação sobre o motivo de estar em plena montanha, que a história habilmente embolava entre bocejos e frases truncadas, já que nada poderia explicar que Dilia estivesse ali naquele fim de mundo à meia-noite. Em algum momento ela parou de falar e me olhou sorrindo, aquele sorriso de garota que Alfonso chamava de cativante, e eu lhe disse meu nome de caminhoneiro, sempre Oscar em qualquer uma das histórias, e ela disse Dilia e acrescentou, como sempre acrescentava, que era um nome idiota por causa de uma tia leitora de romances açucarados e, quase inacreditavelmente eu pensei que não me reconhecia, que na história eu era Oscar e ela não me reconhecia.

Depois veio tudo isso que as histórias me contam, mas que eu não consigo contar como elas, apenas fragmentos incertos, ilações talvez falsas, o farol iluminando a mesinha dobrável no fundo do caminhão estacionado entre as árvores de um refúgio, o chiado dos ovos fritos, Dilia me olhando depois do queijo e do doce como se fosse dizer alguma coisa e decidindo que não diria nada, que não precisava explicar nada para descer do caminhão e desaparecer sob as árvores, eu facilitando as coisas para ela com o café quase pronto, já, e até um copinho de grapa, os olhos de Dilia que iam se fechando entre um gole e uma frase, meu jeito descuidado de levar a lâmpada até o tamborete ao lado do colchão, pôr mais uma coberta

Amamos tanto a Glenda   381

caso esfriasse mais tarde, dizer que eu iria lá na frente para fechar bem as portas, por via das dúvidas, nesses trechos desertos nunca se sabe, e ela baixando a vista e dizendo sabe, não vá ficar dormindo lá no assento, seria idiota, e eu lhe dando as costas para que não visse minha cara, na qual quem sabe houvesse um vago espanto pelo que Dilia estava me dizendo, ainda que, é claro, isso sempre acontecesse assim, de uma forma ou de outra, às vezes a indiazinha falava em dormir no chão, ou a cigana se refugiava na cabine e era preciso pegá-la pela cintura e desviá-la para dentro, levá-la para a cama mesmo que chorasse ou se debatesse, mas Dilia não, Dilia indo lentamente da mesa para a cama com a mão já buscando o zíper do jeans, esses gestos que eu podia ver na história mesmo que estivesse de costas e entrando na cabine para lhe dar tempo, para me dizer que sim, que tudo seria como tinha de ser mais uma vez, uma sequência ininterrupta e perfumada, o lentíssimo travelling que ia da silhueta imóvel sob os faróis na curva da montanha até Dilia, agora quase invisível sob as cobertas de lã, e então o corte de sempre, apagar a lâmpada para que só restasse o difuso cinza da noite entrando pela janela traseira com um ou outro lamento de pássaro próximo.

Dessa vez a história durou interminavelmente porque nem Dilia nem eu queríamos que acabasse, há histórias que eu gostaria de prolongar, mas que a menina japonesa ou a fria condescendente turista norueguesa não deixam, e apesar de ser eu quem decide na história, chega uma hora em que já não tenho forças e nem mesmo vontade de fazer durar um lance que depois do prazer começa a escorregar para a insignificância, lá onde seria preciso inventar alternativas ou incidentes inesperados para que a história continuasse viva em vez de ir me levando para o sono com um último beijo distraído ou um resto de choro quase inútil. Mas Dilia não queria que a história terminasse, desde seu primeiro gesto, quando deslizei para junto dela e em vez do esperado senti que me buscava, desde a primeira carícia dupla eu soube que a história só estava começando, que a noite da história seria tão longa quanto a da noite em que eu estava contando a história para mim mesmo. Só que agora não resta nada além disto, palavras falando da história; palavras como fósforos, gemidos, cigarros, risos, súplicas e demandas, café ao amanhecer e um sono de águas pesadas, de serenos e de retornos e de abandonos, com uma primeira língua tímida de sol atravessando a janela para lamber as costas de Dilia jogada sobre mim, para me ofuscar enquanto eu a estreitava para senti-la se abrir mais uma vez entre gritos e carícias.

A história termina aí, sem despedidas convencionais, na primeira cidadezinha da estrada, como se tivesse sido quase inevitável, da história passei para o sono sem mais nada além do peso do corpo de Dilia dormindo, por

382 *Histórias que me conto*

sua vez, sobre mim, depois de um último murmúrio, quando acordei Niágara falava comigo sobre o café da manhã e sobre um compromisso que tínhamos de tarde. Sei que estive a ponto de lhe contar e que alguma coisa me fez recuar, uma coisa que talvez ainda fosse a mão de Dilia me fazendo voltar para a noite e me proibindo as palavras que teriam maculado tudo. Sim, tinha dormido muito bem; claro, às seis nos encontraríamos na esquina da praça para ir ver os Marini.

Por aqueles dias soubemos por Alfonso que a mãe de Dilia estava muito doente e que Dilia viajaria a Necochea para lhe fazer companhia, Alfonso tinha de cuidar do bebê, que dava muito trabalho, quem sabe fôssemos visitá-los quando Dilia voltasse. A enferma morreu alguns dias depois e Dilia não quis ver ninguém por dois meses; fomos jantar, levando um conhaque e um chocalho para o bebê, e tudo já estava bem, Dilia finalizando um pato com laranja e Alfonso com a mesa pronta para jogar canastra. O jantar transcorreu amavelmente, como devia ser, porque Alfonso e Dilia são pessoas que sabem viver e começaram falando do mais penoso, esgotar logo o assunto da mãe de Dilia, depois foi como puxar suavemente uma cortina para voltar ao presente imediato, aos nossos jogos de sempre, às chaves e códigos do humor com os quais se tornava tão agradável passar a noite. Já era tarde e conhaque quando Dilia mencionou uma viagem a San Juan, a necessidade de esquecer os últimos dias de sua mãe e os problemas com aqueles parentes que complicam tudo. Tive a impressão de que falava para Alfonso, embora Alfonso já devesse conhecer a história, porque sorria amavelmente enquanto nos servia outro conhaque, o enguiço do carro em plena serra, a noite vazia e uma espera interminável à beira da estrada em que cada pássaro noturno era uma ameaça, retorno inevitável de tantos fantasmas da infância, luzes de um caminhão, o medo de que o caminhoneiro também tivesse medo e passasse ao largo, o ofuscamento dos faróis cravando-a contra o despenhadeiro, e então o ruído maravilhoso dos freios, a cabine aquecida, a descida entre diálogos quase desnecessários, mas que tanto a ajudavam a se sentir melhor.

— Ela ficou traumatizada — disse Alfonso. — Você já me contou, querida, e a cada vez conheço mais detalhes desse resgate, do seu são Jorge de macacão salvando-a do malvado dragão da noite.

— Não é fácil esquecê-lo — disse Dilia —, é uma coisa que volta sempre, não sei por quê.

Ela talvez não, Dilia talvez não soubesse por quê, mas eu sim, tive de virar o conhaque de uma vez e me servir de novo enquanto Alfonso levantava as sobrancelhas, surpreso com uma brusquidão que não reconhecia em mim. Já suas piadas eram mais que previsíveis, dizer para Dilia que um dia contasse de vez toda essa história, conhecia de sobra a primeira parte, mas certamente havia uma segunda, estava tão na cara, tão de caminhão na noite, tão de tudo que é tão nesta vida.

Fui até o banheiro e fiquei lá um tempo, tentando não me olhar no espelho, não encontrar também ali e horrivelmente aquilo que eu tinha sido enquanto me contava a história e que agora sentia de novo, mas aqui, agora, esta noite, isso que começava lentamente a ganhar meu corpo, isso que eu jamais teria imaginado ser possível ao longo de tantos anos de Dilia e Alfonso, de nosso par de amigos de festas e cinemas e beijos no rosto. Agora era o outro, era Dilia depois, novamente o desejo, mas deste lado, a voz de Dilia me chegando lá da sala, as risadas de Dilia e de Niágara, que deviam estar caçoando de Alfonso por seu ciúme estereotipado. Já era tarde, ainda bebemos conhaque e fizemos um último café, lá de cima chegou o choro do bebê e Dilia subiu correndo e o trouxe no colo, está todo molhado esse porquinho, vou trocá-lo no banheiro, Alfonso adorando porque isso lhe dava mais meia hora para discutir com Niágara as possibilidades de Vilas contra Borg, outro conhaque, guria, afinal já estamos todos bem curtidos.

Eu não, eu fui ao banheiro para fazer companhia a Dilia, que tinha posto o filho sobre uma mesinha e procurava coisas num armário. E era como se de algum modo ela já soubesse quando eu disse Dilia, conheço essa segunda parte, quando eu disse já sei que não pode ser mas olha, eu a conheço, e Dilia me deu as costas para começar a tirar a roupa do bebê e eu a vi se inclinar não só para soltar os alfinetes de gancho e tirar a fralda, mas como se de repente a oprimisse um peso do qual tinha de se livrar, do qual já estava se livrando quando se virou me olhando nos olhos e disse sim, é verdade, e não tem nenhuma importância, mas é verdade, eu dormi com o caminhoneiro, pode dizer para o Alfonso, se quiser, de qualquer modo ele já está convencido disso à sua maneira, não acredita, mas tem convicção.

Era assim, nem eu diria nada nem ela entenderia por que estava me dizendo isso, por que para mim, que não lhe perguntara nada e, entretanto, tinha dito aquilo que ela não podia entender deste lado da história. Senti meus olhos como dedos descendo por sua boca, seu pescoço, procurando os seios que a blusa preta desenhava como minhas mãos os tinham desenhado a noite toda, a história toda. O desejo era um salto à espreita, um direito absoluto de me aproximar e procurar seus seios sob a blusa e envolvê-la num primeiro abraço. Eu a vi se virar, inclinar-se outra vez, mas agora leve, liberada do silêncio; tirou a fralda com agilidade, o cheiro de um bebê que tinha feito xixi e cocô me chegou junto com os murmúrios de Dilia acalmando-o para que não chorasse, vi suas mãos que procuravam o algodão e o metiam entre as pernas levantadas do bebê, vi suas mãos limpando o bebê

384   *Histórias que me conto*

em vez de virem até mim como tinham vindo no escuro daquele caminhão que tantas vezes me valeu nas histórias que me conto.

Anel de Moebius

In memoriam J.M. e R.A.

Impossível explicar. Afasta-se aos poucos daquela zona onde as coisas têm forma fixa e arestas, onde tudo tem um nome sólido e imutável. Cada vez mais afundava na região líquida, quieta e insondável, onde pairavam névoas vagas e frescas como as da madrugada.

Clarice Lispector, *Perto do coração selvagem*

Por que não?, talvez bastasse fazer a proposta, como ela faria mais tarde com afinco, e seria vista, seria sentida com a mesma nitidez com que ela se via e se sentia pedalando bosque adentro na manhã ainda fresca, seguindo trilhas envoltas na penumbra das samambaias, em algum lugar da Dordonha que mais tarde os jornais e o rádio encheriam de uma efêmera e infame celebridade até o rápido esquecimento, o silêncio vegetal dessa meia-luz perpétua por onde Janet passava como uma mancha loira, um tilintar metálico (seu cantil mal ajustado ao quadro de alumínio), o cabelo comprido oferecido ao ar que seu corpo rompia e alterava, leve carranca de proa afundando os pés no macio ceder alternado dos pedais, recebendo na blusa a mão da brisa lhe enrijecendo os seios, dupla carícia dentro do duplo desfile de troncos e samambaias num verde translúcido de túnel, um cheiro de cogumelos e cascas e musgos, as férias.

E também o outro bosque, embora fosse o mesmo bosque, mas não para Robert, rejeitado nas granjas, sujo de uma noite de bruços sobre um colchão ruim de folhas secas, esfregando o rosto sobre um raio de sol filtrado pelos cedros, perguntando-se vagamente se valia a pena ficar na região ou entrar nas planícies onde talvez o esperasse um jarro de leite e um pouco de trabalho antes de voltar aos grandes caminhos ou se perder de novo em bosques sem nome, o mesmo bosque sempre com fome e aquela raiva inútil que lhe torcia a boca.

Na encruzilhada estreita, Janet freou, indecisa, direita ou esquerda ou seguir em frente, tudo igualmente verde e fresco, oferecido como dedos de uma grande mão terrosa. Tinha saído do albergue para jovens assim que o dia despontou, porque o dormitório estava cheio de hálitos pesados, de fragmentos de pesadelos alheios, de cheiro de gente com pouco banho, dos grupos alegres que tinham torrado milho e cantado até a meia-noite antes de se jogarem, vestidos, sobre as camas de campanha, as garotas de um lado e os rapazes mais longe, um pouco ofendidos por tanto regulamento idiota, já meio adormecidos na metade dos irônicos comentários inúteis. Em pleno campo antes do bosque tinha bebido o leite do cantil, jamais voltar a se encontrar de manhã com a turma da noite, ela também tinha seu regulamento idiota, percorrer a França enquanto durassem o dinheiro e o tempo, tirar fotos, preencher o caderno de capa alaranjada, dezenove anos ingleses já com muitos cadernos e milhas pedalando, a predileção pelos grandes espaços, os olhos devidamente azuis e o cabelo loiro solto, grande e atlética e professora de crianças felizmente dispersas em praias e aldeias da pátria felizmente distante. À esquerda, talvez, havia uma leve descida na penumbra, deixar-se levar depois de um simples impulso no pedal. Começava a fazer calor, o selim da bicicleta a recebia pesadamente, com uma primeira umidade que mais tarde a obrigaria a descer, a desgrudar a calcinha da pele e a levantar os braços para que o ar fresco passeasse sob a blusa. Eram só dez horas, o bosque se anunciava lento e profundo; talvez antes de chegar à estrada do lado oposto fosse bom se instalar ao pé de um carvalho e comer os sanduíches, escutando o rádio portátil ou acrescentando uma jornada a mais em seu diário de viagem muitas vezes interrompido por inícios de poemas e pensamentos nem sempre felizes que o lápis escrevia e depois riscava com pudor, com trabalho.

> Não era fácil vê-lo lá da trilha. Sem saber, tinha dormido a vinte metros de um hangar abandonado, e agora lhe pareceu uma estupidez ter dormido sobre o chão úmido, quando atrás das tábuas de pinho cheias de buracos se via um piso de palha seca sob o teto quase intacto. Não estava mais com sono, era uma pena; imóvel, olhou o hangar e não se surpreendeu que a ciclista chegasse pela trilha e freasse, ela sim meio desconcertada, diante da construção que surgia entre as árvores. Antes que Janet o visse ele já sabia tudo, tudo sobre ela e ele numa só maré sem palavras, do fundo de uma imobilidade que era como um futuro escondido. Agora ela virava a cabeça, a bicicleta inclinada e um pé no chão, e encontrava seus olhos. Os dois piscaram ao mesmo tempo.

Só dava para fazer uma coisa nesses casos, pouco frequentes mas sempre prováveis, dizer *bonjour* e ir embora sem muita pressa. Janet disse *bonjour* e empurrou a bicicleta para dar meia-volta; seu pé se soltava do chão para dar o primeiro impulso no pedal quando Robert lhe cortou a passagem e segurou o guidão com a mão de unhas pretas. Tudo era claríssimo e confuso ao mesmo tempo, a bicicleta caindo e o primeiro grito de pânico e protesto, os pés procurando um apoio inútil no ar, a força dos braços que a seguravam, o passo quase corrido entre as tábuas quebradas do hangar, um cheiro ao mesmo tempo jovem e selvagem de couro e de suor, uma barba escura de três dias, uma boca queimando-lhe a garganta.

Nunca quis lhe fazer mal, nunca fizera mal a ninguém para possuir o pouco que lhe fora dado nos previsíveis reformatórios, só era assim, vinte e cinco anos e era assim, tudo lento, como quando tinha de escrever seu nome, Robert, letra por letra, e depois o sobrenome ainda mais lento, e ao mesmo tempo rápido, como o gesto que às vezes lhe valia uma garrafa de leite ou uma calça posta para secar no gramado do jardim, tudo podia ser lento e instantâneo ao mesmo tempo, uma decisão seguida do desejo de que tudo durasse bastante, que aquela garota não se debatesse loucamente, já que ele não queria lhe fazer mal, que ela entendesse a impossibilidade de fugir e de ser socorrida e se submetesse mansamente, e até que não se submetesse, só se deixasse levar como ele se deixava levar deitando-a sobre a palha e gritando em seu ouvido que se calasse, que não fosse idiota, que esperasse enquanto ele procurava botões e fechos sem encontrar nada além de convulsões de resistência, rajadas de palavras em outra língua, gritos, gritos que alguém ia acabar ouvindo.

Não tinha sido exatamente assim, havia o horror e a repulsa diante do ataque da besta, Janet tinha lutado para se safar e fugir correndo e agora não era mais possível e o horror não vinha totalmente da besta barbuda, porque não era uma besta, seu jeito de lhe falar ao ouvido e de segurá-la sem afundar as mãos na pele, os beijos que lhe caíam sobre o rosto e o pescoço com espetadas de barba por fazer, mas beijos, a repulsa vinha de se submeter a esse homem que não era uma besta hirsuta, mas um homem, a repulsa sempre a espreitara, de alguma forma, desde sua primeira menstruação, uma tarde na escola, mistress Murphy e suas advertências à turma com sotaque da Cornualha, as notícias policiais nos jornais sempre comentadas em segredo no pensionato, as leituras proibidas onde aquilo não era aquilo que as leituras aconselhadas por mistress Murphy tinham insinuado em cor-de-rosa, com ou sem Mendelssohn e chuva de arroz, os comentários clandestinos sobre o episódio da primeira noite em *Fanny Hill*, o longo silêncio de sua melhor amiga na volta de suas núpcias e depois o choro brusco, agarrada a ela, foi horrível, foi horrível, Janet, ainda que mais tarde a felicidade do primeiro filho, a vaga evocação de uma tarde passeando juntas, fiz mal em exagerar tanto, Janet, um dia você vai ver, mas já era tarde, a ideia fixa, foi tão horrível, Janet, outro aniversário, a bicicleta e o plano de viajar sozinha até que talvez, talvez pouco a pouco, dezenove anos e a segunda viagem de férias à França, Dordonha em agosto.

Alguém ia acabar ouvindo, gritou isso na cara dela, embora já soubesse que ela não conseguiria entender, fitava-o com olhos esbugalhados e suplicava alguma coisa em outro idioma, lutando para livrar as pernas, para se levantar, pensou por um momento que queria lhe dizer alguma coisa que não fosse só gritos ou súplicas ou insultos em sua língua, desabotoou sua blusa procurando às cegas os fechos mais abaixo, fixando-a no colchão de palha com todo o seu corpo atravessado sobre o dela, pedindo que parasse de gritar, que já não era possível que continuasse gritando, que alguém ia vir, me solte, não grite mais, me solte de uma vez, por favor, não grite.

Como não lutar se ele não entendia, se as palavras que gostaria de lhe dizer em seu idioma brotavam em pedaços, mesclavam-se a seus balbucios e beijos e ele não conseguia entender que não se tratava disso, que por mais horrível que fosse o que estava tentando lhe fazer, o que lhe faria, não era isso, como lhe explicar que até então nunca, que *Fanny Hill*, que pelo menos esperasse, que tinha creme facial na mala, que não poderia ser assim, não poderia ser sem aquilo que tinha visto nos olhos da amiga, a náusea de algo insuportável, foi horrível, Janet, foi tão horrível. Sentiu a saia ceder, a mão que corria sob a calcinha e a arrancava, contraiu-se com um último acesso de angústia e lutou para explicar, para detê-lo bem no limite para que isso fosse diferente, sentiu-o contra ela e a investida entre as coxas entreabertas, uma dor cortante que crescia até o vermelho e o fogo, uivou mais de horror que de sofrimento, como se isso não pudesse ser tudo, apenas o começo da tortura, sentiu as mãos dele em seu rosto tapando-lhe a boca e deslizando para baixo, a segunda investida contra a qual já não dava para lutar, contra a qual já não havia gritos nem ar nem lágrimas.

Sumido nela num brusco final de luta, acolhido agora sem a desesperada resistência que precisara vencer empalando-a repetidamente até chegar ao fundo e sentir toda a sua pele contra a dela, o gozo veio como um açoite e se inundou num balbucio agradecido, num cego abraço interminável. Afastando o rosto do oco do ombro de Janet, procurou seus olhos para lhe dizer, para agradecer por ter se calado no final; não podia imaginar outros motivos para aquela resistência selvagem, para aquele debater-se que o obrigara a forçá-la sem dó, mas agora também não entendia direito essa entrega, o repentino silêncio. Janet estava olhando para ele, uma de suas pernas tinha resvalado suavemente para fora. Robert começou a se afastar, a sair dela, olhando-a nos olhos. Compreendeu que Janet não o via.

Nem lágrimas nem ar, o ar faltara de repente, do fundo do crânio uma onda vermelha cobrira seus olhos, já não tinha corpo, a última coisa tinha dor atrás de dor e aí no meio do grito o ar faltara de repente, expirara sem voltar a entrar, substituído pelo véu vermelho como pálpebras de sangue, um silêncio pegajoso, algo que durava sem ser, algo que era de outro modo, onde tudo continuava estando, mas de outro modo, mais aquém dos sentidos e da lembrança.

Não o via, os olhos dilatados passavam através de seu rosto. Soltando-se dela, ajoelhou-se a seu lado, falando-lhe enquanto suas mãos arrumavam de qualquer jeito a calça e procuravam o zíper como se trabalhassem por conta própria, alisando a camisa e enfiando-a sob o cinto. Via a boca entreaberta e torcida, o fio de baba rosada escorrendo pelo queixo, os braços cruzados com as mãos crispadas, os dedos imóveis, o peito imóvel, o ventre nu imóvel com sangue brilhando, escorrendo lentamente pelas coxas entreabertas. Quando gritou, levantando-se de um salto, pensou por um segundo que o grito vinha de Janet, mas ali de cima, erguido como um boneco oscilante, via as marcas na garganta, a torção inadmissível do pescoço que tombava a cabeça de Janet, transformando-a em algo que estava zombando dele com um gesto de marionete caída, todos os cordéis cortados.

De outro modo, talvez desde o começo, em todo caso não mais ali, movida para uma espécie de diafaneidade, um meio translúcido no qual nada tinha corpo e onde isso que era ela não se situava em pensamentos ou objetos, ser vento sendo Janet ou Janet sendo vento ou água ou espaço, mas sempre claro, o silêncio era luz, ou o contrário, ou as duas coisas, o tempo estava iluminado e isso era ser Janet, algo sem sustentação, sem a mínima sombra de lembrança que interrompesse e fixasse esse decurso como que entre cristais, bolha dentro de uma massa de acrílico, órbita de peixe transparente num ilimitado aquário luminoso.

O filho de um lenhador encontrou a bicicleta na trilha e entreviu, através dos tabuões do hangar, o corpo caído de costas. Os policiais verificaram que o assassino não tinha tocado nem na mala nem na bolsa de Janet.

Derivar no imóvel, sem antes nem depois, um agora hialino sem contato nem referências, um estado no qual continente e conteúdo não se diferenciavam, uma água fluindo na água, até que sem transição era o ímpeto, um violento rush projetando-a, tirando-a sem que nada pudesse apreender a mudança, só o rush vertiginoso na horizontal ou vertical de um espaço estremecido em sua velocidade. Por vezes saía do informe para aceder a uma rigorosa fixidez igualmente separada de toda referência e, no entanto, tangível, e houve o momento em que Janet deixou de ser água da água ou vento do vento, pela primeira vez sentiu, sentiu-se encerrada e limitada, cubo de um cubo, imóvel cubidade. Nesse estado cubo fora do translúcido e do tempestuoso, algo como uma duração se instalava, não um antes ou um depois, mas um agora mais tangível, um começo de tempo reduzido a um presente denso e manifesto, cubo no tempo. Se pudesse escolher, teria escolhido o estado cubo sem saber por quê, talvez porque nas mudanças contínuas era a única condição onde nada mudava, como se ali se estivesse dentro de determinados limites, na certeza de uma cubidade constante, de um presente que insinuava uma presença, quase uma tangibilidade, um presente que continha algo que talvez fosse tempo, talvez um espaço imóvel onde todo deslocamento parecia estar traçado. Mas o estado cubo podia ceder às outras vertigens e antes e depois ou durante estava-se em outro meio, era-se novamente um deslizamento fragoroso num oceano de cristais ou de rochas diáfanas, um fluir sem direção para o nada, uma sucção de tornado com torvelinhos, algo como escorregar na folhagem toda de uma selva, sustentada de folha em folha por um pairar de baba do diabo e agora — agora sem antes, um agora seco e dado ali — talvez outra vez o estado cubo cercando e detendo, limites no agora e no ali, que, de alguma forma, era repouso.

O processo foi aberto em Poitiers no final de julho de 1956. Robert foi defendido por Maître Rolland; o júri não acatou as circunstâncias atenuantes derivadas de uma orfandade precoce, dos reformatórios e do desemprego. O acusado ouviu a sentença de morte com um tranquilo estupor, os aplausos de um público entre o qual se contavam não poucos turistas britânicos.

Pouco a pouco (pouco a pouco numa condição fora do tempo? Modo de dizer), iam ocorrendo outros estados que talvez já tivessem ocorrido, ainda que *já* significasse antes, e não havia antes; agora (e tampouco agora) imperava um estado vento e agora um estado rastejante no qual cada agora era penoso, a oposição total ao estado vento porque só ocorria como um arrasto, um progredir para lugar nenhum; se tivesse podido pensar, em Janet teria aberto caminho a imagem da lagarta percorrendo uma folha suspensa no ar, passando por suas faces e voltando a passar sem a menor visão, nem tato, nem limite, anel de Moebius infinito, rastejamento até a borda de uma face para ingressar ou já estar na oposta e voltar sem interrupção de face a face, um arrasto lentíssimo e penoso ali onde não havia medida da lentidão ou do sofrimento, mas era-se rastejamento, e ser rastejamento era lentidão e sofrimento. Ou o outro (o outro numa condição sem termos de comparação?), ser febre, percorrer vertiginosamente algo como tubos, ou sistemas, ou circuitos, percorrer condições que podiam ser conjuntos matemáticos ou partituras musicais, saltar de ponto em ponto ou de nota em nota, entrar e sair de circuitos de computador, ser conjunto ou partitura ou circuito percorrendo-se a si mesmo e isso resultava em febre, em percorrer furiosamente constelações instantâneas de signos ou notas sem formas nem sons. De algum modo era o sofrimento, a febre. Ser agora o estado cubo ou ser onda continha uma diferença, era-se sem febre ou sem rastejamento, o estado cubo não era a febre e ser febre não era o estado cubo ou o estado onda. No estado cubo agora — um agora de repente mais agora —, pela primeira vez (um agora onde acabava de se dar um indício de primeira vez), Janet deixou de ser o estado cubo para ser no estado cubo, e mais tarde (porque essa primeira diferenciação do agora entranhava o sentimento de mais tarde) no estado onda Janet deixou de ser o estado onda para ser no estado onda. E tudo isso continha os indícios de uma temporalidade, agora se podia reconhecer uma primeira vez e uma segunda vez, um ser em onda ou ser em febre que se sucediam para serem seguidos por um ser em vento ou ser em folhagem ou ser de novo em cubo, ser cada vez mais Janet em, ser Janet no tempo, ser isso que não era Janet mas que passava do estado cubo ao estado febre ou voltava ao estado lagarta, porque cada vez mais os estados se fixavam e se estabeleciam e de algum modo se delimitavam não somente no tempo mas também no espaço, passava-se de um ao outro, passava-se de uma placidez cubo a uma febre circuito matemático ou folhagem de selva equatorial ou intermináveis garrafas cristalinas ou torvelinhos de *maelstrom* em suspensão hialina ou rastejar penoso sobre superfícies de dupla-face ou poliedros facetados.

A apelação foi recusada e transferiram Robert para La Santé à espera da execução. Só o perdão do presidente da República podia salvá-lo da guilhotina. O condenado passava os dias jogando dominó com os guardas, fumando sem parar, dormindo um sono pesado. Sonhava o tempo todo, pela janelinha da cela os guardas o viam se revirar no catre, levantar um braço, estremecer.

Numa das passagens deveria ocorrer o primeiro rudimento de uma lembrança, resvalando entre as folhas ou ao cessar no estado cubo para ser na febre soube de algo que havia sido Janet, uma memória tentava, de modo desconexo, entrar e se fixar, um dia soube que era Janet, lembrou de Janet num bosque, da bicicleta, de Constance Myers e de uns chocolates numa bandeja de alpaca. Tudo começava a se aglomerar no estado cubo, ia se desenhando e se definindo confusamente, Janet e o bosque, Janet e a bicicleta, e com as rajadas de imagens se definia pouco a pouco um sentimento de pessoa, uma primeira inquietude, a visão de um telhado de madeiras apodrecidas, estar deitada de costas e presa por uma força convulsiva, medo da dor, fricção de uma pele que lhe espetava a boca e a face, alguma coisa se aproximava, abominável, alguma coisa lutava para se explicar, para se dizer que não era assim, que isso não deveria ter sido assim, e à beira do impossível a lembrança se detinha, uma corrida em espiral se acelerando até a náusea a arrancava do cubo para afundá-la em onda ou em febre, ou o contrário, a lentidão aglutinante de rastejar mais uma vez sem outra coisa além disso, de ser em rastejamento, como ser em onda ou vidro era de novo somente isso até outra mudança. E quando recaía no estado cubo e voltava a um reconhecimento confuso, hangar e chocolate e rápidas visões de campanários e condiscípulas, o pouco que podia fazer lutava principalmente para durar ali na cubidade, para se manter nesse estado onde havia detenção e limites, onde acabaria por pensar e se reconhecer. Várias vezes chegou às últimas sensações, ao ardor de uma pele barbuda contra sua boca, à resistência sob umas mãos que arrancavam sua roupa antes de se perder de novo, no mesmo instante, numa corrida fragorosa, folhas ou nuvens ou gotas ou furacões ou circuitos fulminantes. No estado cubo não podia passar do limite onde tudo era horror e repulsa, mas se a vontade lhe tivesse sido dada, essa vontade teria se fixado ali onde aflorava Janet sensível, onde havia Janet querendo abolir a recorrência. Em plena luta contra o peso que a esmagava sobre a palha do hangar, obstinada em dizer que não, que isso não devia acontecer assim entre gritos e palha apodrecida, resvalou mais uma vez para o estado movente em que tudo fluía como se se criasse no ato de fluir, uma fumaça girando em seu próprio casulo, que se abre e se enrosca em si mesmo, o ser em ondas, no transvasar indefinível que tantas vezes já a mantivera em suspensão, alga ou cortiça ou medusa. Com essa diferença que Janet sentiu vir de algo que se parecia ao despertar de um sono sem sonhos, ao cair no despertar de uma manhã em Kent, ser de novo Janet e seu corpo, uma noção de corpo, de braços e costas e cabelo flutuando no meio hialino, na transparência total porque Janet não via seu corpo, era seu corpo por fim de novo mas sem vê-lo, era consciência de seu corpo flutuando entre ondas ou fumaça, sem ver seu corpo Janet se moveu, adiantou um braço e estendeu as pernas num impulso de natação, diferenciando-se pela primeira vez da massa ondulante que a envolvia, nadou em água ou em fumaça, foi seu corpo e gozou em cada braçada que já não era corrida passiva, translação interminável. Nadou, e nadou, não precisava se ver para nadar e receber a

392   *Anel de Moebius*

graça de um movimento voluntário, de uma direção que mãos e pés imprimiam à corrida. Cair sem transição no estado cubo foi outra vez o hangar, voltar a lembrar e a sofrer, outra vez até o limite do peso insuportável, da dor lancinante e da maré vermelha cobrindo seu rosto, encontrou-se do outro lado rastejando com uma lentidão que agora podia medir e abominar, passou a ser febre, a ser rush de furacão, a ser de novo em ondas e gozar de seu corpo Janet, e quando no fim do indeterminado tudo se coagulou no estado cubo, não foi o horror, mas o desejo, o que a esperava do outro lado do fim, com imagens e palavras no estado cubo, com o gozo de seu corpo no ser em ondas. Compreendendo, reunida consigo mesma, invisivelmente ela Janet, desejou Robert, desejou outra vez o hangar de outra maneira, desejou Robert que a havia levado ao que era aqui e agora, compreendeu a insensatez sob o hangar e desejou Robert, e na delícia da natação entre cristais líquidos ou estratos de nuvens na altura o chamou, ofereceu-lhe o corpo estendido de costas, chamou-o para que consumasse de verdade e no gozo a torpe consumação na palha malcheirosa do hangar.

> É duro para o advogado de defesa comunicar a seu cliente que o recurso de graça foi negado; Mâitre Rolland vomitou ao sair da cela onde Robert, sentado à beira do catre, olhava fixamente o vazio.

Da sensação pura ao conhecimento, da fluidez das ondas ao cubo severo, unindo-se em algo que novamente era Janet, o desejo buscava seu caminho, outro passo entre os passos recorrentes. A vontade voltava a Janet, no princípio a memória e as sensações tinham se dado sem um eixo que as modulasse, agora com o desejo a vontade voltava a Janet, alguma coisa nela estendia um arco como que de pele e tendões e vísceras, projetava-a para aquilo que não podia ser, exigindo o acesso por dentro ou por fora dos estados que a envolviam e abandonavam vertiginosamente, sua vontade era o desejo abrindo caminho em líquidos e constelações fulminantes e arrastos lentíssimos, era Robert em algum lugar como fim, a meta que agora se desenhava e tinha um nome e um tato no estado cubo e que depois ou antes na agora prazerosa natação entre ondas e cristais se resolvia em clamor, em apelo acariciando-a e lançando-a a si mesma. Incapaz de se ver, se sentia; incapaz de pensar de forma articulada, seu desejo era desejo e Robert, era Robert em algum lugar inalcançável mas que a vontade Janet tentava forçar, um estado Robert ao qual o desejo Janet, a vontade Janet queriam aceder, como agora outra vez ao estado cubo, à solidificação e à delimitação em que rudimentares operações mentais eram cada vez mais possíveis, farrapos de palavras e lembranças, gosto de chocolate e pressão de pés em pedais cromados, violação entre convulsões de protesto onde agora se aninhava o desejo, a vontade de finalmente ceder entre lágrimas de gozo, de grata aceitação, de Robert.

> Sua calma era tão grande, sua gentileza tão extrema, que o deixavam sozinho de quando em quando, vinham espiar pela janelinha da porta ou lhe oferecer cigarros ou uma partida de dominó. Perdido em seu estupor, que de algum modo sempre o acompanhara, Robert não sentia o passar do tempo. Deixava que fizessem sua barba, ia para a ducha com seus dois guardas, às vezes perguntava pelo tempo, se estaria chovendo na Dordonha.

Foi sendo em ondas ou cristais que uma braçada mais veemente, um desesperado golpe de calcanhar lançou-a a um espaço frio e encerrado, como se o mar a vomitasse numa gruta de penumbra e de fumaça de Gitanes. Sentado no catre, Robert olhava para o ar, o cigarro queimando, esquecido entre os dedos. Janet não se surpreendeu, a surpresa não tinha curso ali, nem a presença nem a ausência; um tabique transparente, um cubo de diamante dentro do cubo da cela a isolava de toda tentativa, de Robert ali defronte sob a luz elétrica. O arco de si mesma estendido ao máximo não tinha corda nem flecha contra o cubo de diamante, a transparência era silêncio de matéria infranqueável, Robert não levantou os olhos uma única vez para olhar naquela direção que só continha o ar espesso da cela, as volutas do tabaco. O clamor Janet, a vontade Janet capaz de chegar até ali, de se encontrar ali se chocava com uma diferença essencial, o desejo Janet era um tigre de espuma translúcida que mudava de forma, estendia brancas garras de fumaça em direção à janelinha gradeada, afinava-se e se perdia retorcendo-se em sua ineficácia. Lançada num último impulso, sabendo que instantaneamente podia ser outra vez rastejamento ou corrida entre folhagens ou grãos de areia ou fórmulas atômicas, o desejo Janet clamou pela imagem de Robert, tentou alcançar seu rosto ou seu cabelo, chamá-lo para seu lado. Viu-o olhar para a porta, perscrutar por um momento a janelinha vazia de olhos vigilantes. Com um gesto fulminante Robert apanhou alguma coisa debaixo do cobertor, uma vaga corda de lençol retorcido. De um salto alcançou a janelinha, passou a corda por ela. Janet uivava chamando-o, esfacelava o silêncio de seu uivo contra o cubo de diamante. A investigação mostrou que o réu tinha se enforcado deixando-se cair sobre o chão com todas as suas forças. O puxão deve tê-lo feito perder os sentidos, e então não se defendeu da asfixia; tinham se passado só quatro minutos desde a última inspeção ocular dos guardas. Agora nada, em pleno clamor a ruptura e a passagem para a solidificação do estado cubo, quebrado pelo ingresso Janet no ser febre, percurso em espiral de incontáveis alambiques, salto a uma profundidade de terra espessa onde o avanço era um morder obstinado em substâncias resistentes, pegajoso ascender a níveis vagamente glaucos, passagem para o ser em ondas, primeiras braçadas como uma felicidade que agora tinha um nome, hélice invertendo seu giro, desespero tornado esperança, agora pouco importavam as passagens de um estado para outro, ser em folhagem ou em contraponto sonoro, agora o desejo Janet os provocava, buscava-os com uma flexão de ponte se projetando para o outro lado num salto de metal. Em alguma condição, passando por algum estado ou por todos ao mesmo tempo, Robert. Em algum momento ser febre Janet ou ser em ondas Janet podia ser Robert ondas ou febre ou estado cubo no agora sem tempo, não Robert mas cubidade ou febre porque os agoras lentamente também o deixariam passar a ser em febre ou em ondas, iriam lhe dando Robert pouco a pouco, iriam filtrá-lo e o arrastariam e o fixariam numa simultaneidade em algum momento entrando no sucessivo, o desejo Janet lutando contra cada estado para se sumir nos outros onde ainda Robert não, ser mais uma vez em febre sem Robert, paralisar-se no estado cubo sem Robert, entrar suavemente no líquido onde as primeiras braçadas eram Janet, inteira se sentindo e se sabendo Janet, mas ali em algum momento Robert, ali com certeza em algum momento no final do morno balanço em ondas cristais uma mão alcançaria a mão de Janet, seria finalmente a mão de Robert.

1982

Garrafa ao mar

EPÍLOGO PARA UM CONTO

Querida Glenda, esta carta não será enviada a você pelas vias habituais, porque nada entre nós pode ser enviado assim, passando pelos ritos sociais dos envelopes e do correio. Vai ser mais como se eu a pusesse numa garrafa e a lançasse às águas da baía de San Francisco, em cujas margens está a casa de onde lhe escrevo; como se eu a atasse ao pescoço de uma das gaivotas que passam feito vergastadas de sombra diante de minha janela e obscurecem, por instantes, o teclado desta máquina. Mas é uma carta, em todo caso, dirigida a você, a Glenda Jackson em algum lugar do mundo, que provavelmente vai continuar sendo Londres; como muitas cartas, como muitos relatos, também há mensagens que são garrafas ao mar e entram nesses lentos, prodigiosos *sea-changes* que Shakespeare burilou em *A tempestade* e que amigos inconsoláveis inscreveriam, tanto tempo depois, na lápide sob a qual dorme o coração de Percy Bysshe Shelley, no cemitério de Caio Cestio, em Roma.

É assim, imagino, que se dão as comunicações profundas, lentas garrafas vagando em lentos mares, tal como lentamente esta carta abrirá caminho procurando por você com seu verdadeiro nome, não mais a Glenda Garson, que também era você, mas que o pudor e o carinho mudaram sem mudá-la, exatamente como você muda sem mudar de um filme para outro. Escrevo para essa mulher que respira sob tantas máscaras, inclusive a que eu inventei para não ofendê-la, e lhe escrevo também porque agora você se comunicou comigo, eu sob minhas máscaras de escritor; por isso ganhamos o direito de nos falarmos assim, agora que sem a menor possibilidade imaginável acaba de me chegar sua resposta, sua própria garrafa ao mar se quebrando nos rochedos desta baía para me encher de um prazer sob o qual pulsa uma espécie de medo, um medo que não amansa o prazer, que o torna pânico, situando-o fora de toda carne e de todo tempo, como você e eu sem dúvida quisemos, cada qual à sua maneira.

Não é fácil lhe escrever isso porque você não sabe nada de Glenda Garson, mas ao mesmo tempo as coisas acontecem como se eu tivesse de lhe explicar inutilmente algo que, de algum modo, é a razão de sua resposta; tudo parece acontecer em planos diferentes, numa duplicação que torna absurdo qualquer procedimento usual de contato; estamos escrevendo ou atuando para terceiros, não para nós, e por isso esta carta toma a forma de

Fora de hora 399

um texto que será lido por terceiros, talvez nunca por você, ou talvez por você mas só em algum dia longínquo, da mesma forma que sua resposta já foi conhecida por terceiros enquanto eu acabo de recebê-la, há apenas três dias, e por um mero acaso de viagem. Acho que se as coisas acontecem assim, de nada adiantaria tentar um contato direto; acho que a única possibilidade de lhe dizer isso é dirigindo-o mais uma vez aos que irão lê-lo como literatura, um relato dentro de outro, uma coda para algo que parecia destinado a terminar com aquele fecho perfeito, definitivo que, a meu ver, os bons relatos devem ter. E se rompo com a norma, se estou, à minha maneira, lhe escrevendo essa mensagem, é você, que talvez jamais vá lê-la, que está me obrigando, que talvez esteja me pedindo que lhe escreva isso.

Então conheça o que você não poderia conhecer, mas conhece. Há exatamente duas semanas Guillermo Schavelson, meu editor no México, me entregou os primeiros exemplares de um livro de contos que escrevi nos últimos tempos e que leva o título de um deles, *Amamos tanto Glenda*. Contos em espanhol, claro, e que só serão traduzidos para outras línguas nos próximos anos, contos que esta semana começam a circular só no México e que você não pôde ler em Londres, onde, aliás, quase não me leem, muito menos em espanhol. Preciso lhe falar de um deles, sentindo, ao mesmo tempo, e aqui reside o horror ambíguo que há nisso tudo, a inutilidade de fazê-lo porque você, de um modo que só o próprio conto pode insinuar, já o conhece; contra todas as razões, contra a própria razão, a resposta que acabo de receber prova isso e me obriga a fazer o que estou fazendo diante do absurdo, se é que isso é absurdo, Glenda, e eu acho que não, ainda que nem você nem eu possamos saber o que é.

Você vai se lembrar, então, embora não possa se lembrar de algo que nunca leu, de algo cujas páginas ainda têm a umidade da tinta da impressão, que nesse conto se fala de um grupo de amigos de Buenos Aires que compartilham, numa furtiva fraternidade de clube, o carinho e a admiração que sentem por você, por essa atriz que o conto chama de Glenda Garson, mas cuja carreira teatral e cinematográfica está indicada com clareza suficiente para que qualquer um que mereça possa reconhecê-la. O conto é muito simples: os amigos amam tanto Glenda que não podem tolerar o escândalo de alguns de seus filmes estarem abaixo da perfeição que todo grande amor postula e necessita, nem que a mediocridade de certos diretores embace o que sem dúvida você teria buscado enquanto filmava. Como toda narração que propõe uma catarse, que culmina num sacrifício lustral, essa se permite transgredir a verossimilhança em busca de uma verdade mais profunda, mais conclusiva; o clube, então, faz o que é necessário para se apropriar das cópias dos filmes menos perfeitos, e os modifica ali onde

Garrafa ao mar

uma mera supressão ou uma mudança quase imperceptível na montagem irão reparar as imperdoáveis falhas originais. Imagino que você, como eles, não se preocupa com as desprezíveis impossibilidades práticas de uma operação que o conto descreve sem detalhes maçantes; simplesmente a fidelidade e o dinheiro cumprem seu papel, e um dia o clube pode dar por terminada a tarefa e entrar no sétimo dia da felicidade. Acima de tudo da felicidade, porque nesse momento você anuncia que vai se aposentar do teatro e do cinema, encerrando e aperfeiçoando, sem saber, um trabalho que a reiteração e o tempo acabariam por macular.

Sem saber... Ah, eu sou o autor do conto, Glenda, mas agora já não posso afirmar o que me parecia tão claro ao escrevê-lo. Agora recebi sua resposta, e uma coisa que não tem nada a ver com a razão me obriga a reconhecer que essa retirada de Glenda era meio estranha, quase forçada, assim, bem no final da tarefa do ignoto e distante clube. Mas continuo lhe contando o conto mesmo que agora seu final me pareça horrível, já que tenho de contá-lo a você, e é impossível não fazê-lo porque está no conto, porque no México todo mundo já sabe disso há dez dias e sobretudo porque você também já sabe. Simplesmente, um ano mais tarde Glenda Garson decide voltar ao cinema, e os amigos do clube leem a notícia com a esmagadora certeza de que já não lhes será possível repetir um processo que sentem encerrado, definitivo. Só lhes resta uma forma de defender a perfeição, o ápice de uma felicidade arduamente alcançada: Glenda Garson não conseguirá fazer o filme anunciado, o clube fará o que for preciso e de uma vez por todas.

Tudo isso, como você pode ver, é um conto dentro de um livro, com alguns toques de fantástico ou de insólito, e coincide com a atmosfera dos outros contos daquele volume que meu editor me entregou na véspera de minha partida do México. O fato de o livro trazer esse título se deve simplesmente a que nenhum dos outros contos tinha, para mim, essa ressonância um pouco nostálgica e apaixonada que seu nome e sua imagem despertam em minha vida desde que, uma tarde, no Aldwych Theater de Londres, eu a vi fustigar com o sedoso látego de seus cabelos o torso nu do marquês de Sade; impossível saber, quando escolhi esse título para o livro, que de alguma forma estava separando o conto do resto e pondo toda a sua carga na capa, tal como agora em seu último filme, que acabo de ver, três dias atrás, aqui em San Francisco, alguém escolheu um título, *Hopscotch*, alguém que sabe que essa palavra se traduz por *Rayuela* em espanhol. As garrafas chegaram a seu destino, Glenda, mas o mar no qual ficaram à deriva não é o mar dos navios e dos albatrozes.

Tudo aconteceu num segundo, pensei ironicamente que tinha vindo a San Francisco para dar um curso a estudantes de Berkeley e que íamos nos divertir com a coincidência do título desse filme com o do romance que seria um dos temas do trabalho. Então, Glenda, eu vi a fotografia da protagonista e pela primeira vez tive medo. Ter chegado do México trazendo um livro anunciado com seu nome e encontrar seu nome num filme anunciado com o título de um de meus livros já valia como uma bela jogada do destino, que tantas vezes me deparou jogadas como essa; mas isso não era tudo, isso não era nada até que a garrafa se espatifou na escuridão da sala e eu soube a resposta, digo resposta porque não posso nem quero acreditar que seja uma vingança.

Não é uma vingança, e sim um apelo à margem de tudo o que é admissível, um convite à viagem que só se pode fazer em territórios fora de qualquer território. O filme, que, diga-se de passagem, é irrelevante, se baseia numa novela de espionagem que não tem nada a ver com você ou comigo, Glenda, e justamente por isso senti que por trás dessa trama, um tanto tola, confortável e comodamente vulgar, se escondia outra coisa, outra coisa inimaginável, considerando que você não podia ter nada para me dizer, mas ao mesmo tempo sim, porque agora você era Glenda Jackson e, se tinha aceitado fazer um filme com esse título, eu não podia deixar de sentir que fizera isso como Glenda Garson, dos umbrais daquela história na qual eu a havia chamado dessa forma. E o fato de o filme não ter nada a ver com isso, de ser uma comédia de espionagem apenas divertida, me forçava a pensar no óbvio, nessas cifras ou escritas secretas que, numa página de um jornal qualquer ou de um livro previamente combinados, remetem às palavras que irão transmitir a mensagem para quem conhecer a chave. E era assim, Glenda, era exatamente assim. Preciso provar isso, quando a autora da mensagem está além de toda prova? Se digo isso é para os terceiros que vão ler meu conto e ver seu filme, para leitores e espectadores que serão as pontes ingênuas de nossas mensagens: um conto que acaba de ser editado, um filme que acaba de sair, e agora esta carta que, quase indizivelmente, os contém e os encerra.

Abreviarei um resumo que pouco nos interessa agora. No filme, você ama um espião que começou a escrever um livro chamado *Hopscotch* a fim de denunciar os negócios sujos da CIA, do FBI e da KGB, simpáticos escritórios para os quais trabalhou e que agora se empenham em eliminá-lo. Com uma lealdade que se alimenta de ternura, você o ajudará a forjar o acidente que irá dá-lo por morto perante seus inimigos; a paz e a segurança os esperam, depois, em algum canto do mundo. Seu amigo publica *Hopscotch*, que, embora não seja meu romance, forçosamente deverá se chamar *Rayuela* quando algum editor de best-sellers o publicar em espanhol. Uma imagem do final do filme mostra exemplares do livro numa vitrine, tal como a edi-

402 *Garrafa ao mar*

ção de meu romance deve ter estado em algumas vitrines norte-americanas quando a Pantheon Books o editou, anos atrás. No conto que acaba de sair no México eu a matei simbolicamente, Glenda Jackson, e nesse filme você colabora na eliminação igualmente simbólica do autor de *Hopscotch*. Você, como sempre, é jovem e bela no filme, e seu amigo é velho e escritor como eu. Com meus companheiros do clube, entendi que só no desaparecimento de Glenda Garson se fixaria para sempre a perfeição de nosso amor; você soube, também, que seu amor exigia o desaparecimento para se realizar em segurança. Agora, no fim disso que escrevi com o vago horror de uma coisa igualmente vaga, sei de sobra que não há vingança em sua mensagem, só uma incalculavelmente bela simetria, que o personagem de meu conto acaba de se reunir com o personagem de seu filme porque você assim o quis, porque só esse duplo simulacro de morte por amor podia aproximá-los. Ali, naquele território fora de toda bússola, você e eu estamos nos olhando, Glenda, enquanto eu aqui termino esta carta e você, em algum lugar, acho que em Londres, se maquia para entrar em cena ou estuda o papel para seu próximo filme.

Berkeley, Califórnia, 29 de setembro de 1980

Fim de etapa

A Sheridan Le Fanu, por certas casas
A Antoni Taulé, por certas mesas

Talvez tenha parado ali porque o sol já estava alto e o prazer mecânico de dirigir o carro nas primeiras horas da manhã dava lugar à sonolência, à sede. Para Diana, esse povoado de nome anódino era outra pequena marca no mapa da província, longe da cidade na qual dormiria essa noite, e a praça que as copas dos plátanos protegiam do calor da estrada era como um parêntese no qual entrou com um suspiro de alívio, freando ao lado do café onde as mesas se espalhavam sob as árvores.

O garçom lhe trouxe um licor de anis com gelo e perguntou se queria almoçar mais tarde, sem pressa, pois serviam até as duas horas. Diana disse que ia dar uma volta pelo povoado e depois voltaria. "Não tem muita coisa pra ver", informou o garçom. Ela gostaria de responder que também não tinha muita vontade de olhar, mas, em vez disso, pediu azeitonas pretas e bebeu de modo quase brusco o copo alto onde o licor de anis se irisava. Sentia na pele um frescor de sombra, alguns fregueses jogavam baralho, dois meninos com um cachorro, uma velha na banca de jornais, tudo parecia fora do tempo, se alongando no mormaço do verão. Parece fora do tempo, pensou ao olhar para a mão de um dos jogadores, que segurava longamente a carta no ar antes de soltá-la na mesa com uma chicotada de triunfo. Isso que ela já não tinha vontade de fazer, prolongar qualquer coisa bela, sentir-se viver verdadeiramente nessa demora deliciosa que um dia a sustentara no tremor do tempo. "Curioso que viver possa se tornar pura aceitação", pensou, olhando para o cachorro que ofegava no chão, "até mesmo essa aceitação de não aceitar nada, de ir embora quase antes de chegar, de matar tudo o que ainda não é capaz de me matar." Deixava o cigarro entre os lábios, sabendo que acabaria por queimá-los e que teria de arrancá-lo e esmagá-lo como tinha feito naquela época em que perdeu todos os motivos para preencher o presente com alguma coisa além de cigarros, do cômodo talão de cheques e do carro prestativo. "Perdido", repetiu, "tão bonito o tema do Duke Ellington e eu nem me lembro dele, duas vezes perdido, moça, e a moça perdida, também, aos quarenta já é apenas uma forma de chorar dentro de uma palavra."

Sentir-se de repente tão idiota exigia que ela pagasse e fosse dar uma volta pelo povoado, fosse ao encontro de coisas que já não viriam sozinhas ao desejo e à imaginação. Ver as coisas como quem é visto por elas, ali aquela loja de antiguidades sem interesse, agora a fachada vetusta do museu de belas-artes. Anunciavam uma exposição individual, não fazia ideia de quem era o artista de nome quase impronunciável. Diana comprou um ingresso e entrou na primeira sala de uma modesta casa de cômodos contíguos, laboriosamente transformada por vereadores provincianos. Haviam lhe dado um folheto que continha vagas referências a uma carreira artística sobretudo regional, excertos de críticas, os elogios de sempre; largou-o sobre um aparador e olhou os quadros, num primeiro momento pensou que fossem fotografias e chamou sua atenção o tamanho, era pouco frequente ver ampliações coloridas tão grandes. Interessou-se realmente quando reconheceu a matéria, a perfeição maníaca do detalhe; de súbito ocorreu o contrário, a impressão de estar vendo quadros baseados em fotografias, algo que ia e vinha entre os dois, e ainda que as salas estivessem bem iluminadas, a indecisão perdurava diante dessas telas que talvez fossem pinturas de fotografias ou resultados de uma obsessão realista que levava o pintor a um limite perigoso ou ambíguo.

Na primeira sala havia quatro ou cinco pinturas que repetiam o tema de uma mesa nua ou com um mínimo de objetos, violentamente iluminada

404   *Fim de etapa*

por uma luz solar rasante. Em algumas telas se acrescentava uma cadeira, em outras a mesa não tinha nenhuma companhia a não ser sua sombra alongada no chão açoitado pela luz lateral. Quando entrou na segunda sala viu algo novo, uma figura humana numa pintura que unia um interior com uma ampla saída para jardins meio difusos; a figura, de costas, agora estava distante da casa onde a inevitável mesa se repetia em primeiro plano, equidistante entre o personagem pintado e Diana. Não demorou muito a perceber ou imaginar que a casa era sempre a mesma, agora se acrescentava a longa galeria esverdeada de outro quadro onde a silhueta de costas olhava para uma porta-balcão distante. Curiosamente, a silhueta do personagem era menos intensa que as mesas vazias, tinha algo de visitante ocasional que passeasse sem muito motivo por uma vasta casa abandonada. E depois havia o silêncio, não só porque Diana parecia ser a única presença no pequeno museu, mas porque das pinturas emanava uma solidão que a escura silhueta masculina só fazia aprofundar. "Há alguma coisa na luz", pensou Diana, "nessa luz que entra como uma matéria sólida e achata as coisas." Mas a cor também estava repleta de silêncio, os fundos profundamente negros, a brutalidade dos contrastes que dava às sombras uma qualidade de panos fúnebres, de lentos pálios de catafalco.

Ao entrar na segunda sala descobriu, surpresa, que além de outra série de quadros com mesas nuas e o personagem de costas, havia algumas telas com temas diferentes, um telefone solitário, um par de figuras. Olhava para elas, claro, mas um pouco como se não as enxergasse, a sequência da casa com as mesas solitárias tinha tanta força que o resto das pinturas se transformava num adorno supérfluo, quase como se fossem quadros decorativos pendurados nas paredes da casa pintada e não no museu. Achou engraçado se descobrir tão hipnotizável, sentir o prazer um pouco entorpecido de ceder à imaginação, aos demônios fáceis do calor do meio-dia. Voltou à primeira sala porque não estava certa de se lembrar bem de uma das pinturas que vira, descobriu que na mesa que pensava estar nua havia um jarro com pincéis. Entretanto, a mesa vazia estava no quadro pendurado na parede oposta, e Diana tentou, por um momento, conhecer melhor o fundo da tela, a porta aberta atrás da qual se adivinhava outro aposento, parte de uma lareira ou de uma segunda porta. Ficava cada vez mais evidente que todos os cômodos correspondiam a uma mesma casa, como a hipertrofia de um autorretrato no qual o artista tivesse tido a elegância de se abstrair, a menos que estivesse representado na silhueta negra (com uma longa capa num dos quadros), dando obstinadamente as costas para o outro visitante, para a intrusa que, por sua vez, tinha pagado para entrar na casa e passear por suas salas nuas.

Voltou à segunda sala e foi até a porta entreaberta que se comunicava com a seguinte. Uma voz amável e um pouco tímida a fez virar-se; um vigilante uniformizado — com aquele calor, coitado — vinha lhe dizer que o museu ia fechar ao meio-dia mas que reabriria às três e meia.

— Falta muita coisa pra ver? — perguntou Diana, que sentia de repente o cansaço dos museus, a náusea dos olhos que consumiram imagens em demasia.

— Não, a última sala, senhorita. Só tem um quadro lá, dizem que o artista quis que ele ficasse sozinho. Quer vê-lo antes de ir embora? Posso esperar um pouco.

Era idiota não aceitar, Diana sabia disso quando disse que não e os dois trocaram gracejos sobre os almoços que esfriam se a gente não chega a tempo. "Não precisa pagar outro ingresso se voltar", disse o vigilante, "agora eu já a conheço." Na rua, ofuscada pela luz zenital, perguntou-se que diabos estava lhe acontecendo, era absurdo ter se interessado a tal ponto pelo hiper-realismo ou o que quer que fosse desse pintor desconhecido, e de repente deixar de lado o último quadro, que talvez fosse o melhor. Mas não, o artista quis isolá-lo dos outros e isso talvez indicasse que era muito diferente, outra forma ou outro tempo de trabalho, por que interromper assim uma sequência que se prolongava nela como um todo, incluindo-a num espaço sem fissuras? Melhor não ter entrado na última sala, não ter cedido à obsessão do turista meticuloso, à mania infeliz de querer abarcar os museus até o final.

Viu ao longe o café da praça e pensou que era hora de almoçar; estava sem fome, mas sempre tinha sido assim em suas viagens com Orlando, para Orlando o meio-dia era o momento crucial, a cerimônia do almoço sacralizando de alguma forma a passagem da manhã para a tarde, e Orlando naturalmente teria se negado a seguir andando pelo povoado quando o café estava ali a dois passos. Mas Diana estava sem fome e pensar em Orlando lhe doía cada vez menos; sair andando para longe do café não era desobedecer ou trair rituais. Podia continuar se lembrando, insubmissa, de tantas coisas, abandonar-se ao acaso da caminhada e a uma vaga evocação de algum outro verão com Orlando nas montanhas, de uma praia que talvez voltasse para exorcizar a brasa do sol nas costas e na nuca, Orlando naquela praia batida pelo vento e pelo sal enquanto Diana ia se perdendo nas ruelas sem nome e sem gente, rente aos muros de pedra cinza, olhando distraidamente algum raro pórtico aberto, um pressentimento de pátios internos, de bocais de água fresca, glicínias, gatos adormecidos nos ladrilhos. Mais uma vez a sensação de não estar percorrendo um povoado, mas de ser percorrida por ele, as pedras do caminho resvalando para trás como uma fita em mo-

406 *Fim de etapa*

vimento, um estar ali enquanto as coisas fluem e se perdem às suas costas, uma vida ou um povoado anônimo. Agora vinha uma pequena praça com dois bancos raquíticos, outra ruela se abrindo para os campos limítrofes, jardins com cercas não muito convictas, a solidão total do meio-dia, sua crueldade de matador de sombras, de paralisador do tempo. O jardim meio abandonado não tinha árvores, deixava que os olhos corressem livremente até a ampla porta aberta da velha casa. Sem acreditar, e ao mesmo tempo sem negar, Diana entreviu na penumbra uma galeria idêntica à de um dos quadros do museu, teve a sensação de abordar o quadro pelo outro lado, de fora da casa, sem estar incluída como espectadora num de seus cômodos. Se havia alguma coisa estranha nesse momento era a falta de estranheza num reconhecimento que a levava a entrar no jardim sem hesitações, a se aproximar da porta da casa, e por que não se afinal tinha comprado seu ingresso, se não havia ninguém que se opusesse a sua presença no jardim ou a que cruzasse a dupla porta aberta?, e depois a percorrer a galeria que se abria para a primeira sala vazia onde a janela deixava entrar a cólera amarela da luz se esboroando na parede lateral, recortando uma mesa vazia e uma cadeira sozinha.

Nem temor nem surpresa, o próprio recurso fácil de apelar para o acaso tinha resvalado por Diana sem encontrar apoio, para que se amofinar com hipóteses ou explicações quando outra porta já se abria à esquerda e, num aposento com altas lareiras, a mesa inevitável se desdobrava numa longa sombra minuciosa? Diana olhou sem interesse a pequena toalha branca e os três copos, as repetições se tornavam monótonas, o embate da luz cortando a penumbra. A única coisa diferente era a porta do fundo, o fato de estar fechada em vez de entreaberta introduzia algo inesperado num percurso que se realizava com tanta suavidade. Quase sem se deter, disse para si que a porta estava fechada simplesmente porque ela não tinha entrado na última sala do museu, e que olhar por trás dessa porta seria como voltar lá para completar a visita. Tudo geométrico demais, ao fim e ao cabo, tudo impensável e ao mesmo tempo como previsto, sentir medo ou espanto parecia tão incongruente como começar a assoviar ou a perguntar aos gritos se havia alguém em casa.

Nem sequer uma exceção na única diferença, a porta cedeu ao toque de sua mão e foi de novo como antes, o jato de luz amarela se estilhaçando na parede, a mesa que parecia mais nua que as outras, sua projeção alongada e grotesca, como se alguém tivesse violentamente arrancado dela uma pasta preta para jogá-la no chão, e por que não vê-la de outra maneira, como um corpo rígido de quatro pés que acabasse de ser despojado de suas roupas ali caídas numa mancha negrusca? Bastava olhar as paredes e a janela para encontrar o mesmo teatro vazio, dessa vez até sem outra porta que prolongasse a casa para novos aposentos. Embora tivesse visto a cadeira junto à mesa, não a incluíra em seu primeiro reconhecimento, mas agora a somava ao já sabido, tantas mesas com ou sem cadeiras em tantos cômodos semelhantes. Vagamente decepcionada, aproximou-se da mesa e se sentou, começou a fumar um cigarro, a brincar com a fumaça que subia no jato de luz horizontal, desenhando a si mesma como se quisesse se opor a essa vontade de vazio de todos os cômodos, de todos os quadros, do mesmo modo que uma breve risada em algum lugar às costas de Diana cortou por um instante o silêncio, ainda que talvez fosse apenas um breve chamado de pássaro lá fora, um jogo de madeiras secas; era inútil, claro, voltar a olhar o cômodo precedente, onde os três copos sobre a mesa lançavam suas sombras tênues na parede, inútil apertar o passo, fugir sem pânico, mas sem olhar para trás.

Na ruazinha, um menino lhe perguntou a hora e Diana pensou que deveria se apressar se quisesse almoçar, mas o garçom parecia estar esperando por ela sob os plátanos e lhe fez um gesto de boas-vindas indicando o local mais fresco. Não fazia sentido comer, mas no mundo de Diana quase sempre se comera assim, seja porque Orlando dizia que era hora de fazê-lo, seja porque não restava outro remédio entre dois afazeres. Pediu um prato e vinho branco, esperou demais para um lugar tão vazio; mesmo antes de tomar o café e de pagar sabia que ia voltar ao museu, que o que nela havia de pior a obrigava a conferir aquilo que teria sido preferível assumir sem análise, quase sem curiosidade, e que se não o fizesse iria lamentar no final da etapa, quando tudo se tornasse corriqueiro como sempre, os museus e os hotéis e o inventário do passado. E ainda que no fundo nada estivesse claro, sua inteligência repousaria nela como uma cadela saciada assim que verificasse a total simetria das coisas, que o quadro pendurado na última sala do museu representava obedientemente o último cômodo da casa; até mesmo o resto também poderia entrar na ordem se falasse com o guarda para preencher os vazios, afinal havia muitos artistas que copiavam exatamente seus modelos, muitas mesas deste mundo tinham acabado no Louvre ou no Metropolitan duplicando realidades tornadas pó e esquecimento.

Atravessou sem pressa as duas primeiras salas (havia um casal na segunda conversando em voz baixa, embora até esse momento fossem os únicos visitantes da tarde). Diana parou diante de dois ou três dos quadros, e pela primeira vez o ângulo da luz também a atingiu como uma impossibilidade que não quisera reconhecer na sala vazia. Viu o casal regressar à saída, e esperou ficar sozinha antes de ir para a porta da última sala. O quadro estava na parede da esquerda, era preciso avançar até o centro para ver direito a representação da mesa e da cadeira onde estava sentada uma mulher. Como

Fim de etapa

o personagem de costas em alguns dos outros quadros, a mulher vestia preto, mas tinha três quartos do rosto virado, e o cabelo castanho lhe caía até os ombros do lado invisível do perfil. Não havia nada que a distinguisse muito do anterior, integrava-se à pintura como o homem que passeava em outras telas, era parte de uma sequência, uma figura a mais dentro da mesma vontade estética. E ao mesmo tempo havia alguma coisa ali que talvez explicasse porque o quadro estava sozinho na última sala, das semelhanças aparentes surgia agora outro sentimento, uma progressiva convicção de que essa mulher não só se diferenciava do outro personagem pelo sexo, mas que sua atitude, o braço esquerdo pendendo ao longo do corpo, a leve inclinação do torso que descarregava seu peso sobre o cotovelo invisível apoiado na mesa, estavam dizendo outra coisa a Diana, estavam lhe mostrando um abandono que ia além do ensimesmamento ou da modorra. Aquela mulher estava morta, seu cabelo e seu braço pendendo, sua imobilidade inexplicavelmente mais intensa que a fixação das coisas e dos seres nos outros quadros: a morte aí como uma culminação do silêncio, da solidão da casa e de seus personagens, de cada uma das mesas e das sombras e das galerias.

Sem saber como, viu-se outra vez na rua, na praça, entrou no carro e foi para a estrada ardente. Tinha pisado fundo no acelerador, mas pouco a pouco foi baixando a velocidade e só começou a pensar quando o cigarro queimou seus lábios, era absurdo pensar quando havia tantas fitas com a música que Orlando tinha amado e esquecido e que ela costumava ouvir de vez em quando, aceitando se atormentar com a invasão de lembranças preferíveis à solidão, à vaga imagem do assento vazio a seu lado. A cidade estava a uma hora de distância, como tudo parecia estar a horas ou a séculos de distância, o esquecimento, por exemplo, ou o longo banho quente que tomaria no hotel, os uísques no bar, o jornal da tarde. Tudo simétrico como sempre para ela, uma nova etapa se dando como uma réplica da anterior, o hotel que completaria um número par de hotéis ou abriria o ímpar que a etapa seguinte remataria; como as camas, os postos de gasolina, as catedrais ou as semanas. E a mesma coisa devia ter acontecido no museu, onde a repetição se dava de uma forma maníaca, coisa por coisa, mesa por mesa, até a ruptura final insuportável, a exceção que num segundo fizera explodir esse perfeito acordo de algo que já não cabia em nada, nem na razão nem na loucura. Porque o pior era buscar algo razoável nisso que desde o começo tinha tido um quê de delírio, de repetição idiota, e ao mesmo tempo sentir uma espécie de náusea que só ao se consumar totalmente lhe devolveria uma conformidade razoável, poria essa loucura do lado bom de sua vida e o alinharia com as outras simetrias, com as outras etapas. Mas então não podia ser, alguma coisa ali tinha escapado, e não era possível seguir em frente e aceitar isso, todo o seu corpo se estendia para trás como se resistisse ao avanço, se restava algo a fazer era dar meia-volta e regressar, convencer-se com todas as provas da razão de que isso era bobagem, que a casa não existia, ou que sim, que a casa estava ali mas que no museu só havia uma mostra de desenhos abstratos ou de pinturas históricas, algo que ela não se dera ao incômodo de ver. A fuga era uma forma suja de aceitar o inaceitável, de infringir tarde demais a única vida imaginável, a pálida aquiescência cotidiana à saída do sol ou às notícias do rádio. Viu se aproximar um refúgio vazio à direita, deu uma volta completa e entrou de novo na estrada, pisando fundo até que as primeiras granjas em torno do povoado voltaram ao seu encontro. Deixou para trás a praça, lembrou que pegando à esquerda chegaria a um espaço onde poderia deixar o carro, seguiu a pé pela primeira ruazinha vazia, ouviu uma cigarra cantar no alto de um plátano, o jardim abandonado estava lá, a grande porta continuava aberta.

Por que se demorar nos dois primeiros cômodos onde a luz rasante não perdera intensidade, verificar que as mesas continuavam lá, que talvez ela mesma tivesse fechado a porta do terceiro aposento ao sair? Sabia que bastava empurrá-la, entrar sem obstáculos e ver direto a mesa e a cadeira. Sentar-se outra vez para fumar um cigarro (a cinza do outro se acumulava copiosamente num canto da mesa, devia ter jogado a bituca na rua), apoiando-se de lado para evitar o embate direto da luz da janela. Procurou o isqueiro na bolsa, olhou a primeira espiral de fumaça se enroscando na luz. Se a leve risada tinha sido, afinal, um canto de pássaro, lá fora nenhum pássaro cantava agora. Mas ainda lhe restavam muitos cigarros por fumar, podia se apoiar na mesa e deixar que seu olhar se perdesse na escuridão da parede do fundo. Podia ir embora quando quisesse, claro, e também podia ficar ali; talvez fosse bonito ver se a luz do sol iria subir pela parede, alongando cada vez mais a sombra de seu corpo, da mesa e da cadeira, ou se continuaria assim, sem mudar nada, a luz imóvel como todo o resto, como ela e como a fumaça, imóveis.

Segunda viagem

Quem me apresentou a Ciclón Molina foi o baixinho Juárez uma noite depois das lutas, logo depois Juárez foi para Córdoba a trabalho, mas eu continuei me encontrando de vez em quando com Ciclón naquele café da Maipú, 500, que não existe mais, quase sempre aos sábados depois do boxe. É possível que tenhamos falado de Mario Pradás desde a primeira vez, Juárez tinha sido um dos torcedores mais fanáticos de Mario, mas não tanto como Ciclón, porque Ciclón foi sparring de Mario quando se preparava para a viagem aos Estados Unidos e lembrava muita coisa de Mario, seu jeito de bater, suas famosas agachadas até o chão, sua formidável esquerda, sua coragem tranquila. Todos nós tínhamos acompanhado a carreira de Mario, era raro nos encontrarmos no café depois do boxe sem que alguém, em algum momento, se lembrasse de Mario, e aí sempre havia um silêncio na mesa, os rapazes fumavam calados, depois vinham as evocações, os detalhes, às vezes umas polêmicas sobre datas, adversários e performances. Aí Ciclón tinha mais a dizer que os outros, porque tinha sido sparring de Mario Pradás e também o tratara como amigo, nunca se esquecia de que Mario tinha conseguido para ele a primeira preliminar no Luna Park, numa época em que o ringue estava mais cheio de candidatos que um elevador de ministério.

— Perdi por pontos — dizia Ciclón nessas ocasiões, e todos ríamos, parecia engraçado que tivesse retribuído tão mal o favor que Mario lhe fazia. Mas Ciclón não ficava chateado conosco, principalmente comigo, depois que Juárez lhe disse que eu não perdia nenhuma luta e que era uma enciclopédia nesse lance de campeões mundiais desde os tempos de Jack Johnson. Talvez por isso, Ciclón gostava de me encontrar sozinho no café nas noites de sábado, conversávamos demoradamente sobre coisas do esporte. Ele gostava de se informar sobre os tempos de Firpo, para ele tudo aquilo era mitologia, que ele degustava como uma criança, Gibbons e Tunney, Carpentier, eu ia lhe contando aos poucos, com aquele gosto de trazer lembranças à tona, tudo o que não podia interessar a minha mulher nem a minha menina, sabe como é. E também tinha outra coisa, Ciclón continuava lutando em preliminares, ganhava ou perdia mais ou menos parelho, sem escalar posições, era daqueles que o público conhecia sem se entusiasmar, só uma ou outra voz animando-o um pouco na modorra das lutas secundárias. Não havia nada a fazer e ele sabia disso, não era um nocauteador, carecia de técnica numa época em que havia muitos pesos leves que sabiam tudo; sem lhe dizer, é claro, eu o chamava de boxeador decente, o sujeito que ganha algum dinheiro lutando o melhor possível, sem mudar muito de ânimo quando ganhava ou perdia; como os pianistas de bar ou os cantores secundários de uma ópera, sabe, fazendo sua parte meio distraídos, nunca percebi nenhuma mudança nele depois de uma luta, ele ia até o café se não estivesse muito machucado, tomávamos umas cervejas e ele esperava e recebia os comentários com um sorriso manso, dava-me sua versão da coisa do ponto de vista do ringue, às vezes tão diferente do meu ali de baixo, e nos alegrávamos ou ficávamos calados, conforme o caso, as cervejas eram para comemorar ou consolar, um bom sujeito, o Ciclón, um bom amigo. E logo com ele isso tinha de acontecer?, ora, é uma dessas coisas em que a gente acredita e não acredita, isso que talvez tenha acontecido com Ciclón e que ele mesmo nunca entendeu, isso que começou sem aviso depois de uma luta perdida por pontos e um empate que passou raspando, no outono de um ano que não lembro bem qual foi, já faz tanto tempo.

O que sei é que antes que isso começasse nós tínhamos voltado a falar de Mario Pradás, e Ciclón me ganhava longe quando falávamos de Mario, dele sim ele sabia mais que todo mundo, e olha que não pôde acompanhá-los aos Estados Unidos para a luta pelo campeonato mundial, o treinador só tinha escolhido um sparring porque lá os havia de sobra, e então coube a José Catalano ir, mas o próprio Ciclón estava a par de tudo por intermédio de outros amigos e dos jornais, de cada luta ganha por Mario e do que aconteceu depois, aquilo que nenhum de nós conseguia esquecer, mas que para Ciclón era ainda pior, uma espécie de amargura que dava para sentir em sua voz e em seus olhos quando ele se lembrava.

— Tony Giardello — dizia. — Tony Giardello, filho da puta.

Eu nunca o ouvira xingar os que ganhavam dele, pelo menos nunca os xingava dessa maneira, como se tivessem ofendido sua mãe. Não entrava em sua cabeça que Giardello pudesse ter vencido Mario Pradás, e pela forma com que ele se informara da luta, de cada detalhe que reunira lendo e ouvindo outras pessoas, sentia-se que no fundo ele não aceitava a derrota, procurava, sem dizer nada, alguma explicação que a mudasse em sua memória, e sobretudo que mudasse o outro lance, o que tinha acontecido depois, quando Mario não conseguiu se recompor de um nocaute que em dez segundos virou sua vida de cabeça para baixo e o levou a uma queda incontornável, a duas ou três lutas ganhas com dificuldade ou empatadas contra sujeitos que antes não teriam aguentado nem quatro rounds, e por fim ao abandono e à morte em poucos meses, sua morte de cão depois de uma crise que nem os médicos entenderam, nas bandas de Mendoza, onde ele não tinha nem fãs nem amigos.

— Tony Giardello — dizia Ciclón, olhando a cerveja. — Que filho da puta.

Só uma vez me animei a lhe dizer que ninguém tinha duvidado da forma com que Giardello ganhou de Mario, e que a melhor prova disso era que dois anos depois ele continuava sendo campeão mundial e que defendera o título mais três vezes. Ciclón me ouviu sem dizer nada, mas nunca repeti o comentário, e devo dizer que ele também não insistiu no xingamento, como se caísse em si. Estou um pouco perdido no tempo, mas deve ter sido nessa época que houve aquela luta — preliminar, na falta de coisa melhor naquela

412 *Segunda viagem*

noite — com o canhoto Aguinaga, e que Ciclón, depois de lutar como sempre nos primeiros três rounds, entrou no quarto como se estivesse andando de bicicleta e em quarenta segundos deixou o canhoto pendurado nas cordas. Nessa noite pensei que iria encontrá-lo no café, mas decerto ele foi comemorar com outros amigos ou foi para o ninho (estava casado com uma guria de Luján e gostava muito dela), de maneira que fiquei sem os comentários. Claro que depois disso eu não podia achar estranho que o pessoal do Luna Park lhe arrumasse uma luta principal com Rogelio Coggio, que vinha de Santa Fe com muita fama, e embora eu temesse o pior para Ciclón, fui torcer por ele, e juro que quase não pude acreditar no que aconteceu, quer dizer, no começo não aconteceu nada e Coggio estava ganhando com vantagem a partir do quarto round, o lance do canhoto começava a me parecer um mero acaso, quando Ciclón começou a atacar quase sem baixar a guarda desde o início, de repente Coggio se pendurou nele como se ele fosse um cabide, as pessoas de pé não estavam entendendo nada e aí Ciclón com um jab direto o pôs na lona por oito segundos e quase em seguida o pôs para dormir com um gancho que deve ter sido ouvido até na Plaza de Mayo. Nem te conto, como se dizia então.

Naquela noite, Ciclón chegou ao café com o bando de puxa-sacos que sempre se amontoam junto dos vencedores, mas depois de comemorar um pouco e de tirar fotos com eles, veio até minha mesa e se sentou, como se quisesse que o deixassem em paz. Não parecia cansado, embora Coggio tivesse arrebentado uma sobrancelha dele, mas o que achei mais estranho foi que me olhava diferente, quase como se me perguntasse ou se perguntasse alguma coisa; de vez em quando friccionava o pulso direito e voltava a me olhar de um jeito estranho. O que posso dizer, eu estava tão assustado depois do que tinha visto que preferi esperar que ele falasse primeiro, se bem que no fim tive de dar a ele minha versão da coisa toda e acho que Ciclón percebeu muito bem que eu não conseguia acreditar naquilo, o canhoto e Coggio em menos de dois meses e daquele jeito, fiquei sem palavras.

Eu me lembro, o café ia se esvaziando, mas o dono, depois de descer a porta metálica, deixava que ficássemos quanto nos desse na telha. Ciclón bebeu outra cerveja quase de um só trago e friccionou de novo o pulso machucado.

— Deve ser o Alesio — disse —, a gente não se dá conta, mas com certeza são os conselhos do Alesio.

Dizia isso como quem tapa um buraco, sem convicção. Eu não estava sabendo que ele tinha trocado de treinador, então achei, é claro, que a coisa podia vir daí, mas hoje, quando penso nisso de novo, percebo que também não estava convencido. Claro que alguém como Alesio podia fazer muito por Ciclón, mas essa pegada de nocaute não podia aparecer por milagre. Ciclón olhava para as mãos, friccionava o pulso.

— Não sei o que está acontecendo comigo — disse como se sentisse vergonha. — Acontece de repente, foi assim nas duas vezes, meu chapa.

— Seu treino é fenomenal — disse a ele —, dá pra ver claramente a diferença.

— Pode ser, mas assim de repente... É um bruxo, o Alesio?

— Continue batendo — disse, brincando, para tirá-lo daquela espécie de ausência em que parecia estar —, acho que ninguém mais segura você, Ciclón.

E foi bem assim, depois da luta com o Gato Fernández ninguém duvidou que o caminho estava aberto, o mesmo caminho de Mario Pradás dois anos antes, um navio, duas ou três lutas de preparação, o desafio pelo campeonato mundial. Foram tempos difíceis para mim, eu teria dado qualquer coisa para acompanhar Ciclón, mas não podia sair de Buenos Aires. Estive com ele o máximo possível, nos víamos bastante no café, ainda que agora Alesio cuidasse dele e controlasse sua cerveja e outras coisas. A última vez foi depois da luta com o Gato; não esqueço que Ciclón me procurou entre a gentarada do café e me pediu que fôssemos caminhar um pouco pelo porto. Entrou no carro e não deixou Alesio ir conosco, descemos numa das docas e demos uma volta olhando os navios. Desde o começo, eu tinha intuído que Ciclón queria me dizer alguma coisa; falei-lhe da luta, de como o Gato trapaceara até o final, era de novo como tapar buracos porque Ciclón me olhava sem ouvir direito, assentindo e se calando, o Gato, pois é, o Gato não é nada fácil.

— No começo você me deu um susto — falei. — Você leva um tempo pra se aquecer, isso é perigoso.

— Eu sei, porra. O Alesio sempre fica uma fera, pensa que faço isso de propósito ou só de fanfarrice.

— É mau, cara, assim acabam passando na sua frente. E agora...

— Sim — disse Ciclón, sentando-se num rolo de corda —, agora é o Tony Giardello.

— É isso mesmo, compadre.

— Quer o quê?, o Alesio tem razão, você também tem razão. Não conseguem entender, percebe? Eu mesmo não entendo por que tenho de esperar.

— Esperar o quê?

— Sei lá, o que vier — disse Ciclón, e desviou o rosto.

Você não vai acreditar, mas embora aquilo não tenha me pegado tão de surpresa, fiquei meio sem graça, mas Ciclón não me deu tempo de retrucar, me olhava fixo nos olhos como se quisesse se decidir.

— Percebe? —disse. — Não posso falar muito nem com o Alesio nem

414   *Segunda viagem*

com ninguém porque teria de quebrar a cara deles, não gosto que achem que sou louco.

Repeti o velho gesto que se faz quando você não pode fazer outra coisa, pus a mão em seu ombro e o apertei.

— Não entendo porra nenhuma — falei —, mas lhe agradeço, Ciclón.

— Pelo menos você e eu podemos conversar — disse Ciclón. — Como na noite do Coggio, lembra? Você percebeu, você me disse: "Continue assim".

— Bem, não sei o que posso ter percebido, só sei que estava indo tudo bem e então eu lhe disse, não devo ter sido o único.

Ele me olhou como se quisesse que eu sentisse que não era só isso, depois começou a rir. Nós dois rimos, distendendo os nervos.

— Me dê um cigarro — disse Ciclón —, só agora, que o Alesio não está me vigiando como se eu fosse um bebê.

Fumamos de cara para o rio, para o vento úmido daquela meia-noite de verão.

— Pois é, é isso — disse Ciclón, como se agora não lhe custasse tanto falar. — Eu não posso fazer nada, tenho que lutar esperando que chegue esse momento. De repente me nocauteiam a frio, juro que me dá medo.

— Você demora a se aquecer, é isso.

— Não — disse Ciclón —, você sabe muito bem que não é isso. Me dê mais um cigarro.

Esperei sem saber o quê, e ele fumava olhando o rio, o cansaço da luta pesava sobre ele pouco a pouco, seria preciso voltar ao centro. Era difícil para mim dizer qualquer palavra, juro, mas depois disso eu tinha de perguntar, não podíamos ficar assim porque ia ser pior, Ciclón tinha me trazido até o porto para me dizer alguma coisa e, olhe, não podíamos ficar assim.

— Não estou entendendo direito — falei —, mas talvez eu tenha pensado como você, porque de outra forma não dá pra entender o que está acontecendo.

— O que está acontecendo você já sabe — disse Ciclón. — O que quer que eu pense?, me diga.

— Não sei — falei com dificuldade.

— É sempre assim, começa num intervalo, eu não percebo nada, o Alesio grita não sei o quê na minha orelha, soa o gongo e quando eu saio é como se mal tivesse começado, não consigo explicar, mas é bem diferente. Se não fosse pelo fato do outro ser o mesmo, o canhoto ou o Gato, eu ia achar que estou sonhando ou coisa parecida, depois não sei bem o que acontece, dura muito pouco.

— Para o outro, você quer dizer — intercalei de brincadeira.

— Sim, mas eu também, quando levantam meu braço já não sinto nada, estou de volta e não compreendo, tenho que me convencer pouco a pouco.

Fora de hora   415

— Pode ser — disse, sem saber o que dizer —, pode ser que seja algo assim, vá saber. O fato é que você tem que ir até o fim, não tem que se torturar atrás de explicações. No fundo, acho que o que te deixa assim é aquilo que você quer, e isso é ótimo, não precisa ficar remoendo.

— Sim — disse Ciclón —, deve ser isto, o que eu quero.

— Embora você não esteja convencido disso.

— Nem você, porque não se anima a acreditar.

— Deixe disso, Ciclón. O que você quer é nocautear o Tony Giardello, isso está claro, acho.

— Está claro, mas...

— E tenho pra mim que você não quer fazer isso apenas por você.

— Hã, hã.

— E aí você se sente melhor, algo assim.

Caminhávamos de volta para o carro. Tive a impressão de que Ciclón aceitava, com seu silêncio, aquilo que estivera amarrando nossa língua o tempo todo. Afinal, esse era um outro modo de dizer a coisa sem entrar numa de horror, se é que você me entende. Ciclón me deixou no ponto de ônibus; dirigia devagar, meio dormindo no volante. É capaz que lhe acontecesse alguma coisa antes que chegasse em casa; fiquei apreensivo, mas no dia seguinte vi as fotos de uma reportagem que tinham feito sobre ele pela manhã. Falava dos projetos, claro, da viagem ao Norte, da grande noite se aproximando devagar.

Já lhe disse que não pude acompanhar Ciclón, mas a turma e eu reuníamos informações e não perdíamos nenhum detalhe. Tinha sido assim também quando Mario Pradás viajou, primeiro as notícias sobre o treino em Nova Jersey, a luta com Grossmann, o descanso em Miami, um cartão-postal de Mario para a *Gráfico* falando da pesca de tubarões ou algo assim, depois a luta com Atkins, o contrato para o campeonato mundial, a crítica ianque cada vez mais entusiasta e no fim (veja se não é triste, digo no fim e isso é tão certo, caralho) a noite com Giardello, nós pendurados no rádio, cinco rounds equilibrados, o sexto de Mario, o sétimo empatado, quase na saída do oitavo a voz do locutor como se estivesse se afogando, repetindo a contagem dos segundos, gritando que Mario se levantava, caía de novo, a nova contagem até o fim, Mario nocauteado, depois as fotos, que eram como viver novamente tanta desgraça, Mario em seu canto e Giardello pondo-lhe uma luva na cabeça, o fim, vou te contar, o fim de tudo aquilo que tínhamos sonhado com Mario, de Mario. Como eu estranharia que mais de um jornalista portenho falasse da viagem de Ciclón com subentendi-

416 *Segunda viagem*

dos de revanche simbólica, como a chamavam? O campeão continuava lá esperando adversários e acabando com todos, era como se Ciclón pisasse sobre os rastros da outra viagem e tivesse de passar pelas mesmas coisas, pelas barreiras que os ianques levantavam para qualquer um que buscasse o caminho do campeonato, ainda mais se não fosse do país. Cada vez que eu lia essas matérias pensava que se Ciclón tivesse estado comigo teríamos comentado tudo simplesmente nos olhando, entendendo-os de uma forma muito diferente dos outros. Mas Ciclón também devia estar pensando nisso sem precisar ler os jornais, cada dia que passava devia ser para ele como a repetição de algo que lhe daria um aperto no estômago, sem querer falar com ninguém como falara comigo, e olhe que nem tínhamos falado grande coisa. No quarto round, quando ele se livrou do primeiro peso-mosca, um tal de Doc Pinter, mandei-lhe um telegrama de alegria e ele me respondeu com outro: *Vamos em frente*, um abraço. Depois veio a luta com Tommy Bard, que tinha aguentado os quinze rounds com Giardello no ano anterior, Ciclón o nocauteou no sétimo, nem vou contar do delírio em Buenos Aires, você era bem piá e não vai conseguir se lembrar, teve gente que não foi trabalhar, teve confusão nas fábricas, acho que não sobrou cerveja em nenhum lugar. A torcida estava muito segura de que a nova luta já era dada como ganha, e tinham razão, porque Gunner Williams só aguentou quatro rounds com Ciclón. Agora ia começar o pior, a espera desesperadora até 12 de abril, a última semana nos reunia toda noite no café da Maipú com jornais e fotos e prognósticos, mas no dia da luta fiquei sozinho em casa, depois haveria tempo para comemorar com a turma, agora Ciclón e eu tínhamos de estar lado a lado pelo rádio, por algo que me fechava a garganta e me obrigava a beber e a fumar e a dizer idiotices para Ciclón, falando com ele lá da poltrona, lá da cozinha; dando voltas como um cão e pensando no que Ciclón talvez estivesse pensando enquanto enfaixavam suas mãos, enquanto anunciavam os pesos, enquanto um locutor repetia tantas coisas que sabíamos de cor, a lembrança de Mario Pradás, voltando para todos desde aquela outra noite que não podia se repetir, que nunca tínhamos aceitado e que queríamos apagar, como se apagam as coisas mais amargas entornando o copo.

Você sabe muito bem o que aconteceu, nem preciso dizer, os três primeiros rounds com Giardello mais rápido e mais técnico que nunca, o quarto com Ciclón aceitando a luta mão a mão e deixando-o em apuros no final do round, o quinto com todo o estádio de pé e o locutor que não conseguia dizer o que estava acontecendo no centro do ringue, impossível acompanhar a mudança de golpes senão gritando palavras soltas, e quase na metade do round o direto de Giardello, Ciclón se desviando para o lado sem ver chegar o gancho que o deixou de costas durante toda a contagem, a voz do locutor chorando e gritando, o barulho de um copo se estilhaçando na parede antes que a garrafa destruísse a frente do meu rádio, Ciclón nocauteado, a segunda viagem idêntica à primeira, os comprimidos para dormir, sei lá, as quatro da manhã no banco de alguma praça. Puta que o pariu, cara.

Certo, não há o que comentar, você dirá que é a lei do ringue e outras merdas, é que você não conheceu Ciclón, por que iria se afligir com isso? Aqui nós choramos, sabe, fomos tantos os que choramos sozinhos ou com a turma, e muitos pensaram e disseram que no fundo tinha sido melhor assim, porque Ciclón nunca aceitaria a derrota e era melhor que acabasse daquele jeito, oito horas em coma no hospital e fim. Eu lembro, escreveram numa revista que ele tinha sido o único que não ficara sabendo de nada, que beleza, não?, filhos da puta. Não vou lhe contar do enterro quando o trouxeram, depois de Gardel foi o maior que já se viu em Buenos Aires. Eu me afastei da turma do café porque me sentia melhor sozinho, não sei quanto tempo se passou até que eu encontrasse, por um mero acaso, Alesio no hipódromo. Alesio estava em pleno trabalho com Carlos Vigo, você conhece a carreira desse guri, mas quando fomos tomar uma cerveja ele se lembrou de como eu era amigo de Ciclón e me disse, me disse de um jeito estranho, me olhando como se não soubesse muito bem se devia dizer aquilo ou se o estava dizendo porque depois queria me dizer outra coisa, alguma coisa que estava mexendo com ele. Alesio tinha fama de calado, e eu pensando de novo em Ciclón preferia fumar um cigarro atrás do outro e pedir mais cerveja, deixar o tempo passar sentindo que estava do lado de alguém que tinha sido um bom amigo de Ciclón e tinha feito tudo o que podia por ele.

— Ele gostava muito de você — disse-lhe uma hora, porque sentia assim e era justo lhe dizer, embora ele já soubesse. — Sempre que me falava de você antes da viagem era como se você fosse pai dele. Lembro de uma noite em que saímos juntos, uma hora ele me pediu um cigarro e depois falou: "Só agora que o Alesio não está aqui, porque ele cuida de mim como se eu fosse um bebê".

Alesio baixou a cabeça, ficou pensando.

— Pois é — disse-me —, ele era um rapaz direito, nunca tive problemas com ele, dava umas escapadas por aí mas logo voltava, calado, sempre me dava razão, e olhe que eu sou um chato, todo mundo diz isso.

— Ciclón, porra.

Nunca vou esquecer de quando Alesio ergueu o rosto e me olhou como se tivesse decidido algo de repente, como se um momento longamente esperado tivesse chegado para ele.

418   *Segunda viagem*

— Não me importa o que você pensa — disse, marcando cada palavra com seu sotaque onde a Itália não tinha morrido totalmente. — Conto pra você porque foi amigo dele. Só peço uma coisa, se acha que estou maluco vá embora sem responder, eu sei que, de qualquer maneira, você nunca vai dizer nada.

Fiquei olhando para ele, e de repente era de novo uma noite no porto, um vento úmido que molhava o rosto de Ciclón e o meu.

— Levaram-no pro hospital, você sabe, e lhe fizeram uma trepanação porque o médico disse que era muito grave mas que ele podia ser salvo. Veja que não foi só o murro, mas o golpe na nuca, o modo como ele bateu na lona, eu vi isso muito claramente e ouvi o barulho, apesar dos gritos eu ouvi o barulho, cara.

— Você acha mesmo que ele teria sido salvo?

— Sei lá, afinal, já vi nocautes piores na minha vida. O fato é que às duas da manhã ele já tinha sido operado e eu estava no corredor esperando, não nos deixavam vê-lo, éramos dois ou três argentinos e alguns ianques, pouco a pouco fui ficando sozinho com um ou outro do hospital. Por volta das cinco um sujeito veio me procurar, eu não pesco muito o inglês mas entendi que não havia mais nada a fazer. Parecia assustado, era um enfermeiro velho, um negro. Quando vi Ciclón...

Pensei que ele não fosse falar mais, sua boca tremia, bebeu derramando cerveja na camisa.

— Nunca vi nada igual, irmão. Era como se ele tivesse sido torturado, como se alguém quisesse ter se vingado dele, não sei do quê. Não consigo explicar, parecia estar vazio, como se tivesse sido sugado, como se lhe faltasse todo o sangue, perdoe o que lhe digo mas não sei como dizer isso, era como se ele tivesse desejado sair de si mesmo, arrancar-se de si mesmo, entende? Como uma bexiga murcha, um fantoche rasgado, mas rasgado por quem, para quê? Bem, pode ir, se quiser, não me deixe continuar falando.

Quando pus a mão em seu ombro, lembrei que com Ciclón também, na noite do porto, minha mão também no ombro de Ciclón.

— Você que sabe — falei. — Nem você nem eu podemos entender, sei lá, talvez sim, mas não poderíamos acreditar. O que eu sei é que não foi o Giardello que matou o Ciclón. O Giardello pode dormir tranquilo porque não foi ele, Alesio.

Claro que eu não entendia, e você também não, pela cara que está fazendo.

— Essas coisas acontecem — disse Alesio. — Claro que o Giardello não teve culpa, cara, nem precisa me dizer.

— Eu sei, mas você me confiou o que viu lá, e é justo que eu lhe agradeça. Agradeço tanto que vou lhe dizer mais uma coisa antes de ir embora. Por

Fora de hora   419

mais que a gente tenha pena do Ciclón, deve ter outro que a mereça mais que ele, Alesio.

Acredite, há outro de quem eu sinto pena em dobro, mas para que continuar, não é?, nem Alesio entendeu nem você entende agora. E eu, bem, sei lá o que eu entendi, só estou lhe contando isso porque, numa dessas, nunca se sabe, a verdade é que não sei por que estou lhe contando isso, talvez porque já estou velho e falo demais.

Satarsa

Adán y raza, azar y nada.

Coisas assim para encontrar o rumo, como agora esse atar a rata, outro palíndromo rasteiro e pegajoso, Lozano sempre foi louco por esses jogos, que ele não parece ver como tal, pois para ele tudo se apresenta à maneira de um espelho que mente e diz a verdade ao mesmo tempo, diz a verdade para Lozano porque lhe mostra sua orelha direita à direita, mas ao mesmo tempo mente porque Laura e qualquer um que o olhe verá a orelha direita como a orelha esquerda de Lozano, ainda que simultaneamente a definam como sua orelha direita; simplesmente a veem à esquerda, coisa que nenhum espelho pode fazer, incapaz dessa correção mental, e por isso o espelho diz a Lozano uma verdade e uma mentira, e isso há muito tempo o faz pensar como se estivesse diante de um espelho; se atar a rata não dá mais que isso, as variantes merecem reflexão, e então Lozano olha para o chão e deixa que as palavras joguem sozinhas enquanto ele as espera como os caçadores de Calagasta esperam as ratas gigantes para caçá-las vivas.

Pode continuar assim durante horas, ainda que nesse momento a questão concreta das ratas não lhe deixe muito tempo para se perder nas possíveis variantes. O fato de tudo isso ser deliberadamente insano não o surpreende, às vezes dá de ombros como se quisesse se livrar de alguma coisa que não consegue explicar, já se acostumou a conversar com Laura sobre a questão das ratas como se isso fosse a coisa mais natural do mundo, e de fato é, por que não seria normal caçar ratas gigantes em Calagasta, sair com o mulato Illa e com Yarará para caçar as ratas? Nessa mesma tarde terão de se aproximar de novo das colinas do norte, pois logo haverá um novo embarque de ratas e é preciso aproveitá-lo ao máximo, as pessoas de Calagasta sabem disso e têm dado batidas no monte, embora não se aproximem das colinas, e as ratas também sabem, claro, e é cada vez mais difícil campeá-las e, principalmente, capturá-las vivas.

Por tudo isso, Lozano não acha nem um pouco absurdo que as pessoas de Calagasta vivam agora quase que exclusivamente da captura das ratas gigantes, e é na hora em que prepara uns laços de couro muito fino que lhe vem o palíndromo de atar a rata e ele fica com um laço quieto na mão, olhando Laura cozinhar cantarolando, e pensa que o palíndromo mente e diz a verdade, como todo espelho, claro que é preciso atar a rata porque é a única maneira de mantê-la viva até engaiolá-la(s) e dá-las a Porsena, que carrega as gaiolas no caminhão que toda quinta-feira sai para o litoral onde o navio aguarda. Mas também é uma mentira porque ninguém jamais atou uma rata gigante a não ser metaforicamente, sujeitando-a pelo pescoço com uma forquilha e enlaçando-a até metê-la na gaiola, sempre com as mãos bem longe da boca sanguinolenta e das garras como vidros estapeando o ar. Ninguém jamais atará uma rata, menos ainda depois da última lua em que Illa, Yarará e os outros sentiram que as ratas desenvolviam novas estratégias, tornavam-se mais perigosas por ficarem invisíveis e entocadas em refúgios que antes não utilizavam, e que caçá-las vai ficar cada vez mais difícil, agora que as ratas os conhecem e até os desafiam.

— Mais três ou quatro meses — Lozano diz a Laura, que está pondo os pratos na mesa sob o alpendre do rancho. — Depois poderemos atravessar pro outro lado, as coisas parecem estar mais calmas.

— Pode ser — diz Laura —, em todo caso, é melhor não pensar nisso, quantas vezes já não aconteceu de estarmos equivocados?

— É. Mas não vamos ficar aqui caçando ratas pra sempre.

— É melhor que passarmos pro outro lado na hora errada e virarmos as ratas que eles caçam.

Lozano ri, faz outro laço. É verdade que não estão tão mal, Porsena paga à vista pelas ratas e todo mundo vive disso, enquanto for possível caçá-las haverá comida em Calagasta, a companhia dinamarquesa que manda os barcos à costa precisa cada vez mais de ratas para Copenhague, Porsena acha que eles as usam para experimentos genéticos nos laboratórios. Que sirvam pelo menos pra isso, diz às vezes Laura.

Do berço que Lozano fabricou com um caixote de cerveja vem o primeiro protesto de Laurita. O cronômetro, como Lozano a chama, a choramingação no exato segundo em que Laura está terminando de preparar a comida e de fazer a mamadeira. Com Laurita quase não precisam de relógio,

Fora de hora   421

ela dá a hora melhor que o bip bip do rádio, diz Laura rindo, pegando-a no colo e lhe mostrando a mamadeira, Laurita sorridente e olhos verdes, o coto batendo na palma da mão esquerda como num arremedo de tambor, o diminuto antebraço rosado que termina numa lisa semiesfera de pele; o dr. Fuentes (que não é doutor, mas em Calagasta tanto faz) fez um trabalho perfeito e quase não há marca de cicatriz, como se Laurita nunca tivesse tido mão ali, a mão que as ratas comeram quando as pessoas de Calagasta começaram a caçá-las em troca do dinheiro que os dinamarqueses pagavam e as ratas se retiraram, até que um dia houve um contra-ataque, a raivosa invasão noturna seguida de fugas vertiginosas, a guerra aberta, e muita gente desistiu de caçá-las para apenas se defender com armadilhas e escopetas, e boa parte voltou a plantar mandioca ou trabalhar em outras cidades da montanha. Mas vários outros continuaram a caçá-las, Porsena pagava à vista e o caminhão saía toda quinta-feira para o litoral, Lozano foi a primeiro a lhe dizer que continuaria caçando ratas, disse isso ali mesmo no rancho enquanto Porsena olhava a rata que Lozano tinha matado a pontapés e Laura corria com Laurita para o dr. Fuentes e já não era possível fazer nada, só cortar o que restava pendurado e conseguir aquela cicatriz perfeita para que Laurita inventasse seu tamborzinho, sua brincadeira silenciosa.

O mulato Illa não liga que Lozano brinque tanto com as palavras, cada um é louco à sua maneira, pensa o mulato, mas gosta menos que Lozano se deixe levar demais e daí queira que as coisas se ajustem a seus jogos, que ele e Yarará e Laura o sigam nesse caminho como o seguiram em tantas outras coisas nesses anos todos, desde a fuga pelas quebradas do Norte depois dos massacres. Naqueles anos, pensa Illa, nem sabemos mais se foram semanas ou anos, tudo era verde e contínuo, a selva com seu tempo próprio, sem sóis nem estrelas, e depois as quebradas, um tempo avermelhado, tempo de pedra e torrentes e fome, sobretudo fome, querer contar os dias ou as semanas era como ter mais fome ainda, então os quatro tinham seguido, primeiro os cinco, mas Ríos se matou num despenhadeiro e Laura quase morreu de frio na montanha, já estava de seis meses e se cansava rápido, tiveram de ficar não se sabe quanto tempo abrigando-a com fogueiras de capim seco até que conseguiu caminhar, às vezes o mulato Illa volta a ver Lozano levando Laura nos braços e Laura não querendo, dizendo que já está bem, que pode andar, e seguir para o Norte, até a noite em que os quatro viram as luzinhas de Calagasta e souberam que por enquanto tudo ficaria bem, que nessa noite comeriam em algum rancho ainda que depois os denunciassem e o primeiro heli-

422 *Satarsa*

cóptero chegasse para matá-los. Mas não os denunciaram, ali nem sequer se conheciam os possíveis motivos para denunciá-los, ali todo mundo morria de fome como eles, até que alguém descobriu as ratas gigantes perto das colinas e Porsena teve a ideia de mandar uma amostra para o litoral.

— Atar a rata não é nada mais que atar a rata — diz Lozano. — Não tem nenhum vigor, pois não vai lhe ensinar nada de novo, além do que ninguém pode atar uma rata. Você fica como no começo, isso é que é foda com os palíndromos.

— Ahn, ahn — diz o mulato Illa.

— Mas se você pensa no plural, tudo muda. Atar as ratas não é a mesma coisa que atar a rata.

— Não parece muito diferente.

— Porque já não vale como palíndromo — diz Lozano. — É só pôr no plural e muda tudo, surge uma coisa nova, já não é o espelho ou é um espelho diferente que mostra uma coisa que você não conhecia.

— O que tem de novo?

— Tem que atar as ratas lhe dá Satarsa rata.

— Satarsa?

— É um nome, mas todos os nomes isolam e definem. Agora você sabe que tem uma rata que se chama Satarsa. Todas devem ter nomes, certamente, mas agora tem uma que se chama Satarsa.

— E o que você ganha sabendo isso?

— Também não sei, mas continuo. Ontem à noite pensei em inverter a coisa, desatar em vez de atar. E quando pensei nisso vi a palavra *desatarlas* ao contrário e dava *sal*, *rata*, *sed*. Coisas novas, veja, o sal e a sede.

— Não tão novas — diz Yarará, que escuta de longe —, sem contar que andam sempre juntas.

— Pode ser — diz Lozano —, mas mostram um caminho, talvez seja a única maneira de acabar com elas.

— Não vamos acabar com elas tão rápido — ri Illa —, do que vamos viver se acabarem?

Laura traz o primeiro mate e espera, apoiando-se um pouco no ombro de Lozano. O mulato Illa volta a pensar que Lozano brinca demais com as palavras, que vai acabar passando dos limites e tudo irá por água abaixo.

Lozano também pensa nisso enquanto prepara os laços de couro, e quando fica sozinho com Laura e Laurita toca no assunto, fala com as duas como se Laurita pudesse entender, e Laura gosta que ele inclua sua filha, que os três estejam mais juntos quando Lozano lhes fala de Satarsa ou de como salgar a água para acabar com as ratas.

— Para realmente atá-las — ri Lozano. — Veja se não é curioso, o primeiro palíndromo que conheci na vida também falava de atar alguém, não se sabe quem, mas talvez já fosse Satarsa. Li isso num conto onde havia muitos palíndromos, mas só me lembro desse.

— Você me contou isso uma vez lá em Mendoza, acho, não lembro direito.

— *Átale, demoníaco Caín, o me delata* — diz cadenciadamente Lozano, quase salmodiando para Laurita, que ri no berço e brinca com seu poncho branco.

Laura assente, é verdade que já estão querendo atar alguém nesse palíndromo, mas para atá-lo tem de se pedir isso a ninguém menos que Caim, e ainda por cima chamando-o de demoníaco.

— Bah — diz Lozano —, a convenção de sempre, a boa consciência se arrastando na história desde o início, Abel o bom e Caim o mal, como nos velhos filmes de caubói.

— O mocinho e o bandido — lembra Laura, quase nostálgica.

— Claro que se o inventor desse palíndromo se chamasse Baudelaire, demoníaco não seria negativo, mas o contrário. Lembra?

— Um pouco — diz Laura. — Raça de Abel, dorme, bebe e come, Deus te sorri comprazido.

— Raça de Caim, rasteja e morre miseravelmente no lodo.

— Sim, e numa parte diz alguma coisa como raça de Abel, tua carniça adubará o solo fumegante, e depois diz raça de Caim, arrasta tua família desesperada ao longo dos caminhos, algo assim.

— Até que as ratas devorem teus filhos — diz Lozano, quase sem voz.

Laura afunda o rosto nas mãos, já faz tanto tempo que aprendeu a chorar em silêncio, sabe que Lozano não vai tentar consolá-la, Laurita sim, que acha o gesto divertido e ri até que Laura abaixa as mãos e lhe faz uma careta cúmplice. Já está chegando a hora do mate.

Yarará acha que o mulato Illa tem razão, e que de repente a maluquice de Lozano vai acabar com essa trégua na qual pelo menos estão a salvo, pelo menos vivem com a gente de Calagasta e permanecem ali porque não se pode fazer outra coisa, esperando que o tempo diminua um pouco as lembranças do outro lado e que também os do outro lado comecem a esquecer que não conseguiram capturá-los, que em algum lugar perdido eles estão vivos e por isso são culpados, e por isso com a cabeça a prêmio, inclusive a do pobre Ruiz, despencado de um barranco há tanto tempo.

— É só não ir na onda dele — pensa Illa em voz alta. — Eu não sei, pra mim ele sempre é o chefe, ele tem isso, entende, não sei o quê, mas ele tem e pra mim isso basta.

— A educação fodeu com ele — diz Yarará. — Passa o tempo todo pensando ou lendo, isso é ruim.

— Pode ser. Não sei se é isso, Laura também fez faculdade e veja, nem dá pra perceber. Não acho que seja a educação, o que o deixa louco é estarmos metidos nessa enrascada, e o que aconteceu com a Laurita, coitada da guriazinha.

— Vingança — diz Yarará. — O que ele quer é vingança.

— Todos nós queremos nos vingar, uns dos milicos, outros das ratas, é difícil manter a cabeça fria.

Ocorre a Illa que a loucura de Lozano não muda nada, que as ratas continuam lá e que é difícil caçá-las, que as pessoas de Calagasta não se animam a ir longe demais porque se lembram das histórias, do esqueleto do velho Millán ou da mão de Laurita. Mas eles também estão loucos, principalmente Porsena, com o caminhão e as gaiolas, e os da costa e os dinamarqueses estão ainda mais loucos gastando dinheiro em ratas sabe-se lá para quê. Isso não pode durar muito, há maluquices que se cortam de repente e então vai ser de novo a fome, a mandioca quando houver, as crianças morrendo com a barriga inchada. Por isso é melhor estar loucos, afinal.

— Melhor estar loucos — diz Illa, e Yarará o olha surpreso e depois ri, quase assentindo.

— O lance é não entrar na dele quando ele começar com Satarsa e o sal e essas coisas, e no fim não muda nada, ele é sempre o melhor caçador.

— Oitenta e duas ratas — diz Illa. — Bateu o recorde do Juan López, que estava em setenta e oito.

— Não me faça passar vergonha — diz Yarará —, eu aqui só com minhas trinta e cinco.

— Veja — diz Illa —, veja que ele é sempre o chefe, de um jeito ou de outro.

Nunca se sabe direito como as notícias chegam, de repente tem alguém que sabe de alguma coisa no armazém do turco Adab, quase nunca indica a fonte, mas as pessoas vivem tão isoladas que as notícias chegam como uma lufada do vento do oeste, o único capaz de trazer um pouco de frescor e às vezes de chuva. Tão raro como as notícias, tão breve como a água que talvez vá salvar as lavouras sempre amarelas, sempre enfermas. Uma notícia ajuda a ir levando, mesmo que seja má.

Laura fica sabendo pela mulher de Adab, volta ao rancho e fala em voz baixa como se Laurita pudesse compreender, passa outro chimarrão para Lozano, que o toma devagar, olhando para o chão onde um bicho preto avança devagar em direção ao fogão. Esticando um pouco a perna, esmaga o bicho e termina o chimarrão, devolve-o a Laura sem olhá-la, de mano a mano, como tantas vezes, como tantas coisas.

— Precisamos ir embora — diz Lozano. — Se for verdade, logo estarão aqui.

— Mas pra onde?

— Não sei, e aqui ninguém vai saber, também, vivem como se fossem os primeiros ou os últimos homens. Pro litoral de caminhão, acho, Porsena deve concordar.

— Parece piada — diz Yarará, que enrola um cigarro com movimentos lentos de oleiro. — Ir embora com as gaiolas das ratas, imagine. E depois?

— Depois não é problema — diz Lozano. — Mas vai ser preciso dinheiro pra esse depois. O litoral não é Calagasta, vamos ter de pagar pra que nos abram caminho pro Norte.

— Pagar — diz Yarará. — A que ponto chegamos, ter que trocar ratas pela liberdade.

— Pior são eles que trocam a liberdade por ratas — diz Lozano.

De seu canto, onde teima em consertar uma bota sem conserto, Illa ri como se tossisse. Outro jogo de palavras, mas às vezes Lozano acerta no alvo e então quase parece ter razão com sua mania de ficar virando as luvas do avesso, de ver tudo a partir da outra ponta. A cabala do pobre, disse um dia Lozano.

— O problema é a guria — diz Yarará. — Não podemos nos meter no monte com ela.

— Com certeza — diz Lozano —, mas no litoral podemos encontrar algum pesqueiro que nos deixe mais acima, é questão de sorte e de dinheiro.

Laura lhe estende um chimarrão e espera, mas ninguém diz nada.

— Acho que vocês dois deviam ir embora agora — diz Laura sem olhar para ninguém. — Lozano e eu veremos o que fazer, não tem por que se demorarem mais, vão já pra montanha.

Yarará acende um cigarro e enche a cara de fumaça. O tabaco de Calagasta não é bom, enche os olhos de lágrimas e dá tosse em todo mundo.

— Você já viu algum dia uma mulher mais louca? — diz a Illa.

— Não, tchê. Claro que talvez queira se livrar da gente.

— Vão à merda — diz Laura, dando as costas para eles, recusando-se a chorar.

— Podemos conseguir dinheiro suficiente — diz Lozano. — Se caçarmos muitas ratas.

— Se caçarmos.

— É possível — insiste Lozano. — O negócio é começar hoje mesmo, ir já procurá-las. Porsena nos dará o dinheiro e nos deixará viajar no caminhão.

426 *Satarsa*

— Concordo — diz Yarará —, mas entre falar e fazer... sabe como é.

Laura espera, olha os lábios de Lozano como se assim pudesse não ver seus olhos cravados na lonjura vazia.

— Vamos ter que ir de novo até as cavernas — diz Lozano. — Não falar nada pra ninguém, levar todas as gaiolas na carroça do índio tape Guzmán. Se dissermos alguma coisa, eles vão vir com a história do velho Millán e não vão querer que a gente vá, você sabe como nos querem bem. Mas o velho também não lhes disse nada daquela vez e foi por conta própria.

— Mau exemplo — diz Yarará.

— Porque ele foi sozinho, porque se deu mal, pelo que você quiser. Nós somos três e não somos velhos. Se as encurralarmos na caverna, pois eu acho que é uma caverna só, não muitas, nós as fumigamos até fazê-las sair. Laura vai cortar aquele couro de vaca pra envolvermos bem as pernas acima das botas. E com o dinheiro podemos seguir pro Norte.

— Por garantia, vamos levar todos os cartuchos — Illa diz para Laura. — Se seu marido tiver razão, vai haver ratas de sobra pra encher dez gaiolas, e as outras que apodreçam tomando chumbo, porra.

— O velho Millán também tinha levado a escopeta — diz Yarará. — Mas claro, ele era velho e estava sozinho.

Pega a faca, testando-a com o dedo, vai dependurar o couro de vaca e começa a cortá-lo em tiras regulares. Vai fazer isso melhor que Laura, as mulheres não sabem lidar com facas.

O zaino sempre puxa para a esquerda, embora o tobiano aguente e a carroça continue abrindo um rastro impreciso, direto para o norte nas pastagens; Yarará estica mais as rédeas, grita para o zaino que sacode a cabeça como se protestasse. Quase não há mais luz quando chegam ao pé da escarpa, mas de longe avistaram a entrada da caverna se desenhando na pedra branca; duas ou três ratas os farejaram e se escondem na caverna enquanto eles descem as gaiolas de arame e as dispõem em semicírculo perto da entrada. O mulato Illa corta capim seco a golpes de facão, descem estopa e querosene da carroça e Lozano vai até a caverna, percebe que consegue entrar abaixando um pouco a cabeça. Os outros gritam que ele não seja louco, que fique do lado de fora; agora a lanterna percorre as paredes procurando o túnel mais profundo pelo qual não se pode passar, o buraco negro e movente de pontos vermelhos que o feixe de luz agita e revolve.

— O que você está fazendo aí? — chega-lhe a voz de Yarará. — Saia daí, porra!

— Satarsa — diz Lozano em voz baixa, falando para o buraco de onde o

Fora de hora   427

observam os olhos em torvelinho. — Saia você, Satarsa, saia, rei das ratas, você e eu sozinhos, você e eu e Laurita, filho da puta.

— Lozano!

— Já vou, carinha — diz Lozano devagar. Escolhe um par de olhos mais à frente e os mantêm sob o feixe de luz, saca o revólver e atira. Um redemoinho de chispas vermelhas e de repente nada, é capaz que nem tenha acertado. Agora só a fumaça, sair da caverna e ajudar Illa, que amontoa o capim e a estopa, o vento os ajuda; Yarará aproxima um fósforo e os três esperam do lado das gaiolas; Illa deixou uma passagem bem marcada para que as ratas possam escapar da armadilha sem se queimar, para enfrentá-las justamente diante das gaiolas abertas.

— É disso que o pessoal de Calagasta tinha medo? — diz Yarará. — É capaz que o velho Millán tenha morrido de outra coisa e tenha sido comido quando já era defunto.

— Não se fie nisso — diz Illa.

Uma rata pula para fora e a forquilha de Lozano a captura pelo pescoço, o laço a levanta no ar e ele a joga na gaiola; Yarará deixa escapar a seguinte, mas agora saem em quatro ou cinco, ouvem-se os guinchos na caverna e eles mal têm tempo de capturar uma quando cinco ou seis deslizam como víboras tentando se esquivar das gaiolas e se perder no pasto. Um rio de ratas sai como um vômito avermelhado, ali onde se cravam as forquilhas há uma presa, as gaiolas vão se enchendo de uma massa convulsa, sentem-nas contra as pernas, continuam saindo montadas umas sobre as outras, destroçando-se a dentadas para escapar do calor do último trecho, debandando na escuridão. Lozano, como sempre, é o mais rápido, já encheu uma gaiola e está na metade da outra, Illa solta um grito sufocado e levanta uma perna, afunda a bota numa massa movente, a rata não quer soltar e Yarará a captura com sua forquilha e a enlaça, Illa xinga e olha o couro de vaca como se a rata ainda estivesse mordendo. As maiores saem no final, já não parecem ratas e é difícil lhes afundar a forquilha no pescoço e erguê-las no ar; o laço de Yarará arrebenta e uma rata escapa arrastando o pedaço de couro, mas Lozano grita que não importa, que só falta uma gaiola, Illa e ele a enchem e a fecham a golpes de forquilha, empurram os trincos, levantam-nas com ganchos de arame e as sobem na carroça e os cavalos se espantam e Yarará tem de segurá-los pelo freio, falar com eles enquanto os outros sobem na boleia. Já é noite fechada e o fogo começa a se apagar.

Os cavalos farejam as ratas e no começo é preciso afrouxar as rédeas, eles saem galopando como se quisessem arrebentar a carroça, Yarará tem de sofreá-los e até Illa ajuda, quatro mãos nas rédeas até que o galope se rompe e voltam a um trote intermitente, a carroça se desvia e as rodas se enredam em pedras e brenhas, lá atrás as ratas guincham e se destroçam, das gaiolas vem um cheiro de sebo, de merda líquida, os cavalos o farejam e relincham se defendendo do freio, querendo se safar e fugir, Lozano junta as mãos com as dos outros nas rédeas e ajustam pouco a pouco a marcha, coroam o morro pelado e veem surgir o vale, Calagasta com apenas três ou quatro luzes, a noite sem estrelas, à esquerda a luzinha do rancho no meio do campo que parece vazio, subindo e descendo com os solavancos da carroça, apenas quinhentos metros, perdendo-se de repente quando a carroça entra na brenha onde a trilha é só um fustigar de espinhos contra os rostos, a picada quase invisível que os cavalos descobrem melhor que as seis mãos afrouxando pouco a pouco as rédeas, as ratas uivando e se revirando a cada solavanco, os cavalos resignados mas puxando como se quisessem chegar imediatamente, já estar lá onde vão livrá-los desse cheiro e desses guinchos para deixá-los ir para o monte se encontrar com sua noite, deixar para trás isso que os segue e os persegue e os enlouquece.

— Vá voando buscar o Porsena — diz Lozano a Yarará —, ele que venha já pra contá-las e nos dar o dinheiro, precisamos arrumar tudo pra sair de madrugada no caminhão.

O primeiro tiro parece quase de brincadeira, fraco e isolado, Yarará não teve tempo de responder para Lozano quando a rajada chega com um barulho de cana seca se quebrando no chão em mil pedaços, uma crepitação mais forte apenas que os guinchos das gaiolas, um golpe de lado e a carroça se desviando para as brenhas, o zaino à esquerda querendo se livrar dos trancos e dobrando as patas dianteiras, Lozano e Yarará pulando ao mesmo tempo, Illa do outro lado, arrebentando-se nas brenhas enquanto a carroça segue com as ratas uivando e se detém três metros depois, o zaino pisoteando o chão, ainda meio preso pelo eixo da carroça, o tobiano relinchando e se debatendo sem conseguir se mover.

— Corte por ali — diz Lozano a Yarará.

— Pra quê, caralho? — diz Yarará. — Eles chegaram antes, não vale mais a pena.

Illa junta-se a eles, levanta o revólver e olha para a brenha como se procurasse uma clareira. Não se vê a luz do rancho, mas sabem que está lá, bem atrás daquela brenha, a cem metros. Ouvem as vozes, uma que dá ordens aos gritos, o silêncio e a nova rajada, as chicotadas nas brenhas, outra procurando-os mais embaixo aleatoriamente, os filhos da puta têm balas de sobra, vão atirar até cansar. Protegidos pela carroça e pelas gaiolas, pelo cavalo morto e pelo outro que se debate como uma parede movente, relin-

Fora de hora   429

chando até que Yarará aponta para sua cabeça e o liquida, pobre tobiano tão garboso, tão amigo, aquela massa escorregando ao longo do timão e encostando na anca do zaino, que ainda se sacode de quando em quando, as ratas delatando-os com guinchos que rompem a noite, ninguém mais irá calá-las, é preciso abrir caminho à esquerda, nadar braçada a braçada na brenha espinhenta, jogando para a frente as escopetas e se apoiando para ganhar meio metro, afastar-se da carroça onde agora o fogo se concentra, onde as ratas uivam e clamam como se entendessem, como se se vingassem, não se pode atar as ratas, pensa Illa, você estava certo, chefe, que vão à merda esses seus joguinhos, mas você estava certo, vá pra puta que o pariu com seu Satarsa, como você estava certo, filho da puta.

Aproveitar que a brenha raleia, que há dez metros em que é quase pasto, um vazio que dá para franquear rastejando de lado, as velhas técnicas, rolar e rolar até se meter em outra pastagem cerrada, levantar a cabeça bruscamente para abarcar tudo num segundo e se esconder de novo, a luzinha do rancho e as silhuetas se movendo, o reflexo instantâneo de um fuzil, a voz que dá ordens aos gritos, o tiroteio contra a carroça que grita e uiva na brenha. Lozano não olha para o lado nem para trás, ali há somente silêncio, há Illa e Yarará mortos ou talvez como ele, ainda deslizando entre as moitas e procurando um refúgio, abrindo picada com o aríete do corpo, queimando a cara entre os espinheiros, cegas e ensanguentadas toupeiras se afastando das ratas, porque agora sim são as ratas, Lozano as avista antes de sumir de novo no mato, da carroça chegam os guinchos cada vez mais raivosos mas as outras ratas não estão lá, as outras ratas lhe fecham o caminho entre o mato e o rancho, e embora a luz do rancho continue acesa, Lozano sabe que Laura e Laurita não estão mais lá, ou estão mas já não são Laura e Laurita agora que as ratas chegaram ao rancho e tiveram todo o tempo necessário para fazer o que devem ter feito, para esperá-lo como o estão esperando entre o rancho e a carroça, atirando uma rajada atrás da outra, mandando e obedecendo e atirando agora que já não tem sentido chegar ao rancho, e no entanto mais um metro, outro tombo que enche suas mãos de espinhos ardentes, a cabeça despontando para olhar, para ver Satarsa, saber que esse que grita instruções é Satarsa e todos os outros são Satarsa, e se levantar e mandar a inútil saraivada de chumbo contra Satarsa, que bruscamente gira em sua direção e tapa a cara com as mãos e cai para trás, atingido pelo chumbo que acertou seus olhos, arrebentou sua boca, e Lozano atirando o outro cartucho contra o que aponta a metralhadora para ele, e o estampido macio da escopeta abafado pela crepitação da rajada, o mato sendo esma-

430   *Satarsa*

gado sob o peso de Lozano, caído de boca entre os espinhos que afundam em seu rosto, nos olhos abertos.

A escola de noite

De Nito eu não sei mais nada nem quero saber. Tantos anos e tantas coisas se passaram, talvez ele ainda esteja lá, talvez tenha morrido ou ande pelo exterior. Melhor não pensar nele, só que às vezes sonho com os anos trinta em Buenos Aires, os tempos da escola normal e, claro, de repente eis Nito e eu naquela noite em que entramos na escola, depois não me lembro direito desses sonhos, mas sempre parece restar alguma coisa de Nito pairando no ar, faço o possível para esquecer, melhor que vá se apagando novamente até outro sonho, embora não haja nada a fazer, de tempos em tempos é assim, de tempos em tempos tudo volta como agora.

A ideia de entrar de noite na escola anormal (nós a chamávamos assim de sacanagem, e por outros motivos mais concretos) foi de Nito, e me lembro muito bem que foi no La Perla do Once, enquanto tomávamos um cinzano com bitter. Meu primeiro comentário consistiu em dizer que ele era um doido varrido, mas, apezardiço — na época escrevíamos assim, desortografando o idioma por algum desejo de vingança que também devia ter algo a ver com a escola —, Nito teimou na ideia e lá veio de novo com a história de escola de noite, seria tão bacana irmos explorá-la, mas explorar o quê, se ela é supermanjada pela gente, Nito, mas mesmo assim eu gostava da ideia, só questionava para brigar um pouco, deixava que ele fosse acumulando pontos pouco a pouco.

A certa altura comecei, com elegância, a maneirar, porque eu também não achava a escola tão manjada assim, embora já estivéssemos há seis anos e meio sob seu jugo, quatro para nos formar normalistas e quase três para a licenciatura em letras, aguentando matérias tão inacreditáveis como sistema nervoso, dietética e literatura espanhola, esta última a mais incrível de todas, pois no terceiro trimestre ainda não tínhamos saído, nem sairíamos, do *Conde Lucanor*. Talvez por isso, por essa forma de perdermos tempo, a escola era meio estranha para Nito e para mim, tínhamos a impressão de que lhe faltava alguma coisa que gostaríamos de conhecer melhor. Não sei, acho que havia outra coisa, também, pelo menos para mim a escola não era tão normal como seu nome pretendia, sei que Nito também pensava assim e ele me disse isso na hora de nossa primeira aliança, nos dias remotos de

Fora de hora   431

um primeiro ano cheio de timidez, cadernos e compassos. Depois desses anos todos já não falávamos nisso, mas naquela manhã no La Perla tive a sensação de que era daí que vinha o projeto de Nito, e que era por isso que ele ia me ganhando pouco a pouco; como se antes de acabar o ano e de dar as costas à escola para sempre, nós ainda tivéssemos de acertar contas com ela, entender de uma vez por todas coisas que nos haviam escapado, aquele desconforto que Nito e eu às vezes sentíamos nos pátios ou nas escadas, e eu, particularmente, toda manhã ao ver as grades da entrada, um friozinho na barriga desde o primeiro dia, ao passar por aquela grade pontiaguda atrás da qual se abria o peristilo solene e começavam os corredores com sua cor amarelada e a escada dupla.

— Por falar em grade, o lance é esperar até a meia-noite — dissera Nito —, e subir por ali onde eu vi duas pontas dobradas, é só pôr um poncho que dá e sobra.

— Facílimo — eu tinha dito —, e bem na hora a polícia aparece na esquina ou alguma velha lá da frente dá o primeiro grito.

— Você tem ido muito ao cinema, Toto. Quando é que viu alguém ali a essa hora? O músculo dorme, meu chapa.

Aos poucos eu ia me deixando tentar, com certeza era bobagem minha e não ia acontecer nada nem fora nem dentro, a escola seria a mesma escola da manhã, um pouco frankenstein na escuridão, vá lá, mas só isso, o que podia haver lá de noite afora carteiras e quadros-negros e algum gato procurando ratos?, que isso com certeza havia. Mas lá veio Nito de novo com essa história do poncho e da lanterna, sem dizer que nos entediávamos bastante naquela época em que tantas garotas ainda eram trancadas a sete chaves marca papai e mamãe, tempos forçosamente muito austeros, não gostávamos muito de bailes nem de futebol, de dia líamos como loucos, mas de noite nós dois — às vezes junto com Fernández López, que morreu tão jovem — saíamos zanzando e conhecíamos Buenos Aires e os livros de Castelnuovo e os cafés do Bajo e do Dock Sur, no fim das contas não parecia tão ilógico que também quiséssemos entrar na escola de noite, seria completar algo incompleto, algo para guardar em segredo e de manhã olhar os rapazes e esnobá-los, pobres moços, presos ao horário e ao *Conde Lucanor* das oito ao meio-dia.

Nito estava decidido, se eu não quisesse ir junto ele ia pular sozinho num sábado à noite, explicou que tinha escolhido o sábado porque se alguma coisa não desse certo e ele ficasse trancado, teria tempo para encontrar alguma outra saída. Fazia anos que essa ideia o rondava, talvez desde o primeiro dia, quando a escola ainda era um mundo desconhecido e nós, os piás do primeiro ano, ficávamos nos pátios de baixo, perto da sala de aula, feito uns

432 *A escola de noite*

frangotes. Pouco a pouco fomos avançando por corredores e escadas até termos uma ideia da enorme caixa de sapatos amarela com suas colunas, seus mármores e aquele cheiro de sabão misturado ao barulho dos recreios e ao ronronar das horas de aula, mas a familiaridade não nos privara por completo daquilo que a escola tinha de território diferente, apesar da rotina, dos colegas, da matemática. Nito se lembrava de pesadelos onde coisas instantaneamente apagadas por um despertar violento tinham se passado em galerias da escola, na sala de aula do terceiro ano, nas escadas de mármore; sempre de noite, claro, sempre ele sozinho na escola petrificada pela noite, e isso Nito não conseguia esquecer pela manhã, entre centenas de garotos e de ruídos. Já eu nunca tinha sonhado com a escola, mas também me pegava pensando em como ela seria com lua cheia, os pátios de baixo, as galerias altas, imaginava uma claridade de mercúrio nos pátios vazios, a sombra implacável das colunas. Às vezes avistava Nito em algum recreio, afastado dos outros e olhando para o alto, onde os parapeitos das galerias deixavam ver corpos truncados, cabeças e torsos passando de um lado para outro, mais abaixo calças e sapatos que nem sempre pareciam pertencer ao mesmo aluno. Se acontecia de eu subir sozinho a grande escada de mármore quando todos já estavam na classe, eu me sentia meio abandonado, subia ou descia de dois em dois degraus, e acho que por isso mesmo alguns dias depois voltava a pedir licença para sair da sala e repetir algum itinerário, com um ar de quem vai atrás de uma caixa de giz ou do banheiro. Era como no cinema, o prazer de um suspense idiota, e foi por isso, acho, que me defendi tão mal do projeto de Nito, de sua ideia de enfrentar a escola; eu nunca pensaria em entrarmos lá de noite, mas Nito tinha pensado pelos dois, e tudo bem, merecíamos esse segundo cinzano, que não tomamos porque não tínhamos dinheiro suficiente.

Os preparativos foram simples, consegui uma lanterna e Nito me esperou no Once com o volume de um poncho debaixo do braço; começava a fazer calor naquele fim de semana, mas não havia muita gente na praça, dobramos a rua Urquiza quase sem falar e quando já estávamos na quadra da escola olhei para trás e Nito tinha razão, nem um gato que nos visse por ali. Só então percebi que havia lua, não tínhamos planejado isso e não sei se gostamos, embora tivesse o lado bom de percorrer as galerias sem usar a lanterna.

Demos a volta na quadra para ficar mais seguros, falando do diretor que morava na casa pegada à escola e que se comunicava com ela por um corredor no alto, para que pudesse chegar direto a seu escritório. Os porteiros não moravam lá e tínhamos certeza de que não havia nenhum vigia noturno, o que haveria para ele cuidar nessa escola em que nada era valioso, o esqueleto meio quebrado, os mapas rasgados, a secretaria com duas ou três

Fora de hora 433

máquinas de escrever que pareciam pterodáctilos. Nito achou que podia haver alguma coisa de valor no escritório do diretor, e uma vez nós o vimos fechá-lo à chave ao ir dar sua aula de matemática, e isso com a escola lotada de gente, ou talvez justamente por isso. Nem Nito, nem eu, nem ninguém gostávamos do diretor, mais conhecido como Rengo, não por ser severo com a gente e de nos encher de advertências e expulsões por qualquer coisa, e mais por algo em sua cara de pássaro embalsamado, seu jeito de chegar sem ninguém perceber e de aparecer numa sala de aula como se a sentença tivesse sido pronunciada de antemão. Um ou dois professores amigos (o de música, que nos contava histórias picantes, o de sistema nervoso, que percebia a idiotice de ensinar isso num curso de letras) nos haviam dito que o Rengo era não só um solteirão convicto e confesso, como também hasteava uma misoginia agressiva, razão pela qual não tínhamos tido nem uma professora na escola. Mas justo naquele ano o ministério devia tê-lo feito compreender que tudo tinha seu limite, porque nos mandaram a srta. Maggi, que ensinava química orgânica aos do curso de ciências. A coitada sempre chegava à escola com um ar meio assustado, Nito e eu imaginávamos a cara do Rengo quando se encontrava com ela na sala dos professores. Coitada da srta. Maggi, ali entre centenas de homens, ensinando a fórmula da glicerina para os broncos do sétimo ano de ciências.

— Agora — disse Nito.

Quase enfiei a mão numa ponta, mas consegui pular direito, a primeira coisa era se agachar para o caso de alguém resolver olhar pelas janelas da casa da frente, e se arrastar até encontrar uma proteção ilustre, a base do busto de Van Gelderen, holandês e fundador da escola. Quando chegamos ao peristilo, estávamos um pouco abalados pela escalada e tivemos um ataque de riso nervoso, Nito deixou o poncho escondido ao pé de uma coluna e viramos à direita seguindo o corredor que levava ao primeiro cotovelo onde nascia a escada. O cheiro de escola se multiplicava com o calor, era estranho ver as salas de aula fechadas, e fomos sondar uma das portas; naturalmente, os porteiros galegos não as tinham fechado à chave, e entramos por um momento na sala onde seis anos antes tínhamos iniciado os estudos.

— Eu sentava ali.

— E eu atrás, não lembro se ali ou mais à direita.

— Olhe, deixaram um globo terrestre.

— Lembra do Gazzano, que nunca achava a África?

Ficamos com vontade de pegar o giz e deixar uns desenhos na lousa, mas Nito advertiu que não tínhamos vindo para brincar, ou que brincar seria uma forma de admitir que o silêncio nos cercava demais. Voltamos ao corredor e fomos para a escada; de longe pareceu vir um eco de música, rever-

434 *A escola de noite*

berando de leve na caixa da escada; também ouvimos uma freada de bonde, depois mais nada. Dava para subir sem necessidade da lanterna, o mármore parecia receber diretamente a luz da lua, embora o andar de cima o isolasse dela. Nito parou no meio da escada para me oferecer um cigarro e acender outro; sempre escolhia os momentos mais absurdos para começar a fumar.

Lá de cima olhamos o pátio do andar térreo, quadrado como quase tudo na escola, incluídos os cursos. Seguimos pelo corredor que o circundava, entramos numa das salas de aula e chegamos ao primeiro cotovelo onde ficava o laboratório; esse sim os galegos tinham fechado à chave, como se alguém pudesse vir roubar as provetas trincadas e o microscópio da época de Galileu. Do segundo corredor vimos que o luar caía em cheio sobre o corredor oposto onde estavam a secretaria, a sala dos professores e o escritório do Rengo. O primeiro a se atirar no chão fui eu, e Nito um segundo depois, porque tínhamos visto as luzes na sala dos professores ao mesmo tempo.

— Puta merda, tem alguém ali.

— Vamos dar no pé, Nito.

— Espere, talvez os galegos tenham deixado a luz acesa.

Não sei quanto tempo se passou, mas agora percebíamos que a música vinha de lá, parecia tão distante quanto a escada, mas sentíamos que vinha do corredor defronte, uma música como de orquestra de câmara com todos os instrumentos em surdina. Era tão improvável que nos esquecemos do medo, ou ele de nós, e de repente parecia haver um motivo para estarmos ali, não era só puro romantismo de Nito. Olhamos um para o outro sem falar, e ele começou a se mover engatinhando e colado ao parapeito até chegar ao cotovelo do terceiro corredor. O cheiro de xixi das latrinas ao lado tinha sido, como sempre, mais forte que os esforços combinados dos galegos e da creolina. Quando nos arrastamos até ficar lado a lado com as portas de nossa classe, Nito se virou e fez um sinal para que eu chegasse mais perto:

— Vamos ver?

Concordei, já que ser louco parecia ser a única coisa razoável naquele momento, e avançamos de gatinhas, cada vez mais delatados pela lua. Quase me arrependi quando Nito se levantou, fatalista, a menos de cinco metros do último corredor onde as portas levemente entreabertas da secretaria e da sala dos professores deixavam a luz passar. A música tinha aumentado bruscamente, ou a distância era menor; ouvimos rumor de vozes, risos, copos brindando. O primeiro que vimos foi Raguzzi, um do sétimo ano de ciências, campeão de atletismo e grande filho da puta, desses que abriam caminho à força de músculos e compadrices. Estava de costas para nós, quase colado à porta, mas de repente se afastou e a luz veio como um açoite cortado por sombras oscilantes, um ritmo de maxixe e dois casais

Fora de hora 435

que passavam dançando. Gómez, que eu não conhecia direito, dançava com uma moça de verde, e o outro podia ser Kurchin, do quinto ano de letras, um menininho com cara de porco e de óculos, que agarrava um mulherão de cabelo preto com um vestido comprido e colar de pérolas. Tudo isso acontecia ali, estávamos vendo e ouvindo, mas é claro que não era possível, era quase impossível que sentíssemos uma mão se apoiando devagarinho em nossos ombros, sem forçar.

— Vochês não chão convidados — disse o galego Manolo —, mas já que estchão aqui vão entrando e não se facham de doidos.

O duplo empurrão quase nos jogou em cima de outro casal que dançava, freamos de repente e pela primeira vez vimos o grupo inteiro, uns oito ou dez, a vitrola com o baixinho Larrañaga cuidando dos discos, a mesa transformada em bar, as luzes baixas, os rostos que começavam a nos reconhecer sem surpresa, todos deviam pensar que tínhamos sido convidados e até Larrañaga nos fez um gesto de boas-vindas. Como sempre, Nito foi o mais rápido, em três passos já estava numa das paredes laterais e eu me juntei a ele, colados na parede como baratas começamos a ver de verdade, a aceitar o que estava acontecendo ali. Com as luzes e as pessoas, a sala dos professores parecia ter o dobro do tamanho, havia cortinas verdes que eu nunca imaginei que existissem, quando passava de manhã pelo corredor e dava uma olhada na sala para ver se Migoya, nosso terror da aula de lógica, já havia chegado. Tudo tinha uma espécie de ar de clube, de coisa organizada para as noites de sábado, os copos e os cinzeiros, a vitrola e as lâmpadas que iluminavam apenas o necessário, abrindo zonas de penumbra que ampliavam a sala.

Sei lá quanto tempo demorei para aplicar um pouco da lógica que Migoya nos ensinava ao que estava acontecendo, mas Nito era sempre mais rápido, só uma olhada foi suficiente para ele identificar os condiscípulos e o professor Iriarte, perceber que as mulheres eram rapazes fantasiados, Perrone e Macías e outro do sétimo ano de ciências, não se lembrava do nome. Havia dois ou três com máscaras, um deles vestido de havaiana e agradando, a julgar pelos meneios que lhe fazia, a Iriarte. O galego Fernando cuidava do bar, quase todo mundo tinha um copo na mão, agora vinha um tango pela orquestra de Lomuto, formavam-se casais, os rapazes que sobravam começavam a dançar entre si, e não fiquei muito surpreso quando Nito me pegou pela cintura e me empurrou lá para o meio.

— Se ficarmos parados aqui vai dar confusão — ele me disse. — Não pise nos meus pés, desgraçado.

— Não sei dançar — falei, embora ele dançasse pior que eu. Estávamos na metade do tango, e Nito olhava de quando em quando para a porta entrea-

436 *A escola de noite*

berta, fora me levando devagar para aproveitar a primeira oportunidade, mas percebeu que o galego Manolo ainda estava lá, voltamos para o centro e até tentamos trocar uns gracejos com Kurchin e Gómez, que dançavam juntos. Ninguém percebeu que estava se abrindo a dupla porta que se comunicava com a antessala do escritório do Rengo, mas o baixinho Larrañaga parou o disco repentinamente e ficamos olhando, senti que o braço de Nito tremia em minha cintura antes de repentinamente me soltar.

Sou tão lento para tudo, Nito já tinha percebido quando comecei a descobrir que as duas mulheres paradas nas portas de mãos dadas eram o Rengo e a srta. Maggi. A fantasia do Rengo era tão exagerada que dois ou três aplaudiram timidamente, mas depois só houve um silêncio de sopa gelada, algo como um vazio no tempo. Eu tinha visto travestis nos cabarés do Bajo, mas nunca uma coisa assim, a peruca ruiva, os cílios de cinco centímetros, os seios de borracha tremendo sob uma blusa cor de salmão, a saia pregueada e os saltos altos como pernas de pau. Levava os braços cheios de pulseiras, e eram braços depilados e branqueados, os anéis pareciam passear por seus dedos ondulantes, agora tinha soltado a mão da srta. Maggi e com um gesto de infinita maricagem se inclinava para apresentá-la e lhe dar passagem. Nito estava se perguntando por que a srta. Maggi continuava se parecendo consigo mesma apesar da peruca loira, do cabelo puxado para trás, da silhueta apertada num longo vestido branco. O rosto estava maquiado de leve, talvez as sobrancelhas um pouco mais desenhadas, mas era a cara da srta. Maggi e não a torta de frutas do Rengo com aquele rímel e o ruge e a franja ruiva. Os dois avançaram cumprimentando com uma certa frieza quase condescendente, o Rengo nos lançou um olhar talvez surpreso, mas que pareceu se transformar em aceitação distraída, como se alguém já o tivesse prevenido.

— Ele não percebeu, cara — eu disse para Nito, o mais baixo que pude.

— Até parece — disse Nito —, você acha que ele não vê que estamos vestidos feito uns jecas neste ambiente?

Ele tinha razão, tínhamos posto umas calças velhas por causa da grade, eu estava em mangas de camisa e Nito usava um pulôver leve com uma manga meio furada no cotovelo. Mas o Rengo já estava pedindo que lhe dessem uma bebidinha não muito forte, pedia isso para o galego Fernando com uns gestos de puta caprichosa, enquanto a srta. Maggi reclamava um uísque mais seco que a voz com que o pedia ao galego. Começava outro tango e todo mundo se largou a dançar, nós os primeiros, de puro pânico, e os recém-chegados junto com os demais, a srta. Maggi conduzindo o Rengo com um simples jogo de cintura. Nito teria gostado de se aproximar de Kurchin para tentar tirar alguma coisa dele, com Kurchin tínhamos mais conversa que com os outros, mas era difícil nesse momento em que os pa-

Fora de hora   437

res se cruzavam sem se tocar e nunca havia espaço livre por muito tempo. As portas que davam para a sala de espera do Rengo continuavam abertas, e quando nos aproximamos, numa das voltas, Nito viu que a porta do escritório também estava aberta e que havia gente lá dentro conversando e bebendo. De longe reconhecemos Fiori, um chato do sexto ano de letras, fantasiado de militar, e talvez aquela morena de cabelo caído no rosto e quadris sinuosos fosse Moreira, um do quinto ano de letras que tinha fama de ser aquilo que eu falei.

Fiori veio até nós antes que pudéssemos nos esquivar, com o uniforme ele parecia muito maior e Nito pensou ter visto uns fios brancos no cabelo bem alisado, decerto tinha posto talco para ficar mais boa-pinta.

— Novos, né? — disse Fiori. — Já passaram pela oftalmologia?

Devíamos ter a resposta escrita na cara e Fiori ficou nos olhando por um momento, nós nos sentíamos cada vez mais como recrutas diante de um tenente valentão.

— Por ali — disse Fiori, mostrando com a mandíbula uma porta lateral entreaberta. — Na próxima reunião me tragam o comprovante.

— Sim, senhor — disse Nito, me empurrando aos trancos. Eu gostaria de lhe reprovar o sim senhor tão lacaio, mas Moreira (agora sim, agora era certo que era Moreira) se juntou a nós antes de chegarmos à porta e pegou minha mão.

— Venha dançar no outro cômodo, loiro, aqui são tão chatos...

— Depois — Nito disse por mim. — Já voltamos.

— Ai, todos me deixando sozinha esta noite.

Passei primeiro, não sei por que me esgueirando em vez de abrir totalmente a porta. Mas a essa altura os porquês nos faltavam, Nito que me seguia calado olhava o longo saguão em penumbra e era outra vez qualquer um dos pesadelos que ele tinha com a escola, ali onde nunca havia um porquê, onde só se podia seguir em frente e o único porquê possível era uma ordem de Fiori, aquele cretino vestido de milico que de repente se juntava com todo o resto e nos dava uma ordem, o equivalente a toda uma ordem que devíamos cumprir, um oficial mandando e toca pedir explicações. Mas isso não era um pesadelo, eu estava do lado dele e os pesadelos não se sonham a dois.

— Vamos dar no pé, Nito — falei na metade do saguão. — Tem de haver alguma saída, assim não dá.

— É, mas espere, alguma coisa me diz que estamos sendo espiados.

— Não tem ninguém, Nito.

— Por isso mesmo, babaca.

— Mas, Nito, espere um pouco, vamos parar aqui. Preciso entender o que está acontecendo, você não percebe que...

438   *A escola de noite*

— Olhe — disse Nito, e era verdade, a porta por onde tínhamos passado agora estava aberta de par em par e o uniforme de Fiori se recortava claramente. Não havia nenhuma razão para obedecer ao Fiori, era só voltar e afastá-lo com um empurrão, como tantas vezes nos empurrávamos de brincadeira ou a sério nos recreios. Também não havia nenhuma razão para seguir em frente até ver duas portas fechadas, uma lateral e outra de frente, e que Nito se metesse por uma delas e percebesse tarde demais que eu não estava com ele, que estupidamente tinha escolhido a outra porta por erro ou só de raiva. Impossível dar meia-volta e sair para me procurar, a luz lilás da sala e as caras olhando para ele o fixavam de repente naquilo que abarcou de um relance, a sala com um aquário enorme no meio erguendo seu cubo transparente até o teto, mal deixando lugar para que os que, colados aos vidros, olhavam a água esverdeada, os peixes deslizando lentamente, tudo num silêncio que era como outro aquário exterior, um presente petrificado com homens e mulheres (que eram homens e que eram mulheres) grudados nos vidros, e Nito dizendo agora, voltar para trás agora, Toto, seu imbecil, onde você se meteu, babaca, querendo dar meia-volta e fugir, mas do quê, se não estava acontecendo nada, se ia ficando imóvel como eles vendo-os olhar os peixes e reconhecendo Mutis, Chancha Delucía, outros do sexto ano de letras, perguntando-se por que eram eles e não outros, como já se perguntara por que uns tipos como Raguzzi e Fiori e Moreira, por que justamente os que não eram nossos amigos de manhã, os estranhos e os merdas, por que eles e não Láinez ou Delich ou qualquer um dos colegas de papos ou de vagabundagens ou de projetos, por que então Toto e ele entre aqueles outros, ainda que fosse culpa deles por se meterem de noite na escola e essa culpa os juntasse com todos aqueles que de dia não aguentavam, os piores filhos da puta da escola, sem falar do Rengo e do puxa-saco do Iriarte e até da srta. Maggi, também lá, quem diria, mas ela também, ela a única mulher de verdade entre tantos maricas e desgraçados.

Então um cachorro latiu, não era um latido forte, mas rompeu o silêncio e todos se viraram para o fundo invisível da sala, da bruma lilás Nito viu sair Caletti, do quinto ano de ciências, com os braços no alto vinha lá do fundo meio que se esgueirando entre os outros, segurando no alto um cãozinho branco que latia de novo, debatendo-se, as patas amarradas com uma fita vermelha, e da fita vermelha pendia uma espécie de pedaço de chumbo, algo que o afundou lentamente no aquário onde Caletti o jogara com um único impulso, Nito viu o cão descendo lentamente entre convulsões, tentando soltar as patas e voltar à superfície, viu quando começou a se afogar com a boca aberta e soltando bolhas, mas antes que se afogasse os peixes já o mordiam, arrancando-lhe tiras de pele, tingindo a água de vermelho, a nuvem cada vez mais densa em torno do cão que ainda se agitava entre a massa fervilhante de peixes e de sangue.

Eu não podia ver isso tudo porque atrás da porta que acho que se fechou sozinha só havia um breu, fiquei paralisado sem saber o que fazer, lá de trás não se via nada, mas então Nito, onde estava Nito? Dar um passo à frente nessa escuridão ou ficar plantado ali era o mesmo espanto, de repente sentir o cheiro, um cheiro de desinfetante, de hospital, de operação de apendicite, quase sem perceber que os olhos iam se acostumando às trevas e que não eram trevas, lá no fundo havia uma ou duas luzinhas, uma verde e depois uma amarela, a silhueta de um armário e de uma poltrona, outra silhueta que se deslocava vagamente avançando desde outro fundo mais profundo.

— Venha, filhinho — disse a voz. — Venha até aqui, não tenha medo.

Não sei como consegui me mexer, o ar e o chão pareciam o mesmo tapete esponjoso, a poltrona com braços cromados e os aparelhos de cristal e as luzinhas; a peruca loira e alisada e o vestido branco da srta. Maggi fosforesciam vagamente. Uma das mãos me pegou pelo ombro e me empurrou para a frente, a outra mão encostou na minha nuca e me obrigou a sentar na poltrona, senti na testa o frio de um vidro enquanto a srta. Maggi ajustava minha cabeça entre dois suportes. Quase rente aos olhos vi brilhar uma esfera esbranquiçada com um pequeno ponto vermelho no meio, e senti o toque dos joelhos da srta. Maggi, que se sentava na poltrona do lado oposto da armação de vidros. Começou a manipular alavancas e rodas, ajustou ainda mais minha cabeça, a luz ia mudando para o verde e voltava ao branco, o ponto vermelho crescia e se deslocava para um lado e para o outro, com que me restava de visão para cima eu podia ver uma espécie de halo no cabelo loiro da srta. Maggi, nossos rostos estavam separados apenas pelo vidro com as luzes e algum tubo por onde ela devia estar me olhando.

— Fique quietinho e foque no ponto vermelho — disse a srta. Maggi. — Consegue vê-lo bem?

— Sim, mas...

— Não fale nada, fique quieto, assim. Agora me diga quando deixar de ver o ponto vermelho.

Sei lá se eu o via ou não, fiquei calado enquanto ela continuava me olhando do outro lado, de repente eu percebia que, além da luz central, estava vendo os olhos da srta. Maggi através do vidro do aparelho, ela tinha os olhos castanhos e acima continuava ondulando o reflexo incerto da peruca loira. Passou-se um momento interminavelmente breve, ouvia-se uma espécie de arquejo, pensei que fosse eu, pensei qualquer coisa enquanto as luzes mudavam pouco a pouco, iam se concentrando num triângulo avermelhado com bordas lilás, mas talvez não fosse eu que respirava ruidosamente.

440 *A escola de noite*

— Ainda está vendo a luz vermelha?

— Não, não a vejo, mas acho que...

— Não se mexa, não fale. Olhe bem, agora.

Um hálito me chegava do outro lado, um perfume quente em baforadas, o triângulo começava a se transformar numa série de riscas paralelas, brancas e azuis, meu queixo preso no suporte de borracha estava doendo, gostaria de poder levantar a cabeça e me livrar dessa gaiola na qual me sentia amarrado, a carícia entre as coxas me pareceu chegar de muito longe, a mão que subia entre minhas pernas e procurava um a um os botões da calça, entrava dois dedos, terminava de me desabotoar e procurava algo que não se deixava agarrar, reduzido a um nada lastimoso, até que os dedos o envolveram e suavemente o tiraram para fora da calça, acariciando-o devagar enquanto as luzes se tornavam cada vez mais brancas e o centro vermelho aparecia de novo. Devo ter tentado me safar, porque senti a dor no alto da cabeça e no queixo, era impossível sair da gaiola ajustada ou talvez fechada por trás, o perfume voltava com o arquejo, as luzes dançavam em meus olhos, tudo ia e voltava como a mão da srta. Maggi me enchendo de um lento abandono interminável.

— Abandone-se — a voz chegava junto com o arquejo, era o próprio arquejo falando comigo —, goze, menininho, você tem que me dar ao menos algumas gotas para as análises, agora, assim, assim.

Senti o toque de um recipiente ali onde tudo era prazer e fuga, a mão segurou e deslizou e apertou com suavidade, quase nem percebi que diante dos olhos não havia senão o vidro escuro e que o tempo passava, agora a srta. Maggi estava atrás de mim e soltava as correias de minha cabeça. Uma chicotada de luz amarela me atingia enquanto eu me levantava e me abotoava, uma porta no fundo e a srta. Maggi me mostrando a saída, me olhando sem expressão, uma cara lisa e saciada, a peruca violentamente iluminada pela luz amarela. Outro teria se atirado em cima dela ali mesmo, abraçando-a agora que não havia nenhum motivo para abraçá-la ou beijá-la ou lhe bater, outro como Fiori, ou Raguzzi, mas talvez ninguém tivesse feito isso e a porta tivesse se fechado para ele como para mim, às minhas costas com uma batida seca, me deixando em outra passagem que girava à distância e se perdia em sua própria curva, numa solidão onde faltava Nito, onde senti a ausência do Nito como algo insuportável e corri até o cotovelo e quando vi a única porta me joguei contra ela e estava fechada à chave, bati nela e ouvi minha batida como um grito, encostei na porta escorregando pouco a pouco até ficar de joelhos, talvez fosse fraqueza, a tontura depois da srta. Maggi. Do outro lado da porta me chegaram a gritaria e as risadas.

Porque ali se ria e se gritava alto, alguém tinha empurrado Nito para fazê-lo avançar entre o aquário e a parede da esquerda por onde todos se moviam procurando a saída, Caletti mostrando o caminho com os braços para cima como havia mostrado o cachorro ao entrar, os outros seguindo-o entre guinchos e empurrões, Nito com alguém atrás que também o empurrava chamando-o de tonto e de moloide, não tinha terminado de passar pela porta e a brincadeira já havia começado, reconheceu o Rengo que entrava pelo outro lado com os olhos vendados e amparado pelo galego Fernando e por Raguzzi, que o protegiam de um tropeço ou de um golpe, os demais já estavam se escondendo atrás das poltronas, num armário, debaixo de uma cama, Kurchin tinha trepado numa cadeira e de lá para o alto de uma estante, enquanto os outros se esparramavam na sala enorme e esperavam os movimentos do Rengo para fugir dele na ponta dos pés ou chamando-o com vozes em falsete para enganá-lo, o Rengo rebolava e soltava uns gritinhos com os braços esticados, tentando capturar alguém, Nito teve de fugir para uma parede e depois se esconder atrás de uma mesa com jarras de flores e livros, e quando o Rengo alcançou o baixinho Larrañaga com um guincho de triunfo, os demais saíram dos esconderijos aplaudindo e o Rengo tirou a venda e a pôs em Larrañaga, fez isso asperamente e pressionando os olhos do baixinho apesar de seus protestos, condenando-o a ser o que teria de procurá-los, a ser a cabra-cega amarrada com a mesma força impiedosa com que tinham amarrado as patas do cãozinho branco. E outra vez a dispersão entre risadas e cochichos, o professor Iriarte dando saltos, Fiori procurando um lugar para se esconder sem perder a calma fanfarrona, Raguzzi estufando o peito e gritando a dois metros do baixinho Larrañaga, que arremetia e não encontrava nada além de ar, Raguzzi de um salto fora de seu alcance e gritando *Me Tarzan, you Jane*, otário!, o baixinho perplexo dando voltas e procurando no vazio, a srta. Maggi que reaparecia para abraçar o Rengo e rir de Larrañaga, os dois com gritinhos de medo quando o baixinho se jogou na direção deles e escaparam por um triz de suas mãos estendidas, Nito pulando para trás e vendo como o baixinho agarrava Kurchin pelos cabelos a um descuido dele, o alarido de Kurchin e de Larrañaga tirando a venda, mas sem soltar a presa, os aplausos e os gritos, de repente silêncio porque o Rengo levantava a mão e Fiori se plantava a seu lado em posição de sentido e dava uma ordem que ninguém entendeu, mas não importava, nem o uniforme de Fiori nem a própria ordem, ninguém se movia, nem mesmo Kurchin, com os olhos cheios de lágrimas porque Larrañaga estava quase lhe arrancando os cabelos, segurando-o ali, sem soltá-lo.

— Pula — ordenou o Rengo. — Agora pula sela. Ande.

Larrañaga não entendia, mas Fiori mostrou-o para Kurchin com um gesto seco, e então o baixinho o puxou pelos cabelos obrigando-o a se abaixar

442   *A escola de noite*

cada vez mais, os outros já estavam formando uma fila, as mulheres com gritinhos e arregaçando as saias, Perrone primeiro e depois o professor Iriarte, Moreira se fazendo de melindrosa, Caletti e Chancha Delucía, uma fila que chegava até o fundo da sala e Larrañaga segurando Kurchin agachado e soltando-o de repente quando o Rengo fez um gesto e Fiori ordenou "Pular sem bater!", Perrone na dianteira e atrás a fila toda, começaram a pular apoiando as mãos nas costas de Kurchin, arqueado como um porquinho, pulavam na ordem mas gritando "Pula!", gritando "Pula sela!", cada vez que passavam por cima de Kurchin e refaziam a fila do outro lado, davam a volta na sala e começavam de novo, Nito quase no final pulando o mais leve que podia para não esmagar Kurchin, depois Macías se deixando cair como um saco, ouvindo o Rengo que berrava "Pular e bater!", e toda a fila passou de novo por cima de Kurchin, mas agora tentando chutá-lo e bater nele enquanto saltavam, já tinham desfeito a fila e rodeavam Kurchin, com as mãos abertas batiam em sua cabeça, nas costas, Nito tinha levantado o braço quando viu Raguzzi largando o primeiro pontapé no traseiro de Kurchin, que se contraiu e gritou, Perrone e Mutis chutavam suas pernas enquanto as mulheres maltratavam as costas de Kurchin, que uivava e queria se levantar e fugir, mas Fiori se aproximava e o segurava pelo pescoço, gritando "Pula, pula sela, bater e bater!", algumas mãos agora eram punhos caindo sobre os flancos e a cabeça de Kurchin, que clamava pedindo perdão sem conseguir escapar de Fiori, da chuva de pontapés e murros que o cercava. Quando o Rengo e a srta. Maggi gritaram uma ordem ao mesmo tempo, Fiori soltou Kurchin, que caiu de lado, com a boca sangrando, do fundo da sala veio correndo o galego Manolo e o levantou como se fosse um saco, levou-o enquanto todos aplaudiam raivosamente e Fiori se aproximava do Rengo e da srta. Maggi como se os consultasse.

Nito tinha recuado até ficar na borda do círculo que começava a se desfazer sem entusiasmo, como se quisesse continuar a brincadeira ou começar outras, dali ele viu como o Rengo mostrava com o dedo o professor Iriarte, e Fiori, que se aproximava e falava com ele, depois uma ordem seca e todos começaram a se formar em quadrado, em coluna por quatro, as mulheres atrás e Raguzzi como comandante do pelotão, olhando furioso para Nito, que custava a encontrar um lugar qualquer na segunda fila. Vi tudo isso claramente, enquanto o galego Fernando me trazia pelo braço depois de ter me encontrado atrás da porta fechada e de abri-la para me fazer entrar com um empurrão, vi como o Rengo e a srta. Maggi se instalavam num sofá encostado na parede, os outros que completavam o quadro com Fiori e Raguzzi na frente, com Nito pálido entre os dois da segunda fila, e o professor Iriarte que se dirigia ao quadro como numa sala de aula, depois de um cumpri-

Fora de hora   443

mento cerimonioso ao Rengo e à srta. Maggi, eu me perdendo como podia entre as loucas do fundo, que me olhavam rindo e cochichando até que o professor Iriarte pigarreou e se fez um silêncio que não sei quanto durou.

— Procederemos à enunciação do decálogo — disse o professor Iriarte. — Primeira profissão de fé.

Eu olhava para Nito como se ele pudesse me ajudar, com uma esperança idiota de que me apontasse uma saída, uma porta qualquer para fugirmos, mas Nito não parecia perceber que eu estava ali atrás, olhava fixo o ar como todos, imóvel como todos agora.

Monotonamente, quase sílaba por sílaba, o quadro enunciou:

— Da ordem emana a força, e da força emana a ordem.

— Corolário! — ordenou Iriarte.

— Obedecer para mandar, e mandar para obedecer — recitou o quadro.

Era inútil esperar que Nito se virasse, acho até que vi seus lábios se movendo como se fizesse o eco do que os outros recitavam. Encostei-me na parede, um painel de madeira que rangeu, e uma das loucas, acho que Moreira, me olhou alarmada. "Segunda profissão de fé", estava ordenando Iriarte quando senti que aquilo não era um painel, mas uma porta, e que cedia pouco a pouco enquanto eu ia me deixando resvalar numa vertigem quase agradável. "Ai, mas o que é que você tem, meu lindo?", conseguiu cochichar Moreira, e agora o quadro enunciava uma frase que não entendi, girando de lado passei para o outro lado e fechei a porta, senti a pressão das mãos de Moreira e de Macías tentando abri-la e abaixei o trinco, que brilhava maravilhosamente na penumbra, comecei a correr por uma galeria, uma esquina, duas peças vazias e às escuras, e depois delas outro corredor que levava diretamente ao corredor sobre o pátio no lado oposto à sala dos professores. Lembro pouco disso tudo, eu não era mais que minha própria fuga, algo que corria na sombra tentando não fazer barulho, deslizando sobre os ladrilhos até chegar à escada de mármore, descê-la de três em três degraus e me sentir impelido por essa quase queda até as colunas do peristilo onde estavam o poncho e também os braços abertos do galego Manolo me cortando a passagem. Já disse, eu me lembro pouco disso tudo, talvez eu tenha metido a cabeça bem no estômago dele ou o tenha derrubado com um chute na barriga, o poncho enroscou numa das pontas da grade, mas mesmo assim eu subi e pulei, na calçada havia um cinza de amanhecer e um velho andando devagar, o cinza sujo da alvorada e o velho que ficou me olhando com uma cara de peixe morto, a boca aberta para um grito que não conseguiu gritar.

Durante todo o domingo eu não me movi de casa, por sorte a família me conhecia e ninguém fez perguntas que eu não iria responder, ao meio-dia

444 *A escola de noite*

telefonei para a casa de Nito mas a mãe me disse que ele não estava, de tarde soube que Nito tinha voltado mas que já estava fora outra vez, e quando liguei às dez da noite um irmão dele me disse que não sabia onde ele estava. Surpreendeu-me que não tivesse vindo me buscar, e quando cheguei à escola na segunda-feira fiquei ainda mais surpreso ao encontrá-lo na entrada, ele que batia todos os recordes em matéria de chegar atrasado. Estava falando com Delich, mas se afastou dele e veio me encontrar, estendeu-me a mão e eu a apertei, embora aquilo fosse estranho, era tão estranho que nos déssemos a mão ao chegar à escola. Mas que importava se aquele outro lance já vinha aos borbotões, nos cinco minutos que faltavam para o sinal tínhamos tanta coisa a dizer, mas então o que você fez, como fugiu?, o galego cortou meu caminho e então, sim, eu sei, estava me dizendo Nito, não se agite tanto, Toto, me deixe falar um pouco. Cara, mas é que... Sim, claro, não é pra menos. Pra menos, Nito, está me gozando ou o quê? Temos que subir agora mesmo e denunciar o Rengo. Espere, espere, não seja tão esquentado, Toto.

E isso prosseguia, como dois monólogos, cada um por seu lado, de alguma forma eu começava a perceber que alguma coisa não estava andando, que Nito parecia estar com a cabeça em outro lugar. Moreira passou e cumprimentou com uma piscadela, de longe vi Chancha Delucía entrar correndo, Raguzzi com seu paletó esporte, todos os filhos da puta iam chegando misturados aos amigos, com Llanes e Alermi, que também dizia oi, você viu como o River ganhou?, o que é que eu te disse, guri, e Nito me olhando e repetindo aqui não, agora não, Toto, na saída vamos conversar no café. Mas veja, veja, Nito, veja Kurchin com a cabeça enfaixada, eu não posso ficar quieto, vamos subir juntos, Nito, ou eu vou sozinho, juro que vou sozinho agora mesmo. Não, disse Nito, e parecia haver uma outra voz nessa única palavra, você não vai subir agora, Toto, primeiro vamos conversar, você e eu.

Era ele, claro, mas de repente foi como se eu não o conhecesse. Tinha dito não para mim como poderia me dizer Fiori, que agora chegava assobiando, à paisana, naturalmente, e cumprimentava com um sorriso presunçoso que eu nunca tinha visto nele antes. De repente tive a impressão de que tudo se condensou nisso, no não de Nito, no sorriso inimaginável de Fiori; e vinha novamente o medo daquela fuga na noite, das escadas mais voadas que descidas, dos braços abertos do galego Manolo entre as colunas.

— Mas por que eu não subo? — disse eu, absurdamente. — Por que não vou lá denunciar o Rengo, Iriarte, todo mundo?

— Porque é perigoso — disse Nito. — Não podemos conversar aqui agora, mas no café eu explico tudo pra você. Eu fiquei lá mais tempo que você, né?

— Mas no fim você também fugiu — falei, com uma espécie de esperança, procurando-o como se ele não estivesse ali na minha frente.

— Não, não precisei fugir, Toto. É por isso que eu digo pra você não falar nada agora.

— E por que eu tenho que ligar pro que você diz? — gritei, acho que a ponto de chorar, de bater nele, de abraçá-lo.

— Porque é conveniente pra você — disse a outra voz de Nito. — Porque você não é tão idiota que não perceba que se abrir a boca vai pagar um preço alto por isso. Agora você não pode entender e precisa entrar na classe. Mas eu repito, se disser uma só palavra vai se arrepender por toda a vida, se ficar vivo.

Estava brincando, claro, ele não podia estar me dizendo aquilo, mas era a voz, a maneira como ele falava, aquela convicção, aqueles lábios cerrados. Como Raguzzi, como Fiori, aquela convicção e aqueles lábios cerrados. Nunca saberei sobre o que os professores falaram naquele dia, o tempo todo senti nas costas os olhos de Nito cravados em mim. E Nito também não acompanhava as aulas, que lhe importavam as aulas agora, essas cortinas de fumaça do Rengo e da srta. Maggi para que o outro lance, o que realmente importava, fosse se cumprindo pouco a pouco, assim como pouco a pouco foram se anunciando para ele as profissões de fé do decálogo, uma atrás da outra, tudo isso que um dia nasceria da obediência ao decálogo, do cumprimento futuro do decálogo, tudo isso que tinha aprendido e prometido e jurado naquela noite e que um dia iria cumprir, para o bem da pátria, quando chegasse a hora e o Rengo e a srta. Maggi ordenassem que começasse a se cumprir.

Fora de hora

Eu não tinha nenhum motivo especial para me lembrar disso tudo, e embora gostasse de escrever sazonalmente e alguns amigos aprovassem meus versos ou meus contos, às vezes eu me perguntava se essas lembranças da infância mereciam ser escritas, se não nasciam de uma ingênua tendência para acreditar que as coisas tinham sido mais reais quando as punha em palavras para fixá-las do meu jeito, para tê-las ali como as gravatas no armário ou o corpo de Felisa à noite, algo que não poderia ser vivido de novo mas que se fazia mais presente, como se na mera lembrança se abrisse caminho para uma terceira dimensão, uma quase sempre amarga, mas tão almejada, contiguidade. Nunca soube bem por quê, mas de vez em quando eu voltava a coisas que os outros tinham aprendido a esquecer para não se arrastar na vida com tanto tempo sobre os ombros. Tinha certeza de que entre meus amigos havia poucos que se lembrassem de seus amigos de infância como eu me lembrava de Doro, mas quando eu escrevia sobre Doro quase nunca era ele que me levava a escrever, e sim outra coisa, uma coisa em que Doro era apenas um pretexto para a imagem de sua irmã mais velha, a imagem de Sara naquela época em que Doro e eu brincávamos no pátio ou desenhávamos na sala da casa de Doro.

Éramos tão inseparáveis naquela época da sexta série, dos doze ou treze anos, que eu não conseguia me ver escrevendo sozinho sobre Doro, nem me aceitar do lado de fora da página escrevendo sobre Doro. Vê-lo era me ver simultaneamente como Aníbal com Doro, e eu não poderia recordar nada de Doro se ao mesmo tempo não sentisse que Aníbal também estava lá naquele momento, que era Aníbal que tinha chutado aquela bola que quebrou um vidro da casa de Doro numa tarde de verão, o susto e a vontade de se esconder ou de negar, a chegada de Sara chamando-os de bandidos e mandando-os brincar no campinho da esquina. E com tudo isso vinha também Banfield, claro, porque tudo tinha acontecido lá, nem Doro nem Aníbal poderiam se imaginar em outra cidade que não fosse Banfield, onde as casas e os campos eram, na época, maiores que o mundo.

Uma cidadezinha, Banfield, com suas ruas de terra e a estação do Ferrocarril Sud, seus terrenos baldios que no verão ferviam de gafanhotos multicoloridos na hora da sesta, e que de noite parecia se encolher, temerosa, em torno dos poucos postes de luz das esquinas, com um ou outro apito dos guardas-noturnos a cavalo e o halo vertiginoso dos insetos voadores em torno de cada poste. E a tão pouca distância das casas de Doro e de Aníbal, que a rua para eles era como um outro corredor, algo que continuava a mantê-los unidos de dia ou de noite, no campinho jogando futebol em plena sesta ou sob a luz do poste da esquina, vendo como os sapos e as pererecas ficavam em roda para comer os insetos embriagados de tanto dar voltas em torno da luz amarela. E o verão, sempre, o verão das férias, a liberdade das brincadeiras, o tempo só deles, para eles, sem horário nem sinal para entrar na sala de aula, o cheiro do verão no ar quente das tardes e das noites, nas caras suadas depois de ganhar ou perder ou brigar ou correr, de rir e às vezes de chorar, mas sempre juntos, sempre livres, donos de seu mundo de pipas e bolas e esquinas e calçadas.

De Sara lhe restavam poucas imagens, mas cada uma delas se recortava como um vitral na hora do sol mais alto, com azuis e vermelhos e verdes penetrando no espaço a ponto de magoá-lo, às vezes Aníbal via principalmente seu cabelo loiro caindo nos ombros como uma carícia que ele gostaria de sentir em seu rosto, às vezes sua pele tão branca, porque Sara quase nunca tomava sol, envolvida com os trabalhos da casa, a mãe doente e Doro, que voltava toda tarde com a roupa suja, os joelhos machucados, os tênis enlameados. Nunca soube a idade de Sara naquela época, só que já era uma mocinha, uma jovem mãe de seu irmão que ficava ainda mais criança quando ela falava com ele, quando passava a mão por sua cabeça antes de mandá-lo comprar alguma coisa ou de pedir aos dois que não gritassem tanto no pátio. Aníbal a cumprimentava, tímido, estendendo-lhe a mão, e Sara a apertava amavelmente, quase sem olhá-lo mas aceitando-o como a outra metade de Doro que aparecia quase todo dia para ler ou brincar. Às cinco ela os chamava para lhes dar café com leite e biscoitos, sempre na mesinha do pátio ou na sala sombria; Aníbal só tinha visto a mãe de Doro umas duas ou três vezes, de sua cadeira de rodas ela dizia docemente seu oi, meninos, seu tenham cuidado com os carros, embora houvesse tão poucos carros em Banfield e eles sorrissem seguros de seus dribles na rua, de sua invulnerabilidade de jogadores de futebol e de corredores. Doro nunca falava da mãe, quase sempre na cama ou escutando rádio na sala, a casa era o pátio e Sara, às vezes algum tio de visita que lhes perguntava o que tinham estudado na escola e lhes dava cinquenta centavos de presente. E para Aníbal sempre era verão, dos invernos ele quase não tinha lembranças, sua casa se tornava um claustro cinzento e neblinoso onde só os livros contavam, a família com suas coisas e as coisas fixas em seus buracos, as galinhas que ele tinha de tratar, as doenças com longas dietas e chá e só às vezes Doro, porque Doro não gostava de ficar muito numa casa onde não os deixavam brincar como na dele.

Foi durante uma bronquite de quinze dias que Aníbal começou a sentir a ausência de Sara, quando Doro vinha visitá-lo perguntava por ela e Doro respondia distraído que estava bem, a única coisa que lhe interessava era se nessa semana iam poder brincar na rua de novo. Aníbal queria saber mais de Sara, mas não se animava a perguntar muito, Doro ia achar uma idiotice ele se preocupar com alguém que não brincava como eles, que estava tão longe de tudo o que eles faziam e pensavam. Quando pôde voltar à casa de Doro, ainda um pouco debilitado, Sara lhe estendeu a mão e perguntou como estava passando, não devia jogar bola para não se cansar, melhor que desenhassem ou lessem na sala; sua voz era grave, falava como sempre falava com Doro, afetuosa mas distante, a irmã mais velha atenta e quase severa. Naquela noite, antes de dormir Aníbal sentiu alguma coisa lhe subir aos olhos, o travesseiro se transformar em Sara, uma necessidade de abraçá-la com força e chorar com o rosto colado a Sara, ao cabelo de Sara, querendo que ela estivesse ali e lhe trouxesse os remédios e olhasse o termômetro sentada aos pés da cama. Quando sua mãe veio de manhã para friccionar seu peito com algo que cheirava a álcool e mentol, Aníbal fechou os olhos e aí foi a mão de Sara levantando seu pijama, acariciando-o de leve, curando-o.

Era verão de novo, o pátio da casa de Doro, as férias com romances e figurinhas, com a filatelia e a coleção de jogadores de futebol que colavam num álbum. Naquela tarde falavam de calças compridas, não demorava muito e já iriam usá-las, pois quem entraria no curso secundário com calças curtas? Sara os chamou para o café com leite e Aníbal teve a impressão de que ela ouvira o que diziam e de que havia em sua boca um resto de sorriso, talvez se divertisse ouvindo-os falar dessas coisas e caçoasse um pouco. Doro dissera que ela já tinha noivo, um senhor corpulento que a visitava aos sábados mas que ele ainda não tinha visto. Aníbal o imaginava como alguém que trazia bombons para Sara e conversava com ela na sala, como o noivo de sua prima Lola, em poucos dias tinha sarado da bronquite e já podia brincar de novo no campinho com Doro e os outros amigos. Mas de noite era triste, e ao mesmo tempo tão bonito, sozinho no quarto antes de dormir ele dizia a si mesmo que Sara não estava ali, que nunca entraria para vê-lo nem saudável nem doente, justo nesse momento em que ele a sentia tão próxima, fitava-a com os olhos fechados sem que a voz de Doro ou os gritos dos outros garotos se confundissem com essa presença de Sara sozinha ali para ele, junto dele, e o choro voltava como um desejo de entrega, de ser Doro nas mãos de Sara, de que o cabelo de Sara lhe tocasse a testa e que sua voz lhe dissesse boa noite, que Sara o cobrisse com o lençol antes de ir embora.

Animou-se a perguntar a Doro, meio de passagem, quem cuidava dele quando ficava doente, porque Doro tinha tido uma infecção intestinal e passara cinco dias de cama. Perguntou-lhe como se fosse natural que Doro lhe dissesse que sua mãe cuidara dele, sabendo que isso não era possível, e que então Sara, os remédios e as outras coisas. Doro respondeu que sua irmã fazia tudo para ele, mudou de assunto e começou a falar de cinema. Mas Aníbal queria saber mais, se Sara tinha cuidado dele desde que era pequeno, mas claro que tinha cuidado dele, porque sua mãe já fazia oito anos que estava quase inválida e Sara cuidava dos dois. Mas então ela lhe dava banho quando você era criança? Claro, por que está me perguntando essas bobagens? Por nada, só pra saber, deve ser muito estranho ter uma irmã grande que dá banho em você. Não tem nada de estranho, tchê. E quando

Fora de hora   449

você ficava doente ela cuidava de você e fazia tudo? Sim, claro. E você não tinha vergonha que sua irmã o visse e fizesse tudo pra você? Não, por que eu teria vergonha?, eu era pequeno naquela época. E agora? Bom, agora também, por que eu ia sentir vergonha quando estou doente?

Por quê, claro. Na hora em que fechava os olhos imaginando Sara entrando de noite em seu quarto, aproximando-se de sua cama, era como um desejo de que ela perguntasse como ele estava, pusesse a mão em sua testa e depois puxasse os lençóis para ver o machucado na panturrilha, trocasse o curativo chamando-o de tonto por ter se cortado com um vidro. Sentia-a levantar a camisa do pijama e olhá-lo nu, apalpando seu ventre para ver se estava inflamado, cobrindo-o de novo para que dormisse. Abraçado ao travesseiro, de repente se sentia tão sozinho, e quando abria os olhos no quarto agora vazio de Sara era como uma maré de desgosto e deleite, porque ninguém, ninguém podia saber de seu amor, nem mesmo Sara, ninguém podia entender esse sofrimento e essa vontade de morrer por Sara, de salvá-la de um tigre ou de um incêndio e morrer por ela, e que ela lhe agradecesse e o beijasse aos prantos. E quando descia suas mãos para se acariciar como Doro, como todos os garotos, Sara não entrava em suas imagens, aí era a filha do quitandeiro ou a prima Yolanda, isso não podia acontecer com Sara, que vinha cuidar dele de noite como cuidava de Doro, com ela não havia senão a delícia de imaginá-la se inclinando sobre ele e acariciando-o e o amor era isso, embora Aníbal já soubesse o que podia ser o amor e o imaginasse com Yolanda, tudo o que ele um dia faria com Yolanda ou com a filha do quitandeiro.

O dia do córrego foi quase no final do verão, depois de brincar no campinho eles se separaram da turma e por um caminho que só eles conheciam e que chamavam de caminho de Sandokan se perderam no matagal espinhento onde certa vez encontraram um cachorro enforcado numa árvore e fugiram muito assustados. Arranhando as mãos abriram caminho até o mato mais espesso, afundando a cara na ramagem pendente dos salgueiros até chegar à beira do córrego de águas turvas onde sempre tentaram pescar uns marimbauzinhos sem nunca conseguir nada. Gostavam de se sentar na margem e fumar os cigarros que Doro fazia com palha de milho, falando dos romances de Salgari e planejando viagens e outras coisas. Mas naquele dia não tiveram sorte, Aníbal enroscou o sapato numa raiz e foi lançado para a frente, segurou-se em Doro e os dois escorregaram no barranco do córrego e afundaram até a cintura, não havia perigo, mas foi como se houvesse, agitaram as mãos, desesperados, até agarrarem os galhos de um salgueiro, arrastaram-se subin-

450 *Fora de hora*

do e xingando até o alto, a lama tinha entrado por todo lado, respingava dentro da camisa deles e tinha um cheiro podre, de rato morto.

Voltaram quase sem falar e entraram pelos fundos da casa de Doro, esperando que não houvesse ninguém no pátio e que pudessem se lavar às escondidas. Sara estava pendurando roupa perto do galinheiro e os viu chegando, Doro meio com medo e Aníbal atrás, morto de vergonha e querendo morrer de verdade, estar a mil léguas de Sara nesse momento em que ela os olhava apertando os lábios, num silêncio que os deixava plantados, ridículos e confusos, sob o sol do pátio.

— Era só o que faltava — disse simplesmente Sara, dirigindo-se a Doro, mas também a Aníbal, que balbuciava as primeiras palavras de uma confissão, era culpa sua, tinha enganchado um sapato e daí, Doro não teve culpa do, acontece que estava tudo muito escorregadio.

— Vão pro banho agora mesmo — disse Sara, como se não o tivesse ouvido. — Tirem os sapatos antes de entrar e depois lavem a roupa no tanque do galinheiro.

No banheiro eles se olharam e Doro foi o primeiro a rir, mas era um riso sem convicção, despiram-se e abriram o chuveiro, debaixo d'água eles podiam começar a rir de verdade, a brigar pelo sabonete, a se olhar de cima abaixo e a fazer cócegas um no outro. Um rio de lama corria para o ralo e se diluía pouco a pouco, o sabonete começava a fazer espuma, divertiam-se tanto que num primeiro momento não perceberam que a porta tinha sido aberta e que Sara estava ali olhando, se aproximando de Doro para lhe tirar o sabonete da mão e passá-lo em suas costas ainda enlameadas. Aníbal não soube o que fazer, em pé na banheira pôs as mãos na barriga, depois se virou de repente para que Sara não o visse e foi pior ainda, meio de lado e com a água lhe escorrendo pelo rosto, mudando de lado e outra vez de costas, até que Sara lhe passou o sabonete com um lave melhor essas orelhas, tem lama por todo lado.

Nessa noite não pôde ver Sara como nas outras noites, embora apertasse as pálpebras a única coisa que via era Doro e ele no banheiro, Sara se aproximando para inspecioná-los de cima a baixo e depois saindo do banheiro com a roupa suja nos braços, generosamente indo ela mesma até o tanque para lavar as coisas deles e gritando que se enrolassem nas toalhas de banho até que tudo estivesse seco, dando-lhes o café com leite sem dizer nada, nem aborrecida nem amável, instalando a tábua de passar roupa sob as glicínias e pouco a pouco secando as calças e as camisas. Como foi que não conseguiu lhe dizer nada no final, quando ela mandou que se vestissem, dizer pelo menos um obrigado, Sara, como você é boa, obrigado mesmo, Sara? Nem isso ele conseguiu dizer, e Doro também não, tinham ido se

Fora de hora   451

vestir calados e depois a filatelia e as figurinhas de aviões sem que Sara aparecesse de novo, sempre cuidando da mãe à noitinha, preparando o jantar e às vezes trauteando um tango entre o ruído dos pratos e das caçarolas, ausente como agora sob as pálpebras que já não lhe serviam para fazê-la vir, para que soubesse quanto a amava, que vontade de morrer de verdade depois que a viu olhando para eles no chuveiro.

Deve ter sido nas últimas férias antes de entrar no colégio nacional, sem Doro porque Doro iria para a escola normal, mas os dois tinham prometido continuar se vendo todos os dias mesmo que fossem para escolas diferentes, que importava se de tarde continuariam brincando como sempre, sem saber que não, que em algum dia de fevereiro ou março brincariam pela última vez no pátio da casa de Doro porque a família de Aníbal estava se mudando para Buenos Aires e só poderiam se ver nos fins de semana, amargando a raiva por uma separação que os adultos lhes impunham, como tantas outras coisas, sem se preocupar com eles, sem consultá-los.

De repente tudo andava depressa, mudava como eles com as primeiras calças compridas, quando Doro falou que Sara ia se casar no começo de março, falou como se isso não fosse importante e Aníbal não fez nenhum comentário, passaram-se dias antes que ele se animasse a perguntar a Doro se Sara ia continuar morando com ele depois de casada, mas você é idiota, como eles ficariam aqui?, o cara tem muita grana e vai levá-la pra Buenos Aires, ele tem outra casa em Tandil e eu vou ficar com a mamãe e a tia Faustina, que vai cuidar dela.

Nesse último sábado das férias viu o noivo chegar em seu carro, viu-o de azul e gordo, de óculos, descendo do carro com um saquinho de doces e um buquê de açucenas. Em sua casa o chamavam para que começasse a embalar suas coisas, a mudança seria na segunda e ele ainda não tinha feito nada. Teve vontade de ir à casa de Doro sem saber por quê, só estar lá, mas sua mãe o obrigou a empacotar seus livros, o globo terrestre, as coleções de bichos. Tinham dito que ele teria um quarto grande só para ele com vista para a rua, tinham dito que poderia ir a pé para o colégio. Tudo era novidade, tudo ia começar de outro jeito, tudo girava lentamente, e agora Sara devia estar sentada na sala com o gordo do terno azul, tomando chá com os doces que ele tinha trazido, tão longe do pátio, tão longe de Doro e dele, sem nunca mais chamá-los para o café com leite sob as glicínias.

452 *Fora de hora*

No primeiro fim de semana em Buenos Aires (era verdade, tinha um quarto grande só para ele, o bairro estava cheio de lojas, havia um cinema a duas quadras), pegou o trem e voltou a Banfield para ver Doro. Conheceu tia Faustina, que não lhes deu nada quando terminaram de brincar no pátio, foram caminhar pelo bairro e Aníbal demorou um pouco para perguntar por Sara. Bem, tinha se casado no civil e já estavam na casa de Tandil para a lua de mel, Sara viria ver a mãe de quinze em quinze dias. E você não tem saudades dela? Sim, mas fazer o quê. Claro, agora ela está casada. Doro se distraía, começava a mudar de assunto e Aníbal não encontrava uma forma de fazê-lo continuar lhe falando de Sara, talvez pedindo que contasse do casamento, e Doro rindo, sei lá, deve ter sido como sempre, do civil eles foram para o hotel e então veio a noite de núpcias, se deitaram e então o cara. Aníbal ouvia olhando as grades e o pavimento, não queria que Doro visse sua cara e Doro percebia, com certeza você não sabe o que acontece na noite de núpcias. Não encha, claro que sei. Você sabe, mas da primeira vez é diferente, o Ramírez que me contou, o irmão dele que é advogado e se casou no ano passado contou pra ele, explicou tudo pra ele. Havia um banco vazio na praça, Doro tinha comprado cigarro e continuava contando e fumando, Aníbal assentia, tragava a fumaça que começava a entontecê-lo, não precisava fechar os olhos para ver contra o fundo da folhagem o corpo de Sara, que ele nunca havia imaginado como um corpo, e ver a noite de núpcias pelas palavras do irmão de Ramírez, pela voz de Doro, que continuava lhe contando.

Naquele dia não se animou a pedir o endereço de Sara em Buenos Aires, deixou isso para outra visita porque tinha medo de Doro nesse momento, mas a outra visita nunca chegou, começou o colégio, os novos amigos, Buenos Aires pouco a pouco engoliu Aníbal, carregado de livros de matemática e tantos cinemas no centro e o estádio do River e os primeiros passeios de noite com Beto, que era um portenho de verdade. Devia estar acontecendo a mesma coisa com Doro em La Plata, às vezes Aníbal pensava em lhe mandar algumas linhas porque Doro não tinha telefone, depois vinha Beto ou era preciso fazer algum trabalho prático, meses se passaram, o primeiro ano, férias em Saladillo, de Sara ia restando apenas uma ou outra imagem isolada, uma lufada de Sara quando alguma coisa em María ou em Felisa o fazia lembrar de Sara por um momento. Um dia, no segundo ano, ele a viu nitidamente ao sair de um sonho e isso o magoou com uma dor amarga e ardente, no fim das contas não tinha sido tão apaixonado por ela, naquela época era só um menino e Sara nunca tinha prestado atenção nele como, agora, Felisa ou a loira da farmácia, nunca tinha ido a um baile com ele como sua prima Beba ou Felisa para comemorar a entrada no quarto ano, nunca o deixara lhe acariciar o cabelo como María, ir dançar em San Isidro e se perder à meia-noite entre as árvores da praia, beijar Felisa na boca entre protestos e risos, encostá-la numa árvore e acariciar seu peito, descer a mão até sumi-la naquele calor fugidio, e, depois de outro baile e de muito cinema, encontrar um refúgio no fundo do jardim de Felisa e escorregar com ela até o chão, sentir na boca seu gosto salgado e se deixar levar pela mão que o guiou, claro que não ia lhe dizer que era a primeira vez, que tinha tido medo, já estava no primeiro ano de engenharia e não podia dizer isso a Felisa, e depois não foi mais preciso porque tudo se aprendia tão rápido com Felisa, e algumas vezes com sua prima Beba.

Nunca mais soube de Doro e não se importou, também tinha se esquecido de Beto, que lecionava história em alguma cidade do interior, os jogos foram acontecendo sem surpresas e, como com todo mundo, Aníbal aceitava sem aceitar, alguma coisa que devia ser a vida aceitava por ele, um diploma, uma hepatite grave, uma viagem ao Brasil, um projeto importante num escritório com dois ou três sócios, estava se despedindo de um deles na porta antes de ir tomar uma cerveja depois do trabalho quando viu Sara vindo na calçada defronte. Lembrou subitamente que na noite anterior tinha sonhado com Sara e que era sempre o pátio da casa de Doro, embora não acontecesse nada, embora Sara só estivesse lá pendurando roupa ou chamando-os para o café com leite, e o sonho acabava assim, quase sem ter começado. Talvez por não acontecer nada, as imagens eram de uma nitidez cortante sob o sol do verão de Banfield, que no sonho não era igual ao de Buenos Aires; talvez também por isso ou por falta de algo melhor ele tivesse rememorado Sara depois de tantos anos de esquecimento (mas não tinha sido esquecimento, repetiu obstinadamente ao longo do dia), e vê-la vir agora pela rua, vê-la ali vestida de branco, idêntica àquela época, com o cabelo açoitando-lhe os ombros a cada passo num jogo de luzes douradas, encadeando-se às imagens do sonho numa continuidade que ele não estranhou, que tinha algo de necessário e previsível, atravessar a rua e enfrentá-la, dizer quem era e que ela o olhasse surpresa, não o reconhecesse e de repente sim, de repente sorrisse e lhe estendesse a mão, apertando-a de verdade e sempre sorrindo.

— Que incrível — disse Sara. — Como eu iria reconhecer você depois de tantos anos?

— A senhora sim, claro — disse Aníbal. — Mas veja só, eu a reconheci na hora.

— Lógico — disse logicamente Sara. — Pois se você ainda nem usava calça comprida. Eu também devo ter mudado bastante, o que acontece é que você é melhor fisionomista.

Hesitou um segundo antes de compreender que era idiota continuar tratando-a de senhora.

— Não, você não mudou, nem mesmo o penteado. Está igual.

— Bom fisionomista mas um pouco míope — disse ela com a antiga voz onde a bondade e a zombaria se mesclavam.

O sol lhes batia no rosto, não dava para conversar no meio do tráfego e das pessoas. Sara disse que não tinha pressa e que gostaria de tomar alguma coisa num café. Fumaram o primeiro cigarro, o das perguntas gerais e dos rodeios, Doro era professor em Adrogué, a mãe tinha morrido como um passarinho enquanto lia o jornal, ele era sócio de outros rapazes engenheiros, estavam indo bem, ainda que a crise, claro. No segundo cigarro, Aníbal lançou a pergunta que lhe queimava os lábios.

— E seu marido?

Sara deixou a fumaça sair pelo nariz, olhou-o nos olhos demoradamente.

— Bebe — disse.

Não havia amargura nem pena, era uma simples informação e depois outra vez Sara em Banfield antes disso tudo, antes da distância e do esquecimento e do sonho da noite anterior, exatamente como no pátio da casa de Doro e aceitando o segundo uísque como sempre, quase sem falar, deixando que ele continuasse, que lhe contasse, porque ele tinha muito mais coisa para contar, os anos tinham sido tão cheios para ele, ela era como se não tivesse vivido muito, e não valia a pena dizer por quê. Talvez porque acabasse de dizê-lo com uma só palavra.

Impossível saber em que momento tudo deixou de ser difícil, jogo de perguntas e respostas, Aníbal estendera a mão sobre a toalha e a mão de Sara não se esquivou de seu peso, deixou-a estar enquanto ele abaixava a cabeça porque não conseguia encará-la, enquanto falava aos borbotões do pátio, de Doro, contava das noites em seu quarto, do termômetro, do choro no travesseiro. Dizia isso com uma voz plana e monótona, empilhando momentos e episódios, mas era tudo a mesma coisa, eu me apaixonei por você, fiquei tão apaixonado e não podia lhe contar, você vinha de noite e cuidava de mim, você era a mãe jovem que eu não tinha, você tomava minha temperatura e me acariciava pra que eu dormisse, você nos dava o café com leite no pátio, lembra?, você nos dava bronca quando fazíamos besteira, eu queria que você conversasse só comigo sobre tanta coisa, mas você me olhava tão lá de cima, me sorria de tão longe, havia um vidro imenso entre nós dois e você não podia fazer nada pra quebrá-lo, por isso de noite eu a chamava e você vinha cuidar de mim, ficar comigo, me amar como eu a amava, acariciando

Fora de hora   455

minha cabeça, fazendo comigo o que fazia com Doro, tudo o que sempre tinha feito com Doro, mas eu não era Doro e só uma vez, Sara, só uma vez e foi horrível e nunca vou esquecer porque tive vontade de morrer e não consegui ou não soube, claro que não queria morrer, mas isso era o amor, querer morrer porque você tinha me visto todo inteiro como um menino, tinha entrado no banheiro e olhado pra mim, que a amava, e me olhado como sempre tinha olhado o Doro, você já noiva, você que ia se casar e eu ali enquanto você me dava o sabonete e me mandava lavar as orelhas, me via nu como uma criança e não ligava a mínima pra mim, nem ao menos me via, porque só via uma criança e depois saía como se nunca tivesse me visto, como se eu não estivesse lá sem saber o que fazer enquanto você me olhava.

— Lembro muito bem — disse Sara. — Lembro tão bem quanto você, Aníbal.

— Sim, mas não é a mesma coisa.

— Quem sabe se não é a mesma coisa... Você não podia perceber na época, mas eu senti que você gostava de mim dessa maneira e que eu o fazia sofrer, e por isso eu tinha que tratá-lo como tratava Doro. Você era um menino, mas às vezes me dava tanta pena que fosse menino, me parecia injusto, algo assim. Se tivesse cinco anos a mais... Vou lhe dizer agora porque agora eu posso e porque é justo, naquela tarde eu entrei no banheiro de propósito, não tinha a menor necessidade de ir ver se estavam se lavando, entrei porque era uma forma de acabar com isso, de curá-lo do seu sonho, de fazê-lo perceber que nunca poderia me ver dessa forma, enquanto eu tinha o direito de olhá-lo inteirinho, como se olha pra uma criança. Por isso, Aníbal, pra que se curasse de uma vez e parasse de me olhar como me olhava pensando que eu não percebia. E agora sim outro uísque, agora que nós dois somos adultos.

Do anoitecer até a noite fechada, por caminhos de palavras que iam e vinham, de mãos que se encontravam por um instante sobre a toalha antes de uma risada e outros cigarros, restaria uma viagem de táxi, algum lugar que ela ou ele conheciam, um quarto, como se tudo se fundisse numa só imagem instantânea se resolvendo numa brancura de lençóis e a quase imediata, furiosa convulsão dos corpos num encontro interminável, nas pausas quebradas e refeitas e violadas e cada vez menos críveis, em cada nova implosão que os cortava e os submergia e os queimava até o adormecimento, até a última brasa dos cigarros do alvorecer. Quando apaguei a lâmpada do escritório e olhei o fundo do copo vazio, tudo era ainda pura negação das nove da noite, do cansaço na volta de mais um dia de trabalho. Para que continuar escrevendo se as palavras já estavam há uma hora resvalando sobre essa negação, estendendo-se no papel como o que eram, meros desenhos privados de qualquer fundamento? Até certo momento tinham

456 *Fora de hora*

corrido cavalgando a realidade, enchendo-se de sol e verão, palavras pátio de Banfield, palavras Doro e brincadeiras e córrego, colmeia rumorosa de uma memória fiel. Só que ao chegar a um tempo que já não era Sara nem Banfield o raconto se tornara cotidiano, presente utilitário sem lembranças nem sonhos, a vida pura e simples. Queria ter continuado, e também que as palavras aceitassem seguir em frente até chegar ao hoje nosso de cada dia, a qualquer das lentas jornadas no escritório de engenharia, mas então me lembrei do sonho da noite anterior, desse novo sonho com Sara, da volta de Sara de tão longe, de tanto tempo atrás, e não pude permanecer nesse presente no qual mais uma vez sairia à tarde do escritório e iria beber uma cerveja no café da esquina, as palavras tinham voltado a se encher de vida e embora mentissem, embora nada fosse verdade, tinha continuado a escrevê-las porque nomeavam Sara, Sara vindo pela rua, tão bom seguir em frente mesmo sendo absurdo, escrever que tinha atravessado a rua com as palavras que me levariam a encontrar Sara e me deixar reconhecer, a única maneira de finalmente me reunir com ela e lhe dizer a verdade, segurar sua mão e beijá-la, ouvir sua voz e ver seu cabelo açoitando os ombros, ir embora com ela para uma noite que as palavras preencheriam com lençóis e carícias, mas como continuar agora, como começar a partir dessa noite uma vida com Sara se ali do lado já se ouvia a voz de Felisa entrando com as crianças e vindo me dizer que o jantar estava pronto, que fôssemos jantar logo porque já era tarde e as crianças queriam ver o pato Donald na televisão às dez e vinte?

Pesadelos

Esperar, diziam todos, é preciso esperar porque em casos como esse nunca se sabe, o dr. Raimondi também, é preciso esperar, de repente acontece uma reação, ainda mais na idade da Mecha, é preciso esperar, sr. Botto, sim, doutor, mas já se passaram duas semanas e ela não acorda, duas semanas que está como morta, doutor, eu sei, d. Luisa, é um estado de coma clássico, não podemos fazer nada a não ser esperar. Lauro também esperava, toda vez que voltava da faculdade ficava um pouco na rua antes de abrir a porta, pensava hoje sim, hoje vou encontrá-la acordada, deve ter aberto os olhos e vai estar conversando com a mamãe, não é possível que isso dure tanto, não é possível que vá morrer aos vinte anos, com certeza ela está sentada na cama conversando com a mamãe, mas tinha de continuar esperando, sempre na mesma, filhinho, o doutor vai voltar de tarde, todos dizem que não dá pra fazer nada. Venha comer alguma coisa, meu amigo, sua mãe vai ficar com a Mecha, você tem que se alimentar, não se esqueça das provas, de passagem a gente vê o noticiário. Mas tudo era de passagem ali onde a única coisa que durava sem se alterar era Mecha, a única coisa exatamente igual dia após dia era Mecha, o peso do corpo de Mecha naquela cama, Mecha magrinha e leve, dançarina de rock e tenista, ali derrubada e derrubando todos há semanas, um processo viral complicado, estado comatoso, sr. Botto, impossível fazer um prognóstico, d. Luisa, só lhe dar suporte e lhe dar todas as chances, nessa idade há tanta força, tanta vontade de viver. Mas é que ela não pode ajudar, doutor, não entende nada, parece estar, ai, perdão, meu Deus, nem sei mais o que digo.

Lauro tampouco acreditava nisso totalmente, parecia mais uma peça de Mecha, que sempre lhe pregava as piores peças, vestida de fantasma na escada, escondendo um espanador no fundo da cama, os dois rindo tanto, inventando armadilhas entre eles, brincando de continuar sendo crianças. Processo viral complexo, a súbita apagada uma tarde, depois da febre e das dores, e de repente o silêncio, a pele cinzenta, a respiração distante e tranquila. A única coisa tranquila ali entre médicos e aparelhos e exames e consultas, até que pouco a pouco a brincadeira de mau gosto de Mecha ficou mais forte, dominando todos de hora em hora, os gritos desesperados de d. Luisa depois cedendo a um choro quase oculto, a uma angústia de cozinha e de banheiro, as imprecações paternas divididas pela hora dos noticiários e da olhada no jornal, a raiva incrédula de Lauro interrompida pelas idas à faculdade, as aulas, as reuniões, aquela lufada de esperança toda vez que voltava do centro, você me paga, Mecha, isso não se faz, infeliz, um dia vou te cobrar isso, você vai ver. A única tranquila ali, além da enfermeira tricotando; o cachorro tinha sido mandado para a casa de um tio, o dr. Raimondi não vinha mais com os colegas, passava à noitinha e não se demorava, ele também parecia sentir o peso do corpo de Mecha que a cada dia os derrubava mais um pouco, acostumando-os a esperar, única coisa que se podia fazer.

A história do pesadelo começou na mesma tarde em que d. Luisa não achou o termômetro e a enfermeira, surpresa, foi buscar outro na farmácia da esquina. Estavam falando disso porque não se perde um termômetro assim sem mais nem menos quando ele é usado três vezes ao dia, habituavam-se a falar em voz alta do lado da cama de Mecha, os sussurros do começo não tinham razão de ser porque Mecha era incapaz de escutar, o dr. Raimondi tinha certeza de que o estado de coma a isolava de qualquer sensibilidade, podia-se dizer qualquer coisa sem que nada alterasse a expressão indiferente de Mecha. Ainda falavam do termômetro quando se ouviram tiros na esquina, talvez mais longe, para os lados da avenida Gaona. Olharam-se, a enfermeira deu de ombros porque os tiros não eram uma novidade nem no bairro nem em lugar nenhum, e d. Luisa ia dizer mais alguma coisa sobre o termômetro quando viram o tremor percorrer as mãos de Mecha. Só durou um segundo, mas as duas perceberam e d. Luisa gritou e a enfermeira tapou sua boca, o sr. Botto veio da sala e os três viram como o tremor se repetia em todo o corpo de Mecha, uma serpente veloz correndo do pescoço até os pés, um movimento dos olhos sob as pálpebras, a leve crispação que lhe alterava as feições, como uma vontade de falar, de se queixar, o pulso mais rápido, o lento regresso à imobilidade. Telefone, Raimondi, no fundo nada de novo, talvez um pouco mais de esperança, embora Raimondi tenha preferido não dizer nada, Virgem Santa, que seja verdade, que minha filha acorde, que esse calvário tenha fim, meu Deus. Mas não terminava, começou de novo uma hora mais tarde, depois mais seguido, era como se Mecha estivesse sonhando e que seu sonho fosse penoso e desesperador, o pesadelo voltando e voltando sem que pudesse espantá-lo, ficar a seu lado e olhá-la e falar com ela sem que nada de fora pudesse tocá-la, invadida por essa outra coisa que de alguma forma continuava o longo pesadelo de todos eles ali sem comunicação possível, salve-a, meu Deus, não a deixe assim, e Lauro que voltava da aula e também ficava ao lado da cama, a mão no ombro da mãe que rezava.

De noite houve outra consulta, trouxeram um novo aparelho com ventosas e eletrodos que eram fixados na cabeça e nas pernas, dois médicos amigos de Raimondi debateram longamente na sala, tem de continuar esperando, sr. Botto, o quadro não mudou, seria imprudente pensar num sintoma favorável. Acontece que ela está sonhando, doutor, tem pesadelos, o senhor mesmo viu, vai começar de novo, ela sente alguma coisa e sofre demais, doutor. É tudo vegetativo, d. Luisa, não há consciência, eu lhe garanto, tem que esperar e não se impressionar com isso, sua filha não está sofrendo, mas sei que é doloroso, vai ser melhor deixá-la sozinha com a enfermeira até que haja uma evolução, tente descansar, senhora, tome as pílulas que lhe dei.

Lauro velou junto de Mecha até a meia-noite, às vezes lendo anotações para as provas. Quando escutaram as sirenes, pensou que devia telefonar para o número que Lucero lhe dera, mas não devia fazer isso ali de casa, e não era o caso de ir para a rua justo depois das sirenes. Via os dedos da mão esquerda de Mecha se moverem lentamente, outra vez os olhos pareciam girar sob as pálpebras. A enfermeira o aconselhou a sair do quarto, não havia nada a fazer, apenas esperar. "É que ela está sonhando", disse Lauro, "está sonhando outra vez, veja." Durava como as sirenes lá de fora, as mãos pareciam procurar alguma coisa, os dedos tentando encontrar apoio no lençol. Agora d. Luisa estava ali novamente, não conseguia dormir. Por que — a enfermeira quase irritada — não tinha tomado as pílulas do dr. Raimondi? "Não estou encontrando", disse d. Luisa, meio perdida, "estavam na mesa de cabeceira, mas não consigo encontrá-las." A enfermeira foi atrás delas, Lauro e sua mãe se olharam, Mecha movia os dedos de leve e eles sentiam que o pesadelo continuava ali, que se prolongava interminavelmente, como se se negasse a atingir o ponto em que uma espécie de compaixão, de piedade final, iria despertá-la e a todos para resgatá-la do espanto. Mas ela continuava sonhando, de um momento para o outro os dedos começariam a se mexer de novo. "Não as vi em nenhum lugar, senhora", disse a enfermeira. "Estamos todos tão perdidos, a gente já nem sabe onde vão parar as coisas nesta casa."

Lauro voltou tarde na noite seguinte, e o sr. Botto lhe fez uma pergunta quase evasiva sem tirar o olho da TV, em pleno comentário da Copa. "Numa reunião com amigos", disse Lauro, procurando alguma coisa para fazer um sanduíche. "Esse gol foi uma beleza", disse o sr. Botto, "ainda bem que retransmitem a partida pra gente ver melhor essas jogadas campeãs." Lauro não parecia interessado no gol, comia olhando para o chão. "Você deve saber o que está fazendo, rapaz", disse o sr. Botto sem tirar os olhos da bola, "mas tenha cuidado." Lauro levantou a vista e o olhou quase surpreso, era a primeira vez que seu pai se deixava levar por um comentário tão pessoal. "Não se preocupe, meu velho", disse-lhe, levantando-se para cortar qualquer diálogo.

A enfermeira tinha baixado a luz do abajur e quase não dava para ver Mecha. No sofá, d. Luisa tirou as mãos do rosto e Lauro deu-lhe um beijo na testa.

— Continua na mesma — disse d. Luisa. — Continua assim o tempo todo, filho. Veja, veja como sua boca treme, coitadinha, o que será que ela está vendo, meu Deus, como é possível que isso dure tanto, tanto, que isso...

— Mamãe.

— Mas não é possível, Lauro, ninguém percebe como eu, ninguém entende que ela está o tempo todo dentro de um pesadelo, e que não acorda...

— Eu sei, mamãe, eu também percebo. Se fosse possível fazer alguma coisa, o Raimondi teria feito. Você não pode ajudá-la ficando aqui, tem que ir dormir, tomar um calmante e dormir.

Ajudou-a a se levantar e a acompanhou até a porta. "O que foi isso, Lauro?", parando bruscamente. "Nada, mamãe, uns tiros lá longe, sabe como é." Mas o que d. Luisa sabia realmente, para que falar mais? Enfim, já era tarde, depois de deixá-la em seu quarto teria de descer até o armazém e de lá telefonar para Lucero.

Não encontrou a jaqueta azul que gostava de vestir à noite, andou olhando nos armários do corredor para ver se sua mãe a teria pendurado ali, no fim vestiu um paletó qualquer porque fazia frio. Antes de sair entrou por um momento no quarto de Mecha, quase antes de vê-la na penumbra sentiu o pesadelo, o tremor das mãos, o habitante secreto deslizando sob a pele. Lá fora as sirenes de novo, deveria sair só mais tarde, mas aí o armazém estaria fechado e ele não conseguiria telefonar. Sob as pálpebras, os olhos de Mecha giravam como se tentassem abrir caminho, olhá-lo, virar para o seu lado. Acariciou-lhe a testa com um dedo, tinha medo de tocá-la, de contribuir para o pesadelo com qualquer estímulo de fora. Os olhos continuavam girando nas órbitas e Lauro se afastou, não sabia por que estava cada vez com mais medo, a ideia de que Mecha pudesse levantar as pálpebras e olhá-lo o fez recuar. Se seu pai tivesse ido dormir poderia telefonar da sala baixando a voz, mas o sr. Botto continuava escutando os comentários do jogo. "Sim, disso eles falam bastante", pensou Lauro. Levantaria cedo e ligaria para Lucero antes de ir para a faculdade. De longe, viu a enfermeira que saía do quarto levando alguma coisa brilhante, uma seringa ou uma colher.

Até o tempo se confundia ou se perdia nessa espera contínua, com noites de vigília ou dias de sono para compensar, os parentes ou amigos que chegavam a qualquer hora e se revezavam para distrair d. Luisa ou jogar dominó com o sr. Botto, uma enfermeira substituta porque a outra teve de ir a Buenos Aires por uma semana, as xícaras de café que ninguém controlava porque estavam espalhadas por todos os cômodos, Lauro dando uma volta quando podia e saindo a qualquer hora, Raimondi que nem tocava mais a campainha antes de entrar para a rotina de sempre, não se nota nenhuma mudança negativa, sr. Botto, estou reforçando a alimentação por sonda, é preciso esperar. Mas ela sonha o tempo todo, doutor, olhe pra ela, quase não descansa mais. Não é isso, d. Luisa, a senhora imagina que ela está sonhando, mas são só reações físicas, é difícil explicar porque nesses casos há outros fatores, enfim, não pense que ela tem consciência disso que parece um sonho, talvez seja até um bom sinal tanta vitalidade, e esses reflexos, eu a acompanho de perto, pode acreditar, d. Luisa, a senhora é que precisa descansar, venha aqui que eu vou medir sua pressão.

Lauro achava cada vez mais difícil voltar para casa, com o trajeto lá do centro e tudo o que estava acontecendo na faculdade, e mesmo assim, mais por sua mãe que por Mecha, ele aparecia a qualquer hora e ficava um pouco, inteirava-se do de sempre, papeava com os velhos, inventava temas de conversa para tirá-los um pouco do buraco. Cada vez que se aproximava da cama de Mecha tinha a mesma sensação de contato impossível, Mecha tão perto, parecendo querer chamá-lo, os sinais vagos dos dedos e aquele olhar lá de dentro, tentando sair, alguma coisa que continuava, e continuava, uma mensagem de prisioneiro através das paredes de pele, seu chamado insuportavelmente inútil. Às vezes era tomado pela histeria, pela certeza de que Mecha o reconhecia mais do que reconhecia sua mãe ou a enfermeira, que o pesadelo chegava a seu pior momento quando ele estava ali olhando para ela, que era melhor ele ir embora logo, já que não podia fazer nada, já que falar com ela era inútil, sua tonta, querida, quer parar de chatear?, abra os olhos de uma vez e acabe com essa brincadeira sem graça, Mecha, idiota, irmãzinha, irmãzinha, até quando você vai ficar zombando de nós, doida varrida, fingida, mande essa comédia pro inferno e volte, que eu tenho tanta coisa pra lhe contar, irmãzinha, você não sabe nada do que está acontecendo mas mesmo assim vou lhe contar, Mecha, porque você não entende nada eu vou lhe contar. E tudo isso pensado meio que em ondas de terror, querendo se agarrar a Mecha, nem uma palavra em voz alta porque a enfermeira ou d. Luisa nunca deixavam Mecha sozinha, e ele ali precisando falar tanta coisa para ela, como Mecha, por seu turno, talvez estivesse falando com ele, os olhos fechados e os dedos desenhando letras inúteis nos lençóis.

Era quinta-feira, não que eles soubessem em que dia estavam nem que se importassem, mas a enfermeira tinha mencionado isso enquanto tomavam café na cozinha, o sr. Botto lembrara que havia um noticiário especial, e d. Luisa, que sua irmã de Rosario telefonara para dizer que viria na quinta ou na sexta-feira. Decerto as provas de Lauro tinham começado, ele saíra às oito horas sem se despedir, deixando um bilhetinho na sala, não tinha certeza se voltaria para o jantar, em todo caso, que não esperassem por ele. Não veio para o jantar, a enfermeira conseguiu, finalmente, que d. Luisa fosse se deitar cedo, o sr. Botto tinha ido até a janela da sala depois do jogo na TV, ouviam-se rajadas de metralhadora lá para os lados da Plaza Irlanda, de repente a calma, quase excessiva, nem sequer uma patrulha, melhor ir dormir, aquela mulher que respondeu a todas as perguntas do jogo na TV era um fenômeno, como ela conhecia história antiga, quase como se estivesse vivendo na época de Júlio César, no fim a cultura dava mais dinheiro que

462 *Pesadelos*

ser leiloeiro público. Ninguém percebeu que a porta não ia se abrir durante toda a noite, que Lauro não estava de volta em seu quarto, de manhã pensaram que ele estava descansando depois de alguma prova ou estudando antes do café, só às dez horas se deram conta de que ele não estava lá. "Não se preocupe", disse o sr. Botto, "na certa ficou comemorando alguma coisa com os amigos." Para d. Luisa era hora de ajudar a enfermeira a dar banho e trocar a roupa de Mecha, a água morna e a colônia, algodões e lençóis, meio-dia já e nada do Lauro, mas é estranho, Eduardo, como é que ele nem telefonou, ele nunca fez isso antes, quando teve a festa de formatura ele ligou às nove, lembra?, tinha medo que nos preocupássemos, e olhe que ele era bem mais novo naquela época. "O guri deve estar enlouquecido com as provas", disse o sr. Botto, "você vai ver que de uma hora pra outra ele vai chegar, sempre aparece pro noticiário da uma hora." Mas Lauro não estava lá à uma, perdendo as notícias esportivas e o flash sobre outro atentado subversivo frustrado pela rápida intervenção das forças da ordem, nada de novo, temperatura em paulatina queda, chuvas na região da cordilheira.

Passava das sete quando a enfermeira veio buscar d. Luisa, que continuava ligando para os conhecidos, o sr. Botto esperava que um delegado amigo lhe telefonasse para ver se estava sabendo de alguma coisa, a cada minuto pedia à d. Luisa que deixasse a linha desocupada mas ela continuava consultando a agenda e ligando para gente conhecida, de repente Lauro tinha ficado na casa do tio Fernando ou já estava de volta na faculdade para outra prova. "Deixe o telefone quieto, por favor", pediu mais uma vez o sr. Botto, "não percebe que talvez o guri esteja telefonando bem agora e o tempo todo está dando ocupado, e o que você espera que ele faça de um telefone público, quando não estão quebrados é preciso dar vez aos outros." A enfermeira insistia e d. Luisa foi ver Mecha, de repente começara a mexer a cabeça, de vez em quando a girava lentamente de um lado para outro, era preciso arrumar o cabelo que lhe caía na testa. Avisar já o dr. Raimondi, difícil localizá-lo no final da tarde, mas às nove sua mulher telefonou para dizer que ele chegaria logo. "Vai ser difícil que ele passe", disse a enfermeira, que voltava da farmácia com uma caixa de injeções, "fecharam todo o bairro, não se sabe por quê, escutem as sirenes." Afastando-se um pouco de Mecha, que continuava movendo a cabeça numa espécie de lenta negativa obstinada, d. Luisa chamou o sr. Botto, não, ninguém sabia de nada, na certa o guri também não estava conseguindo passar, mas o Raimondi teriam que deixar, por causa da sua placa de médico.

— Não é isso, Eduardo, não é isso, na certa aconteceu alguma coisa com ele, não é possível que a gente continue sem notícias a esta hora, o Lauro sempre...

— Olhe, Luisa — disse o sr. Botto —, veja como ela move a mão e também o braço, é a primeira vez que ela mexe o braço, Luisa, talvez...

— Mas se isso é pior que antes, Eduardo, não percebe que ela continua com as alucinações, que parece estar se defendendo de... Faça alguma coisa, Rosa, não a deixe assim, vou ligar pros Romero, que talvez tenham notícias, a menina estudava com o Lauro, por favor lhe dê uma injeção, Rosa, eu já volto, ou melhor, ligue você, Eduardo, pergunte pra eles, vá, depressa.

Na sala o sr. Botto começou a discar e parou, desligou o telefone. Até parece, logo o Lauro, o que os Romero iam saber do Lauro?, melhor esperar mais um pouco. Raimondi não chegava, deviam tê-lo barrado na esquina, devia estar dando explicações, Rosa não podia aplicar outra injeção em Mecha, era um calmante muito forte, melhor esperar o doutor chegar. Inclinada sobre Mecha, afastando o cabelo que cobria seus olhos inúteis, d. Luisa começou a cambalear, Rosa só teve tempo de lhe arrumar uma cadeira e ajudá-la a se sentar, como um peso morto. A sirene aumentava, vindo das bandas da Gaona, quando Mecha abriu as pálpebras, seus olhos velados por uma película que fora se depositando durante semanas se fixaram num ponto do teto, derivaram lentamente até o rosto de d. Luisa, que gritava, que apertava o peito com as mãos e gritava. Rosa lutou para afastá-la, chamando desesperada o sr. Botto, que agora chegava e permanecia imóvel aos pés da cama olhando para Mecha, tudo parecia se concentrar nos olhos de Mecha, que iam lentamente de d. Luisa ao sr. Botto, da enfermeira ao teto, as mãos de Mecha subindo lentamente pela cintura, escorregando para se juntar no alto, o corpo estremecendo num espasmo porque talvez seus ouvidos ouvissem agora a multiplicação das sirenes, as batidas na porta que faziam a casa tremer, os gritos de comando e o rangido da madeira se estilhaçando depois da rajada de metralhadora, os gritos de d. Luisa, o atropelo dos corpos entrando aos montes, como se tudo viesse a tempo para o despertar de Mecha, tudo tão a tempo para que o pesadelo acabasse e Mecha pudesse finalmente voltar à realidade, à vida bela.

Diário para um conto

2 DE FEVEREIRO, 1982
Às vezes, quando vai me dando uma espécie de coceira de conto, uma convocação sigilosa e crescente que pouco a pouco me aproxima, resmungando, desta Olympia Traveller de Luxe

(de luxe a coitada não tem nada, mas em compensação tem travelleado pelos sete profundos mares azuis aguentando todos os golpes diretos ou indiretos que pode receber uma máquina de escrever portátil enfiada numa mala entre calças, garrafas de rum e livros),

assim, às vezes, quando a noite cai e ponho uma folha em branco no cilindro e acendo um Gitane e me chamo de idiota,

(para que um conto, afinal, por que não abrir um livro de outro contista, ou ouvir um de meus discos?),

mas às vezes, quando já não consigo fazer outra coisa senão começar um conto como gostaria de começar este, é justamente aí que eu gostaria de ser Adolfo Bioy Casares.

Gostaria de ser Bioy porque sempre o admirei como escritor e o estimei como pessoa, embora nossas respectivas timidezes não nos ajudassem a fazer amizade, além de outras razões de peso, entre elas um oceano prematura e literalmente estendido entre os dois. Fazendo bem as contas, acho que Bioy e eu só nos vimos três vezes na vida. A primeira num banquete da Câmara Argentina do Livro, a que tive de comparecer porque nos anos quarenta eu era o gerente dessa associação, já o motivo dele sei lá qual foi, no decorrer do qual nos apresentamos por cima de uma travessa de ravióli, sorrimos com simpatia e nossa conversa se limitou a um pedido dele, em determinado momento, para que eu lhe passasse o saleiro. Da segunda vez, Bioy veio a minha casa em Paris e tirou umas fotos minhas cujos motivos me escapam, ao contrário dos bons momentos que passamos conversando, acho que sobre Conrad. A última vez foi simétrica e em Buenos Aires, fui jantar na casa dele e naquela noite falamos principalmente de vampiros. Em nenhuma das três ocasiões falamos de Anabel, é claro, mas não é por isso que agora eu queria ser Bioy, e sim porque eu queria muito poder escrever sobre Anabel como ele teria feito se a tivesse conhecido e tivesse escrito um conto sobre ela. Nesse caso, Bioy teria falado de Anabel como eu serei incapaz de fazer, mostrando-a de perto, profundamente, e ao mesmo tempo mantendo aquela distância, aquele desprendimento que ele decide pôr (não consigo pensar que não seja uma decisão) entre alguns de seus personagens e o narrador. Para mim vai ser impossível, e não por eu ter conhecido Anabel, já que quando invento personagens tampouco consigo me distanciar deles, embora isso às vezes me pareça tão necessário como o é ao pintor que se afasta do cavalete para abraçar melhor a totalidade de sua imagem e saber onde deve dar as pinceladas decisivas. Para mim vai ser impossível

Fora de hora   465

porque sinto que Anabel vai me invadir já de cara, como quando a conheci em Buenos Aires no final dos anos quarenta, e mesmo que seja incapaz de imaginar este conto — se ainda estiver viva, se ainda anda por aí, velha como eu —, de qualquer modo ela vai fazer tudo o que for preciso para me impedir que eu o escreva como gostaria, quer dizer, um pouco como Bioy saberia escrevê-lo se tivesse conhecido Anabel.

3 DE FEVEREIRO
Por isso estas notas evasivas, estas voltas do cão ao redor do tronco? Se Bioy pudesse lê-las iria se divertir bastante, e só para me irritar reuniria numa citação literária as referências de tempo, lugar e nome que, segundo ele, as justificariam. E assim, em seu inglês perfeito,

> *It was many and many years ago,*
> *In a kingdom by the sea,*
> *That a maiden there lived whom you may know*
> *By the name of Annabel Lee —*

— Bem — eu diria —, para começar, naquela época era uma república, não um reino, mas além disso Anabel escrevia seu nome só com um *ene*, sem contar que *many and many years ago* tinha deixado de ser uma *maiden*, não por culpa de Edgar Allan Poe, mas de um caixeiro-viajante de Trenque Lauquen que a deflorou aos treze anos. Isso sem contar que, ademais, ela se chamava Flores e não Lee, e que teria dito desvirginar em vez daquela outra palavra da qual ela, naturalmente, não fazia a menor ideia.

4 DE FEVEREIRO
Curioso que ontem não consegui continuar escrevendo (refiro-me à história do caixeiro-viajante), talvez justo por ter sentido a tentação de fazê-lo e, de repente, lá estava Anabel, seu jeito de contá-la para mim. Como falar de Anabel sem imitá-la, quer dizer, sem falseá-la? Sei que é inútil, que se eu entrar nessa terei de me submeter à sua lei, e que me falta o jogo de cintura e a noção de distância de Bioy para me manter afastado e marcar pontos sem dar muito as caras. Por isso jogo estupidamente com a ideia de escrever tudo que não é verdadeiramente o conto (de escrever tudo que não seria Anabel, claro), e por isso o luxo de Poe e as andanças em círculos, como agora essa vontade de traduzir este trecho de Jacques Derrida que encontrei ontem à noite em *La Vérité en peinture*, e que não tem absolutamente nada a ver com toda essa história, mas que ao mesmo tempo pode ser aplicado a ela numa inexplicável relação analógica, como essas pedras semipreciosas

466   *Diário para um conto*

cujas facetas revelam paisagens identificáveis, castelos ou cidades ou montanhas reconhecíveis. O trecho é de difícil compreensão, como é costume *chez* Derrida, e o traduzo sem maiores cuidados (ele também escreve assim, só que parece que o cuidado dele é maior):

> não (me) resta quase nada: nem a coisa, nem sua existência, nem a minha, nem o puro objeto nem o puro sujeito, nenhum interesse de nenhuma natureza por nada. E no entanto, amo: não, ainda é demais, ainda é se interessar indubitavelmente pela existência. Não amo, mas me comprazo com o que não me interessa, pelo menos com isso que é indiferente que eu ame ou não. Esse prazer que eu tomo, eu não o tomo, prefiro devolvê-lo, eu devolvo o que tomo, recebo o que devolvo, não tomo o que recebo. E no entanto, eu o dou para mim. Posso dizer que o dou para mim? É tão universalmente subjetivo — na pretensão de meu julgamento e do senso comum — que só pode vir de um puro fora. Inassimilável. Em última instância, esse prazer que me dou ou ao qual, antes, me dou, pelo qual me dou, eu nem sequer o experimento, se experimentar quer dizer sentir: fenomenalmente, empiricamente, no espaço e no tempo de minha existência interessada ou interessante. Prazer cuja experiência é impossível. Não o tomo, não o recebo, não o devolvo, não o dou, não o dou a mim jamais porque *eu* (eu, sujeito existente) jamais tenho acesso ao belo como tal. Como existo, jamais tenho prazer puro.

Derrida está falando de alguém que enfrenta algo que lhe parece belo, e daí surge tudo isso; eu enfrento um nada, que é este conto não escrito, uma lacuna de conto, um ardil de conto, e, de uma forma que me seria impossível compreender, sinto que isso é Anabel, quer dizer, que Anabel existe ainda que não exista conto. E o prazer reside nisso, ainda que não seja um prazer e se pareça com algo como uma sede de sal, como um desejo de renunciar a toda escritura enquanto escrevo (entre tantas outras coisas porque não sou Bioy e nunca conseguirei falar de Anabel como penso que deveria fazê-lo).

DE NOITE
Releio a passagem de Derrida, verifico que não tem nada a ver com meu estado de espírito ou mesmo com minhas intenções; a analogia existe de outra maneira, digamos que ela está entre a noção de beleza que essa passagem propõe e meu sentimento de Anabel; nos dois casos há uma rejeição a todo acesso, a toda ponte, e se quem fala na passagem de Derrida jamais tem ingresso no belo como tal, eu, que falo em meu nome (erro que Bioy nunca teria cometido), dolorosamente sei que jamais tive e jamais terei acesso a Anabel como Anabel, e que escrever agora um conto sobre ela, um

conto de alguma maneira *dela*, é impossível. E assim, no final da analogia volto a sentir seu princípio, o início da passagem de Derrida que li ontem à noite e me caiu como um prolongamento exasperante do que estava sentindo aqui diante da Olympia, diante da ausência do conto, diante da nostalgia da eficácia de Bioy. Bem no princípio: "Não (me) resta quase nada: nem a coisa, nem sua existência, nem a minha, nem o puro objeto nem o puro sujeito, nenhum interesse de nenhuma natureza por nada". O mesmo enfrentamento desesperado contra um nada se desdobrando numa série de subnadas, de negativas do discurso; porque hoje, depois de tantos anos, não me resta nem Anabel, nem a existência de Anabel, nem minha existência com relação à dela, nem o puro objeto de Anabel, nem meu puro sujeito de então diante de Anabel no quarto da rua Reconquista, nem nenhum interesse de nenhuma natureza por nada, já que tudo isso foi se consumando *many and many years ago*, num país que hoje é meu fantasma ou eu o dele, num tempo que hoje é como a cinza desses Gitanes se acumulando dia após dia até que madame Perrin venha limpar meu apartamento.

6 DE FEVEREIRO

Essa foto de Anabel, usada como marcador em nada menos que um romance de Onetti e que reapareceu por mera ação da gravidade numa mudança de dois anos atrás, tirar uma braçada de livros velhos da estante e ver surgir a foto, custar a reconhecer Anabel.

Acho que se parece bastante com ela, embora seu penteado me pareça estranho, quando ela veio pela primeira vez ao meu escritório estava de cabelo preso, lembro, por pura condensação de sensações, que eu estava metido até o pescoço na tradução de uma patente industrial. De todos os trabalhos que me cabia aceitar, e na verdade eu tinha de aceitar todos desde que fossem traduções, os piores eram as patentes, era preciso passar horas vertendo a explicação detalhada de um aperfeiçoamento numa máquina de costura elétrica ou nas turbinas dos barcos, e é claro que eu não entendia absolutamente nada da explicação e quase nada do vocabulário técnico, de modo que avançava palavra a palavra tomando cuidado para não pular uma linha, mas sem a menor ideia do que poderia ser uma árvore helicoidal hidrovibrante que respondia magneticamente aos sensores 1, 1' e 1" (Desenho 14). Certo de que Anabel tinha batido à porta e de que eu não a ouvira, quando levantei os olhos ela estava ao lado de minha escrivaninha, e o que mais se via dela era a bolsa de plástico brilhante e uns sapatos que não tinham nada a ver com as onze da manhã de um dia útil em Buenos Aires.

DE TARDE

Estou escrevendo o conto ou prosseguem os preparativos para provavelmente nada? Velhíssima, nebulosa meada com tantos fios, posso puxar qualquer um sem saber no que vai dar; o dessa manhã tem um ar cronológico, a primeira visita de Anabel. Seguir ou não seguir esses fios: o consecutivo me aborrece, mas tampouco gosto dos flashbacks gratuitos que complicam tantos contos e tantos filmes. Se eles vêm por conta própria, tudo bem: afinal, quem sabe o que é realmente o tempo; mas nunca determiná-los como plano de trabalho. Eu deveria ter falado da foto de Anabel depois de outras coisas que lhe dessem mais sentido, mas talvez ela tenha aparecido assim por algum motivo, como agora a lembrança do papel que uma tarde encontrei pregado com um alfinete na porta do escritório, já nos conhecíamos bem e embora a mensagem pudesse me prejudicar profissionalmente perante os clientes respeitáveis, causou-me uma graça infinita ler VOCÊ NÃO ESTÁ, DESGRAÇADO, VOLTO DE TARDE (as vírgulas eu que acrescento, e não deveria fazê-lo, mas essa é a educação). No fim ela nem apareceu, porque de tarde começava seu trabalho do qual nunca tive uma ideia detalhada, mas era, em suma, o que os jornais chamavam de exercício da prostituição. Esse exercício mudava bem rápido para Anabel na época em que consegui ter uma ideia de sua vida, não se passava nem uma semana sem que de repente ela me soltasse um amanhã a gente não vai se ver, porque estão precisando de uma copeira por uma semana lá no Fénix, e pagam bem, ou me dissesse entre dois suspiros e um palavrão que o trottoir andava fraco e que teria de se enfiar uns dias no negócio da Chempe para poder pagar o quarto no fim do mês.

A verdade é que nada parecia durar para Anabel (e para as outras garotas), nem mesmo a correspondência com os marinheiros, um pouco de prática no ofício me bastou para calcular que a média, em quase todos os casos, era de duas ou três cartas, quatro, com sorte, e para verificar que o marinheiro logo se cansava ou se esquecia delas, ou vice-versa, e além disso minhas traduções deviam carecer de libido suficiente ou de arroubos românticos e os marinheiros, por sua vez, não eram o que se pode chamar de homens bons de pena, de maneira que tudo acabava rápido. Mas estou explicando mal tudo isso, eu também me canso de escrever, de soltar palavras como cães em busca de Anabel, acreditando, por um momento, que vão trazê-la a mim tal como era, tal como éramos *many and many years ago*.

8 DE FEVEREIRO

O pior é que eu me canso de reler para encontrar um dos fios da meada, além do mais isto não é o conto, de maneira que então Anabel entrou naquela manhã em meu escritório da San Martín, quase esquina com a Corrientes, e me lembro mais da bolsa de plástico e dos sapatos de plataforma de cortiça que de sua cara naquele dia (é verdade que as caras da primeira vez não têm nada a ver com a que está esperando no tempo e no hábito). Eu trabalhava na velha escrivaninha, que tinha herdado um ano antes junto com toda a velharia do escritório e que ainda não me sentia com ânimo de renovar, e estava chegando a uma parte especialmente abstrusa da patente, avançando frase a frase rodeado de dicionários técnicos e com uma sensação de estar enganando Marval e O'Donnell, que me pagavam as traduções. Anabel foi como a entrada perturbadora de uma gata siamesa numa sala de computadores, e daria para dizer que ela sabia disso, pois me olhou quase com pena antes de me dizer que sua amiga Marucha tinha lhe dado meu endereço. Pedi a ela que se sentasse, e só para fazer farol continuei traduzindo uma frase na qual uma calandra de calibre intermediário estabelecia uma misteriosa confraternização com um cárter antimagnético blindado X^2. Então ela pegou um cigarro suave e eu um forte, e embora o nome de Marucha me bastasse para que tudo estivesse claro, mesmo assim a deixei falar.

9 DE FEVEREIRO

Relutância em construir um diálogo que teria mais de invenção que de outra coisa. Lembro-me sobretudo dos clichês de Anabel, de seu modo de me chamar alternadamente de "jovem" e de "senhor", de dizer "vamos supor", ou soltar um "ah, vou te contar". De fumar também por clichê, soltando a fumaça de uma só vez quase antes de tê-la tragado. Trazia uma carta de um tal de William para mim, datada em Tampico um mês antes, que lhe traduzi em voz alta antes de escrevê-la, como logo me pediu, "para o caso de eu me esquecer de alguma coisa", disse Anabel, pegando cinco pesos para me pagar. Disse a ela que não valia a pena, meu ex-sócio tinha fixado essa tarifa absurda nos tempos em que trabalhava sozinho e começara a traduzir para as moças do Bajo as cartas de seus marinheiros e o que elas lhes respondiam. Eu tinha dito a ele: "Por que cobra tão pouco? ou mais ou nada seria melhor, afinal não é seu trabalho, você faz isso por bondade". Ele me explicou que já estava velho demais para resistir ao desejo de ir para a cama de vez em quando com alguma delas, e que por isso aceitava traduzir as cartas para tê-las mais ao alcance, mas que se não lhes tivesse cobrado esse valor simbólico todas elas teriam se transformado numas Mme. de Sevigné, e aí nem pensar. Depois meu sócio foi embora do país e eu herdei a mercadoria, mantendo-a nos mesmos moldes por inércia. Tudo ia muito bem, Marucha e as outras (na época havia quatro) me juraram que não dariam a dica para mais ninguém, e a média era de duas por mês, com a carta para ler em espanhol e a carta para escrever em inglês (mais raramente em francês). Então, pelo visto Marucha se esqueceu daquele juramento, e balançando sua absurda bolsa de plástico reluzente, Anabel entrou.

10 DE FEVEREIRO
Aqueles tempos: o peronismo me ensurdecendo com tanto alto-falante no centro, o porteiro galego chegando ao meu escritório com uma foto de Evita e me pedindo de forma nada amável que eu tivesse a gentileza de fixá-la na parede (trazia os quatro percevejos para que não houvesse desculpas). Walter Gieseking dava uma série admirável de recitais no Colón, e José María Gatica caía como um saco de batatas num ringue dos Estados Unidos. Em minhas horas livres eu traduzia *Vida e cartas de John Keats*, de Lord Houghton; nas horas ainda mais livres eu passava bons momentos no La Fragata, quase na frente de meu escritório, com amigos advogados que também gostavam de um coquetel Demaría bem batido. Às vezes Susana —

É que não é fácil continuar, vou afundando em lembranças e ao mesmo tempo quero fugir delas, exorcizá-las escrevendo-as (só que então é preciso assumi-las plenamente, aí é que está). Pretender contar do fundo da névoa, de coisas esgarçadas pelo tempo (e que irrisão ver com tanta clareza a bolsa preta de Anabel, ouvir nitidamente seu "obrigado, jovem", quando terminei a carta dela para William e lhe dei o troco de dez pesos). Só agora sei realmente o que está se passando, é que eu nunca soube muito bem o que tinha acontecido, quer dizer, os motivos profundos desse tango barato que começou com Anabel, desde Anabel. Como entender realmente essa história de milonga no meio da qual havia uma morte e nada menos que um frasco de veneno, não seria para um tradutor juramentado com escritório e placa de bronze na porta que Anabel ia contar toda a verdade, supondo que a conhecesse. Como com tantas outras coisas naquela época, movi-me entre abstrações, e agora, no fim do caminho, me pergunto como pude viver nessa superfície sob a qual deslizavam e se mordiam as criaturas da noite portenha, os grandes peixes desse rio turvo que eu e tantos outros ignorávamos. Absurdo que agora queira contar uma coisa que não fui capaz de conhecer bem enquanto acontecia, como numa paródia de Proust pretendo entrar na lembrança como não entrei na vida para, por fim, vivê-la de verdade. Acho que faço isso por Anabel, queria finalmente escrever um conto capaz de mostrá-la outra vez para mim, algo em que ela mesma se visse como não creio que tenha se visto naquela época, porque Anabel também se movia no ar denso e sujo de uma Buenos Aires que a continha e ao mesmo tempo a rejeitava como a uma sobra marginal, lúmpen de porto e quarto ordinário dando para um corredor para o qual davam tantos outros quartos de tantos outros lúmpens, onde se ouviam tantos tangos ao mesmo tempo se misturando com brigas, gemidos, às vezes risadas, claro que às vezes risadas, quando Anabel e Marucha contavam piadas ou safadezas entre dois chimarrões ou uma cerveja nunca suficientemente gelada. Poder arrancar Anabel dessa imagem confusa e manchada que me resta dela, como às vezes as cartas de William lhe chegavam confusas e manchadas e ela as punha em minha mão como se me entregasse um lenço sujo.

11 DE FEVEREIRO

Nessa manhã eu soube, então, que o cargueiro de William tinha estado uma semana em Buenos Aires e que agora chegava a primeira carta de William, de Tampico, acompanhando o clássico embrulho com os presentes prometidos, calcinhas de náilon, uma pulseira fosforescente e um frasquinho de perfume. Nunca havia muitas diferenças nas cartas dos amigos das meninas e em seus presentes, elas pediam principalmente roupas de náilon, que nessa época era difícil de conseguir em Buenos Aires, e eles mandavam os presentes com mensagens quase sempre românticas, nas quais de repente irrompiam referências tão concretas que eu achava complicado traduzi-las em voz alta para as meninas que, naturalmente, me ditavam cartas ou me davam rascunhos cheios de saudade, noites de dança e pedidos de meias de náilon e de blusas cor de tango. Com Anabel também era assim, mal acabei de traduzir a carta de William e ela começou a me ditar a resposta, mas eu conhecia a clientela e lhe pedi que apenas me indicasse os assuntos, que mais tarde eu cuidaria da redação. Anabel ficou me olhando, surpresa.

— É o sentimento — disse. — Tem que pôr muito sentimento.

— Claro, fique tranquila e me diga o que devo responder.

Foi a lista insignificante de sempre, aviso de recebimento, ela estava bem, mas cansada, quando William ia voltar, que lhe mandasse pelo menos um cartão-postal de cada porto, que dissesse para um tal de Perry que não se esquecesse de mandar a foto que tinha tirado deles dois juntos na costeira. Ah, e que dissesse que o lance da Dolly continuava na mesma.

— Se você não me explicar um pouco isso... — comecei.

— Só diga isso, que o lance da Dolly continua na mesma. E no fim diga pra ele, bem, você sabe, que seja com sentimento, se é que você me entende.

— Claro, não se preocupe.

Ficou de passar no dia seguinte e quando veio assinar a carta depois de olhá-la por um momento, dava para ver que ela era capaz de entender muitas palavras, detinha-se longamente em um ou outro parágrafo, depois

472   *Diário para um conto*

assinou e me mostrou um papelzinho onde William tinha anotado datas e portos. Decidimos que seria melhor mandar a carta para Oakland, e a essa altura o gelo já havia sido quebrado e Anabel aceitava o primeiro cigarro e me olhava escrever o envelope, apoiada na borda da escrivaninha e cantarolando alguma coisa. Uma semana depois me trouxe um rascunho para que eu escrevesse a William com urgência, parecia ansiosa e me pediu que lhe escrevesse a carta imediatamente, mas eu estava atolado em certidões de nascimento italianas e prometi que iria escrevê-la naquela tarde, assinar por ela e despachá-la ao sair do escritório. Ela me olhou, meio hesitante, mas depois disse tudo bem e saiu. Na manhã seguinte, apareceu às onze e meia para ter certeza de que eu havia mandado a carta. Foi aí que a beijei pela primeira vez e combinamos que eu iria à casa dela depois do trabalho.

12 DE FEVEREIRO
Não que naquela época eu gostasse particularmente das meninas do Bajo, eu me movia no mundinho acomodado de uma relação estável com alguém que vou chamar de Susana e qualificarei de cinesióloga, só que às vezes esse mundo ficava pequeno demais, confortável demais para mim, então surgia uma espécie de urgência de submersão, uma volta aos tempos adolescentes com caminhadas solitárias pelos bairros do sul, bebidas e escolhas caprichosas, breves interlúdios, talvez mais estéticos que eróticos, um pouco como a escrita deste parágrafo que releio e que deveria riscar, mas que vou guardar porque era assim que as coisas aconteciam, isso que chamei de submersão, esse acanalhamento objetivamente desnecessário, já que Susana, já que T.S. Eliot, já que Wilhelm Backhaus, e mesmo assim, mesmo assim...

13 DE FEVEREIRO
Ontem fiquei fulo comigo mesmo, é engraçado pensar nisso agora. Em todo caso, desde o começo eu já sabia, Anabel não vai me deixar escrever o conto porque, em primeiro lugar, não vai ser um conto, depois porque Anabel vai fazer (como então fez sem saber, coitadinha) tudo o que puder para me deixar sozinho na frente de um espelho. É só eu reler este diário para sentir que ela não passa de uma catalisadora que tenta me arrastar para o fundo mesmo de cada página que por isso não escrevo, para o centro do espelho onde gostaria de vê-la mas onde só aparece um tradutor juramentado devidamente formado, com sua Susana previsível e até cacofônica, suassusana, por que não a chamei de Amalia ou de Berta? Problemas de escrita, não é qualquer nome que se presta a... (Vai continuar?)

DE NOITE

Do quarto de Anabel na rua Reconquista, 500, prefiro nem lembrar, sobretudo porque, talvez sem que ela soubesse, esse quarto ficava bem perto de meu apartamento num décimo segundo andar e com janelas que davam para uma esplêndida vista do rio cor de leão. Lembro (incrível que me lembre de coisas como essa) que ao marcar o encontro com ela fiquei tentado a lhe dizer que seria melhor vir até meu ninho, onde teríamos uísque bem gelado e uma cama do jeito que eu gosto, e que o que me segurou foi a ideia de que Fermín, o porteiro com mais olhos que Argos, a visse entrar ou sair do elevador e meu crédito com ele fosse por água abaixo, ele que cumprimentava Susana quase comovido quando nos via sair ou chegar juntos, ele que sabia distinguir em matéria de maquiagens, saltos de sapato e bolsas. Assim que comecei a subir a escada me arrependi, e estive a ponto de dar meia-volta quando entrei no corredor para o qual davam não sei quantos quartos, vitrolas e perfumes. Mas Anabel já estava sorrindo na porta de seu quarto, e além disso havia uísque, embora não estivesse gelado, e havia as inevitáveis bonecas, mas também a reprodução de um quadro de Quinquela Martín. A cerimônia se realizou sem pressa, bebemos sentados no sofá e Anabel quis saber quando conheci Marucha e se interessou por meu antigo sócio, do qual as outras meninas lhe haviam falado. Quando pus a mão em sua coxa e lhe beijei a orelha, ela sorriu com naturalidade e se levantou para retirar o cobertor cor-de-rosa da cama. Seu sorriso ao nos despedirmos, quando deixei algumas notas sob um cinzeiro, continuou sendo o mesmo, uma aceitação desapegada que me comoveu pela sinceridade, outros teriam dito profissionalismo. Sei que fui embora sem lhe falar, como planejara, de sua última carta para William, afinal, que me importavam os rolos dela, eu também podia sorrir para ela como ela sorrira para mim, eu também era profissional.

16 DE FEVEREIRO

Inocência de Anabel, como o desenho que ela fez um dia no escritório, quando a deixei esperando por conta de uma tradução urgente, e que deve estar perdido dentro de algum livro até que talvez apareça, como a foto dela, numa mudança ou numa releitura. Desenho com casinhas suburbanas e duas ou três galinhas ciscando na calçada. Mas quem fala de inocência? É fácil tachar Anabel por essa ignorância que parecia fazê-la escorregar de uma coisa para outra; de repente, por baixo, tantas vezes tangível no olhar ou nas decisões, a entrevisão de algo que me escapava, disso que a própria Anabel chamava um pouco dramaticamente de "a vida", e que para mim era um território proibido que só a imaginação ou Roberto Arlt podiam me dar vicariamente. (Estou me lembrando de Hardoy, um advogado amigo, que às vezes se metia em turvos episódios suburbanos por mera nostalgia de algo que no fundo sabia ser impossível, e de onde voltava sem ter realmente participado, mera testemunha, como eu sou testemunha de Anabel. Sim, os verdadeiros inocentes éramos os de gravata e três idiomas; em todo caso, Hardoy, como bom advogado, apreciava sua função de testemunha presencial, via isso quase como uma missão. Mas não é ele, sou eu que gostaria de escrever este conto sobre Anabel.)

17 DE FEVEREIRO
Não vou chamar de intimidade, para isso teria de ter sido capaz de dar a Anabel o que ela me dava com tanta naturalidade, fazê-la subir até minha casa, por exemplo, criar uma paridade aceitável, mesmo que continuasse a ter com ela uma relação tarifada entre cliente regular e mulher da vida. Naquela época, não pensei, como penso agora, que Anabel nunca me censurou por mantê-la rigorosamente à margem; talvez lhe parecesse a regra do jogo, algo que não excluía uma amizade suficiente para encher de risos e brincadeiras os vazios fora da cama, que são sempre os piores. Minha vida absolutamente não interessava a Anabel, suas raras perguntas eram do tipo: "Você teve um cachorrinho quando era criança?", ou: "Sempre cortou o cabelo assim tão curto?". Eu já estava bem a par do lance de Dolly e Marucha, de qualquer coisa na vida de Anabel, já ela continuava sem saber e sem se importar que eu tivesse uma irmã ou um primo, barítono este último. Marucha eu conhecia de antes, por causa das cartas, e às vezes me encontrava com ela e com Anabel no café de Cochabamba para tomar cerveja (importada). Por uma das cartas a William eu ficara sabendo das broncas entre Marucha e Dolly, mas o que vou chamar de caso do frasquinho só ficou sério bem depois, no começo era para rir de tamanha inocência (já falei da inocência de Anabel? É chato reler este diário que está me ajudando cada vez menos a escrever o conto), porque Anabel, que era unha e carne com Marucha, tinha contado a William que Dolly continuava tirando clientes de Marucha, caras de grana e até um que era filho de um delegado, como no tango, tornava a vida dela impossível no negócio da Chempe e se aproveitava, visivelmente, do fato de Marucha estar perdendo um pouco de cabelo, de seus problemas com os incisivos e que na cama etc. Marucha chorava tudo isso para Anabel, para mim menos, talvez por não ter tanta confiança em mim, eu era o tradutor e tchau, diz que você é um fenômeno, contava-me Anabel, que você interpreta tudo tão bem para ela, o cozinheiro daquele navio francês até lhe manda mais presentinhos que antes, Marucha acha que deve ser pelo sentimento que você põe nas cartas.

— E pra você não mandam mais?

— Não, tchê. Na certa você é muquirana quando escreve, de puro ciúme.

Dizia coisas assim, e ríamos bastante. E foi rindo também que ela me contou a história do frasquinho que já havia aparecido uma ou duas vezes no temário para as cartas a William sem que eu fizesse perguntas, porque deixar que ela viesse sozinha era um de meus prazeres. Lembro que me contou isso em seu quarto, enquanto abríamos uma garrafa de uísque para um merecido drinque.

— Juro, eu fiquei pasma. Ele sempre me pareceu um pouco lelé, talvez porque não entendo muito a fala dele, e olhe que no fim ele sempre se faz entender. Claro, você não o conhece, se visse os olhos dele, como um gato amarelo, nele fica bem porque ele é um sujeito boa-pinta, quando sai veste uns ternos que, vou te contar, aqui nunca vemos produtos assim, sintéticos, entende?

— Mas o que foi que ele disse?

— Que quando voltar vai me trazer um frasquinho. Desenhou-o num guardanapo e em cima pôs uma caveira e dois ossos cruzados. Entendeu agora?

— Entendi, mas não entendo por quê. Você falou da Dolly pra ele?

— Claro, na noite em que ele veio me procurar quando o navio chegou, a Marucha estava comigo, chorava e devolvia a comida, tive que segurá-la pra que não fosse direto cortar a cara da Dolly. Foi justo aí que eu soube que a Dolly tinha lhe tirado o velho das quintas-feiras, vá saber o que essa filha da puta falou pra ele da Marucha, talvez o lance do cabelo, que numa dessas era alguma coisa contagiosa. William e eu demos fernet pra ela e a fizemos se deitar aqui nesta cama, ela dormiu e então pudemos sair pra dançar. Eu contei toda a história da Dolly pra ele, com certeza ele entendeu, porque isso sem dúvida, ele entende tudo o que eu digo, me crava aqueles olhos amarelos e eu só preciso repetir algumas coisas pra ele.

— Espere um pouco, melhor tomarmos outro scotch, esta tarde tudo foi duplo — falei lhe dando um croque, e rimos porque o primeiro já tinha sido bem servidinho. — E o que você fez?

— Você acha que eu sou tão sonsa assim? Claro que não, ora, eu rasguei o guardanapo em pedacinhos pra que ele entendesse. Mas ele teimando com o frasquinho, que ia mandá-lo pra mim pra que a Marucha o pusesse num aperitivo. *In a drink*, disse. Desenhou um policial em outro guardanapo e depois o riscou com um X, isso queria dizer que não iam suspeitar de nada.

— Perfeito — falei —, esse ianque acha que os médicos forenses daqui são uns broncos. Você fez bem, pequena, ainda mais que o tal frasquinho ia passar pelas suas mãos.

476   *Diário para um conto*

— Isso.

(Não me lembro, como poderia *me lembrar* desse diálogo? Mas foi assim, eu o escrevo escutando-o, ou o invento copiando-o, ou o copio inventando-o. Perguntar-se de passagem se não será isso a literatura.)

19 DE FEVEREIRO

Mas às vezes não é assim, e sim uma coisa muito mais sutil. Às vezes, entra-se num sistema de paralelas, de simetrias, e quem sabe por isso há momentos e frases e eventos que se fixam para sempre numa memória que não tem muitos méritos (a minha, em todo caso), já que se esquece de tanta coisa mais importante.

Não, nem sempre há invenção ou cópia. Ontem à noite pensei que devia continuar escrevendo tudo isso sobre Anabel, que talvez isso me levasse ao conto como verdade última, e de repente eis outra vez o quarto na Reconquista, o calor de fevereiro ou março, o sujeito de Rioja com os discos de Alberto Castillo do outro lado do corredor, aquele cara não terminava nunca de se despedir de seu famoso pampa, até Anabel estava ficando cheia daquilo, e olhe que ela levanta a música, *adióóós pááámpa míía*, e Anabel sentada nua na cama e se lembrando de seu pampa lá nas bandas de Trenque Lauquen. Mas que confusão que esse cara arma por causa do pampa, Anabel desdenhosa acendendo um cigarro, tanta amolação por uma bosta daquela cheia de vacas. Mas, Anabel, pensei que você fosse mais patriota, filhinha. Uma bosta de uma chatice, tchê, acho que se eu não viesse para Buenos Aires ia acabar me jogando num valão. Pouco a pouco as lembranças confirmatórias, e de repente, como se ela precisasse me contar, a história do caixeiro-viajante, ela nem tinha começado, quase, quando senti que eu já conhecia essa história, que já tinham me contado isso. Fui deixando que falasse do jeito que ela precisava falar (às vezes o frasquinho, agora o viajante), mas de algum modo eu não estava ali com ela, o que estava me contando me vinha de *outras vozes, outros lugares*, com o perdão de Capote, me vinha de uma sala de refeições no poeirento Bolívar, aquele povoado pampeano onde eu tinha morado dois anos, já tão longínquos, daquela reunião de amigos e visitantes onde se falava principalmente de mulheres, disso que os rapazes da época chamavam de mulherões e que andavam tão raras na vida dos solteiros provincianos.

Como me lembro bem daquela noite de verão, junto com a sobremesa e o café com grapa coisas de outros tempos voltavam ao careca Rosatti, era um homem que apreciávamos pelo humor e pela generosidade, o mesmo homem que, depois de um conto meio picante de Flores Díez ou do gordo Salas, se largava a nos contar de uma cabocla já não muito jovem que ele visitava em seu rancho lá dos lados de Casbas, onde ela vivia de umas galinhas e de uma pensão de viúva, criando na miséria uma filha de treze anos.

Rosatti vendia carros novos e usados, ia até o rancho da viúva quando se dava bem em alguns de seus giros, levava alguns presentes e se deitava com a viúva até o dia seguinte. Ela tinha se apegado a ele, preparava-lhe bons mates, fritava-lhe empanadas e, segundo Rosatti, não era nada ruim de cama. Mandavam a Chola dormir num galpãozinho onde em outros tempos o finado guardava uma charrete já vendida; era uma menina calada, de olhos ariscos, que sumia de vista assim que Rosatti chegava e na hora do jantar se sentava com a cabeça baixa e quase não falava. Às vezes ele levava um brinquedo ou balas, que ela recebia com um "obrigada, senhor" quase forçado. Na tarde em que Rosatti apareceu com mais presentes que de costume porque naquela manhã tinha vendido um Plymouth e estava contente, a viúva agarrou a Chola pelo ombro e lhe disse que aprendesse a agradecer direito ao sr. Carlos, que não fosse tão chucra. Rosatti, rindo, desculpou-a porque conhecia seu temperamento, mas nesse segundo de confusão da menina a viu pela primeira vez, viu seus olhos enegrecidos e os catorze anos que começavam a levantar sua blusinha de algodão. Naquela noite na cama sentiu as diferenças e a viúva também deve tê-las sentido, porque chorou e disse que ele já não gostava dela como antes, que certamente ia se esquecer dela pois já não se entregava como no começo. Os detalhes do arranjo nós nunca soubemos, em algum momento a viúva foi buscar a Chola e a trouxe para o rancho aos trancos. Ela mesma lhe arrancou a roupa enquanto Rosatti a esperava na cama, e como a garota gritava e se debatia desesperada, a mãe segurou suas pernas e a manteve assim até o final. Lembro que Rosatti abaixou um pouco a cabeça e disse, entre envergonhado e desafiante: "Como chorava...". Nenhum de nós fez o menor comentário, o silêncio denso durou até que o gordo Salas soltou uma das suas e todos nós, principalmente Rosatti, começamos a falar de outras coisas.

Eu também não comentei absolutamente nada com Anabel. Que podia dizer? Que já conhecia todos os detalhes, salvo que havia pelo menos vinte anos entre as duas histórias, e que o caixeiro-viajante de Trenque Lauquen não era o mesmo homem, nem Anabel a mesma mulher? Que tudo era mais ou menos assim com as Anabel deste mundo, salvo que às vezes se chamavam Chola?

23 DE FEVEREIRO

Os clientes de Anabel, vagas referências com algum nome ou alguma história. Encontros casuais nos cafés do Bajo, fixação de um rosto, de uma voz. Claro que nada disso me importava, imagino que nesse tipo de relações com-

478 *Diário para um conto*

partilhadas ninguém se sente um cliente como os outros, mas além disso eu podia me saber seguro de meus privilégios, primeiro pelo lance das cartas, e também por mim mesmo, alguma coisa que agradava Anabel e que dava, acho, mais espaço para mim que para os outros, tardes inteiras no quarto, no cinema, a milonga e algo que talvez fosse carinho, em todo caso vontade de rir por qualquer coisa, generosidade nada fingida no jeito de Anabel buscar e dar o gozo. Impossível que fosse assim com os outros, os clientes, e por isso não me importava com eles (a ideia era que Anabel não me importava, mas por que hoje me lembro disso tudo?), embora no fundo tivesse preferido ser o único, viver assim com Anabel e, de outro lado, com Susana, claro. Mas Anabel tinha de ganhar a vida e vez por outra me chegava algum indício concreto, como cruzar na esquina com o gordo — nunca soube nem perguntei seu nome, ela o chamava só de gordo — e ficar vendo-o entrar na casa, imaginá-lo refazendo meu próprio itinerário dessa tarde, degrau por degrau até a galeria e o quarto de Anabel e tudo o mais. Lembro que fui beber um uísque no La Fragata e que li todas as notícias internacionais do *La Razón*, mas no fundo eu sentia o gordo com Anabel, era idiota, mas eu o sentia como se estivesse em minha própria cama, usando-a sem ter direito.

Talvez por isso eu não tenha sido muito amável com Anabel quando ela apareceu no escritório alguns dias depois. De todas as minhas clientes epistolares (a palavra volta a aparecer de uma forma bastante curiosa, hein, Sigmund?) eu conhecia os caprichos e os humores na hora em que me davam ou me ditavam uma carta, e fiquei impassível quando Anabel quase gritou escreva agora mesmo pro William me trazer o frasquinho, aquela cadela filha da puta não merece viver. *Du calme*, falei (entendia bastante bem o francês), que história é essa de ficar assim antes do vermute? Mas Anabel estava enfurecida e o prólogo da carta foi que Dolly tinha voltado a tirar um cliente com carro da Marucha e andava dizendo lá na Chempe que fizera isso para salvá-lo da sífilis. Acendi um cigarro como bandeira de capitulação e escrevi a carta onde absurdamente era preciso falar mais uma vez do frasquinho e de umas sandálias prateadas trinta e seis e meio (no máximo trinta e sete). Tive de calcular a conversão em cinco ou cinco e meio para não causar problemas a William, e a carta ficou muito curta e prática, sem nada do sentimento que Anabel normalmente pedia, ainda que agora o fizesse bem menos, por motivos óbvios. (Como ela imaginava o que eu podia dizer a William nas despedidas? Já não me exigia que lesse as cartas para ela, logo ia embora me pedindo que as despachasse, não podia saber que eu continuava fiel a seu estilo e que falava para William de saudades e de carinho, não por excesso de bondade, mas porque precisava prever as respostas e os presentes, e no fundo isso devia ser o barômetro mais seguro para Anabel.)

Naquela tarde pensei com calma e antes de despachar a carta acrescentei uma folha separada na qual me apresentava sucintamente a William como o tradutor de Anabel, e lhe pedia que viesse me ver assim que desembarcasse e, sobretudo, antes de se encontrar com Anabel. Quando o vi entrar, duas semanas depois, seus olhos amarelos me impressionaram mais que o ar, entre agressivo e acanhado, do marinheiro em terra. Não jogamos muita conversa fora, eu disse que estava a par do assunto do frasquinho mas que as coisas não eram tão terríveis como Anabel pensava. Virtuosamente, mostrei-me preocupado com a segurança de Anabel, que, caso a coisa pegasse fogo, não poderia se mandar num navio, como ele iria fazer três dias mais tarde.

— Bem, ela me pediu — disse William sem se alterar. — Tenho pena da Marucha, e é a melhor forma de ajeitar as coisas.

O conteúdo do frasquinho, se lhe dermos crédito, não deixava o menor vestígio, e isso, curiosamente, parecia suprimir qualquer noção de culpabilidade em William. Senti o perigo e comecei meu trabalho sem forçar a mão. No fundo os rolos com Dolly não estavam nem melhor nem pior que em sua última viagem, claro que Marucha estava cada vez mais saturada e isso recaía sobre a pobre Anabel. Eu me interessava pelo assunto porque era o tradutor de todas aquelas meninas e as conhecia bem etc. Peguei o uísque depois de pendurar uma placa de *ausente* e fechar o escritório à chave, e comecei a beber e a fumar com William. Já de cara eu o avaliei, primário e sentimentaloide e perigoso. O fato de eu ser o tradutor das frases românticas de Anabel parecia me dar um prestígio quase confessional, no segundo uísque eu soube que ele estava realmente apaixonado por Anabel e que queria tirá-la da vida, levá-la para os States em um par de anos, quando resolvesse, disse, uns assuntos pendentes. Impossível não ficar do seu lado, aprovar cavalheirescamente suas intenções e me apoiar nelas para insistir que o negócio do frasquinho era a pior coisa que ele podia fazer a Anabel. Começou a ver por esse ângulo, mas não me escondeu que Anabel não perdoaria sua falha, iria chamá-lo de frouxo e de filho da puta, e esse era o tipo de coisa que ele não podia aceitar nem mesmo de Anabel.

Tomando como exemplo o gesto de servir mais uísque em seu copo, sugeri um plano em que eu seria seu aliado. Ele daria, é claro, o frasquinho a Anabel, mas cheio de chá ou de coca-cola; eu, por minha vez, iria mantê-lo a par das novidades com o sistema das folhinhas separadas, para que as cartas de Anabel guardassem tudo o que era apenas deles dois, e certamente o problema entre Dolly e Marucha se resolveria pelo cansaço. Se isso não acontecesse — era preciso ceder em algo diante daqueles olhos amarelos que iam ficando cada vez mais fixos —, eu lhe escreveria para que mandasse

480   *Diário para um conto*

ou trouxesse o frasquinho verdadeiro, e quanto a Anabel, tinha certeza de que ela entenderia, se fosse o caso, quando eu me declarasse responsável pelo engano para o bem de todos etc.

— O.k. — disse William. Era a primeira vez que ele dizia isso, e me pareceu menos idiota que quando o ouvia de meus amigos. Na porta, demo-nos as mãos, ele me olhou amarelo e demorado, e disse: "Obrigado pelas cartas". Disse isso no plural, quer dizer, estava pensando também nas cartas de Anabel e não só na simples folha separada. Por que essa gratidão fazia que eu me sentisse tão mal, por que ao ficar sozinho tomei outro uísque antes de fechar o escritório e sair para almoçar?

26 DE FEVEREIRO
Escritores que aprecio souberam ironizar amavelmente a linguagem de alguém como Anabel. Divertem-me muito, é claro, mas no fundo essas facilidades da cultura me parecem um pouco canalhas, eu também poderia repetir muitas frases de Anabel ou do porteiro galego, e de repente até vou acabar fazendo isso se, por fim, escrever esse conto, não há nada mais fácil. Mas naquela época eu me dedicava mais a comparar mentalmente a fala de Anabel e de Susana, que as desnudava mais profundamente que minhas mãos, revelava o aberto e o fechado nelas, o estreito e o largo, o tamanho de suas sombras na vida. Nunca ouvi a palavra "democracia" dita por Anabel, que, aliás, a ouvia ou lia vinte vezes por dia, em compensação Susana a usava por qualquer motivo e sempre com a mesma boa consciência de proprietária. Em matérias íntimas, Susana podia aludir a seu sexo, enquanto Anabel dizia xoxota ou *parpaiola*, palavra que sempre me fascinou pelo que tem de marola e de párpado. E se estou assim há dez minutos porque não me decido a continuar com o que falta (e que não é muito e não corresponde muito ao que eu vagamente esperava escrever), ou seja, que a semana inteira eu não soube nada de Anabel, como era previsível, já que devia estar o tempo todo com William, mas num final de semana ela apareceu com, é claro, parte dos presentes de náilon que William tinha trazido para ela, e uma bolsa nova de pele não sei do que lá do Alasca que, nessa estação, só de olhar fazia o calor aumentar. Veio para me dizer que William tinha acabado de partir, o que não era novidade para mim, e que tinha lhe trazido a coisa (curiosamente, evitava chamá-la de frasquinho), que já estava nas mãos de Marucha.

Eu não tinha nenhuma razão para me inquietar agora, mas era bom dar uma de preocupado, saber se Marucha tinha plena consciência da barbaridade que isso significava etc., e Anabel me explicou que a fizera jurar por sua santa mãe e pela Virgem de Luján que só se Dolly voltasse a etc. De passagem, interessou-se em saber o que eu achava da bolsa e das meias

Fora de hora   481

de náilon, e combinamos de nos encontrar em sua casa na outra semana, porque ela andava muito ocupada depois de tanto *full time* com William. Já estava indo embora, quando se lembrou:

— Ele é tão bom, sabe? Já pensou quanto essa bolsa deve ter lhe custado? Eu não queria falar nada de você pra ele, mas ele me falava o tempo todo das cartas, disse que você consegue lhe transmitir meu sentimento com exatidão.

— Ah — comentei, sem saber bem porque a coisa me descia meio atravessada.

— Olhe, tem fecho duplo de segurança e tudo o mais. No fim eu disse pra ele que você me conhecia bem e que por isso interpretava as cartas pra mim, em todo caso por que ele ligaria pra isso se nem viu você?

— Claro, por que ligaria? — consegui dizer.

— Ele me prometeu que na próxima viagem vai trazer uma vitrola com rádio e tudo o mais, daí sim, e vamos calar a boca do riojano do *adiós pampa mía* se você me comprar uns discos do Canaro e do D'Arienzo.

Ela ainda estava saindo quando Susana me telefonou, pelo visto tinha acabado de entrar num de seus surtos de nomadismo e me convidava para ir com ela em seu carro até Necochea. Topei ir no final de semana, e me sobraram três dias em que não fiz nada além de pensar, sentindo pouco a pouco uma coisa estranha me subir até a boca do estômago (o estômago tem boca?). Primeiro: William não tinha falado a Anabel de seus planos de casamento, era quase óbvio que o deslize involuntário de Anabel lhe caíra como um tapa na cara (e o fato de ter disfarçado isso era o mais inquietante). Ou seja, que...

Inútil dizer a mim mesmo que a essa altura eu estava me deixando levar por deduções tipo Dickson Carr ou Ellery Queen, e que, afinal, um sujeito como William não tinha por que perder o sono pelo fato de eu ser mais um entre os clientes de Anabel. Só que eu senti, ao mesmo tempo, que não era bem assim, que justamente um sujeito como William podia ter reagido de forma diferente, com aquela mistura de sentimentalismo e garras de felino que eu tinha sacado nele desde o início. Pois, além disso, agora vinha o segundo lance: sabedor de que eu fazia algo mais além de traduzir as cartas para Anabel, por que ele não subiu para me dizer isso, para o bem ou para o mal? Não podia esquecer que ele tinha confiado em mim e até me admirado, que de algum modo se confessara com alguém que, entretanto, se mijava de rir de tamanha ingenuidade, e isso William devia ter sentido, e como!, naquele momento em que Anabel deu com a língua nos dentes. Era tão fácil imaginar William derrubando-a com um soco e vindo direto até meu escritório para fazer a mesma coisa comigo. Nem uma coisa nem outra, porém, e isso...

482   *Diário para um conto*

E isso o quê?, disse para mim mesmo como quem toma um Equanil, pois afinal seu navio já estava longe e tudo se reduzia a hipóteses; o tempo e as ondas de Necochea as apagariam aos poucos; além do mais, Susana estava lendo Aldous Huxley, o que daria assunto para conversas bastante diferentes, felizmente. Eu também comprei livros novos no caminho para casa, lembro que era algo de Borges e/ou de Bioy.

27 DE FEVEREIRO

Embora quase ninguém se lembre mais, ainda me comove a forma com que Spandrell espera e recebe a morte em *Contraponto*. Nos anos quarenta, esse episódio não poderia tocar tão profundamente os leitores argentinos; hoje sim, mas justo quando já não se lembram dele. Eu continuo sendo fiel a Spandrell (nunca reli o romance nem o tenho aqui à mão), e ainda que os detalhes tenham se apagado, parece que estou vendo novamente a cena em que ele ouve a gravação de seu quarteto preferido de Beethoven, sabendo que o comando fascista se aproxima de sua casa para assassiná--lo, e dando a essa escolha final um peso que torna seus assassinos ainda mais desprezíveis. Susana também tinha ficado comovida com esse episó-dio, embora seus motivos não me parecessem exatamente os meus nem, talvez, os de Huxley; ainda estávamos discutindo no terraço do hotel quan-do passou um jornaleiro e comprei o *La Razón*, e na página 8 vi polícia investiga morte misteriosa, vi uma foto irreconhecível de Dolly, mas com seu nome completo e suas atividades notoriamente públicas, transporta-da com urgência para o Hospital Ramos Mejía faleceu duas horas mais tarde, vítima de um veneno poderoso. Vamos voltar hoje de noite, falei para Susana, aqui não para de chuviscar. Ela ficou histérica, me chamou de déspota. Ele se vingou, eu pensava, deixando-a falar, sentindo a cãibra que me subia das virilhas até o estômago, aquele filho da puta se vingou, o que ele não deve estar se divertindo lá no navio, nem chá nem coca-cola, e aquela imbecil da Marucha que vai abrir o bico em dez minutos. Como rajadas de medo entre cada frase enfurecida de Susana, o uísque duplo, a cãibra, a mala, puta merda ela vai abrir o bico, vai soltar a língua assim que lhe derem uns tapas na cara.

Mas Marucha não abriu o bico, na tarde seguinte havia um papelzinho de Anabel debaixo da porta do escritório, nos vemos às sete no café do Negro, estava bem tranquila e com a bolsa de pele, nem lhe passara pela cabeça que Marucha podia metê-la em alguma confusão. Jura é jura, não tem erro, ela me dizia, com uma calma que eu teria achado admirável se não estivesse com tanta vontade de enchê-la de tapas. A confissão de Marucha ocupava meia página do jornal, e era exatamente isso que Anabel estava lendo quando cheguei ao café. O jornalista não ia além das generalidades próprias do ofício, a mulher declarou ter procurado um veneno de efeito fulminante que derramou num copo de bebida, ou seja, no cinzano que Dolly bebia aos litros. A rivalidade entre as duas mulheres tinha atingido seu ponto culminante, acrescentava o consciencioso repórter, e seu trágico desenlace etc.

Não acho estranho ter esquecido quase todos os detalhes desse encontro com Anabel. Vejo-a sorrir para mim, isso sim, ouço-a dizer que os advogados provariam que Marucha era uma vítima e que ela sairia em menos de um ano; o que guardo dessa tarde é principalmente um sentimento de total absurdo, algo impossível de dizer aqui, percebi que naquele momento Anabel era como um anjo pairando acima da realidade, certa de que Marucha tinha tido razão (e era verdade, mas não dessa forma) e que não ia acontecer nada de grave com ninguém. Ela me falava disso tudo e era como se estivesse me contando uma radionovela, alheia a si mesma e sobretudo a mim, às cartas, sobretudo às cartas que me punham sem mais nem mais no mesmo barco com William e com ela. Me dizia tudo isso como se fosse uma radionovela, daquela distância incalculável entre nós dois, entre seu mundo e meu terror que procurava cigarros e outro uísque, e claro, claro que sim, Marucha é de confiança, claro que não vai abrir o bico.

Porque se eu estava certo de alguma coisa nesse momento era de que não podia dizer nada para o anjo. Como diabos fazê-la entender que William não ia se conformar com isso agora, que certamente iria escrever para completar sua vingança, para denunciar Anabel e, de quebra, me meter no rolo como acobertador. Ela ficaria me olhando meio perdida, talvez me mostrasse a bolsa como uma prova de boa-fé, ele que me deu de presente, como pode pensar que faria uma coisa dessas, e por aí vai.

Não sei de que falamos depois, voltei ao meu apartamento para pensar, e no dia seguinte acertei com um colega para que tomasse conta do escritório por um par de meses; embora Anabel não conhecesse meu apartamento, por via das dúvidas me mudei para um que Susana tinha acabado de alugar em Belgrano, e não me movi desse salubre bairro para evitar um encontro casual com Anabel no centro. Hardoy, que era de minha total confiança, dedicou-se prazerosamente a espioná-la, banhando-se na atmosfera daquilo que ele chamava de bas-fond. Tantas precauções se mostraram inúteis, mas serviram para que eu dormisse um pouco melhor, para ler um monte de livros e descobrir novas facetas e até encantos inesperados em Susana, convencida, a coitada, de que eu estava fazendo uma cura de repouso e passeando por toda parte em seu carro. Um mês e meio depois o navio de William chegou, e naquela mesma noite eu soube por Hardoy que Anabel se encontrara com ele e que tinham ficado até as três da manhã dançando

484   *Diário para um conto*

numa milonga de Palermo. A única coisa lógica seria eu sentir alívio, mas acho que não senti, foi mais como se Dickson Carr e Ellery Queen fossem uma bela de uma bosta e a inteligência ainda pior que a bosta, em comparação com aquela milonga na qual o anjo se encontrou com o outro anjo (*per modo di dire*, claro), para, de passagem entre um tango e outro, me cuspir em plena cara, os dois na deles cuspindo em mim sem me ver, sem saber de mim e sobretudo sem dar a mínima para mim, como quem cospe no chão sem ao menos olhá-lo. Sua lei e seu mundo de anjos, com Marucha e, de algum modo, também com Dolly, e eu deste outro lado com a cãibra e o valium e Susana, com Hardoy que continuava a me falar da milonga sem perceber que eu tinha apanhado o lenço, que enquanto o escutava e agradecia sua amistosa vigilância estava passando o lenço para secar, de algum modo, a cuspida bem no meio da cara.

28 DE FEVEREIRO

Restam alguns detalhes menores: quando voltei ao escritório, já tinha tudo pensado para explicar convincentemente minha ausência a Anabel; conhecia de sobra sua falta de curiosidade, ela aceitaria qualquer coisa e já devia andar com alguma outra carta para traduzir, a menos que, nesse meio-tempo, tivesse arrumado outro tradutor. Mas Anabel nunca mais veio ao escritório, quem sabe fosse uma promessa feita a William com juras e Virgem de Luján, ou talvez só estivesse realmente magoada com minha ausência, ou talvez a Chempe a mantivesse muito ocupada. No começo, acho que esperei por ela vagamente, não sei se gostaria de vê-la entrando, mas no fundo me magoava que ela estivesse me apagando com tanta facilidade, quem iria traduzir suas cartas melhor que eu, quem poderia conhecer William ou ela melhor que eu? Duas ou três vezes, no meio de uma patente ou de uma certidão de nascimento, fiquei com as mãos no ar, esperando que a porta se abrisse e Anabel entrasse de sapato novo, mas depois chamavam educadamente e era só uma fatura consular ou um testamento. De minha parte, continuei evitando os lugares onde poderia encontrá-la de tarde ou de noite. Hardoy também não a viu mais, e nesses meses surgiu a oportunidade de vir para a Europa por um tempo, e no fim fui ficando, fui me acostumando até agora, até os cabelos brancos, essa diabete que me encurrala no apartamento, essas lembranças. A verdade é que eu queria ter escrito sobre isso tudo, fazer um conto sobre Anabel e aquela época, talvez, depois de escrevê-lo, isso ajudasse a me sentir melhor, a deixar tudo em ordem, mas já não acredito que vá fazê-lo, tem este caderno cheio de retalhos soltos, essa vontade de começar a completá-los, de preencher os buracos e contar outras coisas de Anabel, mas só o que mal e mal consigo dizer é que eu queria demais escrever esse conto sobre Anabel, e no fim é só mais uma página no caderno, mais um dia sem começar o conto. O pior é que não estou convencido de que nunca poderei fazê-lo, porque, entre outras coisas, não sou capaz de escrever sobre Anabel, e de nada me vale ir juntando pedaços que definitivamente não são de Anabel, são meus, quase como se Anabel estivesse querendo escrever um conto e se lembrasse de mim, de como nunca a levei em minha casa, dos dois meses em que o pânico me tirou de sua vida, de tudo isso que agora volta, embora Anabel com certeza pouco tenha se importado com isso e só eu me lembre de algo que é tão pouco, mas que não para de voltar de lá, daquilo que talvez devesse ter sido de outra maneira, como eu e como quase tudo lá e aqui. Pensando bem, como Derrida está certo quando diz, quando me diz: Não (me) resta quase nada: nem a coisa, nem sua existência, nem a minha, nem o puro objeto nem o puro sujeito, nenhum interesse de nenhuma natureza por nada. Nenhum interesse, realmente, porque procurar Anabel no fundo do tempo é sempre cair de novo em mim mesmo, e é tão triste escrever sobre mim mesmo quando quero continuar imaginando que escrevo sobre Anabel.

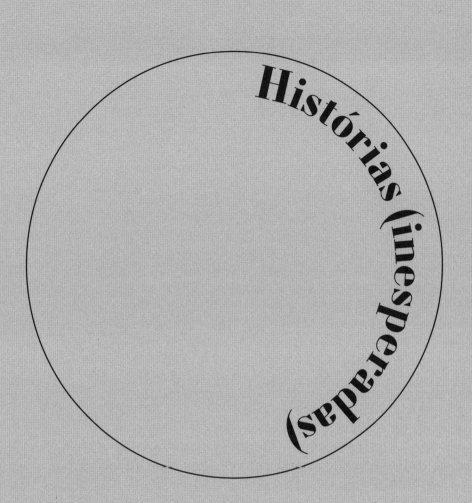

Em reconhecimento de sua relevância na obra de Julio Cortázar, completamos esta edição com os sete textos na sequência, publicados no volume *Papeles inesperados* (Alfaguara), 2009. (N. E.)

Teoria do caranguejo[*]

Tinham erguido a casa no limite da selva, orientada para o sul a fim de evitar que a umidade dos ventos de março se somasse ao calor que a sombra das árvores pouco atenuava.

Quando Winnie estava chegando

Deixou o parágrafo inconcluso, afastou a máquina de escrever e acendeu o cachimbo. Winnie. O problema, como sempre, era Winnie. Assim que se ocupava dela a fluidez se coagulava numa espécie de

Suspirando, apagou *numa espécie de*, porque detestava as facilidades do idioma, e pensou que não poderia continuar trabalhando agora, só depois do jantar; logo as crianças iam chegar da escola e ele teria de cuidar dos banhos, preparar a comida e ajudá-los com suas

Por que no meio de uma enumeração tão simples havia uma espécie de lacuna, uma impossibilidade de continuar? Achava isso incompreensível, pois já escrevera passagens muito mais difíceis, compostas sem nenhum esforço, como se, de algum modo, já estivessem preparadas para incidir na linguagem. Naturalmente, nesses casos era melhor

Soltando o lápis, disse para si que tudo se tornava abstrato demais; os *naturalmente* os *nesses casos*, a velha tendência para fugir de situações definidas. Tinha a impressão de se afastar cada vez mais das fontes, de organizar quebra-cabeças de palavras que, por sua vez

Fechou o caderno bruscamente e foi até a varanda.

Impossível deixar essa palavra, *varanda*.

---

[*] *Triunfo*, Madri, n. 418, 6 de junho de 1970.

Ciao, Verona*

> — *Tu n'a pas su me conquérir* — *prononça*
> *Vally, lentement.* — *Tu n'a eu ni la force,*
> *ni la patience, ni le courage de vaincre*
> *mon repliement hostile vis-à-vis de*
> *l'être qui veut me dominer.*
> — *Je ne l'ignore point, Vally. Je ne formule*
> *pas le plus légère reproche, la plus légère*
> *plainte. Je te garde l'inexprimable*
> *reconnaissance de m'avoir inspiré cet*
> *amour que je n'ai point su te faire partager.*
> RENÉE VIVIEN, *Une Femme m'apparut...*

Foi em Boston e num hotel, com comprimidos. Lamia Maraini, trinta e quatro anos. Ninguém se surpreendeu muito, algumas mulheres choraram em cidades distantes, a que morava em Boston foi a um nightclub naquela noite e curtiu horrores (falou assim para uma amiga mexicana). Entre os poucos papéis da mala havia cartões-postais só com os primeiros nomes, e uma longa carta romântica datada de meses antes mas quase nem lida, quase intocada no amplo envelope azul. Não sei, Lamia — uma caligrafia redonda e caprichada, um pouco lenta mas que vem, evidentemente, de alguém que não fazia rascunhos —, não sei se vou lhe mandar esta carta, já faz tanto tempo que seu silêncio me prova que você não lê nada, e eu nunca aprendi a enviar bilhetes breves que talvez despertassem uma vontade de resposta, duas linhas ou um desses desenhos com flechas e rãzinhas que você me mandou uma vez de Ischia, de Manágua, descansos de viagem ou formas de preencher uma hora de tédio com uma pequena gentileza um pouco irônica.

Veja, eu mal começo a falar com você e já dá para sentir — você vai sentir mais do que eu e vai deixar de lado esta carta com um mau humor de gata que não acordou direito — que não vou conseguir ser breve, que quando começo a falar há uma espécie de tempo abolido, e eis novamente o escritório do CERN e os papos demorados que nos salvavam da bruma burocrática, dos papéis meio empoeirados sobre nossas escrivaninhas, *urgente, tradução imediata*, o prazer de ignorar um mundo ao qual nunca pertencemos realmente, a esperança de inventarmos outro para nós, sem pressa, mas tenso e

---

* *El País* (*Babelia*), Madri, 3 de novembro de 2007.

crispado e cheio de turbilhões e de festas inesperadas. Falo por mim, claro, você nunca o encarou dessa forma, mas como eu podia saber disso na época, Lamia, como podia adivinhar que ao falar comigo era como se você estivesse se penteando ou se maquiando, sempre sozinha, sempre voltada para dentro de si mesma, eu seu espelho Mireille, seu eco Mireille, até o dia em que se abrisse a porta do fim de seu contrato e você se jogasse na vida rua afora, pisasse fundo no acelerador de seu Porsche que a levaria a outros lances, ao que você agora deve estar vivendo, sem me imaginar aqui lhe escrevendo.

Digamos que eu fale com você para que esta carta preencha uma hora vazia, o intervalo para um café, que você vai erguer os olhos entre uma frase e outra para olhar as pessoas passando, para apreciar as panturrilhas que uma saia vermelha e umas botas de couro macio delimitam de maneira impecável. Onde você está, Lamia, em que praia, em que cama, em que lobby de hotel irá alcançá-la esta carta que entregarei a um funcionário indiferente para que ponha os selos e me indique o custo da remessa sem me olhar, sem nada além de repetir os gestos rotineiros? Tudo é impreciso, possível e improvável: que você a leia, que ela não chegue, que ela chegue e você não a leia, entregue a jogos mais estritos; ou que a leia entre dois goles de vinho, entre duas respostas a essas perguntas que sempre irão lhe fazer aquelas que vivem a inenarrável sorte de compartilhar com você uma mesa ou uma reunião de amigos; sim, um acaso de instantes ou de humores, o envelope que desponta em sua bolsa e que você decide abrir porque está entediada, ou que enfia entre um pente e uma lixa de unhas, entre moedas soltas e pedaços de papel com endereços ou bilhetes. E se você a lê, pois não suporto que você não a leia, nem que seja só para interrompê-la com um gesto aborrecido, se a lê até aqui, até esta palavra aqui que se aferra a seus olhos, que tenta guardar seu olhar no que vem a seguir, se você a lê, Lamia, que importância pode ter para você o que eu quero dizer, não só que eu a amo, porque isso você já sabe desde sempre e para você tanto faz e não é nenhuma novidade, realmente não é novidade para você aí onde estiver, amando outra ou só olhando o rio de mulheres que o vento da rua aproxima de sua mesa e corre em lentas bordejadas, entregando-lhe por um instante suas singraduras e suas máscaras de proa, as regatas multicoloridas que uma delas vencerá sem saber quando você se levantar e a seguir, quando a tornar única na multidão do entardecer, quando abordá-la no exato momento, no portal exato onde seu sorriso, sua pergunta, seu jeito de oferecer a chave da noite sejam exatamente falcão, festim, saciedade.

Digamos então que vou lhe falar de Javier para diverti-la um pouco. Eu não me divirto, e lhe ofereço isso como mais uma das tantas libações que verti a seus pés (você comprou, afinal, aqueles sapatos da Gregsson que tinha visto na *Vogue* e que dizia, brincando, desejar mais que os lábios de Anouk Aimée?). Não, não me divirto, mas ao mesmo tempo preciso falar dele como quem torna e retorna com a língua a um pedacinho de carne preso entre os dentes; sinto falta de falar dele porque desde Verona há nele algo de súcubo (de íncubo? Você sempre me corrigiu e, como vê, continuo na dúvida), e então, o exorcismo, expulsá-lo de mim como ele também tentou me expulsar naquele texto que você achou tão engraçado quando leu o último livro dele lá no México, seu cartão-postal que demorei a entender porque você brincava com cada palavra, emaranhava as sílabas e escrevia em semicírculos que se secionavam misturando pedaços de sentido, descarrilando o olhar. É curioso, Lamia, mas de algum modo esse texto do Javier é real, ele conseguiu transformá-lo num relato literário e lhe dar um título um pouco numismático e publicá-lo como pura ficção, mas as coisas aconteceram assim, pelo menos as coisas externas, que para Javier foram as mais importantes, e às vezes para mim. Seu erro mais estúpido — entre tantíssimos outros — foi acreditar que seu texto nos incluía e de algum modo nos resumia; ele acreditou nisso por ser escritor e por ser vaidoso, o que talvez seja a mesma coisa, que as frases em que falava dele e de mim usando o plural completavam uma visão de conjunto e me concediam a parte que me cabia, o ângulo visual que eu teria o direito de reivindicar nesse texto. A vantagem de não ser escritora é que agora vou lhe falar dele em primeira pessoa, de forma honesta, simples e epistolar; e não vou guardar nenhuma cópia, Lamia, e ninguém poderá mandar um cartão-postal a Javier com uma gozação irônica sobre isso. Pois já é hora de ver as coisas como elas são, para ele seu texto continha a verdade, e era isso, mas só para ele mesmo. É muito fácil falar das faces da moeda e se considerar incapaz de ir de uma para a outra, passar do eu para um plural literário que pretendia me incluir. Às vezes sim, não vou negar, não estou dizendo tudo isso com ressentimento, Javier, pode crer que não (Lamia me perdoará essa brusca substituição de correspondente, na manhã dos fatos e de seus motivos e de suas não explicações, quem sabe eu não esteja escrevendo para você, pobre amigo molhado de impossível), mas era preciso que a outra face da moeda tivesse sua verdadeira voz, que mostrasse você tal como um homem é quando o tiram de sua cômoda rotina, quando o despem de seus panos e de seus mitos e máscaras.

Além do mais, eu lhe devo um esclarecimento, Lamia, embora não vá lhe passar despercebido que não é a você, mas a Javier, que devo isso, e você tem razão, obviamente. Se leu bem o texto dele (às vezes uma crueldade instantânea faz que você sobreponha a irrisão à razão, e nada nem ninguém a faria mudar essa visão demoníaca que é então a sua), deve ter visto que, à sua maneira, ele se envergonha de ter escrito isso, são coisas que pode

492 *Ciao, Verona*

deixar de dizer mas sobre as quais, no fundo, preferiria calar. É claro que para ele também era um exorcismo, teve de sofrer, como imagino que sofreu ao escrevê-lo, confiando numa libertação, num efeito de sangria. Por isso, quando resolveu me mandar o texto, muito antes de publicá-lo junto com outros relatos imaginários, ele acrescentou uma carta onde confessava justamente isso que você achou intolerável. Ele também, Lamia, ele também. Copio suas palavras: "Eu sei, Mireille, é obsceno escrever estas coisas, dá-las aos bisbilhoteiros. Você quer o quê?, tem os que vão às igrejas se confessar, tem os que escrevem cartas intermináveis, e tem também os que fingem urdir um romance ou um conto com seus sucessos pessoais. Quer o quê?, o amor pede rua, pede vento, não sabe morrer na solidão. Por trás deste triste espetáculo de palavras treme indizivelmente a esperança de que você me leia, de que eu não esteja totalmente morto em sua memória". Já viu o tipo de homem, Lamia; não estou lhe mostrando nenhuma novidade, porque para você todos são iguais, e nisso você se engana, mas infelizmente ele entra justo no molde de desprezo que você lhes demarcou para sempre.

Não esqueço a careta que você fez no dia em que falei que tinha pena de Javier; era exatamente meio-dia, bebíamos martínis no bar da estação, você ia para Marselha e tinha acabado de me passar uma lista de coisas esquecidas, uma transação bancária, telefonemas, a recorrente herança das pequenas servidões que você talvez inventasse, em parte, para me deixar ao menos uma esmola. Já lhe disse que tinha pena de Javier, que tinha respondido com duas linhas amáveis à carta quase histérica que ele me mandara de Londres, que iria vê-lo três semanas depois num plano de turismo amistoso. Você não caçoou diretamente, mas a escolha de Verona encheu seus olhos de faíscas, riu entre dois goles, evitou as clássicas citações, claro, e foi embora sem me deixar saber o que pensava; talvez seu beijo tenha sido mais longo que das outras vezes, sua mão se fechou em meu braço por um momento. Nem consegui lhe dizer que nada podia acontecer que me fizesse mudar, gostaria de ter lhe dito isso só por mim, uma vez que você já se afastava de novo atrás de uma de suas presas, eu percebia isso em seu jeito de olhar o relógio, de contar, a partir desse instante, o tempo que a separava do encontro. Você não vai acreditar, mas nos dias que se seguiram pensei pouco em você, sua ausência se tornava cada vez mais tangível e eu quase não tinha necessidade de vê-la, sem você o escritório era definitivamente seu território, seu lápis imperioso a um lado de sua mesa, a capa da máquina cobrindo o teclado que eu gostava tanto de ver quando seus dedos dançavam, envoltos na fumaça de seu Chesterfield; não precisava pensar em você, as coisas eram você, você não tinha partido. Pouco a pouco a sombra de Javier voltava a entrar como ele tantas vezes entrara no escritório, a pretexto de fazer alguma consulta,

Histórias (inesperadas)   493

para se demorar de pé junto de minha mesa, e no fim me convidando para um concerto ou um passeio no final de semana. Inimiga da improvisação e da desordem, você me conhece, escrevi a ele dizendo que eu cuidaria da reserva do hotel, de organizar os horários; ele me agradeceu, lá de Londres, chegou a Verona meia hora antes de mim naquela manhã de maio, bebeu no bar do hotel enquanto me esperava, mal me deu um abraço antes de pegar minha mala e dizer que não estava acreditando, de rir feito uma criança, de me acompanhar até meu quarto e descobrir que ficava na frente do dele, só um pouco mais no fundo do corredor amortecido com estuques e cortinados marrons, o mesmo Hotel Accademia de outra viagem minha, a certeza da tranquilidade e do bom atendimento. Ele não disse nada, claro, olhou as duas portas e não disse nada. Outro teria me reprovado a crueldade dessa vizinhança, ou perguntado se era mera coincidência no mecanismo do hotel. Era, sem dúvida, mas também era verdade que eu não tinha pedido expressamente que nos alojassem em andares diferentes, difícil dizer isso a um gerente italiano, e além disso parecia um jeito de as coisas serem límpidas e claras, um encontro de amigos que se querem bem.

Percebo que tudo isso se esfuma numa linearidade perfeitamente falsa, como todas as linearidades, e que só pode ter sentido se entre seus olhos (continuam azuis, continuam refletindo outras cores e se enchendo de brilhos dourados, de bruscas e terríveis fugas verdes para voltar, com um simples adejo das pálpebras, à água-marinha que me confronta, para sempre, sua negativa, sua rejeição?), se entre seus olhos e esta página se interpusesse uma lupa capaz de lhe mostrar alguns dos infinitos pontos que compõem a decisão de nos encontrarmos em Verona e passarmos uma semana em dois quartos, separados apenas por um corredor e por duas impossibilidades. Quero então lhe dizer que se respondi à carta de Javier, se o encontrei em Verona, esses atos se deram no contexto de uma admissão tácita do passado, de tudo o que você conheceu até o ponto-final do texto de Javier. Não ria, mas esse encontro se baseava numa espécie de ordem do dia, minha vontade de falar, de lhe dizer a verdade, de talvez encontrar um terreno comum onde fosse possível o contentamento, um modo de seguir andando juntos, como uma vez em Genebra. Não ria, mas em minha aceitação havia carinho e respeito, havia o Javier das tardes em minha cabana, das noites de concerto, o homem que tinha sido meu amigo de vagabundagens, de Schumann e de Marguerite Yourcenar (não ria, Lamia, eram praias de encontro e de prazer, ali sim seria possível essa proximidade que ele acabou destruindo com seu comportamento desastrado de urso no cio); e quando lhe expus a ordem do dia, quando aceitei um reencontro em Verona para lhe dizer o que ele já deveria ter adivinhado há muito tempo, sua alegria me fez bem, achei

494   *Ciao, Verona*

que talvez estivesse se abrindo para nós um terreno comum onde os jogos fossem possíveis novamente, e enquanto descia para me encontrar com ele no bar e depois irmos para a rua sob o chuvisco do meio-dia eu me senti a mesma de antes, livre das lembranças que nos maculavam, do embaraço infinito das duas noites em Genebra, e ele também parecia estar recém--lavado de sua própria miséria, esperando-me com planos de passeios, e a esperança de encontrar em Verona os melhores spaghettis da Itália, capelas e pontes e papos que espantassem os fantasmas.

Vejo, como poderia deixar de ver?, seu sorriso meio maligno, meio compassivo, imagino você dando de ombros e talvez mostrando minha carta para essa que está bebendo ou fumando a seu lado, trégua amável numa sesta de travesseiros e murmúrios. Eu me exponho a seu desprezo ou à sua pena, mas naquele momento ele era como um porto, depois de você em Genebra. Sua mão em meu braço ("está bem abrigada, a chuva não está te chateando?") me guiava ao acaso por uma cidade que eu conhecia melhor que ele, até que em determinado momento lhe mostrei o caminho, descemos até a Piazza delle Erbe e aí foram o vermelho e o ocre, o debate sobre o gótico, deixar-se levar pela cidade e suas vitrines, e discordar sobre as tumbas dos Escalígeros, ele sim, eu não, a deriva deliciosa por ruazinhas, sem destino preciso, o primeiro almoço lá onde certa vez eu comera mariscos e onde agora não os encontraria, mas que importava isso se o vinho era bom e a penumbra nos deixava falar, deixava que nos olhássemos sem a dupla humilhação dos últimos olhares em Genebra? Ele me pareceu o de sempre, doce e ao mesmo tempo um pouco brusco, a barba mais curta e os olhos mais cansados, as mãos ossudas amassando um cigarro antes de acendê--lo, a voz na qual havia também um jeito de me olhar, uma carícia que seus dedos já não podiam levar até meu rosto. Parecia haver uma espera tácita e necessária, um lento interregno que enchíamos de anedotas, trabalhos e viagens, relato de vidas separadas correndo por países distantes, Eillen evocada de passagem, porque ele sempre tinha sido leal comigo e tampouco agora se calava sobre sua pequena história sem saída. Estávamos nos sentindo bem enquanto tomávamos o café e a grapa (você sabe que sou perita em grapa e ele aceitou minha sugestão e a aprovou com um gesto infantil, passando timidamente um dedo em meu nariz e recolhendo a mão como se eu fosse reprová-lo); aí nós já tínhamos comparado planos e preferências, eu iria guiá-lo por palácios e igrejas e ele também precisava de um guarda--chuva e de lenços, e também queria meu conselho para comprar meias, pois já se sabe que na Itália. Amigos, sim, derivando outra vez, procurando San Zeno e atravessando nossa primeira ponte com um sol inesperado que tremia, frio e hesitante, nas colinas.

Histórias (inesperadas) 495

Quando voltamos ao hotel com planos de passeio noturno e jantar suntuoso, brincando de ser turistas e de ter, finalmente, um longo tempo sem escritórios nem obrigações, Javier me convidou para um drinque em seu quarto e eu transformei sua cama num divã enquanto ele abria uma garrafa de conhaque e se sentava na única poltrona para me mostrar livros ingleses. Sentíamos a tarde passar sem pressa, falávamos de Verona, os silêncios se abriam, necessários e belos como essas pausas numa música, que também são música; estávamos bem, conseguíamos nos olhar. Em algum momento eu teria de falar, tínhamos vindo a Verona sobretudo por isso, mas ele não fazia perguntas, infantilmente espantado por me ver ali, por me sentir tão próxima de novo, sentada em sua cama em posição de ioga. Eu disse a ele, vamos esperar até amanhã e a gente conversa; ele baixou a cabeça e disse sim, disse não se preocupe, temos tempo, deixe eu ficar assim, estou tão bem. Por isso tudo foi bom voltar para o meu quarto ao anoitecer, me perder por um bom tempo no chuveiro e olhar os telhados e as colinas. Não pense que sou mais ingênua do que sou, aquela tarde tinha sido o que Javier, inexplicavelmente entusiasta do boxe, chamaria de primeiro round de estudo, a cortesia sigilosa dos que buscam ou temem os flancos perigosos, o brusco ataque frontal, mas por trás da sensatez se escondia muito passado sujo; agora só esperávamos, cada um na sua, cada um no seu canto.

O dia seguinte veio depois de caminhar com frio e brincando, chianti e mariscos, o rio Adige transbordando e gente cantando pelas praças. Ah, Lamia, é difícil escrever frases legíveis quando o que eu quero reconstruir para você — por que para você, alheia e sarcástica — já contém o final e o final não passa de palavras misturadas e confusas, *ciao*, por exemplo, esse jeito de cumprimentar ou se despedir indistintamente, ou botão, cachimbo, rejeição, cinema soviético, último copo de uísque, insônia, palavras que me dizem tudo mas que é preciso alisar, conectar com outras para que você entenda, para que o discurso se estenda na página como as coisas se estenderam no tempo daqueles dias. Botão, por exemplo, levei uma camisa de Javier ao meu quarto para pregar um botão, ou cachimbo, veja, no dia seguinte, depois de zanzarmos pelo mercado da Piazza delle Erbe, aconteceu de ele me olhar com uma cara lisa e nova, me olhava assim como os boxeadores devem se olhar no primeiro round, talvez convencido de que tudo estava bem daquele jeito e que tudo continuaria sem alterações nessa nova forma de nos olharmos e de andarmos juntos, e depois abriu um grande sorriso misterioso e me disse que já estava sabendo, que tinha me visto procurar na bolsa quando conversávamos em seu quarto, meu gesto um pouco desolado ao descobrir que tinha deixado o cachimbo em Genebra, o prazer de minhas tardes junto do fogo na cabana quando ouvíamos Brahms, minha cômica enternecedora bela semelhança com George Sand, meu gosto pelo tabaco holandês que ele detestava, fumante de misturas escocesas, e assim não dava, era absolutamente necessário que naquela tarde acendêssemos ao mesmo tempo nossos cachimbos, no quarto dele ou no meu, e ele já tinha olhado as vitrines enquanto passeávamos e sabia onde devíamos ir para que eu escolhesse o cachimbo que ele ia me dar de presente, o pacote de tabaco horrível que era só mais uma de minhas aberrações, sentir que era tão feliz me dizendo isso, brincando comigo para que eu me comovesse e aceitasse seu presente, e então nós dois sopesássemos demoradamente os cachimbos até encontrar a justa medida e a justa cor. Voltamos a nos acomodar em seu quarto, os pequenos rituais se repetiram ritmadamente, fumamos nos olhando com um ar apreciativo, cada qual seu tabaco, mas uma mesma fumaça enchendo pouco a pouco o ar enquanto ele se calava e sua mão vinha até meu joelho por um segundo e aí sim, aí era hora de eu dizer o que ele já sabia, meio sem jeito, mas enfim, dizer-lhe isso, pôr em palavras e pausas aquilo que ele devia saber de alguma forma, mesmo pensando que nunca soubera de nada. Cale-se, Lamia, cale essa palavra de troça que sinto vir a sua boca como uma bolha ácida, não me deixe assim tão sozinha nessa hora em que baixei a cabeça e ele compreendeu e pôs o pequeno abajur no chão para que só o fogo de nossos cachimbos ardesse alternadamente quando, mesmo sem eu nomeá-la, tudo nomeava você, meu cachimbo, minha voz meio queimada de aflição, a simples e horrível definição do que sou perante quem me escutava com os olhos fechados, talvez um pouco pálido, embora eu sempre tenha achado a palidez um mero recurso de escritores românticos.

Dele eu só esperava aceitação e depois, talvez, que me dissesse que estava bem, que não tinha nada a dizer e nada a fazer diante disso. Pode rir triunfante, pode dar à sua perversa sapiência o curso que ela lhe pede agora. Porque não foi assim que aconteceu, claro, só sua mão apertando meu joelho de novo como uma aceitação dolorosa, mas depois vieram as palavras enquanto eu me deixava escorregar na cama e me agarrava ao último resto de silêncio que ele destruía com seu solilóquio apagado. Já em Genebra, em outro contexto, eu o ouvira defender uma causa perdida, me pedir que fosse dele porque depois, porque nada podia estar dito nem ser verdade antes, porque a verdade começaria do outro lado, no final da viagem dos corpos, de sua linguagem diferente. Agora era outra coisa, agora ele sabia (mas ele já sabia, mesmo sem saber realmente, seu corpo junto ao meu já sabia e essa era minha falta, minha mentira por omissão, meu deixar que ele chegasse duas vezes nu à minha nua entrega para que tudo isso terminasse em frio e vergonha de amanhecer entre lençóis inúteis), agora ele já sabia por mim e não aceitava, levantava-se abruptamente e me abraçava forte para beijar-me o pescoço e os cabelos, não importa que seja assim, Mireille, não sei se é verdade a esse ponto ou apenas um fio de navalha, um caminhar por um telhado de duas águas, talvez você queira me libertar de minha própria culpa, de ter tido você nos braços e somente o nada, o encontro impossível. Como lhe dizer que não, que talvez sim, como lhe explicar e me explicar minha repulsa mais profunda apenas fingindo timidez e espera, algo assim como um corpo de virgem contraído pelos pavores de tanto atavismo (não ria, pantera de musgo, que me resta fazer senão alinhar estas palavras?), e ao mesmo tempo lhe dizer que minha repulsa não tem remédio, que jamais seu desejo abriria caminho em algo que lhe era alheio, que só poderia ter sido seu ou de outra, seu ou de quem quer que viesse até mim com um abraço de perfeita simetria, de seios contra seios, de sexo fundo contra sexo fundo, de dedos buscando num espelho, de bocas repetindo uma dupla e alternada sucção interminável.

Mas são tão estúpidos, Lamia, agora você pode cair na gargalhada que lhe queima a garganta, que se pode esperar ou fazer diante de alguém que recua sem recuar, que acata a impossibilidade e ao mesmo tempo se rebela em vão? Eu sei, você está chamando isso de esperança, se estivesse comigo me olharia, irônica, e perguntaria entre duas baforadas de Chesterfield se, apesar de tudo, eu esperava de mim uma espécie de mutação, aquilo que ele chamou de caminhar sobre um telhado de duas águas e então escorregar por um instante para o seu lado; se ainda esperava, apesar de tantos anos de confirmação solitária, uma margem suficiente para dar-me e dar uma felicidade fogo de palha. O que posso lhe dizer? Que sim, talvez, que naquele momento eu talvez tenha esperado, que ele estava lá para isso mesmo, para que eu o esperasse, mas que para esperá-lo tinha de acontecer outra coisa, uma recusa total da amizade e da cortesia e Verona by night e a ponte Risorgimento, que sua mão pulasse de meu joelho para os meus seios, afundasse entre minhas coxas, arrancasse minha roupa aos safanões, mas ele, em contraste, era o emblema perfeito do respeito, seu desejo se embalava em fumaça e palavras, naquele olhar de cachorro bonzinho, de mansa esperança desesperada, e só me pedir para ir além, me pedir como o cavalheiro que era, implorar para que eu desse o salto para trás do qual poderia nascer, por fim, a alegria, que nesse mesmo instante me despisse e me rendesse, ali naquela cama e naquele instante, que fosse sua pois só assim saberíamos o que estava por vir, a margem oposta do verdadeiro encontro. E não, Lamia, então não, se naquele instante eu não era capaz de saber o que aconteceria se suas mãos e sua boca caíssem sobre mim como o violador sobre sua presa, não seria eu a fazer o primeiro gesto da entrega, minha mão não desceria até o fecho de minha calça, até o fecho do sutiã. Minha negativa foi ouvida do fundo de um silêncio onde tudo parecia afundar, a luz e os rostos e o tempo, ele acariciou de leve minha bochecha e baixou a cabeça, disse que compreendia, que mais uma vez a culpa era dele, desse seu jeito inevitável de pôr tudo a perder, outro conhaque, talvez, ir para a rua como uma forma de esquecimento ou de recomeço Verona, de recomeço pacto. Senti tanta pena dele, Lamia, nunca tinha sentido menos desejo por ele, e por isso podia ter pena e ficar do lado dele e me olhar pelos olhos dele e me odiar e me compadecer dele, vamos para a rua, Javier, vamos aproveitar a última luz, admirar a improvável sacada de Julieta, falar de Shakespeare, temos tanta coisa para conversar, na falta de música, vamos trocar Brahms por um Campari nos cafezinhos do centro, ou então vamos comprar seu guarda-chuva, suas meias, é tão divertido comprar meias em Verona.

Pois é, pois é, são tão estúpidos, Lamia, passam ao lado da luz como toupeiras. Agora que relembro, que reconstruo nosso diálogo com essa precisão que o inferno me deu em forma de memória, sei que ele deixou passar tudo que era importante, que o coitado estava tão desarmado tão desfeito tão desolado que não pensou na única coisa que ainda podia fazer, deixar-me cara a cara comigo mesma, obrigar-me ao escrutínio que em outros planos fazemos diariamente diante de nosso espelho, arrancar-me as máscaras do convencional (isso que você sempre criticou em mim, Lamia), do medo de mim mesma e do que pode vir a acontecer, a aceitação dos valores de mamãe e papai ("ah, pelo menos você sabe que eles e o catecismo ditam seu comportamento", outra vez você, é claro), e assim sem lástima, como a forma mais extrema e mais bela da lástima ir me levando ao grito e ao pranto, deixar-me nua sem precisar tirar minha roupa, convidando-me para dar o salto, para a implosão e a vertigem, tirando-me a máscara Mireille mulher para que ele e eu víssemos, por fim, a verdadeira face da mulher Mireille, e então decidir, só que não mais segundo as regras do jogo, dizer-lhe vá embora daqui agora mesmo ou sentir que tínhamos tantos dias pela frente para mergulhar um no outro, para beber-nos e acariciar-nos, os sexos e as bocas e cada poro e cada brincadeira e cada espasmo e cada sonho enovelado e murmurante, aquele outro lado no qual ele não era capaz de me lançar. O que teríamos perdido, o que teríamos ganhado? A roleta da cama, ali onde eu continuava sentada, o vermelho ou o negro, o amor de frente e de costas, o caminho dos dedos e das línguas, os cheiros de marés e cabelos suados, as linguagens infindáveis da pele. Tudo o que enumero sem conhecer realmente, Lamia, tudo o que você nunca quis me dar e que eu não soube buscar em outras, varrida e destroçada pelas antigas inépcias da juventude, a estúpida iniciação forçada num verão interiorano, a reiterada decepção diante dessa ferida incurável na memória, o medo de ceder ao desejo descoberto uma tarde na galeria de Lausanne, a paralisia de toda vontade quando só se podia fazer uma coisa, dizer sim à pulsão que me golpeava com sua onda verde diante daquela garota que tomava chá no terraço, ir até ela e olhá-la, ir até ela e pôr a mão em seu ombro e lhe dizer como você faz, Lamia, dizer simplesmente: desejo você, venha.

Mas não, são estúpidos, Lamia, nessa hora em que ele poderia me abrir como uma caixa com flores à espera, como a garrafa onde o vinho dorme, mais uma vez ele se encolheu, submisso e cortês, entendendo (entendendo o que não bastava entender, o que era preciso forçar com uma esplêndida maré de injúrias e de beijos, não estou falando de sedução sexual, não estou falando de carícias eróticas, você sabe muito bem), entendendo e ficando só nesse entendimento, cachorro molhado, toupeira inane que só seria capaz de voltar a escrever, algum dia, aquilo que não soube viver, como já havia feito depois de Genebra, para seu especial deleite de fêmea de fêmeas, você plenamente senhora de si mesma olhando para nós e rindo, impossível amor meu triunfando mais uma vez sem saber num quarto de hotel em Verona, cidade da Itália.

Assim escrito parece difícil, improvável, mas depois passamos bem aquela tarde, éramos isso, não é?, e de noite houve a descoberta de uma trattoria numa ruazinha, as pessoas amáveis e risonhas na hora da difícil escolha entre lasagne e tortellini; posso lhe dizer que também houve um concerto de árias de ópera onde discutimos vozes e estilos, um ônibus que nos levou a uma cidadezinha próxima onde nos perdemos. Já era o quarto dia, depois de uma viagem até Vicenza para visitar o teatro olímpico do Palladio, e lá fui procurar uma bolsa e Javier me ajudou e no fim ele escolheu por mim, me chamando de Hamlet de barraca de feira, e eu falei que nunca conseguia me decidir rápido, e ele só me olhou, falávamos de compras mas ele me olhou e não disse nada, escolheu por mim, praticamente mandando a vendedora embrulhar a bolsa sem me dar mais tempo para hesitações, e eu falei que ele estava me violando, falei bem assim, Lamia, falei sem pensar e ele me olhou de novo e então entendi e quis que ele esquecesse, era tão inútil e tão a sua cara dizer uma coisa dessas, agradeci a ele por ter me tirado daquela loja que tinha um cheiro apodrecido de couro, no dia seguinte fomos até Mântua ver os Giulio Romano do Palácio do Chá, um almoço e outros Camparis, os jantares na volta a Verona, os boas-noites cansados e sonolentos no corredor onde ele me acompanhava até a porta de meu quarto e lá me dava um beijo ligeiro e me agradecia, e voltava a seu quarto quase parede com parede, insônia com insônia, sabe-se lá que consolos bastardos entre dois cigarros e a ressaca do conhaque.

Não tinha acontecido nada que me desse o direito de voltar antes para Genebra, embora nada mais tivesse sentido, já que o pacto parecia um barco fazendo água, uma dupla comédia lamentavelmente amável na qual ríamos de verdade, às vezes ficávamos contentes, às vezes distantemente juntos, de braço dado por ruelas e pontes. Ele também devia querer voltar a Londres, pois o balanço já estava feito e não nos dava o menor pretexto para um encontro em outra Verona do futuro, embora talvez fôssemos falar disso agora que éramos bons amigos, como pode ver, Lamia, talvez fosse Amsterdam dentro de cinco meses ou Barcelona na primavera com todos os Gaudí e os Joan Miró para irmos ver juntos. Mas não fizemos nada, nenhum dos dois avançou a menor alusão ao futuro, e nos mantivemos, cortesmente, naquele presente de pizza e vinhos e palácios, e veio o último dia, depois de cachimbos e passeios e daquela tarde em que nos perdemos numa cidadezinha próxima, e tivemos de andar duas horas por trilhas entre bosques procurando um restaurante e um ponto de ônibus. As meias eram esplêndidas, escolhidas por mim para que Javier não reincidisse em suas tendências espalhafatosas, que lhe caíam tão mal, e o guarda-chuva serviu para nos proteger do chuvisco rural e andamos sob o frio do anoitecer cheirando a camurça molhada e a cigarros, amigos em Verona até a noite em que ele pegaria seu trem às onze horas e eu ficaria no hotel até a manhã seguinte. Na véspera Javier tinha sonhado comigo, mas não me disse nada, só soube de seu sonho dois meses depois, quando me escreveu a Genebra e me contou, quando me enviou aquela última carta que não respondi, como você também não me responderá a esta, dentro da justa simetria necessária que parece ser o código do inferno. Gentil como sempre, quer dizer, estúpido como sempre, não me falou do sonho do último dia, que devia estar lhe roendo o estômago, um surdo caranguejo mordendo-o enquanto comíamos as delícias do último almoço na trattoria preferida. Acho que nada teria mudado se naquele dia Javier tivesse me falado do sonho, quem sabe sim, quem sabe eu acabaria lhe entregando meu corpo ressecado, como uma esmola ou um resgate, só para que ele não fosse embora com a boca amarga de pesadelo, com o sorriso fixo de quem tem de se mostrar cortês até o último minuto e não macular o pacto de Verona com mais uma tentativa inútil. Ah, Lamia, ontem à noite reli estas páginas porque lhe escrevo fragmentariamente, passam dias e nuvens na cabana enquanto estou lhe escrevendo este diário de improvável leitura, e então sou eu quem as relê e isso significa me ver de outra maneira, enfrentar um espelho que me mostra fria e decidida diante de uma tardia esperança impossível. Nunca o traí, Lamia, nunca lhe dei uma máscara para beijar, mas agora sei que o sonho dele de algum modo continha Genebra, o fato de eu não ter sido capaz de lhe dizer a verdade quando seu desejo era mais forte que seu instinto (words, words, words?), quando lhe cedi duas vezes meu corpo para nada, para ouvi-lo chorar com a cara

Histórias (inesperadas)   501

afundada em meu cabelo. Vou lhe dizer, não era traição, era simplesmente a impossibilidade de lhe falar naquele terreno, e também a vaga esperança de que talvez encontrássemos algum contentamento, alguma harmonia, que talvez mais tarde outra maneira de viver teria início, sem mutações espetaculares, sem conversão aconselhável, então eu simplesmente poderia lhe dizer a verdade e confiar que ele entenderia, que me amasse assim, que me aceitasse num futuro onde talvez haveria Brahms e viagens e até prazer, por que não também prazer? Veja, seu desconcerto impotente, seu duplo fiasco iria aparecer no sonho de Verona agora que ele sabia de minha interminável inútil esperança de você, de minha antagonista semelhante, de meu duplo cara a cara e boca a boca, do amor que talvez você esteja dando à sua presa da vez aí onde estes papéis lhe tenham chegado.

Quer ouvir o sonho? Vou contá-lo com as palavras dele, não vou copiá-las de sua carta, mas de minha memória, onde giram como uma mosca insuportável e voltam, e voltam. É ele quem conta: estávamos numa cama, deitados em cima do cobertor e vestidos, era evidente que não tínhamos feito amor, mas o tom trivial de Mireille me desconcertava, suas alusões quase frívolas ao longo silêncio que houvera entre nós durante meses. Em algum momento perguntei se ela não tinha lido minha carta enviada de Londres bem depois do último encontro, do último desencontro em Genebra. Sua resposta já era o pesadelo: não, não a lera (e não se importava com isso, obviamente); claro que a carta tinha chegado, pois no escritório lhe disseram que passasse para apanhá-la, uma carta registrada num envelope alongado, mas ela não desceu para pegá-la, provavelmente ainda estava lá. E enquanto me dizia isso com tranquila indiferença, a delícia de ter me encontrado outra vez com ela, de estar deitado a seu lado sobre o cobertor roxo ou vermelho começava a se confundir com o desconcerto diante de sua maneira de falar comigo, seu displicente reconhecimento de uma carta não buscada, não lida.

Enfim, um sonho, com os cortes arbitrários dessas montagens em que tudo oscila sem motivo aparente, tesouras manipuladas por macacos mentais, e de repente estávamos em Verona, no presente e em San Zeno, mas era uma igreja à moda espanhola, um vasto pastiche com enormes esculturas grotescas nos portais que atravessávamos para percorrer as naves, e sem transição estávamos outra vez numa cama, mas agora na própria igreja, atrás de um altar gigantesco ou talvez numa sacristia. Deitados na diagonal, sem sapatos, Mireille num abandono satisfeito que não tinha nada a ver comigo. E então mulheres embuçadas surgiam por uma porta estreita e nos olhavam sem dizer nada, e se entreolhavam como se não acreditassem, e nesse instante eu compreendia o sacrilégio de estar lá numa cama, queria dizer isso a Mireille e quando ia fazê-lo dava de cara com seu rosto, percebia que ela não só sabia como era ela quem tinha orquestrado o sacrilégio, sua maneira de me olhar e de sorrir eram a prova de que fizera isso deliberadamente, que assistia com um gozo inominável a descoberta das mulheres, o alarme que já deviam ter dado. Só restava o frio horror do pesadelo, chegar ao fundo do poço e medir a traição, a armadilha final. Quase desnecessário que as mulheres fizessem sinais de cumplicidade a Mireille, que ela risse e se levantasse da cama, caminhasse sem sapatos até se reunir com elas e se perder atrás da porta. O resto, como sempre, era embaraço e ridículo, eu tentando encontrar e calçar os sapatos, acho que o paletó também, um energúmeno vociferando (o prefeito ou algo parecido), gritando que eu tinha sido convidado para ir à cidade, mas que depois disso era melhor nem aparecer na festa do clube porque ia ser mal recebido. Na hora de acordar, surgiam ao mesmo tempo a necessidade raivosa de me defender e também a outra coisa, única que me importava, o sentimento indizível da traição, depois do qual nada mais restava a não ser aquele grito de fera ferida que me arrancou do sonho.

Talvez eu faça mal em lhe contar isso que eu só soube muito tempo depois, Lamia, mas talvez fosse necessário, outra carta do baralho, sei lá. O último dia em Verona começou aprazivelmente com um longo passeio e um almoço cheio de caprichos e gracejos, veio a tarde e nos instalamos no quarto de Javier para os últimos cachimbos e uma renovada discussão sobre Marguerite Yourcenar, eu estava contente, pode crer, por fim éramos amigos e o pacto se cumpria, falamos de Ingmar Bergman e aí sim, acho que me deixei levar por algo que você apreciaria infinitamente e em algum momento (é curioso como isso me ficou na memória, embora Javier tenha claramente disfarçado algo que devia atingi-lo como um tapa no meio da cara) disse o que pensava de um ator norte-americano com o qual Liv Ullmann iria para a cama em não sei qual dos filmes de Bergman, e me escapou e falei, sei que fiz um gesto de nojo e o chamei de besta peluda, disse as palavras que descreviam o macho diante da loira transparência de Liv Ullmann e como, como, me diga como, Lamia, como ela permitia que aquele fauno untado de pelos a montasse, me diga como era possível suportá-lo, e Javier ouviu e um cigarro, sim, o relato de outros filmes de Bergman, *Vergonha*, claro, e sobretudo *O sétimo selo*, a volta ao diálogo agora sem pelos, o escolho mal transposto, eu iria descansar um pouco em meu quarto e nos encontraríamos para a última ceia (já está escrito, você já deve ter sorrido, vamos deixar assim) antes que ele fosse à estação para seu trem das onze.

Aqui há uma lacuna, Lamia, não sei bem do que estávamos falando, anoitecera e as lâmpadas brincavam com os halos da fumaça. Só me lembro de gestos e movimentos, sei que estávamos um pouco distantes, como sem-

Histórias (inesperadas)   503

pre antes de uma despedida, sei também que não tínhamos falado sobre um novo encontro, que isso esperava o último instante, se é que realmente esperava. Então Javier me viu levantar para voltar a meu quarto e veio até mim, me abraçou enquanto afundava a cara em meu ombro e beijava meu cabelo, me apertava com dureza e era um murmúrio de súplica, as palavras e os beijos numa só súplica, não podia evitar, não podia não me amar, não podia me deixar ir embora assim novamente. Era mais forte que ele, pela segunda vez rompia o pacto e destruía tudo, se é que esse tudo ainda tinha algum sentido, não podia aceitar que eu o rejeitasse como o estava rejeitando, sem lhe dizer nada mas congelando sob suas mãos, congelando-me Liv Ullmann, sentindo-o tremer como tremem os cachorros molhados, como os homens quando suas carícias apodrecem sobre uma pele que os ignora. Não tive pena dele como tenho agora, enquanto lhe escrevo, pobre Javier, pobre cachorro molhado, podíamos ter sido amigos, podíamos Amsterdam ou Barcelona ou uma vez mais os quintetos de Brahms na cabana, e você precisava estragar tudo de novo entre balbucios de uma esperança já ignóbil, deixando sua saliva em meu cabelo, a marca de seus dedos nas costas.

Quase esqueço que estou escrevendo para você, Lamia, continuo vendo seu rosto mesmo sem querer olhá-lo, mas quando abri minha porta vi que não tinha me seguido naqueles poucos passos, que estava imóvel na moldura de sua porta, pobre estátua de si mesmo, espectador do castelo de cartas caindo numa chuva de traças.

Já sei o que você gostaria de me perguntar, o que fiz quando fiquei sozinha. Fui ao cinema, querida, depois de uma indispensável ducha fui ao cinema, na falta de coisa melhor para fazer, e passei diante da porta de Javier e desci as escadas e fui ao cinema ver um filme soviético, esse foi meu último passeio dentro do pacto de Verona, um filme com caçadores na zona boreal, heroísmo e abnegação e, por sorte, nada, mas absolutamente nada de amor, Lamia, duas horas de belas paisagens e tundras geladas e gente cheia de excelentes sentimentos. Voltei ao hotel às oito da noite, não tinha fome, não tinha nada, encontrei um bilhete de Javier sob minha porta, impossível ir embora assim, estava no bar esperando a hora do trem, juro que não vou dizer uma só palavra que possa chateá-la, mas venha, Mireille, não posso ir embora desse jeito. E eu desci, claro, e não era um espetáculo bonito ele ali com a mala debaixo da mesa e um segundo ou terceiro uísque na mão, puxou uma poltrona para mim e estava bem tranquilo e sorria e quis saber o que eu tinha feito e eu contei do filme soviético, que ele já vira em Londres, um bom assunto para quinze minutos de cultura estética e política, um par de cigarros e outro trago. Dei a ele todo o tempo necessário, mas ainda faltava mais de uma hora antes de ir para a estação, eu disse que

504   *Ciao, Verona*

estava cansada e ia dormir. Não falamos de outro encontro, não falamos de nada que eu hoje consiga lembrar, ele se levantou para me dar um abraço e nos beijamos no rosto, deixou que eu fosse sozinha até a escada mas ainda ouvi sua voz, só meu nome, como quem lança uma garrafa ao mar. Eu me virei e disse *ciao*.

Dois meses depois chegou a carta dele que não respondi, é curioso pensar agora que em seu sonho de Verona havia uma carta que eu nem sequer havia lido. Dá na mesma, no fim das contas, claro que a li e que me doeu, era outra vez a tentativa inútil, o longo uivo do cão diante da lua, respondê-la teria aberto outro interregno, outra Verona e outro *ciao*. Sabe, uma noite o telefone da cabana tocou, na hora que, em outros tempos, ele me ligava de Londres. Mas eu soube pelo som que era uma chamada de longa distância, disse o "alô" ritual, repeti, você sabe o que a gente sente quando alguém escuta e se cala do outro lado da linha, é como uma respiração presente, um contato físico, mas sei lá, talvez a gente escute a própria respiração, do outro lado desligaram, ninguém ligou de novo. Ninguém ligou de novo, nem você, só me ligam para nada, há tantos amigos em Genebra, tantos motivos idiotas para ligar.

E se no fim o autor desta carta fosse Javier, Lamia? De brincadeira, por resgate, por um último patetismo miserável, prevendo que você não a lerá, que não tem nada a ver com ela, que a moeda lhe é indiferente, motivo apenas para um sorriso irônico. Quem pode dizer isso, Lamia? Nem você nem eu, e ele também não vai dizer, ele tampouco. Parece haver um *ciao* triplo em tudo isso, cada qual voltará a seus jogos particulares, ele com Eileen na fria rotina londrina, você com sua presa da vez e eu ouvindo Brahms perto de um fogo que não substitui nada, que é só um fogo, a cinza que avança, que vejo como neve entre as brasas, no anoitecer de minha cabana a sós.

Paris, 1977

Potássio em diminuição*

É claro que ninguém dá importância a isso, a não ser d. Fulvia, principalmente porque aos sábados há uma enormidade de trabalho e meio bairro quer que lhes aviem as receitas, vendam pasta de den-

---

* *Unomásuno*, México, 8 de dezembro de 1980.

te e remédio para calos, sem falar nas crianças machucadas e nos que vêm pedir que lhes tirem um cisco do olho ou lhes deem uma injeção de antibiótico, de modo que, se realmente há uma diminuição do potássio na farmácia do seu Jaime, isso não é coisa que ele ou sua principal funcionária percebam com suficiente clareza. Mesmo assim, d. Fulvia cisma com o tal do potássio, justo quando duas freiras entram em busca de algodão e de bicarbonato de sódio e uma senhora meio descabelada teima em percorrer a prateleira inteira de cremes de beleza, dá para ver que seu Jaime não está lá para perder tempo e d. Fulvia, consideravelmente aflita, se retira para os fundos e se pergunta se isso acontece em todas as farmácias, se os farmacêuticos e suas principais funcionárias também são insensíveis à diminuição do potássio.

O problema é que o potássio continua diminuindo na farmácia e já são onze e meia, de modo que o fechamento do comércio a partir do meio-dia tornará impossível qualquer tentativa de restabelecer o equilíbrio. D. Fulvia se anima a voltar à carga e dizer isso para seu Jaime, que a observa como se ela fosse uma iguana e não só a manda calar-se mas também que suba às estantes dos colagogos para descer o tubo de Chofitol que uma senhora de ar cadavérico pede com paixão e receita médica. Parece mentira, pensa d. Fulvia, encarapitada numa escada meio tempestuosa, ou não estão percebendo a situação ou não se importam porra nenhuma, com o perdão da Virgem Santa.

Assim chega o meio-dia e em toda parte se ouve o ruído das cortinas metálicas guilhotinando a semana, ou seja, o corpo dos dias úteis fica estendido em plena rua e a cabeça do sábado e do domingo rola para dentro das lojas e das casas, e assim d. Fulvia tem de ir para a cozinha preparar o almoço do seu Jaime, que não à toa é seu marido, tudo isso depois de varrer a farmácia, segundo as disposições municipais, mas dessa vez a diminuição do potássio a perturba de tal maneira que ela só consegue dizer para a funcionária principal algo como "não fique tão aflita, quem sabe tudo se ajeita", frase que a funcionária registra com uma indisfarçável tendência de rir na cara dela antes de tirar o avental e se despedir até segunda-feira.

Parece que todos são do contra, pensa d. Fulvia, não querem entender, por que eu insisto nisso?, me diga. Mas ninguém diz nada porque seu Jaime está diante de um cinzano com fernet e nem precisa olhar para ele para saber que não está nem aí para o potássio se aos sábados tem polenta com passarinhos e uma garrafa de nebiolo.

"Teria que consultar a lista das farmácias de plantão", pensa d. Fulvia, mexendo a polenta que já está na etapa tumultuosa do plop, e não dá para se descuidar porque isso sempre acaba lá no teto, "talvez a gente encontre

506 *Potássio em diminuição*

alguma com potássio sobrando e então seria só uma questão de se entender com os colegas." Resolve dizer isso para seu Jaime, mas antes que consiga proferir a primeira palavra lhe cai em cima um "traga o salame pra eu ir fazendo uma boquinha", vocábulos que a atropelam e a empurram faca e prato raso e rodelinhas, pois seu Jaime gosta dele cortado bem fininho. Desanimada, d. Fulvia senta-se à mesa e descasca uma fatia de salame e a passeia por cima da língua antes de mordê-la, e por fim a impele para o processo mastigatório com a ajuda de um pão com manteiga. "Foi uma boa manhã", diz seu Jaime, imerso na seção de futebol do jornal. "É, mas", interjeiciona d. Fulvia, sem passar disso porque a polenta exige ingresso imediato na travessa e todos os cuidados conexos, ainda que cada vez lhe pareça mais imprescindível dizer isso a seu Jaime, mas e daí, é imprescindível sim, mas e daí, a seu Jaime mas sim, querido, aqui está a salada. Vão me matar de angústia, pensa d. Fulvia, na segunda-feira às nove da manhã não sei o que vai acontecer quando abrirmos, cada vez tem menos potássio, isso é certeza, precisamos fazer alguma coisa antes. O problema é que tudo fica ali como os pratos vazios ou o primeiro bocejo do seu Jaime, no fundo a vida é isso, pensa d. Fulvia, a gente vai até um limite e então nada, claro que o mais provável é isso, que não aconteça nada, mas tem o potássio, está diminuindo e eles ainda com as balas de goma e o laxante pra menina, não dá pra continuar aceitando que não aceitem, que subam nas estantes e leiam as receitas como se o potássio não tivesse diminuído, conversando com os clientes sempre loquazes nas farmácias porque se sentem meio como no médico, o cheiro do eucalipto lhes dá confiança, e os aventais brancos, e os frascos coloridos. Tem pêssego, diz d. Fulvia, se quiser descasco um pra você, mas antes a gente teria que. Traga um bom café à italiana, corta seu Jaime, que já está diante da TV porque a partida começa às vinte em ponto.

Então vai chegar a segunda-feira às nove, diz consigo d. Fulvia moendo o café, eu mesma vou levantar a cortina metálica e serei a primeira a ver a rua lá de dentro, estarei lá pra receber a semana em plena cara, lá na porta vendo a filha dos Romani chegando ou o gordo do açougue que toda segunda-feira amanhece com indigestão e precisa de algo pra assentar os raviólis do domingo, a funcionária principal começará a explicar à srta. Grossi ou a qualquer outra senhorita que a pílula não é de brincadeira, seu Jaime aparecerá com um jaleco engomado e dirá, como sempre, mais uma semaninha pela frente e cinquenta e duas que fazem o ano, frase que sempre deixa a principal funcionária exultante, repetição exata de toda segunda-feira às nove horas, salvo pelo potássio, porque com certeza esta segunda não será como as outras, mas quem se importa com isso?, e então, então tudo pode ser bem diferente, pensa d. Fulvia, secando uma lágrima e coando o café, acho que finalmente vou conseguir dizer pra ele, mas e daí, a questão é que eu não entendo o que preciso dizer, não entendo a diminuição do potássio, simplesmente não entendo o potássio, não entendo por que não entendo que talvez isso não seja importante, não entendo que tudo isso caia só em cima de mim, que me faça tanto mal, aqui sozinha, aqui com o café que vai esfriar se eu não me apresso. Cabrera meteu um gol de bate-pronto, diz seu Jaime, que sujeito formidável, tchê.

Peripécias da água[*]

Basta conhecê-la um pouco para entender que a água está cansada de ser um líquido. A prova é que assim que surge uma oportunidade, ela se transforma em gelo ou em vapor, mas isso também não a satisfaz; o vapor se perde em divagações absurdas e o gelo é desajeitado e tosco, planta-se onde pode e em geral só serve para dar vivacidade aos pinguins e aos gins-tônicas. Por isso a água escolhe delicadamente a neve, que a alenta em sua mais secreta esperança, a de fixar para si mesma as formas de tudo o que não é água, as casas, os prados, as montanhas, as árvores.

Acho que devíamos ajudar a neve em sua reiterada mas efêmera batalha, e que para isso seria necessário escolher uma árvore nevada, um esqueleto negro sobre cujos braços incontáveis vem se estabelecer a branca réplica perfeita. Não é fácil, mas se prevendo a nevada serrássemos o tronco de forma que o tronco se mantivesse de pé, sem saber que já está morto, como o mandarim memoravelmente decapitado por um carrasco sutil, bastaria esperar que a neve repetisse a árvore em todos os seus detalhes e então retirá-la para um lado sem a menor sacudida, num leve e perfeito deslocamento.

Não creio que a gravidade desmanchasse o alvo castelo de cartas, tudo aconteceria como numa suspensão do vulgar e do rotineiro; num tempo indefinível, uma árvore de neve sustentaria o sonho realizado da água. Talvez coubesse a um pássaro destruí-la, ou o primeiro sol da manhã a empurrasse para o nada com um dedo morno. São experiências que deveríamos tentar para que a água fique contente e volte a nos encher de jarras e de copos com aquela alegria ofegante que por ora guarda apenas para as crianças e os pardais.

---

[*] *Unomásuno*, México, 11 de abril de 1981.

Em Matilde

À s vezes as pessoas não entendem esse jeito de Matilde falar, mas para mim é muito clara.

— O escritório vem às nove — ela me diz — e por isso às oito e meia meu apartamento sai e a escada me escorrega rápido porque com os problemas do transporte não é fácil que o escritório chegue a tempo. O ônibus, por exemplo, quase sempre o ar está vazio na esquina, a rua passa logo porque eu a ajudo puxando-a pra trás com os sapatos; por isso o tempo não tem que me esperar, sempre chego primeiro. No fim, o café da manhã entra na fila pra que o ônibus abra a boca, dá pra ver que ele gosta de nos saborear até o fim. Como no escritório, com aquela língua quadrada que vai subindo os bocados até o segundo e o terceiro andar.

— Ah — digo eu, que sou tão eloquente.

— Claro — diz Matilde —, os livros de contabilidade são o pior, quando percebo já saíram da gaveta, a caneta pula na minha mão e os números se apressam a ficar debaixo dela, por mais devagar que eu escreva sempre estão lá e a caneta nunca escapa deles. Vou lhe contar, tudo isso me cansa bastante, de maneira que sempre acabo deixando que o elevador me pegue (e juro que não sou a única, muito pelo contrário), e vou com pressa até a noite, que às vezes está muito longe e não quer vir. Ainda bem que no café da esquina sempre tem algum sanduíche que quer se jogar na minha mão, isso me dá forças pra não pensar que depois eu vou ser o sanduíche do ônibus. Quando a sala da minha casa termina de me embrulhar e a roupa vai pros cabides e gavetas pra dar lugar ao roupão de veludo que há tanto tempo deve estar me esperando, coitado, descubro que o jantar está dizendo alguma coisa ao meu marido que se deixou capturar pelo sofá e pelas notícias que saem como bandos de abutres do jornal. Em todo caso, o arroz ou a carne tomaram a dianteira e não é mais preciso deixar que entrem nas caçarolas, até que os pratos decidem se apoderar de tudo, embora pouco lhes dure porque a comida sempre acaba subindo nas nossas bocas, que nesse meio-tempo se esvaziaram das palavras atraídas pelos ouvidos.

— É uma jornada e tanto — digo.

Matilde assente; ela é tão boa que o assentimento não tem nenhuma dificuldade em habitá-la, de ser feliz enquanto está em Matilde.

A fé no Terceiro Mundo

Às oito da manhã o padre Duncan, o padre Heriberto e o padre Luis começam a inflar o templo, ou seja, estão na margem de um rio ou numa clareira da floresta ou em qualquer aldeia, quanto mais tropical melhor, e com ajuda da bomba instalada no caminhão começam a inflar o templo enquanto os índios das redondezas os contemplam de longe e um tanto estupefatos, porque o templo que no início parecia uma bexiga amassada começa a se levantar, a se arredondar, a se estufar, no alto aparecem três janelinhas de plástico colorido que vêm a ser os vitrais do templo, e por fim salta uma cruz no lugar mais alto e pronto, plop, hosana, soa a buzina do caminhão na falta de sino, os índios se aproximam assombrados e respeitosos e o padre Duncan os incita a entrar enquanto o padre Luis e o padre Heriberto os empurram assim que o padre Heriberto instala a mesinha do altar e dois ou três enfeites com muitas cores que, portanto, devem ser extremamente santos, e o padre Duncan canta um cântico que os índios acham sumamente parecido com os balidos de suas cabras quando um puma anda por perto, e tudo isso acontece dentro de uma atmosfera sumamente mística e de uma nuvem de mosquitos atraídos pela novidade do templo, e dura até que um indiozinho entediado começa a brincar com a parede do templo, quer dizer, crava-lhe um ferro só para ver como é que aquilo se infla e obtém exatamente o contrário, o templo se desinfla precipitadamente e na confusão todo mundo se amontoa procurando a saída e o templo os envolve, esmaga-os, abriga-os sem machucá-los, claro, mas criando uma confusão nem um pouco propícia à doutrina, principalmente quando os índios têm a grande oportunidade de escutar a chuva de putas merdas e de caralhos que os padres Heriberto e Luis distribuem enquanto se debatem sob o templo procurando a saída.

Sequências

Parou de ler o relato no ponto em que um personagem parava de ler o relato no lugar onde um personagem parava de ler e se dirigia à casa onde alguém que o esperava tinha começado a ler um relato para matar o tempo e chegava ao lugar onde um personagem parava de ler e se dirigia à casa onde alguém que o esperava começara a ler um relato para matar o tempo.

TEXTOS COMPLEMENTARES

Alguns aspectos do conto[1]

Julio Cortázar

Encontro-me hoje, diante dos senhores, numa situação bastante paradoxal. Um contista argentino se dispõe a trocar ideias acerca do conto sem que seus ouvintes e seus interlocutores, salvo algumas exceções, conheçam coisa alguma de sua obra. O isolamento cultural que continua prejudicando nossos países, somado à injusta incomunicabilidade a que se vê submetida Cuba atualmente, têm determinado que meus livros, que já são uns quantos, não tenham chegado, a não ser excepcionalmente, às mãos de leitores tão dispostos e tão entusiastas como os senhores. O mal disso não é tanto que os senhores não tenham tido oportunidade de julgar meus contos, mas, sim, que eu me sinta um pouco como um fantasma que lhes vem falar sem essa relativa tranquilidade que sempre dá sabermo-nos precedidos pela tarefa cumprida ao longo dos anos. E o fato de me sentir como um fantasma deve já perceptível em mim, porque há alguns dias uma senhora argentina me assegurou no Hotel Riviera que eu não era Julio Cortázar, e diante de minha estupefação agregou que o autêntico Julio Cortázar é um senhor de cabelos brancos, muito amigo de um parente dela, e que nunca arredou pé de Buenos Aires. Como já faz doze anos que resido em Paris, os senhores compreenderão que minha qualidade espectral se tenha intensificado notavelmente depois dessa revelação. Se de repente eu desaparecer na metade de uma frase, não me surpreenderei demais; e no mínimo sairemos todos ganhando.

Afirma-se que o desejo mais ardente de um fantasma é recobrar pelo menos um sinal de corporeidade, algo tangível que o devolva por um momento à vida de carne e osso. Para conseguir um pouco de tangibilidade diante dos senhores, vou dizer em poucas palavras qual é a direção e o sentido dos meus contos. Não o faço por mero prazer informativo, porque nenhuma resenha teórica pode substituir a obra em si; minhas razões são mais importantes do que essa. Uma vez que me vou ocupar de alguns aspectos do conto como gênero literário, e é possível que algumas das minhas ideias surpreendam ou choquem quem as escutar, parece-me de uma elementar honradez definir o tipo de narração que me interessa, assinalando minha especial maneira de entender o mundo. Quase todos os contos que escrevi

---

1 Publicado originalmente em Julio Cortázar, *Valise de cronópio*. 2. ed. São Paulo: Perspectiva, 1993. Tradução de Davi Arrigucci Jr.

TEXTOS COMPLEMENTARES 513

pertencem ao gênero chamado fantástico por falta de nome melhor, e se opõem a esse falso realismo que consiste em crer que todas as coisas podem ser descritas e explicadas como dava por assentado o otimismo filosófico e científico do século XVIII, isto é, dentro de um mundo regido mais ou menos harmoniosamente por um sistema de leis, de princípios, de relações de causa e efeito, de psicologias definidas, de geografias bem cartografadas. No meu caso, a suspeita de outra ordem mais secreta e menos comunicável, e a fecunda descoberta de Alfred Jarry, para quem o verdadeiro estudo da realidade não residia nas leis, mas nas exceções a essas leis, foram alguns dos princípios orientadores da minha busca pessoal de uma literatura à margem de todo realismo demasiado ingênuo. Por isso, se nas ideias que seguem os senhores encontrarem uma predileção por tudo o que no conto é excepcional, quer se trate dos temas ou mesmo das formas expressivas, creio que essa apresentação de minha própria maneira de entender o mundo explicará minha tomada de posição e meu enfoque do problema. Em último caso se poderá dizer que só falei do conto tal qual eu o pratico. E, contudo, não creio que seja assim. Tenho a certeza de que existem certas constantes, certos valores que se aplicam a todos os contos, fantásticos ou realistas, dramáticos ou humorísticos. E penso que talvez seja possível mostrar aqui esses elementos invariáveis que dão a um bom conto a atmosfera peculiar e a qualidade de obra de arte.

A oportunidade de trocar ideias acerca do conto me interessa por diversas razões. Moro num país — França — onde esse gênero tem pouca vigência, embora nos últimos anos se note entre escritores e leitores um interesse crescente por essa forma de expressão. De qualquer modo, enquanto os críticos continuam acumulando teorias e mantendo exasperadas polêmicas acerca do romance, quase ninguém se interessa pela problemática do conto. Viver como contista num país onde essa forma expressiva é um produto quase exótico obriga forçosamente a buscar em outras literaturas o alimento que ali falta. Pouco a pouco, em textos originais ou mediante traduções, vamos acumulando quase que rancorosamente uma enorme quantidade de contos do passado e do presente, e chega o dia em que podemos fazer um balanço, tentar uma aproximação apreciadora a esse gênero de tão difícil definição, tão esquivo nos seus múltiplos e antagônicos aspectos, e, em última análise, tão secreto e voltado para si mesmo, caracol da linguagem, irmão misterioso da poesia em outra dimensão do tempo literário.

Mas além dessa reflexão que todo escritor deve fazer em algum momento do seu trabalho, falar do conto tem um interesse especial para nós, uma vez que todos os países americanos de língua espanhola estão dando ao conto uma importância excepcional, que jamais tivera em outros países latinos como a França ou a Espanha. Entre nós, como é natural nas literaturas jovens, a criação espontânea precede quase sempre o exame crítico, e é bom que seja assim. Ninguém pode pretender que só se devam escrever contos após serem conhecidas suas leis. Em primeiro lugar, não há tais leis; no máximo cabe falar de pontos de vista, de certas constantes que dão uma estrutura a esse gênero tão pouco classificável; em segundo lugar, os teóricos e os críticos não têm por que ser os próprios contistas, e é natural que aqueles só entrem em cena quando exista já um acervo, uma boa quantidade de literatura que permita indagar e esclarecer o seu desenvolvimento e as suas qualidades. Na América, tanto em Cuba como no México ou no Chile ou na Argentina, uma grande quantidade de contistas trabalha desde os começos do século, sem se conhecer muito entre si, descobrindo-se às vezes de maneira quase que póstuma. Em face desse panorama sem coerência suficiente, no qual poucos conhecem a fundo o trabalho dos demais, creio que é útil falar do conto por cima das particularidades nacionais e internacionais, porque é um gênero que entre nós tem uma importância e uma vitalidade que crescem dia a dia. Alguma vez faremos as antologias definitivas — como fazem os países anglo-saxões, por exemplo — e se saberá até onde fomos capazes de chegar. Por ora não me parece inútil falar do conto em abstrato, como gênero literário. Se tivermos uma ideia convincente dessa forma de expressão literária, ela poderá contribuir para estabelecer uma escala de valores para essa antologia ideal que está por fazer. Há demasiada confusão, demasiados mal-entendidos nesse terreno. Enquanto os contistas levam adiante sua tarefa, já é tempo de se falar dessa tarefa em si mesma, à margem das pessoas e das nacionalidades. É preciso chegarmos a ter uma ideia viva do que é o conto, e isso é sempre difícil na medida em que as ideias tendem para o abstrato, para a desvitalização do seu conteúdo, enquanto, por sua vez, a vida rejeita esse laço que a conceitualização lhe quer atirar para fixá-la e encerrá-la numa categoria. Mas se não tivermos uma ideia viva do que é o conto, teremos perdido tempo, porque um conto, em última análise, se move nesse plano do homem onde a vida e a expressão escrita dessa vida travam uma batalha fraternal, se me for permitido o termo; e o resultado dessa batalha é o próprio conto, uma síntese viva ao mesmo tempo que uma vida sintetizada, algo assim como um tremor de água dentro de um cristal, uma fugacidade numa permanência. Só com imagens se pode transmitir essa alquimia secreta que explica a profunda ressonância que um grande conto tem em nós, e que explica também por que há tão poucos contos verdadeiramente grandes.

Para se entender o caráter peculiar do conto, costuma-se compará-lo com o romance, gênero muito mais popular, sobre o qual abundam os preceitos.

Assinala-se, por exemplo, que o romance se desenvolve no papel, e, portanto, no tempo de leitura, sem outros limites que o esgotamento da matéria romanceada; por sua vez, o conto parte da noção de limite, e, em primeiro lugar, de limite físico, de tal modo que, na França, quando um conto ultrapassa as vinte páginas, toma já o nome de *nouvelle*, gênero a cavaleiro entre o conto e o romance propriamente dito. Nesse sentido, o romance e o conto se deixam comparar analogicamente com o cinema e a fotografia, na medida em que um filme é em princípio uma "ordem aberta", romanesca, enquanto uma fotografia bem realizada pressupõe uma justa limitação prévia, imposta em parte pelo reduzido campo que a câmara abrange e pela forma com que o fotógrafo utiliza esteticamente essa limitação. Não sei se os senhores terão ouvido um fotógrafo profissional falar da sua própria arte; sempre me surpreendeu que se expressasse tal como poderia fazê-lo um contista em muitos aspectos. Fotógrafos da categoria de um Cartier-Bresson ou de um Brassaï definem sua arte como um aparente paradoxo: o de recortar um fragmento da realidade, fixando-lhe determinados limites, mas de tal modo que esse recorte atue como uma explosão que abra de par em par uma realidade muito mais ampla, como uma visão dinâmica que transcende espiritualmente o campo abrangido pela câmara. Enquanto no cinema, como no romance, a captação dessa realidade mais ampla e multiforme é alcançada mediante o desenvolvimento de elementos parciais, acumulativos, que não excluem, por certo, uma síntese que dê o "clímax" da obra, numa fotografia ou num conto de grande qualidade se procede inversamente, isto é, o fotógrafo ou o contista sentem necessidade de escolher e limitar uma imagem ou um acontecimento que sejam *significativos*, que não só valham por si mesmos, mas também sejam capazes de atuar no espectador ou no leitor como uma espécie de *abertura*, de fermento que projete a inteligência e a sensibilidade em direção a algo que vai muito além do argumento visual ou literário contido na foto ou no conto. Um escritor argentino, muito amigo do boxe, dizia-me que nesse combate que se trava entre um texto apaixonante e o leitor, o romance ganha sempre por pontos, enquanto o conto deve ganhar por nocaute. É verdade, na medida em que o romance acumula progressivamente seus efeitos no leitor, enquanto um bom conto é incisivo, mordente, sem trégua desde as primeiras frases. Não se entenda isso demasiado literalmente, porque o bom contista é um boxeador muito astuto, e muitos dos seus golpes iniciais podem parecer pouco eficazes quando, na realidade, estão minando já as resistências mais sólidas do adversário. Tomem os senhores qualquer grande conto que seja de sua preferência, e analisem a primeira página. Surpreender-me-ia se encontrassem elementos gratuitos, meramente decorativos. O contista sabe que não pode proceder acumula-

516   *Alguns aspectos do conto*

tivamente, que não tem o tempo por aliado; seu único recurso é trabalhar em profundidade, verticalmente, seja para cima ou para baixo do espaço literário. E isso que assim expresso parece uma metáfora, exprime, contudo, o essencial do método. O tempo e o espaço do conto têm de estar como que condensados, submetidos a uma alta pressão espiritual e formal para provocar essa "abertura" a que me referia antes. Basta perguntar por que determinado conto é ruim. Não é ruim pelo tema, porque em literatura não há temas bons nem temas ruins, há somente um tratamento bom ou ruim do tema. Também não é ruim porque os personagens careçam de interesse, já que até uma pedra é interessante quando dela se ocupam um Henry James ou um Franz Kafka. Um conto é ruim quando é escrito sem essa tensão que se deve manifestar desde as primeiras palavras ou desde as primeiras cenas. E assim podemos adiantar já que as noções de significação, de intensidade e de tensão hão de nos permitir, como se verá, aproximarmo-nos melhor da própria estrutura do conto.

Dizíamos que o contista trabalha com um material que qualificamos de significativo. O elemento significativo do conto pareceria residir principalmente no seu *tema*, no fato de se escolher um acontecimento real ou fictício que possua essa misteriosa propriedade de irradiar alguma coisa para além dele mesmo, de modo que um vulgar episódio doméstico, como ocorre em tantas admiráveis narrativas de uma Katherine Mansfield ou de um Sherwood Anderson, se converta no resumo implacável de uma certa condição humana, ou no símbolo candente de uma ordem social ou histórica. Um conto é significativo quando quebra seus próprios limites com essa explosão de energia espiritual que ilumina bruscamente algo que vai muito além da pequena e às vezes miserável história que conta. Penso, por exemplo, no tema da maioria das admiráveis narrativas de Anton Tchékhov. Que há ali que não seja tristemente cotidiano, medíocre, muitas vezes conformista ou inutilmente rebelde? O que se conta nessas narrativas é quase o que, quando crianças, nas enfadonhas tertúlias que devíamos compartilhar com os mais velhos, escutávamos nossas avós ou nossas tias contar; a pequena, insignificante crônica familiar de ambições frustradas, de modestos dramas locais, de angústias à medida de uma sala, de um piano, de um chá com doces. E, contudo, os contos de Katherine Mansfield, de Tchékhov, são significativos, alguma coisa estala neles enquanto os lemos, propondo-nos uma espécie de ruptura do cotidiano que vai muito além do argumento. Os senhores já terão percebido que essa significação misteriosa não reside somente no tema do conto, porque, na verdade, a maioria dos contos ruins, que todos nós já lemos, contém episódios similares aos tratados pelos autores citados; a ideia de significação não pode ter sentido se não a relacio-

TEXTOS COMPLEMENTARES 517

narmos com as de intensidade e de tensão, que já não se referem apenas ao tema, mas ao tratamento literário desse tema, à técnica empregada para desenvolvê-lo. E é aqui que, bruscamente, se produz a distinção entre o bom e o mau contista. Por isso teremos de nos deter com todo o cuidado possível nessa encruzilhada, para tratar de entender um pouco mais essa estranha forma de vida que é um conto bem realizado, e ver por que está vivo enquanto outros que, aparentemente, a ele se assemelham, não passam de tinta sobre o papel, alimento para o esquecimento.

Vejamos a questão do ângulo do contista e, nesse caso, obrigatoriamente, da minha própria versão do assunto. Um contista é um homem que de repente, rodeado pela imensa algaravia do mundo, comprometido em maior ou menor grau com a realidade histórica que o contém, escolhe um determinado tema e faz com ele um conto. Essa escolha do tema não é tão simples. Às vezes o contista escolhe, e outras vezes sente como se o tema se lhe impusesse irresistivelmente, o impelisse a escrevê-lo. No meu caso, a grande maioria dos meus contos foi escrita — como dizê-lo? — independentemente da minha vontade, por cima ou por baixo da minha consciência, como se eu não fosse mais que um meio pelo qual passava e se manifestava uma força alheia. Mas isso, que pode depender do temperamento de cada um, não altera o fato essencial: num momento dado *há tema*, já seja inventado ou escolhido voluntariamente, ou estranhamento imposto a partir de um plano onde nada é definível. Há tema, repito, e esse tema vai se tornar conto. Antes que isso ocorra, que podemos dizer do tema em si? Por que esse tema e não outro? Que razões levam, consciente ou inconscientemente, o contista a escolher um determinado tema?

Parece-me que o tema do qual sairá um bom conto é sempre *excepcional*, mas não quero dizer com isso que um tema deva ser extraordinário, fora do comum, misterioso ou insólito. Muito pelo contrário, pode tratar-se de uma história perfeitamente trivial e cotidiana. O excepcional reside numa qualidade parecida à do ímã; um bom tema atrai todo um sistema de relações conexas, coagula no autor, e mais tarde no leitor, uma imensa quantidade de noções, entrevisões, sentimentos e até ideias que lhe flutuavam virtualmente na memória ou na sensibilidade; um bom tema é como um sol, um astro em torno do qual gira um sistema planetário de que muitas vezes não se tinha consciência até que o contista, astrônomo de palavras, nos revela sua existência. Ou então, para sermos mais modestos e mais atuais, ao mesmo tempo um bom tema tem algo de sistema atômico, de núcleo em torno do qual giram os elétrons; e tudo isso, afinal, não é já como uma proposição de vida, uma dinâmica que nos insta a sairmos de nós mesmos e a entrarmos num sistema de relações mais complexo e mais belo? Muitas vezes tenho me perguntado qual será a virtude de certos contos inesquecíveis. Na ocasião os lemos junto com muitos outros que inclusive podiam ser dos mesmos autores. E eis que os anos se passaram e vivemos e esquecemos tanto; mas esses pequenos, insignificantes contos, esses grãos de areia no imenso mar da literatura continuam aí, palpitando em nós. Não é verdade que cada um tem sua própria coleção de contos? Eu tenho a minha e poderia citar alguns nomes. Tenho "William Wilson", de Edgar A. Poe, tenho "Bola de Sebo", de Guy de Maupassant. Os pequenos planetas giram e giram: aí está "Uma lembrança de Natal", de Truman Capote, "Tlön, Uqbar, Orbis, Tertius", de Jorge Luis Borges, "Um sonho realizado", de Juan Carlos Onetti, "A morte de Ivan Ilitch", de Tolstói, "Cinquenta mil", de Hemingway, "Os sonhadores", de Isak Dinesen, e assim poderia continuar e continuar... Os senhores já terão advertido que nem todos esses contos são obrigatoriamente antológicos. Por que perduram na memória? Pensem nos contos que não puderam esquecer e verão que todos eles têm a mesma característica: são aglutinantes de uma realidade infinitamente mais vasta que a do seu mero argumento, e por isso influíram em nós com uma força que nos faria suspeitar da modéstia do seu conteúdo aparente, da brevidade do seu texto. E esse homem, que num determinado momento escolhe um tema e faz com ele um conto, será um grande contista se sua escolha contiver — às vezes sem que ele o saiba conscientemente — essa fabulosa abertura do pequeno para o grande, do individual e circunscrito para a essência mesma da condição humana. Todo conto perdurável é como a semente onde dorme a árvore gigantesca. Essa árvore crescerá em nós, inscreverá seu nome em nossa memória.

Entretanto, é preciso aclarar melhor essa noção de temas significativos. Um mesmo tema pode ser profundamente significativo para um escritor, e anódino para outro; um mesmo tema despertará enormes ressonâncias num leitor e deixará indiferente a outro. Em suma, pode-se dizer que não há temas absolutamente significativos ou absolutamente insignificantes. O que há é uma aliança misteriosa e complexa entre certo escritor e certo tema num momento dado, assim como a mesma aliança poderá se dar depois entre certos contos e certos leitores. Por isso, quando dizemos que um tema é significativo, como no caso dos contos de Tchékhov, essa significação se vê determinada em certa medida por algo que está fora do tema em si, por algo que está antes e depois do tema. O que está antes é o escritor, com a sua carga de valores humanos e literários, com a sua vontade de fazer uma obra que tenha um sentido; o que está depois é o tratamento literário do tema, a forma pela qual o contista, em face do tema, o ataca e situa verbal e estilisticamente, estrutura-o em forma de conto, projetando-o em último termo em direção a algo que excede o próprio conto. Aqui me parece oportuno mencionar um fato que me ocorre com frequência e que outros contistas amigos conhecem tão bem quanto eu. É comum que, no curso de uma conversa, alguém conte um episódio divertido ou comovente ou estranho e que, dirigindo-se logo ao contista presente, lhe diga: "Aí tem você um tema formidável para um conto; lhe dou de presente". Já me presentearam assim com uma porção de temas e sempre respondo amavelmente: "Muito obrigado", e jamais escrevi um conto com qualquer deles. Contudo, certa vez uma amiga me contou distraidamente as aventuras de uma criada sua em Paris. Enquanto ouvia a narrativa, senti que isso podia chegar a ser um conto. Para ela esses episódios não eram mais que histórias curiosas; para mim, bruscamente, se impregnavam de um sentido que ia muito além do seu simples e até vulgar conteúdo. Por isso, toda vez que me perguntam: "Como distinguir entre um tema insignificante — por mais divertido ou emocionante que possa ser — e outro significativo?", respondo que o escritor é o primeiro a sofrer esse efeito indefinível mas avassalador de certos temas, e que precisamente por isso é um escritor. Assim como para Marcel Proust o sabor de uma *madeleine* molhada no chá abria subitamente um imenso leque de recordações aparentemente esquecidas, de modo análogo o escritor reage diante de certos temas, da mesma forma que seu conto, mais tarde, fará reagir o leitor. Todo conto é assim predeterminado pela aura, pela fascinação irresistível que o tema cria no seu criador.

Chegamos assim ao fim dessa primeira etapa do nascimento de um conto e tocamos o umbral da sua criação propriamente dita. Eis aí o contista, que escolheu um tema, valendo-se dessas sutis antenas capazes de lhe permitir reconhecer os elementos que logo haverão de se converter em obra de arte. O contista está diante do seu tema, diante desse embrião que já é vida mas que não adquiriu ainda sua forma definitiva. Para ele esse tema tem sentido, tem significação. Mas se tudo se reduzisse a isso, de pouco serviria; agora, como último termo do processo, como juiz implacável, está esperando o leitor, o elo final do processo criador, o cumprimento ou o fracasso do ciclo. E é então que o conto tem de nascer ponte, tem de nascer passagem, tem de dar o salto que projete a significação inicial, descoberta pelo autor, a esse extremo mais passivo e menos vigilante e, muitas vezes, até indiferente, que chamamos leitor. Os contistas inexperientes costumam cair na ilusão de imaginar que lhes bastará escrever chã e fluentemente um tema que os comoveu, para comover por seu turno os leitores. Incorrem na ingenuidade daquele que acha belíssimo o próprio filho e dá por certo que os outros o julguem igualmente belo. Com o tempo, com os fracassos, o contista, capaz de superar essa primeira etapa ingênua, aprende que em literatura não valem as boas

520   *Alguns aspectos do conto*

intenções. Descobre que para voltar a criar no leitor essa comoção que levou a ele próprio a escrever o conto, é necessário um ofício de escritor, e que esse ofício consiste entre muitas outras coisas em conseguir esse clima próprio de todo grande conto, que obriga a continuar lendo, que prende a atenção, que isola o leitor de tudo o que o rodeia, para depois, terminado o conto, voltar a pô-lo em contato com o ambiente de uma maneira nova, enriquecida, mais profunda e mais bela. E o único modo de se poder conseguir esse sequestro momentâneo do leitor é mediante um estilo baseado na intensidade e na tensão, um estilo no qual os elementos formais e expressivos se ajustem, sem a menor concessão, à índole do tema, lhe deem a forma visual e auditiva mais penetrante e original, o tornem único, inesquecível, o fixem para sempre no seu tempo, no seu ambiente e no seu sentido primordial. O que chamo intensidade num conto consiste na eliminação de todas as ideias ou situações intermédias, de todos os recheios ou fases de transição que o romance permite e mesmo exige. Nenhum dos senhores terá esquecido "O barril de amontillado", de Edgar Poe. O extraordinário desse conto é a brusca renúncia a toda descrição de ambiente. Na terceira ou quarta frase estamos no coração do drama, assistindo ao cumprimento implacável de uma vingança. "Os assassinos", de Hemingway, é outro exemplo de intensidade obtida mediante a eliminação de tudo o que não convirja essencialmente para o drama. Mas pensemos agora nos contos de Joseph Conrad, de D. H. Lawrence, de Kafka. Neles, com modalidades típicas de cada um, a intensidade é de outra ordem, e prefiro dar-lhe o nome de tensão. É uma intensidade que se exerce na maneira pela qual o autor nos vai aproximando lentamente do que conta. Ainda estamos muito longe de saber o que vai ocorrer no conto, e, entretanto, não nos podemos subtrair à sua atmosfera. No caso de "O barril de amontillado" e de "Os assassinos", os fatos, despojados de toda preparação, saltam sobre nós e nos agarram; em troca, numa narrativa demorada e caudalosa de Henry James — "A lição do mestre", por exemplo — sente-se de imediato que os fatos em si carecem de importância, que tudo está nas forças que os desencadearam, na malha sutil que os precedeu e os acompanha. Mas tanto a intensidade da ação como a tensão interna da narrativa são o produto do que antes chamei o ofício de escritor, e é aqui que nos vamos aproximando do final desse passeio pelo conto. Em meu país, e agora em Cuba, tenho podido ler contos dos mais variados autores: maduros ou jovens, da cidade e do campo, dedicados à literatura por razões estéticas ou por imperativos sociais do momento, comprometidos ou não comprometidos. Pois bem, embora soe a truísmo, tanto na Argentina como aqui os bons contos têm sido escritos pelos que dominam o ofício no sentido já indicado. Um exemplo argentino esclarecerá melhor isso. Em nossas províncias centrais e do Norte existe uma longa tradição de contos orais, que os gaúchos se transmitem de noite à roda do fogo, que os pais continuam contando aos filhos, e que de repente passam pela pena de um escritor regionalista e, na esmagadora maioria dos casos, se convertem em péssimos contos. O que sucedeu? As narrativas em si são saborosas, traduzem e resumem a experiência, o sentido do humor e o fatalismo do homem do campo; alguns se elevam mesmo à dimensão trágica ou poética. Quando os ouvimos da boca de um velho gaúcho, entre um mate e outro, sentimos como que uma anulação do tempo, e pensamos que também os aedos gregos contavam assim as façanhas de Aquiles para maravilha de pastores e viajantes. Mas nesse momento, quando deveria surgir um Homero que fizesse uma *Ilíada* ou uma *Odisseia* dessa soma de tradições orais, em meu país surge um senhor para quem a cultura das cidades é um signo de decadência, para quem os contistas que todos nós amamos são estetas que escreveram para o mero deleite de classes sociais liquidadas, e esse senhor entende, em troca, que para escrever um conto a única coisa que faz falta é registrar por escrito uma narrativa tradicional, conservando na medida do possível o tom falado, os torneios do falar rural, as incorreções gramaticais, isso que chamam a cor local. Não sei se essa maneira de escrever contos populares é cultivada em Cuba; oxalá não seja, porque em meu país não deu mais que indigestos volumes que não interessam nem aos homens do campo, que preferem continuar ouvindo os contos entre dois tragos, nem aos leitores da cidade, que estarão em franca decadência, mas não deixaram de ler bem lidos os clássicos do gênero. Em compensação — e refiro-me também à Argentina — tivemos escritores como um Roberto J. Payró, um Ricardo Güiraldes, um Horacio Quiroga e um Benito Lynch que, partindo também de temas muitas vezes tradicionais, ouvidos da boca de velhos gaúchos como um Dom Segundo Sombra, souberam potenciar esse material e torná-lo obra de arte. Mas Quiroga, Güiraldes e Lynch conheciam a fundo o ofício de escritor, isto é, só aceitavam temas significativos, enriquecedores, assim como Homero teve de pôr de lado uma porção de episódios bélicos e mágicos para não deixar senão aqueles que chegaram até nós graças à enorme força mítica, à ressonância de arquétipos mentais, de hormônios psíquicos como Ortega y Gasset chamava os mitos. Quiroga, Güiraldes e Lynch eram escritores de dimensão universal, sem preconceitos localistas ou étnicos ou populistas; por isso, além de escolherem cuidadosamente os temas de suas narrativas, submetiam-nos a uma forma literária, a única capaz de transmitir ao leitor todos os valores, todo o fermento, toda a projeção em profundidade e em altura desses temas. Escreviam tensamente, mostravam intensamente. Não há outro modo para que um conto seja eficaz, faça alvo no leitor e se crave em sua memória.

Alguns aspectos do conto

O exemplo que acabo de dar pode ser de interesse para Cuba. É evidente que as possibilidades que a Revolução oferece a um contista são quase infinitas. A cidade, o campo, a luta, o trabalho, os diferentes tipos psicológicos, os conflitos de ideologia, de caráter; e tudo isso como que exacerbado pelo desejo que se vê nos senhores de atuarem, de se expressarem, de se comunicarem como nunca puderam fazer antes. Mas tudo isso como há de ser traduzido em grandes contos, em contos que cheguem ao leitor com a força e a eficácia necessária? É aqui que eu gostaria de aplicar concretamente o que venho dizendo num terreno mais abstrato. O entusiasmo e a boa vontade não bastam por si sós, como também não basta o ofício de escritor por si só para escrever contos que fixem literariamente (isto é, na admiração coletiva, na memória de um povo) a grandeza dessa Revolução em marcha. Aqui, mais que em nenhuma outra parte, se requer hoje uma fusão total dessas duas forças, a do homem plenamente comprometido com sua realidade nacional e mundial, e a do escritor lucidamente seguro do seu ofício. Nesse sentido não há engano possível. Por mais veterano, por mais hábil que seja um contista, se lhe faltar uma motivação entranhável, se os seus contos não nasceram de uma profunda vivência, sua obra não irá além do mero exercício estético. Mas o contrário será ainda pior, porque de nada valem o fervor, a vontade de comunicar a mensagem, se se carecer dos instrumentos expressivos, estilísticos, que tornam possível essa comunicação. Nesse momento estamos tocando o ponto crucial da questão. Creio, e digo-o após ter pesado longamente todos os elementos que entram em jogo, que escrever para uma revolução, que escrever revolucionariamente, não significa, como creem muitos, escrever obrigatoriamente acerca da própria revolução. Jogando um pouco com as palavras, Emmanuel Carballo dizia aqui há alguns dias que em Cuba seria mais revolucionário escrever contos fantásticos do que contos sobre temas revolucionários. Por certo a frase é exagerada, mas produz uma impaciência muito reveladora. Quanto a mim, creio que o escritor revolucionário é aquele em que se fundem indissoluvelmente a consciência do seu livre compromisso individual e coletivo, e essa outra soberana liberdade cultural que confere o pleno domínio do ofício. Se esse escritor, responsável e lúcido, decide escrever literatura fantástica, ou psicológica, ou voltada para o passado, seu ato é um ato de liberdade dentro da revolução e, por isso, é também um ato revolucionário, embora seus contos não se ocupem das formas individuais ou coletivas que adota a revolução. Contrariamente ao estreito critério de muitos que confundem literatura com pedagogia, literatura com ensinamento, literatura com doutrinação ideológica, um escritor revolucionário tem todo o direito de se dirigir a um leitor muito mais complexo, muito mais exigente em matéria espiritual do que imaginam os escritores e os críticos improvisados pelas circunstâncias e convencidos de que seu mundo pessoal é o único mundo existente, de que as preocupações do momento são as únicas preocupações válidas. Repitamos, aplicando-a ao que nos rodeia em Cuba, a admirável frase de Hamlet a Horácio: "Há muito mais coisas no céu e na terra do que supõe tua filosofia...". E pensemos que não se julga um escritor somente pelo tema de seus contos ou de seus romances, mas, sim, por sua presença viva no seio da coletividade, pelo fato de que o compromisso total da sua pessoa é uma garantia insofismável da verdade e da necessidade de sua obra, por mais alheia que esta possa parecer à vista das circunstâncias do momento. Essa obra não é alheia à revolução por não ser acessível a todo mundo. Ao contrário, prova que existe um vasto setor de leitores em potencial que, num certo sentido, estão muito mais separados que o escritor das metas finais da revolução, dessas metas de cultura, de liberdade, de pleno gozo da condição humana que os cubanos se fixaram para admiração de todos os que os amam e os compreendem. Quanto mais alto apontarem os escritores que nasceram para isso, mais altas serão as metas finais do povo a que pertencem. Cuidado com a fácil demagogia de exigir uma literatura acessível a todo mundo. Muitos dos que a apoiam não têm outra razão para fazê-lo senão a da sua evidente incapacidade para compreender uma literatura de maior alcance. Pedem clamorosamente temas populares, sem suspeitar que muitas vezes o leitor, por mais simples que seja, distinguirá instintivamente entre um conto mais difícil e complexo, mas que o obrigará a sair por um momento do seu pequeno mundo circundante e lhe mostrará outra coisa, seja o que for, mas outra coisa, algo diferente. Não tem sentido falar de temas populares a seco. Os contos sobre temas populares só serão bons se se ajustarem, como qualquer outro conto, a essa exigente e difícil mecânica interna que procuramos mostrar na primeira parte desta palestra. Faz anos tive a prova dessa afirmação na Argentina, numa roda de homens do campo a que assistíamos uns quantos escritores. Alguém leu um conto baseado num episódio de nossa guerra de independência, escrito com uma deliberada simplicidade para pô-lo, como dizia o autor, "no nível do camponês". A narrativa foi ouvida cortesmente, mas era fácil perceber que não havia tocado fundo. Em seguida um de nós leu "A pata do macaco", o conto justamente famoso de W. W. Jacobs. O interesse, a emoção, o espanto e, finalmente, o entusiasmo foram extraordinários. Recordo que passamos o resto da noite falando de feitiçaria, de bruxas, de vinganças diabólicas. E estou seguro de que o conto de Jacobs continua vivo na lembrança desses gaúchos analfabetos, enquanto o conto pretensamente popular, fabricado para eles, com o vocabulário, as aparentes possibilidades intelectuais e os interesses patrióticos deles, deve estar tão esquecido como o escritor que o

524 *Alguns aspectos do conto*

fabricou. Eu vi a emoção que entre gente simples provoca uma representação de *Hamlet*, obra difícil e sutil, se existem tais obras, e que continua sendo tema de estudos eruditos e de infinitas controvérsias. É certo que essa gente não pode compreender muitas coisas que apaixonam os especialistas em teatro isabelino. Mas que importa? Só sua emoção importa, sua maravilha e seu arroubo diante da tragédia do jovem príncipe dinamarquês. O que prova que Shakespeare escrevia verdadeiramente para o povo, na medida em que seu tema era profundamente significativo para qualquer um — em diferentes planos, sim, mas atingindo um pouco de cada um — e que o tratamento teatral desse tema tinha a intensidade própria dos grandes escritores, graças à qual se quebram as barreiras intelectuais aparentemente mais rígidas, e os homens se reconhecem e confraternizam num plano que está mais além ou mais aquém da cultura. Por certo, seria ingênuo crer que toda grande obra possa ser compreendida e admirada pela gente simples; não é assim e não pode sê-lo. Mas a admiração que provocam as tragédias gregas ou as de Shakespeare, o interesse apaixonado que despertam muitos contos e romances nada simples nem acessíveis, deveria fazer os partidários da mal chamada "arte popular" suspeitarem de que sua noção de povo é parcial, injusta e, em último termo, perigosa. Não se faz favor algum ao povo se se lhe propõe uma literatura que ele possa assimilar sem esforço, passivamente, como quem vai ao cinema ver fitas de caubóis. O que é preciso fazer é educá-lo, e isso é numa primeira etapa tarefa pedagógica e não literária. Para mim foi uma experiência reconfortante ver como em Cuba os escritores que mais admiro participam da revolução, dando o melhor de si mesmos, sem sacrificarem uma parte das suas possibilidades em aras de uma pretensa arte popular que não será útil a ninguém. Um dia Cuba contará com um acervo de contos e romances que conterá, transmudada ao plano estético, eternizada na dimensão intemporal da arte, sua gesta revolucionária de hoje. Mas essas obras não terão sido escritas por obrigação, por mandado da hora. Seus temas nascerão quando for o momento, quando o escritor sentir que deve plasmá-los em contos ou romances ou peças de teatro ou poemas. Seus temas conterão uma mensagem autêntica e profunda, porque não terão sido escolhidos por um imperativo de caráter didático ou proselitista, mas, sim, por uma irresistível força que se imporá ao autor, e que este, apelando para todos os recursos de sua arte e de sua técnica, sem sacrificar nada a ninguém, haverá de transmitir ao leitor como se transmitem as coisas fundamentais: de sangue a sangue, de mão a mão, de homem a homem.

Do conto breve e seus arredores[1]

Julio Cortázar

> *León L. affirmait qu'il n'y avait qu'une chose de plus épouvantable que l'Epouvante: la journée normale, le quotidien, nous mêmes sans le cadre forgé par l'Epouvante. — Dieu a créé la mort. Il a créé la vie. Soit, déclamait LL. mais ne dites pas que c'est Lui qui a également créé la "journée normale", la "vie de-tous-les-jours". Grande est mon impiété, soit. Mais devant cette calomnie, devant ce blasphème, elle recule.*
>
> PIOTR RAWICZ, *Le Sang du ciel*

Certa vez Horacio Quiroga tentou um "decálogo do perfeito contista", que desde o título vale já como uma piscada de olho para o leitor. Se nove dos preceitos são consideravelmente prescindíveis, o último parece-me de uma lucidez impecável: "Conta como se a narrativa não tivesse interesse senão para o pequeno ambiente de tuas personagens, das quais pudeste ter sido uma. Não há outro modo para se obter a *vida* no conto".

A noção de pequeno ambiente dá um sentido mais profundo ao conselho, ao definir a forma fechada do conto, o que já noutra ocasião chamei sua esfericidade; mas a essa noção se soma outra igualmente significativa, a de que o narrador poderia ter sido uma das personagens, vale dizer que a situação narrativa em si deve nascer e dar-se dentro da esfera, trabalhando do interior para o exterior, sem que os limites da narrativa se vejam traçados como quem modela uma esfera de argila. Dito de outro modo, o sentimento da esfera deve preexistir de alguma maneira ao ato de escrever o conto, como se o narrador, submetido pela forma que assume, se movesse implicitamente nela e a levasse à sua extrema tensão, o que faz precisamente a perfeição da forma esférica.

Estou falando do conto contemporâneo, digamos o que nasce com Edgar Allan Poe, e que se propõe como uma máquina infalível destinada a cumprir sua missão narrativa com a máxima economia de meios; precisamente, a diferença entre o conto e o que os franceses chamam *nouvelle*[2] e os anglo-saxões *long short story* se baseia nessa implacável corrida contra o relógio que é um conto plenamente realizado: basta pensar em "O barril

---

1 Publicado originalmente em Julio Cortázar, *Valise de cronópio*. 2. ed. São Paulo: Perspectiva, 1993. Tradução de Davi Arrigucci Jr.

2 *Novela*, em português. (N. T.)

de amontillado", "Bliss", "As ruínas circulares" e "Os assassinos".[3] Isso não quer dizer que contos mais extensos não possam ser igualmente perfeitos, mas me parece óbvio que as narrações arquetípicas dos últimos cem anos nasceram de uma impiedosa eliminação de todos os elementos privativos da *nouvelle* e do romance, os exórdios, os circunlóquios, desenvolvimentos e demais recursos narrativos; se um conto longo de Henry James ou de D. H. Lawrence pode ser considerado tão genial como aqueles, será preciso convir que estes autores trabalharam com uma abertura temática e linguística que de algum modo lhes facilitava o trabalho, enquanto o sempre assombroso dos contos contra o relógio está no fato de potenciarem vertiginosamente um mínimo de elementos, provando que certas situações ou terrenos narrativos privilegiados podem ser traduzidos numa narrativa de projeções tão vastas como a mais elaborada das *nouvelles*.

O que segue se baseia parcialmente em experiências pessoais cuja descrição mostrará talvez, digamos a partir do exterior da esfera, algumas das constantes que gravitam num conto desse tipo. Volto ao irmão Quiroga para lembrar que diz: "Conta como se a narrativa não tivesse interesse senão para o pequeno ambiente de tuas personagens, *das quais pudeste ser uma*". A noção de ser uma das personagens se traduz em geral na narrativa em primeira pessoa, que nos situa de roldão num plano interno. Faz muitos anos, em Buenos Aires, Ana María Barrenechea me censurou amistosamente um excesso no uso da primeira pessoa, creio que com referência às narrativas de *As armas secretas*, embora talvez se tratasse das de *Fim do jogo*. Quando lhe fiz ver que havia várias em terceira pessoa, insistiu que não era assim e tive de prová-lo de livro na mão. Chegamos à hipótese de que talvez a terceira atuasse como uma primeira pessoa disfarçada, e que por isso a memória tendia a homogeneizar monotonamente a série de narrativas do livro.

Nesse momento, ou mais tarde, encontrei uma espécie de explicação pela via contrária, sabendo que quando escrevo um conto busco instintivamente que ele seja de algum modo alheio a mim enquanto demiurgo, que se ponha a viver com uma vida independente, e que o leitor tenha ou possa ter a sensação de que de certo modo está lendo algo que nasceu por si mesmo, em si mesmo e até de si mesmo, em todo caso com a mediação mas jamais com a presença manifesta do demiurgo. Lembrei que sempre me irritaram as narrativas nas quais as personagens têm de ficar como que à margem, enquanto o narrador explica por sua conta (embora essa conta seja a mera explicação e não suponha interferência demiúrgica) detalhes ou

---

3 Respectivamente, de Edgar Allan Poe; Katherine Mansfield; Jorge Luis Borges; Ernest Hemingway. (N. T.)

Do conto breve e seus arredores

passagens de uma situação a outra. O indício de um grande conto está para mim no que poderíamos chamar a sua autarquia, o fato de que a narrativa se tenha desprendido do autor como uma bolha de sabão do pito de gesso. Embora pareça paradoxal, a narração em primeira pessoa constitui a mais fácil e talvez melhor solução do problema, porque *narração* e *ação* são aí uma coisa só. Inclusive quando se fala de terceiros, quem o faz é parte da ação, está na borbulha e não no pito. Talvez por isso, nas minhas narrativas em terceira pessoa, procurei quase sempre não sair de uma narração stricto sensu, sem essas tomadas de distância que equivalem a um juízo sobre o que está acontecendo. Parece-me uma vaidade querer intervir num conto com algo mais que com o conto em si.

Isso leva necessariamente à questão da técnica narrativa, entendendo por isso o especial enlace em que se situam o narrador e o narrado. Pessoalmente sempre considerei esse enlace como uma polarização, isto é, se existe a óbvia ponte de uma linguagem indo de uma vontade de expressão à própria expressão, ao mesmo tempo essa ponte me separa, como escritor, do conto como coisa escrita, a ponto de a narrativa ficar sempre, após a última palavra, na margem oposta. Um verso admirável de Pablo Neruda, *"Mis criaturas nacen de un largo rechazo"* [Minhas criaturas nascem de um longo rechaço], parece-me a melhor definição de um processo em que o escrever é de algum modo exorcizar, repelir criaturas invasoras, projetando-as a uma condição que paradoxalmente lhes dá existência universal ao mesmo tempo que as situa no outro extremo da ponte, onde já não está o narrador que soltou a bolha do seu pito de gesso. Talvez seja exagero afirmar que todo conto breve plenamente realizado, e em especial os contos fantásticos, são produtos neuróticos, pesadelos ou alucinações neutralizadas mediante a objetivação e a transladação a um meio exterior ao terreno neurótico; de toda forma, em qualquer conto breve memorável se percebe essa polarização, como se o autor tivesse querido desprender-se quanto antes possível e da maneira mais absoluta da sua criatura, exorcizando-a do único modo que lhe é dado fazê-lo: escrevendo-a.

Esse traço comum não seria conseguido sem as condições e a atmosfera que acompanham o exorcismo. Pretender livrar-se de criaturas obsedantes à base de mera técnica narrativa pode talvez dar um conto, mas faltando a polarização essencial, a rejeição catártica, o resultado literário será precisamente isso, literário: faltará ao conto a atmosfera que nenhuma análise estilística conseguiria explicar, a aura que perdura na narrativa e possuirá o leitor como havia possuído, no outro extremo da ponte, o autor. Um contista eficaz pode escrever narrativas literariamente válidas, mas se alguma vez tiver passado pela experiência de se livrar de um conto como quem tira de cima de si um bicho, saberá a diferença que há entre possessão e cozinha literária, e por sua vez um bom leitor de contos distinguirá infalivelmente entre o que vem de um território indefinível e ominoso, e o produto de um mero métier. Talvez o traço diferencial mais marcante — já o assinalei em outro lugar — seja a tensão interna da trama narrativa. De um modo que nenhuma técnica poderia ensinar ou prover, o grande conto breve condensa a obsessão do bicho, é uma presença alucinante que se instala desde as primeiras frases para fascinar o leitor, fazê-lo perder contato com a desbotada realidade que o rodeia, arrasá-lo numa submersão mais intensa e avassaladora. De um conto assim se sai como de um ato de amor, esgotado e fora do mundo circundante, ao qual se volta pouco a pouco com um olhar de surpresa, de lento reconhecimento, muitas vezes de alívio e tantas outras de resignação. O homem que escreveu esse conto passou por uma experiência ainda mais extenuante, porque de sua capacidade de transvasar a obsessão dependia o regresso a condições mais toleráveis; e a tensão do conto nasceu dessa eliminação fulgurante de ideias intermédias, de etapas preparatórias, de toda a retórica literária deliberada, uma vez que estava em jogo uma operação de algum modo fatal que não tolerava perda de tempo; estava ali, e só com um tapa podia arrancá-la do pescoço ou da cara. Em todo caso assim me tocou escrever muitos de meus contos; inclusive em alguns relativamente longos, como "As armas secretas", a angústia onipresente ao longo de um dia todo me obrigou a trabalhar obstinadamente até terminar a narrativa e só então, sem cuidar de relê-lo, descer à rua e caminhar por mim mesmo, sem ser já Pierre, sem ser já Michèle.

Isso permite assegurar que certa gama de contos nasce de um estado de transe, anormal para os cânones da normalidade corrente, e que o autor os escreve enquanto está no que os franceses chamam um *état second*. Que Poe tenha realizado suas melhores narrativas nesse estado (paradoxalmente reservava a frieza racional para a poesia, pelo menos na intenção) prova-o aquém de toda evidência testemunhal o efeito traumático, contagioso e para alguns diabólico de "O coração delator" ou de "Berenice". Não faltará quem julgue que exagero essa noção de um estado ex-orbitado como o único terreno onde possa nascer um grande conto breve; farei ver que me refiro a narrativas nas quais o próprio tema contém a "anormalidade", como os citados de Poe, e que me baseio em minha própria experiência toda vez que me vi obrigado a escrever um conto para evitar algo muito pior. Como descrever a atmosfera que antecede e envolve o ato de escrevê-lo? Se Poe tivesse tido ocasião de falar disso, estas páginas não seriam tentadas, mas ele calou esse círculo do seu inferno e se limitou a convertê-lo ou em "O gato preto" ou em "Ligeia". Não sei de outros testemunhos que possam ajudar a

530   *Do conto breve e seus arredores*

compreender o processo desencadeador e condicionador de um conto breve digno de lembrança; apelo então para minha própria situação de contista e vejo um homem relativamente feliz e cotidiano, envolto nas mesmas insignificâncias e dentistas de todo habitante de cidade grande, que lê o jornal e se enamora e vai ao teatro e que de repente, instantaneamente, numa viagem no metrô, num café, num sonho, no escritório enquanto revisa uma tradução duvidosa acerca do analfabetismo na Tanzânia, deixa de ser ele--e-sua-circunstância e sem *razão* alguma, sem aviso prévio, sem a aura dos epilépticos, sem a crispação que precede às grandes enxaquecas, sem nada que lhe dê tempo para apertar os dentes e respirar fundo, *é um conto*, uma massa informe sem palavras nem rostos nem princípio nem fim, mas já um conto, algo que somente pode ser um conto e, além disso, em seguida, imediatamente, a Tanzânia pode ir para o diabo porque esse homem porá uma folha de papel na máquina e começará a escrever, embora seus chefes e as Nações Unidas em cheio lhe caiam nos ouvidos, embora sua mulher o chame porque a sopa está esfriando, embora ocorram coisas tremendas no mundo e seja preciso escutar as estações de rádio ou tomar banho ou telefonar para os amigos. Lembro-me de uma citação curiosa, creio que de Roger Fry; um menino precocemente dotado para o desenho explicava seu método de composição, dizendo: *First I think then I draw a line round my think* (*sic*) [Primeiro eu penso, depois eu desenho uma linha em volta do meu penso (*sic*)]. No caso desses contos sucede exatamente o contrário: a linha verbal que os desenhará começa sem nenhum *think* prévio, há como que um enorme coágulo, um bloco total que já é o conto, isso é claríssimo embora nada possa parecer mais obscuro, e precisamente nisso reside a espécie de analogia onírica de signo inverso que há na composição de tais contos, visto que todos nós sonhamos coisas meridianamente claras que, uma vez despertos, eram um coágulo informe, uma massa sem sentido. Sonhamos acordados ao escrever um conto breve? Os limites entre o sonho e a vigília, já sabemos: basta perguntar ao filósofo chinês ou à borboleta.[4] De qualquer maneira, se a analogia é evidente, a relação é de signo inverso pelo menos no meu caso, visto que parto do bloco informe e escrevo algo que só então se converte num conto coerente e válido per se. A memória, traumatizada sem dúvida por uma experiência vertiginosa, guarda em de-

---

4   Referência à anedota de Chuang Tzu, filósofo chinês do século III a.C., incluída por Jorge Luis Borges, Silvina Ocampo e Adolfo Bioy Casares na sua famosa *Antología de la literatura fantástica* (Buenos Aires: Sudamericana, 1940), p. 240. A anedota é a seguinte: "Chuang Tzu sonhou que era uma borboleta. Ao despertar, ignorava se era Tzu que havia sonhado que era uma borboleta ou se era uma borboleta e estava sonhando que era Tzu". (N. T.)

talhes as sensações desses momentos, e me permite racionalizá-los aqui na medida do possível. Há a massa que é o conto (mas que conto? Não sei e sei, tudo é visto por alguma coisa minha que não é minha consciência mas que vale mais do que ela nessa hora fora do tempo e da razão), há a angústia e a ansiedade e a maravilha, porque também as sensações e os sentimentos se contradizem nesses momentos, escrever um conto assim é simultaneamente terrível e maravilhoso, há um desespero exaltante, uma exaltação desesperada; é agora ou nunca, e o temor de que possa ser nunca exacerba o agora, torna-o máquina de escrever correndo a todo o teclado, esquecimento da circunstância, abolição do circundante. E então a massa negra se aclara à medida que se avança, incrivelmente as coisas são de uma extrema facilidade como se o conto já estivesse escrito com uma tinta simpática e a gente passasse por cima o pincelzinho que o desperta. Escrever um conto assim não dá nenhum trabalho, absolutamente nenhum; tudo ocorreu antes e esse antes, que aconteceu num plano onde "a sinfonia se agita na profundeza" para dizê-lo com Rimbaud, é o que provocou a obsessão, o coágulo abominável que era preciso arrancar em tiras de palavras. E por isso, porque tudo está decidido numa região que diurnamente me é alheia, nem sequer o remate do conto apresenta problemas, sei que posso escrever sem me deter, vendo apresentar-se e suceder-se os episódios, e que o desenlace está tão incluído no coágulo inicial como o ponto de partida. Lembro-me da manhã em que me caiu em cima "Uma flor amarela": o bloco amorfo era a noção do homem que encontra um garoto que se parece com ele e tem a deslumbradora intuição de que somos imortais. Escrevi as primeiras cenas sem a menor vacilação, mas não sabia o que ia ocorrer, ignorava o desenlace da história. Se nesse momento alguém me tivesse interrompido para me dizer: "No final o protagonista vai envenenar Luc", teria ficado estupefato. No final o protagonista envenena Luc, mas isso chegou como todo o anterior, como a meada que se desenovela à medida que puxamos; a verdade é que em meus contos não há o menor mérito *literário*, o menor esforço. Se alguns se salvam do esquecimento é porque fui capaz de receber e transmitir sem demasiadas perdas essas latências de uma psique profunda, e o resto é uma certa veteranice para não falsear o mistério, conservá-lo o mais perto possível da sua fonte, com seu tremor original, seu balbucio arquetípico.

O que precede terá posto o leitor na pista: não há diferença genética entre esse tipo de contos e a poesia como a entendemos a partir de Baudelaire. Mas se o ato poético me parece uma espécie de magia de segundo grau, tentativa de posse ontológica e não já física como na magia propriamente dita, o conto não tem intenções essenciais, não indaga nem transmite um conhecimento ou uma "mensagem". A gênese do conto e do poema é, con-

532   *Do conto breve e seus arredores*

tudo, a mesma, nasce de um repentino estranhamento, de um *deslocar-se* que altera o regime "normal" da consciência; num tempo em que as etiquetas e os gêneros cedem a uma estrepitosa bancarrota, não é inútil insistir nessa afinidade que muitos acharão fantasiosa. Minha experiência me diz que, de algum modo, um conto breve como os que procurei caracterizar não tem uma *estrutura de prosa*. Cada vez que me tocou revisar a tradução de uma de minhas narrativas (ou tentar a de outros autores, como alguma vez com Poe) senti até que ponto a eficácia e o *sentido* do conto dependiam desses valores que dão um caráter específico ao poema e também ao jazz: a tensão, o ritmo, a pulsação interna, o imprevisto dentro de parâmetros pré-vistos, essa *liberdade fatal* que não admite alteração sem uma perda irreparável. Os contos dessa espécie incorporam-se como cicatrizes indeléveis em todo leitor que os mereça: são criaturas vivas, organismos completos, ciclos fechados, e respiram. *Eles* respiram, não o narrador, à semelhança dos poemas perduráveis e à diferença de toda prosa encaminhada para transmitir a respiração do narrador, para comunicá-la à maneira de um telefone de palavras. E se perguntarem: Mas então, não há comunicação entre o poeta (o contista) e o leitor?, a resposta será óbvia: A comunicação se opera *a partir* do poema ou do contista, não *por meio* deles. E essa comunicação não é a que tenta o prosador, de telefone a telefone; o poeta e o narrador urdem criaturas autônomas, objetos de conduta imprevisível, e suas consequências ocasionais nos leitores não se diferenciam essencialmente das que têm para o autor, o primeiro a se surpreender com a sua criação, leitor sobressaltado de si mesmo.

Breve coda sobre os contos fantásticos. Primeira observação: o fantástico como nostalgia. Toda *suspension of disbelief* [suspensão da incredulidade] atua como uma trégua no seco, implacável assédio que o determinismo faz ao homem. Nessa trégua, a nostalgia introduz uma variante na afirmação de Ortega: há homens que em algum momento cessam de ser eles e sua circunstância, há uma hora em que desejamos ser nós mesmos e o inesperado, nós mesmos e o momento em que a porta que antes e depois dá para o saguão se abre lentamente para nos deixar ver o prado onde relincha o unicórnio.

Segunda observação: o fantástico exige um desenvolvimento temporal ordinário. Sua irrupção altera instantaneamente o presente, mas a porta que dá para o saguão foi e será a mesma no passado e no futuro. Só a alteração momentânea dentro da regularidade delata o fantástico, mas é necessário que o excepcional passe a ser também a regra sem deslocar as estruturas ordinárias entre as quais se inseriu. Descobrir numa nuvem o perfil de Beethoven seria inquietante se durasse dez segundos antes de se desfiar e tornar-se fragata ou pomba; o caráter fantástico só se afirmaria no caso de ali continuar o perfil de Beethoven enquanto o resto das nuvens se conduzisse com sua desintencional desordem sempiterna. Na má literatura fantástica, os perfis sobrenaturais costumam ser introduzidos como cunhas instantâneas e efêmeras na sólida massa do habitual; assim, uma senhora que foi premiada com o ódio minucioso do leitor é meritoriamente estrangulada no último minuto graças à mão fantasmal que entra pela chaminé e se vai pela janela sem maiores rodeios, além do que nesses casos o autor se crê obrigado a prover uma "explicação" à base de antepassados vingativos ou malefícios malaios. Acrescento que a pior literatura desse gênero é, contudo, a que opta pelo procedimento inverso, isto é, o deslocamento do tempo ordinário por uma espécie de full time do fantástico, invadindo a quase totalidade do cenário com grande espalhafato de espetáculo sobrenatural, como no batido modelo da casa mal-assombrada onde tudo ressumbra manifestações insólitas, desde que o protagonista faz soar a aldrava das primeiras frases até a janela do sótão onde culmina espasmodicamente a narrativa. Nos dois extremos (insuficiente instalação num ambiente comum, e rejeição quase total deste último) peca-se por impermeabilidade, trabalha-se com materiais heterogêneos momentaneamente vinculados, mas nos quais não há osmose, articulação convincente. O bom leitor sente que nada tem que fazer aí essa mão estranguladora ou esse cavalheiro que em consequência de uma aposta se instala para passar a noite numa tétrica morada. Esse tipo de contos que infesta as antologias do gênero lembra a receita de Edward Lear para fabricar uma torta cujo glorioso nome esqueci: pega-se um porco, ata-se o bicho a uma estaca e bate-se nele violentamente, enquanto em outra parte se prepara com diversos ingredientes a massa cujo cozimento só se interrompe para continuar espancando o porco. Se ao cabo de três dias não se tiver conseguido que a massa e o porco formem um todo homogêneo, pode-se considerar que a torta é um fracasso, em virtude do que se soltará o porco e se atirará a massa no lixo. É precisamente isso que fazemos com os contos em que não há osmose, nos quais o fantástico e o habitual se justapõem sem que nasça a torta que esperávamos comer estremecidamente.

534   *Do conto breve e seus arredores*

Conto: introdução[1]

Jaime Alazraki

Cortázar começou a escrever seus primeiros contos em um ambiente no qual o magistério de Borges era o eixo da vida literária de Buenos Aires, verdadeiro Minotauro das letras portenhas: todos os caminhos levavam ao centro desse labirinto intelectual que o autor de *Ficções* havia armado desde os anos 1920 com o rigor e a paciência dedálica de um arquiteto. Em 1970, Cortázar dizia em uma entrevista para a revista francesa *La Quinzaine Littéraire*: "Borges deixou sua marca profunda nos escritores da minha geração. Foi ele quem nos mostrou as possibilidades do fantástico. Na Argentina, escrevia-se uma literatura antes romântica, realista, um pouco vulgar às vezes. Foi apenas com Borges que o fantástico alcançou um alto nível".[2]

Embora a literatura de inclinação fantástica tenha tido seu início na Argentina a partir da chamada geração de 1880 — Juana Manuela Gorriti, Eduardo Wilde, Miguel Cané, Eduardo Holmberg, Carlos Olivera, Carlos Monsalve, Martín García Merou, Carlos Octacio Bunge —, [3] e já havia encontrado em Leopoldo Lugones e Horacio Quiroga dois mestres indiscutíveis, somente com Borges adquire uma fisionomia nova e se torna estímulo de toda uma geração. Nesse grupo é preciso incluir, ao lado de Cortázar, Adolfo Bioy Casares, Silvina Ocampo, Santiago Dabove, Enrique Anderson-Imbert, Manuel Peyrou, Manuel Mujica Láinez e o uruguaio Felisberto Hernández. Essa geração está a tal ponto ligada ao nome de Borges que o primeiro conto publicado por Cortázar, "Casa tomada", apareceu em *Los Anales de Buenos Aires*, revista que Borges dirigia e que naquela época representava, acompanhada da *Sur* e *Realidad*, uma das tribunas literárias mais influentes. Em 1946, a respeito das circunstâncias da publicação desse primeiro conto, o próprio Borges comenta:

> Conheço pouco a obra de Cortázar, mas o pouco que conheço, alguns contos, me parecem admiráveis. Além do mais, tenho o orgulho de ter sido o primeiro que

---

1 Publicado originalmente em Jaime Alazraki, *Hacia Cortázar: Aproximaciones a su obra*. Barcelona: Anthropos, 1994. (Col. Contemporáneos, Literatura y Teoria Literária.) Tradução de Livia Deorsola.

2 C. G. Bjurström, "Entretien", *La Quinzaine Littéraire*, Paris, p. 16, 1-31 ago. 1970.

3 Ver Haydee Flesca, *Antología de la literatura fantástica argentina* (Buenos Aires: Kapelusz, 1970), v. I.

TEXTOS COMPLEMENTARES

publicou um de seus trabalhos. Eu dirigia uma revista, *Los Anales de Buenos Aires*, e me lembro de que se apresentou na redação um rapaz alto, carregando um manuscrito. Eu lhe disse que ia lê-lo. Ele voltou depois de uma semana. O conto se chamava "Casa tomada". Disse-lhe que era admirável, e minha irmã Nora o ilustrou.[4]

No ano seguinte, surgiu seu segundo conto, "Bestiário", no número 17-18 da mesma revista (ago.-set. 1947), e um terceiro, "Distante", foi publicado um ano mais tarde na revista mensal de artes e letras *Cabalgata*, com ilustrações de J. Battle-Planas. Cortázar escrevera outros que não vieram à tona até a publicação de sua primeira coletânea, *Bestiário*, em 1951, mesmo ano de sua partida para a França, onde inicia seu exílio voluntário. Cortázar não tinha pressa. "Compreendi instintivamente", explica ele,

que meus primeiros contos não deviam ser publicados. Eu tinha plena consciência de um alto nível literário e estava disposto a alcançá-lo antes de publicar algum deles. Os contos eram o melhor que eu conseguia escrever naquela época, mas não me pareciam bons o bastante... Vi a mim mesmo amadurecer sem pressa. Em determinado momento, soube que o que eu estava escrevendo valia muito mais do que aquilo que as pessoas da minha idade estavam publicando na Argentina... A partir de um determinado momento, digamos 1947, eu estava completamente seguro de que quase todas as coisas que eu mantinha inéditas eram boas. Refiro-me a um ou dois contos de *Bestiário*. Eu sabia que não existiam contos assim escritos em espanhol. Existiam outros. Havia os admiráveis contos de Borges. Mas eu estava fazendo outra coisa.[5]

E estava mesmo. Apesar de algumas semelhanças de superfície — preferência pelo elemento fantástico, meticulosa construção do argumento, gosto por um ou outro tema em comum —, as narrativas de Borges e as de Cortázar são marcadamente diferentes na cosmovisão, no estilo, no tratamento narrativo, até quando escrevem sobre a mesma matéria. Nos casos em que os dois elegem um mesmo tema, esse tema comum é o indício mais evidente de suas diferenças. Um exemplo bastará para ilustrar esse fato: "Homem da esquina rosada", de Borges, e "O motivo", de Cortázar. Os dois contos tratam de um personagem semelhante (o *compadre*, portador, na cidade, do mesmo sentido de honra e coragem que já foi atributo do *gaucho* na planície), ambos apresentam um argumento similar (uma desonra que

---

4   Rita Guibert, *Siete voces*. Cidade do México: Novaro, 1974, p. 127.

5   Luis Harss, "Julio Cortázar, o la cachetada metafísica". In: Id., *Los nuestros*. Buenos Aires: Sudamericana, 1968, p. 264.

deve ser vingada) e ambos surpreendem o leitor com uma virada inesperada na sequência dos fatos narrados e que, em seguida, o desenlace explica
e resolve. No entanto, o tratamento de Cortázar difere consideravelmente
do adotado por Borges. Enquanto este apresenta o conflito seguindo uma
trajetória linear no que se refere à estrutura narrativa, no conto de Cortázar
o argumento se ramifica em um duplo conflito, que bifurca o espaço narrativo em dois níveis: o leitor deve desvendar o segundo nível como um duplo
fundo oculto. No fim do conto, Borges revela literalmente ao leitor o que
estava apenas insinuado ao longo do relato (técnica do enigma resolvido);
no conto de Cortázar não há compromissos: o leitor deve percorrer as pistas
que a história vai deixando inadvertidamente e com elas construir o argumento para resolvê-lo (técnica do anagrama). Do ponto de vista do estilo,
Borges fundiu elementos da fala do *compadre* com uma linguagem em que
o leitor reconhece alguns traços distintivos do estilo malicioso do autor de
Ficções; esse hibridismo deliberado funciona porque, ao recriar a fala do
compadre, Borges procede com a certeza de que sua tarefa não é reproduzir
a voz de seus personagens com a fidelidade de uma fita cassete, mas a de
produzir a ilusão de sua voz, e essa ilusão está fundada em uma convenção
literária. A solução estilística de Cortázar é diferente. Uma vez que seu per-
sonagem-narrador vive em uma Argentina contemporânea à sua, ele recusa
o uso de uma fala exclusiva e adota em seu lugar a fala do portenho de hoje,
não muito diferente da sua: um espanhol que se acomoda melhor ao ambiente da narração, que melhor se ajusta ao tom e ao tema do conto e que,
por isso mesmo, se torna o melhor veículo de caracterização. Essa solução
estilística tipifica, em maior ou menor grau, sua atitude narrativa no que
se refere ao uso da linguagem em quase todos os seus contos. Ele mesmo
apontou que "em todo grande estilo, a língua deixa de ser um veículo para
a expressão de ideias e sentimentos e se aproxima desse estado limítrofe
em que já não conta como mera linguagem, pois toda ela é presença do que
se expressa". Em seguida, ele explica a partir de uma citação de Foucault:
"O que se conta deve indicar por si só quem fala, a que distância, de que
perspectiva e de acordo com qual forma de discurso. A obra não se define
tanto pelos elementos da fábula ou de sua ordenação quanto pelas formas
da ficção, indicadas tangencialmente pelo próprio enunciado da fábula".[6] E
assim é. A fábula de seus contos parece se organizar segundo uma ordem

---

6   Julio Cortázar, *La vuelta al día en ochenta mundos*. Cidade do México: Siglo XXI, 1967, p.
94. Sobre esse aspecto das narrativas curtas de Cortázar, veja nosso ensaio "Dos soluciones
estilísticas para el tema del compadre en Borges y Cortázar", em Jaime Alazraki, *La prosa
narrativa de J. L. Borges*. 3. ed. Madri: Gredos, 1983, pp. 302-22.

que emana do tom preciso e ambíguo com que vai se enunciando. Muitos de seus contos podem ser definidos como a busca de uma voz livre de falsetes, como a modulação de uma voz sem impostação por meio da qual seus personagens se corporificam para alcançar essa realidade verossímil com a qual se impõem. Uma das chaves da arte de Cortázar é sua capacidade camaleônica no que tange a seus personagens: o autor se cala para que a narrativa possa falar por si mesma, até alcançar a linguagem que, da maneira mais natural e livre, se ajuste a suas necessidades e propósitos. Mimese no mais pleno sentido que essa palavra denota desde Auerbach, Cortázar induz a narrativa a um paradoxo da imanência, do qual os personagens de seus contos emprestam a voz ao autor.

Também foi uma prática confortável pôr Borges e Cortázar no mesmo balaio estranhamente rotulado de "literatura fantástica". A verdade é que nenhum dos dois tem muito em comum com os escritores europeus e americanos que, entre 1820 e 1850, produziram as obras-primas do gênero fantástico. Cortázar, consciente da imprecisão dessa designação com respeito às suas narrativas curtas, disse: "Quase todos os contos que escrevi pertencem ao gênero chamado fantástico por falta de nome melhor",[7] para então explicar, em uma reflexão sobre o assunto com o entrevistador de *La Quinzaine Littéraire*:

> O fantástico puro, o fantástico do qual nascem os melhores contos, poucas vezes está centrado na alegria, no humor, nas coisas positivas. O fantástico é negativo, se aproxima sempre do terrível, do assustador. Daí vem o romance "gótico", com suas correntes, seus fantasmas etc. Também daí vem Edgar Allan Poe, que é o verdadeiro inventor do conto fantástico moderno, sempre horrível, igualmente. Não consigo entender por que o fantástico está centrado no lado noturno do homem, e não no seu lado diurno.[8]

Mais recentemente, em suas conferências na Universidade de Oklahoma durante o mês de novembro de 1975, Cortázar deixou ainda mais claras as diferenças que distinguem o gênero fantástico puro, tal como foi cultivado no século XIX, de sua própria concepção de uma literatura antirrealista:

---

7 Julio Cortázar, "Alguns aspectos do conto", p. 514 deste volume. Publicado originalmente em Id., *Valise de cronópio*. 2. ed. São Paulo: Perspectiva, 1993, p. 148.

8 C. G. Bjurström, op. cit., p. 16.

Não há dúvida de que as marcas de escritores como Poe se encontram nos níveis mais profundos de muitos de meus contos, e acho que sem "Ligeia", sem "A queda da casa de Usher", não teria existido essa disposição para o fantástico que me assalta nos momentos mais inesperados e que me lança a escrever como a única forma de ultrapassar certos limites, de me instalar no território *do outro*. Mas, e nisso há completa unanimidade entre os escritores desse gênero no Rio da Prata, algo me indicou desde o começo que o caminho em direção a essa outridade não estava, no que se refere à forma, nos truques literários dos quais depende a literatura fantástica tradicional para seu celebrado páthos, que não se encontrava na encenação verbal que consiste em desorientar o leitor desde o começo, condicionando-o a um clima mórbido para obrigá-lo a assentir docilmente ao mistério e ao medo... A irrupção do outro acontece, no meu caso, de uma maneira explicitamente trivial e prosaica, sem advertências premonitórias, tramas ad hoc e atmosferas apropriadas, como na literatura gótica ou nos contos fantásticos atuais de má qualidade... Assim chegamos a um ponto em que é possível reconhecer minha ideia do fantástico dentro de um registro mais amplo e mais aberto que o predominante na era dos romances góticos e dos contos cujos atributos eram os fantasmas, os lobisomens e os vampiros.[9]

Cortázar é suficientemente claro: nem ele nem Borges estão interessados em assaltar o leitor com os medos e horrores que foram definidos como os traços distintivos do fantástico puro ou tradicional.[10] No entanto, é preciso reconhecer que em seus contos há uma dimensão fantástica que vai na contramão das narrativas de tipo realista ou psicológico e que gera situações "sobrenaturais" intoleráveis dentro de um código realista. Aceitando esse fato e ao mesmo tempo reconhecendo que a definição de "fantástico" para esse tipo de narrativa é incongruente com seus propósitos, sugeri em outro lugar a designação de *neofantástico* para distinguir tais narrativas de seus distantes predecessores do século XIX.[11] Não acho que este seja o lugar para desenvolver uma poética do neofantástico, mas é razoável ver certas

---

9   Julio Cortázar, "The Present State of Fiction in Latin America". In: J. Alazraki e Ivar Ivask (Orgs.), *The Final Island: The Fiction of Julio Cortázar*. Oklahoma: University of Oklahoma Press, 1978, pp. 28-30.

10   Para uma definição do fantástico, ver Roger Caillois, *Imágenes, imágenes...* (Buenos Aires: Sudamericana, 1970); Louis Vax, *L'Art et la littérature fantastique* (Paris: PUF, 1960); e Peter Pensoldt, *The Supernatural in Literature* (Nova York: Humanities Press, 1965).

11   Ver nosso artigo "Cortázar: Entre el surrealismo y la literatura fantástica", *El Urogallo*, Madri, v. VI, n. 35-36, pp. 103-7, nov. dez. 1975, ou em sua versão em inglês, "The Fantastic as Surrealist Metaphors in Cortázar's Short Ficción", *Dada/Surrealism*, Nova York, n. 5, pp. 28-33, 1975.

TEXTOS COMPLEMENTARES   539

narrativas de Kafka, Blanchot, Borges, Cortázar e outros escritores hispano-americanos como expressões desse novo gênero. Em vez de "brincar com os medos do leitor", tal como foi perpetrado pelo fantástico, o neofantástico busca, segundo a definição do próprio Cortázar sobre suas narrativas breves, uma alternativa ao

> falso realismo que consiste em crer que todas as coisas podem ser descritas e explicadas, preceito do qual partia o otimismo filosófico e científico do século XVIII, isto é, dentro de um mundo regido mais ou menos harmoniosamente por um sistema de leis, princípios, relações de causa e efeito, de psicologias definidas, de geografias bem cartografadas.

Para concluir:

> No meu caso, a suspeita de outra ordem mais secreta e menos comunicável, e a fecunda descoberta de Alfred Jarry, para quem o verdadeiro estudo da realidade não residia nas leis, e sim nas exceções a essas leis, foram alguns dos princípios orientadores da minha busca pessoal por uma literatura à margem de todo realismo demasiado ingênuo.[12]

Embora Borges e Cortázar recorram à dimensão fantástica, não para aterrorizar o leitor, mas para balançar suas premissas epistemológicas, para enfrentá-lo com esses fugazes instantes em que o "irreal" solapa o real, a realidade cede, e uma fissura aberta em sua matéria nos deixa entrever *o outro*, seus contos podem ser descritos como o anverso e o reverso de um esforço, embora semelhante, motivado por propósitos muito diferentes. Borges disse que tudo o que lhe aconteceu ao longo da vida é ilusório e que a única coisa real é uma biblioteca. Essa seria uma asserção duvidosa, não fosse pelo fato de o mundo, tal como o conhecemos, ser uma criação da cultura, um universo artificial no qual, segundo Lévi-Strauss, o homem vive como membro de um grupo social.[13] Definida a cultura como uma fabricação do intelecto, a conclusão de Borges é inevitável: "Nós sonhamos o mundo. Nós o sonhamos resistente, misterioso, visível, ubíquo no espaço e firme no tempo; mas consentimos, em sua arquitetura, tênues e eternos interstícios de desrazão para saber que é falso".[14] Borges penetra nesses in-

---

12 Julio Cortázar, "Alguns aspectos do conto", p. 514 deste volume. Publicado originalmente em: Id., *Valise de cronópio*, op. cit., p. 148.

13 Veja Claude Lévi-Strauss, *Arte, lenguaje, etnología*. Cidade do México: Siglo XXI, 1968, p. 132.

14 Jorge Luis Borges, *Otras inquisiciones*. 5. ed. Madri: Alianza, 1985, p. 156.

Conto: introdução

terstícios de desrazão para desarmar o extenso labirinto de razão armado pela cultura e para finalmente comprovar que a arte e a linguagem (e, no caso, a ciência) são, podem ser, somente símbolos, mas símbolos, como explica Cassirer,

> não no sentido de meras figuras que se referem a certa realidade por meio de sugestões e traduções alegóricas, mas no sentido de forças que produzem e postulam, cada uma delas, seu próprio mundo; o conhecimento, da mesma forma que o mito, a linguagem e a arte, foi reduzido a uma espécie de ficção — a uma ficção recomendável por sua utilidade, mas que não deve ser medida por critérios estritos de verdade, caso não queiramos que se dissipe no nada.[15]

Motivado por essa conclusão, Borges encontra a rota que leva ao universo de sua ficção: "Admitamos o que todos os realistas admitem: o caráter alucinatório do mundo. Façamos o que nenhum idealista fez: busquemos irrealidades que confirmem esse caráter".[16] Borges encontra essas irrealidades não no âmbito do sobrenatural ou do maravilhoso, mas nos símbolos e sistemas que definem nossa realidade, em filosofias e teologias que de alguma maneira constituem a medula de nossa cultura. Daí as inumeráveis referências em seus contos a autores e livros, a teorias e doutrinas, e daí sua constante insistência em que tudo o que ele escreveu já estava escrito. Em 1946, Borges publicou em *Los Anales de Buenos Aires*, no mesmo número em que apareceu o primeiro conto de Cortázar, um fragmento do livro de Schopenhauer, *Parerga und Paralipomena*, que levava como título "Fantasia metafísica" e insertava a seguinte nota, na qual seu estilo é facilmente reconhecível:

> Se concordarmos em considerar a filosofia como um ramo da literatura fantástica (o mais vasto, já que sua matéria é o universo; o mais dramático, já que nós mesmos somos o tema de suas revelações), é preciso reconhecer que nem Wells nem Kafka, nem os egípcios das *Mil e uma noites* jamais urdiram uma ideia mais assombrosa que a deste tratado.[17]

"Fantasias metafísicas" é como Bioy Casares chamou os contos de Borges, e o são no sentido de que as irrealidades com as quais a filosofia construiu o mundo se tornam aquilo que essencialmente são, mera ficção. Nesse

---

15   Ernest Cassier, *Language and Myth*. Nova York: Dover, 1953, pp. 7-8.
16   Jorge Luis Borges, op. cit., p. 156.
17   Arthur Schopenhauer, "Fantasía metafísica", *Los Anales de Buenos Aires*, ano I, n. 11, p. 54, dez. 1946.

jogo do feiticeiro enfeitiçado, do qual Borges é mestre, reside grande parte de sua magia.

O mundo narrativo de Cortázar, por outro lado, mais que a aceitação da cultura, representa seu desafio: um desafio para "trinta séculos de dialética judaico-cristã", para o "critério grego de verdade e erro", para a "lógica aristotélica e o princípio de razão suficiente", para o *Homo sapiens* e, em geral, o que ele chama de *o grande hábito*. Se as fantasias de Borges são oblíquas alusões à situação do homem imerso em um mundo impenetrável, em uma ordem criada por ele como substituta da ordem dos deuses, os contos de Cortázar tentam transcender as construções da cultura e buscam, justamente, tocar o fundo que Borges considera obscuro demais para ser compreendido pelo homem. O primeiro obstáculo que Cortázar encontra nessa busca é a linguagem: "Sempre achei absurdo", diz ele, "falar em transformar o homem, se ao mesmo tempo ou previamente o homem não transforma seus instrumentos de conhecimento. Como se transformar se ainda se utiliza a linguagem que Platão já utilizava?".[18] Uma primeira resposta a esse problema foi encontrada pelo surrealismo. Entre 1948 e 1949, Cortázar publicou três artigos dedicados ao movimento: "Morte de Antonin Artaud", "Um cadáver vivo" e "Irracionalismo e eficácia". Seu encontro com o surrealismo significou a confirmação de suas intuições juvenis, daí o entusiasmo com que o defendeu e difundiu. "A poesia", escreve no último dos três artigos, "a prisioneira mais vigiada da razão, acaba de romper barreiras com a ajuda de Dadá, e entra no vasto experimento surrealista, que me parece a mais alta empreitada do homem contemporâneo como previsão e tentativa de um humanismo integrado."[19] O surrealismo que Cortázar subscreve e defende não é uma mera técnica, mas uma cosmovisão integradora, um movimento de libertação total. Na nota sobre Artaud, ele reage violentamente contra toda tentativa de reduzi-lo a um fenômeno puramente literário: "Dá nojo perceber a violenta pressão de raiz estética e professoral que se esmera em integrar o surrealismo como mais um capítulo da história literária, e que se fecha a seu legítimo sentido".[20] Para Cortázar, naqueles anos, o surrealismo era

cosmovisão, não escola ou ismo; uma empreitada de conquista da realidade, que é a realidade verdadeira, em vez da outra, de papelão e pedra e para sempre âmbar; uma reconquista do mal conquistado (aquilo conquistado pela metade: com o parcelamento de uma ciência, de uma razão raciocinada, uma estética, uma

---

18   Luis Harss, op. cit., p. 288.

19   Julio Cortázar, "Irracionalismo y eficacia", *Realidad*, n. 6, p. 253, set.-dez. 1949.

20   Id., "Muerte de Antonin Artaud", *Sur*, n. 163, p. 80, maio 1948.

moral, uma teologia), e não a mera prossecução, dialeticamente antiética, da velha ordem supostamente progressiva.[21]

Se a prosa de Cortázar ostenta bem poucos adereços surrealistas é porque sua adesão ao surrealismo vai além do fato meramente estético para abraçá-lo como caminho que conduz ao *grande salto*, como uma cosmovisão com cuja assistência o homem reencontra a rota para sair de seu desvio e retornar ao *outro*. Nesse contexto, deve-se compreender sua preferência pelo neofantástico como veículo de suas narrativas breves.

Quando o surrealismo renuncia, conscientemente ou não, a esta "empreitada de conquista da realidade", Cortázar confronta suas inconsequências a partir das páginas de *O jogo da amarelinha*:

> Os surrealistas acreditavam que a verdadeira linguagem e a verdadeira realidade estavam censuradas e relegadas pela estrutura racionalista e burguesa do Ocidente. Tinham razão, como todo poeta sabe, só que a coisa não passava de um momento no delicado processo de descascar a banana. Resultado: mais de um comeu a banana com casca e tudo. Os surrealistas se penduraram nas palavras em vez de se soltar delas [...]. Fanáticos do verbo em estado puro, pitonisos frenéticos, eles aceitaram tudo aquilo que não parecesse excessivamente gramatical. Não desconfiaram suficientemente que a criação de toda uma linguagem, mesmo atraiçoando seu sentido no fim, demonstra irrefutavelmente a estrutura humana, seja ela a de um chinês ou a de um pele-vermelha. Linguagem quer dizer residência numa realidade, vivência numa realidade. Embora seja verdade que a linguagem que utilizamos nos trai [...], não basta querer libertá-la de seus tabus. É preciso revivê-la, não re-animá-la.[22]

Se o surrealismo tentou descobrir e explorar "uma realidade mais real que o mundo real, cruzando as fronteiras do real", é preciso compreender essa passagem de *O jogo da amarelinha* como uma alusão à fase em que o surrealismo deixa de ser uma cosmovisão para se tornar receituário, em que o grande salto é substituído por piruetas de saltimbancos atravessando argolas da linguagem. A linguagem atalhada da vida, parece dizer Cortázar, é um salto não no absoluto, mas de paraquedas, e que não leva mais além da linguagem mesma. "Empregamos uma linguagem", explica ele,

---

21 Ibid.

22 Julio Cortázar, *O jogo da amarelinha*. Trad. de Eric Nepomuceno. São Paulo: Companhia das Letras, 2019, p. 416.

completamente marginal com relação a certo tipo de realidades mais profundas, às quais talvez pudéssemos ter acesso, caso não nos deixássemos enganar pela facilidade com que a linguagem tudo explica ou pretende explicar. Há um paradoxo terrível no qual o escritor, homem de palavras, luta contra a palavra. Há algo de suicídio. No entanto, não me levanto contra a linguagem na sua totalidade ou na sua essência. Eu me rebelo contra um certo uso, uma determinada linguagem que me parece falsa, degradada, aplicada a fins abjetos. Evidentemente, devo travar essa luta desde a própria palavra.[23]

Já em seus contos é possível detectar uma prosa que sem maiores rupturas e solavancos alcança a agilidade e a precisão de uma linguagem purgada de lastro retórico e livre "dessas múmias de ataduras hispânicas" que transformaram o espanhol em museu, quando não em mausoléu: "Nós somos forçados", escreve em um ensaio dedicado a esse problema,

a criar uma linguagem que primeiro deixe para trás dom Ramiro e outras múmias de ataduras hispânicas, que volte a descobrir o espanhol que originou Quevedo ou Cervantes e que nos deu *Martín Fierro* e *Recuerdos de provincia*, que saiba inventar, que saiba abrir a porta para ir brincar, que saiba matar a torto e a direito, como toda linguagem realmente viva, e sobretudo que por fim se liberte do *journalese* e do *translatese*, para que essa liquidação geral de inópias e facilidades nos leve algum dia a um estilo nascido de uma lenta e árdua meditação da nossa realidade e nossa palavra.[24]

Mas é em *O jogo da amarelinha* que a linguagem de Cortázar aguarda sua prova de fogo, e é ali onde tentará sacudir a norma para estabelecer novas possibilidades de aberturas.

O segundo obstáculo no qual se tropeça para se chegar a essa "realidade segunda" ou "maravilhosa", como também a chamavam os surrealistas, é o uso de categorias lógicas de conhecimento e de instrumentos racionais com os quais apreendemos a realidade. Cortázar se detém, em particular, em duas das engrenagens mais poderosas dessa máquina intelectual, o tempo e o espaço — espécie de abscissa e ordenada de nosso esquema da realidade: "As noções de tempo e de espaço", diz ele,

como foram concebidas pelo espírito grego e, depois dele, por quase todo o Ocidente, carecem de sentido no Vedanta. De certo modo, o homem se equivocou

---

23   Luis Harss, op. cit., pp. 285-6.
24   Julio Cortázar, *La vuelta al día en ochenta mundos*, op. cit., p. 100.

ao inventar o tempo; por isso bastaria de fato renunciar à mortalidade para pular fora do tempo, evidente que em um plano que não seria o da vida cotidiana. Penso no fenômeno da morte, que para o pensamento ocidental é o grande escândalo, como tão bem viram Kierkegaard e Unamuno; esse fenômeno não tem nada de escandaloso no Oriente, é uma metamorfose, e não um fim.[25]

Mas Cortázar sabe que a alternativa do Oriente a suas preocupações com o tempo e o espaço não pode constituir uma resposta para o homem ocidental, que é o produto de uma tradição muito diferente, uma tradição que não se pode simplesmente abolir para substituí-la por outra. Se há uma resposta ao problema do tempo e do espaço, ela reside em sua confrontação implacável, em uma batalha impetuosa que Unamuno representou de forma memorável no episódio bíblico da luta entre Jacó e o Anjo. E assim o compreende Cortázar.

> *O jogo da amarelinha* peca, como tantas coisas minhas, pelo hiperintelectualismo. Não posso nem quero renunciar a essa intelectualidade, na medida em que eu possa fazê-la confluir com a vida, fazê-la pulsar a cada palavra e a cada ideia. Utilizo-a ao modo de um guerrilheiro, atirando sempre dos ângulos mais insólitos possíveis. Não posso nem devo renunciar ao que sei, por uma espécie de preconceito, em favor do que vivo simplesmente. O problema está em multiplicar as artes combinatórias, em conseguir novas aberturas.[26]

Dessa tensão entre duas forças opostas — uma que nasce do plano temporal, outra que o nega; uma que esgota o espaço na geometria, outra que o transcende — deriva o que se poderia definir como a espinha dorsal de sua ficção neofantástica. Um plano apresenta a versão realista e natural dos fatos narrativos e um segundo plano transmite, com idêntica naturalidade, uma versão sobrenatural desses mesmos fatos. A narrativa se apoia com idêntica certeza tanto na dimensão histórica como na dimensão fantástica: uma e outra proporcionam os trilhos parelhos pelos quais o relato desliza para um destino que não é nem o fantástico puro nem o histórico-realista, mas apenas um interstício por meio do qual o escritor se assoma a suas entrevisões, que, em última análise, são o verdadeiro destino para o qual o conto se encaminha. A mendiga que o personagem de "Distante" encontra no centro de uma ponte em Budapeste, os ruídos que expulsam os dois irmãos de "Casa tomada", os coelhos que o narrador de "Carta a uma senho-

---

25   Luis Harss, op. cit., p. 268.
26   Ibid., p. 299.

rita em Paris" vomita, o tigre que passeia tranquilamente pelos cômodos de uma casa de classe média em "Bestiário", o personagem morto porém mais vivo que os vivos em "Cartas de mamãe", o sonhador que se transforma num sonho de seu próprio sonho em "A noite de barriga para cima", o leitor que entra na ficção que está lendo para nela morrer em "Continuidade dos parques" são alguns exemplos memoráveis desse intercâmbio em que o código realista cede a um código que já não responde às nossas categorias ordinárias de tempo e espaço. Nesses contos, busca-se o reverso de nossa realidade fenomenal, uma ordem escandalosamente em conflito com a ordem construída por nosso pensamento lógico. O hábito nos acostumou a chamar essas incoerências de narrativas fantásticas, mas o fato fantástico nesses contos não se propõe, como se propunha no século XIX, a assaltar e aterrorizar o leitor. Desde o começo mesmo do relato, a escala realista se justapõe à escala fantástica, cada uma governada por uma chave distinta, como em qualquer partitura em que a música é o resultado da coordenação de suas claves. No primeiro parágrafo de "Axolotes", lê-se: "Houve um tempo em que eu pensava muito nos axolotes. Ia vê-los no aquário do Jardin des Plantes e passava horas olhando para eles, observando sua imobilidade, seus obscuros movimentos. Agora sou um axolote". Nesse conto, como em quase toda a ficção neofantástica, não há um processo gradual de apresentação da realidade para enfim abrir nela uma fissura de irrealidade. Em contraste com a narrativa fantástica do século XIX, em que o texto se move do familiar e natural ao não familiar e sobrenatural, como uma viagem através de um território conhecido que gradativamente conduz a um território desconhecido e assombroso, o escritor do neofantástico outorga igual validade e verossimilhança às duas ordens, e sem nenhuma dificuldade se move com igual liberdade e tranquilidade em ambas. Essa atitude imparcial é, em si mesma, uma profissão de fé. O suposto, o não expressado, declara que o nível fantástico é tão real como o nível realista, e que ambos gozam do mesmo direito à cidadania dentro da narrativa. Se um deles produz no leitor um sentimento irreal ou surreal (que convencionalmente chamamos de "fantástico"), é porque em nossa vida diária procedemos com noções lógicas semelhantes às que governam o código realista da narrativa.

O escritor neofantástico, por outro lado, ignora essas distinções e se aproxima dos dois níveis com o mesmo sentimento de realidade (ou de irrealidade, se assim se preferir). O leitor percebe, no entanto, que o axolote de Cortázar é uma metáfora (uma metáfora, e não um símbolo, é preciso insistir) que comunica sentidos incomunicáveis por meio das conceitualizações a que nos obrigam a linguagem e nossa compreensão lógica da realidade, uma metáfora que procura expressar mensagens inexprimíveis

546   *Conto: introdução*

por meio do código realista. Esta metáfora (coelhos, tigre, ruídos, mendiga, axolotes etc.) provê uma estrutura capaz de novos referentes, mesmo quando as referências às quais alude não possam ser estabelecidas de imediato; ou, utilizando a terminologia cunhada por I. A. Richards, os *veículos* com que essas metáforas nos confrontam apontam para *teores* não formulados, inéditos. Sabemos que se trata de veículos metafóricos porque sugerem sentidos que excedem sua acepção literal, mas cabe ao leitor perceber esses sentidos e definir o *teor* significado na metáfora.

Quando perguntaram a Cortázar sobre os sentidos implícitos nas metáforas de seus contos, ele respondeu: "Eu sei tanto quanto o leitor". A resposta não é um subterfúgio. Uma outra vez, sobre isso, ele disse: "[...] a grande maioria dos meus contos foi escrita — como dizê-lo? — independentemente da minha vontade, por cima ou por baixo da minha consciência, como se eu não fosse mais que um meio pelo qual passava e se manifestava uma força alheia".[27] E podemos acreditar nele: algumas das histórias nasceram como sonhos ou pesadelos. Cortázar explica:

> Muitos dos meus contos fantásticos nasceram em um território onírico, e eu tive a sorte de, em alguns casos, o censor da consciência não ter sido impiedoso, me permitindo registrar com palavras o conteúdo dos meus sonhos... Pode-se dizer que o fantástico neles contido vem de regiões arquetípicas que de uma ou outra maneira todos nós compartilhamos, e que no ato de ler esses contos o leitor é testemunha ou descobre algo de si mesmo. Comprovei muitas vezes esse fenômeno com um velho conto meu chamado "Casa tomada", que eu sonhei com todos os detalhes que figuram no texto e que escrevi assim que pulei da cama, ainda envolto na terrível náusea de seu desfecho.[28]

Mas se a interpretação de qualquer desses contos é uma função inerente ao ato de sua leitura, não pode constituir um critério de estudo. Talvez o primeiro passo para sua compreensão seja a aceitação, como no caso de algumas parábolas de Kafka, de seu caráter de "acontecimentos narrativos que permanecem profundamente impenetráveis e que são capazes de tantas interpretações que, em última instância, contradizem todas elas".[29] Essa conclusão é inevitável e não deveria nos surpreender, uma vez que, como

---

27 Julio Cortázar, "Alguns aspectos do conto", p. 518 deste volume. Publicado originalmente em: Id., *Valise de cronópio*, op. cit., p. 154.

28 Id., "The Present State of Fiction in Latin America", op. cit., p. 30.

29 Heinz Politzer, *Franz Kafka: Parable and Paradox*. Ithaca: Cornell University Press, 1966, pp. 17, 21.

foi observado, "Kafka foi provavelmente o primeiro escritor a anunciar o insolúvel paradoxo do destino humano usando esse paradoxo como a mensagem de suas parábolas".[30] Sua mensagem repousa, afinal, não no número ilimitado de interpretações a que o conto convida, mas no princípio do qual Kafka parte para configurá-lo. Trata-se de um princípio de indeterminação fundado na ambiguidade e que funciona como o eixo estruturador do relato. A indeterminação não é senão uma advertência a toda forma de conceitualização como limitação inevitável de nossa capacidade de conhecer, e a ambiguidade, a resposta da literatura e da arte em geral a essa limitação humana. O resultado é uma metáfora que escapa a toda interpretação unívoca para propor suas próprias imagens como a única mensagem a que o texto acede. Essa mensagem não pode ser expressa a não ser por meio dessa metáfora que, como no caso do místico que "expressa o inexprimível", segundo a observação de Wittgenstein, pode transmitir o mistério da existência, mas resiste a ser traduzida à lógica e à gramática da linguagem coerente".[31] Toda tradução resulta assim numa mutilação ou deformação: a coerência da linguagem forçando essas metáforas para seu leito de Procusto.

Um único exemplo bastará para ilustrar até que ponto a interpretação dessas metáforas conduziu a resultados vãos, quando não disparatados. "Casa tomada" foi traduzido como uma alegoria do peronismo: os irmãos ociosos representam as classes parasitárias, e os ruídos que acabam por expulsá-los da casa simbolizam a irrupção das classes trabalhadoras no palco da História.[32] Outros decidiram que o conto revela o isolamento da América Latina depois da Segunda Guerra ou, talvez, a solidão nacional da Argentina durante aqueles mesmos anos. Para alguns, é a história de um casal incestuoso: a oligarquia decadente matando o tempo em uma casa que excede suas necessidades. Mais ainda: o conto foi lido como "um quadro da vida conventual: dois irmãos são devotos sacerdotes que vivem sob um celibato imposto e que são repentinamente expulsos de seu templo".[33] Também foi sugerido que esse conto é uma recriação do mito do Minotauro: Irene, Ariadne infeliz, segura o novelo de lã não para escapar da casa-labirinto,

---

30   Ibid., p. 22.

31   Ibid., p. 15.

32   Veja Juan José Sebreli, *Buenos Aires, vida cotidiana y alienación* (Buenos Aires: Siglo Veinte, 1965), p. 104; e David Viñas, *Literatura argentina y realidad política: De Sarmiento a Cortázar* (Buenos Aires: Siglo Veinte, 1970), p. 119. Em maior ou menor grau, essa tese encontrou eco em uma boa parte dos comentaristas do conto.

33   Jean L. Andreu, "Pour Une Lecture de 'Casa tomada' de Julio Cortázar", *Caravelle: Cahiers du Monde Hispanique et Luso-Brésilien*, n. 10, pp. 62-3, 1968.

Conto: introdução

mas para reter, em um último esforço, seu paraíso perdido.[34] Por fim, "Casa tomada" foi interpretado como uma radiografia da vida fetal: os ruídos representam as dores do parto, a expulsão dos irmãos é o próprio parto e o fio de lã de Irene, o cordão umbilical.[35] O valor dessas interpretações residiria, como o conhecido teste de Rorschach, não no que nos dizem sobre o conto, e sim no que revelam sobre o intérprete. Haveria assim tantas interpretações quantos fossem os leitores. Antón Arrufat viu claramente essa dificuldade quando, no prólogo à antologia dos contos de Cortázar publicada pela Casa de las Américas, advertiu: "Estes contos significam algo, mas o leitor pode desfrutá-los sem descobrir seu significado, que é múltiplo e inesgotável. Trata-se de ficções, ou seja, exercem sobre o leitor *a sedução*. O restante, inclusive este prólogo, são meras especulações".[36] O prazer e a sedução, no entanto, se produzem porque o texto emite sinais, convida significados, funciona como um artefato literário preciso. Definir suas mensagens é mera especulação porque carecemos de um código da ambiguidade que nos permita reconstruir sua semântica. Mas dispomos, em compensação, do texto como realização impecável de uma sintaxe, e nela operam leis que tornam possível o texto e cuja formulação é tarefa, talvez a única, da crítica. Uma vez que as metáforas do neofantástico resistem a ser traduzidas à linguagem da comunicação, já que representam uma alternativa a suas insuficiências, sua tradução equivale a pedir aos números irracionais que se comportem como números racionais, ou reduzir proposições que podem ser formuladas apenas por meio de uma geometria não euclidiana. A necessidade de um nível de abstração maior se justifica porque o que é inaceitável no plano dos números racionais encontra expressão no plano dos números irracionais; uma operação impraticável no primeiro sistema se resolve no segundo. A perplexidade do jovem Törless, no romance de estreia de Musil, diante das implicações que apresentam os números imaginários não é outra coisa senão a perplexidade que provocou nos cientistas de seu tempo a existência desses números, que escandalosamente não se encaixavam nos esquemas matemáticos da época. Cassirer observou que

> para os grandes matemáticos do século XVII, os números imaginários não eram considerados instrumentos do conhecimento matemático, mas sim um tipo especial de objetos com os quais o conhecimento tinha tropeçado no curso de seu

---

34   Ibid., p. 63.

35   Ibid.

36   Julio Cortázar, *Cuentos*. Seleção e prólogo de Antón Arrufat. Havana: Casa de las Américas, 1964, p. xvi.

desenvolvimento e que continham algo que não só se revelava misterioso, como também virtualmente impenetrável... No entanto, esses mesmos números que tinham sido considerados em sua aurora como algo impossível ou como um mero enigma que as pessoas viam com espanto, sem conseguir compreender e menos ainda resolver, com o tempo se transformaram em um dos instrumentos mais importantes da matemática. Como no caso das várias geometrias que oferecem diferentes planos de ordem espacial, os números imaginários perderam o mistério metafísico que se buscou neles desde sua descoberta para se tornarem novos símbolos operacionais.[37]

O paralelo com as metáforas do neofantástico é muito evidente para ser ignorado. Se não podemos, e não devemos, tratá-las como enigmas, considerando que carecem de uma solução unívoca, se uma crítica da tradução é de todo inaplicável, uma vez que cada leitor dispõe da sua com igual direito e validade, e porque tal tradução restabelece uma ordem que o texto procura transcender, a reconstrução e a definição de seu código talvez sejam a única alternativa de estudos e uma possível via de acesso a seu sentido: como estão feitos esses relatos? É possível derivar de sua sintaxe uma gramática que em última análise nos permita compreendê-los, não desde sua linguagem primeira, mas desde a linguagem segunda cunhada pelo texto? E, por fim, é possível alcançar a partir da forma, a partir da ordem em que o texto está disposto a fim de se enunciar, sentidos ausentes na linguagem primeira? Essas são algumas das interrogações que, considero eu, uma possível poética do gênero deve enfrentar, e apenas a partir dela essas metáforas "absurdas", como os sonhos, definirão uma nova ordem espacial em cujo plano funcionam como novos instrumentos operacionais, como vias de acesso a essa realidade segunda que tentam tocar.

---

37 Ernest Cassirer, *The Problem of Knowledge: Philosophy, Science, and History since Hegel*. New Haven: Yale University Press, 1950, pp. 71-3.

Sobre o autor

Em 26 de agosto de 1914, em Bruxelas, nasce JULIO FLORENCIO CORTÁZAR, filho de Julio José Cortázar e María Herminia Descotte, casados em Buenos Aires em 1912.

Seu pai é encarregado comercial da embaixada argentina na Bélgica e sua mãe está grávida dele quando o Kaiser lança as tropas alemãs sobre o país. "Meu nascimento foi sumamente bélico", conta o escritor. Em 1915, devido às dificuldades advindas da Primeira Guerra, a família parte para Zurique, na Suíça, onde nasce sua irmã, Ofelia. Em 1916, os Cortázar rumam a Barcelona e depois, em 1918, regressam à Argentina, instalando-se em Banfield, a dezessete quilômetros da capital.

O pai abandona o lar antes de Julio completar seis anos. Nunca mais voltarão a se ver. O garoto cresce na companhia da mãe, da irmã, de uma prima de sua mãe e da avó materna. Em 1929, ingressa na Escola Normal de Professores Mariano Acosta.

Em 1931, muda-se para o bairro Villa del Parque, em Buenos Aires. Em 1935, recebe o título de professor de letras. Em 1938, reúne 43 sonetos em seu primeiro livro, *Presencia*, sob o pseudônimo de Julio Denis. Mas, em 1944, surge "Bruja", o primeiro conto assinado por Julio F. Cortázar. Em 1945, participa da luta política em oposição ao nascente peronismo. Quando Juan Domingo Perón vence as eleições presidenciais, Cortázar abdica suas cátedras.

No mesmo ano, concebe *A outra margem*, seu primeiro volume de contos, que permanece inédito até a incorporação póstuma à edição de 1994 dos seus *Cuentos completos*. É nomeado gerente da Câmara Argentina do Livro, atividade que desempenhará até 1949. Escreve, em 1946, um de seus contos mais famosos, "Casa tomada".

Em 1947, termina *Os reis*, peça que será publicada somente no ano de 1949. Em 1948, conhece a tradutora Aurora Bernárdez, irmã do poeta Francisco Luiz Bernárdez. Escreve, um ano depois, o breve romance *Divertimento*, que será publicado postumamente, em 1986. Faz sua primeira viagem à Europa em 1950, passando três meses entre a Itália e a França. Seu romance *O exame* é recusado pela editora Losada — será publicado, também, apenas em 1986. Em 1951, lança seu primeiro livro de contos, *Bestiário*. Obtém uma bolsa do governo francês e viaja a Paris. Começa a trabalhar como tradutor na Unesco.

Em 1952, se instala na capital francesa ao lado de Aurora Bernárdez, com quem se casará um ano depois.

Em 1956, publica os contos de *Fim do jogo* e vê chegar às livrarias sua tradução de toda a obra em prosa de Edgar Allan Poe. Em 1959, lança *As armas secretas*, coletânea de contos que inclui "O perseguidor" e "As babas do diabo". Viaja a Washington e Nova York em 1960 e no mesmo ano sai *Os prêmios*, seu primeiro romance publicado. Faz, no ano seguinte, sua primeira visita a Cuba.

É lançado em 1962 *Histórias de cronópios e de famas*, e em 1963, *O jogo da amarelinha*. O livro chama a atenção. "Sua atitude foi vista como escandalosa pelas múmias infinitas", escreveu Juan Carlos Onetti, referindo-se aos habitantes do mundo literário da época. Cinco mil exemplares foram vendidos no primeiro ano.

Todos os fogos o fogo começa a circular em 1966. Um ano depois, são editados os ensaios de *A volta ao dia em oitenta mundos*. Tem início sua relação com Ugné Karvelis.

Em 1968, separa-se de Aurora. No mesmo ano, o romance 62 *Modelo para armar* é publicado.

Em 1972, chegam aos leitores a coletânea *Prosa do observatório* e o romance *Livro de Manuel*, cujos direitos são cedidos para a ajuda dos presos políticos da Argentina. Por este título, ganha o prêmio Médicis, outorgado à melhor obra estrangeira publicada na França.

Sai em 1974 o livro de contos *Octaedro*. Em Roma, participa de uma reunião do Tribunal Russell para analisar a situação política da América Latina e a violação dos direitos humanos. Publica em 1975 a história em quadrinhos *Fantomas contra os vampiros multinacionais*, cujos direitos cede ao Tribunal Russell. Realiza, em 1976, uma visita clandestina à aldeia de Solentiname, na Nicarágua.

Em 1977, publica o volume de contos *Alguém que anda por aí*. Em 1979, é a vez dos relatos de *Um tal Lucas*. Visita novamente a Nicarágua. Alguns de seus textos são usados na campanha de alfabetização do país impulsionada pela revolução sandinista. Chega ao fim sua relação com Ugné Karvelis. Viaja ao Panamá com Carol Dunlop, sua nova namorada, com quem se casará em 1981.

Os contos de *Amamos tanto a Glenda* são publicados em 1980. Faz uma série de conferências na Universidade de Berkeley, na Califórnia. Em 1981, o governo de François Mitterrand outorga a Cortázar a nacionalidade francesa. No mesmo ano, o autor sofre uma hemorragia gástrica e é diagnosticado com leucemia. Suspende o projeto de viajar a Cuba, Nicarágua e Porto Rico. No ano seguinte, viaja com Carol a Nicarágua e México. Carol adoece, e regressam a Paris.

Carol morre no dia 2 de novembro de 1982, vítima de uma aplasia medular. Cortázar publica *Fora de hora*, novo livro de contos.

Em 1983, publica *Os autonautas da cosmopista*, livro que narra uma viagem feita pela rodovia entre Paris e Marselha, escrito em colaboração com Carol Dunlop e ilustrado por Stéphane Hérbert, filho de Carol. Cede seus direitos de autor ao regime sandinista da Nicarágua. É publicada a reunião de ensaios *Nicarágua tão violentamente doce*. Volta, no início de 1984, à Nicarágua, onde recebe a Ordem da Independência Cultural Ruben Darío.

Em 12 de fevereiro, Julio Cortázar morre de leucemia em Paris. É enterrado no cemitério de Montparnasse, ao lado de Carol Dunlop.

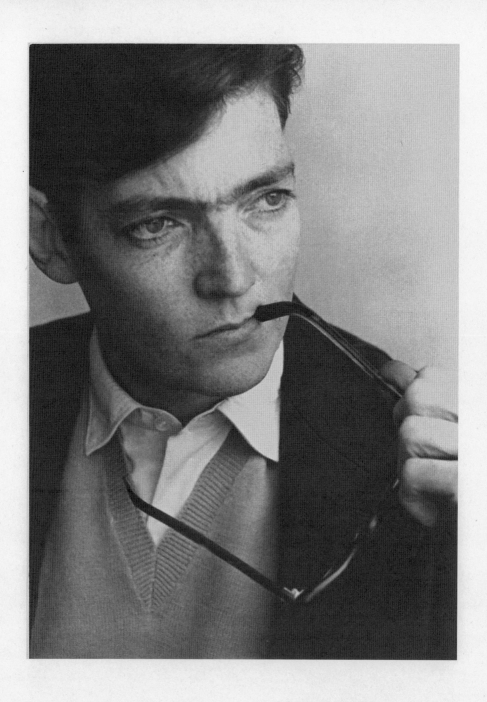

Julio Cortázar em 1959, quando publicou *As armas secretas*, e em maio de 1983, um ano antes de sua morte.

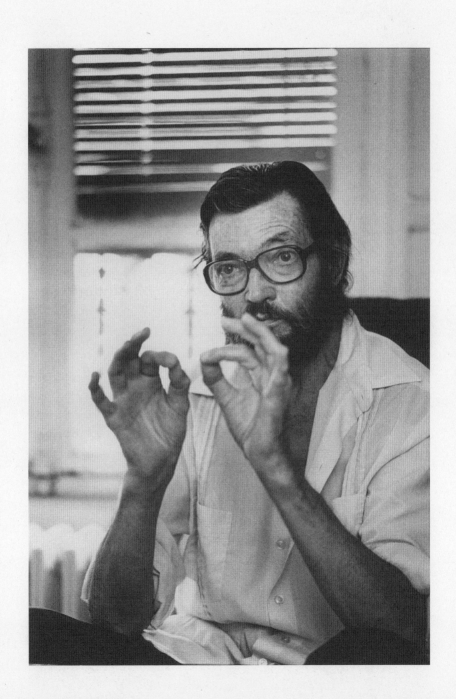

DIAGRAMAÇÃO Spress
TIPOGRAFIA Louvette Display e Arnhem
GRÁFICA GEOGRÁFICA
PAPEL Pólen, Suzano S.A.
AGOSTO DE 2024

A marca FSC® é a garantia de que a madeira utilizada na fabricação do papel deste livro provém de florestas que foram gerenciadas de maneira ambientalmente correta, socialmente justa e economicamente viável, além de outras fontes de origem controlada.